La ciudad enfurecida

SERGIO MARTÍNEZ

# La ciudad enfurecida

Grijalbo

Papel certificado por el Forest Stewardship Council®

Penguin
Random House
Grupo Editorial

Primera edición: enero de 2021

© 2021, Sergio Martínez
© 2021, Penguin Random House Grupo Editorial, S. A. U.
Travessera de Gràcia, 47-49. 08021 Barcelona

Printed in Spain — Impreso en España

ISBN: 978-84-253-5848-7
Depósito legal: B-6.464-2020

Compuesto en La Nueva Edimac, S. L.

Impreso en Black Print CPI Ibérica,
Sant Andreu de la Barca (Barcelona)

GR 5 8 4 8 7

He oído decir, y me parece que es una gran verdad, que en todo el mundo no hay guerra tan peligrosa como la de dos vecinos, ni que sea tan insensata.

GUILHEM ANELIER DE TOLOSA
*La guerra de Navarra,*
último cuarto del siglo XIII

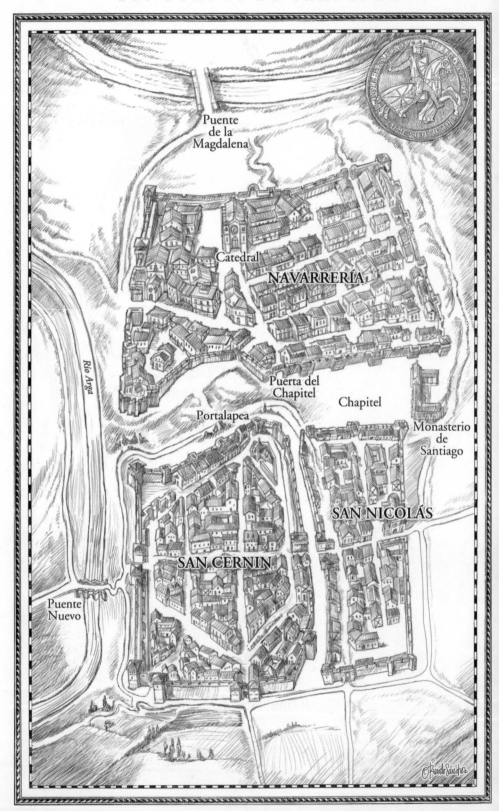

Puente
de la
Magdalena

Catedral

NAVARRERÍA

Río Arga

Puerta del
Chapitel

Chapitel

Portalapea

Monasterio
de
Santiago

SAN NICOLÁS

SAN CERNIN

Puente
Nuevo

Guilhem Anelier

Íñigo

Anaïs

Blanca de Artois

Pedro Sánchez de Monteagudo, señor de Cascante

García Almoravid, señor de la Cuenca y las Montañas

Obispo Armengol

En una ocasión, siendo yo todavía un niño, me eché a dormir sobre las piernas de mi madre, después de haber estado ayudándola durante toda la tarde en el horno en el que cocíamos el pan. Al apoyar la cabeza en sus muslos oí un sonido acompasado, como el chasquido de unos pies caminando sobre la tierra. Intrigado, levanté la cabeza y avisé a mi madre de que alguien se acercaba. Ella me miró extrañada.

—No viene nadie; estamos solos.

Dudé de sus palabras y, terco como siempre, miré alrededor tratando de hallar el origen de aquel sonido, pero este había desaparecido. Me tumbé de nuevo y, al poco, oí otra vez aquellos pasos.

—Viene alguien, madre.

Mi madre, al comprender lo que me ocurría, me acarició el cabello y sonrió.

—No es nadie, Guilhem, es solo el sonido de tu corazón.

Apoyé de nuevo la cabeza y descubrí que mi madre no mentía: el sonido se repetía interminablemente en mi oído, pero sin que nadie llegase.

—¿Y por qué suena el corazón como unos pasos? —le pregunté.

La sonrisa se borró de sus labios y su mirada se perdió por unos instantes, como si retrocediese a un pasado muy lejano.

—¡Quién sabe! —exclamó por fin—. Mi madre decía que esos chasquidos en el oído son los pasos de nuestra vida, huyendo de la muerte; mientras estamos vivos los oímos y el día en que dejemos de hacerlo es que la muerte nos habrá alcanzado.

Sus palabras me estremecieron y ella se dio cuenta. Me miró con dulzura y añadió:

—No me hagas caso, hijo, no son más que cuentos de vieja. Solo Dios sabe lo larga o corta que será nuestra vida y no creo que tenga nada que ver con que escuchemos o no esos pasos. ¿No te parece?

Me encogí de hombros y apoyé de nuevo la cabeza, sintiendo el calor de su cuerpo y oyendo una vez más aquellos pasos sin fin hasta que, en un momento dado, desaparecieron. Mi abuela se había equivocado; y yo respiré tranquilo.

Recuerdo aquel día como mi primer triunfo sobre la muerte, al que habrían de seguir luego muchos más, no siempre en circunstancias tan placenteras como aquella. Con pasos o sin ellos todo camino tiene su punto final y hoy sé que mi tiempo se acaba. Ignoro si será hoy o dentro de una semana, pero sé que mis días en este mundo no se cuentan ya en meses, ni en años. Yo, Guilhem Anelier, que durante tanto tiempo esquivé con pericia o fortuna toda suerte de peligros, que caminé tantas veces por el filo de la espada, que empuñé la lanza y la ballesta, que burlé a maridos confiados y engatusé con mis dulces canciones a damas de alta y baja cuna…, caí al final por el más estúpido de los delitos. Arruinado, hambriento y mal aconsejado, acepté tomar en mis manos metal de baja ralea y hacerlo pasar por buenas monedas de plata. No maté a nadie con ello, pero ya sabía cuando acepté la proposición que aquello podría acabar con mis huesos en prisión o, como me ocurrió, con una condena a muerte. No hay perdón posible para quien trata de engañar a un rey en lo que más daño puede hacerle: su dinero.

¿Cómo llegué a esta situación? Si retrocediese hasta el día de mi nacimiento buscando respuestas, quizá las encontrase todas, pero su abundancia me abrumaría y no creo que fuera capaz de hallar una coherente. En cambio, si desanduviera solo mis últimos pasos, encontraría un camino más sencillo, pero lleno de contradicciones. No, ni tan lejos ni tan cerca… Hoy, con la muerte por fin a punto de alcanzarme, sé con certeza que el día que lo cambió todo fue aquel en el que también estuve a punto de morir, lejos de este pútrido calabozo en Navarra y cerca de mi cuna. Aquel día salvé la vida, pero contraje una deuda perpetua. ¿De qué otro modo se puede compensar a quien te libra de morir? Pero me estoy adelantando... De eso hablaré más adelante pues, más importante que mi propia suerte, fue que, al unirme a mi señor, me encaminé a uno de los episodios más crueles que la historia haya conocido. Porque si en Toulouse reinaba la paz y las gentes se dedicaban a sus ocupaciones sin mayor miedo que el lógico temor a Dios, en Pamplona sus habitantes tenían motivos para temer no a Dios, sino a sus propios vecinos. Mi madre siempre lo decía, cuando mi hermano y yo nos enfadábamos por cualquier nimiedad y terminábamos a puñetazos: «Pelea de hermanos, pelea de diablos». ¡Qué razón tenía y cuántas veces hube de recordarlo durante aquellos años que pasé en una ciudad enfurecida, envenenada por el odio y la inquina entre sus propios pobladores! Sus nombres perviven en mi cabeza todavía: la bella y desdichada Anaïs; Blanca, la reina en la sombra; Monteagudo, el atormentado; Íñigo, el carpintero con corazón de fuego; Armengol, el obispo de alma frágil; Almoravid, el de mirada de acero... Estoy seguro de que ellos contarían lo que ocurrió de un modo diferente, pues rara vez coinciden las visiones que dos personas tienen sobre un mismo hecho, de igual manera que ante el juez nunca se ponen de acuerdo el tendero asaltado y el ladrón detenido. Pero esta es, en definitiva, mi historia. Si algún otro tiene necesidad de contar la suya, que lo haga.

¿Cambiaría mi suerte, si estuviese en mi mano? Me cuesta contestar... Por supuesto, no quiero morir. Mi juventud voló, pero aún siento curiosidad por lo que ha de venir y me gustaría disfrutar un poco más de los placeres de esta vida: la comida abundante después de haber pasado hambre, un trago de vino fresco para saciar la sed y nublar la mente, y los dulces labios de una mujer para calmar la ansiedad del espíritu. También sé que si hoy me encuentro aquí es porque mi corazón se ató a esta ciudad como lo hacen esos nudos que se aprietan más cuanto más se tira de los extremos. En uno de ellos estaba mi egoísmo, mi vanidad, mis ganas de ser lo que no me correspondía; en el otro, mi alma, mi pasión, mis ganas de amar y de ser amado. Y entre ellos la mujer por la que lo abandoné todo, por la que lo arriesgué todo…, por la que volvería a hacerlo mil veces si fuera necesario. Hoy mi amada es ya solo un recuerdo, pero su llama quema tanto como el primer día en que la vi, saliendo de la penumbra de un soportal a la claridad de la calle e iluminando para siempre mi vida con su luz.

En cualquier otro lugar nuestro romance hubiese sido muy distinto. Quizá hubiese abandonado la pluma y la espada para tomar un oficio, quizá nos hubiéramos casado o quizá hubiésemos tenido hijos. ¡Quién sabe!, quizá incluso nuestro amor se hubiese apagado en la quietud de una vida sin sobresaltos, sin temores, sin preocupaciones. Pero nuestro amor se forjó en unos momentos en los que sabíamos que cada instante podía ser el último, y nuestra ansia de amar sin pensar en un mañana nos unió para siempre.

Nadie va a salvarme de la muerte, de eso estoy seguro. Mis amigos, o eso decían que eran, me dieron la espalda; el juez se cansó muy pronto de mis torpes excusas y nadie está dispuesto ya a arriesgar nada por mí. Yo tampoco lo haría. Con mi muerte, al menos, pagaré la de aquellos a los que se la arrebaté. Qué ironía…, me ha costado una vida entera el comprenderlo, pero al fin he aprendido que, aunque algunas batallas se ganan, las guerras se pierden siempre; y que acabar con la vida de un semejante es, en el fondo, la mayor expresión del fracaso como hombre. Por las vidas que segué y por todos aquellos a los que hice daño, pido un perdón sincero. A las puertas de la muerte, solo espero que Dios acepte este último acto de contrición y que tenga a bien acogerme en su gloria cuando mi cabeza ruede desde el cadalso.

No importa. Vi a Dios muchas veces en el campo de batalla e incluso creo que una vez le escuché diciendo mi nombre. Si el sacerdote que me confesaba cuando niño en Toulouse estaba en lo cierto, así lo espero, todos alcanzamos el cielo si nos arrepentimos con sinceridad y hasta para un rufián como yo habrá salvación tras la muerte. Y ese día, por fin, me encontraré de nuevo con ella y no seré ya un alma errante.

Poco me importará entonces no escuchar más los latidos de mi corazón.

*Confiteor Deo omnipotenti...*

GUILHEM ANELIER DE TOLOSA
*Pamplona, 1291*

# PRIMERA PARTE

## 1274

# 1

Recuerdo que mi abuelo Louis, cuando ya apenas podía moverse y pasaba las horas sentado en una silla a la puerta de casa, olvidaba frecuentemente lo que había hecho el día antes, pero en cambio tenía una mente prodigiosa para recordar cosas que le sucedieron muchos años atrás. Cuando le pregunté el porqué, me dijo:

—Pequeña, la memoria es caprichosa: olvidamos lo que queremos recordar y recordamos lo que queremos olvidar.

Entonces no le comprendí muy bien, pero ahora soy yo la que me acerco a la senectud y me doy cuenta de que mi abuelo estaba en lo cierto: la memoria es un diablillo que borra a su antojo algunos recuerdos, mientras otros los fija tan firmemente como los sillares en un templo. En todo caso, lo que ahora estoy decidida a contar no creo que pueda borrarse de mi memoria por mucho tiempo que transcurra. Es un pasado lejano, y nunca antes había sentido la necesidad de poner mis recuerdos en orden; pero al igual que el vino requiere reposo en la barrica, hay historias que no pueden entenderse hasta que el tiempo las ha madurado, o bien hasta que hemos madurado lo suficiente como para entenderlas. Ahora, por fin, me siento capaz de comprender lo que sucedió.

A pesar de todo, todavía a veces me aferro a que aquello no fue más que un ensueño y lo sigo viendo cubierto por una niebla que difumina los perfiles. Y es que el amor es hermoso, quién lo duda, pero limita nuestra visión, mostrándonos solo lo bello y desdibujando el mundo alrededor, al igual que las yeguas se despreocupan de todo lo que las rodea cuando el arriero les tapa los ojos. Yo pude haber sido yegua, y dejarme llevar por el amor; o arriera, y dirigir mi futuro. Pero decidí ser ambas cosas a la vez. Desde entonces, en mi corazón pesa como una losa el recuerdo de todos aquellos inocentes a los que conduje a la muerte. A veces, para consolarme, me digo que era muy inexperta entonces y que nunca actué movida por el odio o por el propio interés, sino solo por el deseo de salvar a la persona a la que amaba; sin embargo ese consuelo desaparece pronto cuando a mi mente regresan los gritos, la sangre derramada y los cuerpos horriblemente mutilados que mi inconsciencia produjo. Espero, al menos, que vaciando mi corazón con esta confesión postrera mi alma pueda alcanzar, si no el perdón, al menos el anhelado consuelo.

Cuando aquellos acontecimientos comenzaron, entrado ya el verano de 1274, yo aún no había cumplido los diecisiete años y vivía en Navarra, aunque mi llegada al mundo se produjo lejos de allí, en los bellos territorios del país de Oc, al sur del reino de Francia. Mi familia provenía de la ciudad de Albi y al poco de nacer yo fueron a vivir a Cahors, a orillas del río Lot. Mi padre era zapatero y deseaba poseer su propio taller, pero no había conseguido la experiencia necesaria y el gremio solo le permitía trabajar como oficial en la zapatería de otro artesano. Su estipendio apenas le daba para alimentarnos, y mi padre soñaba con poder abrir su propia zapatería y salir así de la pobreza. A pesar del paso de los años, todavía consigo traer a mi memoria aquellos recuerdos: los ratos que pasaba abrazada al pecho de mi madre, Suzanne, mientras ella me cantaba suavemente al oído antiguas tonadas en lengua occitana, o los paseos que daba de la mano de mi padre, por delante de la catedral de Saint-Étienne o por las callejuelas de la villa, elevadas sobre el cauce del río y rodeadas de fértiles tierras de cereal y viñedo. Teñidos por la niebla del tiempo, esos recuerdos consiguen aún despertarme una tierna sonrisa, pues no hay nadie en este mundo, por pobre o rico que sea, que no contemple su infancia como el momento más feliz de su vida.

Un día, mientras mi padre trabajaba junto a la puerta del taller y yo le ayudaba a clavetear las suelas de unas botas, vimos pasar a un hombre por la calle. Vestía de un modo muy elegante, y pude ver en la expresión de mi padre que le resultaba familiar, aunque no pudo identificarlo. El hombre, en cambio, sí le reconoció.

—Adrien, viejo amigo, ¿tanto he cambiado que no me reconoces?

Mi padre dejó las tijeras y se llevó la mano a la barbilla. Entonces una intuición se dibujó en su rostro.

—¿Charles? ¿Charles de Olorón?

El hombre se acercó sonriendo y le estrechó la mano, mientras mi padre se ponía en pie.

—¡El mismo!

—Sí, pero no en las mismas circunstancias —dijo, señalando sus ropas—. La última vez que te vi tu vestimenta era muy diferente...

—Tienes razón. Las cosas me fueron bien en cuanto crucé los Pirineos. ¡Las oportunidades hay que buscarlas, no siempre vienen a la puerta! Hace años un amigo me habló de una ciudad al sur, en el reino de Navarra, donde los artesanos y comerciantes franceses eran bienvenidos. Como aquí no tenía nada, decidí emprender camino y asentarme en el burgo de San Cernin, en Pamplona. Y, como ves, las cosas no pudieron irme mejor.

Mi padre asintió. Yo por aquel entonces no sabía nada de aquello, por supuesto, pero como luego tuve ocasión de comprobar y sufrir, Pamplona era una ciudad muy distinta a Cahors. Si la nuestra estaba gobernada por un solo concejo, junto a la catedral de Pamplona se levantaban tres ciudades distintas: por un lado, la Navarrería, poblada solo por los navarros establecidos desde antiguo alrededor de la catedral de Santa María; y, por otro, el burgo de San Cernin y la población de San Nicolás, estas dos pobladas por comerciantes y artesanos franceses. Muchas personas, no solo de nuestra ciudad, sino también de otras poblaciones cercanas como Toulouse, Montauban y Pau, habían dirigido sus pasos a las villas que se arremolinaban en torno al camino de Santiago de Compostela, en los reinos de Aragón, Navarra y Castilla, donde el comercio florecía gracias al paso de los peregrinos que acudían al confín de la cristiandad para adorar los restos del apóstol de Cristo. Y los reyes de aquellos territorios habían acogido con gusto a los recién llegados y les habían otorgado privilegios incluso superiores a los que disfrutaban los naturales del lugar. Un comienzo prometedor para unos y un motivo de resentimiento para otros, como luego habría de comprobar.

—He oído hablar del Burgo —dijo mi padre—, pero tú bien has dicho que aquí no tenías nada. Yo tengo a mi familia y un día espero poder abrir mi propio taller. No puedo dejarme llevar por ensoñaciones...

Charles sonrió con condescendencia.

—Uno puede ser esclavo o amo de sus sueños... ¿De verdad hay tantas cosas que te atan aquí como para no intentarlo? Mira a ver que tus precauciones no sean en realidad excusas. Yo me marché porque vivía en la pobreza, pero dejé detrás a la mujer que amaba. Ahora que he resuelto mi sustento le pediré que nos casemos. A veces hay que dar un rodeo para completar el camino...

Vi que mi padre reflexionaba sobre aquellas palabras, pero no se convenció. Llevaba ya cinco años como oficial y supongo que no quería echar por tierra todos sus esfuerzos y sufrimientos. No, el buen sentido le decía que debía permanecer allí y no apostarlo todo a una sola carta.

Se despidieron afectuosamente y mi padre siguió trabajando. Tiempo después supe que Charles pidió finalmente matrimonio a su amada y, cuando esta aceptó, se fue a festejarlo con sus amigos, de suerte que bebió tanto que al volver a casa se cayó desde lo alto de un puente y se partió el cuello. ¡Qué cerca están la fortuna y la desgracia y qué corto es el sendero que las separa!

Al acabar la jornada, mientras nos dirigíamos a casa, coincidimos con mi tío Bernar. Él también era zapatero y se hallaba en una situación tan precaria como la de mi padre, aunque contaba con la ventaja de ser soltero y no tener que soportar más cargas que la suya. Cuando le relató el encuentro con Charles, en los ojos de mi tío se reflejó de inmediato un brillo especial. Solo un mes después, Bernar decidió emprender camino al sur, en busca de una vida mejor.

Pasaron tres años mientras mi padre esperaba a que su situación cambiara. Lo hizo, pero a peor. Una Navidad, mi madre enfermó de fiebres. Siempre había sido una mujer fuerte y alegre, y verla tendida en la cama, sin ánimo siquiera para hablar y con la tez blanca y los ojos hundidos, me rompió el corazón. Mi padre hizo llamar a un médico y empeñó el poco dinero que tenía ahorrado para procurarle un tratamiento que la salvara, pero todo fue en vano: la causa de las fiebres era desconocida y el remedio empleado no surtió efecto. Antes de la llegada de Año Nuevo, Dios se la llevó. Arrodillado junto a la cama, mi padre escuchó sus últimas palabras, que aún tengo grabadas después de tanto tiempo:

—No mires atrás. Cuida de nuestra hija y hazla tan feliz como me hiciste a mí.

Solo unos días más tarde, mi padre recogió sus pocas pertenencias, se despidió de sus amigos y, dándome la mano, emprendió camino a Navarra. Si Bernar no había vuelto, dijo, no le debía de haber ido tan mal.

Por aquel entonces yo tenía trece años y la muerte de mi madre me sumió en una profunda tristeza. Anduvimos durante semanas por los caminos del sur de Francia, sin apenas hablar, durmiendo algunos días en hospitales de peregrinos, otros en posadas, y alguno más en pajares o donde podíamos. En todo el camino no proferí queja alguna. Caminaba cabizbaja de la mano de mi padre, mientras nuestros pasos nos alejaban de los recuerdos dolorosos y de las estrecheces que dejábamos atrás. A pesar de la inmensa pena que sentía en mi pecho, me guardaba las lágrimas y los lamentos, al igual que hacía mi pobre padre. Había jurado darme un futuro mejor y sé que por nada del mundo estaba dispuesto a faltar a su promesa.

Un día, por fin, tras atravesar unos inmensos bosques, fragosos e impenetrables y en los que en más de una ocasión escuchamos el cercano aullido de los lobos, alcanzamos el paso de Roncesvalles y, dos jornadas más tarde, llegamos a las inmediaciones de Pamplona. Lo primero que vi, en la lejanía, fue una gran catedral, de muros rotundos y sin apenas ventanas, sobre una colina sombría, y una muralla que bordeaba la ciudad. Sentí un profundo estremecimiento y miré a mi padre.

—¿Es allí adonde vamos? —pregunté, con algo de miedo.

Mi padre me acarició con ternura los cabellos.

—No, Anaïs; nuestro hogar será aquel.

Alzó el brazo y señaló en dirección a otra población que se levantaba a un tiro de ballesta de la ciudad, también rodeada por un fuerte muro y con una iglesia casi adosada al mismo.

—¿Allí vive el tío Bernar?

Mi padre suspiró.

—Eso espero.

Cogidos de la mano cruzamos el río, nos allegamos hasta la puerta norte del burgo de San Cernin, oscura y amenazante, y penetramos. A pesar de la distancia que nos separaba de nuestro hogar en Cahors, y entre la amalgama de lenguas que llegaban a mis oídos, me sorprendió escuchar también algunos sonidos familiares.

—¿Hablan aquí nuestra lengua? —pregunté, extrañada.

—Por supuesto; muchos de ellos son nuestros hermanos.

Después de recorrer varios puestos preguntando a los comerciantes y artesanos, por fin mi padre halló la respuesta deseada: Bernar de Cahors vivía en la calle de la Pellejería, cerca de la iglesia de San Cernin y junto a Portalapea, el acceso principal del burgo de San Cernin.

Recorrimos los pocos pasos que nos separaban del lugar y, al doblar el muro de la iglesia, el rostro de mi padre, tras semanas de tristeza, se iluminó. Al verse de nuevo, mi padre y su hermano se fundieron en un abrazo.

Tras separarse, Bernar me miró y vi cruzar por su mirada, como un relámpago, un atisbo de intuición.

—¿Y Suzanne? —preguntó, con miedo.

Mi padre negó con la cabeza y el tío Bernar entendió al instante.

Siguiendo sus pasos llegamos hasta su casa, y Bernar nos invitó a pasar. Mi padre le habló de la muerte de mi madre y de su decisión de dejar atrás el pasado y de emprender una nueva vida. Los recuerdos aún dolían, pero mi padre estaba dispuesto a trabajar por lograr al fin el bienestar que tanto deseaba.

—Para mí tampoco fue fácil, hermano —dijo mi tío, con un suspiro; y tomando la mano de mi padre—: Pasé tres años trabajando sin descanso en el taller de un pellejero, por un mísero estipendio. Cuando ya pensaba que me había equivocado viniendo a San Cernin, conocí a mi mujer. Había enviudado hacía poco y tenía una hija, Magali. Su esposo había sido un rico zapatero y ella trataba de continuar con el negocio. Para los dos fue una suerte: yo hallé el modo de llevar mi propio taller y ella encontró a la persona que mantuviera su negocio y posición. ¿Qué más podíamos pedir?

En efecto, el negocio funcionaba y, de inmediato, mi padre comenzó a trabajar en la zapatería de su hermano. Bernar había pensado en tomar un aprendiz, pero la llegada de mi padre fue mucho mejor, pues era un artesano con experiencia y buen hacer. Bernar y su mujer, Laurina, nos acogieron en su casa, y para Magali y para mí fue el modo de encontrar una hermana.

Al poco de llegar comencé a trabajar también en la zapatería, junto a ella. Magali, dos años mayor que yo y con mucha más experiencia, me iba enseñando pacientemente a trabajar el cuero, a preparar los forros y a aplicar grasa al calzado una vez acabado. Laurina me trataba bien y casi nunca me dirigía malas palabras, pero nunca me demostró ningún tipo de cariño. Esa falta de afecto se convertiría finalmente en animadversión; pero eso fue mucho después.

Podría detenerme hablando de aquellos años de aprendizaje

y de cómo la relación con Magali se iba afianzando. Durante el día, en el taller, hablábamos para hacer más ameno el trabajo, pero recuerdo con especial cariño los ratos que pasábamos juntas en nuestro cuarto, antes de dormirnos, cuando sabíamos que nadie nos escuchaba y que podíamos expresar libremente nuestros pensamientos más íntimos, nuestros anhelos, nuestras inseguridades… ¡Dios mío, si viviera mil años no sé si llegaría a borrarse de mi memoria su sonrisa y su dulce voz! Pero eso me llevaría seguramente muy lejos de donde realmente quiero ir. Y es que las cosas dieron un giro totalmente inesperado, algo que ni en la peor de mis pesadillas habría podido imaginar.

Por entonces yo tenía ya dieciséis años y, aunque me afanaba en realizar mi trabajo, todavía cometía errores por mis frecuentes distracciones. Aquella mañana, mientras mi cabeza volaba a mis años de infancia en Cahors, me pinché el dedo con la aguja al coser dos piezas de cuero y una gota de sangre brotó al instante.

—Así no, así —me dijo Magali, quitándome la aguja y mostrándome el modo en que debía hacerlo.

Noté cómo el rubor subía a mis mejillas.

—No sé si algún día conseguiré aprender, soy tan torpe…

—No te ofusques, todo lleva su tiempo.

Magali acercó un poco más el candil para que pudiera ver mejor. Llevábamos toda la mañana trabajando en el taller situado en la parte trasera de la vivienda. Aunque contaba con una ventana, esta daba al norte y la luz era fría y escasa. La casa de mi tío se levantaba junto a la iglesia de San Cernin, un edificio de muros altos y sin apenas vanos y con una torre que parecía más una atalaya que un campanario. La iglesia daba al Chapitel, el lugar donde se celebraba el mercado y que servía de separación entre las tres poblaciones de Pamplona. Desde la ventana del taller muchas veces veíamos pasar a la gente que acudía a la iglesia o a las reuniones del concejo del Burgo, que se celebraban en el pórtico del templo. El día anterior había caído una fuerte tormenta, después de varios días de calor sofocante, y los muros del edificio se habían empapado, por lo que ofrecían un color más sombrío del habitual. Por uno de los canalones del tejado aún escurría el agua y un hilillo brotaba por la boca de una gárgola con la forma de un hombre desnudo que se llevaba las manos a la cabeza con expresión de angustia. En esas ocasiones, me parecía que el hombre vomitaba después de una borrachera.

Tomé de nuevo la aguja y comencé a hacer como Magali me había dicho. Junté las dos piezas de cuero hasta hacerlas coincidir y coloqué la aguja de manera vertical para hacer más fuerza. Apretando con firmeza conseguí que la aguja penetrase. Magali sonrió.

—¿Dónde tenías la cabeza? —preguntó.

—No es nada —respondí, un poco avergonzada—. Solo pensaba.

Magali me miró con ternura, pues sabía que mi mente volaba muy a menudo, y tomó de nuevo la aguja para continuar, justo en el momento en que sonaban las campanas de la iglesia anunciando el mediodía.

—Termina eso y vamos a comer, anda —apremió—, pues con la de vueltas que das ya tendrás hambre.

Terminé de coser las dos piezas de cuero de la bota y dejamos el taller para dirigirnos a la vivienda. Ascendimos las escaleras y llegamos a la cocina. Allí Laurina estaba preparando unos cuencos para servir el guiso de cerdo y nabos. Se me hizo la boca agua al olerlo.

—¡Qué hambre tengo! —dijo Magali, acercándose a su madre.

—¡Yo también! —exclamé.

—Esperad un momento —nos calmó Laurina—. Adrien y Bernar llegarán enseguida.

—¿Adónde han ido? —preguntó Magali mientras mordisqueaba un trozo de pan moreno—. Hoy no han estado en el taller en toda la mañana.

Laurina comenzó a servir el guiso para que se fuera enfriando.

—Han ido a la reunión del concejo.

—¿Al concejo? No hemos oído nada desde el taller —dije, mientras colocaba unas cucharas de madera en la mesa.

No parecía que Laurina tuviera muchas ganas de hablar y esperó un momento antes de contestar.

—Hoy se reunían en San Lorenzo, al parecer. El alcalde quería informar a los vecinos de la nueva situación.

—¿La muerte del rey? —preguntó Magali.

—La muerte del rey y la sucesión en el trono.

—¿Y en qué nos afecta eso a nosotros? —pregunté.

—¿Qué te importan a ti esos asuntos? —respondió Laurina, con sequedad y haciendo un aspaviento—. Los hombres sabrán lo que ha de hacerse.

Asentí y bajé la cabeza. Laurina tenía razón. ¿Qué me importaban a mí aquellas cuestiones? Cuando levanté la vista vi que Magali estaba imitando a su madre a sus espaldas, con el gesto muy serio y repitiendo sus ademanes. Tuve que taparme la boca para no soltar una carcajada.

Al poco llegaron mi padre y su hermano. Se descalzaron y se allegaron a la mesa. Me levanté de inmediato y les acerqué los cuencos con la comida. Al servirle, mi padre me besó en la frente. Aunque trataba de mantenerse calmado, vi que estaba preocupado. No quise preguntar, pero Laurina lo hizo por mí.

—¿Va todo bien? —dijo.

Mi padre iba a contestar, pero al ver que su hermano se disponía también a hacerlo, se detuvo; como siempre.

—¿Bien? —dijo Bernar—, el reino depende ahora de una niñita que apenas camina y eso no es bueno.

—Tampoco el rey era un ejemplo de virtudes... —dijo Laurina.

—El rey era un inepto, todos lo sabemos, pero al menos tenía autoridad. Ahora me temo que a la niña le salgan pretendientes en todas las cortes, y no por su hermosura, ya me entendéis...

Magali y yo nos miramos y sonreímos.

—Lo bueno es que Blanca es francesa —intervino entonces mi padre— y eso debería favorecernos.

—Podría ser —dijo Bernar—, pero no sé hasta dónde podrá decidir el futuro de su hija. Me gustaría pensar otra cosa, la verdad, pero me temo que se acercan tiempos complicados. Si hay algún conflicto por Juana es seguro que afectará a Pamplona.

Laurina se inquietó.

—¿A qué conflictos te refieres?

—¿No lo ves, mujer? —respondió Bernar—; no somos tan fuertes como Castilla, ni como Aragón, ni como Francia, pero estamos en medio de los tres…. Si un día les da por enfrentarse, seremos su campo de batalla.

Todos nos quedamos en silencio, sopesando aquellas palabras. Al final, Bernar intervino de nuevo:

—En fin, esto es hablar por hablar… Recemos por que las cosas se arreglen. ¡Maldita sea! Todo sería más fácil si el rey Enrique no nos hubiera dividido como lo hizo…

Tras acabar la comida, recogimos los cacharros y barrimos la cocina, mientras mi padre y Bernar seguían conversando. Por la tarde acudirían a otra reunión del concejo del Burgo. Pronto se celebrarían Cortes para escoger a un gobernador que llevase las riendas del reino durante la regencia de Blanca de Artois, la madre de la pequeña Juana, y el concejo de San Cernin quería presentar una sola voz en esa reunión.

Una vez recogido todo, regresamos al taller. Mientras cosíamos, yo miraba a hurtadillas a Magali. Normalmente no solíamos hablar del concejo o del reino, y no eran temas que nos interesasen, pero aquella tarde ella mostraba intranquilidad y yo deseaba conocer el motivo.

—Magali —comencé—, ¿por qué era tan importante que los burgos estuvieran unidos? ¿Qué es lo que ocurrió? Mi padre y Bernar hablan siempre de ello, pero nunca lo cuentan del todo…

Magali dejó la aguja.

—Lo que ocurrió no fue nada bueno, créeme —dijo—, pero es mejor que no lo sepas.

—¿Por qué? Quiero saberlo.

—Preferiría, en verdad, no haberlo oído nunca. Los hombres pueden ser muy crueles cuando toman las armas; sobre todo cuando se enfrentan los que conviven en un mismo lugar. Uno puede perdonar las afrentas de un desconocido, pero nunca las de un hermano.

Quise insistir, pero Magali me cortó; quizá para protegerme, pero también para que no me distrajese de nuevo:

—Sigue con lo tuyo, Anaïs. Los hombres sabrán cómo arreglar los problemas, si es que llegan a producirse. Y mira bien dónde pones la aguja, que te vas a pinchar otra vez.

Volví a la tarea, pero, a pesar de que confiaba en Magali, no pude evitar sentir una punzada en el estómago: algo en mi interior me decía que en algún momento volveríamos a hablar de aquello.

# 2

Fui hija de un conde, sobrina de un rey, reina y madre de reyes... Y, siendo todo eso, muchas veces envidié a las doncellas sobre las que no recaía más responsabilidad que atender mis necesidades, o a las campesinas cuyos quehaceres se reducían a trabajar las tierras o a pastorear. Lo reconozco: gocé de todos los lujos y privilegios que se puedan imaginar; pero nunca me sentí realmente libre. Ni siquiera tuve oportunidad de elegir lo que de forma natural escogen los que no pertenecen a la nobleza: la persona con la que compartirán su vida. Mi madre me aclaró mi futuro cuando yo tenía solo nueve años:

—El amor es para los pobres, Blanche; tú te casarás con quien te digamos.

Así que mi juventud la pasé en las posesiones de mi familia en Champaña, alrededor de la corte parisina, esperando que el marido adecuado apareciese, lo cual no ocurrió hasta cumplir los veintiún años, una edad a la que muchas mujeres del pueblo ya habían tenido varios hijos. El elegido fue Enrique de Navarra, y la decisión de quién debía ser mi esposo la tomó mi tío, el rey Luis de Francia, noveno de su nombre, más cercano a un anacoreta que a un gobernante, que expiaba sus penas haciéndose azotar la espalda con cadenas de hierro, sentando a su mesa a los leprosos o lavando los pies de los pordioseros, y que tenía como metas en la vida la honestidad, la rectitud y el amor a Dios. Cuántas veces lamenté que en su elección de mi marido no hubiese tenido en cuenta ninguna de esas virtudes.

El caso es que con anterioridad yo había tenido escarceos con algunos pretendientes y me había dejado cortejar, no por el deseo de abrirles la puerta, sino por el gusto de experimentar en primera persona lo que leía en los relatos galantes, en las poesías provenzales y en los tratados del *Ars amatoria*. Y es que, entre aquellos libros que yo tenía, había uno por el que sentía una gran predilección. Me lo había regalado uno de mis pretendientes y su título era *Tratado del amor cortés*. En aquellas páginas el amor se presentaba como el origen de toda la felicidad, la raíz de todas las virtudes. Recuerdo que el autor, un clérigo quizá más docto en ese tema que muchos laicos, colocaba a la dama como la dueña del cortejo. Ella debía apaciguar las ansias del pretendiente y él había de ser mesurado, paciente y galante, pues el verdadero arte de amar no está en el objetivo, sino en el proceso. Por ello, el autor señalaba que el amor conyugal quedaba excluido del verdadero amor, pues era fruto de una obligación, no de la libre elección de los cónyuges. ¿Cómo se va a desear lo que ya se posee?

Yo leía aquello consciente de mi posición y sin intención alguna de contradecir a mi familia. Pero, en mi interior..., ¿quién sabía? Tal vez el clérigo estuviese errado y en el matrimonio podría encontrar ese amor que yo tanto anhelaba.

Me equivocaba.

Enrique, al contrario que yo, sí sabía lo que era el amor, y me bastó un solo día para descubrir sus sentimientos hacia mí. Años atrás se había enamorado de una mujer de la baja nobleza, con la que incluso tuvo un bastardo, y se había enfrentado a su hermano, el rey Teobaldo II, para que le dejase contraer matrimonio con ella, pero este se negó. Teobaldo no tenía hijos, ni nadie confiaba ya en que los tuviera por aquel entonces, y consideraba a su hermano como su heredero natural en el trono de Navarra. Enrique se enfrentó abiertamente con él por aquella decisión y le plantó cara; la discusión, en todo caso, llegó a su fin cuando Teobaldo amenazó con retirarle la renta anual que le había asignado: Enrique reconsideró prudentemente su postura y aceptó comprometerse conmigo. El día en que nos conocimos, Enrique me dejó claras sus intenciones:

—Me casaré con vos, como me exigen, pero no esperéis de mí cariño ni afecto. Mi corazón, sabedlo bien, está en otra parte.

Aunque yo comprendía que los matrimonios de la realeza podían funcionar perfectamente sin amor, me quedé desconcertada con aquella temprana muestra de hostilidad. Por poco experimentada que fuera en las relaciones entre hombres y mujeres, sabía que en algún momento tendríamos que coincidir, si es que queríamos tener descendencia, como de nosotros se esperaba.

Una noche, al poco de contraer matrimonio, una de las damas del palacio se acercó a mi habitación y me dijo que el rey quería visitarme en mis aposentos. Me puse un camisón de seda, me cepillé el pelo con esmero, mastiqué unas hojas de hierbabuena y me puse al cuello una cadena de oro con una gran perla engastada, regalo de mi abuela paterna, Blanca de Castilla. Ingenuamente, pensé que aquella noche experimentaría lo que tantas veces había leído: el acercamiento lento entre los amantes, las miradas furtivas, las caricias, los besos… La realidad no se pareció en lo más mínimo. Enrique entró en mi alcoba y, sin mirarme, se desvistió, me desató el camisón y me llevó a la cama. Yo recordé lo que mis damas me habían explicado y, en mi ignorancia, hice lo que pude, aguantando sus violentas embestidas, hasta que el rey se derramó. Entonces se levantó, se vistió deprisa y se fue sin más.

A partir de entonces, solo ocasionalmente el rey me visitaba en mis aposentos, y nuestros encuentros se reducían a la hora de la cena o con motivo de alguna recepción. Las cosas mejoraron ligeramente a partir de la muerte del rey Teobaldo II, que falleció junto a mi tío, el rey Luis IX, en la cruzada contra los moros en Túnez. A partir de entonces, con Enrique convertido ya en rey de Navarra, los encuentros nocturnos se hicieron más frecuentes, aunque tan poco placenteros como siempre, pues mi esposo quería tener cuanto antes un heredero al trono. Yo consentía sin entusiasmo, pero también sin reproches, aun cuando sabía que él seguía viéndose con su amante y que le proporcionaba una renta con la que mantenía al hijo que habían tenido en común. Un día, por fin, nuestros breves encuentros nocturnos dieron el fruto deseado: el ciclo se me interrumpió y descubrí con alegría que estaba embarazada.

El nacimiento de Teobaldo me trajo de golpe toda la dicha de la que, hasta entonces, había carecido. Fue tal mi emoción que quise incluso amamantarlo, algo a lo que Enrique se negó tajantemente: el nacimiento del heredero había provocado que muchos nobles vinieran a la corte a conocerlo y Enrique quería que yo estuviera siempre disponible para las recepciones. De modo que tuve que aceptar que mi hijo se criase en una habitación aneja a la mía, al cuidado de una de las amas de cría. El insufrible dolor de mis pechos, rebosantes de leche, me recordó en aquellos primeros días tras el alumbramiento lo absurdo de mi condición: ni siquiera me estaba permitido alimentar a mi hijo, si aquel era mi deseo.

Teobaldo crecía feliz en el palacio de Estella, donde pasábamos largas temporadas, huyendo del frío que se apoderaba de Pamplona durante los meses de invierno y del sofocante calor del estío. Tenía el pelo ensortijado, de un bellísimo color rubio, y unos ojos azules muy claros, como los de mi madre. Corría sin parar por las salas del palacio, escapando de mis brazos o jugando a pillar con las doncellas. A mí me gustaba jugar con él, pero cada vez me costaba más, porque al poco de nacer Teobaldo estaba ya embarazada de nuevo.

Una mañana, terminado ya el verano y a punto de partir para Pamplona, mi hijo y yo jugábamos al escondite en uno de los salones. Cerré los ojos, como él me pidió, y comencé a buscarlo después de contar hasta veinte. Normalmente se quedaba cerca, oculto detrás de algún mueble, o escondido entre los pliegues de las cortinas, y no me costaba mucho encontrarlo, pues siempre le delataban sus risas. Pero aquel día no pude hallarlo en los escondites habituales. Dejé el salón y comencé a buscarlo por las salas más próximas y por los pasillos, pero mi barriga estaba ya muy abultada y me costaba mucho caminar. Al poco tiempo mi tono dejó de ser de júbilo y dos damas de compañía me escucharon y acudieron a ayudarme.

—No puede estar muy lejos —dije—, solo conté hasta veinte.

Seguimos buscando por aquella planta hasta que vi abierta una pequeña puerta que daba acceso a la galería del piso superior. Salí corriendo y ascendí la estrecha escalera hasta el balcón, con el corazón acelerado. Cuando lo encontré, Teobaldo estaba asomado al borde de una ventana abierta, con la rodilla sobre la repisa. Lo llamé, pero él permaneció inmóvil, haciendo burlas. En ese momento llegó una doncella. Las dos nos miramos. Yo estaba paralizada: no me atrevía a acercarme porque tenía miedo de que tratase de huir y pudiera caerse. Las piernas me temblaban y sentí un agudo dolor en el vientre, como si la criatura que llevaba en mi interior pugnara ya por salir. Entonces la doncella se adelantó, caminando muy despacio y sonriéndole. Teobaldo le hizo una burla y se echó todavía un poco más atrás. La doncella no esperó más: se adelantó y lo tomó por la mano, pero cuando estaba cogiéndolo en brazos, mi hijo se revolvió para escaparse y se precipitó de espaldas al vacío. En aquel momento sentí que todo desaparecía a mi alrededor. La doncella se volvió con la faz contraída de espanto. Trató de decirme algo, pero las palabras se le ahogaron en la garganta mientras balbuceaba. Sin dar tiempo a más, se asomó a la repisa y se arrojó.

¡Cuántas veces he recordado aquel momento! ¡Cuántas veces lamenté no haber sido yo la que se acercase a mi hijo, no haber tomado la decisión de darle la mano y bajarle de aquella repisa! Todavía hoy lloro amargamente al recordar el cuerpo de mi pequeño sobre el frío patio de piedra, junto al de la doncella, y el reguero de sangre que salía de su cabeza reventada. Muchas veces sueño que camino hacia él y le tiendo la mano, pero, cuanto más rápido avanzo, más se aleja. Le llamo y corro, siempre en vano.

Mientras las otras muchachas se acercaban a la carrera y escuchaba sin entender nada sus gritos y lamentos, sentí las piernas mojadas y me desmayé.

Desperté ya en la cama, con una doncella a cada lado y la partera entre mis piernas. Poco después, todavía con las lágrimas en los ojos, mi hija Juana vino al mundo. Me la pusieron al lado y al escuchar su llanto yo también rompí a llorar sin consuelo posible. Nadie reía en aquella habitación. Y nadie me felicitó.

Apenas recuerdo nada de lo que ocurrió después: había perdido mucha sangre en el alumbramiento y estuve muy cerca de morir. Lo que sé es que Enrique no acudió a verme en todo el día, mientras trataban de contener la hemorragia dándome infusiones de jaramago blanco, ni tampoco al día siguiente. Me culpaba del accidente, lo sé..., y quizá tuviera razón. Solo envió a un paje para interesarse por mi estado y el de la niña. Al tercer día, por fin, entró en mis aposentos con gesto serio y sin dirigirme la mirada. Yo estaba tan agotada que apenas pude levantar un poco la cabeza.

—¿Cómo os encontráis? —me preguntó.

Me tomé un momento antes de contestar, sintiendo la rabia en mi interior.

—Algo mejor que ayer —respondí dolida—; y mejor aún que anteayer.

Su rostro se contrajo con arrepentimiento, pero enseguida se endureció de nuevo.

—Todo se ha llevado a cabo como procedía. Cuando os recuperéis, podréis...

Supe de inmediato que se refería al entierro de mi hijo y que ni siquiera se había tomado la molestia de informarme de ello. No pude contener por más tiempo las lágrimas.

—Mi hijo... —susurré—, mi pobre hijo.

Enrique resopló y se dio la vuelta. Luego se dirigió a la cuna en la que descansaba Juana. Iba tan despacio y con tanta desgana que parecía estar subiendo a lo alto de una montaña. La doncella retiró un poco la sábana que la cubría y Enrique le acarició la mejilla con el dorso de la mano.

El silencio se hizo en la sala mientras yo contenía la respiración.

—Se parece… —comenzó, pero dejó las palabras en el aire. Sin más, dio media vuelta y se fue. Aquella fue la última vez que estuvo en mi habitación.

Durante los dos siguientes años, Juana creció sin que apenas me separase de ella un momento. A pesar de las muchas voces que me decían que la niña debía permanecer con las amas de cría y que en ningún caso debía dormir en mi habitación, yo me negué rotundamente y coloqué su cuna en mi cámara desde la primera noche. No estaba dispuesta a cometer los mismos errores. La relación con Enrique se hizo entonces aún más fría. Los asuntos del reino consumían casi todas sus horas y el resto del tiempo lo dedicaba a comer y beber, en exceso primero y sin ningún tipo de mesura poco después. Las doncellas me hablaban de sus continuas borracheras, de sus comilonas y de lo irascible de su carácter. En más de una ocasión tuvo conflictos con Armengol, el obispo de Pamplona, y también con varios de los principales ricoshombres del reino. Navarra se desestabilizaba y Enrique no encontraba el modo de hacer frente a todos los gastos: el personal de los palacios, la defensa de las fronteras, el arreglo de los castillos… Acuciado por las deudas y mal aconsejado por el cabildo de la catedral, decidió romper la unión que hasta entonces existía entre los burgos de Pamplona a cambio de una importante suma de dinero. Paradojas del destino: él puso la semilla de la discordia y otros hubimos de recoger los frutos.

Yo, mientras tanto, trataba de mantenerme al margen y de ocuparme solo de los asuntos que atañían a mis posesiones francesas. Pensaba, con ingenuidad, que aquello era lo mejor y que separándome y separando a Juana de su padre la protegía de la espiral en la que Enrique parecía querer destruirse. Lo que nunca pude imaginar es que fuese a ser tan pronto. En el año de 1274, en el día más caluroso del verano, Enrique murió en la cama, ahogado por sus propias carnes. Durante su última semana de vida, incapaz ya de moverse, solo tuvo tiempo para hacer una cosa: tras casi dos años ignorándome y desdeñando a nuestra hija, reunió a las Cortes del reino e hizo jurar solemnemente a Juana como heredera del reino de Navarra.

Su destino estaba sellado, al igual que el mío.

Dos días después de la muerte del rey, convoqué Cortes por primera vez como regente de Juana, legítima heredera del trono. Todavía recuerdo aquel día con una claridad que me sorprende. Trataba de mantener la calma, pero no podía evitar sentir un profundo desasosiego, y que las manos me sudasen. El corazón me latía apresuradamente y el continuo ir y venir de personas en el interior de la catedral contribuía a aumentar mi nerviosismo. Inspiré hondo, tratando de tranquilizarme, y miré a mi hija, sentada en una sillita de madera y acompañada por dos de las damas de palacio. Llevaba un hermoso vestido blanco bordado con hilo de oro y ornado con pedrería, y los bucles del pelo le brillaban bajo la luz que se filtraba a través de una pequeña ventana de la nave de la epístola. No se había enterado apenas de las exequias realizadas en honor de su padre y jugaba distraídamente con un caballito de madera. Mientras la observaba, se volvió y me sonrió.

Desde mi posición podía ver discretamente a los grupos de hombres que conversaban en corrillos. Allí estaban reunidos los principales ricoshombres y también los representantes de las villas más importantes del reino. A pesar de que se guardaban muy bien de pronunciar sus opiniones en alto, yo necesitaba conocer sus voluntades y pareceres. Levanté el mentón y con una inclinación de cabeza llamé a uno de mis consejeros. Clément se acercó al instante.

—¿Han venido todos? —pregunté.

Clément asintió.

—Todos, señora: nobles, eclesiásticos y alcaldes de las villas.

Suspiré profundamente, tratando de aplacar los nervios.

—El rey ha conseguido convocar a más gente una vez muerto que en vida...

—Hay que tener en cuenta que el asunto que se trata es

fundamental, señora. Todos quieren saber cómo se va a desarrollar la regencia.

Le miré a los ojos, intentando encontrar las fuerzas que me faltaban.

—Debería sentirme protegida por ellos, pero me parecen más bien buitres acechando su carroña. ¿Cree que estoy equivocada?

—No sabría deciros, señora. Hoy tendrán la oportunidad de pronunciarse todos aquellos que tengan algo que decir.

—No son esos los que me preocupan. Temo más a los que callen...

Clément inclinó la cabeza mientras yo miraba con discreción a los hombres allí reunidos. Uno en particular me llamó la atención. Era alto y corpulento, de pelo largo, algo canoso, y con una frondosa barba. Sonreía distraídamente mientras conversaba con otro ricohombre. Tuve la impresión de que le importaba muy poco lo que le estaban diciendo. Entonces se volvió y, al tiempo que inclinaba la cabeza, me miró con una expresión que me violentó. Conocía aquella mirada y sabía lo que significaba.

—¿Cómo se llama aquel noble de gesto altivo? —pregunté.

—¿El de la capa negra?

Asentí todavía con el escalofrío en mi espalda. Su rostro me resultaba familiar, pero por más que lo intentaba no era capaz de recordar ni su nombre, ni su título.

Clément me susurró al oído, con la mano tapando sus labios:

—Es don García Almoravid, señor de la Cuenca y las Montañas. Cuenta con muchas y buenas tierras al norte del reino. Tiene pocos amigos, pero son muchos los que le temen y respetan. Proviene de una familia poderosa y con fuertes lazos con Castilla.

—García Almoravid... Sí, creo que escuché al rey hablar de él en alguna ocasión. Me parece que no era de su agrado.

—Pocos nobles son del agrado de sus reyes —dijo Clément, y en sus palabras intuí un deje de ironía.

—Lo sé, pero necesito conocerlos y apoyarme en ellos si quiero que Juana permanezca al frente del reino.

—Así es, mi señora.

Volví a mirar a mi hija y no pude evitar un sentimiento de tristeza al contemplarla tan ignorante de todo lo que tendría que sobrellevar a lo largo de su vida. «Tienes casi dos años y ya eres reina —pensé—. Nada fácil te espera a partir de ahora.»

Clément me sacó de mis pensamientos.

—Aquel otro, el de la barba rojiza, es Pedro Sánchez de Monteagudo, señor de Cascante.

Lo miré con detenimiento. No era tan alto ni corpulento como García Almoravid. Estaba conversando con otros nobles y escuchaba atentamente lo que le decían.

—A él sí lo recuerdo. Creo que el rey lo apreciaba, ¿verdad?

—Así es, majestad, el difunto rey confiaba en él y le encargó que concertase el matrimonio de doña Juana con el infante de Inglaterra. Aunque aquel compromiso quedó finalmente en nada, está claro que un nuevo enlace es sin duda el asunto prioritario ahora...

Asentí y le invité a que continuase.

—Bien sabéis que vuestra hija —prosiguió Clément— es la carta que decide la partida. Entre todos estos señores algunos querrán acercarse a Aragón y otros, a Castilla; y vos tendréis que decidir, me temo que sin tardar. Sé que no es asunto de vuestro agrado, pero...

—No lo es, pero soy la reina regente y he de velar por el bienestar de Juana y por mantener sus derechos. —Bajé un poco más la voz—. De todos modos, y aunque sé que este es el asunto principal, ahora es otro el tema que más me apremia.

—Elegir gobernador.

—Sí, y hacerlo rápido y bien. No deseo que el reino se desestabilice. No es conveniente ni para mí, ni para ella. Cuanto más fuertes seamos, en mejor disposición estaremos para negociar.

Clément alzó la vista y buscó a otro de los consejeros, Lucien. Este se acercó presto. Me dirigí con ellos tras una de las columnas de la nave.

—¿Hemos decidido ya? —pregunté.

Lucien inclinó la cabeza.

—Mi señora, respetuosamente consideramos que la mejor opción es don Pedro Sánchez de Monteagudo. Así lo hubiese querido vuestro difunto esposo. Tiene muchos valedores, su familia ha estado vinculada a la realeza durante años y conseguirá que vuestra regencia se desarrolle con tranquilidad. O así lo creemos, al menos.

—¿Hay más opciones?

—Las Cortes tendrán que hablar, pero los otros dos señores que se postulan, don Gonzalo Ibáñez de Baztán y don García Almoravid cuentan con menos apoyos y su carácter es menos propicio para este cargo. Don Gonzalo ha sido siempre leal a la Corona, pero le falta capacidad de mando y determinación; o, al menos, no lo ha demostrado hasta el momento. Y don García… —Lucien nos miró y se dio cuenta al instante de que ya habíamos tratado aquel asunto—. En cambio, Monteagudo es prudente y apaciguador y siempre se ha distinguido por anteponer los intereses de Navarra a los suyos.

Lucien hizo una nueva reverencia y se echó un paso atrás. Yo tomé mi decisión.

—Sea, pues —dije—. Hablad con los demás nobles y con los representantes de las villas y hacedles saber discretamente nuestro parecer.

—Lo haremos, pero no es seguro que quieran seguir vuestra voluntad —apuntó Clément—. Las Cortes podrían mostrar otra opinión.

—Cuento con ello; pero no está de más que conozcan nuestra preferencia. Si como regente he de cuidar del trono de mi hija, han de saber que tengo intención de ejercer con firmeza mi responsabilidad. Y que tengo mi criterio.

Los dos inclinaron la cabeza y fueron a mezclarse entre los nobles, clérigos y representantes de las buenas villas. Entonces, me acerqué a Juana y le susurré al oído:

—Cuidaré de ti; lo que ocurrió con tu hermano no se repetirá, lo juro.

Ella me miró sin entender y siguió jugando despreocupada.

Apenas media hora más tarde, el obispo Armengol se acercó a mí, seguido del prior de la catedral y de dos de los miembros del cabildo. El obispo era alto, con el pelo negro, de bellas facciones y con unos profundos ojos verdes. Tenía temple y buenos modales, lo cual no había impedido que discutiera habitualmente con el difunto rey. Yo, sin embargo, le tenía simpatía: había bautizado a mis dos hijos y ante él me había confesado en más de una ocasión. Le consideraba un verdadero hombre de Dios, algo extraño de encontrar incluso en el propio seno de la Iglesia. Alguna vez me habían llegado chismorreos acerca de las amantes que el obispo tenía, algunas incluso de la alta nobleza, pero nunca había dado pábulo a tales habladurías. Tampoco me hubiesen importado de ser ciertas, pues nunca he entendido qué tiene que ver el servicio a Dios con el disfrute de los placeres carnales.

—Señora —dijo el obispo—, todo está dispuesto. Las Cortes pueden comenzar cuando estiméis oportuno. Quiera Dios que el gobernador que hoy sea elegido lleve a nuestro reino por el mejor de los caminos.

Asentí y tomé la mano que el obispo me ofrecía.

—Así sea, excelencia. Estoy convencida de que todo el reino se verá favorecido por lo que aquí decidamos.

Iba a dar el primer paso, cuando el prior de la catedral, Sicart, se interpuso lo suficiente para impedir que avanzase.

—Dios nos guiará hoy, sin duda —dijo, mirándome desde abajo y con una ligera sonrisa—, aunque no faltan quienes parecen querer indicarle el camino...

Al obispo aquellas palabras le disgustaron.

—¿Qué queréis decir? —preguntó—. ¿Suponéis, acaso, que la voluntad de Dios puede verse torcida por lo que unos u otros dispongan?

—No es tal mi osadía —dijo el prior agachando la cabeza y retirándose un paso con una reverencia—. Es evidente que la voluntad de Dios se cumplirá, pero puede ser contraproducente que se fuercen las cosas por un determinado sendero desde el principio, sin esperar a conocer la voluntad de todas las partes.

Tuve ganas de contestar de inmediato a aquel atrevimiento, pero logré contenerme. El prior me desagradaba profundamente; no soportaba ni su sonrisa complaciente, ni sus exagerados gestos, pero de momento no me parecía conveniente buscarme más problemas de los que ya tenía. El cabildo de la catedral, a cuya cabeza estaba el prior, era muy poderoso y yo sabía que ponerme en su contra supondría tener un enemigo en la capital del reino. De todos modos, me costaba entender su actitud; yo había querido que se filtrara mi voluntad de escoger a Monteagudo como gobernador del reino y sabía que este era visto como un hombre justo y moderado por la mayor parte de los notables del reino... ¿No era eso lo que pensaba el prior? ¿Tenía otro candidato?

—Habéis hablado con libertad —dije por fin—, y eso me gusta. No por ser reina mi palabra tiene que valer más, pero tampoco menos. Tengo mis opiniones y mis voluntades, pero, por fortuna, en este reino no se hace solo lo que uno dispone, sino lo que el conjunto del pueblo reunido en Cortes aprueba. Dejemos, por tanto, que sea el pueblo el que hable. ¿No os parece lo justo?

Al prior se le borró la sonrisa. Hasta entonces siempre había tratado los asuntos del reino con el rey y, a pesar de su genio y de sus ataques de ira, creo que mi esposo le había parecido una persona manejable. No tenía ni la más mínima intención de que pudiera llegar a pensar eso de mí.

—Sea como decís, señora; dejemos a las Cortes de Navarra que expresen su voluntad soberana. Lo que ellas decidan en conjunto será siempre mejor que lo que unos u otros prefiramos por separado.

Me di cuenta de que el prior no se daba por vencido y de que con aquella frase final volvía a recriminarme que hubiese mostrado mi preferencia por Pedro Sánchez de Monteagudo, pero no quise continuar con el asunto y menos aún con un intercambio de comentarios sibilinos. Miré al obispo e intuí que él también deseaba acabar con aquello y comenzar cuanto antes. Sin contestar al prior avanzamos juntos hacia el ábside de

43

la catedral, mientras los demás participantes de la asamblea se sentaban. La luz se colaba discretamente por las ventanas de las naves y, a diferencia del sofocante calor del exterior, el interior del templo estaba fresco. Me senté en el trono, con Juana en el regazo. El obispo lo hizo a mi derecha y Clément, a mi izquierda, un poco retirado. Me di cuenta de que ya no me sudaban las manos, el estómago ya no me bailaba y los latidos habían dejado de golpearme como antes en el pecho.

A pesar de lo difícil de aquellos últimos días vividos tras la muerte del rey, tuve el presentimiento de que aquella mañana mis deseos se cumplirían.

Por desgracia, no siempre sería igual.

# 3

Cuando las circunstancias son adversas resulta fácil recurrir al victimismo. Surgen entonces las disculpas, las excusas y los lamentos. Pero en mi caso es tal el arrepentimiento y el dolor que siento por mi conducta que la vergüenza me impide sentir lástima de mí. Si siento pena por alguien es por mi mujer y por mi hijo. Yo no habré de verlo ya, pero ellos llevarán por siempre la mancha que su padre dejó en el nombre de la familia. La reina me escogió, es cierto, mas la responsabilidad de mis actos fue solo mía. Ahora veo mis errores, que fueron muchos, aunque uno pesó más que el resto: quise hacer de puente entre dos extremos, pero es de necios tratar de ser un puente cuando las orillas se están separando.

Si pudiera regresar atrás...

Recuerdo bien mi primer día tras ser elegido como gobernador del reino. Me encontraba en unas dependencias que el obispo había puesto a mi disposición en la catedral y un golpeteo sobre la puerta me despertó. Aquella noche había dormido poco, quizá preso de los nervios, y me encontraba cansado. Me levanté de la cama y, atravesando la habitación, llegué hasta la puerta y abrí.

—Mi señor —dijo Rodrigo, mi criado más cercano y querido—, don García Almoravid os espera.

—¿Don García? ¿Aquí? —pregunté, extrañado.

—Así es. Dice que quiere hablar con vos. Le hice pasar; espero que no os haya molestado.

—No, no importa… Enseguida voy.

Rodrigo se retiró. Me senté en el borde de la cama, todavía sorprendido por la noticia.

—García Almoravid… —me dije—. ¿Qué demonios querrá?

Conocía a don García desde tiempo atrás, pero siempre habíamos coincidido en situaciones solemnes como las reuniones de Cortes o las audiencias en el palacio. No me imaginaba por qué quería verme en privado.

Levanté la vista y miré el retrato de mi padre que siempre llevaba conmigo. De él lo había aprendido todo: a ser servicial, pero no servil; a ser duro, pero no inconmovible; a ser leal, pero no adulador. Los reyes anteriores habían confiado en él y mi mayor deseo era hacerme merecedor del mismo aprecio.

Me vestí sin demasiada prisa y abandoné la alcoba para dirigirme al saloncito anejo. Tomé asiento en la gran mesa que ocupaba el centro de la estancia y llamé de nuevo a Rodrigo.

—¿Mi señor? —dijo este, al entrar.

—Haz pasar a don García.

Rodrigo inclinó la cabeza y se retiró. Al poco regresó seguido del invitado y lo anunció:

—Don García Almoravid, señor de la Cuenca y las Montañas.

Este penetró en la sala al tiempo que yo me levantaba. Venía con la cabeza muy alta y las maderas crujían bajo sus pies. Rodrigo se retiró.

—Gracias por recibirme, señor… ¿gobernador? Porque… ya he de llamaros así, ¿no es verdad? —me preguntó don García, mientras me estrechaba la mano con languidez.

Lo miré fijamente, preguntándome si en sus palabras había pleitesía o mofa.

—Así es —respondí—; las Cortes de Navarra así lo dispusieron. Solo falta recibir el nombramiento de manos de la reina. Y, si no me equivoco, será antes de que acabe este mes de agosto.

—Eso he oído —dijo, como quitándole importancia al asunto—. Y también he oído que doña Blanca maniobró para que fuerais vos el elegido. Parece ser que quería alguien…, ¿cómo decirlo?, ¿manejable?

—Conciliador.

—Sí, eso es —afirmó, esbozando una leve sonrisa—. Parece que tengo fama de inflexible, por lo que he oído. Algunos confunden firmeza con obstinación.

—En cambio nadie confunde obstinación con prudencia; quizá por ello me han elegido a mí y no a vos.

La sonrisa se le borró y dio un paso atrás. En ese momento vino Rodrigo con una copa, pero al ir a dármela se le escurrió entre las manos y un poco del vino se vertió sobre mis ropas.

—Lo siento, señor —dijo él, avergonzado y tratando de limpiarme—, no sé qué me ha pasado.

—No te preocupes, Rodrigo —le tranquilicé—. No es más que vino. Puedes retirarte.

Se fue con la cabeza baja y vi que don García no le quitaba la vista de encima.

—Está bien ser magnánimo, pero gobernar supone también saber castigar; sobre todo al que se comporta con torpeza.

Aunque apenas llevaba unos instantes con él, su presencia estaba empezando a importunarme profundamente.

—A mis sirvientes los reprendo yo, si se da el caso de tener que hacerlo; y nadie más. Y lo mismo haré al frente del reino, si eso es lo que os preocupa.

Se rio sin venir a cuento y me pareció que se sentía a gusto cuando la situación se ponía tensa.

—No he venido a discutir sobre vuestro nombramiento, aunque lo haría con ganas, sino a hablar del futuro de Navarra. Eso es lo que me preocupa. No puedo negaros que hubiera preferido que el cargo recayese en mí, y no en vos, pues es evidente que estoy más preparado para ello, pero de momento las cosas discurren dentro de lo aceptable. No confío mucho en el criterio de la reina, pero al menos respeta las decisiones de las Cortes. ¡Qué demonios! —dijo haciendo un exagerado ademán—, ya es más de lo que hicieron los reyes anteriores.

Respiré hondo esperando a que continuara, pero en vista de que no proseguía intervine.

—Decidme, pues, qué es lo que os preocupa. No creo que hayáis venido solo...

—La posición de Blanca de Artois es débil —dijo, interrumpiéndome— y temo que se deje llevar demasiado por esos consejeros franceses afeminados que la siguen como perrillos falderos. Debemos mostrar firmeza y determinación y dejar a un lado nuestras diferencias para conseguir que Navarra siga siendo libre y no quede sometida al rey Felipe de Francia. Eso sería inaceptable.

—El rey don Enrique era francés y también lo eran su hermano y su padre, y ese no fue ningún problema...

—Enrique era francés, pero gobernaba desde Navarra. Lo que no es admisible es caer en las garras del primo de Blanca y ser gobernados desde París como simples lacayos.

—Me temo, y creo que vos también lo sabéis, que no es solo el rey Felipe quien está interesado en el futuro de Navarra. Por eso debemos sopesar con mucho cuidado nuestras decisiones y encontrar una vía que satisfaga a todos y que no enfade a nadie. Y no es sencillo.

Don García sonrió de manera hipócrita.

—No lo es, pero si la reina regente ha confiado en vos, será porque os considera el más idóneo para dicho cometido.

—La reina y las Cortes —maticé.

—Y las Cortes..., por supuesto —dijo con displicencia y poniéndose en pie—. En fin, solo os deseo lo mejor en vuestro cargo y os muestro mi total colaboración en lo que preciséis, siempre que sea por el bien del reino.

Valoré la sinceridad de sus palabras, pero no pude hacerme una idea muy clara.

—Os lo agradezco, sois muy amable.

Don García se dirigió hacia la puerta, pero, cuando estaba a punto de salir, se volvió.

—Sabed que Navarra es fiel con los que mandan, cuando estos le son fieles.

Fui a decir algo, pero cerró antes de que pudiera hablar. Recapacité. Pocos días después juraría mi cargo ante la reina regente. Era un orgullo indescriptible, pero conseguir el consenso de todas las partes dentro del reino y soportar la presión exterior iban a ser muchos frentes abiertos al mismo tiempo, y dudaba de mi capacidad para lograrlo. La visita de don García, por otra parte, no había hecho sino sembrar aún más dudas. ¿Qué querría aquel manipulador? Me quedé mirando el techo y fijé la atención en una de las figuras del artesonado de madera: un león devorando a un cervatillo. «No puedo ser despiadado como el león, pero tampoco manso como el ciervo. ¿Cuál será mi posición, entonces?» Miré un poco más allá y vi la figura de un zorro acechando a un conejo. Sonreí. «Astuto como un zorro; eso es.»

Unas semanas después, las Cortes se convocaron en la catedral. La regente, con su hija al lado, levantó la mano y la ceremonia comenzó. Todos lucíamos nuestras mejores galas y la catedral se encontraba adornada para la ocasión con estandartes y flores. En el exterior, además, se agolpaban los vecinos de la ciudad de la Navarrería y también muchos venidos del burgo de San Cernin y la población de San Nicolás.

Uno de los consejeros de la reina inclinó ligeramente la cabeza y a su señal avancé por el pasillo central del templo hasta el ábside, donde la reina me esperaba con un bastón en la mano. Vestía un traje de color azul claro, con adornos de flores bordados en hilo de plata. Sobre los hombros portaba una capa ocre con pieles de armiño en el cuello. Sus penetrantes ojos verdes me miraban mientras me acercaba y su rostro me pareció más hermoso que nunca. Cuando llegué ante el trono, me postré ante la reina e incliné la cabeza. Imperaba el mayor de los silencios y cerré los ojos para disfrutar aún más de aquel extraordinario momento.

—Don Pedro Sánchez de Monteagudo, señor de Cascante —dijo la reina, poniéndose en pie—, ante las Cortes del reino de Navarra y como regente de este en nombre de doña Juana, mi hija y legítima reina, os nombro gobernador del reino para que defendáis sus derechos y sirváis a sus intereses y a los de nuestra tierra.

Me levanté despacio y tomé con mano firme el bastón que la regente me ofrecía.

—Mi señora —comencé—, acepto con humildad este mando que me otorgáis y juro hacer servir los intereses de vuestra hija y de Navarra, así como obedeceros a vos y a las Cortes del reino. Y, por mi honor, antes moriré que faltar a mi palabra.

Qué fácil es jurar y qué difícil cumplir con lo prometido.

Incliné de nuevo la cabeza y me coloqué al lado de la reina, al tiempo que los canónigos de la catedral entonaban un himno. Todos permanecíamos en pie mientras las bellas voces llenaban cada uno de los rincones del templo y yo sentía cómo la música penetraba en mi cuerpo y vibraba en mi interior. Cuando el cántico terminó, los presentes, uno a uno, fueron pasando ante la regente, ante la pequeña reina Juana y ante mí, para jurar lealtad a lo dispuesto en las Cortes y para felicitarme por el nombramiento.

—Espero que encontréis el camino correcto en las decisiones que hayáis de tomar de aquí en adelante —me dijo Gonzalo Ibáñez de Baztán, el primero en acercarse, mientras me estrechaba la mano—. No siempre es fácil, y menos cuando son tantos los intereses que hay en juego.

Incliné algo la cabeza, en señal de asentimiento. Conocía bien a Gonzalo y, aunque nuestros intereses no siempre habían coincidido en el pasado, sabía que era una persona de palabra, un verdadero ricohombre y un amante de su tierra, al igual que yo. Ese era el tipo de personas necesarias en un momento tan crucial para Navarra. Gonzalo Ibáñez de Baztán era alférez del estandarte real y por tanto me superaba en honores dentro de los nobles del reino, pero no vi en él nada que me hiciera pensar que rechazara mi elección o que le hubiese parecido mal.

El siguiente en llegar fue don García Almoravid, que se acercó caminando muy despacio y con una casi inapreciable sonrisa. Juró lealtad a la reina y también a mí; y luego, en voz más baja, me dijo:

—Las Cortes os ayudarán, pero las decisiones tendréis que tomarlas vos.

Le miré fijamente, mostrando quizá más firmeza en mis gestos y mis palabras de la que realmente sentía en mi interior.

—Lo sé: decidir nos hace libres, pero también responsables. Y yo responderé ante la reina y ante las Cortes de las decisiones que haya de tomar. No lo dudéis.

Inclinó la cabeza en un exagerado gesto de sumisión y se retiró.

Acabadas las felicitaciones, los representantes de las buenas villas fueron exponiendo sus diversas reclamaciones. La reina asistía distraída a la retahíla de demandas, peticiones, súplicas y exigencias, mientras yo escuchaba atento y uno de mis ayudantes apuntaba diligentemente las solicitudes. Al cabo de unas dos horas, di por terminada la audiencia. Al día siguiente continuaría con las peticiones de los ricoshombres y un día más tarde con las del obispo, con las del prior y con las de los canónigos de la catedral, con las de las iglesias de las villas y con las de los monasterios. Sabía que todo aquello sería complicado, en especial contentar a los nobles, pero ahora tenía en mente otro asunto con el que llevaba tiempo dando vueltas y que sabía que iba a traer complicaciones. Levantándome de la silla me dirigí a la regente:

—Majestad, hay un asunto que debemos tratar a la mayor brevedad, dada su importancia. Supongo que sabréis a qué me refiero.

Miró a su lado y encontró la mirada de Clément, su consejero, que inclinó la cabeza en señal de asentimiento. Rara vez la reina hacía algo sin contar antes con su aprobación.

—Os referís a la educación y al futuro de mi hija, si no me equivoco.

—Así es. El matrimonio que se concertó entre el pequeño Teobaldo y la hija de Alfonso de Castilla hubiese proporcionado estabilidad al reino, pero la desgraciada muerte de vuestro hijo, que Dios le tenga a su lado, dejó a Juana como heredera.

El rostro de la reina se contrajo por un instante, pero luego me invitó a que continuara.

—Ahora todas las miradas están puestas sobre vuestra hija, y debemos actuar con mucho cuidado para preservar su trono.

—Lo sé. Los juramentos son hoy unos y mañana, otros; por ello, la mejor forma de consolidar los derechos de mi hija es concertar un matrimonio que aleje hasta su mayoría de edad los intentos de violentar su posición al frente del reino. Pero habéis de saber que no me quedaré de brazos cruzados mientras otros deciden por mí o por mi hija. Sabré asumir las responsabilidades, pero no me echaré a un lado. Otras veces lo hice en el pasado y no pienso repetir mis errores.

Respiré hondo: no conocía demasiado a la reina, pero comenzaba a darme cuenta de que su carácter no era sumiso.

—Los momentos que nos ha tocado vivir son estos; y todos tendremos que dar lo mejor de nosotros si queremos conseguir lo más conveniente para el reino, para vos y para vuestra hija.

Mientras hablábamos, algunos ricoshombres se habían aproximado y de momento permanecían un poco apartados. Vi entre ellos a García Almoravid y a Gonzalo Ibáñez de Baztán. Al principio tuve la intención de pedir a la reina que nos retiráramos a un lugar más apartado, donde nadie pudiera escucharnos, pero al final cambié de opinión. Si quería que las decisiones se tomaran por consenso, no convenía mostrar tan pronto una actitud reservada ante los demás nobles, y menos ante esos dos. Con un gesto les invité a acercarse, y también al obispo Armengol. El prior Sicart, que estaba junto al obispo, se aproximó sin ser invitado.

—Señores —dije, tratando de mostrarme conciliador—, es de vital importancia que en estas Cortes podamos consensuar una decisión acerca del futuro de la reina Juana. Creo que no sorprendo a nadie si digo que ese es el asunto más importante en este momento para la estabilidad del reino.

—Lo es —se apresuró a decir el obispo—. Y ningún lugar mejor que esta catedral de Santa María para que entre todos podamos, con la ayuda de Dios, dar la mejor respuesta a esta cuestión.

Todos inclinamos la cabeza en señal de respeto.

—Como bien sabéis —continué—, Navarra y Aragón estuvieron unidos antiguamente y el amor entre los dos reinos es grande. Por ello considero conveniente encontrar el modo de concertar un acuerdo con Aragón que garantice los derechos de Juana en el trono de Navarra.

La reina miró a Clément y le invitó a participar.

—Sabemos que Navarra y Aragón estuvieron unidos hace tiempo, pero ahora puede que nuestra situación de debilidad no acabe en la cordial unión de los reinos, sino en un sometimiento. Juana es la legítima reina y eso no merece discusión, ya lo diga el rey de Aragón o el mismísimo Papa.

—No os falta razón en lo que exponéis —dije, sopesando sus palabras—, pero un árbol puede impedirnos ver, si nos ponemos tras él, o permitirnos ver más allá si subimos a su copa. Aragón puede ser el mejor aliado para conseguir que se respeten los fueros y las libertades de nuestra tierra. Ese es nuestro mayor interés, sobre todo teniendo en cuenta los desafueros que el difunto Enrique y sus antecesores cometieron...

La reina se revolvió en el asiento y me di cuenta de inmediato de la inconveniencia de mis palabras. Había sido muy torpe malmetiendo contra Enrique en presencia de la reina, también francesa. Iba a disculparme cuando García Almoravid intervino.

—Creo que el gobernador tiene razón, señora —dijo para mi absoluto asombro—. Todos tenemos virtudes y defectos y los últimos reyes obraron bien en muchas cuestiones, pero en otras se alejaron de los fueros de esta tierra y trajeron desvelos e inquietud. Creedme cuando os digo que el gobernador solo quiere lo mejor para este reino.

La reina asintió un poco y tomó la palabra:

—Habéis hablado bien, don García. Por lo que sé, las buenas villas del reino tuvieron muchos pleitos con Enrique y sus antecesores, que en ocasiones obraron sin prudencia e ignoraron las costumbres de Navarra. Trataré de no cometer los mismos errores.

Todos inclinamos la cabeza. Yo, después de sobreponerme a la sorpresa que me produjo que don García me sacase de aquel atolladero, me decidía a continuar cuando Almoravid se me adelantó de nuevo.

—Pero si el gobernador ha acertado en la enfermedad, no lo ha hecho en el remedio. —Me mordí la lengua; era evidente que don García no iba a ofrecerme su ayuda a cambio de nada—. Está claro que la mejor solución no es Aragón, como don Pedro propone, sino Castilla. Si vuestro difunto esposo tenía como primera opción casar al primogénito Teobaldo con la hija del rey Alfonso, por algo sería, ¿no os parece? Castilla es ahora el reino más fuerte y creo que todos convendremos en que es mejor estar del lado del fuerte que del lado del débil.

—Un acuerdo con Aragón equilibraría las fuerzas —dije.

—¿Y qué necesidad hay de equilibrar nada cuando podemos estar del lado que inclina la balanza? —intervino entonces el prior Sicart. Hablaba poco, pero sus palabras siempre emponzoñaban las discusiones. Traté de mantener la calma, aunque creo que no logré evitar que mi voz mostrase ya algo de irritación.

—No es de prudentes buscar el enfrentamiento cuando puede lograrse la concordia —dije—. Creo que debemos intentar alcanzar un buen acuerdo con Aragón. No una sumisión, sino un entendimiento.

El obispo, para mi alivio, tomó la palabra antes de que el prior se entrometiera de nuevo.

—La situación no es sencilla, mi señora, pero me parece que al gobernador no le falta razón. Es lo más natural y lo que más estabilidad daría al reino. Aliarse con Castilla pondría al monarca aragonés en el compromiso de tomar posiciones frente a Navarra para defender su reino. Un equilibrio de fuerzas parece más prudente, siempre y cuando Aragón se comprometa a respetarnos como reino y a respetar a vuestra hija.

Don García Almoravid tenía el semblante contrariado, al igual que el prior Sicart. Gonzalo Ibáñez permanecía en silencio. Entonces Clément intervino.

—El rey Felipe de Francia siempre ha mostrado su amistad con Navarra y no creo que esta ocasión vaya a ser distinta. La reina Juana podría criarse en París, lejos de las polémicas y de los enfrentamientos, y bajo la tutela de su tío. Si la alejamos de Navarra y posponemos su compromiso para más adelante, estaríamos echando agua al fuego, no más leña como proponéis.

Gonzalo Ibáñez rompió su silencio.

—Eso sería poner el reino de Navarra al servicio del rey Felipe y ya hemos comprobado el poco respeto que tienen por nuestras costumbres los de más allá de los Pirineos… Perdonad mi rudeza, mi señora —dijo, mirando a la reina a los ojos—, pero hablo como me dicta mi conciencia y en defensa de los intereses de esta tierra. Creo, francamente, que la opción que propone el gobernador es la más sensata.

Clément iba a intervenir de nuevo, pero la reina levantó la mano y le hizo callar.

—Por lo que veo, son diferentes las posturas, aunque es mayoritaria la de buscar un entendimiento con Aragón. Y no he nombrado gobernador para contradecirle a la primera ocasión, sino porque confío en su buen criterio. Si así opinan también el resto de los nobles y las buenas villas del reino, os ruego que establezcáis contacto con el rey Jaime para conocer su parecer y sus intenciones.

Todos inclinamos la cabeza, y yo sentí cómo el pecho se me llenaba de un inmenso gozo. Tomé de nuevo la palabra:

—Así lo haré, siempre en defensa de los intereses de Navarra y de vuestra hija.

Estaba la reina a punto de levantarse cuando se oyó un tumulto a los pies de la catedral. Mientras los presentes se iban apartando, un mensajero llegó jadeando con una carta en la mano. Tras recobrar el aliento, se la entregó a la reina.

—Señora, el infante don Pedro de Aragón, en nombre de su padre, don Jaime, se encuentra en la frontera del reino y viene seguido por muchos caballeros armados y soldados a pie. Os envía esta carta.

La reina tomó el sobre lacrado y me lo entregó. Agradecí aquel gesto de confianza y, rompiendo el lacre, comencé a leer. El corazón se me heló al instante.

—Mi señora —dije al terminar la carta, con voz trémula—, el rey Jaime envía a su hijo, el infante don Pedro, para reclamar sus derechos sobre el reino de Navarra.

El silencio se hizo entre nosotros, hasta que Almoravid lo rompió.

—¡Esto no hace sino darme la razón en lo que dije antes! —exclamó—. El rey desea el trono navarro y nos amenaza con sus armas. ¿Es ese el acuerdo amistoso del que estábamos hablando?

Tuve ganas de contradecirle, pero me contuve. Tomé la carta y, despacio, la leí de nuevo, ante el silencio y la expectación de los demás. Entonces una intuición cruzó mi cabeza y creí ver una salida para aquello. No era un camino fácil, pero me veía capaz de emprenderlo.

—No es lo que esperábamos, lo acepto —dije, levantando la vista—; pero creo que sé la manera de poner el viento de nuevo a nuestro favor. Majestad, con vuestro permiso partiré de inmediato a la frontera. Desearía que me acompañase el obispo, si ese es su deseo y el vuestro.

La reina me miró fijamente y, durante unos instantes, que se me hicieron eternos, pensé que aquella iba a ser la primera vez que perdería su aprobación.

—Partid inmediatamente y traednos noticias en cuanto os sea posible. El futuro del reino está ahora en vuestras manos. El obispo os acompañará, ¿no es así, excelencia?

—Así es —dijo Armengol, complacido. A su lado, el prior Sicart se mostraba circunspecto.

Incliné la cabeza y me acerqué al obispo. Su presencia a mi lado me daba confianza.

—No hay tiempo que perder, excelencia. Hemos de partir sin demora.

—Estoy de acuerdo —convino y luego bajó un poco la voz, para que los demás no nos oyeran—, pero ¿cómo haremos para contener a los aragoneses? ¿Hablaréis con los demás nobles para reunir tropas?

—Tengo otra idea. Y pido a Dios que resulte bien.

Ambos nos alejamos y, poco después del mediodía, partimos acompañados por algunos consejeros, pero sin apenas hombres armados.

El futuro de Navarra, para bien o para mal, se encontraba ahora en mis manos.

# 4

En mi larga vida he conocido a personas de toda condición. Algunos tenían el corazón de hierro, impenetrables a la compasión o incapaces de sentir el dolor ajeno. Otros eran de alma pura como la nieve, pero tan ingenuos que sus actos de bondad se estrellaban sin remisión contra el muro de la realidad. Sin embargo, puedo decir con certeza que nunca conocí a nadie tan noble como Pedro Sánchez de Monteagudo, con quien me tocó compartir los momentos más difíciles del reino de Navarra. Y mis palabras no son vanas, pues no le traté solo como servidor del reino, sino que compartí con él sus más íntimos pensamientos, aquellos que solo se revelan en el acto de confesión. Todavía no entiendo cómo pude caer tan bajo, cómo pude llevar tan lejos mi traición, pero sé que ni el mismísimo Dios puede perdonarme lo que hice y que no hay redención posible para mí. Solo pido que el alma de Pedro Sánchez de Monteagudo encuentre el camino al cielo, ya que la mía vagará por siempre en las llamas del infierno.

Entre todos los nobles del reino y los buenos consejeros que la corte de Pamplona tenía, él me escogió para acompañarle en su primera misión como gobernador. Habíamos confiado en que su nombramiento traería la estabilidad a Navarra, pero los enemigos no habían perdido el tiempo para lanzar sus amenazas. Y la primera y más acuciante era la del infante don Pedro de Aragón en la frontera.

Tras salir de Pamplona llegamos en dos jornadas a la villa de Tarazona, ya en el reino de Aragón. Esta se elevaba sobre una loma y estaba rodeada por una fuerte muralla; pero el punto de encuentro era otro: la catedral, al otro lado del río. Bordeamos la población y, tras cruzar por un puente de madera y desmontar, entramos en el templo. Era un edificio magnífico: los pilares parecían elevarse hasta el cielo y las paredes casi habían desaparecido para dejar lugar a unos enormes ventanales que proporcionaban a la iglesia una luz y una calidez especiales. Pensé en lo diferente que era la catedral de Pamplona, oscura, fría y pesada, y aquello me produjo un profundo sentimiento de inferioridad. Pedro Sánchez de Monteagudo debió de intuir mis cavilaciones y, acercándose de nuevo a mí, me dijo:

—Son columnas altas, excelencia, pero solo están hechas de piedra. Los robles de nuestra tierra son más robustos.

Después del consuelo proporcionado por su determinación, avanzamos por el interior del templo hasta tomar asiento en el primer banco del lado del evangelio. En la parte opuesta del pasillo central estaba el infante don Pedro, con su séquito. Al poco comenzó la misa. Con todo el fervor que pude, pedí sabiduría para acometer mi misión y valor para completarla.

Al concluir la misa, le hablé al gobernador en voz baja:

—No sé qué capacidad de negociar tendremos. Estamos fuera de Navarra y, por lo que dicen, el infante don Pedro es duro y obstinado, más incluso que su padre. Ya habéis visto el campamento que ha levantado en la frontera. No habrá menos de cuatrocientos caballeros. Y han tenido buen cuidado de que los viéramos al pasar.

—Erais vos quien confiaba en Dios para llevar a buen término estas conversaciones. ¿Habéis perdido la fe?

Sabía que lo decía con sorna y continué su broma.

—No, pero sé por experiencia que a Dios es mejor no ponerle las cosas muy difíciles...

Sonrió un poco.

—El secreto de toda negociación es ser flexible como un junco y firme como una columna.

—Desconozco si algo o alguien goza a la vez de esas dos naturalezas, gobernador. Y aunque sé muy bien cómo sois y no se me esconden vuestras muchas virtudes, me parece imposible que hoy podamos salir triunfantes.

Me miró fijamente a los ojos y pude ver que se guardaba algo para sí.

—Hoy es muy difícil que salgamos de aquí con una victoria, pero al menos hemos de tratar de no salir derrotados. Ahora mismo Aragón es una amenaza; nuestro objetivo es convertirlos en aliados.

—¿Os dais cuenta de lo que decís? Tenemos que vender el reino y quedarnos a la vez con él...

—Tened en cuenta que por el otro lado las dificultades no son menores. El rey Jaime quiere hacerse con Navarra y que, al mismo tiempo, parezca que se la regalamos. Si emplea la violencia, nos tendrá en contra y, además, levantará en armas a los castellanos. Y si se muestra pusilánime, no conseguirá su objetivo de unir los dos reinos.

Iba a responderle cuando uno de los hombres del infante se acercó y nos invitó a seguirle hasta la sala capitular. Nada más entrar, el infante don Pedro se acercó y nos saludó.

—Habéis hecho un largo viaje a caballo, ¿deseáis una copa de vino? —preguntó.

Monteagudo sonrió.

—En otras circunstancias la aceptaría con gusto, pero ahora es necesario mantener la cabeza despejada. Son muchos los asuntos que hay que tratar y de gran importancia.

—Serio y responsable... Eso mismo me dijeron mis hombres; veo que no se equivocaron. Me gusta... Y supongo que también con palabra, ¿verdad? Yo hablo por boca de mi padre, el rey Jaime, y podéis tener confianza en todo lo que salga de mis labios. ¿Por quién habláis vos?

—Por boca de la reina Juana; de la regente, Blanca de Artois, y de las Cortes de Navarra. Y sí, mi palabra es de fiar.

—Entonces hablemos. Y que Dios nos ilumine para llevar a buen término las conversaciones —dijo el infante dirigiéndose ahora a mí.

Yo incliné la cabeza.

—Así habrá de ser, sin duda.

A un gesto del infante, la mayor parte de los hombres se retiró, salvo dos de sus consejeros. De nuestra comitiva solo permanecimos el gobernador y yo. Una vez cerradas las puertas de la sala, el infante tomó la palabra:

—Creo que no digo nada que no sepáis si saco a colación el acuerdo que establecieron el rey Sancho de Navarra y mi padre para sucederse mutuamente en el trono cuando alguno de ellos falleciera. De aquello hace ahora casi cincuenta años, si no estoy errado.

—No lo estáis —respondió el gobernador—. Hace casi medio siglo de aquel pacto, si bien es cierto que, solo un año después de que se firmara, vuestro padre volvió a nombrar heredero del reino a vuestro hermano Alfonso, incumpliendo por tanto su naturaleza.

El infante se revolvió en su silla.

—El pacto hablaba de la sucesión en caso de muerte de alguno de ellos. Así pues, el hecho de que mi padre nombrase a mi hermano Alfonso como heredero natural no impedía que considerase al rey Sancho de Navarra como legítimo heredero en caso de muerte.

—El problema —dije yo— es que vuestro padre no solo rompió el pacto al nombrar a Alfonso heredero, sino que, a la muerte de nuestro rey Sancho, varios representantes de Navarra se dirigieron a vuestro padre para que les librase del juramento contraído, algo a lo que él accedió.

—Si aquellos hombres acudieron a solicitar tal cosa, es porque aún se sentían ligados por el acuerdo. Por tanto, seguía en vigor, al contrario de lo que vos afirmáis.

El gobernador intentó hablar, pero el infante continuó antes de que Monteagudo pudiera tomar la palabra.

—Mi padre tuvo a bien permitiros a los navarros que llamarais a Teobaldo para ocupar el trono por ser sobrino del rey Sancho, pero ahora la muerte de Enrique ha dejado de nuevo el reino sin descendencia masculina y, por ello, esa línea está agotada. Navarra ha quedado sobre los hombros de una niña y no creemos que esta situación de inestabilidad pueda sostenerse durante demasiado tiempo. Por ese motivo, mi padre os hace saber que tomaría graciosamente el trono de Navarra apoyándose en el pacto suscrito con el rey Sancho y respetando los usos y costumbres de los navarros. Bien sabéis que nuestros reinos ya estuvieron unidos tiempo atrás y que mi padre sería mucho más benévolo y respetuoso que los franceses que habéis tenido ocupando el trono.

Pedro Sánchez tomó aire y apoyó la espalda en el asiento.

—Sé del amor que nuestros reinos se tuvieron y se tienen, y sé también que los monarcas de la casa de Champaña no se portaron bien con Navarra. Las Cortes hubieron de recordárselo repetidamente y son muchos los nobles y las ciudades que se enfrentaron a sus disposiciones. Pero convendréis conmigo también en que no es la mejor manera de mostrar amor y amistad el poner un ejército en pie de guerra a las puertas de Navarra.

—La magnanimidad tiene un límite, y mi padre ya ha sido muy generoso. Sabéis tan bien como yo que Teobaldo contrajo una gran deuda con Aragón y enajenó también cuatro castillos en la frontera que debían pasar a nuestras manos. Y no lo han hecho… Se nos acaba la paciencia. Por eso os pregunto: ¿entregaréis el reino de Navarra a mi padre?

Monteagudo se inclinó hacia delante y contestó con voz firme.

—No, no lo haremos, alteza. Ni a vuestro padre, el rey don Jaime, ni tampoco a vos.

El infante tragó saliva con dificultad y apretó los puños, mientras sus mejillas comenzaban a ponerse rojas. Aquello no se lo esperaba y en sus ojos el asombro se mezclaba con la indignación. Yo estaba paralizado: no tenía ni idea de adónde quería llegar el gobernador.

—¿Cómo os atrevéis…? —masculló, mientras hacía el ademán de ponerse de pie.

—Entregaremos el reino —dijo entonces Monteagudo, con tranquilidad—, pero no a vos, ni a vuestro padre, sino a vuestro primogénito, Alfonso.

Un gesto de extrañeza se adivinó en el infante, pero inmediatamente me di cuenta de que comenzaba a intuir la situación, al tiempo que yo también lo hacía.

—A mi primogénito... —dijo, mientras volvía a apoyar la espalda en la silla.

—Así es. Vuestro padre desea la unión de los dos reinos y nosotros consideramos también que eso sería lo mejor, pero no podemos permitir que se pisoteen los derechos de la reina Juana: ella es la heredera de Navarra. Por tanto, ya que ni vuestro padre ni vos podéis casaros con ella, lo lógico es que concertemos el matrimonio entre Juana y Alfonso. De ese modo, cuando ambos crezcan y tengan descendencia, su hijo podría asumir el trono de ambos reinos sin que nadie pueda objetar nada.

—Juana no tiene aún dos años y mi hijo no llega a los diez. Si hemos de esperar a que mi nieto, si es que algún día lo tengo, sostenga sobre su cabeza las dos coronas, puede que llegue antes el fin de los tiempos...

—No será necesario esperar tanto. Nosotros asumiremos que vos seáis *de facto* el rey de Navarra a cambio de un compromiso.

—Hablad, pues —dijo el infante.

—Que se acuerde el matrimonio de Juana y Alfonso de inmediato. Las Cortes de Navarra se comprometerán a no consentir ningún otro matrimonio de la reina con otro príncipe extranjero.

El infante recapacitó unos segundos.

—Y, si aceptamos el acuerdo, ¿en qué momento quedarían unidos los dos reinos en mi persona?

—Si se acuerda el enlace, os entregaríamos el reino en el momento en que vos entréis en Navarra. Y las Cortes al completo os prestarán homenaje, de boca y de manos.

El infante se recostó en su asiento, complacido.

—Creo que habéis hablado bien y que el acuerdo es justo. Sellaremos el matrimonio de Alfonso y Juana, pero iremos aún más lejos. Deseo que la unión sea firme y, por ello, en caso de que Juana falleciera, mi hijo Alfonso habría de casarse con alguna de las sobrinas del difunto rey Enrique.

Vi que el gobernador dudaba, pero yo me apresuré a contestar:

—Creo que es justo, pero, por el mismo motivo, si don Alfonso falleciera, doña Juana se casaría con vuestro segundo hijo, don Jaime.

El infante miró a su acompañante, que asintió en silencio.

—Está bien. Creo que es un acuerdo que podemos sellar. Las Cortes aceptarán mi juramento como rey con las condiciones que hemos señalado y, desde entonces, yo actuaré directamente como monarca hasta que la Corona pase a mi hijo. Sabed que será mi interés la defensa del reino de Navarra como si fuera el de Aragón y que, en mi ausencia, un gobernador actuará en mi nombre.

—Nos parece bien —dijo Monteagudo—, pero dicho gobernador habrá de ser navarro, así como los oficiales que le acompañen. Es una condición irrenunciable.

El infante sonrió con ironía.

—Veo que queréis conservar vuestros privilegios, señor gobernador. No me importa. De hecho, me gusta vuestra forma de actuar.

—No lo hago por mí, sino por Navarra —respondió—. La elección del gobernador será cosa vuestra; solo pedimos que sea entre un natural de la tierra.

—Sois franco y recto; no hay muchos como vos. Y menos aún que no tengan aprecio al mando. Si así lo deseáis, cuando asuma el reinado volveré a elegir gobernador, y lo haré entre los navarros. Solo os pido que estéis entre los elegibles —concluyó el infante con una sonrisa apenas perceptible.

—Si es vuestro deseo, lo estaré.

—Una cosa más —apunté entonces—. Si vuestro hijo ha de llevar en el futuro las riendas del reino de Navarra, sería adecuado que comenzase a comprender y amar desde ya nuestras costumbres. Por ello proponemos que don Alfonso se críe en Navarra como garantía del acuerdo.

El infante inspiró y se tomó su tiempo antes de contestar:

—Es cara la garantía que proponéis: me pedís que entregue a mi hijo.

—Sería la mayor muestra de amor por Navarra que podríais hacer.

El infante calló por un instante y cerró los ojos. Cuando los abrió de nuevo, en su gesto había determinación.

—Lo haré, por amor a Navarra y por el bien del acuerdo. No sé qué opinará su madre, pero no voy a esperar a saberlo. Alfonso ya debe ir asumiendo el papel que le corresponde.

—¿Hemos alcanzado entonces un acuerdo? —preguntó Monteagudo, mientras extendía la mano.

El infante se la estrechó gustoso.

—Lo hemos hecho.

—En ese caso, partiremos de inmediato de vuelta a Navarra e informaremos de él a las Cortes. Podéis estar seguro de que darán por bueno este compromiso.

—Así lo espero —dijo el infante—. En todo caso, creo que lo primero que habré de aprender como nuevo rey es que nada en Navarra puede hacerse con prontitud…

—Cada tierra tiene sus leyes y usos —dijo Monteagudo—, y el más importante en Navarra es que las Cortes representan, por encima de todo, su voluntad como reino. Respetándolas se respeta a Navarra.

El infante le miró directamente a los ojos.

—No lo olvidaré.

Mientras dejábamos la catedral, aliviados por haber logrado un acuerdo, el gobernador se volvió un momento y me miró. Pude ver un destello de satisfacción en sus ojos.

—Por cierto —dijo—, es la palmera.

Le miré con extrañeza.

—¿La palmera?

—Firme como una columna y flexible como un junco.

## 5

No pasará mucho tiempo antes de que relate el momento en que dejé Toulouse para dirigirme a Pamplona, la ciudad en la que descubrí el significado del amor y la infamia de la guerra. Pero antes de hacerlo creo que debo explicar qué sucedió en mi vida para que el humilde hijo de una familia de panaderos se convirtiera en un poeta que sostenía la espada y un soldado que empuñaba la pluma.

Debía de rondar los trece o catorce años cuando una mañana mi hermano Fernand me llamó cuando yo me ocupaba de tapar los panes recién amasados con un paño, mientras iban fermentando.

—¡Corre, Guilhem! —me gritó—. ¡Esto no te lo puedes perder!

Fernand era dos años mayor que yo, pero, para desesperación de mi madre, nunca había mostrado interés en el negocio familiar y ella a duras penas conseguía que colaborase en el horno. Insistiendo mucho lograba que hiciese algún trabajo físico, como cargar con los sacos de harina desde el molino o repartir los panes horneados tirando de un carrito por las empinadas callejuelas de la ciudad, pero carecía por completo de interés en aprender el oficio de panadero.

Lo miré de reojo, sin dejar mi tarea. A mí tampoco me entusiasmaba el trabajo, pero por aquel entonces, con una madurez que al crecer perdí, entendía ya bastante bien que nuestro sustento dependía del horno. Y sobre todo que, si no cumplía con mis obligaciones, aquello terminaría con mi madre enfadada y riñéndome.

—¿No ves que estoy trabajando, Fernand? Y, además, madre te dijo que después de llevar los encargos tenías que ir a buscar agua a la fuente...

—El agua puede esperar hasta que tengamos que amasar de nuevo, pero lo que va a suceder en la plaza no esperará por nosotros, te lo aseguro.

No sabía a qué se refería.

—¿En la plaza? ¿Qué es lo que va a ocurrir?

Los ojos de mi hermano chisporrotearon al ver que, una vez más, había conseguido captar mi curiosidad.

—Ayer detuvieron a una mujer cerca de la casa del concejo. Dicen que era prostituta, pero eso no es lo más importante. Según parece, aprovechándose de su oficio robó a varios de sus clientes mientras estos dormían después de... ya sabes.

Asentí con la cabeza, aunque sabía de aquello bastante menos que de cómo se cocía el pan.

—Dicen que las cantidades que robaba no eran muy grandes y, por ello, la mayor parte de los hombres no lo denunciaban para no ponerse en evidencia, pero un día la mujer se topó con un premio que terminó siendo su perdición.

Terminé de cubrir la última de las masas y me sacudí las manos de harina mientras me volvía hacia mi hermano.

—Bueno, ¿y qué fue lo que encontró?

Se le veía encantado de tenerme enganchado a la historia.

—Pues resulta que el hombre estaba de paso en Toulouse, pero era el maestro mayor del gremio de herreros de una ciudad cercana y entre sus pertenencias llevaba el sello de oro de la corporación. Aprovechándose de su estado tras haber fornicado, y quizá también tras haber bebido mucho, la mujer rebuscó entre sus pertenencias y le robó una bolsa de cuero con algunas monedas y el sello. Cuando el hombre despertó se dio cuenta del robo, pero, en vez de callarse y tragarse la vergüenza, decidió denunciar. Ocultó convenientemente su nombre y consiguió que uno de los oficiales del concejo fuera a registrar la casa de la prostituta. Y ahí viene lo mejor...

A Fernand le gustaban aquellas pausas con las palabras flotando en el aire. Yo las odiaba, pero después aprendí a utilizarlas..., aunque eso fue más adelante.

—¿Qué pasó? Dilo de una vez.

—Pues que no solo había robado el sello de aquel hombre y la calderilla de otros muchos, sino que en su casa encontraron pruebas de robos mucho peores: varios cálices, un relicario de oro y, sobre todo, la cruz de plata de la catedral, aquella que desapareció hace meses sin que nadie supiera de qué manera.

—¿Todo eso? Pero ¿cómo es posible?

—¡Quién sabe! Quizá supiera cómo colarse en las iglesias..., o quizá entre sus clientes se contase más de un religioso, ¿no te parece? El caso es que no había tenido tiempo u oportunidad para venderlas y la pillaron con todo aquello escondido en su casa. ¡Creo que cuando le contaron al obispo que la mujer tenía la cruz envuelta entre su ropa interior montó en cólera!

Me imaginaba lo que vendría a continuación, pero, antes de que tuviera tiempo de preguntar, mi hermano se adelantó:

—Fue juzgada de inmediato y muchos hombres que antes no se habían atrevido a denunciar por vergüenza lo hicieron ahora cuando el obispo les aseguró que sus nombres se mantendrían ocultos si lo hacían. Creo que hacían cola para acusarla... Y supongo que muchos ni siquiera habían estado con ella y solo lo hacían por si así podían obtener algo.

—¿Y la condena?

—¿Tú qué crees? Hoy será ejecutada. ¿Acaso piensas que te he contado todo esto para entretenerte mientras los panes fermentan? Lo que quiero es que vengas conmigo y que veas la ejecución.

No podía comprender el gusto de mi hermano por las ejecuciones. Aunque las autoridades de la ciudad solían pregonarlo para que la gente acudiese y aprendiese cómo se castigaban los delitos, yo trataba de evitarlas. Acudía si no me quedaba más remedio, pero prefería hacerlo solo cuando se trataba de castigos ejemplares: latigazos, penitencias y otras humillaciones similares.

—¡Vamos, Guilhem! Estará a punto de comenzar y el trabajo aquí puede esperar.

Para mi hermano el trabajo siempre podía esperar, pero me mordí la lengua.

—Tengo que cuidar los panes y luego hornearlos. Si madre regresa del mercado y ve que la masa se ha arruinado nos va a matar.

—Los panes no son gallinas, no van a salir corriendo porque los dejes solos un rato. Ya los has tapado, ¿no? Pues ahora tenemos casi dos horas, tiempo de sobra para la ejecución.

Mi hermano sabía poco del oficio, pero conocía de sobra los tiempos muertos en los que simplemente había que esperar. Me cogió de la mano y no me resistí; en parte porque me picaba la curiosidad, claro está, pero sobre todo porque mi hermano podía ser terco como una mula cuando algo se le metía en la cabeza.

—Está bien —acepté—, vamos, pero he de volver rápido y tú también tienes mucho que hacer, ¿lo recuerdas?

—Sí, sí, lo recuerdo, pero esto es más importante.

Salimos a la calle y ascendimos por una calleja hasta una plaza cercana a la catedral. En el centro se alzaba el rollo de justicia. Estaba esculpido en piedra y contaba con escenas del infierno en la base y con una figura de Cristo redentor en lo alto. Todavía quedaban manchas de sangre del último castigo: un hombre al que habían azotado cuarenta veces en la espalda por blasfemar.

Mi hermano y yo nos abrimos paso como pudimos entre la multitud que ya se había congregado. Había allí hombres, mujeres, niños, religiosos y también muchas prostitutas, a las que supongo que el concejo habría obligado a acudir como escarmiento. Siempre me resultó curioso que las autoridades denostasen su conducta, aunque sin prohibir su actividad, y solo más adelante comprendí que si actuaban así era para evitar males mayores, como que los hombres se dedicasen a rondar las casas de honradas mujeres casadas.

El sol apretaba aquella mañana y a duras penas conseguíamos avanzar entre aquella multitud sudorosa que conversaba alegremente a la espera de que la ejecución comenzase. Al fin, aprovechando un pequeño hueco, mi hermano se coló y me arrastró con él hasta la primera fila. Cuando vi a la condenada, el corazón se me encogió: estaba arrodillada, con las manos atadas a la espalda y con una cuerda alrededor del cuello que la unía al rollo de justicia. Tenía la cabeza gacha y se la veía sollozar. Algunas personas se acercaban y le escupían; otros se mofaban de ella y la insultaban cruelmente; una mujer le dio un puntapié. Yo miraba los rostros alrededor de aquel círculo de odio y puede ver expresiones de desprecio, pero también muchas de alivio: algunos quizá porque habían recuperado sus pertenencias y otros muchos porque con aquella muerte sabían que se silenciaba por siempre su pecado. Ella seguía con la vista clavada en el suelo, descalza, con sus ropas ajadas, con el pelo enmarañado y con la piel lacerada por los latigazos y magullada por los golpes. Entonces, entre la multitud, una mujer se acercó y se arrodilló junto a ella. Llevaba un paño húmedo en la mano y, muy despacio, le apartó el pelo de la cara y le limpió las lágrimas. La prostituta levantó el rostro, tratando de reconocer a aquella persona, pero tenía los ojos tan hinchados y amoratados que me pareció imposible que pudiera ver nada. El silencio se había adueñado del lugar, y en el movimiento de sus labios quise intuir un «gracias» que apenas se pudo escuchar. Por unos instantes, aquellas expresiones de odio y de crueldad se transformaron, y algunos mostraron un atisbo de piedad, quizá pensando que los pecados de aquella pobre mujer no merecían un castigo tan severo o que en cualquier otro momento podrían ser ellos los que se vieran en tan aciaga situación.

En todo caso, la compasión duró poco, pues mientras la mujer enjugaba las lágrimas de la condenada, uno de los oficiales del concejo se abrió paso entre la multitud acompañado por dos hombres a caballo. Junto a ellos iba también un religioso, quién sabe si el que con su mala conducta había facilitado los robos de la prostituta… Cuando llegaron por fin ante ella, el sacerdote se inclinó un poco y le preguntó:

—Hija, ¿te arrepientes de tus pecados?

Ella levantó la cabeza, parecía que no había entendido la pregunta. Al final asintió y el religioso hizo la señal de la cruz sobre su pelo, cuidándose bien de no rozarla. Luego se retiró al tiempo que el oficial del concejo dictaba la sentencia de muerte en la hoguera. Mientras la multitud bramaba, los hombres a caballo desmontaron y se llevaron a la condenada un poco más allá, donde ya estaba preparada la pira. Mi hermano y yo corrimos para no perder nuestro sitio y nos pusimos de nuevo en primera fila, para observar cómo la mujer era atada a los maderos. El verdugo se había compadecido de ella y había colocado un cadalso para que muriese ahogada por el humo antes de que las llamas la alcanzasen. A una señal del oficial acercó una antorcha a la base de las maderas y el fuego prendió de inmediato. Estaba tan cerca que pude sentir el calor en el rostro. La prostituta alzó la cabeza, como dirigiéndose al cielo, y soltó un aullido que todavía hoy recuerdo con horror. Cuando el humo la alcanzó comenzó a toser hasta que perdió el conocimiento; poco después las llamas la envolvieron. Nadie se movía. Todos contemplábamos absortos la escena, como hechizados por aquel fuego llamado a limpiar las faltas de la mujer… y supongo que también las nuestras. Al poco el fuego había crecido tanto que el cuerpo de la mujer apenas se veía, y muchos de los presentes se aburrieron y comenzaron a marcharse. A Fernand, sin embargo, le fascinaba la escena.

—¿Crees que merecía un castigo tan duro? —le pregunté.

Mi hermano se encogió de hombros.

—¡Qué sé yo! No soy juez. Ahora al menos estará con Dios y sus pecados se habrán consumido en las llamas.

Aunque sabía que tenía razón, aquellas palabras apenas me consolaron.

Mientras la multitud se dispersaba, volviendo cada cual a

sus quehaceres diarios, escuché una voz que provenía desde una esquina de la plaza.

—¡Acudid! —decía—. ¡Venid a escuchar la historia que he de contaros!

Volví mi rostro, pero mi hermano me cogió del brazo.

—Déjalo, es solo un juglar ciego que aprovecha las ejecuciones para ganarse el almuerzo.

Tiró de mí, pero yo me resistí. Había algo en su voz, en la forma de modular las palabras, que me atraía enormemente. A otros muchos les sucedía igual, y al poco varios acudimos a su llamada.

—¿Has olvidado los panes, Guilhem? —me dijo mi hermano, con tono burlón.

—No son gallinas, como tú bien dijiste; pueden esperar un poco más…, y, además, tú hoy no has ayudado en nada, así que muy bien podrías ir a hacer mi trabajo.

A Fernand le repelía trabajar, pero en aquel momento vi que mi proposición le placía.

—Está bien —dijo—. Prefiero ir a hornear los panes que escuchar a este charlatán.

Soltó mi brazo y se perdió entre la multitud, mientras yo iba a sentarme a unos pasos del ciego, que esperaba pacientemente mientras la gente iba acudiendo. Estaba sentado en un pequeño escabel y a sus pies tenía extendida su capa negra. Sus ojos blancos, sin mirada, me tenían atrapado. Cuando todos nos hubimos arremolinado a su alrededor, alzó los brazos y de su boca desdentada surgió una voz profunda, como si naciese de una cueva.

—¡Escuchad todos, porque os contaré la historia de un hombre condenado injustamente a la hoguera, tan injustamente como la mujer que todavía arde en esta plaza y cuyo calor aún siento en mi rostro!

Todos contuvimos la respiración mientras el ciego comenzaba su relato en verso. Narraba la historia de un peregrino que, en su camino a Santiago de Compostela, en el último lugar de la cristiandad, fue acusado injustamente de haber robado una copa de plata. Él clamaba por su inocencia, pero el alcalde de la ciudad no le creía y le había condenado a morir en la horca. En el último momento, mientras el joven colgaba de la soga, alguien le decía al alcalde que el joven era inocente y que Santiago le salvaría de la muerte. El alcalde se reía y decía que el joven estaba ya tan muerto como el gallo que él estaba comiendo. Y, al decirlo, el gallo se levantaba del plato y se ponía a cantar. El alcalde, horrorizado, corría a salvar al joven, al que le quitaban la soga justo antes de que falleciese ahogado.

Ya había oído aquella historia antes, en esos mismos términos o en otros similares, pero nunca la había escuchado con tanta pasión, ni con una cadencia tan bella como la que contenían los versos de aquel pobre hombre. Las estrofas nacían de sus labios como si una voz interior se las dictase, sin interrupción, sin dudas, como el agua de un riachuelo. La gente, al terminar la historia, aplaudió con entusiasmo, aunque este se apaciguó a la hora de echar monedas sobre su capa. Algunos arrojaron la más pequeña que tenían... y otros muchos se fueron sin dar nada. Él se quedó en silencio mientras el público se marchaba. Yo seguía sentado aún enfrente, sin moverme, sin respirar. Sé que estaba mal, pero me gustaba observarle sin que pudiera verme. Entonces, para mi sorpresa, comenzó a recoger las monedas y dijo:

—¿Vas a quedarte ahí todo el día?

Me sobresalté. ¿Cómo diablos?

—¿Puedes verme? —pregunté, extrañado.

—¡Qué dices! No vería ni la catedral aunque la tuviera a un palmo de las narices; pero puedo sentirte. Advertí tu presencia desde que te sentaste. Y, mientras los demás se iban, me di cuenta de que tú permanecías aquí. ¿Por qué lo haces?

No sabía muy bien por qué no me había levantado y balbucí:

—Yo..., no sé..., creo que..., solo quería mirarte. Lo siento.

—No lo sientas. Muchos se preguntan si puedo verlos, y algunos incluso tratan de aprovecharse para robarme o para echarme en la capa un clavo, un huesecillo o un trozo de madera en vez de una moneda, pero nunca me engañan. Sé, por ejemplo, que tú todavía no me has pagado por mi historia.

Sentí cómo se me subían los colores a las mejillas.

—Aún no..., pero iba a hacerlo, lo juro.

Él sonrió.

—Eso también lo sé, no te apures. Nadie se queda a mi lado si lo que quiere es irse sin pagar.

Pero yo sí estaba apurado y rebusqué en mi bolsillo para encontrar una buena moneda.

—Deja eso ahora —me dijo él, frenándome—. Dime, ¿qué es lo que más te ha gustado del poema?

Inspiré profundamente antes de contestar.

—La historia ya la conocía —dije—, al menos alguna parecida, pero lo que me ha gustado de verdad ha sido la forma en la que la has contado. Es extraño, pero no has necesitado música para darle ritmo, ni has alzado la voz como hacen otros, de manera engolada, para engatusarnos. Has tomado unos versos sencillos y los has convertido en algo bello, como por arte de magia...

—Igual que tú coges masa cruda y la conviertes en pan crujiente y sabroso.

—¿Cómo sabes...? —pregunté, asombrado.

—Te delata el olor a harina y a levadura, muchacho. Ya te he dicho que no puedo ver, pero mi olfato funciona a las mil maravillas.

Yo sonreí ante su inteligencia.

—¿Quién te enseñó a recitar? —pregunté.

—Eso me llevaría un buen rato contarlo, y no creo que tu pan pueda esperar tanto.

—Hoy el pan tiene a otro que lo cuide. Puedo escucharte, si quieres contármelo.

Él sonrió también y, acercándose un poco más, me contó su vida, su infancia junto a su abuelo, iban de pueblo en pueblo, escuchando viejas canciones y aprendiéndolas de memoria, inventando nuevos versos y ganándose la vida entreteniendo a las gentes en las aldeas y en las ciudades. Me habló también de sus miserias, de sus desengaños... y de sus flaquezas. Un día, mientras paseaba cerca de un río había visto a una mujer bañándose desnuda. Se escondió tras un árbol mientras la contemplaba con lascivia, hasta que el marido le sorprendió y le golpeó con tanta saña que le reventó los ojos.

—Cometí un pecado y se hizo justicia, pero ¡quién puede entender a Dios! Nos da los ojos para ver y nos castiga por utilizarlos...

Yo le escuchaba en silencio y sentía que, aun hablando en prosa, su historia era otra canción más de la que se podía sentir la música. Tomé su mano y puse en ella una libra tornesa. Él la palpó unos instantes y me la devolvió.

—No merezco tanto, muchacho. Hazme un favor: toma la moneda y compra con ella una pluma con la que escribir tus propias historias. Sé que tienes ese don, lo he sentido desde que abriste la boca.

—Pero... —protesté— yo quiero pagarte; y, además, yo no sé apenas escribir, solo lo justo para llevar las cuentas de la panadería.

—Si sabes juntar una letra detrás de otra, podrás escribir cuando te decidas a hacerlo. Y ahora vete, el pan no espera eternamente.

Me levanté, todavía aturdido, al tiempo que él también se ponía en pie, recogía su escabel y se echaba la capa sobre los hombros.

—¿Volveré a verte? —pregunté, mientras se alejaba.

—Seguro que antes de que yo vuelva a verte a ti.

Su risa se perdió en el aire, mientras yo permanecía en pie, sin moverme. Las llamas estaban remitiendo ya y el verdugo esperaba a que se consumieran del todo para bajar el cuerpo de la prostituta. Aquel día había descubierto el significado de muchas cosas: la justicia, la crueldad, la hipocresía, pero también la belleza de la palabra... y la humildad.

De camino a casa me detuve en el taller de un conocido de la familia que vendía de todo. Era un hombre soltero y muy gordo, que sufría frecuentemente de abscesos en el trasero y mi madre, que era muy diestra con la navaja, acudía de vez en cuando a sajárselos. No siempre le sanaba, pero al menos no le causaba más daños, que no es poco. Puse la moneda sobre el mostrador y le pedí que me vendiese una pluma de oca, un pliego de papel y un tintero de bronce. Él empujó la moneda con el dedo y, mostrándose muy digno y ofendido, me dijo que por ser hijo de quien era no me cobraría nada. Luego elogió la habilidad de mi madre, me relató un caso particularmente desagradable en que el absceso se había extendido hasta la ingle y, entre esa y otras muchas cosas que a mí ni me interesaban ni quería escuchar, me pidió que mi madre acudiese a verlo en cuanto pudiera, pues llevaba días sin poder sentarse y eso para un tendero, como yo podía entender, era un martirio insufrible. Yo asentía a todo sin soltar palabra, casi sin respirar, ansioso por que acabase de una vez con su plática... Finalmente se alejó del mostrador mientras me relataba otras historias igual de truculentas y desagradables, y regresó al poco con lo solicitado, aunque en el camino se le olvidó lo que me había prometido previamente y se echó la moneda al bolsillo. A su pregunta de para qué demonios quería los instrumentos de escritura, le respondí que para llevar las cuentas de la panadería, lo cual alabó.

Cuando llegué a casa, mientras Fernand y mi madre horneaban los panes, me encerré en la despensa con el corazón desbocado y comencé a escribir en verso la historia de la prostituta muerta en las llamas.

Y así fue como empecé a usar la pluma.

Dije que también hablaría de cómo aprendí a usar la espada, pero eso lo dejaré para más adelante. Las horas transcurren lentas en el calabozo y es mejor no agotar los recuerdos...

# 6

Al día siguiente de nuestra reunión con el infante de Aragón, muy de mañana, partimos de vuelta a Navarra. El obispo regresó de inmediato a Pamplona, pero yo deseaba con todas mis fuerzas pasar por Cascante, donde tenía mi casa solariega y donde me esperaban mi mujer y mi hijo. No los veía desde que fui llamado a las Cortes que se celebraron tras las exequias por Enrique el Gordo y precisaba sentir su calor. Elide siempre había sido mi mayor sostén y necesitaba estar con ella y hablar de los últimos acontecimientos. Y por mi hijo..., por él sentía devoción. Durante años Elide y yo habíamos tratado de tener hijos, sin conseguirlo. Y, cuando ya pensábamos que nunca lo lograríamos, el Señor nos había regalado un hijo sano y hermoso que había llenado de alegría nuestro hogar.

Nada más llegar a casa abracé a Elide y a Juan y sentí que todos los momentos de nerviosismo y de tensión vividos en las últimas semanas se alejaban como hojas arrastradas por el viento. Pero, aunque me notaba con ánimo, sabía que quedaba mucho por hacer para cerrar totalmente el acuerdo, de modo que comencé a preparar la celebración de nuevas Cortes Generales del Reino, en las cuales anunciaría el acuerdo con Aragón. Estaba satisfecho. Nunca había sido vanidoso, pero aquel día me sentía muy contento y lleno de orgullo por haber actuado en todo el proceso de manera juiciosa e inteligente.

Por la tarde, mientras trabajaba en mi despacho, Elide me sacó de mis quehaceres.

—Vamos a dar un paseo —me dijo con cariño—, te vendrá bien.

Juntos salimos a la calle y nos encaminamos hacia la iglesia de Santa María la Alta, siguiendo un camino flanqueado por olmos centenarios. Las hojas caían movidas por el viento y el frío de las jornadas anteriores se había vuelto más crudo. Parecía que el invierno no se haría esperar ese año. Mientras caminábamos le fui relatando a mi mujer las negociaciones que se habían seguido y las dificultades que había tenido para que todos se sintieran triunfadores.

—¿Qué queda ahora, entonces? —preguntó Elide.

—Queda que las Cortes ratifiquen lo acordado y será necesario que congreguen al mayor número posible de representantes. Lo que va a decidirse es vital, y no conviene que nadie aduzca luego que no fue informado o que no dio su consentimiento. Me encargaré personalmente de que los ricoshombres y todas las buenas villas del reino sean informados.

—¿Y qué crees que opinará doña Blanca sobre el casamiento de su hija?

—Doña Juana es la clave y su madre ha de recibir de nosotros los términos del acuerdo, una vez tomado. No dudo de que se mostrará muy satisfecha del enlace de su hija con Alfonso de Aragón.

Permaneció en silencio. En ese mismo momento tuve un presentimiento. La conocía lo bastante bien como para saber que no confiaba del todo en mis palabras.

—¿En qué piensas? —pregunté, con algo de miedo—. ¿Te parece que doña Blanca pondrá objeciones?

—Una mujer puede ser fría y calculadora cuando es necesario, pero no se le puede pedir que sea impasible cuando se toca a los suyos. Lo que le vais a pedir es que entregue a su hija.

—Sí, pero también es eso lo que le hemos exigido al infante

don Pedro. Doña Blanca conoce su responsabilidad. Sus privilegios tienen un precio.

—¿Y si no quiere pagarlo?

Me detuve un instante.

—En ese caso conduciría a Navarra al caos.

Seguimos caminando en silencio. Yo iba cabizbajo. Hacía un instante pensaba que lo tenía todo atado, pero ahora Elide me mostraba que las piezas de aquel tablero de juego no eran de madera, sino de carne y hueso, y que encerraban sentimientos no siempre fáciles de descifrar.

—Mi padre sirvió a los anteriores reyes y yo lo hago ahora con la reina Juana: lo hago por amor a mi tierra y por responsabilidad. ¿Es tanto pedir que los demás también cumplan con la suya?

Se detuvo y me tomó las manos.

—Confío en que doña Blanca sepa asumir lo que le toca. Solo es que siento como mujer y pienso en lo doloroso que sería para mí tener que entregar a otros el futuro de una niñita que no tiene ni dos años.

Entendía lo que Elide quería decirme, pero me resistía a pensar que doña Blanca pudiese actuar de un modo tan irresponsable.

—Doña Blanca es reina, sabrá comprenderlo.

—Doña Blanca es reina, pero también es madre.

Unos días después, mientras me encontraba escribiendo en el despacho, unos golpes de nudillos se oyeron sobre la puerta.

—Adelante —dije.

Gonzalo Ibáñez de Baztán entró y recibí con alegría su visita. En las últimas semanas siempre se había mostrado leal a mi persona. A diferencia de García Almoravid, había asumido su papel, algo que yo agradecía.

—¡Don Gonzalo, es un placer teneros en mi casa!

—El placer es mío, gobernador.

Le invité a pasar y tomamos juntos una copa de vino mientras le relataba los pormenores de la reunión mantenida con el infante don Pedro.

—Ya solo queda informar a las Cortes del resultado —le dije—. Estas se celebrarán en Olite el día de Todos los Santos.

Se mostró complacido.

—Olite es un buen lugar, pues está cerca de Pamplona, pero lejos del área de influencia de García Almoravid. Supongo que a estas alturas estará rumiando su rencor por no haber sido informado. Me temo que pueda estar tramando algo.

—Lo sobrevaloráis. Sus apoyos son pocos.

—Eso es lo que pensamos —corrigió—, pero quizá nos equivoquemos. Cuenta con muchos lacayos y me preocupa que esté en tan buena sintonía con el prior Sicart. Sin el apoyo del cabildo, el obispo no tiene apenas autoridad, y lo necesitamos de nuestro lado.

—En todo caso, es bueno que las Cortes se celebren de aquí a dos semanas; si la opinión de García Almoravid no es la mayoritaria, cuanto antes quede de manifiesto, mejor, ¿no creéis?

—Así es, él vive de sembrar la incertidumbre.

Asentí a sus palabras.

—Es doloroso comprobar que, por muy duros que sean los enemigos externos, ninguno lo es tanto como el que tenemos dentro de casa.

—No os quepa duda. Esa es una lección que cuesta aprender, pero que nunca se olvida.

Me levanté de la silla. Solo faltaba un poco más de esfuerzo para que todo el proceso se completase, pero aún no estaba seguro de que alguien no tratase de derribar en el último momento lo que con tanto esfuerzo se había construido.

—Permaneceré aquí unos días más y la semana próxima partiré hacia Olite —dije—. Prefiero llegar allí con tiempo. No dejaré nada a la improvisación.

Asintió en silencio y se retiró. Terminé la carta que estaba escribiendo y luego la enrollé. La dejé sobre la mesa y acto seguido abrí uno de los cajoncitos del escritorio. Allí descansaba un anillo que mi mujer me había regalado años atrás. Llevaba grabado el escudo de armas de la familia: en campo de oro, una faja de gules. Jugueteé con él entre los dedos y pensé que, a pesar de la promesa que le había hecho al infante don Pedro, si me era posible preferiría no volver a ser elegido gobernador.

Ningún honor era tan importante como para superar el placer de estar en casa con mi familia.

## 7

Muchas veces me he preguntado a lo largo de mi vida si las casualidades existen o si todo está escrito desde que nacemos o incluso antes de que lo hagamos. Recuerdo que don Domingo, el sacerdote de la iglesia de Santa Cecilia, siempre me decía que cada uno es libre de dar sus propios pasos en la búsqueda de Dios, así como que el cielo o el infierno son dos puertas permanentemente abiertas en función de nuestros actos hasta el día en que morimos y entregamos nuestra alma. Don Domingo era un hombre sabio y no dudo de sus palabras... Sin embargo, cuando echo la vista atrás me sorprendo aún de que mi vida pudiera cambiar tanto en un solo instante, en un momento que apenas duró lo que un gorrión tarda en levantar el vuelo o una lágrima en resbalar por una mejilla. Por eso, todavía muchas veces me digo: «¿Elegí yo aquel momento o fue ese instante el que me escogió a mí?».

Aquel día, lo recuerdo bien, estaba a punto de terminar la última ventana en casa de Andrés Ezcurra. Llevaba ya casi dos meses trabajando allí y la labor se acercaba a su fin. La casa estaba cerca de la puerta que daba a la explanada del Chapitel. Era una vivienda construida completamente en madera y ladrillo, con un taller en la planta baja y cocina y alcoba en la superior, como tantas otras en la Navarrería. Aunque la madera era de calidad, la casa había sido levantada ya hacía años y en una ocasión un incendio la dañó parcialmente. Por eso Andrés deseaba repararla y me había contratado para hacerlo. Algunos no confiaban en mí todavía, pues aún era joven por aquel entonces, pero Andrés me conocía bien desde hacía tiempo y sabía que me desvivía en cada trabajo y que nunca cobraba hasta que todo estaba totalmente acabado. Mi padre, antes de morir, me había enseñado a escoger las mejores piezas, sin nudos, a distinguir las vetas propias de cada árbol y a serrar los maderos para hacer con ellos vigas, tablas, molduras o lo que fuera necesario. «La madera puede ser terca como una mula o delicada como una mujer —solía decirme—. Has de tratarla, por tanto, con firmeza y con suavidad; y ella te corresponderá.»

Aquel día, a diferencia de las jornadas anteriores, lucía un sol espléndido y sudaba copiosamente mientras lijaba la madera a conciencia. Mi padre siempre me decía que había que lijar hasta que la madera oliera a ajo, y así lo hacía siempre. Pasé la mano por la contraventana y comprobé que estaba suave como una piedra de río. Acerqué la nariz, aspiré y sonreí. Dejé la lija y tomé un cuenco con cera. El calor la había dejado blanda y estaba lista para aplicarse. Aquella era la parte que más me gustaba. Tras algo más de una hora, terminé el trabajo. Miré el resultado y respiré hondo, complacido.

—Ni tu padre lo hubiese hecho tan bien, Íñigo —me dijo Andrés desde la calle, contemplando el trabajo finalizado.

Me sequé el sudor de la frente y sonreí.

—Me adulas. Aprendí bien de él, pero no sé si alguna vez conseguiré igualarle. Amo mi trabajo, de veras, pero para mi padre no existía otra cosa. Creo que se levantaba cada día solo por el gusto de coger la sierra.

—¡Yo soy menos abnegado! —dijo, mientras reía con ganas—. Trabajar está muy bien, pero lo que te mereces ahora es una buena jarra de sidra, ¿no te parece?

Juntos atravesamos la muralla y salimos al Chapitel. El sol estaba alto y conseguía penetrar en la explanada por encima de los muros que bordeaban y separaban los tres burgos. Los puestos estaban abarrotados de gente, en su mayor parte campesinos de las aldeas cercanas. Andrés me llevó hasta uno donde siempre tenían sidra fresca.

—¡Gil —bramó Andrés—, ponnos dos jarras de sidra! ¡Grandes y sin aguar!

—No seas bocazas —respondió este—. Sabes de sobra que nunca rebajo la sidra.

—Sí, eso sería desperdiciar el agua —gritó Andrés, y rio aún con más ganas.

—No sé ni por qué te sigo sirviendo, viejo ladrón..., pero aquí tenéis la sidra, muy fresca.

—Fresca o no, al menos llenas las jarras hasta arriba, lo cual no está nada mal.

Tomamos las jarras y nos bebimos casi la mitad de un solo trago.

—La vida está llena de cosas importantes —dijo Andrés, mientras se limpiaba los labios con la manga—, pero hay que ver lo bien que sienta algo tan sencillo como tomarse un buen trago en un día caluroso.

—Así es —respondí—. Ojalá no tuviéramos motivos para preocuparnos...

—¡Vaya! ¿Por qué?

Tomé otro trago antes de responder. No sabía si contarle lo que me inquietaba, porque Andrés terminaba siempre por tomarse todo a la tremenda, sobre todo si bebía al mismo tiempo, pero ya era demasiado tarde para echarme atrás.

—¿Qué va a ser, Andrés? Me preocupa lo que pueda depararnos el futuro. Todos rumorean que a la reina Juana ya le están buscando un compromiso para evitar que alguien venga a apropiarse de nuestro reino.

Andrés asintió.

—Sí, yo también estoy preocupado por eso, y me inquieta lo que puedan hacer los de allá. El rey era un necio —dijo, bajando la voz—, pero al menos nos hizo caso cuando le pedimos que deshiciera la unión con esos bastardos franceses, Dios los castigue. —Y miró con desprecio hacia los muros que se levantaban al otro lado de la explanada.

Aquellas paredes, más allá de su carácter defensivo y de su aspecto amenazante, simbolizaban los privilegios que los que vivían dentro tenían y de los que los habitantes de la Navarrería carecíamos. Yo prefería no pensar demasiado en ello, pero muchos vecinos tenían clavada aquella discriminación en lo más profundo de su orgullo.

—No entiendo por qué tanto rencor. Ya sé que me dirás que soy muy joven y que tú has vivido muchas más cosas; mi padre también me lo decía. Pero no podemos estar siempre mirando al pasado. Lo que hubiera entre los burgos ha de quedar atrás. ¿Qué necesidad tenemos de estar siempre enfrentados, si podemos convivir en paz?

—¿En paz? ¿Con esos? ¡Bah! —exclamó, y luego escupió al suelo—. ¿No quieres oír cosas del pasado? ¿Qué necesidad hay? Son iguales hoy que cuando vinieron aquí. Hablan su lengua, siguen sus costumbres y encima les premian por ello. Por qué, ¿eh? ¿Me lo puedes decir?

—No te alteres —dije, tratando de apaciguarle—, ya sé cómo son y sé que los reyes les han tratado con más generosidad que a nosotros, pero alimentando el rencor solo conseguiremos que esos conflictos se repitan. Dime, ¿qué haces tú cuando discutes con Leonor: enfurruñarte o tratar de arreglarlo?

—¡Vaya pregunta! Lo que hago es darle la razón, como todo hombre inteligente. Y a ti también te la daría si viera algo en ellos que me hiciera creer que piensan como tú, pero no lo veo. Los franceses son los únicos que pueden atender a los peregrinos, ¿no es así? Mientras que tú y yo tenemos que conformarnos con los aldeanos de la tierra, ellos se enriquecen arreglando las suelas de los zapatos, dando de comer y alojando a los que van a Santiago. ¿Por qué no comparten ese privilegio si tanto nos aman? —Apuró la jarra de sidra con rabia—. No espero nada de ellos, llevan la mezquindad en su sangre francesa.

—Pero pensando así lo único que conseguiremos es separarnos aún más. A veces me parece que somos como chiquillos enfadados.

Tuvo ganas de replicarme, pero se contuvo.

—Tienes un espíritu noble y lo admiro, pero creo también

que eres demasiado ingenuo, y eso terminará por hacerte daño. —Sonrió un poco y me puso su manaza en el hombro—. Ven mañana por casa y te pagaré lo que te debo. Has hecho un gran trabajo.

Dio media vuelta y se dirigió de nuevo a la Navarrería. Yo pedí un poco más de sidra y unos torreznos. El trabajo de la mañana me había abierto el apetito. Mientras comía, vi acercarse a un puesto cercano a dos mujeres jóvenes. Llevaban unos bellos vestidos y eran muy hermosas. Me pareció que eran hermanas. La mayor debía de rondar los dieciocho años; y la otra, algo menos. Estaban mirando unos collares y unas sortijas. La mayor cogió un colgante en forma de cruz e invitó a la otra a que se lo probase. Esta alzó los brazos y se recogió el pelo rubio sobre el cuello. El vendedor le dio un espejo de latón para que se mirase y, al hacerlo, me vio reflejado en él mientras yo la observaba completamente embelesado, con la jarra en la mano. Entonces, ella se volvió y nuestras miradas se cruzaron.

Avergonzado, dejé la jarra de sidra sobre el tablón y me di la vuelta, tratando de disimular. Luego avancé un par de pasos y fui a esconderme con torpeza tras la tela que cubría el puesto de sidra.

—Es hermosa, ¿verdad? —dijo Gil, que se había percatado de la situación.

—No sé a qué te refieres.

—Vamos, no soy estúpido. No le quitabas la vista de encima a la jovencita.

—Puede ser —acepté.

Se acercó y me susurró al oído:

—Ve y dile algo; las oportunidades no suelen repetirse.

—¿De qué oportunidad hablas? ¿No las has oído conversar? Son francesas. Para ellas debo de ser poco menos que un trapo. —Soltó una carcajada.

—¡Vaya, hace un momento le decías a Andrés que había que vivir en paz y quererse como hermanos!

Tenía su imagen grabada en mi mente: su cabello rubio, sus

labios sonrosados..., y sobre todo esos ojos brillantes y profundos cuya mirada me había atravesado.

—No sé..., es cierto, es muy hermosa..., pero ¿qué podría decirle yo?

—¡Bah! No seas tonto, son mujeres ¿qué crees que quieren oír? Por supuesto, nada de conflictos, ni de enfrentamientos. Lo que les gusta es que las halaguen y que les digan palabras hermosas.

—¿Palabras hermosas? Yo no sé hablar más que de trabajo...

—Haz como veas, pero creo que no van a estar mucho más en el puesto. La más joven parece que ya ha escogido su colgante.

Miré de reojo y vi a la joven sonriendo y entregando unas monedas al comerciante. Tuve el impulso de acercarme y decirle algo, pero no encontré ni la fuerza ni las palabras. Sin embargo, en el último momento, antes de irse, la joven se volvió y me miró por encima del hombro. Nuestras miradas se cruzaron de nuevo y ella me sonrió con timidez. Entonces, la mayor la cogió por debajo del brazo y, dando un tirón, se alejaron hacia el burgo de San Cernin. Cuando desapareció de mi vista, sentí que todo el cuerpo se me había vaciado de repente y que solo me quedaba una llama que me abrasaba en el pecho.

¡Quién me iba a decir que esa mirada pudiera ser el germen de tantas alegrías como sinsabores!

## 8

Estaba confiado. Todo el reino se había reunido para estar presente en aquellas Cortes que iban a decidir el futuro de Navarra. El salón del castillo de Olite se había engalanado para recibir a los participantes: religiosos, ricoshombres, procuradores y alcaides de las buenas villas... A mi lado, Gonzalo Ibáñez de Baztán abría una carta lacrada y leía.

—Gobernador —me dijo—, dos jurados de Puente la Reina confirman que también vendrán.

—Estupendo. Mañana será un día grande para Navarra. Y todo el reino estará aquí presente para corroborarlo.

Dejamos juntos la estancia en la que nos encontrábamos, una sala cercana al salón principal del castillo, y salimos a la calle. Hacía frío y lloviznaba, pero, a pesar de ello, muchos comerciantes habían aprovechado para poner sus tiendas y atender a los que iban llegando. Aquel era un momento extraordinario para hacer negocio, y ningún tendero quería perdérselo. Caminamos entre los puestos, rebosantes de comida, de bebida y de todo tipo de productos: ropa, calzado, herramientas, animales.

—Podéis respirar tranquilo, nada podrá estropear estas Cortes —dijo don Gonzalo.

En ese momento, se escuchó un alboroto entre los puestos situados hacia las afueras de la villa. Miré en aquella dirección y pude ver a dos hombres a caballo que se abrían paso entre las tiendas. Se había habilitado un camino libre para que los hombres y las bestias pudieran entrar sin molestar a los tenderos, pero aquellos dos caballeros habían decidido pasar entre los puestos. Agucé la vista y distinguí a uno de ellos.

—García Almoravid —musité.

Gonzalo también lo vio.

—Me equivoqué, si alguien puede arruinar estas Cortes es él.

Le puse la mano en el hombro, tratando de darle una seguridad que a mí mismo me faltaba.

—Ni él podrá, os lo aseguro.

García Almoravid se acercó al lugar donde nos encontrábamos y nos saludó sin desmontar.

—Señor gobernador, volvemos a vernos. Hacía tiempo que no coincidíamos. Exactamente...

—Casi un mes, si no me equivoco.

El caballo se mostraba agitado y caracoleaba sin parar. Estuvo a punto de pisarme, pero García Almoravid no hacía nada por calmarlo.

—Cierto —prosiguió—, podía haber estado con vos en Tarazona, pero no tuvisteis a bien que os acompañara. ¿Cómo discurrió la reunión con el infante de Aragón?

Me aparté un poco.

—Según lo esperado. En breve conoceréis el resultado de las conversaciones.

—Sí, al mismo tiempo que los demás. Creo recordar que el difunto rey don Enrique dispuso que vos, don Gonzalo y yo trabajásemos en conjunto por el bien de Navarra.

—Eso lo dictaminó en vida. A su muerte fue Blanca de Artois la que me otorgó el mando, ¿no lo recordáis?

—Sí, lo recuerdo... Está bien. Como decís, en breve sabremos lo que acordasteis y también si las Cortes lo aprueban.

—Así lo espero.

Espoleó al caballo, que pasó entre nosotros y a punto estuvo de derribarnos.

—Muy envalentonado lo veo —dijo Gonzalo Ibáñez—. No me gusta nada su actitud. Lo conozco bien y sé que se guarda algo.

Ambos dejamos el mercado y nos dirigimos de nuevo al palacio; aún quedaban cosas por arreglar.

A la mañana siguiente, el día amaneció aún más frío y lluvioso. Se habían formado algunos charcos en el espacio del mercado y el paso continuo de los hombres y las bestias lo habían convertido en un barrizal. Durante toda la mañana fueron llegando los últimos asistentes: en total, más de sesenta villas representadas allí. Para mí, aquello ya era un éxito, pero lo verdaderamente necesario era que suscribieran el acuerdo al que yo había llegado con el infante don Pedro.

Al mediodía se abrieron las puertas del gran salón y todos fueron entrando. A diferencia del frío que se respiraba fuera, en el interior hacía muchísimo calor. Yo entré el último y me dirigí al estrado. Desde aquella posición elevada podía ver a todo el mundo: sabía que muchos me guardaban fidelidad; intuía que otros desconfiaban de mí, y no me cabía duda de que algunos me eran manifiestamente hostiles. «No importa —pensé—, sabré ganarme su voluntad.»

Tomé la palabra y, con toda la calma y el mayor aplomo, expuse a los presentes los detalles del acuerdo con Aragón. Cuando terminé, todos en el gran salón permanecían en silencio.

—Ahora son las Cortes las que deben pronunciarse a favor o en contra del acuerdo —concluí—. El futuro de Navarra depende de lo que decidamos. Si antes de expresar el voto alguien quiere hablar, este es el momento.

Los asistentes se miraban unos a otros, supongo que sin atreverse a ser los primeros en intervenir. Entonces, uno entre ellos se adelantó. No me sorprendió.

—Navarros —comenzó García Almoravid—, acabáis de oír las explicaciones del gobernador Pedro Sánchez de Monteagudo. El acuerdo al que ha llegado, a grandes rasgos, supone entregar nuestro reino a cambio del enlace de la reina Juana con el primogénito del infante don Pedro. Si nos atenemos a sus palabras, lo que se ha logrado es un entendimiento. En realidad, es la cesión ante un chantaje. Pensaba que teníamos un gobernador para salvaguardar nuestros intereses, mas parece que don Pedro habla por boca de otros.

Un murmullo de desaprobación se extendió por la sala y comencé a dudar de mi posición: ¿ese murmullo se dirigía contra mí o contra don García Almoravid?

—Mi parecer y sentir —continuó—, y creo que no estaré solo en ello, es que deberíamos rechazar el acuerdo con Aragón y buscarlo con Castilla. Hasta ahora, es Castilla la que ha respetado nuestra independencia y eso a pesar de las amenazas y provocaciones del rey Jaime. Si me facultáis para ello, yo podría ser el interlocutor con los castellanos...

El rumor de fondo de la sala aumentó. En ese instante me di cuenta: las Cortes no estaban por la labor de rechazar el acuerdo y menos aún por la de dar el poder a García Almoravid. Tenía que aprovechar la ocasión.

—No estamos aquí para dilucidar si ha de hacerse mi voluntad o la vuestra —me apresuré a decir—. Si consideráis que vuestra opinión es la mayoritaria, como sugerís, no tendréis miedo a que las Cortes se expresen y opinen, ¿verdad?

Almoravid carraspeó. Sabía bien que deseaba continuar con el enfrentamiento conmigo, pero yo no deseaba convertir aquel asunto en un duelo.

—Por supuesto, acataré el resultado de las Cortes, aunque este no sea de mi agrado —dijo, todavía con el murmullo de fondo de los asistentes.

—Entonces ha llegado la hora de pronunciarse —dije, dirigiéndome de nuevo a todos los presentes—. ¿Quién está a favor de suscribir el acuerdo con Aragón?

Después de un primer momento de duda, las manos comenzaron a alzarse por toda la sala, para mi alivio; a pesar del intento de García Almoravid, las Cortes refrendaban la unión con Aragón. Con un gesto indiqué que se bajasen los brazos. Parecía claro que no era necesario preguntar por la opinión contraria, pero, aun así, prefería que cada cual se retratase. No me vendría mal saber quiénes se oponían. Así que tomé de nuevo la palabra:

—¿Quién es contrario al acuerdo?

Almoravid se adelantó.

—Yo, García Almoravid, señor de la Cuenca y las Montañas.

Otro ricohombre salió de detrás de don García Almoravid y alzó la voz:

—Yo, García González, alcaide.

Otros dos hombres se adelantaron también.

—Nosotros, Miguel de Larraina y Pascual Beltza, en nuestro nombre y en el del concejo de la Navarrería, sede de la catedral de Pamplona.

Aquello me sorprendió, no había imaginado que toda una villa se opusiera al acuerdo, y menos en la capital del reino. El burgo de San Cernin y la población de San Nicolás sí habían dado su consentimiento. ¿Por qué se oponían los de la Navarrería? Miré a García Almoravid y le vi sonreír; a su lado, el prior Sicart también lo hacía. En cambio, el obispo estaba circunspecto. La reacción de García Almoravid y del prior me contrarió, pero no podía dejar que arruinasen lo que tanto trabajo había costado conseguir.

—Ante el consentimiento otorgado por las Cortes —dije en voz alta, aunque sin poder evitar que en mi voz hubiese un deje de disgusto—, cuando el infante don Pedro de Aragón entre en Navarra, tras concretarse el enlace de la reina Juana con el infante don Alfonso, será jurado como rey.

Los aplausos comenzaron a surgir y también los vítores a favor de Aragón y del infante don Pedro. A pesar de no haber logrado la unanimidad, estaba razonablemente satisfecho; tras tanto esfuerzo, el acuerdo había llegado a buen término. Busqué de nuevo con la mirada a García Almoravid, pero ya no lo vi, ni tampoco al prior, ni a los dos jurados de la Navarrería. Gonzalo Ibáñez de Baztán se acercó.

—Lo conseguimos. El reino ha logrado la estabilidad deseada.

Dudé un momento antes de contestar:

—No sé, espero que todo esto no sea un espejismo. Todavía

he de informar a la regente y me temo que don García Almoravid no ha dicho aún la última palabra.

—¿Lo creéis de veras? Ha quedado de manifiesto que su opinión es minoritaria. No tendría sentido que forzase la situación sabiendo que nadie va a secundarle.

Asentí con la cabeza. En ese momento se acercó el obispo. Le besé la mano, en señal de respeto.

—Excelencia, ¿qué ha podido ocurrir para que la Navarrería se haya opuesto al acuerdo?

Armengol carraspeó antes de hablar:

—Acabáis de ver que no siempre el que tiene el mando consigue las cosas por unanimidad. Lo mismo me ocurre a mí en la catedral. El cabildo, con Sicart a la cabeza, mantiene opiniones propias para casi todo. No aceptan nunca que el poder real coarte ninguno de sus privilegios y difícilmente puedo convencerles para llegar a cualquier tipo de acuerdo. No hay más opciones; yo tengo que enfrentarme a mis oponentes y vos tendréis que hacerlo con los vuestros.

Tres días más tarde me encontraba de nuevo en Cascante. En casa me sentía seguro y confiado, aunque sabía que el descanso sería corto. Tenía que acudir de nuevo a Aragón para anunciar al infante don Pedro la conformidad de las Cortes de Navarra. Pediría a Gonzalo Ibáñez de Baztán que me acompañase, así como al obispo Armengol. Sería suficiente. Tenía en mi mano la carta firmada por los asistentes a las Cortes, salvo García Almoravid y sus seguidores, y eso era el mayor respaldo. Pero antes quería ir en persona a Pamplona para anunciar a la reina regente Blanca el acuerdo alcanzado. Estaba seguro de que a la reina le resultaría muy satisfactorio, pues, a pesar de las dificultades, su hija conservaría el trono que por derecho le correspondía.

Mientras leía unos documentos, oí un ruido al otro lado de la puerta.

—Juan, ¿eres tú?

Escuché la risa de mi hijo al tiempo que entraba en el despacho. Acababa de cumplir seis años. En las manos llevaba un caballito de madera con los colores del escudo de armas familiar que yo mismo le había tallado.

—Papá, ¿ya has terminado de trabajar? —me preguntó. Aunque estaba ocupado, dejé los documentos sobre la mesa, tomé a mi hijo y lo abracé con ternura.

—Sí, ya he terminado —dije, sintiendo arrepentimiento por no dedicarle más tiempo—. Siento no estar más contigo, de veras...

—No importa. Mamá me ha dicho que trabajas mucho porque la reina te necesita.

—Así es, hijo; la reina y Navarra. Yo solo quiero que la tierra en la que vivas cuando crezcas sea tan hermosa y libre como lo es ahora. Por eso peleo cada día.

Levantó las cejas, sin dejar de juguetear con el caballo.

—Espero que, cuando sea mayor, tenga el caballo más hermoso del reino.

—Así será. Aunque ahora no lo comprendas, lo más importante no será el caballo que tengas, ni las tierras que poseas, ni el dinero que atesores. Lo más importante es que, como hijo mío, estás llamado a luchar por los demás y a servir a tu reino. Y esa será tu mayor fortuna.

Juan me miró, supongo que sin entender mis palabras. Luego, de un salto, bajó de nuevo al suelo y salió corriendo.

«Un día lo comprenderá», me dije. En ese momento se oyeron unos pasos subiendo las escaleras y, al poco, Rodrigo entró en la sala.

—Señor, ha venido un mensajero a caballo. Trae noticias de la frontera con Castilla y dice que ha de hablar con vos de inmediato.

Se me borró la sonrisa. Siguiendo a mi sirviente, bajé las escaleras hasta dar a la calle. Fuera, el mensajero esperaba con un sobre lacrado. Estaba sudando y llevaba las ropas manchadas por el barro del camino.

—Señor, el alcaide de Mendavia, en la frontera con Castilla, os manda esta carta. Es muy urgente.

Alargué la mano y tomé el sobre. Tuve un mal presentimiento y el estómago se me encogió. Leí con detenimiento.

—Los castellanos han atacado Mendavia... —dije entre dientes—. No puede ser..., Almoravid...

Arrugué la carta con rabia y llamé a Rodrigo.

—Rodrigo, has de partir de inmediato a Puente la Reina y avisar a Gonzalo Ibáñez de Baztán. Necesito verle enseguida. Toma el mejor caballo.

—Creo que no será necesario —y señaló con el dedo hacia el camino del norte.

Tres caballeros se acercaban al galope, con Gonzalo Ibáñez de Baztán a la cabeza.

—Gobernador —dijo, todavía sin descabalgar—, por vuestro gesto aprecio que os han llegado ya las noticias.

—Así es, ahora mismo. Vos...

—Yo estaba en Estella y las nuevas me llegaron rápido. Los castellanos han atacado Navarra. Vienen al mando de Fernando de la Cerda, el primogénito de Alfonso de Castilla. Y son muchos.

—Debemos enviar refuerzos de inmediato —dije—. Cuanto antes respondamos, mejor.

—Mendavia caerá, hagamos lo que hagamos. Ahora los esfuerzos deben dirigirse a defender Viana. Me temo que será el siguiente objetivo del infante don Fernando.

Cogí a Gonzalo Ibáñez de Baztán por el brazo y lo llevé donde los demás no pudieran oírnos.

—Decidme, ¿está don García Almoravid detrás de esto?

—¡Quién sabe! Cuando acabaron las Cortes desapareció sin dilación y aquello me extrañó. Ya sabéis lo que le gusta mostrar en alto su parecer. En esta ocasión, en cambio, se esfumó.

—Yo también me di cuenta. Me temo que este ataque haya sido preparado por él.

—Por lo que sé —dijo, encogiéndose de hombros—, don García Almoravid está en el norte, quizá en Pamplona.

Permanecí un instante en silencio, pensando.

—No está ayudando a los castellanos de forma abierta. Eso sería manifestarse en clara rebeldía contra mí y contra las Cortes, lo que no le conviene. No..., su manera de actuar es otra.

—En ese momento tuve una intuición—. Ahora estará en la Navarrería, seguro. No sé qué habrá acordado con ellos, pero les tiene de su lado y eso me preocupa.

—Sí, es preocupante, pero aunque la Navarrería esté del lado de don García Almoravid, el obispo lo está del nuestro; ya lo ha demostrado en varias ocasiones.

—El obispo sí, pero me temo que, como él mismo nos confió, el cabildo no nos sea tan favorable. Sea como fuere, hay que reaccionar ya. Debéis partir con vuestras tropas a Viana y haceros fuerte allí. Si Mendavia está ya perdida, no merece la pena malgastar esfuerzos. Yo enviaré mis huestes a Tudela, para prevenir que los castellanos puedan intentar por allí otra incursión.

—Se hará como decís. Partiré de inmediato y convertiremos Viana en un fortín. Solo espero que no sea demasiado tarde.

—Así lo espero yo también. Por el bien de Navarra.

# 9

Retiré las sábanas y me levanté. Me vestí despacio mientras miraba al hombre que permanecía dormido a mi lado. Desde la noche en que Enrique había muerto, solo había estado con él en otra ocasión. Anteriormente, muchas más; y no siempre había conseguido de mis damas la discreción que de ellas se esperaba. Sentía algo especial por aquel joven, aunque no era amor. De hecho, pensé, no sabía si alguna vez había sentido amor, ya fuera galante o de otro tipo, por algún hombre; sin duda, no por mi marido. Desde muy joven otros habían decidido por mí. Ahora estaba dispuesta a acabar con eso de una vez por todas.

—Despierta, Charles —le susurré—. Has de irte.

Abrió un poco los ojos y bostezó. Alargó el brazo y tomó mi mano. Su piel era suave y cálida, y un escalofrío de placer me recorrió.

—¿Cuándo volveré a veros?

—No lo sé —dije—. Quizá mañana; o quizá nunca más.

Se incorporó en la cama.

—Os veo triste. ¿Qué ocurre?

—Nada que deba preocuparte. Es algo que atañe solo a mi hija y a mí, y que he de resolver sin tardanza.

—Y ¿no puedo saber de qué se trata?

Le acaricié el rostro con ternura.

—¿Qué sentido tendría? Puede que mucha gente sufra con la decisión que he de tomar, y no quiero que tú seas uno más. Ahora vete, por favor.

Charles se levantó y se vistió, mientras yo me peinaba en el tocador. Cuando se hubo vestido, se acercó y me besó en el cuello. Me estremecí.

—Márchate —le dije—. Ahora.

Cerré los ojos mientras escuchaba sus pasos alejándose. Tuve que apretar los párpados para que las lágrimas no se me escapasen.

—He de ser fuerte —dije, tratando de infundirme ánimos.

Poco después, una de mis doncellas llamó a la puerta.

—Majestad, el gobernador Pedro Sánchez de Monteagudo os espera en el salón.

Tomé aire. El momento que tanto temía había llegado. Un día antes había recibido una carta del gobernador en la que me anunciaba su visita. Decía que quería hablarme de un asunto trascendental para el reino, pero yo ya sabía cuál era. Y también conocía el resultado de las negociaciones: mis correos eran más rápidos que los suyos.

—Sí, decidle que bajaré enseguida.

Terminé de arreglarme y bajé al salón, pero antes de entrar llamé a Clément. En la estancia nos esperaba el gobernador, acompañado de otro ricohombre al que no conocía. Con paso decidido y, sin saludarlos, me senté a la cabecera de la mesa.

—Nadie más que vos, gobernador —dije sin mirar a su acompañante.

Este se quedó a la expectativa, pero el gobernador le despachó con un leve gesto de cabeza.

—Tomad asiento —dije.

Pedro Sánchez de Monteagudo se sentó en el otro extremo de la mesa y Clément entre ambos. Antes de que pudiera tomar la palabra, el gobernador se me adelantó:

—Majestad, no hay que ser adivino para saber que algo os preocupa, u os disgusta, no lo sé con certeza. Si está en mi mano remediarlo, no dudéis que haré lo imposible por lograrlo.

Crucé las manos sobre la mesa; no estaba dispuesta a que me tratase con condescendencia, ni a que pensase que era estúpida.

—Gobernador, os entregué el poder para actuar en mi nombre y por el bien de Navarra, y, aunque algunos quisieron menoscabar esas atribuciones, sabéis que siempre os he defendido.

—Lo sé —dijo, inclinando la cabeza—; y os lo agradezco. Siempre he sentido que contaba con vuestra confianza en todo...

—Sí —le corté—, pero a veces la confianza puede ser malinterpretada. Os dije que debíais trabajar por asegurar los derechos de mi hija y, en cambio, la habéis vendido al mejor postor, si mis informaciones son ciertas.

Vi que el gobernador se quedaba descolocado.

—No sé cuáles serán esas informaciones —siguió, después de tragar saliva—, pero lo que se cerró en Tarazona y se ratificó en Olite no fue una venta, sino un acuerdo. Conseguimos un buen enlace para vuestra hija. Y, además, contuvimos los intentos del rey Jaime de penetrar por la fuerza en Navarra. Creo que eso era...

—Lo hicisteis sin consultarme, y ofrecisteis a mi hija a cambio de una tregua y de una vana promesa de enlace, al tiempo que entregabais todo el reino al infante don Pedro. Cuando él lo desee, será el rey de Navarra. ¿En qué posición deja eso a mi hija?

—Majestad —dijo el gobernador, visiblemente nervioso—, para que Pedro reciba su juramento como rey por las Cortes de Navarra habrá de concretarse el enlace entre doña Juana y don Alfonso. De ese modo quedarán salvaguardados los derechos de vuestra hija. Cuando Alfonso sea rey, vuestra hija será reina.

—¡Mi hija ya es reina! —grité, poniéndome en pie—. Lo que habéis cambiado es un reino por una promesa. Cuando Pedro sea rey, ¿qué le impedirá cambiar de parecer y desdecirse? ¿Y si Alfonso muriese antes de que se concrete la boda?

—En ese caso, vuestra hija se casaría con el segundo hijo del infante don Pedro, don Jaime, quien sería el heredero...

—Y mientras ellos deciden con quién casan a mi hija, ¿qué seré yo?

Balbució:

—Vos, vos… seréis la madre…

—¡La madre de la prometida del heredero! ¡Nada! No tendré capacidad alguna de decisión y todo lo que se haga en el reino quedará a la voluntad del infante. —Me senté de nuevo y respiré profundamente—. ¡Aún no es rey en su tierra y antes lo será en la nuestra! ¿Creéis acaso que se conformará con un mero papel de espectador? ¡No! Su padre es un guerrero, ya veis cómo nos amenazó nada más morir mi esposo. Y del infante no espero menos. En cuanto asuma el trono, nos despachará; primero a mí y luego a mi hija. No me cabe ninguna duda de ellos.

El gobernador estaba sudando.

—La situación de Navarra no es sencilla —dijo Monteagudo, colocando las palabras con cuidado una tras otra, como si estuviera cruzando un arroyo sobre las piedras mojadas—. Ojalá fuéramos más fuertes, pero no lo somos; y ojalá estuviéramos alejados de otros reinos poderosos, pero estamos justo en medio. En esta situación hay que tratar de ser astutos y obtener lo mejor posible, pero no es fácil lograr lo que uno quiere. Vuestra hija será reina. Yo estuve con el infante don Pedro y sus palabras me parecieron sinceras. Como bien decís, su padre es un monarca poderoso, y él también lo será. Si hubiesen querido ocupar Navarra, ya lo habrían hecho por las armas, no negociando.

Clément intervino:

—Ponéis vuestras esperanzas en manos de un extranjero…

—El rey Jaime y su hijo, el infante, tienen afecto sincero por nuestra tierra y nuestras costumbres. No vendrán aquí a pisotearnos.

—También mi primo Felipe, el rey de Francia, nos lo tiene —dije, sin mirarle—. Él nos podría haber protegido si se lo hubiésemos solicitado.

—No dudo de vuestro primo, pero, perdonadme, el sentir general del reino es más favorable a un acuerdo con Aragón que a uno con Francia.

—Lleváis cuarenta años con reyes franceses —dije, con ironía—, y nadie en el reino se levantó contra ellos.

—No con las armas, pero fueron muchas las quejas de los ricoshombres y las buenas villas de Navarra. Os aseguro que haber dejado el reino bajo la protección de Francia hubiese supuesto graves diferencias entre los navarros.

Me eché hacia atrás en la silla, mientras el gobernador continuaba:

—No soy rey, sino gobernador, y aun así me doy cuenta de lo difícil que es mandar…, mucho más que obedecer. Y también puedo ver que no hay nadie más esclavo de sus responsabilidades que el que tiene el deber de decidir y gobernar sobre los demás. Doña Juana es vuestra hija, y sé que queréis lo mejor para ella. Pero también es reina y, por ello, su destino no le pertenece, por duro que esto suene.

Traté de mantener la calma, a pesar de la irritación que sentía por dentro.

—En efecto, no sois rey. Vuestra posición es mucho más sencilla. Tomáis las decisiones y otros asumen las consecuencias. Y yo, siendo reina regente, soy más esclava que nadie. Puede que mis barrotes sean de oro…, mas son barrotes.

Cerré los ojos e inspiré profundamente, antes de continuar:

—Cuando mi hijo Teobaldo murió, yo estaba frente a él, y le vi caer por la ventana. —Me detuve un momento y me limpié con rabia una lágrima que comenzaba a resbalar por la mejilla—. Tenía que haberme acercado y darle la mano, pero me quedé paralizada y dejé que la criada lo hiciese. Hui de mi responsabilidad y mi hijo murió por mi culpa.

—Majestad…

—¡Dejadme seguir! Después de aquello juré que con Juana no sería igual, que cuidaría de ella siempre y que no permitiría que nada malo le ocurriese. Y ahora, cuando aún no ha cumplido ni dos años, ya son otros los que deciden por mí y por ella. Cuando crezca no recordará a su padre y, si el infante se hace con Navarra, puede que a mí tampoco.

El gobernador permaneció en silencio. Por un momento

sentí lástima por él; estaba segura de que había actuado movido por buena fe, pero no estaba dispuesta a consentir que mi hija fuera un juguete en manos de los nobles y menos aún que no se me tuviera en cuenta.

—Señora —dijo, midiendo sus palabras—, el sacrificio que os pedimos es grande, pero debéis tener en cuenta las consecuencias de no refrendar el acuerdo. Aragón tomaría nuestra tierra y, qué duda cabe, os despojaría, a vos y a vuestra hija de los derechos que os corresponden. Y la entrada de Aragón pondría en pie de guerra a los castellanos. Si no queremos que Navarra sea el campo de batalla de otros, debemos aliarnos con un reino fuerte, y Aragón lo es.

—¿Los castellanos? Creo que os hacéis el loco. La unión de Navarra con Aragón no les conviene y, por lo que sé, ya han tomado una decisión al respecto. ¿No es así?

Se quedó paralizado; tampoco esperaba que yo tuviera esa información.

—Los derechos que Castilla aduce para obtener el trono de Navarra no existen —dijo, nervioso—. Desde el momento en que las Cortes de Navarra en su conjunto han acordado la unión con Aragón, el ataque castellano será respondido por todos los navarros, os lo aseguro. De hecho, ya he enviado al alférez don Gonzalo a Viana, y mis propias tropas se encaminan en este momento a Tudela, para defender la frontera.

—Hace unos pocos meses éramos un reino poderoso. Ahora somos un muñeco de paja en manos de otros...

—Hacemos todo lo posible, os lo aseguro, pero si queremos que nos respeten, lo peor que podemos hacer es mostrarnos divididos... Y vuestro apoyo sería fundamental.

—Creo que no todos mostraron su conformidad.

El gobernador resopló.

—No es fácil conseguir el apoyo de todos, pero he logrado el de la mayoría. Sé que algunos son contrarios al acuerdo, aunque me temo que hubiesen sido contrarios a cualquier acuerdo.

—¿Habláis de García Almoravid?

Se sorprendió y yo intuí que debía de creer que era García Almoravid quien me había filtrado las informaciones, aunque no era así. Despreciaba a aquel hombre arrogante y sus aspiraciones me parecían intolerables.

—Sí, hablo de él. Hasta ahora su actitud ha sido de rechazo a todas mis decisiones y esta no es la excepción. Tomar posición en contra es la manera que tiene de escenificar su poder y al mismo tiempo de mostrar su contrariedad por no haber sido nombrado gobernador.

—En este momento —dije, mirándole a los ojos—, yo también dudo de que mi elección fuera la adecuada.

Bajó la cabeza, apesadumbrado.

—Eso no soy yo el más indicado para juzgarlo, majestad.

Los tres permanecimos callados durante unos instantes que se hicieron muy largos. Había llegado el momento de tomar una decisión y yo tenía claro cuál iba a ser, a pesar de las consecuencias que ello acarrease.

—Como os dije antes conozco mis obligaciones y me atengo a ellas —dije, por fin, tratando de mostrar firmeza—. Escuchadme bien: aunque mucho me pesa, acepto la decisión tomada por las Cortes. Se hará como decís y se cumplirá el acuerdo al que llegasteis con el infante don Pedro.

Se quedó paralizado. Resultaba evidente que, tras aquella reprimenda, esa no era la respuesta que esperaba.

—Gracias…, majestad…, gracias. Soy consciente de que esta situación os disgusta, pero puedo aseguraros que es lo mejor para el reino, para vos y para vuestra hija.

Fui a decir algo más, pero me guardé las palabras. Sin despedirme me retiré seguida de Clément.

Esa misma tarde, una vez que el gobernador se hubo ido, me encerré en mis aposentos. Necesitaba tiempo para pensar. Sentada en el tocador, cogí el cepillo y me peiné los cabellos despacio, con cuidado de deshacer todos los nudos. Descubrí que tenía una cana y sonreí con amargura. «Mi cabello ya tiene canas y aún me tratan como a una niña», pensé. Recordé mi infancia en Champaña, los juegos con mis damas de compañía, las tardes de paseo a orillas del Mosela. ¡Qué lejos quedaba todo aquello ahora! Dejé el cepillo y llamé a una de las doncellas, que acudió de inmediato.

—Decidme, majestad.

—Avisa a Clément. Tengo que hablar con él.

La sirvienta se retiró y me senté de nuevo en el tocador. Al poco, llamaron a la puerta.

—Adelante.

Clément entró en la habitación. Me alegré de verlo. En ese momento era de las pocas personas en quien podía confiar.

—Majestad...

—¿Cómo está la situación en la frontera con Castilla? Y no me mientas: quiero saber la verdad.

—Mendavia está a punto de caer, si no lo ha hecho ya. Y creo que Viana va a sufrir la misma suerte, en contra de lo que piensa el gobernador.

—Y también, a pesar de lo que aventuraba el gobernador, Castilla no se mantuvo impasible ante el acuerdo con Aragón, ¿verdad?

—Eso es lo que parece. Podría ser solo la forma que tiene el rey Alfonso de manifestar su desacuerdo, pero nos pone en un aprieto. Y, además, son muchos los que aquí en Pamplona lo ven bien, por lo que parece.

Le invité a continuar.

—Ayer se escucharon por la Navarrería gritos a favor de Castilla y en contra de Aragón y del infante don Pedro. Y también se oyeron vítores por García Almoravid. Me temo que ha debido de estar detrás de todo esto.

—Pero él no está con los castellanos, ¿verdad?

—No, permanece en sus tierras, al norte, agazapado.

—Como un lobo... —musité. Clément permanecía de pie, esperando.

—Si en algo puedo seros útil, majestad —dijo.

Entonces me decidí a dar el paso que tanto había estado meditando.

—Sí, en dos asuntos, y en ambos requiero tu discreción.

Vamos a partir a París, de inmediato; y deseo dictaros una nota para el gobernador, pero debéis aseguraros de que le llegue cuando estemos al otro lado de los Pirineos. La situación en el reino no es segura ni para mí ni para mi hija. Siento no haber seguido antes tus consejos, pero ahora sí lo haré. Si alguien ha de protegernos, mejor que sea de la familia.

Clément sonrió.

—Vuestro primo Felipe estará encantado de acogeros.

—Así es, y yo estaré encantada de llevar a mi hija lejos de quienes quieren utilizarla en sus maquinaciones.

—¿Y qué le diréis al gobernador?

—Que tengo asuntos que atender en mis posesiones en Champaña. Si es listo, ya entenderá que la situación ha cambiado del todo con el ataque de los castellanos.

—¿Y qué harán ahora los aragoneses?

—Eso que lo resuelva el gobernador. Él hizo el nudo, que él lo deshaga.

Al día siguiente, acompañada de una comitiva formada por seis carruajes y treinta hombres a caballo abandoné el palacio. Muchos vecinos salieron de sus casas y observaron nuestro paso con curiosidad. Algunos saludaban, otros lanzaban vivas, otros se mofaban. Desde dentro del carruaje, los veía medio tapada por las cortinas. Entonces, entre la multitud, distinguí a una mujer joven y hermosa que me miraba casi sin pestañear y sentí, no sé aún por qué, que entre todas aquellas personas era la única que no me juzgaba. La joven levantó la mano y saludó. De inmediato ordené al cochero que detuviera el carruaje e indiqué a la muchacha que se acercara.

—¿Cómo te llamas? —le pregunté, mientras descorría del todo la cortina.

—Anaïs —respondió.

Permanecía tranquila, justo al contrario que yo. Se acercó un poco más y me preguntó:

—¿Partís, majestad?

Pensé en mentir, pero supuse que era absurdo decir que no, teniendo en cuenta el tamaño de la comitiva.

—Así es. Soy la soberana, pero solo marchándome podré ejercer de veras mi voluntad. Es absurdo, ¿verdad?

—No —respondió, y me di cuenta de que lo decía con sinceridad—. Mi padre y yo también tuvimos que hacer un viaje muy largo para encontrar nuestro sitio. Ahora Pamplona es nuestro hogar. ¿Sabéis vos dónde está el vuestro?

—Creo que sí. Solo espero no equivocarme.

Sus hermosos ojos me miraban sin pestañear.

—Mi madre me decía que siempre había que guiarse por lo que dijera el corazón, que el resto no importaba.

Sentí cómo algo en mi interior se revolvía; a mí siempre me habían enseñado lo contrario.

—Creo que tu madre tenía razón. Sigue siempre los dictados de tu corazón, tú que puedes hacerlo.

Golpeé el carruaje y el cochero se puso en marcha de nuevo. Mientras me alejaba cerré los ojos, tratando de contener las lágrimas.

La incertidumbre me consumía.

# 10

A duras penas conseguí terminar el plato de comida. Por la mañana había estado serrando maderos en el taller, razón por la que me sentía cansado. Normalmente al llegar el mediodía tenía mucho apetito y engullía dos o tres platos, pero aquel día no tenía hambre. De hecho, no sabía qué me ocurría; una sensación extraña en el pecho me impedía respirar y no conseguía concentrarme. Salí a la calle, pensando que un poco de aire no me sentaría mal.

Me dirigí al Chapitel. El día era soleado, aunque no demasiado caluroso, y muchos vecinos tenían abiertas las ventanas para ventilar las viviendas. Seguramente en otra ocasión me hubiera fijado y hubiera pensado «a esa ventana le hacen falta unas nuevas bisagras», «a esa otra, una mano de cera», «esas viguetas están carcomidas». Aquel día, en cambio, no pensaba en nada de eso. Caminaba despacio y con la cabeza gacha. Cuando estaba a punto de salir por una de las puertas abiertas en la muralla, escuché una voz que me llamaba desde arriba:

—¡Íñigo! Vaya pasos más tristes arrastras. Ni que te hubieran dado una paliza… ¿Qué te ocurre?

Levanté la vista y vi a Andrés Ezcurra, asomado a la ventana que pocos días antes yo le había cambiado.

—No es nada, solo estoy un poco cansado. Llevo toda la mañana serrando.

—Hum…, eso habitualmente no es suficiente para agotarte. ¿Seguro que no te ocurre nada?

La mujer de Andrés, Leonor, se asomó también a la ventana y me miró.

—¡Ay, Dios mío! —exclamó inmediatamente—. Esa expresión solo la tienen los moribundos y los enamorados; y no creo que de momento Íñigo vaya a morirse.

—¿Qué sabrás tú? —respondió él.

—¡Se le ve a la legua! Mira qué cara y qué andares... Da la sensación de que se le ha ido la cabeza. Anda, sube y tómate un trago de vino. Es el mejor remedio para el mal de amores.

Yo no tenía ningunas ganas de subir y me resistí:

—No, Leonor, de verdad; solo quiero caminar un poco...

—Sube, digo, y no me rechistes.

Acepté a regañadientes, subí y me senté a la mesa. Andrés se sentó a mi lado y le dijo a Leonor:

—Mujer, saca ese vino, si dices que Íñigo lo necesita. Pero trae del barato, no sea que vaya a necesitar mucho.

Después de beber unos tragos, como Leonor había dicho, me fui sintiendo mejor. Andrés, que para entonces ya debía de llevar tres cuencos más, me pasó su brazo de oso alrededor del cuello y empezó a ejercer a medias de padre y a medias de amigo.

—No hay nada como el amor, ¿verdad? Sudas, tiemblas, no te concentras, te cuesta hablar, sientes un nudo en el estómago, parece que vas a vomitar...

—No suena muy bien, la verdad.

—Es cierto —rio con estruendo—, pero, a pesar de todo, no cambiarías por nada esa sensación. ¡Quién puede explicárselo!

Me serví otro vino y le di un pequeño trago.

—Creo que exageras. No creo que mis síntomas sean tan terribles.

Leonor sonrió.

—¡Mírate! Has necesitado tres vinos para empezar a hablar. En fin, ¿quién es ella, si puede saberse?

—Nadie —respondí, hundiendo el mentón en el cuenco—. Ni siquiera conozco su nombre. Solo la he visto una vez.

—¡Vaya! Peor lo pones —se apresuró a decir Leonor—. Esos amores hacen aún más daño.

Me miró con ternura. Apenas dos años atrás mis padres habían muerto con solo unos meses de diferencia. De pronto, me quedé completamente solo y hube de hacerme cargo del taller de mi padre... y de mi propia vida. Andrés y Leonor, desde entonces, se habían preocupado mucho por mí y de vez en cuando me invitaban a comer o a cenar. Leonor también me remendaba la ropa. Tenían una hija, pero al casarse se marchó a Tudela y no la veían muy a menudo. Creo que por eso me trataban como si fuera su hijo.

—La vi hace unos días en el mercado —dije, dirigiéndome a Andrés—, después de haber estado hablando y tomando sidra contigo. Iba con otra muchacha algo mayor, que parecía su hermana. Apenas nos miramos, pero, en el último momento, ella me sonrió. Yo me quedé como un pasmarote. Con otras mujeres nunca me había pasado nada parecido. Aunque quería decirle algo, no me atreví.

Leonor ahogó la risa.

—¡Hay que ver cómo sois los hombres! Todo el día hablando del concejo, las reuniones, los precios del mercado..., y luego sois incapaces de ir donde una mujer y saludarla. ¿Qué creías, hijo, que iba a comerte?

—No es tan sencillo —protesté—. No se me ocurría nada inteligente que decirle. Si me hubiese acercado allí balbuciendo, hubiese pensado que soy tonto.

—Al menos conocería a un tonto, porque ahora no sabe ni que existes.

—¡No le atosigues, mujer, que bastante tiene! —exclamó Andrés—. Mira, Íñigo, no has de preocuparte tanto por el asunto. Cualquier otro día la verás y le dirás algo. Además, dices que te sonrió, ¿no? Esa es la mejor señal de que sí sabe que existes. Las mujeres venden caras sus sonrisas y, si hiciste que sonriera, es que algo vio en ti, vaya uno a saber qué...

Y soltó otra risotada al tiempo que vaciaba otro cuenco. Yo asentí sin mucha convicción. Tomé un pequeño trago y levanté la vista. No sabía cómo decirle lo siguiente.

—Y, además —dije por fin—, está lo otro...

—¿Lo otro? —preguntó Andrés—. ¿El qué?

Carraspeé antes de continuar.

—Pues…, pues que es del otro lado.

Andrés levantó las cejas.

—¿De San Cernin? —preguntó, elevando el tono.

—Eso creo; las vi alejarse hacia Portalapea.

—¡Ay, Dios mío! Leonor, tenías razón, ha perdido la cabeza. ¿Es que no escuchaste nada de lo que te dije? Si es francesa, te la puedes ir quitando de la cabeza. Nunca se fijará en ti y, aunque lo hiciera, sus padres nunca lo permitirían. ¿Es que no hay mujeres en la Navarrería, mendrugo? ¿Qué me dices de Isabel, la hija de Enrique, el carnicero? Es hermosa y su padre tiene una buena posición. Si quieres yo podría hablarle por ti. O también podrías darte una vuelta luego, a la caída del sol, no creo que te costara demasiado encontrar a alguna fulana con la que divertirte…

Alcé la mano.

—No, Andrés, no quiero dar ninguna vuelta, ni que hables a nadie por mí. Ya soy mayor para resolver yo solito los problemas, y más aún los relacionados con las mujeres.

—Pues ¡no sé qué decirte! —exclamó con asombro—. De San Cernin… ¡Qué majadería! Ve olvidándote de ella, por muy hermosa que sea. Perdóname por ser tan duro, pero así son las cosas.

—Ya lo sé, ya lo sé —dije con la lengua pastosa por el vino y mientras me levantaba torpemente—. No hace falta que me lo repitas. Yo solo salí de casa a tomar un poco el aire, no para que me explicaras una vez más lo mal que nos llevamos con nuestros vecinos. Eso ya lo sé.

—Pues para saberlo se te ha olvidado muy rápido…

Avancé a trompicones hasta la puerta y, abriéndola, salí a la calle mientras musitaba un «adiós» apenas inteligible. El sol me hizo daño en los ojos y busqué rápidamente la sombra del alero de una casa. Tuve ganas de seguir el paseo y llegar hasta el Chapitel. En mi interior albergaba la estúpida esperanza de que ella estuviera allí, quizá probándose algún colgante de nuevo. Aún recordaba cómo se había elevado su pecho mientras se recogía el pelo, y aquella imagen me torturaba. También me acordaba de sus dientes blancos y de sus labios sonrosados y carnosos. ¿Por qué me ocurría aquello? Apenas unos meses antes había intimado con una muchacha de la Navarrería y habíamos tenido un encuentro furtivo junto al río, pero en ningún momento había sentido nada parecido a lo que ahora me sucedía. La inquietud me torturaba y no conseguía decidirme. Finalmente, di media vuelta y me dirigí de nuevo a casa. Subí las escaleras y, ya en la alcoba, me dejé caer sobre la cama. La ventana estaba entreabierta y podía oír las conversaciones de los vecinos abajo en la calle.

—¿Cuál es tu nombre? —murmuré, poco antes de caer dormido.

## 11

Tomé las riendas de mi caballo y cabalgué por el camino de Cascante a Tudela. Estaba impaciente por recibir noticias del alférez real. Los castellanos atacaban en la frontera y Gonzalo Ibáñez de Baztán se había desplazado a Viana con sus tropas, mientras mis hombres y yo vigilábamos en los alrededores de Tudela. En mi sector no habíamos visto tropas enemigas, pero me temía que don Gonzalo no hubiese tenido la misma suerte. Si Viana caía, los castellanos tendrían abierto el camino a Pamplona. Recé con todo fervor, para pedir a la Virgen que defendiera nuestra tierra de todos los enemigos que la amenazaban, tanto los de fuera como sobre todo los de dentro. Mientras lo hacía, a lo lejos vi venir a dos hombres cabalgando y reconocí en primer término al alférez real. Arreé mi caballo y salí a su encuentro al galope, incapaz ya de contener mis ansias. Al llegar junto a él lo abordé sin darle tiempo casi a detenerse.

—¡Dios os bendiga! ¿Traéis nuevas de Viana?

—De milagro, pero sí.

—Decidme entonces cómo está allí la situación. ¿Han atacado los castellanos?

—Lo hicieron. El combate se produjo ayer por la mañana, al poco de amanecer. Yo estaba muy preocupado, pues no tenía nada claro que pudiéramos resistir el asalto. Solo me sostenía la fe en mis hombres, y por Dios que no me equivocaba.

Espiré con alivio.

—Entonces..., ¿conseguisteis frenar a los castellanos?

—Sí, gobernador. Los muros de la ciudad no hubiesen resistido un ataque directo, de eso estaba seguro, pero varios de mis hombres salieron al campo de batalla ocultos por la niebla y prendieron fuego a las catapultas de los castellanos antes de que pudieran emplearlas.

—¡Vive Dios que vuestra hazaña se recordará por los siglos en Navarra! Pero ¿cómo conseguisteis escapar de Viana si la villa estaba cercada?

—Aprovechando el desconcierto de los castellanos, este soldado que me acompaña y yo salimos por uno de los postigos y atravesamos las líneas castellanas. Un grupo de soldados se nos interpuso mientras tomaban el camino a Tudela, pero desenvainamos y los derribamos al pasar.

—Habéis demostrado un gran valor. Os felicito. ¡Nadie olvidará vuestro arrojo!

—Os lo agradezco, pero el arrojo no será suficiente. Hemos de reforzar Viana si queremos que los castellanos no nos asalten de nuevo.

—Tenéis razón, pero las cosas se están complicando —dije y desvié la mirada—. Las noticias no podrían ser peores.

—¿Noticias? ¿A qué os referís?

—Cabalguemos y os contaré.

Dimos la vuelta a las cabalgaduras y nos dirigimos a Cascante, al paso. No sabía cómo empezar a contarle las terribles nuevas que llevaba dentro.

—¿Cuáles son esas noticias que tanto os preocupan y que os resistís a contar, don Pedro? —preguntó, intuyendo mi tribulación.

—La reina se ha ido —dije, sin más.

—¿Que se ha ido? ¿Adónde?

—Ha dejado el reino y se ha refugiado en brazos de su primo Felipe, el rey de Francia.

—No puede ser...¿Y eso qué significa?

—Significa que todo lo que hemos logrado en estos meses se ha venido abajo. Sobre todo el acuerdo con Aragón. Hemos faltado a nuestra palabra con el infante don Pedro o, al menos, eso creo. En la carta que me envió la reina regente no decía nada al respecto, pero supongo que uno de los motivos para huir ha sido evitar la boda de Juana con el infante don Alfonso. Qué estúpido fui..., confié en sus palabras y me engañó.

—Vos lo habéis dicho, os engañó. No es vuestra culpa. Se supone que la palabra de una reina ha de tener valor. Si no se puede confiar ni en eso...

—Así debería ser, pero la vida me ha demostrado muchas veces que la palabra de un pordiosero vale mucho más que la de un rey. Lo he visto ya tantas veces que nada me sorprende. Es increíble, me miró a los ojos mientras me mentía.

—¿Qué haréis ahora? ¿Os ha retirado doña Blanca la confianza?

—No, lo cierto es que no lo ha hecho. En su carta me dice que sigue confiando en mí para el cargo de gobernador y que he de tratar de mantener la paz en el reino y de proteger los derechos de su hija como reina. Lo que no sé es cómo hacerlo. Cuando el infante don Pedro sepa que ambas se han ido de Navarra, querrá hacer valer el acuerdo que cerramos en Tarazona. Pero ¡cómo saber si la reina está dispuesta aún a que la boda se celebre! No fui capaz de convencerla aquí, así que supongo que será imposible hacerlo con ella en Francia.

El alférez asintió.

—Estáis en lo cierto, la situación es muy complicada, aunque hay una cosa que quizá juegue a nuestro favor...

Aquello me sorprendió.

—¿Y qué es? No acierto a adivinarlo.

—Uno de los motivos por los que los aragoneses decidieron negociar en vez de entrar por la fuerza en Navarra fue el miedo a que Alfonso de Castilla reaccionase. Ahora que los castellanos han atacado nuestras fronteras, quizá los aragoneses se mantengan a la expectativa, ¿no?

No había pensado en ello, pero tenía sentido.

—Así que al final —dije— el ataque de Castilla nos va a librar del de Aragón... Parece una paradoja, pero puede que tengáis razón. Si es así, debemos reforzar la frontera y mantener a raya a los castellanos.

—Y no solo eso...

Le invité a continuar.

—García Almoravid debe de estar satisfecho con el ataque de sus amigos. Esperemos que no aproveche esa circunstancia para intentar algo desde dentro. Temo a los de fuera, pero los enemigos interiores me preocupan más.

—Sí, no me extrañaría. Aun así, creo que cuenta con menos apoyos de los que pregona. Debemos vigilarle, pero no caer en sus bravuconerías. Podría distraernos de lo verdaderamente importante.

El alférez asintió.

—Ojalá tengáis razón. Nada está saliendo según lo previsto, ¿verdad? En fin..., espero que el nuevo año nos reciba con menos sobresaltos que este y que podamos mantener la paz.

Sonreí y le estreché la mano.

—La paz... ¡Que Dios os oiga!

# SEGUNDA PARTE

# 1275

# 1

Una mañana de enero, poco después de que me emborrachase en casa de Andrés, me encontraba serrando madera en el taller. Hacía un frío espantoso y sentía las manos ateridas. Esa tarde iba a curvar unas tablas para hacer toneles y necesitaba agua, así que salí con un cántaro para llenarlo en la fuente más cercana, en el caso de que no estuviera helada. Andrés se cruzó en mi camino. Puede parecer raro, pero tuve la impresión de que llevaba todo el día allí, en la calle, esperándome. A veces me fastidiaba que se metiera tanto en mi vida, pero, al fin y al cabo, Andrés y su mujer eran las únicas personas a las que podía considerar mi familia, y no estaba bien rechazar sus atenciones.

—Buenas tardes, Andrés.

—Te preguntarás si llevo todo el día aquí, ¿verdad?

Levanté las cejas, sin saber muy bien qué decir.

—Pues no, todo el día no —dijo, antes de que yo contestara—. Por la mañana te estuve arreglando lo de Isabel.

Bajé la cabeza. No había quien pudiera con él...

—¿Lo de Isabel? ¿Has hablado con ella?

—¡Con ella no, botarate! No entiendes nada; con Enrique, su padre. Estas cosas conviene hacerlas bien desde el principio.

—Pues, para empezar, creo recordar que te dije que me las podía apañar yo solo.

—¡Bah, tonterías! Siempre se hizo así; los padres hablan y les allanan el terreno a los jóvenes. Y ya que tú no tienes padres, alguien tendrá que hacerlo, ¿no? ¿Cómo crees que nos conocimos Leonor y yo? Mi padre, que en paz descanse, habló con el suyo y no sé muy bien qué se dijeron, la verdad, porque me temo que bebieron más de la cuenta; pero al cabo de unos días nos dejaron pasear juntos acompañados de una tía soltera. Y ¿sabes? En cuanto se despistó, le dimos esquinazo y nos perdimos en las callejuelas que hay alrededor de Santa Cecilia. Menuda aventura, pensarás, ¿no? Pero para nosotros lo fue. Nos acercamos, nos besamos y luego yo...

—No sigas, por favor; puedo imaginármelo.

—Está bien —dijo, riendo—, no quiero sonrojarte. Solo es para que entiendas que, aunque las cosas tengan que ir por su cauce, siempre hay un medio para desviarlas un poco, si se quiere.

Me quedé callado y él me guiñó el ojo. No sabía qué decir y esperaba que Andrés continuara.

—En fin —suspiró—, parece que tengo que decirlo yo todo. El próximo domingo puedes salir a pasear con ella. Os acompañará su hermana pequeña, Jimena. Es una mocosa, no creo que tengáis mucho problema en darle esquinazo, aunque quizá corra más que la tía de Leonor... Te parece bien, ¿verdad?

—¿Tengo elección?

—Pues no, a no ser que quieras enfrentarte a una mujer despechada. Créeme si te digo que es preferible pelear con un oso.

—Está bien. Pasearé con ella, si eso te place.

—Espero que te plazca más a ti, pero habrá que esperar para saberlo.

—Hasta mañana, Andrés —dije, al tiempo que continuaba mi camino.

Al domingo siguiente, después de comer, me lavé, me puse ropas limpias y me peiné. Aunque trataba de calmarme, me encontraba nervioso. «¿De qué hablaremos?», pensaba. Por aquel entonces yo solo sabía de madera y no creía que aquello pudiera interesarle ni lo más mínimo a Isabel. Me sentía como un absoluto idiota.

—Será mejor si no…

En ese momento escuché unos gritos desde la calle. Abrí la ventana. Abajo estaba Leonor.

—¡¿Qué ocurre?! —grité.

—¿Es que piensas llegar tarde? ¡Vamos, o yo misma subiré a bajarte!

Cerré la ventana y bajé a la calle.

—Leonor, yo… —dije, nada más salir.

—Calla, calla, no empieces con tus quejas.

Juntos caminamos hasta la casa de Enrique, el carnicero. Él estaba en el umbral, esperando. Leonor me cogió de la mano y me presentó:

—Este es Íñigo, el carpintero.

Él me miró de arriba abajo y luego, acercándose, me extendió la mano.

—Conocí a tus padres. Eran buenas personas.

—Sí, lo eran —dije, todavía un poco atemorizado.

—Y el Señor los tendrá en su gloria, de eso estoy seguro.

La puerta se abrió y apareció Isabel. Tenía un rostro bonito, las mejillas sonrosadas y el pelo de color castaño. Llevaba sus mejores ropas y un pañuelo que le cubría un poco el cabello. Pensé que debía de rondar los diecisiete años. Miraba con timidez y jugueteaba con los dedos, un poco nerviosa. Detrás apareció su hermana pequeña, Jimena. Tendría unos seis años. Se parecía a Isabel, pero con la cara llena de pecas. Su traviesa sonrisa me resultó muy simpática.

—Pasead un rato y no tardéis —dijo Enrique a su hija.

Esta asintió y tomó a su hermana de la mano. Luego me miró.

—Vamos —me dijo. Y sonrió.

Juntos bajamos desde la catedral hasta Santa Cecilia. El sol se elevaba un poco sobre el horizonte y las calles estaban en sombra, frías y húmedas por las lluvias que apenas habían cesado durante el último mes. Caminábamos despacio y sin hablar. De vez en cuando nos mirábamos de soslayo y sonreíamos. Detrás, Jimena nos seguía sin quitarnos ojo y se reía por lo bajo de la situación. Después de pasar ante la iglesia de Santa Cecilia nos dirigimos al Chapitel. Quería ir a comprar unas nueces, pues pensaba que así el silencio no sería tan violento.

Nos acercamos a un puesto y compré unas nueces y unas avellanas, que ofrecí a Isabel.

—¿Quieres?

—Sí, pero no todas —dijo riendo.

Yo también sonreí y cogí unas pocas para mí y otras para Jimena.

—Me gustan los frutos secos —dije—; me recuerdan a mi infancia, con mis padres, en los días fríos del invierno.

—Yo prefiero la primavera —dijo Isabel—. Sobre todo cuando empieza a hacer más calor, los días se hacen cada vez más largos y los prados se llenan de flores.

—Pues a mí me gusta el verano —interrumpió Jimena—, porque me puedo bañar desnuda en el río.

—¡Calla! —dijo Isabel, sonrojándose—, nadie te ha preguntado.

—Pero si a ti también te gusta, en la poza de las tres piedras, junto al puente de la Magdalena.

Reí con ganas mientras Isabel le tiraba a su hermana de la oreja para hacer que callara.

—¿Sabes, Jimena? —dije entonces.

La niña negó con la cabeza, mientras trataba de zafarse de su hermana.

—A mí también me gusta.

Isabel levantó la vista. Estaba acalorada por el apuro, pero sonrió. La miré, complacido. «Es verdad que es muy guapa», pensé.

En ese momento, unos gritos nos sobresaltaron. Un ricohombre de la Navarrería, Sancho de los Arcos, al que hasta entonces solo conocía de oídas, entró en el mercado montado a caballo seguido por tres de sus hombres, también sobre cabalgaduras. Los animales estaban nerviosos. Uno de ellos derribó un tablón sobre el que había unos quesos y otro pegó una coz a un barril de sidra. En ese momento el Chapitel estaba lleno de mercaderes de la población de San Nicolás, que comenzaron a increparle.

—¡Estúpido! —gritó uno—. ¿Qué manera es esa de entrar en el mercado? Echaréis los puestos abajo.

Sancho de los Arcos tiró de las riendas y se colocó a un palmo del mercader, que retrocedió asustado.

—Mírame bien, a vosotros se os van a acabar esos aires de superioridad. La reina se ha ido y no tenéis ya quien os defienda.

Otro comerciante se adelantó:

—¿De qué tendríamos que defendernos? Vivimos en paz hace años. ¿A qué vienen estas voces y estos modos?

Algunos de los vecinos de la Navarrería que estaban en el mercado se arremolinaron junto a don Sancho. Querían oírle hablar. Era un noble importante de la ciudad, tenía una de las mejores casas y muchos hombres a su servicio, por lo que su palabra siempre se respetaba.

—Navarros —dijo dirigiéndose a ellos, mientras daba a entender que no había oído al comerciante de la población de San Nicolás—, los reyes siempre nos han ignorado, mientras favorecían a los de allí. Ellos tienen sus privilegios y no nos dejan compartir lo que a todos nos corresponde. Pero todo eso va a cambiar. La reina se ha marchado, como bien sabéis, y el poder está en manos de un gobernador incapaz. Puso su empeño en lograr un pacto con Aragón y todo se ha venido abajo. Creedme cuando os digo que le queda muy poco en su cargo.

—¿Y quién ocupará su lugar? —preguntó uno.

Antes de que Sancho de los Arcos contestara, otro de los vecinos se adelantó:

—¡Almoravid! ¡Él tendría que haber sido nombrado gobernador y no Monteagudo!

Otros se sumaron.

—¡Almoravid, sí!

—¡Abajo el gobernador!

—¡Hay que negociar con Castilla!

Los caballos estaban cada vez más nerviosos. Isabel tenía miedo y se agarró de mi brazo, a la vez que protegía a su hermana como podía.

—¡Vámonos! Tengo miedo.

—Espera un momento —le dije—, quiero saber lo que dicen.

—Mirad aquellos muros —gritó don Sancho, señalando a las murallas de San Nicolás y San Cernin, al tiempo que escupía en el suelo—. Son robustos y están reforzados con torres y matacanes. Nos miran desde esas alturas y les parecemos poco más que ratas. En cambio, nosotros, cada vez que tratamos de afianzar nuestras defensas, tenemos que oír sus quejas, sus lamentos y sus lloriqueos ante los reyes. Y ¿sabéis? ¡Siempre los defienden! Vinieron de fuera, se asentaron en nuestro suelo y tienen más derechos que nosotros, a pesar de ser esta nuestra tierra. ¿Es eso justo?

Un murmullo se extendió entre los de la Navarrería.

—¡No, no lo es! —gritó uno.

Los comerciantes de San Nicolás comenzaron a recoger sus puestos. Parecía claro que aquello no les gustaba.

—Si queremos que nos respeten, debemos ser tan fuertes como ellos —dijo don Sancho, para que todos le oyeran—. Se acabó el llevar la cabeza gacha y el obedecerles como perrillos falderos.

—Esto es un sinsentido —dije a Isabel—. ¿Qué necesidad hay de estos gritos y de estas bravuconerías? Alguien debería hacerle callar o esto acabará mal.

Estaba decidido a hablar, pero Isabel me agarró más fuerte el brazo y tiró de mí.

—¡Calla! Es mejor que no intervengas. Van a caballo y portan armas. ¡Mira!

Me fijé en las espadas que llevaban Sancho de los Arcos y sus hombres. ¿Estarían dispuestos a usarlas o era solo para amedrentar?

En ese momento, otros dos vecinos de la Navarrería llegaron también al Chapitel. Estos iban a pie, acompañados de un buen grupo de hombres a su alrededor. Reconocí a uno de ellos: era Miguel de Larraina, uno de los miembros principales del concejo.

—¡Yo estoy con don Sancho! —dijo—. Ha llegado el momento de demostrar firmeza. ¡Ahora o nunca!

Se acercó a uno de los puestos de los de San Nicolás, lleno de cizallas, aldabas y cuchillos, y, pegándole una patada, lo derribó. Todo cayó por el suelo con gran estruendo, pero el comerciante, lejos de acobardarse, recogió un cuchillo y, agarrando a Miguel, se lo puso al cuello. Al instante los hombres que acompañaban a Sancho de los Arcos se acercaron.

—¡Suéltale! —gritó uno—. ¡O te mataremos!

—Antes yo mismo lo mataré —dijo el comerciante—. Poned los tablones en pie y recoged todo. ¡Ahora mismo!

Los hombres se quedaron parados, sin saber qué hacer. El silencio se adueñó del mercado, mientras todas las miradas se centraban en el cuchillo clavado en el cuello del ricohombre. Una gota de sangre le rodó por la piel mientras todos contenían la respiración. Entonces, don Sancho levantó la mano y pidió calma.

—Obedeced —dijo—. Recogedlo todo.

Los hombres pusieron en pie el tenderete y fueron colocando de nuevo todo el género sobre los tablones. Mientras tanto, una multitud se había arremolinado alrededor de la escena. De un lado, los comerciantes de la población de San Nicolás, sorprendidos del valor desplegado por su vecino. De otro, los míos, con gesto contrariado.

—Esto no quedará así —escuché decir a uno de ellos, a mi espalda. Al volverme vi su expresión de rabia contenida. Le reconocí. Era Guzmán, el tenacero. Había sido buen amigo de mi padre.

—¿Qué ocurre, Guzmán? Llevamos años compartiendo este mercado sin tener ningún problema. ¿A qué viene ahora esta actitud?

Él negó y apretó los puños.

—Las cosas se soportan en el día a día. Te callas por no buscar jaleo, pero van calando. Mira las torres de sus murallas;

desde cualquiera de ellas podrían aniquilarnos cuando quisieran. Y no solo no podemos obligarlos a derruirlas, sino que ellos nos prohíben a nosotros que las levantemos.

—¿Para qué queremos torres? No estamos en guerra.

—No estamos en guerra hoy, pero ¿quién sabe lo que ocurrirá mañana? A todas las villas del reino se les permite defenderse lo mejor que puedan menos a nosotros. ¿Qué sentido tiene? ¿Por qué hemos de ser menos que otros?

Mientras hablábamos, los hombres de Sancho de los Arcos habían recogido todo. El comerciante de San Nicolás le quitó el cuchillo del cuello y, dándole un empujón en la espalda, lo lanzó contra sus hombres, al tiempo que se unía a otros comerciantes de su barrio, que habían venido a defenderlo. Miguel de Larraina se llevó la mano al cuello y palpó la sangre entre sus dedos. Alargó el brazo y señaló al comerciante con el índice, mientras su mano temblaba.

—Esto habrás de pagarlo, lo juro. ¡Tú y todos los tuyos!

Los de San Nicolás comenzaron a increparle y volaron por el aire algunos objetos. Uno de los hombres de Sancho de los Arcos recibió un impacto y cayó del caballo. El animal salió desbocado y empezó a atropellar los puestos, relinchando y pegando coces.

—¡Vámonos, Íñigo, tengo miedo! —suplicó Isabel.

—Sí, vámonos —dije, calmándola—. Ya hemos visto bastante por hoy.

Con Jimena caminando delante, desanduvimos el camino hasta casa de Isabel. Su padre había oído el alboroto y venía por la calle con gesto de preocupación. Lo acompañaba Andrés.

—¿Qué ha ocurrido allí abajo? —preguntó Enrique—. Ni que hubiera estallado una batalla.

—No ha llegado tan lejos. Pero, por lo que se han dicho unos y otros, podría ocurrir cualquier día.

Les relaté lo ocurrido, tratando de no tomar partido.

—Lo llevan dentro —masculló Andrés, en cuanto acabé el relato—. Se merecen un escarmiento. Si llego a estar allí, yo mismo le hubiese reventado la cabeza a ese tipo. ¿Dices que tenía tijeras y cuchillos? Seguro que era Charles. Ya un día tuve que enfrentarme a él porque me quiso engañar con el precio de unos herrajes, Dios lo castigue.

Me había contado aquello cien veces, y sabía que era cierto, pero no quise aumentar la tensión.

—Andrés, eso ocurre todos los días, también entre nosotros. No es motivo para acabar a palos, ¿no te parece?

—Cuando les larguemos de aquí a todos es cuando acabarán nuestros problemas.

En ese momento, Gil, el sidrero, subía a toda prisa por la calle. Al verlos se detuvo.

—¿Sabéis lo que ha ocurrido?

—Sí, Íñigo nos ha contado lo de Sancho y el tenacero.

—Pues la cosa se ha puesto peor después —dijo—. A medida que aumentaba la trifulca, varios hombres de nuestro barrio se dirigieron a la muralla del Burgo y comenzaron a tirar piedras. Entonces, los franceses cerraron las puertas y vimos a varios arqueros en las torres de Portalapea. ¡Nos estaban apuntando! Uno de los nuestros lanzó una piedra lo más alto que pudo y los arqueros respondieron al momento. Una flecha le dio en la pierna. Inmediatamente los de San Nicolás recogieron todo y se protegieron también dentro de sus murallas.

—¿Veis lo que os decía? —dije—. ¿Qué hemos conseguido con todo esto?

—Puede que hoy nada —respondió Enrique—, pero al menos han experimentado el miedo. Se acabó el tiempo en que ellos nos dictaban lo que había que hacer. Si creen que desde sus muros pueden dominarnos, quizá debamos pagarles con la misma moneda.

Enrique cogió a sus hijas y las metió en casa, sin que me diera tiempo a despedirme. A pesar de haber estado en medio de la refriega, todavía no me explicaba cómo se había llegado a aquel enfrentamiento. Todo me resultaba más propio de una pelea de chiquillos que de hombres adultos. Sin despedirme de Andrés ni de los demás, tomé el camino a casa, a pocas calles de allí, cuando oí unos pasitos que se acercaban. Me volví y vi a Jimena, que venía corriendo.

—Mi hermana me dio esto para ti —me dijo nada más llegar, y me puso un pañuelo bordado en la mano—, y también esto —y me dio un beso en la mejilla.

Antes de que pudiera decir nada, Jimena salió corriendo de nuevo entre las callejuelas. Miré el pañuelo. Tenía unas letras bordadas, que interpreté como las iniciales de Isabel, aunque, como no sabía leer, no podía estar seguro. A pesar del lamentable espectáculo del Chapitel, el paseo con ella me había gustado. Después de todo, quizá Andrés tuviese razón: Isabel era una buena mujer.

Al día siguiente me desperté muy pronto, alertado por unos fuertes golpes y por el griterío en la calle. Tomé una manta y, echándomela sobre los hombros, me acerqué a la ventana. La abrí y el frío me azotó en la cara. Las calles estaban heladas. Vi a varios vecinos llevando largas vigas de madera, así como clavazón y herramientas. Se dirigían a las murallas. Entre ellos se encontraba Andrés, que levantó la vista. Tuve un mal presentimiento.

—¡Baja, te necesitamos!

—¿A mí? ¿Para qué?

—Hoy termina nuestra sumisión. Se acabó lo de ser los lacayos de otros.

—No entiendo nada. ¿De qué hablas?

—Baja y lo verás.

Me vestí a toda prisa y salí a la calle. Cada vez más vecinos se arremolinaban formando grupillos y conversando, y pude ver también a varios ricoshombres, entre ellos Miguel de Larraina y Sancho de los Arcos. Se les veía ufanos y reían abiertamente.

—¿Qué ocurre, Andrés? ¿Qué es todo este alboroto?

—El concejo ha tomado la decisión de reforzar los muros de la ciudad y de poner algarradas.

—¿Algarradas? —pregunté. Nunca antes había oído hablar de aquello.

—Eres muy joven para saber qué son —dijo, agarrándome por el hombro—. Son ingenios para lanzar piedras. Los construiremos y los colocaremos sobre la muralla, en los puntos donde mejor puedan servirnos.

—¿Servirnos para qué?

—¡Por Dios, Íñigo, parece que siguieras durmiendo! Para defendernos de los burgos.

Me froté los ojos.

—Esto es un sinsentido. ¿Ayer vivíamos en paz y hoy estamos en guerra?

—No estamos en guerra, pero debemos demostrarles que no somos menos que nadie. Si ellos tienen muros y torres para defenderse, nosotros los tendremos también, ¡vive Dios! ¡Y ahora, termina de quitarte las legañas de una vez, diantres, y ayuda! Todos los brazos son bienvenidos, y los tuyos son fuertes. Y, además, eres carpintero. Nos haces falta para levantar las estructuras.

No terminaba de entender la situación. Debía ayudar a levantar unas defensas contra alguien a quien no consideraba mi enemigo.

—Andrés —dije—, hoy tengo mucho trabajo. Y no creo que convenga aumentar la tensión.

Me miró muy serio y advertí en él un dejo de decepción.

—No te equivoques. Nosotros solo hemos respondido a las provocaciones que llevamos recibiendo hace ya demasiado tiempo. Si consideras que es más importante ir a cumplir con tu trabajo que ayudar a tus vecinos, hazlo; nadie te lo impide. Pero, por el aprecio que te tengo, mira bien lo que decides. Debes estar con nosotros en los buenos momentos y también en los malos.

Aquel comentario me disgustó.

—Qué lástima que solo nos pongamos de acuerdo para alimentar el odio, ¿no te parece?

Sacudió la cabeza, con gesto de resignación, y fue a juntarse con otros vecinos. Entre varios cargaron una larga viga mientras otros portaban cuerdas y poleas.

Yo me quedé parado sin saber qué debía hacer, pero, al final, decidí volver a casa. Cuando miré por la ventana, los vecinos comenzaban a depositar materiales en la base de los muros: piedra, cal, arena, agua, madera... Era cierto, la ciudad iba a fortificarse.

—¿Qué consecuencias tendrá todo esto? —murmuré, apesadumbrado.

# 2

No pude reprimir la rabia que me subía desde el estómago y pegué un puñetazo en la mesa. A mi lado, Gonzalo Ibáñez de Baztán no ocultaba tampoco su preocupación.

—¿Cómo que han levantado algarradas? —exclamé. Me puse de pie y comencé a dar vueltas por la sala, tratando de calmarme.

El mensajero que acababa de traerme la carta carraspeó, antes de contestar:

—Sí, gobernador. En la Navarrería han comenzado a levantar algarradas y trabuquetes en los muros que miran hacia San Cernin y San Nicolás. Y también están fortificando los pasos y colocando barricadas en algunos puntos. Son varios ricoshombres los que están a la cabeza, pero en general toda la Navarrería los secunda…

Había escuchado las últimas palabras junto a la ventana, con los puños apretados y la mirada perdida en los campos que se abrían a los pies de mi casa de Cascante. Me volví y miré al mensajero a los ojos.

—¿Está García Almoravid entre ellos?

—Creo que no. Dicen que no se le ha visto en la ciudad desde hace algún tiempo. De hecho, nadie sabe muy bien dónde está.

—En la sombra, como siempre…

—¿Señor? —preguntó, sin entender mis palabras.

—Nada, nada… Puedes retirarte.

Hizo una reverencia y se marchó, visiblemente aliviado.

Me senté de nuevo, contrariado. Este nuevo golpe, y en la capital del reino, no lo esperaba.

—Esté cerca o lejos —dije, mirando a don Gonzalo—, mucho me temo que Almoravid se encuentre detrás de todo esto. Intenta por todos los medios hacerse con el poder que no obtuvo de la reina. No se dará por vencido hasta que lo consiga; estoy seguro de ello.

—El próximo viernes se reúnen las Cortes —dijo, recostándose en su asiento—. Ese será el momento de apaciguar los ánimos y tratar de encontrar un consenso.

—Las Cortes... Tenemos una reina ausente, dos enemigos presionando en las fronteras y la capital del reino en rebeldía... ¿De qué demonios nos sirve ahora lo que acuerden las Cortes?

—Al menos nos servirán para tomar el pulso al reino. Es preciso saber si los nobles y las buenas villas siguen siendo fieles a la reina, aunque haya huido. Y también necesitamos conocer cuál es el parecer del obispo Armengol y el del cabildo de la catedral. Sospecháis de Almoravid, pero me temo que el cabildo pueda estar instigando esta rebeldía más que él.

—Podría ser. En las Cortes cada uno habrá de retratarse. El que tenga algo que decir, que lo diga.

—Puede que no sea necesario; el que no venga ya estará diciendo mucho, ¿no os parece?

Así fue. Ni García Almoravid ni los representantes de la Navarrería acudieron a las Cortes. Los que sí lo hicieron preguntaron por la situación en la que nos encontrábamos tras la huida de la reina y de su madre, pero no pude darles una respuesta muy esclarecedora; ni siquiera sabía si tendríamos que seguir dando por bueno el matrimonio concertado con Aragón o qué haríamos en caso de que el infante don Pedro reclamase el trono prometido. Al final logré el acuerdo de esperar noticias de la regente, y decidimos enviarle una carta en la que le preguntábamos su parecer y le informábamos también de la valiente defensa de Viana por parte de sus vecinos.

En todo caso, el punto más conflictivo de la reunión fue el de las defensas de la Navarrería. Los de San Cernin me pidieron que actuase de inmediato para retirarlas, pues iban en contra de sus privilegios, pero otros les reprendieron que no estuvieran haciendo nada para rebajar la tensión, sino solo poniendo sus intereses por encima de la paz en el reino. Quizá estos últimos llevasen razón, pero yo era el garante de la ley y debía hacerla cumplir, fuese más o menos justa.

A la mañana siguiente partí para Pamplona, a lomos de un palafrén y acompañado por un pequeño séquito. No pensaba andarme con rodeos: iría a la Navarrería y reuniría al concejo para conocer su punto de vista y hacerles ver la resolución de las Cortes en contra de las fortificaciones. A pesar de todo, me invadía la desazón. Cada vez que conseguía resolver un problema se planteaba otro y, cuando conseguía calmar a unos, eran otros los que se rebelaban contra mi voluntad. Había recibido el bastón de mando como un regalo, pero ahora lo sentía pesado como el plomo.

Hicimos noche en Tiebas y al día siguiente continuamos camino hacia Pamplona. Al llegar, me dirigí de inmediato a la Navarrería atravesando el Chapitel. Un día cualquiera el mercado hubiese estado abarrotado de puestos y de compradores, pero aquel día apenas unos pocos mercaderes mostraban sus mercancías. Me dirigí a uno de ellos, que vendía sidra. Desmonté de la cabalgadura y caminé hasta el puesto, en el que varios vecinos conversaban. Al verme llegar se quedaron todos en silencio. El tabernero me saludó.

—¿Deseáis algo, señor? —dijo, con tono hosco.

—Sí, un vaso de sidra fresca. Ha sido un largo camino hasta aquí y estoy sediento.

Tomé el vaso que me ofrecía, y le di un buen trago.

—No creo que en todo el reino haya una sidra tan buena como la tuya —dije—. ¿Cuál es tu nombre?

Su expresión cambió y sonrió, ufano.

—Mi nombre es Gil, señor; Gil el sidrero. Y podéis estar seguro de que es la mejor sidra de Navarra.

En ese momento un joven se acercó y me saludó:

—Sed bienvenido a la Navarrería. Confío en que vuestra llegada traerá la calma que tanto anhelamos.

Le miré complacido. Ese era el tipo de personas que se necesitaban.

—¿Cómo te llamas?

—Me llamo Íñigo, señor, y soy carpintero.

—Íñigo el carpintero —dije, mientras le estrechaba la mano—. No lo olvidaré.

Abandoné el grupo y me dirigí a la puerta que daba acceso a la Navarrería, seguido de mi séquito. Alcé la vista y vi las construcciones recién levantadas sobre las murallas. Las informaciones no eran equivocadas: los de la Navarrería habían alzado torres y algarradas en dirección a San Nicolás y San Cernin, pero apenas en otras partes del recinto. Su actitud no dejaba lugar a dudas, así como sobre a quién consideraban su enemigo. Cuando estaba a punto de atravesar la muralla apareció una comitiva para recibirme.

—Señor gobernador, os damos la bienvenida a nuestra ciudad —dijo Miguel de Larraina, que iba en cabeza—. Es un honor recibiros.

Le miré con detenimiento, tratando de adivinar si sus palabras eran sinceras o no. En un caso u otro, sabía que debía mostrarme conciliador y me dirigí educadamente a él.

—Es un honor para mí poder entrar en la Navarrería y más aún hacerlo con el buen propósito de arreglar las diferencias que en los últimos tiempos han surgido, si no me equivoco.

—No os equivocáis. En las últimas semanas hemos recibido serias provocaciones que nos han obligado a tomar una postura que en ningún caso deseábamos.

—Rara vez los conflictos se originan solo por culpa de una de las partes, pero seguro que entre todos encontraremos la manera de ponerles solución, ¿no os parece?

—Eso —dijo Miguel— no es solo cosa mía. Dentro lo resolveremos.

Avancé y entramos en la ciudad. Allí, a diferencia de lo que ocurría extramuros, vi una gran actividad. Había muchos hombres acarreando maderas, colocando andamios y transportando piedras. Por todas partes se apreciaba que la ciudad estaba afianzando sus defensas. Ni siquiera mi llegada, con los hombres que nos guiaban delante, logró que nadie abandonase su trabajo. Al contrario, me pareció que, al verme llegar, muchos se esforzaban en demostrar su determinación. Definitivamente, pensé, la negociación que me esperaba no iba a ser sencilla.

Llegamos hasta la iglesia de Santa Cecilia, donde el concejo de la Navarrería esperaba mi visita. Atamos los caballos y penetramos en el templo, solo un poco más cálido que el frío ambiente de la calle. A mi encuentro acudieron dos de los jurados.

—Gobernador —dijo uno de ellos inclinándose un poco, pero con el semblante muy serio—, acompañadme y tomad asiento, os lo ruego.

Me senté a una gran mesa de madera dispuesta en el centro de la nave de la iglesia. Varias antorchas iluminaban la sala y con el crepitar de las llamas distinguí a algunos de los presentes.

—Señores —dije, sin dar tiempo a que otro tomase la palabra—, estamos aquí para resolver una cuestión muy seria y que me ha causado gran disgusto. Cuando acepté mi cargo como gobernador, juré defender los intereses de la reina Juana y los de Navarra en su conjunto, pero para ello es necesario que dentro del reino tengamos paz. Las divisiones internas nos debilitan.

Miré alrededor de la mesa; todos se mostraban serios, pero ninguno se atrevía a hablar.

—En todo caso, como gobernador es mi deber escuchar y entender las razones de unos y otros, y por eso hoy he venido a la Navarrería. Hablad, pues, y solucionemos cuanto antes este desencuentro.

Uno de los jurados, Pascual Beltza, se levantó.

—Los vecinos del Burgo y la Población disponen de fuertes recintos, coronados por almenas, y puertas gruesas y recias.

Desde sus defensas, nos insultan y nos menosprecian; ellos, que son extranjeros...

—No lo son —interrumpí—. Los reyes de Navarra les solicitaron que vinieran a poblar nuestra tierra y, por tanto, son tan navarros como cualquiera. Además, les otorgaron que se defendieran en sus villas y que nadie les pudiera amenazar ni hacer daño alguno.

—Y si ellos pueden fortificarse, ¿por qué no podemos hacerlo los demás?

—Los reyes les concedieron privilegios para que acudieran a poblar los burgos por venir de tierras extranjeras, y esas prerrogativas siguen en vigor.

—Acabáis de decir que ahora son tan navarros como cualquiera, ¿por qué han de mantenerse entonces esas ventajas para ellos negándoselas a los demás?

Entendía el fondo de su argumentación y coincidía con él en que todo sería más fácil si los vecinos de San Cernin y San Nicolás se mostrasen más colaborativos y menos aferrados a sus franquezas, pero no podía dejar que continuase por ese camino.

—Los privilegios no se toman por la mano, sino que se reciben graciosamente. Las fortificaciones que estáis levantando van en contra de las prerrogativas de los otros burgos. Y, mientras estén en vigor, que lo están, no permitiré que se violen.

Un murmullo de desaprobación se extendió por el templo.

—Además —dije alzando la voz—, ahora nuestro enemigo no está en el interior, sino en las fronteras. Como bien sabéis, Mendavia ha caído y Viana ha sido atacada. Por tanto, construid fortificaciones si queréis, pero hacedlo mirando hacia el exterior de la ciudad, por donde podrían llegar los castellanos. Dios no lo quiera.

—Nuestras defensas —insistió Pascual Beltza— no hacen sino colocarnos en el mismo nivel que nuestros vecinos. Somos hombres de paz y no tenemos ninguna intención ni ningún interés en que esto acabe en un conflicto, como bien entenderéis, pero tampoco creemos que debamos ser menos que los demás. No queremos ser lobos, pero tampoco carneros.

Se oyeron voces de asentimiento por toda la nave. Yo, a pesar de que trataba de mantener la calma, comenzaba a sentirme muy irritado por su obstinación.

—Señores —dije entonces, poniéndome en pie—, he tratado de que entiendan la necesidad de retirar las torres y las algarradas. Creo que las palabras deberían bastar, pero tengo otros medios para hacer que la ley se cumpla.

Pascual Beltza dio un paso atrás. Quizá no se esperaba una respuesta tan dura por mi parte y me arrepentí al instante de haber sido tan agrio. Cuando me disponía a matizar mis palabras otro hombre se adelantó hasta colocarse a un palmo de mí. A diferencia de Pascual, a este se le veía muy seguro.

—Señor gobernador, mi nombre es Sancho de los Arcos. Hace unos días, en el Chapitel, tuve que sufrir la perfidia de los francos sin que mediara por nuestra parte ningún tipo de provocación. Somos de buen corazón, pero la paciencia se nos ha acabado. Escuchad bien lo que os voy a decir porque este es el sentir de toda la Navarrería: no nos importa que vengáis con el apoyo de las Cortes o sin él, o que queráis juzgarnos. Ya hemos soportado durante demasiado tiempo las humillaciones. Si los de allá siguen con su juego, doblaremos la apuesta. Y que gane el más fuerte.

Ahora fui yo el que retrocedí, aturdido. Aquello era un acto manifiesto de rebeldía. Esperaba que la negociación fuera dura, pero no hasta tal extremo.

—¿Qué queréis decir? —dije tratando de controlar los nervios—. Yo soy el gobernador y represento a la reina en Navarra. Si os oponéis a mis decisiones, os enfrentáis a ella.

—¿Qué reina? —dijo Sancho, con sorna—. ¿La regente que se fue a Francia en cuanto tuvo ocasión? ¿O la niña que dicen que es hija del rey?

—¿Qué queréis decir con esto? ¡Hablad claro!

Miguel de Larraina se adelantó:

—Esa niña no es hija de Enrique, cualquier tonto lo sabe.

La reina yacía con el primero que aparecía por su alcoba. Puede que ella callase sus amoríos, pero las doncellas tienen por costumbre hablar más de la cuenta. Blanca de Artois hizo creer al rey que la hija era suya, pero sabemos que no es así...

—¡Eso es una calumnia! —exclamé furioso—. Os apoyáis en habladurías para no cumplir con mis órdenes, y no lo pienso consentir.

Lancé una mirada general a los hombres allí congregados. Me la estaba jugando, no me cabía ninguna duda. Si me retiraba ahora, sin tomar una clara determinación, todos pensarían que no era lo bastante fuerte. Si presentaba un ultimátum y la respuesta era negativa, habría arruinado definitivamente mis posibilidades de convencer al concejo de la Navarrería. «Ha sido una estupidez venir solo», pensé. Recapacité por un instante y tomé una decisión de la que muchas veces hube de arrepentirme. Tragué saliva y elevé la voz:

—Os lo digo por última vez: debéis retirar los ingenios de guerra que habéis colocado mirando a los otros burgos. ¡Sin excusas y de inmediato!

Hubiese querido que mi voz sonara más potente, pero no pude evitar que me temblase. Un murmullo de desaprobación se extendió por la sala. Los hombres se miraban unos a otros. Sancho de los Arcos volvió a adelantarse y levantó la barbilla. Estaba tan cerca que podía sentir su aliento en mi cara.

—Ya os lo dijimos antes y ahora os lo repetimos: las torres y las algarradas se quedan —dijo mirándome a los ojos—; lo queráis o no.

Ahogué una maldición y, dando media vuelta, me retiré sin mirar atrás. Había perdido el combate y me sentía humillado. Tomé mi montura y atravesé las calles para salir del recinto amurallado hacia el Chapitel. En ese momento vi al joven que poco antes me había dado ánimos.

—Creo que no todos en la ciudad tienen un corazón tan recto como el tuyo —le dije—. Me pediste que trajera paz a Pamplona, pero ahora solo puedo ofrecer incertidumbre.

Él agachó la cabeza, pero instantes después la volvió a levantar.

—Cada problema tiene una solución; al menos eso me decía mi padre. Vos encontraréis la solución para este.

Sonreí tímidamente y proseguí la marcha. El joven tenía razón; yo era el encargado de dar respuesta a los problemas, para eso me habían nombrado. Pero ¿y si no era capaz? ¿En qué desembocaría esta situación?

# 3

Antes de cumplir los veinte años ya muchos me conocían en Toulouse como el panadero poeta. Algunos lo decían sin malicia, pocos, la verdad, pero para la mayor parte era la manera que tenían de burlarse de mí. No me importaba demasiado. Los ratos que me dejaba libre mi ocupación en la panadería los dividía, mitad y mitad, entre perseguir a las jóvenes tolosanas, que tenían tantas ganas de reír, de beber y de divertirse como yo, y escribir las muchas historias que poblaban mi cabeza. Porque después del poema de la prostituta muerta en la hoguera, que mi madre recibió con horror y se cuidó muy bien de ocultar, quizá quemar, para que nadie lo viese, vinieron otros muchos versos sobre la historia de la ciudad, las vidas de santos, los milagros de la Virgen o las hazañas de los guerreros de otros tiempos. Algunos los escribía y otros muchos los aprendía de memoria, para ahorrar papel. Mi hermano se reía de ellos y mi madre sentía una mezcla de orgullo y miedo, pues no veía con buenos ojos que su hijo se dedicase a un trabajo considerado propio de gentes de mal vivir, sin oficio y sin futuro. Consentía porque me quería mucho, pero bien sabía yo que hubiese preferido que dedicase todos mis esfuerzos a buscar esposa, como de mi edad ya se esperaba.

Por aquel entonces el negocio de la panadería marchaba bien, y teníamos una reputación de buenos artesanos y, además, honrados. De hecho, nos había costado mucho tiempo recuperar el mal nombre que dejó mi padre, un holgazán que gastaba en vino todo lo que ganábamos y que ahorraba costes comprando la peor harina para luego cobrar el pan a precio de oro. Murió cuando yo era muy pequeño y mi madre, si no era para maldecirlo, apenas hablaba de él en casa. Las cosas podrían haber seguido así, en una vida sin demasiados sobresaltos, pero en un momento todo cambió de súbito y arrancó de cuajo los cimientos de mi existencia. Ya era poeta; ahora aprendería a ser soldado.

Reinaba en aquel momento en Francia el rey Felipe III, al que muchos llamaban el Atrevido por su arrojo en el combate. Se hablaba de su valor en la cruzada contra los moros en Túnez, en la que murió su padre el rey Luis IX, lo que le hizo asumir el trono. Yo había iniciado un breve poema sobre aquel hecho, pero lo dejé a medias por la dificultad de narrar cosas que ocurrían en lugares tan lejanos y de costumbres tan extrañas, y nunca volví a él. Pero eso es otra historia... El caso es que, a pesar de los denuedos del rey por poner orden en el reino, la inseguridad se había propagado en los últimos años como una enfermedad. Si tiempo atrás era seguro recorrer los caminos y llevar mercancías de un sitio a otro, en aquel momento existían bandas de salteadores que se ocultaban en los bosques y que esperaban el paso de los comerciantes, de los viajeros o de los peregrinos para asaltarles y robarles, si no algo peor. Se había intentado controlar algo la situación y se había ejecutado de vez en cuando a algún sospechoso, pero esta no había hecho sino empeorar.

Poco después de mis veinte primaveras, mi madre nos dijo que debíamos llevar un carro de pan a la cercana ciudad de Muret. Se iba a celebrar la boda de los hijos de dos familias nobles y necesitaban unos cien panes para el banquete. Normalmente se hubiesen abastecido de las panaderías de la propia ciudad, pero la fama de nuestro pan se había extendido por la región y el padre de la novia quería contar con lo mejor para el convite. De modo que horneamos sin descanso, cargamos los panes en el carro y salimos muy de mañana. Había unas cuatro leguas y eso nos llevaría casi cinco horas para ir y algo menos para volver. Hicimos el camino sin contratiempos, entregamos el pan al cocinero y nos dispusimos a emprender la vuelta. En el último momento, mi madre nos pidió que aprovecháramos para visitar la iglesia de Saint-Jacques; siempre había deseado peregrinar a Santiago de Compostela, pero nunca había hallado el momento o las fuerzas y supongo que así aliviaba en parte aquel deseo. Rezamos con fervor y acudimos a contemplar las reliquias allí guardadas: un mechón de pelo del apóstol, huesos de varios santos cuyos nombres ahora no recuerdo y también un frasquito que contenía unas gotas del perfume con el que María Magdalena ungió los pies de Cristo. Yo me incliné y deposité unas monedas ante el pelo y los huesos, pero rechacé hacerlo ante el frasquito, pues, por mucha fe que tuviera y por mucho que mi madre me insistiera, me negaba a creer que nadie se hubiese ocupado de recoger aquello y mucho menos que se hubiese conservado. Mi madre insistía en que ella había visto en otras iglesias cosas aún más maravillosas, como una pluma del Espíritu Santo cuando se transformó en paloma y también un estornudo de san José conservado en una botella; pero yo me negué de todos modos. Mi hermano, por su parte, se reía de nuestras discusiones y no hacía más que meternos prisa para regresar cuanto antes.

Estábamos ya a punto de salir de la iglesia cuando comenzó a entrar más gente y nos dimos cuenta de que se iba a celebrar una misa. Mi madre insistió en que nos quedáramos y, aunque aquello nos retrasaría mucho, ni mi hermano ni yo quisimos llevarle la contraria.

Al acabar el santo oficio el sol ya estaba declinando. Nos quedarían como mucho tres horas de luz, así que recogimos el carro y nos pusimos en camino de inmediato. Sin carga la mula iba más rápida, pero aun así parecía claro que llegaríamos a casa de noche. Atravesamos unos campos de trigo con el sol ya ocultándose y al penetrar en una zona boscosa nos envolvieron por completo las penumbras. Fernand prendió una pequeña antorcha untada en brea y se colocó en cabeza, tratando de no perder la senda. El camino estaba muy transitado por carros, personas y bestias, pero con aquella oscuridad resultaba difícil seguirlo. Solo la luna nos ayudaba cuando conseguía colarse entre el follaje. Mi madre estaba preocupada.

—No debimos perder tanto tiempo…, lo siento.

Ella nunca hacía nada pensando en sí misma y me entristeció que se lamentase por aquello.

—No hay nada que sentir, madre. En cuanto salgamos del bosque la luna nos iluminará lo suficiente para ver. Y, además, Saint-Jacques nos ayudará, ¿no es así?

En la oscuridad pude ver que mi madre sonreía, aunque también escuché a mi hermano maldecir por haberse dado un golpe en el pie con una piedra.

—No veo nada —dijo—. Suerte que por aquí no hay precipicios…

No acababa de decir aquellas palabras cuando oí unos pasos a nuestra espalda. Me di la vuelta, pero no pude distinguir nada.

—¡¿Quién va?! —grité.

Lo siguiente que escuché fue la voz de mi madre:

—¡Cuidado, Guilhem!

Me volví justo a tiempo para retirarme un paso y esquivar un garrotazo. Ante mí se hallaba un hombre encapuchado. Apenas podía ver su silueta con la luz de la luna y trataba de mantenerle a distancia para que no pudiera golpearme. Y entonces vi que otro subía al carro y cogía a mi madre por el cuello. Fernand llegó a la carrera, con la antorcha en la mano y le soltó un puñetazo al bandido, que se tambaleó. Sin embargo, no vio venir a otro que se aproximaba por su espalda. Este último le dio un estacazo en la cabeza, escuché un crujido horrible y mi hermano se desplomó. Mi madre comenzó a chillar y yo trataba de subir al carro cuando sentí un terrible golpe en la nuca. La débil luz de la luna entre las ramas de los árboles fue lo último que vi antes de caer al suelo.

Cuando desperté estaba ya amaneciendo. A mi lado se encontraban un hombre y una mujer. Ella me miró y le habló a su esposo:

—Mira, aún está vivo.

Traté de levantarme, pero me mareé y tuve que apoyarme de nuevo.

—¿Qué ha ocurrido? —pregunté—. ¿Dónde...? ¿Dónde están mi madre y mi hermano?

Los dos se miraron y el hombre me puso una mano en el hombro.

—Os han asaltado..., ellos... están...

Haciendo un gran esfuerzo por vencer el vértigo me puse en pie y me acerqué al carro. Fernand estaba en el suelo, con la cabeza reventada. Y mi madre sobre el carro, boca arriba y con el cuello ensangrentado.

Al día siguiente los enterramos en Toulouse. No habían sido los únicos: en el camino a Montauban un carretero había muerto también a manos de otro grupo de forajidos. Sus familiares lloraban junto a su tumba, pero yo no tenía nadie a quien abrazarme; toda mi familia había muerto. Entonces, noté sobre mi hombro una mano y me volví.

—Una vez te dije que volverías a verme, pero hubiese preferido que no fuera por esto.

Me abracé al viejo juglar ciego y vertí sobre su pecho todas las lágrimas contenidas hasta entonces por la rabia. Pero por mucho que llorase no conseguía aplacar mi dolor.

Dejamos la iglesia y nos acercamos a la taberna más cercana. Pedimos vino y bebimos una jarra tras otra hasta que el ciego me quitó la última de las manos.

—Ve a casa. Mañana lo verás todo de otra manera.

Y así fue. Al despertarme, dando tumbos, fui al horno y comencé a destrozarlo todo: los moldes, las palas, las estanterías, la amasadera. Quería borrar todo aquello de mi cabeza. Grité y golpeé con todas mis fuerzas hasta que me mareé y vomité. La cabeza me daba vueltas y tenía el estómago del revés, pero me había calmado. Ya no sentía pena. Solo quería vengarme.

Quiso Dios que al día siguiente se anunciara en Toulouse la llegada de una fuerza enviada por el rey para tratar de controlar los crímenes cometidos en los caminos. A su cabeza iba un noble de segunda, un caballero del que nunca había oído hablar: Eustache Beaumarchais. El rey le había encomendado la misión de pacificar el territorio, pero no tenía hombres suficientes y había acudido a Toulouse para reclutar a cuantos quisieran unirse a su causa. No me hizo falta ni pensarlo. Cerré la puerta de mi casa y acudí a la plaza donde se alistaban los voluntarios.

Dos días después comenzó la cacería. Beaumarchais tenía un método que ya le había dado buenos resultados: escogía un punto central y distribuía luego a su tropa en un gran círculo para después ir estrechando el cerco; la milicia se movía agrupada en cinco partidas de veinte hombres acompañados por perros. Si había bandoleros allí, estos, inevitablemente, terminarían cayendo. Para mi satisfacción, el primer lugar escogido fue Muret. Los hombres que formaban mi grupo eran tanto soldados profesionales como vecinos de las localidades cercanas. Alguno era también de Toulouse, como yo. Unas horas antes del atardecer empezamos a avanzar, separados por unos doscientos pasos. Si alguien veía algo extraño, tenía orden de gritar lo más alto que pudiera, para que los hombres se reagruparan cuanto antes y pudieran dar caza a los bandidos. En la primera hora avanzamos sin ver nada, pero, cuando el sol comenzaba a caer, los perros empezaron a ladrar y vimos cómo un grupo de hombres que estaban acampados junto a un rodal de castaños se levantaban y salían huyendo. Eran unos quince y habían caído en la trampa: creían que huían de nosotros, pero se dirigían a los soldados que cerraban el círculo por la otra parte. Aceleramos el paso y apretamos las armas: espadas, venablos, dagas, palos. A mí me dieron una ballesta ligera y mi aprendizaje se redujo a hacer puntería con un árbol al que no fui capaz de acertar ni una sola vez. No importaba: cuando tuviera que utilizarla, no me fallaría el pulso. Según avanzábamos se fueron oyendo más gritos y otros grupos de bandoleros fueron avistados. Cerca de que el sol se pusiera observé que nuestro grupo enlazaba con el que dirigía el propio Beaumarchais. En su expresión vi que la batida funcionaba. Se diría que estaba oliendo la presa, como le ocurre al perro con la sangre del jabalí herido.

—¡Atentos! —gritó Beaumarchais—. ¡Dentro de poco se revolverán contra nosotros! ¡Están atrapados!

Acababa de decir aquello cuando reparamos en que los bandidos se lanzaban al contraataque. Se habían dado cuenta de la encerrona e intentaban escapar como podían. Uno de ellos, armado con un cuchillo, se lanzó contra uno de los nuestros que trataba de cerrarle el paso y lo hirió. Al instante se echaron sobre él dos soldados, que lo cosieron a lanzazos. Otro más salió corriendo, pero uno de los perros lo interceptó y lo tiró al suelo. Yo estaba sobreexcitado; quería vengar la muerte de mi madre y de mi hermano y me daba igual hacerlo en los que los habían matado o en cualquier otro de aquellos malnacidos. Tenía las mandíbulas tan apretadas que me dolían los dientes y me di cuenta de que las manos me sangraban de sostener con tanta fuerza la ballesta. Entonces, vi salir entre unos matojos a un hombre. Al advertir mi presencia, soltó la daga que llevaba en las manos y salió corriendo. Entre mi posición y el hombre más cercano había unos cuarenta pasos y podía escaparse si no hacía nada. Puse una flecha en la ballesta, tensé la cuerda y apoyé el arma en el hombro, apuntando mientras el hombre huía a la desesperada. Apreté el gatillo con rabia y la flecha le impactó en la espalda. Cayó al suelo, pero aún seguía con vida. Cuando me acerqué estaba boca abajo, pero levantó el rostro y me miró angustiado.

—No me mates, por favor —sollozó—. Lo he hecho solo por hambre. Tengo familia.

Sostenía la ballesta en mis manos, de nuevo tensada, y miraba a aquel desgraciado que suplicaba por su vida. Por un instante sentí lástima de él e incluso creí que podría estar diciendo la verdad, pero la ira que me consumía era mayor que mi misericordia.

—Yo también tenía familia —le dije, antes de apretar el gatillo.

Sin perder más tiempo seguimos avanzando a la carrera, mientras el cerco se cerraba cada vez más. Al final, el centenar de hombres que participábamos en la batida estábamos tan juntos que los bandidos se dieron cuenta de que no había escapatoria. Entre la penumbra podíamos ver su aspecto. La mayoría de ellos estaban andrajosos y también muy delgados. Habían arrojado sus armas al suelo y tenían los brazos en alto. El que parecía ser su jefe se adelantó unos pasos y tomó la palabra con el incesante ladrido de los perros de fondo.

—No lucharemos —dijo—. Solo queremos salir de aquí con vida.

Beaumarchais, a caballo, se acercó hasta aquel hombre, seguido de varios de los suyos. Desmontó de su cabalgadura y se acercó al malhechor, que seguía con los brazos levantados.

—Está bien —dijo en voz muy alta—. Poned las manos a la espalda.

Todos obedecieron y echaron sus manos atrás, mientras nosotros se las atábamos. Entre todos ellos yo trataba de encontrar a los que habían matado a mi familia, pero era incapaz de reconocer a nadie. La sangre me hervía. Cuando los hubimos atado, Beaumarchais se acercó al bandido que había hablado y le agarró por el pelo largo y grasiento.

—No lucharéis…, porque ya estáis muertos.

Y con un rápido movimiento lo degolló y lo arrojó al suelo.

Los otros comenzaron a suplicar y a pedir clemencia, pero Beaumarchais cerró su corazón.

—Que no se mueva ni uno. Mañana les daremos su merecido.

Mientras algunos hacíamos guardia, Beaumarchais ordenó a otros hombres que fueran al monte y cortaran estacas. Escogió uno de los caminos más transitados y dispuso que aquellas se colocasen a ambos lados del sendero, separadas por cien pasos.

Nada más amanecer, los bandidos fueron llevados al camino y Beaumarchais leyó la sentencia.

—Por el poder que me ha concedido el rey Felipe, os condeno a todos a muerte. Alegraos, pues esta no será en vano; vuestros cadáveres servirán de advertencia a otros.

A su orden todos los bandidos fueron ejecutados, algunos degollados y otros a lanzazos. Luego sus cuerpos fueron empalados para servir de comida a los cuervos. Cuando terminamos de colocarlos, la escena era espantosa, pero mi corazón estaba tan endurecido por el dolor y la sed de venganza que no sentí compasión. Los soldados vitoreaban a su señor, y los aldeanos y ciudadanos, como yo, alzábamos los brazos para festejar el fin de la cacería. Sin embargo, me di cuenta de que nada dentro de mí me hacía sentirme feliz. Aquel día descubrí que la muerte no se sacia con más sangre, sino solo con justicia y perdón, pero todavía era muy pronto para perdonar y, de momento, aquellas muertes me permitirían dormir tranquilo.

A aquel día le siguieron muchos más; primero en Toulouse y su comarca, pero después en otras regiones del reino. Cada día que pasaba me olvidaba un poco más de mi oficio de panadero y me sentía cada vez más cercano a mi nueva profesión: soldado profesional, a sueldo de mi señor. Aprendí a vivir sin un hogar y sin familia, sin pasado, sin responsabilidades, a considerar a mis compañeros como mis hermanos y a seguir a rajatabla las órdenes de Beaumarchais, que por sus grandes éxitos había sido nombrado senescal por el rey Felipe. Lo que no había olvidado era mi otra profesión, y conmigo llevaba siempre un pliego de papel, mi pluma y mi tintero atado al cinturón. Y cada noche, al finalizar nuestra labor, escribía en verso la campaña desarrollada y los logros cosechados.

Un día, después de haber limpiado de bandidos los alrededores de Montbrun, el senescal se me acercó. Venía a caballo y, al llegar junto a mí, descabalgó. Yo me puse en pie y agaché la cabeza. Solo había hablado antes con él una vez, cuando decidí unirme a su hueste.

—Siento curiosidad por ti —me dijo—. ¿Eres un soldado que escribe o un escritor que lucha?

Inspiré hondo antes de contestar:

—Todo forma parte de la misma lucha, señor; pero a veces la hago matando y otras veces escribiendo.

Aquello le gustó a Beaumarchais y me invitó a un trago de vino. Desde aquel día, al acabar la jornada, muchas veces me pedía que recitase versos, no solo para él, sino para toda la soldada. Yo cantaba hazañas bélicas, algunas escritas por mí y otras que había aprendido de otros juglares. A veces, aquellos versos incluso me servían para conquistar el corazón o la voluntad de alguna mujer. Fue entonces cuando comencé a comprender que mi alma se calmaba más al cantar que al matar y que algún día dejaría mi oficio de soldado para regresar a una vida en paz, ya fuera en Toulouse o en cualquier otro lugar.

Eso es lo que creía. Pero el destino me guardaba aún una broma cruel.

# 4

El amor nos roba el sentido, dirige nuestros pasos, derrumba nuestra voluntad. Y no es más que porque esa persona a la que no podemos borrar de nuestra mente aparece en algún momento ante nuestros ojos, cuando muy bien podría haber sido cualquier otra, o quizá ninguna... Pero eso lo pienso ahora, ya anciana. En aquel momento solo podía pensar en él, en aquel rostro reflejado en el espejo, en aquella mirada penetrante, de ojos negros como el carbón.

Habían pasado ya unos meses, pero no lo había olvidado. Nadie más conocía lo ocurrido aquel día, salvo Magali. Recuerdo que cuando me volví para verle un instante más ella me cogió del brazo, sorprendida.

—¿Qué hacías, Anaïs? Si tu padre te ve sonriendo a uno de esos, te mata.

Yo noté cómo las mejillas se me encendían.

—Es que era tan guapo...

Magali ahogó la risa.

—¡Vaya! Pensé que lo único que te interesaba era el trabajo... Me parece que tendré que empezar a enseñarte otras cosas.

—¡Calla! Solo lo he mirado. No sé por qué eso ha de estar prohibido.

—No lo está, pero ni a tu padre ni a Bernar les gustaría, y lo sabes tan bien como yo.

Bajé la cabeza.

—Sí, lo sé.

Seguimos caminando hasta el paso de Portalapea, cogidas del brazo y con Magali riendo por lo bajo. Antes de traspasar la muralla, y sin que ella me viera, me giré tratando de distinguirlo entre el gentío, pero ya no estaba.

«¿Volveré a verlo?», me pregunté entonces.

Pasaban los meses, y la segunda vez que yo tanto ansiaba no terminaba de llegar.

Una mañana me encontraba trabajando en el interior del taller, junto a mi padre, que estaba terminando de clavetear las suelas de unas botas de montar que Alonso de Arellano, un ricohombre de la Navarrería, nos había encargado. No era habitual que los vecinos de la Navarrería nos encargasen trabajos, pero todos los pedidos suponían dinero y que no faltasen era lo mejor para el negocio. Eran unas botas muy bellas, del mejor cuero, y llevaban bordados que Magali había trabajado con exquisito cuidado. Mi padre contempló el trabajo terminado y tomó un trapo para quitar el polvo de las botas: una mala presentación podía estropear un trabajo excelente como aquel. Después de limpiarlas, las envolvió en una fina tela de algodón y las depositó en un estante. Al día siguiente su dueño vendría a recogerlas.

Las jornadas anteriores habían sido muy tensas en Pamplona, por los enfrentamientos en el Chapitel, y notaba a mi padre un tanto inquieto. Sin embargo, aquella mañana me pareció que había algo más, y creía saber lo que era. Mi padre estaba contento de haber venido al Burgo, muchas veces me lo había dicho, pero, a pesar de ello, creo que guardaba dentro de sí la ilusión de que un día podría conocer a alguna mujer y tener su propia casa, y su taller. Vivir y trabajar en casa de Bernar estaba bien, pero a veces me sentía como una intrusa, y a mi padre le pasaba lo mismo. Bernar nunca había dicho nada parecido, ni siquiera lo había insinuado, pero, cuando había algún asunto importante del que hablar o una decisión trascendente que tomar, siempre era él quien elevaba la voz y mi padre el que debía callarse. En una ocasión, con motivo del cobro de unos zapatos que un carpintero les encargó y que luego se negaba a pagar, los dos tuvieron un rifirrafe. No fue nada serio, y al final consiguieron ponerse de acuerdo, pero desde aquel día quedó muy claro que la opinión de mi padre nunca valdría tanto como la de su hermano en esa casa. Yo sufría por él: había partido de Cahors buscando la libertad y la independencia que no tenía, y había encontrado un nuevo hogar confortable, aunque no era realmente el suyo. Y en el fondo yo sentía que la culpa era mía: mi padre lo había dejado todo por encontrar un futuro mejor para mí y seguiría anteponiendo mi felicidad a la suya hasta conseguirlo.

En esos pensamientos estaba cuando Bernar entró en el taller. Traía unos buenos trozos de cuero envueltos en tela y los dejó sobre la mesa.

—Los pellejeros cada día cobran más por el cuero; no sé a qué precio habremos de poner el calzado si queremos seguir ganando algo.

Miré a mi tío. Los años habían pasado por él y de la frondosa melena de años atrás apenas le quedaban unos cuantos pelos. Los compensaba con una tupida barba algo canosa. Era fuerte y enérgico y rara vez se dejaba llevar por el desánimo.

—Todo sube de precio —dijo mi padre—. Cuando el comercio florece, todo el mundo está dispuesto a pagar un poco más por obtener lo mismo.

—Será como dices, hermano, pero lo que hace unos años comprábamos con un sanchete, ahora cuesta uno y medio, o dos. ¿Quién lo entiende?

Creo que mi padre tuvo ganas de explicárselo, pero lo dejó pasar.

—¿Cómo está la situación? —preguntó, cambiando de tema—. ¿Hay noticias de la reina y las Cortes?

—Poco. Es difícil saber si la marcha de la reina a Francia nos perjudica o nos beneficia. Confiemos en que el gobernador sepa ejercer bien su cargo. Parece que es un hombre prudente, por lo que dicen.

—Blanca de Artois ha confiado en él.

—Sí, pero el problema es que la reina no es Blanca, sino Juana. Si lo de Aragón se frustró, quizá lo más prudente sería concertar un matrimonio en la corte francesa... En fin, él sabrá lo que hay que hacer.

—Eso espero; al menos aquí en Pamplona parece que la tensión se ha rebajado, ¿no? El otro día pensé que íbamos a llegar todos a las manos.

—De los de la Navarrería nunca hay que fiarse —dijo Bernar, con escepticismo—. Si están tranquilos, puede que estén pensando en un nuevo golpe. No te fíes nunca de ellos; su alma es mezquina.

Recuerdo que las palabras de mi tío me desagradaron. Yo no creía que nuestros vecinos fuesen malos por naturaleza, como él parecía insinuar, ni que esa actitud fuera la adecuada en ese momento, por mucho que fuese la mayoritaria en nuestro burgo. Pero, por supuesto, no dije nada de lo que pensaba.

Mi padre cogió el cuero que su hermano había traído, lo desenvolvió y lo depositó en una balda. Por la tarde empezaría con otro encargo, en esta ocasión unas botas bajas para un tendero de San Cernin.

—Deja eso un momento, Adrien, y acompáñame fuera —dijo mi tío.

Los dos salieron a la calle. Lucía el sol, pero se aproximaban unos nubarrones que presagiaban lluvia.

—Mira el alero del tejado —oí a Bernar—. Esas dos viguetas parecen podridas y todo aquel lateral también. Deberíamos repararlo cuanto antes; no creo que podamos pasar sin hacerlo. ¿Podrías buscar a alguien?

—Sí, mañana hablaré con Sébastien o con Martin.

—No lo dejes para mañana. Háblales esta tarde; no quiero que tarden en comenzar.

—Está bien, iré esta tarde —respondió mi padre.

—Bueno, vamos a comer, ya es hora.

Entraron de nuevo al taller y subimos juntos a comer. Toda la cocina olía a carne de cerdo guisada y a coles hervidas. Me lavé las manos en una jofaina y me senté a la mesa. Comí sin mucho apetito el guiso, acompañado de pan moreno y unas nueces.

Cuando terminamos, después de haber recogido los cacharros, Magali y yo nos retiramos a nuestra alcoba. Habitualmente descansábamos un poco antes de regresar a la costura, y aquel momento me gustaba en particular; era el rato que teníamos para conversar a solas, sin que los mayores pudieran escucharnos. Magali se dejó caer de espaldas en su cama y sonrió feliz al tiempo que suspiraba complacida.

—¡No veía el momento de tumbarme!

Magali se quedó así un rato, supongo que esperando que le contestara, pero yo aquel día no estaba de humor. Me sentía triste y sabía por qué era. No podía quitarme la imagen de aquel joven de la cabeza. Magali se incorporó un poco mientras yo permanecía sentada en el borde de la cama, con la mirada perdida.

—¿Qué te ocurre? Ni duermes, ni hablas…, parece que ni respiras.

—No es nada —mentí—, estaba pensando.

Magali se dejó caer de nuevo y se rio.

—¡Ayayay…! Me temo que ya sé lo que te ocurre.

—¿El qué?

—Sigues pensando en aquel joven, ¿verdad?, el que bebía sidra en el puesto del Chapitel. ¡Madre mía, pero si fue hace muchísimo tiempo!

—¡Qué dices! No es eso…

—Sí lo es, no mientas. Puede que no sea tu hermana, pero te conozco como si lo fuera.

Permanecí en silencio. No me apetecía hablar de aquello.

—¿Sabes lo que te digo? —dijo, apoyándose sobre un codo en la cama—. Pues que no me extraña. La verdad es que tenías razón; era muy guapo.

Yo ahogué la risa.

—¡Qué sabrás tú, si apenas lo miraste!

—Eso es lo que tú te crees. Yo no dejo de mirar a uno así ni en sueños.

Le di un empujón.

—¡Tranquila, no te enfades! —respondió, riendo—. No tengo intención de robártelo, aunque lo haría muy a gusto en otras circunstancias. Pero no lo haré porque no será para mí ni para ti, ya te lo dije.

Bajé la cabeza, apesadumbrada.

—Ya lo sé, no hace falta que me lo repitas.

—Bueno, bueno, no pongas esa cara de pena... Ni que fuera el único hombre en Pamplona.

—No sé si será el único, pero de momento no he conocido a ningún otro.

—Ya llegarán, no te preocupes; siempre lo hacen. Son como lobos al acecho. Tú crees que no te miran, pero cada vez que salimos los hombres se fijan. Y sé muy bien lo que piensan.

—¿Ah, sí?

—Sí —dijo, bajando la voz—, porque siempre piensan en lo mismo, ya me entiendes.

Por supuesto que lo entendía; y de hecho sentía un poco de envidia por el hecho de que ningún muchacho me hubiese dicho nada todavía.

—¿Y alguna vez..? —pregunté.

—Me he besado con algunos... —dijo ella, como quitándole importancia.

Aquello no lo sabía.

—¿Te besaste? ¿Dónde? ¿Con quién?

—El primero fue Émeric, el hijo del herrero. Una tarde en que iba a la fuente a por agua me llamó desde una casa pegada a la iglesia de San Lorenzo. Yo al principio hice como que no le había oído. Pero él insistió, y al final me acerqué.

—¿Y qué te dijo?

—Pues que me había visto otros días, que era muy guapa..., lo que dicen siempre. El pobre estaba tan nervioso que no decía más que tonterías y necesitó un buen rato para tranquilizarse. Luego me habló del negocio de su padre, que las cosas les iban bien, que vendían mucho. A mí, la verdad, es que me importaba muy poco lo que dijese, porque apenas le escuchaba. Solo le veía mover los labios...

—¿Y qué ocurrió?

—Pues que al final se le pasó la timidez, se acercó y, sin darme tiempo a más, me besó en la boca. Y luego, con sus manos...

Magali se levantó y fue a sentarse junto a mí.

—Los besos son como un fuego que te quema por dentro, y la primera vez crees que te vas a derretir de verdad... De todos modos, hay que intentar que los hombres no se pasen. Ellos pueden desfogarse, y la mayoría de los jóvenes lo hacen antes de casarse, pero las mujeres no debemos hacerlo. O al menos nadie debe enterarse... —dijo, con picardía.

Me quedé en silencio, pensando en qué decirle a Magali.

—Yo solo sé que aquel chico me miró como nadie lo había hecho antes —dije por fin—. Y, al verle reflejado en el espejo, sentí como si las fuerzas se me fueran del cuerpo. No oía nada, no sentía nada; solo podía ver su mirada y eso que no fue más que un instante.

Me acarició el pelo.

—De eso hace ya mucho... Trata de olvidarlo. De veras que no te hará bien recordarlo. El amor duele, pero el enamoramiento puede doler aún más, sobre todo cuando sabes que no estás haciendo lo correcto. Habrá muchos más hombres, de verdad, y se pelearán por conquistarte, pero mejor que sean de aquí.

Sonreí y me recosté sobre la cama. Tiempo atrás, por casualidad, había visto a la reina cuando ella se marchaba a Francia y me había dicho que hiciese caso del consejo de mi madre y me guiase siempre por el corazón, pero ahora dudaba sobre qué consejo seguir. Cerré los ojos, aunque sabía que no iba a dormirme. Al hacerlo me vino a la mente un puesto de adornos y abalorios, un espejo y una mirada reflejada.

Por la tarde, después de la siesta, mi padre me pidió que le acompañase. Íbamos a preguntar por un carpintero que pudiera arreglar la techumbre, como Bernar le había apremiado. De vez en cuando mi padre me pedía que le acompañara, creo que para que pudiera conocer a algún joven. Nos dirigimos en primer lugar a casa de Aimer Cruzat, un carpintero que vivía en el extremo sur de la villa, junto al postigo que daba acceso al fosado del Burgo, un espacio vacío que se interponía entre las murallas de San Cernin y San Nicolás. El taller, en la planta baja, estaba abierto y dentro se oía el martilleo sobre las tablas.

—Veo que no te falta trabajo, Aimer —dijo mi padre.

El carpintero apoyó el martillo sobre el banco. Trató de distinguir a la persona que le hablaba, pero el resplandor le impedía vernos con claridad.

—¿Quién eres? Acércate, el sol me ciega.

—El sol te ha dejado ciego, pero ¿acaso el martillo te ha dejado sordo? Soy Adrien, el zapatero. Menos mal que no era un ladrón dispuesto a desvalijarte.

Aimer rio entonces con ganas.

—Viejo truhan, puede que esté ciego o sordo, pero si alguien entra aquí por las malas le arreo un golpe con el martillo y lo tumbo, te lo aseguro. —Luego, mirándome a mí, dijo—: Esa es tu hija, ¿verdad?

—Sí —dijo mi padre—, Anaïs.

—¡Vaya, ya es toda una mujer! —Y al decirlo miró hacia el interior del taller, donde estaba su hijo, serrando unos maderos. Era, aproximadamente, de mi edad, pero no había hablado nunca con él. Se puso en pie y se acercó.

—Este es mi hijo, Roldán —dijo Aimer.

Roldán saludó con la cabeza y se quedó allí parado, sin decir nada. Su mirada inexpresiva me recordó la de un borrego rumiando y tuve que poner la mano ante los labios para ocultar la risa. Mi padre continuó:

—Vengo a encargarte un trabajo. La casa de mi hermano tiene varias viguetas podridas. Es necesario levantar parte del tejado y sustituir la madera estropeada.

—¡Vaya! Y ¿cuándo queréis empezar la obra?

—Pues sin tardar. Se nos pasó haberlo hecho antes de que llegara el invierno y ahora sufrimos las consecuencias; por uno de los huecos ya se cuela el agua. Por eso hay que hacerlo cuanto antes.

Aimer torció el gesto.

—En eso tenéis razón, pero deberíais habérmelo dicho antes. Estoy arreglando ahora el tejado de Martín de Undiano, el pescadero de San Nicolás, y luego tengo que cambiar dos ventanas en casa de Guillén Marzal, vuestro vecino. Por mucha prisa que me dé, no creo que pueda empezar antes de julio.

—¿Julio? No, es demasiado tarde…

—Pues no puedo hacer otra cosa; los encargos van en su orden. No puedo cambiarlos o quedaría mal.

—Sí, lo entiendo… En fin, preguntaré a Pedro, el de San Nicolás.

—Hazlo —dijo, levantando una ceja—, pero creo que también tiene varios trabajos pendientes. Las lluvias y la nevada de diciembre dejaron muchos daños en las casas y ahora todos quieren repararlas. ¡Nadie se acuerda de los agujeros hasta que se cuela el frío!

—Gracias de todos modos, ¡y que no te falte el trabajo!

Aimer se despidió y le pegó un empujón a su hijo para que dijera algo, pero este se quedó mirándonos sin decir nada, como un pasmarote.

Atravesando el foso que hacía de separación entre el Burgo y la Población, entramos en el recinto de San Nicolás y nos dirigimos por la calle Zapatería a casa de Pedro, el carpintero. Lo encontramos trabajando también y, cuando mi padre le preguntó, obtuvo la misma respuesta que le había dado Aimer; tenía muchos encargos y no podría empezar la obra hasta julio o agosto.

—¡De haberlo sabido antes! —dijo—. Y lo peor es que no creo que encuentres a ningún otro en San Nicolás, todos estamos trabajando mucho estos días.

Nos despedimos y regresamos a casa, sin haber conseguido encontrar a nadie.

A la mañana siguiente, Alonso de Arellano, el ricohombre de la Navarrería, vino a recoger su encargo. Yo estaba trabajando sola, porque Magali había salido al mercado. Mi padre le invitó a entrar en el taller y tomó las botas. Retiró la tela que las cubría y se las enseñó al comprador. Este las miró detenidamente y pasó la mano por los bordados.

—Un trabajo magnífico. No me engañaron cuando me dijeron que erais uno de los mejores zapateros de Pamplona. Otros artesanos cometen el error de no atender bien sus encargos por aceptar más trabajos de los que pueden asumir. La codicia es siempre mala consejera… En cambio, en ti no veo ninguna sospecha de falsedad.

Mi padre sonrió. Le producía un sano orgullo que su labor y su honestidad en el trabajo se reconocieran.

—Trabajamos con los mejores cueros y ponemos todo nuestro empeño en cada encargo.

—Ese es siempre un buen criterio.

Alonso desató un saquillo de cuero que llevaba en el cinturón y pagó a mi padre el precio convenido. Tomó las botas y, tras despedirse, salió a la calle. Había transcurrido apenas un instante, cuando volvió a entrar en el taller.

—En todo caso… deberíais poner el mismo empeño que empleáis en vuestros zapatos en reparar el tejado, zapatero. Ese alero está podrido.

Mi padre dejó la cizalla con la que estaba cortando el cuero y salió a la calle.

—Así es. El problema es que en muchas casas ocurre lo mismo. No hemos encontrado a nadie que pueda repararlo hasta el verano.

—Si ese es el problema, creo que puedo ayudaros. Cerca de la catedral hay un carpintero que trabaja bien y es honesto. Su padre murió hace unos años y él se encarga ahora de la carpintería. Podéis preguntarle; quizá ahora no tenga ningún encargo.

Mi padre se quedó pensando y yo sabía bien cuál era el motivo. A su hermano no solía gustarle acordar nada con los de la Navarrería, menos aún tras los últimos enfrentamientos, y siempre que era posible recurría a artesanos de San Cernin o de San Nicolás. Pero nosotros aceptábamos encargos de ellos, lo cual, en el fondo, era un contrasentido. Supongo que mi padre debió de razonar de la misma manera, porque dijo:

—Está bien, lo tendré en cuenta. Quizá vaya esta tarde a hablar con él.

—Su nombre es Íñigo y, como os dije, su taller está cerca de la catedral. Espero que tengáis suerte.

Se despidieron de nuevo y mi padre regresó a su trabajo.

—Por la tarde —me dijo— lo hablaré con Bernar, a ver qué le parece. Supongo que será mejor que él lo apruebe.

Yo asentí en silencio y creo que mi padre se dio cuenta de lo que me pasaba por la cabeza. Entonces, por primera vez desde que habíamos llegado a Pamplona, decidió tomar él la iniciativa. Se levantó y, con gesto decidido, dijo:

—Bernar me dijo que encontrase a alguien. No esperaré a la tarde.

# 5

Quienes no son de noble cuna no entienden el orden de la sociedad. Creen, ingenuamente o por maldad, que a todo se le puede dar la vuelta y que las ovejas pueden conducir al pastor. No entienden nada; noble se nace y noble se muere, y nada borrará esa condición. Ni siquiera en este momento, en el que yazgo en una cárcel inmunda, acompañado por las ratas, con los pies descalzos y un triste plato de gachas como única comida, he sentido, ni por un solo instante, que los ciudadanos o los campesinos que ahora se ríen de mí sean de mi estirpe. Soy un noble de Navarra y lo seré hasta que muera.

¿Me he equivocado? Quizá, pero me asiste mi derecho a hacerlo, pues solo el que tiene responsabilidades puede equivocarse. ¿He sido desleal? Podría ser, pero solo respondiendo a las deslealtades de los demás. ¿He sido cobarde? No, solo he tratado de salvar la vida en cualquier circunstancia, pues esa vida no solo me pertenece a mí, sino que en ella va el nombre de mi familia, y es a esta a la que en última instancia me debo.

¿Por dónde empezaré a contar lo que me condujo a esta miserable prisión? Todo comenzó con la muerte del rey Enrique, aquel imbécil, obeso como una vaca preñada, cuya única misión era darnos un heredero y que, en vez de eso, nos dejó a una niña desvalida y a la furcia de su madre, más ocupada en calentar su cama que en mirar por los intereses del reino. Y luego llegaron las Cortes en las que el pusilánime de Monteagudo nos quiso hacer creer que era posible lograr el matrimonio de la reina Juana con Alfonso de Aragón. Pobre iluso... Es cierto que no hice mucho por ayudarle, lo reconozco, pero tampoco se lo merecía; era una idea equivocada y mi deber era demostrárselo. No solo eso, mi obligación era también ocupar el lugar que me correspondía; y, al final, vinieron a buscarme. Todavía lo recuerdo.

Yo estaba en mi casa de Berriozar, al norte de Pamplona. Hasta entonces no me había convenido mostrarme demasiado. Había hecho suficiente sembrando la semilla precisa; los castellanos habían respondido a mis sugerencias y presionaban al sur, poniendo en un brete al gobernador y moviendo su silla al frente del reino.

Era cerca del mediodía, pero aún no me había levantado. La noche anterior había bebido mucho y luego me había divertido con dos jovencitas. Pensé que el vino me impediría disfrutar, pero las dos sabían muy bien cómo excitarme; habían jugado con mi cinturón, fustigándose mutuamente y atándoselo alrededor del cuello. Eran dos muchachas pobres, hijas de un campesino que me debía más de lo que nunca podría pagarme. Así, al menos, el infeliz iba reduciendo su deuda.

Mientras me desperezaba, escuché unos pasos que se dirigían a mi alcoba y, al poco, uno de mis sirvientes llamó a la puerta. Le había dicho mil veces que no me despertase antes del mediodía, salvo que se fuera a acabar el mundo, pero no aprendía.

—Señor Almoravid —dijo al entrar—. Dos hombres vienen a veros. Dicen que acuden a vos en nombre del concejo de la Navarrería.

Sonreí para mis adentros. Llevaba tiempo esperando aquello.

—Diles que iré en un momento. Que esperen en el salón.

El sirviente cerró y yo me vestí. No encontré el cinturón y supuse que alguna de esas rameras se lo habría llevado. No me extrañó; podrían sacar un buen dinero por él y yo les permitía esos pequeños robos siempre que no se excedieran. Metí la cara en la jofaina y me refresqué. El mareo había desaparecido y me encontraba despejado. Me dirigí al salón y el sirviente me abrió mientras me acercaba. Entré y, sin saludar a los dos hombres, me acerqué a la alacena y me serví una copa de vino hasta arriba. La bebí de un trago, lo que me animó.

—Pascual Beltza y Miguel de Larraina... ¿Venís en nombre de la ciudad de Pamplona?

—Venimos en nombre del concejo de la Navarrería, cabeza de la ciudad de Pamplona, donde se encuentra su santa catedral —dijo Pascual Beltza, del tirón y casi sin respirar. Se notaba que traía el mensaje aprendido. No me hizo falta más para descubrir el talante con el que acudían aquellos hombres. Era solo cuestión de tiempo que reclamaran mi presencia en Pamplona.

—El viaje ha sido largo. Seguramente querréis comer y tomar una copa de vino. ¿Me equivoco? —pregunté.

Los dos hombres se miraron. Se notaba que estaban hambrientos y sedientos.

—Vuestras miradas os delatan —dije—, y eso me gusta. Un hombre que come, bebe y fornica en abundancia es alguien de quien te puedes fiar. Y creo que el gobernador alardea de su mesura comiendo y bebiendo, ¿no es verdad? ¡De lo otro no soy quién para decirlo!

Los tres pasamos al comedor de la torre, riendo, y llamé a uno de mis criados. Al poco volvió con una jarra de vino y tres copas, y poco después con una fuente llena de carne de cordero asada y de embutidos.

—¿Algo más, señor? —preguntó.

—Sí, que te vayas y no nos molestes más. Comed y bebed, amigos —dije, elevando mi copa—, y contadme qué os ha traído a mi casa. El vino nos permitirá ver con claridad la cuestión.

—Señor —comenzó Miguel de Larraina, después de dar un largo trago—, sabéis bien los desórdenes que se han producido en el reino desde que Pedro Sánchez de Monteagudo fue nombrado gobernador. También sabéis la manera descarada en que ha ofrecido su apoyo a los vecinos de San Cernin y San Nicolás.

—Lo sé, y también conozco los agravios que los vecinos de esos dos burgos os han infligido y os infligen de continuo.

—Así es —dijo Miguel de Larraina—. Yo mismo hube de sufrir su mezquindad.

Se abrió la camisa y pude observar una cicatriz reciente en su cuello.

—Ya veo... Contadme exactamente cuál es el problema.

—Los francos —intervino Pascual Beltza— se resisten a desprenderse de los privilegios que recibieron hace años, por mucho que sea evidente que ya no suponen más que un impedimento para la pacífica convivencia entre las poblaciones, en particular la disposición que nos prohíbe fortificar nuestras defensas.

—Conozco esas disposiciones —dije— y podéis estar bien seguros de que no las comparto. No solo en Navarra, sino en cualquier lugar de Castilla o de Aragón, una ciudad tiene derecho a defenderse de la mejor manera posible.

Los dos asintieron y aplaudieron mis palabras. A Miguel de Larraina se le dibujó una sonrisa.

—Ahora —continuó—, se plantea también el problema del traslado de la pequeña reina Juana a Francia. Aunque las Cortes aprobaron el matrimonio con Aragón, con el que no estábamos de acuerdo, doña Blanca ha incumplido el acuerdo y ha puesto en riesgo la integridad de Navarra. La verdad es que todavía no sabemos cuánto tardará el rey Jaime de Aragón en intervenir para reclamar lo acordado.

—Eso es difícil de saber. En todo caso, como decís, hay que estar muy atentos. Bien sabéis que siempre fui partidario de acercarnos a Castilla y no a Aragón, aunque fueron otros los que hicieron valer sus opiniones.

—Lo sabemos, sí —dijo Miguel de Larraina—, y apoyamos vuestra posición.

—La situación —siguió Pascual Beltza— se ha vuelto insostenible. El gobernador se ha puesto en nuestra contra y nos humilla ante los francos. Pero no estamos dispuestos a soportarlo por más tiempo.

Le invité a continuar y Miguel de Larraina me contó con todo detalle la conversación que habían tenido con el gobernador en la Navarrería y cómo los vecinos se habían negado a desmontar los ingenios de guerra en las murallas.

—Se fue dando gritos y diciendo que aquello era intolerable. Quiso imponer su voluntad, pero salió trastabillado; las algarradas siguen en pie y no tenemos ninguna intención de quitarlas. Si tenía algunas dudas acerca de nuestra posición, creo que aquel día se le despejaron.

—Hicisteis bien —dije—. Ni siquiera el gobernador tiene derecho a exigiros tal cosa; vuestra defensa solo os atañe a vosotros.

—Pero algo de ayuda —dijo Larraina, levantando las cejas— nunca viene mal.

El silencio se hizo en la sala.

—Proseguid —dije entonces—, podéis hablar con toda confianza.

—Es la voluntad del concejo de la Navarrería —dijo Larraina, al tiempo que miraba a su acompañante— ofreceros el mando y la defensa de nuestra ciudad. Consideramos que sois la persona más adecuada para ejercerlo con firmeza y para mostrar así al gobernador que no estamos solos en nuestra lucha.

Guardé silencio unos instantes, mientras los dos hombres permanecían inmóviles, sin atreverse siquiera a tragar saliva.

—Defender una plaza así tiene un precio —dije, sin apenas mover un músculo.

—Lo sabemos —intervino Pascual Beltza—, y por ello os pagaremos un sueldo de mil dineros anuales por ejercer el cargo y aportar vuestras huestes.

Reflexioné sobre la oferta que me habían hecho. Hasta entonces había tratado de mostrarme solo de perfil, para evitar que el gobernador pudiera recriminarme algo. Pero acudir en defensa de la Navarrería supondría oponerme frontalmente a Pedro Sánchez de Monteagudo. Maniobrar en la sombra había sido fructífero, pero en algún momento había que dar la cara, y este podía ser el ideal.

—Está bien —dije, al tiempo que me levantaba—. Asumiré la defensa de la Navarrería y de sus intereses frente a los abusos de los otros burgos y los desafueros del gobernador. Podéis confiar en mí cuando os digo que no os fallaré; soy un hombre de palabra. Además, como señor de la Cuenca y las Montañas, el difunto rey Enrique depositó su confianza en mí para controlar la parte norte del reino. Puede que el gobernador ostente el mando superior de Navarra, pero en los territorios que me incumben no permitiré que se pisotee a nadie, y menos aún a mis amigos.

Los dos hombres se pusieron también en pie y alzaron sus copas, con alborozo.

—¡Sea pues! —gritó Miguel de Larraina.

—¡Sea! —coreó Pascual Beltza.

Mi momento había llegado.

# 6

Estaba contento. Después de varios días de lluvia y de frío intenso, parecía que por fin el buen tiempo se había instalado del todo en Pamplona. Durante los días lluviosos debía trabajar dentro del taller y aquello me cansaba y me aburría. No tenía mucha luz allí dentro y el polvo y el serrín de la madera me hacían estornudar continuamente y me impedían respirar con normalidad. Con el sol de nuevo calentando, saqué los maderos a la calle y me puse a trabajar en un rincón donde soplaba una brisa ligera que se llevaba los restos de madera. Estaba contento por trabajar, así como por no haber participado en la construcción de las defensas de la villa. A pesar de la recriminación que algunos de mis vecinos me habían hecho, estaba seguro de estar haciendo lo correcto; aunque entre los burgos hubiera roces y malentendidos, era preferible una mala paz a una guerra, como mi padre siempre me había dicho. No obstante mi decisión de no dejarme arrastrar, no podía evitar sentir una inquietud por todo lo que me rodeaba.

En aquel momento estaba rematando unas vigas para el tejado de un vecino de la Navarrería. Ese mismo día terminaría de lijarlas y dos albañiles las vendrían a buscar. Normalmente yo hacía los trabajos de reparación de tejados, pero en este caso la vivienda se estaba construyendo nueva y el propietario había contratado a un maestro con su cuadrilla. No importaba, tenía otro encargo pendiente, en esta ocasión en San Cernin.

Había pasado mucho tiempo desde la última vez que estuve allí. Acudí al Burgo con mi padre para trabajar en la construcción de una casa. Por lo general, los de San Cernin no demandaban artesanos que no fueran de los suyos, pero en aquella ocasión los carpinteros del Burgo estaban todos ocupados en otras obras. Eran los tiempos del rey Teobaldo, el segundo de su nombre, y las relaciones entre los barrios de Pamplona eran por aquel entonces mejores que nunca. Con buen sentido, las poblaciones habían decidido convivir en paz y unirse para resolver los asuntos comunes. A pesar de ello, los del Burgo no abandonaban su actitud prepotente y yo notaba que nos miraban con desprecio. Aunque no los entendía, pues generalmente hablaban entre ellos en francés y en occitano, podía ver en sus rostros una sombra de superioridad. No me importaba; cuando terminamos el trabajo, el dueño de la casa nos felicitó y pagó bien nuestros servicios. Desde entonces no había vuelto a trabajar en el Burgo, aunque sí en varias ocasiones en la Población.

Ahora volvería a hacerlo. Semanas antes había venido a verme un zapatero de aquel burgo. Él también había buscado primero en San Cernin y en San Nicolás, pero todos los carpinteros estaban ocupados. Así que recurrió a mí. Otro se lo hubiese tomado a mal, pero a mí no me importó. Mi orgullo no era tan grande y el dinero me venía muy bien. Y, además, me reafirmaba en mis convicciones: era posible entenderse si todos poníamos un poco de nuestra parte.

Aquellas últimas semanas, amén de estar concentrado en el trabajo, también había pensado mucho en mi encuentro con Isabel. Tenía ya diecinueve años y no podía esperar mucho para dar con una mujer con la que formar una familia. ¿Sería Isabel? Tenía más o menos mi edad y era hermosa. Su posición era buena. Y era de la Navarrería, lo que allanaba el camino. Supuse que Andrés tenía razón: pensar en la joven de San Cernin era una locura.

Y ahora, sin embargo, un pensamiento comenzó a roerme, pues durante las próximas semanas tendría que estar trabajando en el Burgo, y quizá la viera en algún momento. Pensaba mucho en cuál sería mi reacción; ¿volvería a quedarme prendado de su mirada, de esos ojos azules y penetrantes que había visto reflejados en el espejo? No. Aquello había sido un enamoramiento, algo quizá natural, pero que no volvería a repetirse. Me decía que conocía mi lugar, así como el orden de las cosas, y no quería buscarme problemas.

Dos días después, antes del amanecer, tomé mis herramientas y las metí en un zurrón. Había terminado el encargo anterior y me disponía a ir al Burgo a ver el estado del tejado. Mientras caminaba pasé por delante de la casa de Andrés Ezcurra. En ese momento, mi amigo se encontraba trenzando fibras.

—¡Íñigo! Muy pronto sales hoy, ¿no?

—Así es. Tengo un encargo de un vecino de San Cernin, un zapatero llamado Adrien.

—Adrien… —repitió él, tratando de recordar—, sí, lo conozco. Trabaja con su hermano… ¡Bernar! Eso es. Creo que son buenos artesanos; al menos, eso he oído.

—Buenos o malos, parece que su tejado está podrido y no han encontrado a nadie en San Cernin ni en San Nicolás que se lo repare. Por eso me han llamado.

—Muy propio de ellos lo de dejarnos siempre para el final, como ya te he dicho repetidamente… —afirmó, con sorna.

—Sí… —respondí yo, resoplando—. Pero a mí el dinero me hace falta y no pienso rechazar el trabajo. En fin…, me marcho. Quiero ver cuanto antes cómo está ese tejado.

—Solo una cosa más —me detuvo—. Este encargo no lo habrás aceptado por otro motivo, ¿verdad?

—¿Otro motivo?

—Ya sabes de lo que hablo… La joven esa. No irás al Burgo pensando en encontrarla, ¿verdad?

—No —respondí—. Quizá no me creas, pero me tomé en serio tu consejo. Isabel me gusta y no me importaría volver a pasear con ella.

—¡Bueno! Veo que has recuperado la cordura, ¡cuánto me alegro! Puedo volver a hablar con su padre.

—No te preocupes. No hay tanta prisa.

—Eso es lo que tú te crees. Isabel es muy hermosa y seguro que alguno le ha echado el ojo. ¿No te fijaste en sus pechos?

—No —mentí—. Y ahora creo que es mejor que me vaya.

—Vete, sí, y dedícate al trabajo, que ya nos ocuparemos nosotros de lo demás.

Tuve ganas de contestar, pero al final me despedí y salí del recinto amurallado por la puerta del Chapitel. Entré en el Burgo por Portalapea. Normalmente había mucha gente entrando y saliendo y apenas vigilancia, pero aquel día me encontré a varios hombres armados junto al acceso. Resultaba evidente que la tensión de los últimos días había puesto al concejo en alerta.

Caminé por las calles siguiendo las indicaciones que me dio un vecino hasta llegar a una casa de tres alturas y muy estrecha, encajada entre otras dos parecidas. Miré hacia arriba y vi las vigas podridas del tejado. En efecto, era un trabajo que necesitaba hacerse con premura. En el piso inferior estaba el taller, con la puerta entreabierta. Golpeé sobre la madera y esperé. Al poco salió un hombre robusto y de barba canosa. Aunque se parecía, aquel no era el mismo que había ido a preguntar por mí.

—Perdón —comencé—, no sé si me he confundido...

El hombre me miró de arriba abajo sin soltar palabra.

—Pregunto por Adrien, el zapatero —añadí.

—Esta es mi casa y mi taller, y Adrien es mi hermano —respondió el hombre, con un marcado acento occitano—. Y no esperábamos a nadie hoy.

Me quedé parado, sin saber muy bien cómo continuar. Entonces escuché los pasos de otra persona bajando por las escaleras.

—Bernar —dijo Adrien, nada más salir—, este es el carpintero que he contratado para arreglar las vigas del tejado. Es Íñigo, de la Navarrería.

Bernar se volvió despacio.

—Que es de la Navarrería ya lo veo, pero creo que habíamos quedado en que hablarías con Aimer o algún otro de aquí.

—Lo hice, pero estaban ocu...

—Vamos dentro —interrumpió Bernar.

Sin dar tiempo a más, entraron en el taller y cerraron tras de sí. Yo permanecía en la calle, a la espera. Solo conseguía entender palabras sueltas, pero me di cuenta enseguida de que discutían, y también del motivo. Al parecer, al de la barba canosa no le había hecho gracia que su hermano me hubiese encargado la obra a mí. Aquello me molestó, es cierto, pero no me extrañó. Lo raro hubiese sido lo contrario.

Me desperecé. Había dormido toda la noche, como de costumbre. Solo me había despertado un momento, cuando Magali se levantó para orinar en la bacinilla. Ahora, Magali dormía plácidamente y la luz que comenzaba a entrar por la contraventana no era suficiente para despertarla.

Saqué un pie fuera de las mantas, pero lo volví a meter de inmediato; la habitación estaba fría y húmeda. Prefería esperar un poco más en la cama. Cualquier otro día hubiese seguido así un buen rato, hasta que nos llamasen al trabajo. Pero aquel día unas voces me sobresaltaron. Levanté un poco la cabeza de la almohada para poder escuchar mejor y me di cuenta de que se trataba de una discusión entre mi padre y mi tío. No me llegaba del todo claro, pero me pareció entender algo de un carpintero, de la Navarrería, que esperaba en la calle. No pude contener mi curiosidad y terminé por levantarme. Me eché una manta de lana sobre los hombros y me acerqué a la ventana. Entreabrí un poco y miré hacia la calle. Entonces ahogué un grito: ¡era el joven del mercado, el que me había mirado mientras me probaba el colgante! Sin pensarlo, me dispuse a abrir del todo, pero en el último momento me detuve. ¿Qué le diría?

No sabía qué hacer, el corazón me latía desbocado mientras trataba de pensar. Retrocedí y me acerqué a la cama de Magali. La agité un poco y le susurré al oído:

—¡Despierta!

Ella se giró y siguió durmiendo, tras espirar profundamente.

—¡Magali! —dije, un poco más alto.

—¿Qué ocurre? —balbució por fin, medio dormida.

No sabía cómo empezar. ¿Sería prudente, a fin de cuentas, decirle a Magali que el joven estaba abajo en la calle? ¿Qué haría ella? Ya me había dejado claro lo que pensaba de mi interés por él.

—Nada, nada... —dije, entonces—. Sigue durmiendo.

Me acerqué de nuevo a la ventana. Él seguía allí, parado en medio de la calle con gesto de resignación. Era alto y delgado. Tenía el pelo negro, con rizos, y vestía ropas sencillas. No debía de tener ni veinte años, me pareció. Mientras yo lo observaba, se agachó para recoger sus herramientas; estaba claro que iba a marcharse. Alargué la mano de nuevo, dispuesta a abrir y llamarle, pero en ese momento vi cómo mi tío Bernar salía a la calle. Me eché un paso atrás, por miedo a ser descubierta, pero agucé el oído.

—Íñigo —comenzó Bernar—, mi hermano te llamó para que hicieras un trabajo aquí, pero se equivocó. El tejado necesita un arreglo, pero no es tan urgente como él consideraba. Será mejor que te marches, disculpa el error. —Se echó la mano al bolsillo—. Toma unas monedas por el paseo y las molestias.

Él tomó el zurrón del suelo y se lo puso en el hombro.

—No es necesario que me deis nada, señor. Los paseos no los cobro. Trabajo bien y la gente me paga por lo que hago. Pido lo que es justo y nunca doy por acabada una obra hasta que me satisface por completo. Y estoy seguro de que mi trabajo os gustaría. Pero hay algo que no puedo conseguir: gustaros a vos.

Dio media vuelta, de regreso a casa. Me mordí los labios para no gritar.

—¡Espera! —exclamó entonces Bernar—. Acércate.

Íñigo se giró, pero se quedó en el sitio. Mi tío le miró de nuevo de arriba abajo. Por fin, se adelantó un paso y tomó la palabra.

—Creo que no he sido justo contigo. Mi hermano te llamó para un trabajo y has venido aquí antes de que saliera el sol, dispuesto a comenzar. ¡Qué demonios!, los otros carpinteros que conozco no llegan nunca, a no ser que se les traiga arrastrándolos de las orejas. Cobran más de lo que deben y dejan los trabajos a medias dos de cada tres veces. Espero que no seas así.

—Ya os he dicho que no.

—Entonces olvida mis palabras y comienza el trabajo. Puede que corra más prisa de lo que pensaba.

Dio media vuelta y entró en casa. Al poco salió mi padre, cabizbajo y rehuyendo la mirada.

—Dentro hay maderos y tablas para montar un andamio —dijo, en voz baja—. Ahora los saco.

Íñigo asintió con la cabeza y dejó sus herramientas en el suelo. Suspiré. Tenía un nudo en el estómago y las manos me temblaban. ¿Qué haría ahora? Lo que deseaba era bajar a la calle y verlo, saludarlo quizá. Sin embargo, la cabeza me decía que aquello no era lo prudente. Si él me reconocía, quizá mi padre se diera cuenta de que nos habíamos visto antes, y eso no le parecería bien, estaba segura. Pero ¿cómo haría entonces? En algún momento tendría que bajar al taller para trabajar, y entonces nos cruzaríamos, sin duda. Necesitaba un poco más de tiempo. Estando en esos pensamientos, Magali se despertó.

—¿Qué haces ahí de pie? Te vas a quedar helada.

Entonces encontré la solución.

—Estaba un poco mareada y pensé que iba a vomitar. No me encuentro muy bien.

Magali se levantó y me puso la mano en la frente.

—Es verdad, estás caliente y tienes las mejillas coloradas. Es mejor que te acuestes un poco; te subiré agua con manzanilla.

Me acompañó hasta la cama y, cuando me tumbé, me colocó dos almohadas bajo la espalda, para que estuviera más elevada.

—Gracias; así estoy mejor. Se me pasará pronto. No es nada.

—Descansa y trata de dormir, aún es pronto.

Cerré los ojos, pero sabía que no iba a dormirme. En mi cabeza solo había lugar para una imagen.

Íñigo comenzó a trabajar. Desde la cama, yo oía los golpes en los maderos, el martilleo y el roce de las sogas al ir colocando los andamios. Estaba tan nerviosa que me tapé con las mantas hasta los ojos. No podía soportar la idea de estar allí, escondida, pero tampoco la de salir sin saber qué hacer o qué decir. Me sentía como una niña pequeña, indecisa y asustada. Al cabo de un rato la puerta de la habitación se abrió.

—¿Te tomaste la manzanilla? —preguntó Magali.

Me destapé y me incorporé un poco.

—Sí. Creo que ya me encuentro mejor.

Se sentó en el borde de la cama, y me pasó la mano por el pelo.

—Pues has escogido un mal momento para tratar de descansar. Han empezado a arreglar el tejado y no dejarán de hacer ruido en todo el día.

—Sí, ya me he dado cuenta.

—Creo que tu padre y Bernar discutían. Al parecer el carpintero es de allá.

—¿Ah, sí? —disimulé.

—Eso parece. En fin, tendremos tiempo de comprobarlo, porque tendrá para un par de meses...

Me sentí completamente estúpida; allí escondida, tomando manzanilla amarga y haciéndome la enferma para no bajar al taller. En cuanto Magali se diese cuenta de que el carpintero era el joven del mercado, descubriría que todo había sido una simple excusa. Tuve ganas de levantarme y contárselo, pero no encontré las palabras adecuadas. Cuando las hallé, ya estaba saliendo de la habitación.

—Vuelvo al taller; tengo mucho trabajo hoy, ¡y para mí sola!

Se fue cerrando tras de sí.

—¡Seré idiota! —murmuré, mientras me dejaba caer sobre el colchón.

## 7

Hasta qué punto podemos engañarnos y fingir que lo que ocurre a nuestro alrededor no nos afecta o que nuestras acciones no tienen importancia? Supongo que en algunas circunstancias nos aislamos del mundo para no sufrir, a la espera de que las cosas se arreglen solas y deseando que sean otros los que tomen las decisiones cuyas consecuencias no nos atrevemos a asumir. Así me sentía yo en mis estancias del palacio de la Conciergerie, a orillas del Sena.

Desde el fallecimiento de mi esposo, todo había cambiado para Juana y para mí. Me había refugiado en brazos de mi primo Felipe, que nos había acogido gustoso. Yo se lo había agradecido de corazón y respiraba tranquila sabiendo que mi hija se criaba feliz con la princesa Blanca, hija del rey de Francia, y con otras niñas de las familias nobles del reino.

El rey Felipe me había ofrecido al llegar unas alcobas amplias y luminosas, en el segundo piso, pero yo le pedí alojarnos en la planta baja, a pesar de que era más fría y oscura. Aún permanecía viva en mis recuerdos la muerte de mi hijo y no soportaba la idea de que aquello pudiera repetirse con Juana.

Una doncella entró en mi alcoba trayendo de la mano a mi hija. Juana corrió hacia mí, tratando de no tropezar con el vestido largo que llevaba.

—¡Juana, más despacio! —dije, sonriendo—. Podrías caerte.

Ella me alcanzó riendo y me abrazó. Supongo que sentía

aquel palacio como su verdadera casa, al igual que yo; y me preguntaba si alguna vez me vería con fuerzas para regresar a Navarra. Durante muchos años ese fue mi hogar, pero yo sabía que Francia era el lugar al que pertenecía.

Senté a Juana sobre mis piernas y comencé a cepillarle el cabello, al tiempo que le susurraba al oído una cancioncilla que mi madre me cantaba de pequeña. Mientras lo hacía, escuché un repiqueteo en la puerta.

—¿Sí? —pregunté.

La puerta se abrió y entró Clément. Se acercó e inclinó la cabeza.

—Señora, ha llegado una carta del gobernador Monteagudo.

Respiré hondo mientras la tomaba en la mano. Era la primera misiva que el gobernador me enviaba después de mi salida de Pamplona. Llamé a una de las doncellas para que se llevase a Juana, que se fue protestando, rompí el lacre y leí con atención: Monteagudo esperaba instrucciones sobre el matrimonio de mi hija y me pedía también que recompensase a los vecinos de Viana por haber rechazado a los castellanos en la frontera del reino. Lo segundo era justo y fácil de resolver, pero para la primera cuestión no tenía aún respuesta, por mucho que supiese que era un asunto que no se podía posponer indefinidamente. Leí la carta de nuevo y se la pasé luego a Clément.

—¿Qué haréis, señora? —dijo él, al terminar—. ¿Responderéis al gobernador?

No sabía qué hacer. Aunque no me arrepentía de mi marcha, en el fondo sentía que no había sido justa con Monteagudo y que con mi precipitada salida le había dejado con las manos atadas para llevar las riendas del reino. Pero ahora era huésped del rey y no podía actuar a mi antojo. Al final me decidí.

—Escribiremos al gobernador —dije a Clément, mirándole a los ojos—. Me parece adecuado que se recompense a los vecinos de Viana, pues han demostrado un gran valor.

Él comprendió.

Me asomé a la ventana de la casa que el concejo había puesto a mi disposición en la Navarrería. Estaba cerca de la catedral, en la parte más alta de la villa, y podía ver a la perfección tanto este burgo como San Cernin y San Nicolás. Había sido recibido con alborozo por los vecinos, lo cual no me extrañaba; igual que el perro necesita a su amo, los hombres sencillos necesitan a otro más fuerte que los dirija.

—Señor —dijo Pascual Beltza, a mi lado—, es un placer y un honor teneros entre nosotros. Nunca más habremos de soportar humillaciones.

Di un trago a la copa de vino que sostenía entre las manos.

—Así es. Ahora la Navarrería está bien defendida.

—Está bien defendida…, pero también está sola —respondió—. El gobernador nos ha tratado mal, pero las Cortes le apoyan.

—Las Cortes…, ¿qué son las Cortes? Los asuntos importantes los han decidido siempre los ricoshombres. ¿Qué le importó a la reina lo que dijeron las Cortes sobre el casamiento de Juana? ¡Nada! Y, si esa fulana, que es la primera que debería atenerse a su voluntad, las desprecia, ¿por qué hemos de atenderlas los demás? En las Cortes se oyen clarines, se cuelgan pendones, se alzan las voces…, mas al final es todo un juego de engaños y voluntades. Hasta el momento, el gobernador ha sido más listo que yo y ha sabido atraerse a las buenas villas y a los nobles. Está bien…, he de reconocer que es más hábil como retórico. Pero, escuchadme, no lo será en el enfrentamiento directo.

—¿Qué queréis decir?

—Si el gobernador quiere que midamos nuestras fuerzas con las de los otros burgos, tendremos que hacer que la balanza caiga de nuestro lado. Y no recurriremos a los parloteos en las Cortes. ¿Has visto alguna vez que el lobo dialogue con el cordero antes de comérselo? Simplemente, actuaremos. Si no me equivoco, una de vuestras quejas es que los francos han ocupado unas tierras que os pertenecen, ¿no es así?

—Así es. Ellos dicen que las compraron, pero lo cierto es que solo adquirieron unas pocas; las otras las fueron ocupando sin ningún derecho y se niegan a devolverlas.

—Pues ha llegado el momento de que vuelvan a su dueño. Hoy saldré con mis hombres y las recuperaremos.

Pascual dudó.

—¿Las recuperaremos? ¿De qué modo?

Me sorprendió su ingenuidad.

—Sois muy cándido. Si alguien te roba, lo único que hay que hacer es robarle a él.

Al cabo de pocas horas partí de la Navarrería al frente de varios de mis hombres: veinte caballeros fuertemente armados y con las cabalgaduras protegidas por petos. Salimos por la puerta del Chapitel ante la mirada atónita de los que se congregaban en el mercado. Cuando llegamos al Puente Nuevo, en el camino a Francia, vimos a unos pocos vecinos de San Cernin trabajando en las tierras. Estos se retiraron inmediatamente ante nuestra llegada, como yo suponía. No esperé más; me adelanté y entré en los huertos, pisoteando con mi caballo todo lo que encontraba.

—¿Qué ocurre? —preguntó uno de los vecinos—. ¿A qué viene este asalto?

—¡Estos huertos pertenecen a la Navarrería —dije lo más alto que pude, para que todos me oyeran bien—, y a la Navarrería regresan hoy! No volváis por aquí o probaréis mi justicia.

—¿Justicia? ¿Qué justicia? —dijo el vecino. Pero yo no pensaba dejar que aquellos malnacidos dudasen de mi autoridad. Me llevé la mano a la cintura y desenvainé un poco mi espada.

De inmediato los vecinos del Burgo salieron de los huertos, mientras los de la Navarrería estallaban en gritos de júbilo, al tiempo que mis hombres entraban también en los huertos y lo pisoteaban todo.

Pascual Beltza lucía una sonrisa radiante.

—Sí, esto es lo que necesitábamos —dijo.

Después de que los caballos abandonaran los huertos, varios vecinos de la Navarrería arrancaron los mojones de piedra del suelo y los movieron para delimitar las nuevas propiedades, según mis indicaciones. Junto a ellos, diez hombres armados vigilaban para que nadie se opusiera a la medida.

Si el gobernador albergaba algunas dudas sobre mi determinación, a partir de entonces se le acabarían.

Asomado a la ventana de mi estancia podía ver cómo avanzaban los trabajos en la Navarrería. Se habían organizado cuadrillas y las labores que se llevaban a cabo se habían dividido por diferentes secciones de la muralla. Siempre que había que hacer un trabajo colectivo era habitual que los vecinos discutieran hasta la saciedad para ver a quién le tocaba más o menos parte, o para repartirse los gastos de manera justa. Pero en esta ocasión nadie escatimaba esfuerzos; el miedo y el deseo de revancha los habían unido por una vez.

Cerca del mediodía uno de los canónigos de la catedral tocó a la puerta.

—Excelencia —dijo—, el señor García Almoravid ha llegado.

Inspiré hondo para intentar tranquilizarme. Desde las negociaciones con el infante don Pedro de Aragón había estado un tanto alejado de las cuestiones políticas. Ahora, sin embargo, me tocaba recobrar un protagonismo que hubiese preferido evitar.

—Adelante —dije—, hazlo pasar.

Almoravid entró en la estancia, acompañado de Miguel de Larraina. Les ofrecí mi mano y ambos se inclinaron respetuosamente para besar el anillo.

—No se ha perdido el tiempo —dije, mientras observaba

con preocupación toda aquella actividad—. En cierto modo, volvemos al punto de partida, ¿verdad? Ya estamos todos armados...

—Lo que se ha recuperado es el orgullo. Fortificar una ciudad es algo que puede hacerse con más o menos tiempo, o con más o menos esfuerzo. Pero recuperar el brío y la iniciativa es mucho más difícil. Ahora es la Navarrería la que lleva la delantera.

—Sí —respondí—, y pocos sentimientos unen tanto como el miedo, ¿verdad?

—Tener miedo es de prudentes; y de insensatos es ser confiado.

Quise contestar, pero me mordí la lengua. Los invité a sentarse a la mesa.

—Señores, he recibido una carta del gobernador Pedro Sánchez de Monteagudo en la que me pide que actúe en su nombre con plenos poderes para solucionar el problema que se ha planteado en Pamplona.

—¿Problema? —dijo Almoravid—. ¿A qué problema os referís?

No se me ocultaba que él sabía muy bien de lo que yo estaba hablando, no en vano había sido el protagonista del enfrentamiento; pero estaba decidido a no dejarme arrastrar por sus malas artes nada más comenzar. Aquel momento exigía, ante todo, mucho tacto.

—El problema de las tierras en disputa con San Cernin, por supuesto —dije con aplomo—. Los vecinos han protestado enérgicamente contra el asalto de la semana pasada y el gobernador ha decidido que las diferencias se zanjen mediante un acuerdo.

—Y ¿os ha designado a vos como mediador? —preguntó. Me pareció que le fastidiaba sobremanera que el gobernador en persona no fuera a venir a solucionar aquel asunto. Pero yo no pensaba tolerar ese tono, ni siquiera a él.

—Así es. ¿Os parezco poco, quizá?

Almoravid se dio cuenta del error que había cometido e inclinó la cabeza.

—No, excelencia, en absoluto. Lo que no comprendo es que no sea el propio gobernador el que se ocupe de resolver los problemas, como es su deber.

—Don Pedro es gobernador de un reino —dije, tratando de sonar conciliador— y, por ello, no puede estar en todas partes a la vez. Como bien sabéis, los castellanos presionan en la frontera y es allí, ahora mismo, donde mayores amenazas se ciernen sobre Navarra.

—¿Estáis seguro? —dijo Almoravid, recobrando su altanería—. La reina está en Francia, al amparo del rey Felipe, cuyas intenciones desconocemos; y los aragoneses deben de estar enfurecidos porque no se cumplan los acuerdos que el gobernador descabelladamente concertó.

Aquel comentario me enojó. Los acuerdos no habían sido descabellados. Yo, mejor que nadie, sabía lo que había costado lograr un entendimiento con Aragón y salvaguardar a la vez los derechos de la reina.

—El acuerdo con Aragón fue justo y beneficioso. Lo que no estuvo a la altura fue la respuesta de doña Blanca. Debió pensar más en su reino que en ella misma.

—Perdonadme si os ofendo —dijo, ahora apaciguador—, pero la reina no aceptó ese acuerdo, porque, en realidad, no era bueno para Navarra. Hubo de tomarlo bajo presión, y a eso se le llama chantaje.

—Castilla tampoco se comportó de manera pacífica. No creo que haga falta que os lo recuerde.

—No, no es necesario. Pero yo podría haber hecho que esa actitud cambiara, de haber sido elegido gobernador.

Por mucho que conociera a García Almoravid, no dejaba de sorprenderme su cinismo.

—Decís que la reina Blanca puso sus intereses por encima de los del reino, pero vos también ansiáis el poder. Sé que deseabais el cargo de gobernador por encima de cualquier cosa, aunque eso supongo que no lo reconoceríais ni bajo secreto de confesión.

Se echó hacia atrás en su silla. Su juego preferido era el

despiste, y estaba claro que no le gustaba que los demás le leyesen la mente.

—En todo caso —proseguí—, lo que estamos tratando de solventar ahora son las diferencias entre los burgos. Es un mandato del gobernador y creo que debemos obedecerle, sobre todo porque va en bien del común. Mañana sin falta estableceré una comisión que se ocupe de tratar el asunto y de buscar un arreglo.

—¿Quién formará la comisión? —intervino Miguel de Larraina, pero antes de que pudiera contestar Almoravid le fulminó con la mirada.

—No habrá tal comisión —dijo—. La Navarrería me ha hecho llamar para defender sus intereses, y eso es lo que haré. Además, soy señor de la Cuenca y las Montañas; por tanto, en el norte de Navarra soy yo quien decide lo que se hace, no el gobernador.

—¿Os estáis rebelando? —pregunté asombrado.

—Solo me rebelo contra la injusticia, excelencia, y vos deberíais hacer lo mismo.

—¿Qué queréis decir? Hablad claro.

Se inclinó hacia delante y colocó los codos sobre la mesa.

—La catedral está en la Navarrería y sus vecinos son vuestros súbditos directos. Los del Burgo y la Población tienen sus propias parroquias, por mucho que estén bajo vuestra tutela. Así que mirad bien dónde buscáis vuestros apoyos. Si un día, Dios no lo quiera, hay un conflicto, no esperéis nada de los de allá, sino de los vuestros. Por tanto, más os vale tenerlos contentos.

Aquello era demasiado.

—¿Me estáis amenazando? —pregunté, entre la sorpresa y el desconcierto.

—No, excelencia, nunca haría tal cosa —dijo con un exagerado gesto de sumisión—. Solo trato de aconsejaros lo que me parece más provechoso para vos. Os aseguro que en mí tendréis siempre a un amigo y un apoyo.

Me quedé pensando en sus palabras. Esperaba una actitud

de mayor colaboración, pero, en el fondo, sabía que García Almoravid no se equivocaba. Ir en contra de la Navarrería no solo me colocaría frente a sus vecinos y frente a García Almoravid, sino también frente al prior Sicart y al cabildo que él tan diestramente controlaba. Y eso podría provocar incluso que me obligasen a renunciar al cargo. Me había costado mucho llegar a donde estaba y no deseaba arriesgarme. Maldije mi suerte; sabía que el gobernador Monteagudo tenía razón, pero me disgustaba la idea de que hiciese recaer sobre mis hombros la responsabilidad de resolver aquel problema. Tenía que encontrar una solución, aunque no fuera sencillo. Entonces un pensamiento cruzó por mi mente.

—Está bien —dije—. No convocaré la reunión, pero informaré al gobernador de que ha sido por vuestra expresa negativa. Otra cosa me situaría a mí como el rebelde y eso es algo que no me podéis pedir.

—Por supuesto —dijo, agachando la cabeza—. De ningún modo querría que esto os perjudique. De hecho, yo mismo le escribiré también y, con respeto y prudencia, le haré ver el error que comete.

«Con respeto y prudencia», me dije, e imaginé el tipo de respuesta en la que estaría pensando.

## 8

A rrojé el pergamino sobre la mesa. Sentía la rabia subiéndoseme desde el estómago y aquel amargor me quemaba en la garganta.

—¿Cómo? ¿Cómo? ¡Quién se ha creído! —grité. A mi lado, Gonzalo Ibáñez de Baztán no salía de su asombro. Había escuchado el contenido de la carta y parecía tan estupefacto como yo.

—Es imposible —dijo, tratando de apaciguarme—, no puede ser tan estúpido.

—¡Podéis leerla vos mismo si queréis! No solo se niega a devolver los terrenos que ocuparon, sino que me amenaza con alancearme a mí y a los que me acompañen como se me ocurra entrar en sus territorios. ¡Me prohíbe entrar en Pamplona, en la capital del reino!

Gonzalo leyó en voz alta: «Si traspasáis Muruarte de Reta y su término, vos y vuestros hombres seréis todos atravesados a lanzazos». Aquello no admitía interpretaciones: era una declaración de guerra, una amenaza directa contra mí.

—¿A qué juega? —pregunté, asombrado—. ¿Qué demonios pasa por su cabeza? ¿Qué intenciones perversas tiene? ¡Que no vaya al norte! Actúa como si en sus territorios no hubiese más señor que él. Me desprecia y desprecia a la reina. ¡Más aún, desprecia a las Cortes del reino en su conjunto!

Le arrebaté la carta y, arrugándola, la tiré al suelo y la pisoteé con rabia, loco de furia.

—¡Lo ha logrado! Lleva tiempo queriendo acabar con mi paciencia y, por fin, lo ha logrado. Lo admito, ¡me ha vencido!

—¿A qué os referís?

—Desde que la regente me escogió, ha estado tratando de enfurecerme para arrastrarme a su terreno. He hecho lo que ha estado en mi mano para evitarlo, pero hoy ha cruzado la raya. Escuchadme bien, ¡juro por el Señor y por la Santísima Trinidad que no encontraré reposo hasta que no haya permanecido un mes entero con mis hombres en Pamplona! ¡Y vos mismo habréis de verlo!

—Gobernador, los castellanos siguen presionando en la frontera y ese es el frente que más requiere de nuestra atención. Un conflicto entre Almoravid y vos no beneficia a nadie.

—Por supuesto que no beneficia a nadie, pero sé con certeza que Navarra no hallará la calma hasta que acabe de una vez por todas con ese malnacido.

—Sabéis lo que eso significaría, ¿verdad?

—¡Cómo no he de saberlo! Eso significa que nos mediremos, que sabremos por fin quién es más fuerte, más descabellado o más estúpido. Ya está bien de jugar al gato y al ratón. Si quería descubrir mi límite, lo ha encontrado.

Me había vaciado; había dicho todo lo que sentía y solo esperaba que don Gonzalo estuviera de mi lado en aquello. Su posición no era sencilla, lo sabía, pero no eran momentos para mantenerse equidistante.

—¿Estáis conmigo? —le pregunté, con ansiedad en mi pecho.

Se quedó en silencio y en su expresión leí un conato de duda. Lo necesitaba a mi lado, sin él no podría poner a García Almoravid en su lugar.

—Estoy con vos... y con Navarra —dijo, al fin.

—Entonces no hay tiempo que perder —concluí.

Una semana más tarde la comitiva estaba lista para partir. A mi lado iba Gonzalo Ibáñez de Baztán y nos acompañaban también otros muchos ricoshombres del reino, así como algunos de sus mejores caballeros. Miré hacia atrás y sonreí con satisfacción; se trataba de un ejército poderoso. «Ahora va a saber lo que supone retarme», pensé. A una señal mía, se alzó una enseña con un águila bordada y emprendimos la marcha en dirección a Pamplona. El verano había vuelto a Navarra, hacía calor y el cereal se veía ya crecido en los campos. Muchos campesinos que se hallaban trabajando, al ver pasar tan singular grupo, abandonaban sus quehaceres y se acercaban, descubriéndose ante nosotros.

Cabalgamos durante varias horas hasta llegar a las inmediaciones de Muruarte de Reta, un pequeño pueblo que marcaba el límite entre los territorios que quedaban bajo mi jurisdicción directa y los que pertenecían al mando de García Almoravid. Ordené a todos que descabalgaran y el campamento se estableció a las afueras de la población.

Al día siguiente reanudamos el camino, muy de mañana. Al penetrar en Muruarte me erguí y cabalgué con calma ante la mirada de los habitantes del lugar y de dos hombres armados de García Almoravid. Estos me observaban, pero no se atrevieron a darme el alto o a preguntarme por mis intenciones; se hicieron a un lado como los demás.

Al cabo de pocas horas contemplábamos ya el perfil de la capital del reino. Antes de partir había albergado dudas, pero ahora estas me habían abandonado por completo. Si quería cumplir la misión que la reina Blanca me había encomendado, no podía dejar que nadie me desafiara; y, menos que nadie, García Almoravid; y, menos aún, con esa desfachatez. Llamé a Rodrigo, que acudió al instante.

—Adelántate e informa al concejo de San Cernin que venimos para resolver las diferencias acaecidas entre los burgos y que deseamos instalarnos allí.

Rodrigo partió al galope para dar el aviso. Cuando llegamos ante la muralla del Burgo, ya se había preparado una pequeña recepción con algunos de los miembros del concejo y también con muchos vecinos que habían salido a ver quiénes eran aquellos hombres que llegaban a la ciudad.

Los aplausos crecían a medida que atravesábamos los muros. Descabalgué y estreché la mano de los vecinos que acudían

a saludarme. Se oían gritos de júbilo y los hombres se abraza-
ban, contentos. Varios miembros del concejo me invitaron a
entrar en la iglesia de San Cernin, pero antes yo tenía otro
asunto que resolver. Llamé de nuevo a Rodrigo y hablé muy
alto para que todos pudieran escucharme:

—Rodrigo, he de hacerte un encargo especial. Ve y dile a
don García Almoravid que estoy en Pamplona y que permaneceré aquí durante un mes. Que he venido porque él me ha amenazado y que, si quiere decirme algo, aquí me tiene. Si quiere
demostrar su valor, este es el momento.

Un grito de alegría surgió de todos los allí presentes, mientras mi criado abandonaba el burgo de San Cernin y se encaminaba a la Navarrería. Sabía que era una misión compleja,
pero él era la persona indicada para llevarla a cabo.

Algo más de media hora transcurrió hasta que lo vi regresar. Venía desencajado.

—Dime, ¿pudiste entregar el mensaje a Almoravid?

—Sí, señor —dijo jadeando, todavía con la voz temblorosa—. Al verme llegar me preguntó amablemente si venía de Cascante, pero cuando le dije que no, sino que lo hacía de San Cernin, y que vos estaríais aquí durante un mes, se puso rojo de ira.

Sentí una profunda satisfacción en mi interior, al tiempo que
pedía perdón a Dios por dejarme llevar por tan bajos instintos.

—¿Algo más?, ¿traes alguna respuesta?

—No, exactamente. Almoravid estalló en cólera y me echó
de la sala. Solo dijo, entre gritos, que ibais a saber quién es él.

—Ya sé quién es él...

—¿Señor?

—Nada, nada... Has cumplido bien con lo que te pedí.
Puedes retirarte.

Mientras salía me quedé leyendo algunas de las cartas que
había recibido en los últimos días; también redactaba instrucciones para los oficiales de los castillos en las fronteras. Unos
golpes en la puerta me sacaron de mis ocupaciones.

—¡Sí, adelante! —dije.

Un mensajero entró en la sala. Llegaba jadeando.

—Señor gobernador, traigo un mensaje de don García Almoravid para vos.

—¡Vaya! —exclamé sorprendido—, don García es tan rápido estableciendo prohibiciones como respondiendo a los mensajes. Eso está bien, cada hora que perdemos con esta situación es una hora malgastada. Di, pues.

—Don García os reta a un combate singular —comenzó el mensajero, tras coger aliento—, en los campos de Cizur, mañana. Solos él y vos. Dice que no quiere que este enfrentamiento personal afecte a nadie más.

No pude evitar sonreír.

—Ha llegado el momento que esperaba —dije entre dientes.

—Señor... —susurró el mensajero, que no había oído mis palabras con claridad.

Llamé entonces a Rodrigo.

—Avisa a mis hombres y a los jurados de San Cernin. He de comunicarles la noticia.

Todos pasaron a la sala, mientras el mensajero salía. Yo, de pie, mantenía la calma, seguro de mí, a pesar de la excitación del ambiente.

—Señores, don García, en un gesto que —fui a decir «por primera vez», pero me contuve— le honra, no quiere que sus hombres ni los míos sufran daño o se maten en combate y, por ello, prefiere que luchemos solo los dos, en campo abierto, hasta el final, como medio de zanjar nuestras diferencias. Me parece bien; si quiere combate, lo tendrá, y en la lucha veremos qué espada posee el acero más templado.

Gonzalo Ibáñez de Baztán se acercó y me habló al oído:

—¿No estaremos llevando esto demasiado lejos? Un buen soldado nunca debería arriesgar su vida en un insensato duelo. Quizá todavía puedan hablarse las cosas.

—El tiempo de las palabras se acabó —respondí, susurrando—. Ya ha pasado casi un año desde la muerte del rey Enrique y desde entonces no he hecho más que tratar de alcanzar un acuerdo con Almoravid, pero él se ha negado de forma reiterada. Ha aprovechado cada ocasión que ha tenido para retarme, desobedecerme o humillarme, y no estoy dispuesto a consentirlo más.

—¿Y creéis que un lance de honor es la solución? ¿Es su muerte lo que buscáis?

Me dolía que don Gonzalo no entendiese la situación como yo, pero estaba seguro de que el tiempo del apaciguamiento había terminado.

—Por Dios, no es lo que busco, pero si acabo con él tampoco me causará ningún desagrado.

Él negó con la cabeza, pero yo quise tranquilizarlo.

—No me temblará la mano. Siempre fui bueno con la espada.

—¿Y si él también lo es?

—Entonces el combate será justo.

# 9

Magali no pudo reprimirse por más tiempo y acercándose a mí me dijo:

—No disimules, que se te da fatal. Te hiciste la enferma para no ver al carpintero de la Navarrería. ¿A que sí?

Desvié la mirada y seguí cosiendo, avergonzada.

—¿Qué dices? No sé de qué me hablas. —Fui a dar otra puntada, pero la aguja se me escapó y me pinché en el dedo, como siempre que me ponía nerviosa.

—Lo sabes muy bien —insistió—. La aguja te delata; sigues pensando en él.

—No sabía que fuera él quien estuviera arreglando el tejado —respondí, tratando de que mi mentira resultara creíble.

Magali dejó la aguja.

—Ya, y por eso ahora apenas sales a la calle, ¿no? Se te nota que tratas de evitarlo. Tienes suerte de que hoy no haya venido, ¿eh? —dijo con sorna.

Resoplé, dándome cuenta de que no podía seguir con el engaño.

—Está bien, lo evito, y ¿qué? ¿No me decías que me olvidase de él? Y cuando me escondo para no verle, entonces me criticas también por hacerlo. ¿Qué se supone que debo hacer?

Se acercó y me acarició el pelo con ternura.

—Lo que debes hacer es buscar a otro que sea de aquí y no seguir jugando al gato y al ratón. En algún momento saldrás a la calle y te verás con él. ¡Solo os separa una pared! Y, además, con la podredumbre que tiene el tejado, creo que estará por aquí una temporada larga.

—De acuerdo —respondí—, se acabaron las tonterías. Cuando tenga que salir, saldré. Y si lo veo, pues lo veo. Pero ahora sigamos, hay mucho trabajo que hacer.

Magali soltó una risita justo en el momento en que se oyeron unas voces en el exterior. Dejamos las agujas y nos acercamos a la entrada para escuchar mejor. Eran mi padre y Bernar, que conversaban con Pontz Baldoin, el carnicero. Era jurado del Burgo, cabeza del gremio de carniceros y uno de los hombres más respetados en el concejo. Sus bisabuelos habían llegado casi un siglo atrás y Pontz portaba con orgullo el buen nombre de su familia.

—¿Le ha retado? —preguntó Bernar.

—Eso he oído —respondió Pontz—. Almoravid ha retado al gobernador en campo abierto, a la vista de todos.

—Me parece muy poco prudente por parte de Monteagudo exponerse a algo así —dijo Bernar—; no debería entrar en esos juegos.

—Sí —dijo Pontz—, pero todo tiene un límite. Si el gobernador no asume el reto, es como si diera por válidas las amenazas y bravuconadas de don García. Yo creo que debe acudir. Además, por lo que se dice, es muy diestro con la espada. No creo que tenga problema en derrotar a Almoravid. ¿No le visteis el otro día? La barriga le cuelga por encima del cinturón. Estoy seguro de que no ha empuñado una espada desde hace años.

—No sé —insistió Bernar—. El gobernador puede jugarse todo ahora en un mano a mano con don García, pero su apuesta principal, que era el matrimonio de Juana con Alfonso de Aragón, ha quedado en nada. ¿Cómo podrá concertarse esa unión si la reina está fuera de Navarra?

—No sé podrá —respondió Pontz—. De todos modos, bien mirado, puede que, a fin de cuentas, su marcha nos convenga. El rey Felipe siempre nos será favorable y creo que lo vamos a necesitar.

—¿A qué te refieres? —preguntó mi padre.

—Me refiero a los de allá —respondió—. Si Almoravid gana el duelo, ¿qué creéis que nos ocurrirá? Si Blanca tiene el apoyo del rey de Francia, al menos tendremos a alguien a quien recurrir en el caso de que Almoravid desee ir más allá en sus afrentas. Esos puercos de la Navarrería nos la tienen jurada, malditos sean.

Los hombres dejaron ahí la conversación y mi padre y Bernar se dirigieron al taller. Magali y yo nos sentamos atropelladamente y cogimos las agujas de nuevo, disimulando. Los dos entraron y, sin detenerse, subieron las escaleras.

—¿Lo ves? —dijo Magali, cuando ya no podían oírnos—. Nada bueno puede esperarse de aquellos. Y ahora mucho menos.

Agaché la cabeza y continué cosiendo. No me gustaba que Magali hablase de un «aquellos» y de un «nosotros», aunque no dije nada.

Seguimos cosiendo durante un buen rato hasta que nos sobresaltó el sonido de las trompetas y los clarines. Dejamos el trabajo y salimos a la calle, al tiempo que mi padre y Bernar bajaban las escaleras para ver qué ocurría fuera.

—¡Mirad —dijo Bernar, señalando con el dedo—, es el gobernador!

Por la calle Zapatería bajaba una comitiva encabezada por el gobernador, montado en un hermoso corcel negro. Le seguían el alférez real y otros muchos hombres importantes del reino. Se dirigían a Portalapea.

—¡Va a salir del Burgo! —exclamó mi padre—. ¿Habrá aceptado el reto?

Bernar, mirando al gobernador, dijo:

—Creo que sí, pero será mejor que sigamos a la comitiva.

Al instante mi padre entró en el taller y nos llamó a Magali y a mí; también a Laurina.

—Vamos, venid, ¡hoy va a ser un día grande!

Nos pusimos en pie, pero cuando iba a salir del taller Laurina le dijo a Bernar:

—Alguien debería quedarse en el taller, ¿no? Anaïs no tiene por qué venir con nosotros.

Me quedé parada en el sitio. Mi padre dudó. Todo el mundo acudiría al duelo y estaba segura de que él querría que los acompañase, pero no deseaba enfrentarse de nuevo a su hermano, y menos aún ponerle en contra de Laurina.

—Sí, espera aquí, Anaïs —dijo, al fin—; no podemos dejar el taller desatendido.

Agaché la cabeza y me senté de nuevo. Magali fue a decir algo, pero Laurina la tomó rápidamente por el brazo y salieron a la calle. En aquel momento recordé cuánto echaba de menos a mi madre. Pero lo que no podía imaginar es que aquel gesto de menosprecio fuera a tener otras consecuencias.

¿Puede el silencio ser más opresivo que el estruendo de las armas? Aquel día descubrí que sí, que el silbido del aire y el retumbar de los latidos en el pecho son más terribles que el estrépito de las armas chocando o que el relincho de los caballos en el combate. Solo la determinación de estar haciendo lo correcto me daba las fuerzas necesarias para aguantar en medio de aquella explanada de Cizur, solo y bajo el sol inmisericorde. Estaba a lomos de mi cabalgadura, en un otero en el centro de la tierra campa, desde donde se podía ver al fondo la Navarrería. Por allí vendría Almoravid, y quería estar seguro de que el señor de la Cuenca me viera esperándole en cuanto saliera de la ciudad.

—Vamos, viejo zorro —masculló—. Te estoy esperando.

Me sentía nervioso, pero al tiempo pensaba que aquel era el momento que decidiría todo, para bien o para mal. Estaba cansado de luchar en tantos frentes a la vez y deseaba una solución, la que fuera. Incluso aunque me llevase a la muerte.

Pasó una hora mientras permanecía sobre mi caballo, en el centro de la campa, con mis hombres esperando alrededor. Reinaba el silencio, el sol apretaba cada vez más y notaba cómo el sudor me resbalaba por la frente. Me sentía mareado, pero permanecía quieto, a la espera. Entonces vi a Gonzalo Ibáñez de Baztán que se aproximaba hacia mí, caminando despacio.

—Gobernador —dijo, cogiendo las riendas de mi caballo—, creo que no me equivoco si os digo que don García no saldría hoy de la ciudad ni aunque le regalasen el reino de Tiro.

Sus palabras me sorprendieron y sentí el amargor en la garganta; podía esperar muchas cosas, pero no que García Almoravid tuviera la desfachatez de no acudir a un duelo que él había convocado.

—No es posible. ¿Tan cobarde lo consideráis?

—No creo que sea cuestión de cobardía o valor, señor. Lo que creo es que todo esto no ha sido más que un engaño.

—¿Un engaño? ¿Qué queréis decir? —pregunté, completamente desconcertado.

—Mucho me temo que alguien ha manipulado las palabras de Almoravid, o bien se las ha inventado para enfrentaros.

—¿Inventárselas? ¿Quién podría haber ideado algo así?

Aquello me parecía tan absurdo que me negaba a creerlo.

—En los burgos hay personas que desean llegar a las armas como sea; tienen el odio metido dentro del cuerpo y parece que no se saciarán hasta que la sangre se derrame, sea la suya, la de los otros, la de Almoravid..., o la vuestra. Por eso creo que es importante no caer en la trampa. Si me lo permitís, iré a hablar con don García, ahora mismo, y trataré de enterarme de lo que ha ocurrido aquí. Si alguien ha actuado con doblez, como sospecho, conviene arreglarlo cuanto antes, para que la mentira no termine convirtiéndose en verdad, ¿no os parece?

Permanecí en silencio, pensando en las palabras de don Gonzalo. Que alguien hubiese sido capaz de inventar algo así me parecía increíble. Estaba convencido de que la idea del duelo provenía de Almoravid; quizá en un arrebato de ira, pero suya en todo caso. Hablar de nuevo con él me parecía absurdo, pero tampoco quería impedir al alférez que lo hiciera. Don Gonzalo siempre me había sido fiel, y confiaba plenamente en su criterio. Si le impedía ir a hablar a don García, estaría comportándome como un tirano, y eso era justo lo que detestaba de Almoravid...

—Id si consideráis que eso es lo que conviene —dije al fin, con resignación—, aunque me temo que no haya tal engaño. Conozco bien a Almoravid y sé que es capaz de estas afrentas y de otras muchas; lo que nunca imaginé es que tuviera la osadía de retractarse de un desafío. Mientras tratáis de averiguar sus intenciones, yo permaneceré en Cizur, esperando. Si el duelo era real, no quiero que tenga ningún motivo para decir que me retiré.

—Está bien, pero sería preferible que os acercaseis a las tiendas de vuestros hombres. Hace mucho calor y aquí podríais sucumbir antes de que comenzase el duelo.

Asentí con la cabeza y cabalgué hasta el lugar en que se concentraban mis hombres, donde fui recibido con vítores y con el golpear de las espadas sobre los escudos. Todos me daban por vencedor en el duelo, pero yo no estaba para halagos ni lisonjas.

Ileso y con el honor a salvo, me sentía, en el fondo, derrotado.

Me dirigía al Burgo. Iba contento a pesar de los últimos hechos acaecidos en Pamplona y de las consiguientes discusiones con Andrés. Él se mostraba muy beligerante y no hacía más que hablar del momento en que por fin podríamos ajustarles las cuentas a los francos y cosas semejantes. También decía que, a pesar de sus fingidos modales, no eran más que unos depravados y unos puercos que blasfemaban y hacían sus necesidades en las calles. Aunque trataba de no seguirle la corriente cuando profería aquellas tonterías, de vez en cuando le contestaba y entonces discutíamos. Por mucho que me lo repitiese, yo no estaba de acuerdo en que tuviéramos que estar siempre a la greña; y mucho menos aún admitía las bravuconadas de García Almoravid. Una actitud así solo podía traernos desgracias.

Aquel día, sin embargo, no iba pensando en nada de eso. Andrés, a pesar de nuestros desencuentros, había hablado con el padre de Isabel, y pronto la vería de nuevo. Tenía ganas de volver a pasear con ella y hablar de lo que fuera. Por las noches, muchas veces dormía inquieto mientras la imaginaba cerca de mí, caminando de la mano o besándola. Después del primer encuentro habían seguido otros dos, y creía que Isabel sentía algo parecido por mí, aunque no sabía si era simple atracción, cariño o amor. La relación iba despacio, pues siempre nos acompañaba Jimena, pero aun así estaba feliz. Mi vida, por primera vez, no consistía solo en trabajar, y podía imaginar un futuro distinto, unido a una mujer y con una familia. Eso es lo que se esperaba de un hombre y lo que yo mismo ansiaba.

Salí al Chapitel, donde apenas había unas pocas personas y no se escuchaban las habituales voces de los comerciantes y los compradores en los puestos. En ese momento me crucé con Andrés, que caminaba deprisa en dirección a Cizur.

—¿Qué ocurre? —le pregunté—. ¿Dónde se ha metido todo el mundo?

—¡Maldita sea, Íñigo, ni que vivieras en la luna! Don García ha retado al gobernador a un duelo singular. Se acabó el tiempo de las palabras; si el gobernador quiere seguir mandando en Navarra, debe demostrar que es más fuerte que Almoravid, algo que dudo.

Aquella idea me parecía totalmente descabellada, pero no quise contrariarle de nuevo.

—¿No vienes? —me dijo—. Todos los vecinos se han concentrado allí para asistir al combate.

Negué con la cabeza.

—La casa que estoy reparando no solo tiene dañadas las viguetas, sino también la viga principal. Eso va a complicar el trabajo y lo hará más largo. No puedo quedarme a contemplar bravatas.

Tuve la impresión de que quería rebatir mis palabras, pero

no lo hizo. Refunfuñó algo y, dando media vuelta, siguió camino a Cizur. Yo continué también pero hacia el Burgo y, al llegar a Portalapea, observé, sorprendido, que solo quedaba un mínimo resquicio para acceder y que había cuatro hombres armados con espadas y escudos. Miré a lo alto y vi también a un grupo de arqueros apostados en las almenas. Me acerqué, esperando que me franquearan el paso, pero los soldados no se movieron. Aquello no me había ocurrido nunca. Tragué saliva y me dirigí a uno de ellos.

—Voy a la casa de Adrien y Bernar, los zapateros. Me esperan; estoy reparando su tejado.

El hombre me miró de arriba abajo, con manifiesto desprecio. Finalmente se volvió y cuchicheó algo con otro soldado. Hablaban en occitano y no comprendía lo que decían, pero me reconoció. El soldado se volvió de nuevo.

—No creo que encuentres hoy a nadie, pero pasa si has de trabajar.

Atravesé el paso cada vez más sorprendido por el hecho de que una fanfarronada como la de García Almoravid hubiese paralizado la vida de los burgos. Los vecinos, enfrentados por todo desde hacía meses, solo habían sido capaces de juntarse para ver una demostración de valor…, o de inconsciencia.

Al llegar a la casa me acerqué al andamio. Pensaba subir al tejado e ir reparándolo por partes, para no dejarlo todo descubierto a la vez. Me agarré con las manos y comencé a trepar, dispuesto a iniciar el trabajo, cuando escuché el sonido de una contraventana abriéndose. Miré hacia allá y, a pesar de la oscuridad del interior de la vivienda, reconocí una mirada de inmediato. No podía creerlo; ¡aquella era la joven del mercado! El pie se me fue del travesaño y a punto estuve de caer al suelo desde una considerable altura. «No es posible —pensé—. ¿Cómo puede ser que no la haya visto antes?» Ella me sonrió.

—Me alegro de que estés trabajando aquí, Íñigo —me dijo.

¡Sabía quién era yo! Me acerqué un poco más y, cuando iba a hablar, ella se adelantó y me besó. Fue apenas un instante, pero noté el calor de sus labios sobre los míos como una brasa ardiendo. Quise decirle algo, pero entonces se retiró y cerró la ventana, dejándome agarrado a los maderos y sin respiración.

El guardián de la puerta había errado en su pronóstico. No solo había encontrado a alguien en el burgo de San Cernin, sino que había hallado a la persona a la que más deseaba ver.

Sonreí mientras pensaba que a partir de ahora podría estar cerca de ella cada día.

Luego pensé en Isabel y la sonrisa se me borró.

A mi ventana llegaban ruidos y voces y sabía muy bien de dónde procedían. Varios de los miembros del concejo de la Navarrería habían pasado antes por mi casa para indicarme que Monteagudo se encontraba ya en Cizur y que me esperaba montado a caballo, con el yelmo echado y la espada lista. ¡Pobre iluso! La verdad es que todavía hoy me sorprende que aceptase el reto. Quizá lo subestimé, quién sabe, pero su actitud había sido siempre tan pusilánime que nunca imaginé que fuera a aceptar un duelo a muerte. Yo lo había propuesto en un arrebato de ira, pero parecía claro que aquello no convenía a nadie, al menos no a mí y supongo que a él tampoco. ¿Qué esperaba? Él era un ricohombre, como yo, y no había peleado cuerpo a cuerpo hacía años. Su labor, naturalmente, era enviar a otros a la lucha. Lo normal, en su caso, hubiese sido rechazar mi oferta y tacharla de insensata. Yo hubiese respondido airado y él hubiese seguido en el Burgo. Y luego, con más calma, habríamos resuelto nuestras diferencias con el único acuerdo que podíamos alcanzar. Don Pedro debía entender que su estrategia había fracasado y que era necesario tomar otro camino, el mío, pues era el mejor, u otro; pero, al menos, algo diferente.

Mientras pensaba en aquello, asomado a la ventana de mi casa en la Navarrería, vi aparecer a un hombre a caballo. Al principio no lo reconocí, pero rápidamente me di cuenta de que se trataba de Gonzalo Ibáñez de Baztán. Aunque discrepaba acerca de muchos asuntos con él, lo consideraba un verdadero noble, un servidor de Navarra, al igual que yo, y descendiente de una familia fiel a la casa real desde tiempos de Sancho el Sabio.

Ahora, sin embargo, no lo tenía de mi lado. Hasta el momento se había mostrado leal al gobernador y a la reina regente, incluso tras la vergonzosa salida del reino de esta. Aun así, mis hombres me habían confiado que su postura no era tan férrea como pudiera dar a entender. En privado había criticado en ocasiones la obcecación del gobernador y su empeño en resolver él solo las negociaciones con Aragón. En particular le había molestado que confiase más en el obispo que en los nobles. Enrique, antes de morir, había dejado claro que los tres debíamos ser las cabezas del reino; pero Monteagudo, cegada su vanidad por la preferencia de la reina regente, nos había dejado de lado. Aquello yo no se lo perdonaba, pero sabía que la posición de don Gonzalo tampoco era cómoda. Él, como alférez del estandarte leal, era el llamado de forma natural a ser gobernador. Quizá solo hacía falta un poco de presión para despertar el resentimiento.

Detuvo su caballo junto a mi casa y miró hacia arriba.

—¿Qué se os ofrece, alférez? —pregunté, asomándome un poco más.

—¡Hablar, solo hablar! —dijo, y le dejó la espada a uno de los que guardaba la puerta.

Asentí e indiqué al guardia que se encontraba en la calle que le franquease la entrada. Escuché sus pasos en las escaleras mientras subía.

—Alférez —dije, nada más verle—, no era necesario que dejarais vuestra espada fuera de mi casa. Confío en vos.

—No acostumbro a luchar con mis iguales —dijo, con gesto serio— y, por tanto, llevarla encima solo me supondría un ejercicio innecesario, ¿no os parece?

—Sí, por supuesto. Tan innecesario como el que ahora mismo soporta el gobernador, por lo que me han dicho. ¿Sigue allí? Creo que el sol aprieta...

—Don García —dijo, sin seguir mi broma—, habéis actuado de forma poco juiciosa retando al gobernador a un duelo a muerte. ¿Qué esperabais con esta afrenta?

—Lo que no esperaba es que recogiese el guante, la verdad —dije—. Puede que yo actuase sin juicio, pero él tampoco demostró mucho al aceptar mi desafío.

—Por tanto, ¿puedo entender que no vais a acudir a Cizur?

—¿A Cizur? ¿Estáis loco? ¡Por supuesto que no! Eso sería muy estúpido por mi parte. Solo lo hice para demostrarle que no podía venir a Pamplona como si nada y retar mi poder.

—Pamplona es la capital del reino. El gobernador vendrá cuando tenga que hacerlo y vos no podéis impedírselo.

—Puede ser…, pero por eso mismo el gobernador no tendría que haber reaccionado así a mi bravata. Si iba a venir de todos modos, ¿qué necesidad había de mostrarse tan orgulloso? Hasta ahora ha hecho lo que le ha venido en gana, pero no podemos consentir que eso se perpetúe. Es el gobernador porque la reina regente lo quiso, pero no puede tratarnos como a sus lacayos. Somos ricoshombres, como él; no más, pero tampoco menos.

Negó con la cabeza. Supongo que no me entendía. Se acercó a la mesa y, tomando una copa, se sirvió vino. Lo bebió de un trago, ante mi atenta mirada. Algo se agitaba en su interior, algo que quería decir pero que no sabía cómo expresar; tuve la intuición de que en el fondo no estaba tan lejos de mi parecer.

—Quizá no lo creáis —dijo entonces, mirándome a los ojos—, pero este no es un momento de enfrentamientos, sino de negociaciones.

Aquello empezaba a gustarme.

—Hablad claro. ¿A qué negociaciones os referís?

—La situación es convulsa, y durante los últimos meses vos no habéis hecho mucho para aliviar la tensión, sino todo lo contrario.

Iba a contestarle como era debido, pero el alférez me cortó con un ademán.

—No, no…, no he venido a buscar culpables. Vos habéis

actuado mal, y no me haréis cambiar de opinión sobre eso; pero el gobernador tampoco ha hecho lo debido.

Tuve que hacer un verdadero esfuerzo para no dejar traslucir mi satisfacción.

—Su apuesta por Aragón era correcta —continuó—, pero su empeño en que saliera a toda costa, incluso en contra de lo que la reina Blanca opinaba, nos ha conducido a la situación en la que ahora nos encontramos. No solo vos, otros ricoshombres y también muchas villas del reino comienzan a hablar en contra del gobernador. Las Cortes se han mostrado casi unánimes hasta ahora, pero una cosa es lo que se decide y otra lo que se habla en los corredores o a la sombra de las columnas. El descontento está creciendo y todo cambiará dentro de poco, de eso estoy seguro. Si queremos que nuestro reino siga siendo fuerte y respetado, no hay más camino que la unión entre todos nosotros, y eso solo lo conseguiremos hablando y entendiéndonos, no retándonos a duelos estériles.

Asentí con la cabeza.

—Proseguid...

—Lo que conviene no es que gobierne solo Monteagudo, ni tampoco que lo hagáis solo vos. Creedme cuando os digo que aborreceríais enseguida el cargo de gobernador, pues acarrea más sinsabores que recompensas. Pero el caso es que vos le habéis retado y él por nada se retirará de Cizur hasta que acudáis.

—Vaya..., nunca pensé que fuera tan obstinado. Pues entonces tendremos que pensar en algo, ¿no?

—Lo justo sería que os retractaseis, ¿no os parece?

—¿Retractarme? Por supuesto que no. ¿En qué posición me dejaría eso? Todo el mundo creería que soy un cobarde.

—Mejor cobarde que muerto —respondió—. De todos modos, no temáis; os libraré de esa vergüenza. Culparemos al portador del mensaje. Es el único medio que se me ocurre.

—¿Os creerá? —pregunté.

—Yo debo convencerle, y no será fácil, pero vos debéis persuadir a los que os apoyan, y eso no sé cómo lo conseguiréis.

Habéis apostado muy alto y ahora tenéis que esconder el rabo entre las piernas.

Le di la espalda y miré por la ventana. Abajo, en la calle, cada vez había más vecinos conversando entre sí. ¿Estarían hablando de mí? Quizá. Tendría que idear una buena excusa para salvaguardar mi buen nombre. Entonces se me ocurrió una solución.

—Está bien —dije, sin volverme—. Id y hablad con el gobernador. Decidle que en ningún momento quise un enfrentamiento directo, que es bienvenido en Pamplona y que arreglaremos las cosas hablando, como procede entre nobles. Que todo fue un malentendido y que el mensajero recibirá su castigo. Calmadlo, que ya me ocuparé yo de apaciguar a los míos.

La tela que cubría la entrada a mi tienda se abrió y accedió don Gonzalo. Su gesto era serio. Me puse en pie de inmediato y ordené salir a los hombres que me acompañaban. Esperé a que todos se hubieran marchado para hablar.

—¿Qué noticias traéis? —pregunté, mirándole a los ojos; pero él rehuyó la mirada, y aquello no me gustó.

—No me equivocaba, gobernador —comenzó—. Todo fue un engaño. El hombre que os trajo el mensaje de Almoravid no fue enviado por él, sino por algún ricohombre de la Navarrería que quería enfrentaros. Don García lamenta mucho este malentendido y está tan ofendido como vos. Me ha hecho saber que, a pesar de las diferencias que mantenéis, nunca os retaría a tamaña insensatez. Podéis estar seguro de que quienes han maquinado esta añagaza serán convenientemente castigados.

Agaché la cabeza y apreté los puños. Sus palabras me habían desconcertado. Sabía que aquello era una mentira, no me cabía la menor duda, pero no podía descubrir si esta había sido pergeñada por García Almoravid, por el mensajero o por don Gonzalo. Había esperado el combate y ahora me sentía humillado. De nuevo Almoravid se salía con la suya, lanzaba la piedra y escondía la mano para que otros cargasen con la culpa.

—Don Pedro —dijo don Gonzalo volviéndose hacia mí—, hay veces en que es necesario confiar en lo que nos dicen, aunque nos resulte increíble. Si hurgamos mucho en este asunto, corremos el riesgo de encontrar la verdad, y quizá esta no nos guste. Si don García cae con estrépito, el norte de Navarra quedará sin gobierno y, en vez de resolver un problema, habremos creado otro. Sé que es doloroso, pero vuestro camino y el de Almoravid han de encontrarse en algún momento.

Negué con la cabeza.

—Yo busco el bien de Navarra y él, el suyo. Nunca nos encontraremos.

La sangre me hervía. No solo no podía castigar a García Almoravid, sino que encima tenía que dar por buena su desfachatez. Apreté los puños antes de contestar:

—Puedo coincidir con vos en que no procede llevar esto más lejos, pero no estoy dispuesto a que este desafío no le pase factura. Ha ido demasiado lejos. Me retiraré de Cizur y no tomaré más acciones, pero haré correr la voz de que Almoravid se acobardó y no acudió a la cita. Que él haga como quiera y se explique como le parezca, pero he de salir de aquí como vencedor.

Don Gonzalo permaneció en silencio, mientras yo me sentaba en una silla, agotado.

—Puedo engañarme pensando que las personas cambian —proseguí—, pero no es verdad. Será mañana, pasado o dentro de dos meses, pero volverá a la carga. Desea el mando por encima de todo, lo ansía desde que me nombraron a mí y no a él, y no parará hasta conseguirlo.

Se acercó y me puso la mano en el hombro.

—Sois un hombre justo y recto. Y sé que siempre anteponéis los intereses de Navarra a los vuestros. Entiendo que estéis cansado, pero es necesario que sigamos luchando para mantener el orden.

Asentí sin mucho convencimiento.

—¿Qué haréis ahora? —preguntó—. ¿Seguiréis en Pamplona?

Levanté la vista.

—Lo haré durante un tiempo. Puede que García Almoravid no cumpla sus promesas, pero yo sí. Cada día que permanezca aquí será una muestra de su cobardía, y ese es un placer del que no pienso privarme.

—¿Y con el enfrentamiento entre los burgos?

Bajé la cabeza, apesadumbrado. Ingenuamente, había considerado que la situación con García Almoravid podría reconducirse y que lograría la concordia entre los burgos, pero ahora no sabía cómo hacerlo. Si no permitía a los francos defenderse, estaría dando por buena la provocación de García Almoravid. Pero si se lo permitía, sabía bien que llegarían hasta donde fuera necesario por proteger sus privilegios. ¿Ser justo o ser prudente? Ninguna de las dos opciones me satisfacía por completo, pero alguna debía adoptar. Al final, lo reconozco, el orgullo pudo más que la mesura.

—Si no puedo apaciguar, ni castigar, solo me queda igualar a los contendientes. Por tanto, permitiré a los francos levantar algarradas, muros y todo aquello que consideren adecuado para defenderse. Los han amenazado con un puñal; ahora soy yo el que les dará una espada. No es lo que deseo, bien lo sabe Dios, pero es lo único que puedo hacer. Solo espero que entiendan una cosa: cuando se desenvaina la espada las consecuencias pueden ser atroces.

Don Gonzalo asintió, sin mucha convicción.

—Supongo que con esa decisión hacéis justicia.

Pero yo sabía que no era cierto.

—Justicia…, ¿de qué sirve la justicia si no se acompaña de la sensatez?

Cerré los ojos y me recosté sobre la silla. A mi mente acudieron los ojos de mi mujer y la risa de mi hijo.

«Qué lejos están», pensé.

# 10

Entré con paso firme en la sala donde se reunían los jurados de la Navarrería y varios ricoshombres. Estaba inquieto, pero trataba de evitar que los demás se dieran cuenta. Los comentarios no habían cesado desde el amago de duelo y muchos recriminaban mi actitud. Si quería recuperar la confianza de los vecinos de la Navarrería, tenía que mostrarme de nuevo como el líder que necesitaban.

Avancé hasta sentarme en una silla a la cabecera de la gran mesa que ocupaba el centro de la estancia. Todos estaban expectantes y en silencio; la mayoría de ellos tenían la cabeza gacha, pero otros me miraban fijamente, algunos incluso con desdén. Me daban ganas de levantarme y borrarles de un espadazo aquel gesto de superioridad. Inspiré hondo antes de tomar la palabra. No pensaba darles ni un resquicio al que agarrarse.

—Señores, sé lo que muchos piensan de mí en este momento; el gobernador se encargó de que el bulo corriese rápidamente por toda Pamplona.

—¿El bulo? —preguntó Pascual Beltza, extrañado.

—Sí, el bulo. Todo lo referente al duelo fue una mentira malintencionada que alguien se ocupó de lanzar para enfrentarme con el gobernador. Yo quise que aquel desatino no continuase, por supuesto, pero el gobernador aprovechó la situación para reivindicar su papel al frente de Navarra. Sabéis como yo que es una persona débil y que nos ha conducido a la situación en la que ahora nos encontramos. Por eso necesitaba una confusión como la que se produjo para mostrarse ante sus seguidores como lo que no es. No importa; sus embustes no han de preocuparnos.

Sancho de los Arcos se revolvió en su asiento.

—¿Decís que no han de preocuparnos? Os llamamos a la Navarrería para que nuestra ciudad no hubiera de humillarse más ante nuestros vecinos. Pero, en vez de eso, los de allá se rieron en nuestra cara. Cada vez que aparecemos por el Chapitel, nos miran con desprecio y se befan… Somos el hazmerreír del reino, ¿cómo no hemos de preocuparnos por eso?

No estaba dispuesto a que aquello se me fuera de las manos.

—Os repito —dije, con aplomo— que se trató de un engaño, una miserable trampa de alguien en quien confiaba. No niego que cuando me dijeron que el gobernador estaba en San Cernin me invadió la ira, pero el reto a muerte no fue sino una invención. Jamás se me ocurriría algo así y, de haberlo pensado siquiera, antes lo hubiese consultado con el concejo. Yo respeto a la Navarrería.

Un murmullo de aprobación se extendió por la sala. Aún así, todavía había voces discrepantes.

—Señor —insistió Sancho de los Arcos—, decís que fuisteis traicionado, pero no hemos visto que hayáis tomado venganza. Eso no es lo que se espera de alguien como vos. Si no nos mostráis al culpable de todo este asunto, ¿cómo hemos de creeros? ¿Cómo han de creer en Navarra nada de lo que decís o de lo que en adelante diréis?

Algunos aplaudieron las palabras de Sancho, mientras otros se levantaban y le recriminaban su actitud. Los ánimos estaban muy crispados y dos hombres discutían acaloradamente en una esquina; estaban a punto de llegar a las manos. Entonces, me puse en pie y di un puñetazo en la mesa.

—Tenéis razón —dije, imponiendo mi voz sobre el rumor de fondo generalizado—. Aún no he tomado venganza, pero hoy ha llegado el día.

A mi gesto uno de los soldados salió de la sala. Todos guardaban silencio y los que más habían discutido se miraban ahora sin saber qué esperar. El soldado volvió con el mensajero al que había enviado para comunicarle al gobernador mi desafío. Era el único que sabía algo que pudiera perjudicarme y, por tanto, no podía permitirme que hablara. Tenía las manos atadas a la espalda y una mordaza en la boca. El soldado lo condujo ante mí.

—Mi labor es hacer justicia —dije—; y la haré. Esto es lo que les ocurre a los que se atreven a hablar en mi nombre.

El soldado le soltó la mordaza al pobre desgraciado y, mientras este trataba de hablar y de proclamar su inocencia, le cogió de la lengua y se la extrajo, al tiempo que le echaba la cabeza hacia atrás con el otro brazo. Me acerqué y, sacando la daga del cinturón, le corté la lengua y la arrojé al suelo. El desdichado comenzó a sangrar mientras chillaba desesperado.

—¡Al que miente se le corta la lengua! —grité con las manos manchadas con la sangre de aquel infeliz—. ¡Y el que me traiciona no vuelve a ver la luz del sol!

Me puse detrás de él y le rebané el cuello con un corte rápido. Mientras la sangre salía a borbotones, el mensajero se retorció en un estertor y cayó muerto al suelo.

Sancho de los Arcos se sentó, atemorizado. Seguramente había dicho en alto lo que muchos pensaban, pero ahora se arrepentía. Eso era justo lo que necesitaba.

—¿Es esta la venganza que esperabais? —exclamé mirando a unos y a otros, pero sobre todo a él—. ¿Os dais cuenta de lo que supone engañarme?

Varios hombres alzaron la voz para aclamarme, seguidos por otros muchos, mientras el soldado retiraba el cadáver de la sala, dejando un reguero de sangre a su paso.

—¡Quien me ofende —grité— también ofende a la Navarrería, y eso no estoy dispuesto a consentirlo! Escuchadme bien cuando os digo que haré pagar al gobernador por sus afrentas y por sus desprecios. Y no descansaré hasta ver dolientes y angustiados a él y a todos sus hombres.

Los brazos se alzaron mientras yo, de pie y con las manos cubiertas de sangre, sonreía satisfecho. Alrededor de la mesa ya no vi a nadie que dudara de mí.

# 11

Nos habíamos visto de nuevo, por fin. Yo lo oí en la calle, mientras trepaba por el andamio. Aprovechando que estaba sola, gracias a Laurina, no pude reprimirme, abrí la ventana y le di un beso. ¿Hice bien? Todavía hoy no lo sé. Si solo pensase en mí, nada me hace dudar de que hice lo correcto. Sin embargo, el dolor que aquella imprudencia acarreó nunca dejará de atormentar mi conciencia. «Entonces no podía saberlo», me repito, pero esa excusa es un consuelo momentáneo, que no tarda en alejarse de mí como hace la niebla al salir el sol. Aunque en aquellos días el cielo parecía encapotarse cada vez más.

Pocos días después de nuestro primer beso, mientras de fondo se oían los martillazos de Íñigo en el tejado, Bernar regresó de la reunión del concejo con el gesto serio y todos nos sentamos a comer.

—¿Se ha decidido algo en la reunión? —preguntó mi padre, mientras yo servía la comida.

—Sí. Hemos recibido el permiso del gobernador para reforzar nuestras defensas y disponer las máquinas de guerra en dirección a la Navarrería. No nos quedaremos de brazos cruzados mientras nuestros derechos se ven pisoteados por aquellos cerdos.

—Espero, por el bien de todos, que esas defensas no sean necesarias...

—Yo también lo espero, Adrien, pero las circunstancias son

las que son. Si ven que somos fuertes, tendrán buen cuidado de no continuar con sus amenazas. Uno se lanza con más valentía hacia un perro que hacia un lobo.

—Así lo espero.

Al acabar la comida, Magali y yo regresamos al taller. La conversación de los hombres nos había preocupado; en los últimos meses era lo único de lo que se hablaba en Pamplona.

—Magali —dije, susurrando—, una vez me dijiste que entre los burgos de Pamplona se había producido una guerra.

—Sí, y recuerdo que te dije que de aquello era mejor no hablar —respondió, y siguió cosiendo.

Yo permanecí en silencio y ella se dio cuenta de que estaba disgustada.

—No te enfades...

—No me enfado —respondí, enfadada—. Pero es que no me gusta que me trates como a una niña. No lo soy.

—Ya lo sé. Si no te lo cuento es porque temo que nunca más puedas olvidarlo, como me ocurre a mí.

—Muy bien; haz como prefieras —dije, sin mirarla.

Magali suspiró y dejó la aguja sobre la mesa.

—Está bien —aceptó—. Escucha. Mi madre me contó que muchos años atrás, antes incluso de que ella naciera, los conflictos entre los burgos eran continuos. Como te puedes imaginar, a los nacidos en Pamplona no les gustaba mucho que los reyes de Navarra otorgasen privilegios a los franceses. Las rencillas y peleas se fueron enconando y muchas veces terminaban en enfrentamientos abiertos o en denuncias ante los tribunales del rey.

Yo ya sabía todo eso, quizá no en todos sus detalles, pero sí lo suficiente para hacerme una idea, y por eso la interrumpí.

—Que los burgos tienen rencillas ya lo sé. Pero ¿cuál fue el enfrentamiento que no me queréis contar? ¿Fue algo entre la Navarrería y San Cernin?

Negó con la cabeza.

—No. Por extraño que parezca, el peor conflicto estalló entre el burgo de San Cernin y la población de San Nicolás, hace ya más de cincuenta años. Según parece, los de San Nicolás habían levantado unas casas más alto de lo permitido por encima de la muralla y los jurados de nuestro barrio lo consideraron una amenaza intolerable. Elevaron una queja al rey y este les dio la razón, pero los de San Nicolás se negaron a derribar las casas y comenzó la lucha. Nuestros hombres, enfurecidos, salieron del Burgo, penetraron a la fuerza en la Población y derribaron la puerta de la muralla. A los de San Nicolás les cogió por sorpresa y fueron a refugiarse en la iglesia. Cerraron tras de sí, seguros de que nada podría ocurrirles en su interior.

Hizo un alto y me miró a los ojos.

—Y ¿qué ocurrió? —pregunté, temerosa de que la respuesta fuese la que comenzaba a imaginarme.

—Pues ocurrió que los nuestros le prendieron fuego al templo con todos dentro.

Ahogué un grito de horror.

—¡No puede ser!

—Había niños y mujeres, y muchos murieron allí abrasados o asfixiados antes de que pudieran salir...

—¡Dios mío! Nunca había oído nada tan horrible. ¿Cómo pudieron hacer algo así? Eran..., eran nuestros vecinos...

Magali tomó mi mano temblorosa.

—No lo sé. Quizá los nuestros no quisieran matarlos, sino solo asustarlos u obligarlos a salir. Pero cuando se actúa movido por el odio o la excitación basta con que uno lance una piedra para que los demás lo apoyen. En aquella ocasión, fue tal el dolor que prendió en los corazones de todos, tanto víctimas como agresores, que fue necesario llegar a una concordia general para curar las heridas. Por ese motivo un nuevo conflicto solo nos traería más desgracias.

—No lo quiera Dios.

—Eso espero.

Volvimos al trabajo, pero ni por un instante pude quitarme de la cabeza la imagen de la iglesia de San Nicolás ardiendo y los vecinos envueltos en llamas y tratando de escapar. ¿Cómo podía haber ocurrido aquello? ¿Qué serían capaces de hacer si se producía una guerra con la Navarrería? Pensé en Íñigo y el corazón me dio un vuelco.

Magali debió de reparar en mi desazón y, dejando la labor, me tomó de nuevo la mano.

—No te preocupes; los hombres hablan mucho, casi siempre demasiado, pero hay un camino muy largo de las palabras a los hechos. Puedes estar tranquila; nada de lo que te he contado ocurrirá de nuevo. De los errores se aprende, ¿no? Pues eso mismo harán los hombres; nadie repetirá las equivocaciones del pasado.

Sonreí y reanudé mi tarea. Confiaba en Magali y creía que tenía razón cuando decía que nadie cometería de nuevo unos actos tan horrendos. Sus palabras me convencieron de que había que seguir siempre el camino del amor, no el del odio.

Y no pensaba esperar más.

Al día siguiente, mientras sacudía unos cueros en la puerta de nuestra casa, miré alrededor y escuché con atención. Arriba, en la cocina, estaba Laurina, preparando la comida; Bernar y mi padre habían salido y seguramente no volverían hasta pasado un buen rato; y Magali se encontraba en el interior del taller haciendo ojales con la lezna en unas botas. Quizá le quedase más de una hora. Era el momento que había estado esperando. Cerré la puerta, tratando de no hacer mucho ruido, y salí a la calle, nerviosa pero decidida.

Caminé unos pasos hasta situarme debajo del andamio. El cuerpo me temblaba. Miré a lo alto y vi a Íñigo; acababa de quitar una vigueta podrida y la estaba bajando a la calle. Hacía mucho calor y tenía los cordones de la camisa casi por completo desanudados. Esperé en silencio hasta que él se dio cuenta de mi presencia.

—Hola —dije. Notaba los latidos en el pecho y me sudaban las manos.

Íñigo apoyó la vigueta en el primer piso del andamio y descendió con rapidez por el entramado de maderas hasta llegar al suelo. Se secó el sudor de la frente.

—Hola... —dijo con timidez—, es extraño, pero... aún no conozco tu nombre.

—Me llamo Anaïs.

Él sonrió.

—Supongo que últimamente no os dejo dormir mucho —dijo—. Con tanto martillazo...

—No pasa nada; siempre madrugamos para comenzar el trabajo en cuanto hay un poco de luz en el taller.

—¿Tu hermana y tú? —preguntó.

—No, no es mi hermana. Magali y yo..., en fin, mi padre y Bernar son hermanos, pero ella no es hija de Bernar, es su hijastra. Así que nosotras no somos hermanas, aunque estamos tan unidas como si lo fuéramos.

—Vaya, pues cuando os vi en el Chapitel pensé que lo erais.

Recordé aquel día y me estremecí.

—Sí, mucha gente lo cree.

Me quedé sin palabras, tratando de encontrar el modo de seguir con la conversación o de acabarla de alguna manera que no fuera con aquel incómodo silencio.

—Bueno —dije al fin, sonrojada y bajando de nuevo la mirada—, tengo que trabajar. Hasta luego.

—Hasta luego —respondió él, mientras me alejaba. Pero cuando estaba a punto de regresar al taller me dijo—: Me acuerdo mucho de aquel momento..., en el mercado... No se me olvida. Ni tampoco cuando el otro día...

Me volví despacio y sonreí.

—Yo tampoco lo he olvidado.

Comprendía las consecuencias que mis actos podrían acarrear y también que la oposición de mi padre y mis tíos sería terrible, pero estaba decidida a seguir mi camino. Entre todas las personas que vivían en Pamplona solo él me había hecho sentir única. Entonces ¿por qué tenía que permitir que otros decidieran a quién debía amar?

Al cabo de un rato escuché a mi padre y a Bernar, que regresaban del mercado. Se quedaron en el umbral, sin entrar en el taller. Íñigo trabajaba en lo alto del tejado.

—¿Qué te ocurre, hermano? —escuché que decía mi padre—, hemos comprado el cuero casi a la mitad de precio que en la última ocasión. Deberías sonreír, no llevar esa cara de circunstancias.

—La compra me parece bien —dijo Bernar—, pero últimamente hay cosas que me preocupan bastante más que el precio del cuero.

—¿Te refieres al conflicto entre el gobernador y Almoravid?

—Tal como lo planteas, parece que no nos afectara. Me refiero al conflicto entre nuestros burgos y la Navarrería. Ayer, aprovechando la oscuridad de la noche, Almoravid y sus hombres fueron al monte donde teníamos la madera preparada para construir las algarradas y lo destrozaron todo; prendieron fuego a la madera y robaron las herramientas. Están empeñados en provocarnos. Créeme cuando te digo que un simple paso mal dado nos llevará a la guerra.

—Entonces —dijo mi padre— hay que evitar dar un mal paso…, y en eso debemos empeñarnos todos.

Bernar se tomó un momento antes de contestar.

—A veces —dijo al fin—, para no dar un mal paso lo mejor es no tener la opción de darlo.

—¿Qué quieres decir? Habla claro, no te entiendo.

—Escúchame bien; quiero que el carpintero de la Navarrería deje de trabajar en casa. Tal y como están las cosas, no es prudente. He reflexionado mucho y esa es mi decisión.

Me levanté de la silla y me acerqué un poco más a la puerta, desde donde podía ver a ambos sin que ellos adivinaran mi presencia. Mi padre parecía muy serio, con la cabeza gacha. Lo conocía bien para saber que se encontraba dolido en su orgullo. Cuando su hermano se empecinaba en algo, rara vez conseguía convencerlo de lo contrario y eso hacía que se sintiera inferior.

—Es solo un carpintero —dijo, tratando de mostrarse calmado—. Le pedimos que viniera a trabajar y lo hizo. ¿Qué temes de él?

—De él no temo nada, pero de los de la Navarrería no me fío. Están decididos a llevar esto a las últimas consecuencias, y en el concejo algunos ya han empezado a murmurar...

—¿A murmurar?

—Sí, han insinuado que no les gusta que esté en nuestra casa y que pueda estar informando a Almoravid o a los suyos de las obras que estamos haciendo en la muralla. Y en el gremio de carpinteros se preguntan también por qué tenemos que tenerlo trabajando con nosotros cuando hay buenos artesanos aquí.

Mi padre sacudió la cabeza.

—Lo tenemos a él porque nadie de aquí quiso empezar la obra; ¡por ninguna otra razón!

—Sí, pero ahora las cosas han cambiado —dijo Bernar, con tono irritado—. La situación se está poniendo muy fea y no quiero que nadie tenga nada que decir. Siempre me han respetado y quiero que siga siendo así. Además, he hablado con algunos del concejo y creo que quieren proponerme para ocupar uno de los puestos de jurado este año... Pero para ello debo dar ejemplo, no pábulo a las habladurías. ¿Sabes lo que me ha costado llegar hasta aquí? Prefiero tener goteras en el tejado que sufrir las miradas despectivas de mis vecinos.

—Pero ¿qué importancia tiene? Es solo un carpintero. Que haga su trabajo y luego se vaya. ¿Qué mal puede hacernos?

En el tono de mi padre había algo de súplica. Supongo que el hecho de que Íñigo siguiera o no era ya lo de menos para él. Lo que quería era que su hermano lo escuchase, al menos por una vez; pero Bernar no estaba dispuesto a doblegarse.

—¡Íñigo se va! —gritó mi tío, airado—. O se lo dices tú, o lo hago yo; tú eliges, y no pienso discutir más.

Mi padre se quedó parado, sin mover ni un músculo. Yo lo miraba desde el interior del taller y sentía una profunda pena por él. Había salido hacía años de Cahors buscando una vida mejor y, ahora, arrastraba una más desahogada, aunque no más libre. Además, yo no quería que me alejasen de Íñigo, no podía imaginar no tenerlo a mi lado. En aquel momento pensé que lo hacía sobre todo por él, pero ahora sé cuál fue el motivo que más pesó en mi decisión. Avancé un paso saliendo de la sombra que me ocultaba.

—Padre, quizá sea ya el momento de que nos vayamos.

Se volvió y me miró sin decir palabra. A pesar de su silencio, supe de inmediato que me había entendido, pues él ya me había confesado tiempo atrás sus intenciones. Mi tío, en cambio, se mostró sorprendido.

—¿Qué quieres decir? —preguntó, aturdido—. ¿Iros? Pero ¿adónde?

—Bernar... —intervino entonces mi padre—, hace ya muchos años que Anaïs y yo llegamos a San Cernin y Laurina y tú nos acogisteis con amabilidad, pero todo tiene su tiempo. Aunque la casa es grande, yo sé que Laurina y tú querríais poder disponer de vuestro espacio sin tener que compartirlo con nosotros. Creo que es el momento de que tengamos nuestra propia casa.

Mi tío estaba desconcertado.

—Adrien, el taller nos va bien, todo el mundo nos conoce y nos aprecia y sabes que siempre he sido justo contigo en el reparto de las ganancias. ¿Por qué buscas una razón para discutir?

Mi padre lo miró fijamente a los ojos.

—No busco razones para discutir. Te agradezco todo lo que tú y tu mujer habéis hecho por nosotros, pero esto no podía durar eternamente. Anaïs y yo necesitamos una casa. Es lo mejor. Tengo dinero ahorrado y estoy decidido a comprar una vivienda de las que están en ruinas en la calle de la Cuchillería. Montaré mi propio taller y no habrá más discusiones ni discordias.

—No te entiendo; vamos a separarnos por un carpintero de la Navarrería...

En ese momento llegaron Laurina y Magali. Mi tía parecía serena, incluso satisfecha, pero Magali no podía ocultar su tristeza.

—El motivo no es Íñigo. Un hombre necesita su hogar. Sin mi propia casa nunca seré un verdadero vecino. Tú vas a ser jurado, Dios lo quiera así, y yo todavía no puedo ni dar mi opinión en el concejo. Arreglaré la casa y Anaïs y yo nos trasladaremos allí. Y pienso llamar a Íñigo para que la arregle. Me importa muy poco lo que diga el concejo; no pienso colaborar con esta sinrazón.

Bernar quiso decir algo más, pero supongo que no encontró las palabras.

—Está bien —dijo al fin, con gesto enojado—. Veo que ya lo tenías decidido. Espero por el bien de todos que estés haciendo lo correcto.

—Creo que así es, hermano.

Mi padre se adelantó y los dos se abrazaron. Mi tío todavía estaba estupefacto, pero la expresión de mi padre denotaba, sobre todo, alivio. Era como si se hubiese sacudido por fin un yugo que llevaba demasiado tiempo sobre los hombros.

—Pediré al concejo que me deje abrir mi propio taller —dijo mi padre, mientras dejaba las piezas de cuero en la entrada—. Ya llevo muchos años aquí y creo que nadie tendrá dudas sobre mi experiencia y mi capacidad. En todo caso, espero que me apoyes para que pueda conseguirlo.

Mi tío lo miró con gesto serio.

—¿Cómo puedes dudarlo? Somos una familia y por supuesto que haré todo lo que pueda para que abras tu propio taller. Yo vine sin nada y conseguí una nueva vida aquí; Anaïs y tú también lo merecéis. Pero sigo pensando que estás equivocado.

Los dos se quedaron frente a frente, sin saber qué más decirse, al tiempo que Íñigo bajaba del andamio.

—¿Ocurre algo? —preguntó, al verlos tan serios.

—En realidad, sí —dijo mi padre—. Mi hermano contratará a otro carpintero para terminar el tejado, pero yo te necesito para arreglar una casa aquí cerca.

—No te preocupes —dijo Bernar, sin mirarlo—, cobrarás el trabajo hecho.

—Mañana iremos a ver la casa que hay que reparar —dijo mi padre—, para que valores el tiempo que puede llevarte. Me gustaría que pudiera estar lista este mismo año.

Íñigo se quedó pensando en la oferta.

—¿Estás de acuerdo? —preguntó mi padre, sacándole de sus pensamientos.

—Sí, claro, señor. Estoy de acuerdo.

—Quizá no puedas empezar de inmediato, antes tengo que ajustar el precio de la compra con el propietario. Pero podrías ir trabajando en tu taller, ¿verdad?

—Sí, señor. Después de ver la casa podremos saber el trabajo que va a suponer la reparación. Y yo podría ir adelantando tarea en casa mientras tanto.

—Así haremos, entonces —dijo mi padre.

Íñigo se dispuso a marcharse, pero antes de hacerlo me miró un instante y Magali se dio cuenta de inmediato.

—¿Estás segura de lo que estás haciendo? —me preguntó al oído—, ¿es él tan importante para que hagas todo esto?

—Magali, por favor...

# 12

Salí a caminar por las tierras que bordeaban mi casa de Cascante. Necesitaba respirar. Todas las tardes, después de despachar los asuntos que me llegaban del reino, aprovechaba para dar un paseo y despejar la cabeza. Regresar a casa junto a mi familia me había dado fuerzas en el peor momento, pero las noticias que me llegaban no eran nada halagüeñas. García Almoravid, en Pamplona, se declaraba en abierta rebeldía. Como imaginaba, no había tenido suficiente con la derrota sufrida en Cizur. Todavía hoy, después de todo lo ocurrido, me maldigo por no haber sido más resuelto en aquel momento, por no haberlo aplastado como la cucaracha que era después de aquel duelo del que se retiró miserablemente.

La situación en otras partes del reino tampoco mejoraba, sino todo lo contrario. Algunas villas, cansadas de los enfrentamientos, tomaban las decisiones por su cuenta. Y muchos nobles se dedicaban a realizar actos de vandalismo, robaban a los peregrinos y a los comerciantes o imponían tasas ilegales o abusivas por el paso por puentes o aldeas. Para evitarlo había desplegado a mis hombres más fieles por las principales villas, pero ni tan siquiera así había conseguido imponer mi autoridad. Aún contaba con el apoyo del leal Gonzalo Ibáñez de Baztán, pero sabía que no era suficiente y dudaba sobre mi próximo movimiento.

Ahora conozco todas las respuestas, pero estas ya no me sirven de nada.

No había transcurrido más de una hora cuando sentí unas gotas de lluvia en la cara y aceleré el paso mientras regresaba a casa por un estrecho camino bordeado de álamos. El viento arrancaba las hojas amarillentas y las depositaba en el suelo, a modo de alfombra. A diferencia de mi mujer, que adoraba los días largos y calurosos del verano, yo amaba los días tranquilos y quietos del otoño, la luz dorada del atardecer y las nubes grises de formas caprichosas. Me recordaba a mi infancia, a un tiempo libre de preocupaciones.

Abrí la puerta cuando ya comenzaba a llover con fuerza, y ahí me recibió Elide. Yo confiaba ciegamente en su criterio y aquella tarde la necesitaba más que nunca.

—Casi te alcanza la tormenta —dijo ella con su voz cantarina, mientras me mesaba los cabellos húmedos. Todavía conservaba el acento de su Champaña natal—. ¿Fuiste muy lejos?

—No tanto como hubiese deseado. Me gustaría poder alejarme de todo y de todos, aunque solo fuera por un momento…

—¿De todos?

Me di cuenta de la inconveniencia de mis palabras.

—De todos no. Juan y tú sois el único apoyo que tengo. Si no fuera por vosotros ya habría sucumbido.

Me acarició con ternura.

—No me gusta verte tan inquieto.

—Y ¿cómo puedo no estarlo? El reino se derrumba y yo no puedo hacer nada. Los que me eran fieles temen que un día deje de ser el hombre fuerte de Navarra y hallarse en el bando equivocado; y los que no me quieren aprovechan mis dudas para asestar sus golpes. Si me muestro firme, me acusan de autoritario; y si soy condescendiente, me tildan de apocado. Todos me piden justicia, pero solo se contentan si les doy la razón. Estoy empezando a pensar que la reina se equivocó al elegirme para esta labor. Ella buscaba alguien conciliador, pero, según parece, tendría que haber escogido a alguien más enérgico o despiadado, no sé.

Elide inspiró hondo.

—Pedro, la misión que te encomendaron fue ser gobernador, no rey. Se asemejan…, pero no son lo mismo. Tú ostentas el mando, pero la legitimidad la tiene la reina. Por mucho empeño que pongas, los demás saben que tu cargo es temporal, y por eso no te temen o no te respetan. Nadie se hubiese atrevido a tanto estando ella aquí.

—Puede ser —convine—, pero ni Blanca ni Juana están aquí, eso es un hecho, y yo no puedo obligarlas a regresar.

—Y a eso se aferran los que se enfrentan a ti. Saben que no está en tu mano traerla de nuevo al reino y obligarla a cumplir con lo que solo a ella corresponde… Mira, nuestro hijo tiene un ama de cría y la obedece. Pero lo hace porque sabe que nosotros estamos detrás, y que la respaldamos. Si no fuera así, ella no tendría autoridad alguna. Esto que voy a decirte puede ser cruel, pero creo que la regente, al irse, te despojó de tu autoridad. Ahora mismo, nadie cree que Blanca de Artois te respalde.

Bajé la cabeza. Lo que me había dicho no era cruel, era la verdad.

—Si es así —dije—, no me queda más remedio que convocar nuevas Cortes. Que cada cual se manifieste en ellas y muestre sus deseos. Supongo que Almoravid querrá reunir apoyos, pero no creo que obtenga tantos como para alzarse con el cargo.

—La situación solo se aclarará si se logra la unanimidad de las Cortes. Ante cualquier resquicio, la inestabilidad seguirá reinando.

—Y, en ese caso, solo me quedará una opción.

Elide asintió:

—Que sea doña Blanca quien decida.

Dos semanas más tarde, la catedral de Pamplona acogió la celebración de Cortes Generales del Reino. Todos conocían la trascendencia de estas y yo estaba seguro de que muy pocos faltarían a la cita. Muchos de los asistentes acudían por primera vez a Pamplona desde la muerte del rey Enrique y se sorprendían al ver las defensas construidas en la Navarrería, así como el clima de tensión que se respiraba. A los comerciantes y artesanos nada de esto les convenía, pero el tiempo me ha enseñado lo fácil que es manejar la voluntad de los hombres cuando se habla de honor, de humillaciones o de venganzas. El amor hay que cultivarlo, pero el odio crece solo, como las malas hierbas.

A primera hora acudí a ver al obispo. Hacía tiempo que no conversábamos y estaba deseoso de saber qué pensaba. Él era mi amigo y mi confesor, pero las dudas me corroían; ¿seguiría confiando Armengol en mí? ¿O García Almoravid habría conseguido ponerle de su lado?

Llamé a la puerta de su despacho y esperé. Dentro oía voces, pero no conseguía entender lo que decían. Iba a golpear de nuevo cuando oí unos pasos dentro que se aproximaban. La puerta finalmente se abrió y ante mí apareció el prior del cabildo de la catedral.

—Adelante, gobernador —dijo Sicart, haciéndose a un lado y mostrando la ligera sonrisa de ironía que parecía no abandonarle nunca—. Yo me retiro para que podáis conversar.

Antes de que pudiera siquiera contestarle, el prior salió de la sala y desapareció. Había coincidido pocas veces con él, pero siempre me había parecido una persona un tanto desagradable; a pesar de su aparente cordialidad, escondía algo.

—Pasad —me invitó el obispo, sentado a la cabecera de una larga mesa—. Es un placer veros de nuevo.

—El placer es mío, excelencia —dije mientras me acercaba; me arrodillé y le besé el anillo.

—Sentaos, por favor. Como bien sabéis, todo está listo para la celebración de las Cortes en la catedral.

—Sí, lo sé. Mis hombres me han informado puntualmente de los preparativos y de todas las facilidades que habéis puesto para que pudieran celebrarse con tanta premura.

—Vos mismo podríais haberos informado, si hubieseis querido. Lleváis varios días en Pamplona y no habéis venido a presentarme vuestros respetos; ni siquiera os habéis alojado en la Navarrería. Bien sabéis que os hubiese acogido con gusto en mi palacio.

Me extrañó aquel comentario. No conocía aún las intenciones del obispo, pero estaba claro que su tono no era tan amigable como en otras ocasiones.

—Sois muy amable —dije, con respeto—, pero he preferido mantenerme neutral. Bien sabéis de las diferencias que mantengo con don García Almoravid y alojarme en la Navarrería podría haber sido contraproducente; hubiese dado pábulo a las murmuraciones...

—Os comprendo —dijo, tras respirar hondo—, pero alojarse en San Cernin no es ser neutral, señor gobernador. Vuestra postura puede ser entendida como un apoyo a los burgos de francos, y eso también da lugar a que la gente hable.

—Los burgos de San Cernin y San Nicolás se han mostrado leales a mi mando y a la voluntad de la reina, al contrario que la Navarrería. De modo que alojarme en San Cernin es como hacerlo en Estella, en Tudela o en Tafalla. Siento expresarme con tanta claridad, pero la única villa que se ha mostrado abiertamente hostil conmigo en los últimos meses ha sido esta.

Se revolvió en su silla. Notaba una profunda lucha en su interior.

—En fin —dijo, cambiando de tema—, supongo que de todo eso habrá tiempo de hablar en las Cortes... ¿Sabemos algo de Blanca de Artois? Vuestras razones puedo entenderlas, o estar más o menos de acuerdo con ellas, pero no acierto a comprender de ningún modo por qué la reina regente nos dejó en un momento tan delicado.

—No sabemos nada. La última comunicación que tuve con ella fue la petición para que premiase a los vecinos de Viana por su defensa ante el ataque de los castellanos, pero de eso hace ya algún tiempo. Se mostró a favor, pero nada más. No he recibido preguntas, ni ruegos..., ni siquiera órdenes. Da la impresión de haberse desentendido de todo. Es curioso, cuando vos y yo hubimos de acudir a Aragón, doña Blanca no dejaba de recordarnos que lo más importante era defender los intereses y los derechos de doña Juana. Ahora, en cambio, parece que el asunto apenas le preocupa. ¿Cómo puede pensar que los derechos de su hija están mejor guardados permaneciendo ambas en Francia?

Se atusó la barba mientras contemplaba las pinturas que decoraban el techo de su despacho.

—Doña Blanca huyó en cuanto se enteró del ataque de los castellanos en Mendavia y Viana, pero no sé si aquello fue una razón o una excusa, la verdad.

—En confianza —dije, y por primera vez en esa conversación me sentí a gusto—, creo que fue más una excusa. La pequeña reina Juana estaba segura en Pamplona, y doña Blanca lo sabía. Por eso me temo que fue una decisión fruto del interés, seguramente influida por sus consejeros, o por el propio rey de Francia, lo cual habría de preocuparnos más.

—¿Qué queréis decir? —preguntó, extrañado.

—Me temo que, tras la muerte de nuestro rey, Felipe no quiso que la balanza se inclinase a este lado de los Pirineos. Creíamos que Navarra estaba en la encrucijada entre Aragón y Castilla, pero cada vez resulta más claro que los verdaderos contendientes son Castilla y Francia.

—Pero en todo este enredo Castilla no tendría nada que decir; carece de derechos sobre nuestro reino.

—Lo sé, pero se opone frontalmente a que Navarra se alíe decididamente con alguien. Imaginad lo que supondría el matrimonio de doña Juana con alguno de los príncipes de Francia. Me temo que entonces la posición de Castilla no sería de amenaza, sino de abierta hostilidad. Y, además, con el enemigo dentro...

El obispo frunció el ceño y permaneció en silencio por unos instantes.

—La catedral de Pamplona no está del lado de nadie, gobernador, si es lo que insinuáis. Tratamos de mantener la paz y templar los ánimos, nada más.

—No me refiero a vos, bien lo sabéis. Pero, a veces, no hacer nada es hacer mucho. La Navarrería se rebela y la catedral calla. Mi obligación es conseguir que la ley se cumpla en todo el reino y, por tanto, no puedo ser condescendiente. Si hubiese entrado a saco en Pamplona hace meses, quizá todo esto se podría haber arreglado.

—Hubieseis llevado a Navarra a una guerra civil.

—Me temo que ese sea al final el camino, si todos siguen mirando solo por sus propios intereses. ¿Sabéis? Siempre he tratado de moverme por la senda de la rectitud y la honradez, pero muchas veces me pregunto si Dios me escucha cuando le hablo, si atiende más las súplicas del justo o del traidor…, y no consigo encontrar la respuesta.

El obispo suspiró.

—¡Quién lo sabe! El cazador pide que la flecha que dispara alcance al jabalí, y el jabalí pide que la flecha yerre… ¿Qué puede hacer Dios? A veces hace caso al cazador y a veces a la bestia. Sus designios son difíciles de descifrar, pero debéis confiar en que os ayude en vuestro camino, si no os desviáis de la justicia.

—Así lo haré, padre; con la ayuda de Dios.

—¿Qué esperáis de las Cortes? —preguntó.

—Unanimidad. Es el único escenario que nos sirve; si queda algún resquicio abierto, estaremos de nuevo en la situación de partida.

—Y eso… ¿no os sirve?

—No le sirve a Navarra.

Golpeó con los nudillos sobre la mesa. Se le notaba incómodo.

—Y, si no alcanzáis la unanimidad, ¿qué haréis?

Dudé un instante antes de contestar.

—Sé lo que haré —respondí—, pero tendréis que esperar unas horas para averiguarlo, si al final es necesario.

El obispo sonrió.

—Entonces —concluyó, al tiempo que se levantaba—, no queda más que comenzar las Cortes y esperar el resultado. Que Dios os bendiga y os guíe, gobernador.

Al cabo de dos horas, después del mediodía, las puertas de la catedral se abrieron y los participantes en las Cortes penetraron en el templo. Todos fueron tomando asiento mientras el obispo y yo permanecíamos de pie junto al altar. Los iba mirando según entraban, tratando de leer en sus expresiones su preferencia o su disposición. Algunos parecían esperanzados; otros, en cambio, tenían el semblante muy serio y traslucían resquemor o desconfianza. Según se llenaban los bancos de la catedral, mi ánimo decaía. Necesitaba unanimidad, pero allí parecía haber, sobre todo, disparidad de criterios. En la primera fila, además, quedaba un asiento vacío, el reservado a García Almoravid. Dirigí de nuevo la mirada hacia los asistentes y reconocí a don Gonzalo Ibáñez de Baztán. Respiré aliviado.

El obispo levantó una mano, dispuesto a dar comienzo a la sesión, pero en ese momento se dio cuenta de que García Almoravid aún no había llegado. Me acerqué y le susurré al oído:

—Vendrá, podéis estar seguro. Solo quiere hacerse notar.

No acababa de pronunciar esas palabras cuando desde los pies del templo se vio venir a don García, luciendo sus mejores galas. Todos los presentes se dieron la vuelta, mientras Almoravid caminaba confiado entre las filas de bancos, con todas las miradas clavadas en él. Sin prisa, alcanzó la primera fila y se acomodó en su sitio, sin decir palabra y sin mostrar gesto alguno de disculpa por su tardanza.

El obispo levantó de nuevo la mano y, esta vez sí, abrió la sesión con todos los asistentes en pie. Ofició una breve misa y me cedió la palabra. La reunión no iba a ser sencilla, lo sabía.

—Señores —comencé—, estamos reunidos para tratar de hallar una solución a las dificultades que atraviesa nuestro reino. Desde que la reina y su madre partieron hacia Francia, los problemas no han hecho sino crecer, como...

—Señor gobernador —interrumpió el representante de Estella, poniéndose en pie—, ¿qué sabemos de la regente? ¿Es su intención regresar a Navarra en algún momento?

Hubiese querido que me dieran más tiempo para exponer mi posición, pero la pregunta había tocado el punto fundamental nada más comenzar.

—La regente está en París, y tanto ella como su hija están al cuidado del rey de Francia.

—¿Qué queréis decir exactamente? ¿Sigue siendo Blanca la regente o lo es el rey Felipe?

Dudé; ni yo mismo sabía qué responder, pero no podía permitir que los demás lo descubrieran.

—Doña Blanca es la reina regente; las Cortes establecieron que su hija fuese la heredera y que ella ejerciese la regencia. Mientras no se decida lo contrario, las cosas están así.

—También se dijo que la reina debía casarse con Alfonso de Aragón y doña Blanca se marchó —apuntó un jurado de Puente la Reina, levantándose de su asiento—. Eso no es lo que las Cortes decidieron... ¿Por qué habría de ser ahora distinto?

—Doña Blanca salió de Navarra al sentirse amenazada por el ataque de los castellanos —respondí—, pero eso no quiere decir que renunciara a su regencia. De no haberse producido ese ataque, la reina seguiría en Pamplona, y quizá nada de lo que ha ocurrido estos últimos meses hubiese tenido lugar.

El jurado de Puente la Reina se disponía a replicarme, pero en ese momento García Almoravid se puso en pie y lo dejó con la palabra en la boca.

—Gobernador —dijo don García, lo bastante alto como para que todos lo escucharan—, unís vuestro criterio partidista al análisis de la situación. Decís que doña Blanca huyó al sentirse amenazada por las tropas castellanas, pero lo cierto es que salió del reino nada más concretarse el casamiento de la reina Juana. Si no estoy del todo equivocado, aquel matrimonio no era de su gusto. Quizá el motivo de su huida fuese la unión con Aragón, que vos defendíais, y no la intervención castellana.

Un murmullo se extendió por el interior de la catedral. Algunos aplaudían las palabras de García Almoravid, mientras otros se mostraban totalmente en contra. Aquello era lo último que yo deseaba.

—Señores —dije, tratando de imponer mi voz sobre el tumulto creado y sin mirar directamente a Almoravid—, ¡señores!, la reina está fuera de Navarra, esto es un hecho, y no voy a ser yo quien lo oculte, pero eso no justifica que doña Blanca haya dejado de ser la regente. Antes de irse me aseguró que aceptaba la resolución de las Cortes y que consentía en el matrimonio de Juana con Alfonso. Mientras no diga nada en contra, a esa voluntad hemos de ceñirnos.

Algunos aprobaron mis palabras y se pusieron en pie para aplaudir, pero García Almoravid no estaba por la labor de dejar pasar la oportunidad tan fácilmente.

—Sabéis tan bien como yo —dijo levantándose de nuevo y alzando la mano para que los demás callaran— que la regente, con su cobarde huida, nos dejó sin rumbo ante los reinos vecinos.

—El rumbo estaba marcado —dije, ya irritado—, pero hubo muchos que decidieron actuar por su cuenta para inclinar la balanza a su favor. No culpéis a doña Blanca del desgobierno que se vive en Navarra.

—Gobernador..., del desgobierno no culpo a doña Blanca, os culpo a vos.

Las voces se alzaron aún más en la sala, mientras me mordía los labios. El obispo se puso en pie y levantó el báculo.

—¡Señores! —gritó—. ¡Estamos en la catedral de Pamplona, no en un corral!

Las voces se fueron aplacando, mientras el obispo permanecía de pie, esperando.

—Sean cuales fueren las causas —siguió—, lo cierto es que la situación del reino es insostenible. Caminar de Pamplona a Tudela se ha convertido en una aventura más arriesgada que hacerlo a Tierra Santa. Estamos aquí para buscar soluciones, no para crear más enfrentamientos.

—Pero las causas importan, excelencia —apostilló uno de los jurados de Tafalla, que siempre me había mostrado su lealtad—. Ha sido la Navarrería, con su actitud rebelde y belicosa, la que más ha contribuido a la ingobernabilidad del reino. Solo un ciego hubiese pasado por alto las máquinas de guerra que están dispuestas por todo su recinto, apuntando a los otros burgos. ¿Cómo podemos hablar de paz y de hermandad si amenazamos a nuestros propios vecinos? Mientras no acaten las disposiciones del gobernador, no hay ningún arreglo posible.

—¡Lo haremos cuando los francos renuncien a sus desmedidos privilegios —gritó un jurado de la Navarrería—, nunca antes! De nuevo se alzaron las voces, los aplausos de unos y los gritos de reprobación de otros. Entonces, levantándome de nuevo, decidí dar, de una vez por todas, el único paso con el que creía que podía salvar a Navarra del desastre.

—Señores —comencé, mientras las voces, poco a poco, se iban aplacando—, a la muerte del rey Enrique, Dios lo tenga en su gloria, la reina doña Blanca me encomendó el gobierno de Navarra en su nombre. Podéis creerme o no, pero en ningún momento hice nada para ser elegido. Si me escogió a mí, y no a otros, fue porque vio en mí algo que los demás no tenían o quizá porque carecía de algo que a los demás les sobraba…, no lo sé. Pero ahora ha quedado más claro que nunca que se equivocó.

Los pocos murmullos que persistían en la sala se apagaron y el silencio invadió el templo.

—Juré servir a doña Juana y a Navarra, así como no faltar a mi palabra, pero hoy creo que mi permanencia no hace sino empeorar las cosas. No quiero ser un obstáculo, os lo aseguro. Por ello, en este mismo momento, presento mi renuncia como gobernador.

Los murmullos volvieron y todos se miraban desconcertados.

—Ahora —proseguí, sintiendo un alivio infinito—, ante la ausencia de la regente, nos toca elegir un nuevo gobernador entre todos, para que ella lo ratifique.

—Y ¿cómo haremos? —preguntó el jurado de Tafalla—. ¿Entre quiénes habremos de elegir?

—Eso es decisión de cada uno —dije, a sabiendas de que aquella era la última oportunidad que tenía para evitar que García Almoravid se hiciera con el cargo—, pero el que sea elegido ha de serlo por unanimidad. No escojáis a otro como yo; elegid a quien pueda uniros.

Un murmullo se extendió por la sala, mientras algunos se ponían en pie y aplaudían. García Almoravid, en cambio, parecía estar rabioso. No se esperaba mi renuncia. Había basado su estrategia en ridiculizarme y en humillarme en público hasta lograr derribarme, pero ahora ya no podría. Se puso en pie y alzó la voz tanto como pudo.

—¡Con la mano sobre el pecho y con el único interés de reconducir la situación en el reino, me ofrezco a recoger el testigo dejado por el gobernador y a asumir su cargo! ¡No me guiará más que el amor a mi tierra y el respeto a la reina Juana, la legítima heredera del trono!

Los jurados de la Navarrería se pusieron de inmediato en pie y aplaudieron. Al igual Sicart y los representantes de algunas de las buenas villas. El obispo permanecía callado, sin mostrar su conformidad, aunque sin oponerse. Los demás guardaban silencio, sin atreverse a intervenir. No servía solo estar en contra, había que postular a algún otro. Transcurrieron unos instantes sin que nadie tomase la palabra. El corazón me latía apresuradamente y notaba una presión insoportable en las sienes. Cuando García Almoravid se disponía a hablar de nuevo, el jurado de Tafalla se adelantó:

—¡Propongo que sea elegido como gobernador don Gonzalo Ibáñez de Baztán, alférez del estandarte real! Es la persona que necesita el reino y ha demostrado su valor y su valía en la defensa de Navarra ante el ataque de los castellanos.

Don Gonzalo, sorprendido, se puso en pie despacio. No sabía nada de mi intención de renunciar y se mostraba aturdido y abrumado. García Almoravid se volvió y lo miró con hostilidad.

Los representantes de Puente la Reina, Tudela, Sangüesa, Olite y Artajona se levantaron.

—¡Sea! —dijeron en alto—, ¡don Gonzalo!

Varios nobles del norte de Navarra se pusieron también en pie y gritaron:

—¡Almoravid! ¡Viva don García!

El jurado de Tafalla continuó:

—Almoravid no acató los requerimientos de don Pedro. ¿Por qué hemos de obedecerle?

Miré a don García, que era presa del desconcierto, y sonreí por dentro. Le estaba dando a probar de su propia medicina y aquello me complacía más que nada en el mundo.

El tumulto se extendió por la sala, sin que tratase de hacer nada por evitarlo. Sabía que aquel ruido dejaba claro, mejor que ningún discurso, que García Almoravid no contaba con el apoyo de todos los navarros. Gonzalo Ibáñez de Baztán trataba de hablar y calmar la situación, pero el griterío era generalizado y no conseguía hacerse oír. Entonces el obispo se puso de nuevo en pie y, alzando el báculo, hizo callar a los presentes:

—Señores, don Pedro ha hablado con sensatez al proponer que el nuevo gobernador tendría que ser elegido por unanimidad. Y, como bien apreciamos, esta no existe. Está claro que hoy no saldrá de aquí un nombre que proponer a la reina regente. Por ello, sugiero que sea enviado a Francia un mensajero de las Cortes y que sea ella quien nombre al nuevo gobernador. Recemos todos para que Dios la ilumine y que el elegido sea capaz de cumplir con acierto su difícil tarea.

Algunos hombres quisieron hablar y discutir las palabras del obispo, pero este zanjó la reunión sin ambages:

—Podemos discutir y gritar todo lo que queramos, pero estaremos actuando como necios. ¿Alguien propone algo que no sea la consulta a la reina regente?

El silencio invadió la sala mientras el obispo paseaba la mirada por encima de los asistentes.

—Sea entonces. Hoy mismo partirá el mensajero.

La sesión de Cortes se levantó mientras García Almoravid trataba de llegar junto al obispo, apartando a los muchos que se atravesaban en su camino.

—¡Excelencia! ¡Excelencia! —gritaba, mientras se abría paso a empujones—. Habéis puesto al reino en un aprieto mientras no tengamos respuesta de la reina. ¿Quién ostentará la autoridad? Un reino no puede mantenerse sin una cabeza.

—Don García —dijo el obispo—, yo hubiese preferido otra solución, pero la actual división no puede arreglarse con partidismos. Es necesario que se reconduzca desde arriba. De otro modo, nos llevaría de nuevo al fracaso.

—Cuando la reina regente se decida, puede que ya no haya nada que gobernar.

—Recemos para que no sea así —dijo el obispo e inclinó la cabeza.

García Almoravid le devolvió el saludo y se retiró, rumiando su frustración. Yo respiraba aliviado, pero al mismo tiempo albergaba un sentimiento de culpa en mi interior. ¿Cómo explicarlo? Acababa de desprenderme de una carga muy pesada, pero lamentaba no haber sido capaz de cumplir con la misión que se me había encomendado. Don Gonzalo se me acercó y me preguntó:

—Gobernador, ¿estáis seguro de haber hecho lo correcto?

—No me llaméis más «gobernador». A partir de ahora trataré de hacer lo mejor por mi tierra, pero desde la barrera. Espero ser más útil allí de lo que lo he sido a la cabeza del reino. Confiemos en el criterio de la reina regente, si es que aún ostenta el poder. Se equivocó conmigo, pero puede acertar con el que designe para sustituirme.

—Y ¿si no es así?

—Entonces tened por seguro que quien terminará gobernando será Almoravid —dije, mientras negaba con la cabeza—. Es como una anguila, sabe muy bien cómo moverse en el fango.

# 13

El carcelero ha venido a traerme un cuenco con agua, unas gachas y un mendrugo de pan. Es tal mi ansiedad que pensé que venía para llevarme de una vez al patíbulo. Es curioso, pero al borde de la muerte uno llega a preferir que todo acabe de un modo u otro, incluso sabiendo lo que eso significa, antes que seguir sufriendo la dolorosa espera. En todo caso no me queda mucho y eso me obliga a reanudar mi historia, por si no pudiera acabar de contarla. Y es que aún aguarda el relato del momento en que me uní sin escapatoria a la suerte de mi señor.

Recuerdo que era mediados de octubre. Las campanas de la catedral de Toulouse anunciaron las cinco de la tarde. Apenas me quedaba una hora de luz para escribir, aunque, de todos modos, no estaba muy inspirado, por lo que salí a dar un paseo por la ribera del río, quizá así me vinieran las ideas. Sin embargo, el viento soplaba tan gélido por el cauce del río que las ideas se me congelaron en vez de aflorar y al poco me adentré de nuevo entre las callejuelas de la ciudad hasta llegar a la iglesia de San Sernín. Me resguardé entre las paredes del templo y saqué de nuevo mi cuaderno. Quería escribir un poema de amor, pero los versos no fluían. No era la primera vez que me pasaba, ni sería la última, podía escribir bellos poemas sobre conquistas, batallas o hechos heroicos, pero cuando trataba de escribir versos galantes me quedaba sin ideas. Solo una vez fui capaz, pero eso lo contaré más adelante.

—En fin —me dije—, habrá que seguir con lo otro.

Aunque no me apasionaba, llevaba un tiempo escribiendo un poema sobre la vida de san Sernín, primer obispo de la ciudad. No era tan bello ni tan sugerente como una historia de amor, ni me serviría para engatusar a ninguna mujer, pero sí tenía los ingredientes necesarios para gustar al pueblo y eso era, en definitiva, lo que me daba de comer. Cogí la pluma y me dispuse a narrar el martirio del santo, recreándome en la descripción del modo en que los paganos lo ataron a un toro que despedazó su cuerpo cuando el animal salió corriendo por las calles, en las salpicaduras de sangre en las paredes y en las vísceras que quedaron esparcidas sobre las piedras que alfombraban la ciudad. A mi público le gustaba lo escabroso, y yo, la verdad, me deleitaba viendo sus expresiones de horror, de susto o de incredulidad. Cuando las sombras avanzaron y me impidieron ver, me detuve en la taberna más cercana. Pensaba que me dirigía a cenar, pero en cambio me encaminaba hacia la perdición.

La mujer era de una belleza deslumbrante. Desde la esquina del mesón, medio oculto por la oscuridad de lugar y ensordecido por los continuos gritos de los hombres que bebían, juraban a voces y maldecían sus miserias, no podía dejar de mirarla.

Se llamaba Béatrice y no llegaba a los veinte años. Era la esposa del mesonero y atendía sin descanso las concurridas mesas, rellenando los cuencos y sirviendo el estofado que su esposo preparaba en la cocina. El guiso, supuestamente de cordero, consistía en una mezcolanza de carnes de dudosa procedencia, la mayor parte nervios y huesos, bastante grasa, alguna verdura echada a perder y un aroma a vino picado que el tomillo y el laurel no conseguían disimular. No importaba demasiado... Había dejado mi servicio junto al senescal Eustache Beaumarchais, harto de no encontrar consuelo en la muerte, y ni por asomo quería regresar a mi antiguo oficio de panadero. De modo que, mientras mis versos no me reportaran más beneficios, y mis gastos siguieran desbordando mis ingresos, habría de malcomer de taberna en taberna.

El lugar se fue vaciando, pero yo seguía sentado en mi banqueta, viendo pasar a la mujer de un lado para otro, fijándome en sus curvas y admirando el maravilloso contoneo de sus caderas. Abstraído en mis pensamientos apenas me di cuenta de que era el último cliente que quedaba.

—¿Más vino? —preguntó ella entonces, acercándose y dedicándome la primera sonrisa de la noche. El mesón estaba frío, pero su mirada me calentó el corazón.

—Más vino sí, pues aún me mantengo en la silla y no veo doble; pero más estofado no, por favor.

—¿Tienes queja de la comida? —preguntó ella, con aire burlón.

—En absoluto. Los huesos estaban muy tiernos y las verduras estupendamente grasientas... De todos modos, he de decir que lo mejor de este mesón es el servicio. De eso no tengo queja alguna.

Incliné la cabeza e hice una reverencia. Ella me sonrió de nuevo, al tiempo que rellenaba mi cuenco. Antes de que yo lo cogiera, y vive Dios que lo necesitaba, ella se adelantó y tomó un sorbo, manteniendo el cuenco en sus labios unos instantes que se me hicieron maravillosamente interminables.

—No te había visto nunca por aquí —dijo, dejándolo de nuevo sobre la mesa.

—Hubiese sido difícil, porque vivo en el otro extremo de la ciudad..., por desgracia.

—¿Cómo te llamas?

—Guilhem Anelier.

Miró mis manos.

—No pareces artesano, ni mucho menos labrador. ¿A qué te dedicas?

—Soy trovador.

—Trovador... —dijo con aire burlón—. ¿O simple juglar?

—Pues eso depende de a quién se le pregunte... Yo me veo como el mejor poeta del reino, pero los que me escuchan rebuscan en sus bolsillos hasta que dan con la moneda más pequeña, si es que encuentran alguna.

—Yo podría pagarte mucho mejor…, siempre y cuando recites algo que me guste.

Tomó un taburete cercano y lo puso junto a mí. En el interior de la cocina se oía el trasteo de los cacharros. De su marido nos separaba solo una delgada pared, ennegrecida por el humo y la grasa. Sentí un cosquilleo en la ingle y la saliva se me atravesó en la garganta. Sus ojos negros, oscuros, misteriosos, se estaban clavando en mi ser como dos puñales. «No hagas una estupidez», me dije, pero al instante comencé a recitar:

*La nostr'amor vai enaissi*
*com la branca de l'albespi,*
*qu'esta sobre l'arbre en tremblan,*
*la nuoit, a la ploja ez al gel,*
*tro l'endeman, que·l sols s'espan*
*pel las fueillas verz e·l ramel.*

—¿Es tuya? —preguntó, mientras ponía una mano sobre mi pierna.

—No —respondí—. Pero ¿lo serás tú?

En ese momento se escucharon unos pasos en el interior de la cocina y Béatrice se levantó apresuradamente. Por fortuna su esposo entró empujando la puerta con la espalda y no alcanzó a ver el azoramiento de su mujer mientras se ponía en pie. El hombre debía de rondar los cuarenta años y era muy alto y fuerte, un verdadero coloso. Traía un delantal grasiento atado a la cintura, un paño lleno de mugre en una mano y un plato de barro con una chuleta de vaca en la otra. Por la camisa medio abierta le asomaba una gran mata de pelo, como un vellón de carnero. Al acercarse me vio sentado a la mesa, con el cuenco de vino en la mano y tratando de disimular mi tembleque.

—¿No tienes casa? —me dijo, mirándome con manifiesto desprecio.

—Sí…, sí, por supuesto que la tengo —dije tambaleándome—, pero no es tan cálida como esta; de hecho, no es cálida en absoluto, sino que está fría como un témpano, salvo cuando la calienta el sol, claro, lo cual es muy raro, porque mira al norte y tiene otra más alta delante que la tapa por completo...

No sabía cómo parar de decir estupideces, así que agradecí que me interrumpiera sin más:

—Me importa poco que tu casa sea alta o baja; aquí no estamos para calentar a los pordioseros, así que ya sabes...

Y con el paño mugriento echó al suelo los restos de la francachela en una de las mesas cercanas y se dispuso a cenar.

Estaba a punto de levantarme cuando Béatrice intervino:

—No seas descortés, Armand; este hombre no es un pordiosero, sino un juglar, aunque creo que no muy bueno a la vista de su aspecto. —Me miró con malicia por encima del hombro de su esposo.

—¿Juglar, dices? —preguntó él, y vi en sus ojos un primer atisbo de interés—. ¿Conoces algún poema épico?

—Podría cantar algo sobre las cruzadas...

—¡Sí, eso me gusta! —dijo alzando las manos y sentándose junto a mí.

Béatrice me miró y asintió, sin que su marido la viera. Acto seguido trajo una jarra de vino llena hasta arriba. Armand se la quitó de las manos y, cogiendo un cuenco sucio de otra mesa, lo llenó hasta el borde. Se lo bebió de un trago y me apremió:

—¿A qué esperas? ¡Empieza!

Recordé un antiguo poema que me enseñó un juglar de Albí y comencé a recitar. Mientras los versos acudían a mi memoria, Armand trasegaba vino y engullía carne como un mastín. El poema, me acordé entonces, tenía ochocientos versos alejandrinos. Cuando llevaba apenas dos docenas, la jarra ya iba por la mitad. Cuando llegué a la centena, había empezado la segunda jarra. Al completar la segunda centena, sus párpados empezaron a cerrársele. A la tercera, tenía la cabeza entre los brazos y sus ronquidos hacían temblar el cuenco de vino sobre la mesa.

Béatrice dejó el trapo con el que limpiaba y se acercó. Me tomó de la mano y me invitó a levantarme.

—Vamos —dijo—; dormirá lo suficiente.

Me dejé arrastrar y entramos juntos en la cocina. Sin darme tiempo apenas, me empujó sobre una silla y me bajó los pantalones.

—Tu esposo… —dije entre jadeos—, él puede…

—Él es un borracho…, hace tiempo que no me satisface.

Mientras hablábamos se levantó la falda y se sentó a horcajadas sobre mí.

—Vamos a ver si tú lo haces mejor —me dijo susurrando mientras me pasaba la lengua por la oreja.

Loco de deseo la agarré por la cintura y la apreté con fuerza, mientras ella gemía de placer. Se abrió la camisa y, cogiéndome del pelo, me metió la cabeza entre sus pechos. Yo aspiraba el aroma de su piel y rogaba que aquello no acabase nunca, aunque sabía que su marido podría despertarse y entonces nos sorprendería. Y, si eso ocurría me mataría, no cabía duda. Pero no lo hizo. Su borrachera era tan profunda que durmió lo suficiente para que su mujer y yo nos ayuntásemos con verdadera pasión, ardiendo de deseo y estallando al fin de placer.

Cuando terminamos, me levanté aún acalorado mientras ella cogía un paño húmedo y se lo pasaba por el pecho.

—¿Volveremos a vernos? —preguntó.

—Por Dios que lo haremos —dije—, aunque tenga que probar de nuevo el estofado de vuestro esposo.

Ojalá me hubiese equivocado.

# 14

Magali llevaba todo el día muy apenada. Se había resistido a admitirlo, pero finalmente llegó el momento de nuestra partida.

—¿Hoy? —me preguntó—. No puedo creer que os vayáis a ir de verdad.

—Yo tampoco —dije, tratando de no llorar—, pero puede que sea lo mejor para todos. Mi padre y mi tío son muy distintos y esto no podía durar siempre. Es mejor que se separen ahora que después de enfadarse del todo.

—Llevamos juntas desde que éramos unas niñas; ya apenas recuerdo nada en mi vida en que no estuvieras presente. No eres nada mío y, sin embargo, eres mi hermana. ¿No es maravilloso?

—Sí lo es, y por eso no dejaremos que nada lo estropee. Nada.

Sonrió con tristeza, mientras se limpiaba una lágrima de la mejilla.

—Te quiero —me dijo.

Nos abrazamos y sentí que el vínculo que nos había unido desde pequeñas sería suficiente para no alejarnos jamás. Pobre ilusa…

—¿Queda mucho por hacer en la casa? —me preguntó, cuando nos separamos, queriendo cambiar de asunto.

—Sí —respondí, sabiendo lo que quería decir—, la casa está hecha una ruina. De momento tendremos lo justo para vivir, pues quedan muchísimas cosas que arreglar.

—Eso te alegra, ¿no?

—No me disgusta —respondí.

—Mira que te lo dije, que lo olvidaras..., y tú ni caso. ¡Y encima cómo se han puesto las cosas ahora!

—Él no se mete en eso, ¿por qué tendría que hacerlo yo?

—Y ¿qué sabes tú si se mete o no se mete?

—Pues porque hemos hablado..., varias veces.

—¿Ah, sí? Y ¿de qué?

—Pues del tejado, de las lluvias, del calor, del frío, de la situación en Pamplona. Al principio se mostraba muy retraído y me costaba arrancarle las palabras, pero últimamente es él quien saca los temas. Lo ha pasado muy mal en la vida, sus padres murieron casi al mismo tiempo y ha tenido que criarse solo.

—¿Compasión? ¿Es eso lo que sientes por él?

—No, no es compasión —dije, con algo de fastidio—. Solo digo que lo ha pasado mal y que ha trabajado mucho para salir adelante; eso me gusta de él.

—Ten cuidado, por favor. No te será fácil continuar con esto, por mucho que lo quieras. ¿Tu padre sabe algo?

—No, no... —dije, casi susurrando—. Si se entera, me mata. No sé cómo podría decirle algo así. En realidad, tampoco sé si debo decirle algo. Tú opinas que los hombres son imprevisibles; quizá, cuando Íñigo acabe la obra, regrese a la Navarrería y no le vuelva a ver.

—Ni lo sueñes; por la forma en que lo vi mirarte, no creo que se vaya a olvidar de ti en la vida.

Iba a responderle, cuando Bernar y mi padre bajaron al taller, seguidos por Laurina. Bernar estaba serio, pero ella transmitía cierta expresión de alivio. Supongo que en el fondo se alegraba de que su casa volviera a ser solo suya.

—Vamos —dijo mi padre, cogiéndome de la mano—, es hora de despedirse.

Me levanté, apesadumbrada, y no pude evitar sollozar; toda la tensión contenida se desató en ese momento. Magali se acercó y me acarició la mejilla.

—No llores, solo te vas unas calles más allá; nos veremos todos los días.

Sonreí mientras las lágrimas seguían cayendo.

—Ya lo sé, pero es que este ha sido el único hogar que recuerdo.

Las dos nos abrazamos al tiempo que lo hacían también mi padre y Bernar. Luego Laurina se despidió de nosotros, sin mucha efusividad.

—Ya sabéis que estamos aquí para lo que necesitéis —dijo.

—Gracias, Laurina —respondió mi padre—. Habéis sido muy amables todos estos años; no lo olvidaremos nunca.

Los dos recogimos nuestras cosas y, por la rúa Mayor de los Cambios, atravesamos el burgo de San Cernin hasta llegar a nuestro nuevo hogar. Era una casa muy pequeña en la calle de la Cuchillería, junto a la iglesia de San Lorenzo, en el extremo opuesto de la villa. El tejado estaba muy dañado y también algunas paredes. La casa había pertenecido en su momento a un rico comerciante, pero luego la había dejado abandonada durante años. Sabíamos que apenas era habitable, pero mi padre prefería estar ya allí y no esperar varios meses para mudarse. Empujó la puerta y dejó su hatillo en el piso inferior, donde tenía pensado abrir su taller de zapatero cuando consiguiese el permiso del concejo.

—Cuando llegamos aquí —dijo, volviéndose hacia mí—, eras aún niña. Todo te sorprendía y me preguntabas acerca de cada cosa. ¿Lo recuerdas?

Aquellos recuerdos eran confusos y lejanos, y me costaba distinguir entre lo real y lo que era fruto de mi imaginación. Aun así, le dije:

—Era pequeña, pero me acuerdo.

—Sí, lo eras. Pero ya no lo eres. Solo espero que cuando quieras caminar sola pueda proporcionarte una vida mejor que la que a mí me tocó vivir.

—No me hace falta nada, padre. Ya soy muy feliz.

Mi padre me abrazó.

—Vamos —añadí—, hay mucho que hacer si queremos que este sea nuestro nuevo hogar.

Mi padre sonrió y los dos pasamos a nuestra nueva casa. Él soñaba con aquello desde hacía años. Cuántas veces hube de lamentar después haber arruinado su sueño.

Llevaba ya algunos días trabajando en la nueva vivienda de Adrien y Anaïs. Estaba contento. Con aquella obra tendría para varios meses y podría verla todos los días. Al principio, nuestras conversaciones habían sido forzadas, tratando de poner unas palabras detrás de otras solo para romper el silencio. Pero en los últimos días había nacido entre nosotros una confianza que no sabía muy bien cómo interpretar. ¿Era amor? No podía saberlo, pues nunca antes había estado enamorado. Sin embargo, cada vez que estaba con ella sentía exactamente lo que Andrés me había contado: sudaba, temblaba, no me concentraba, me costaba hablar y notaba un nudo en el estómago. Y, a pesar de todo, me sentía feliz. Cuando la tenía cerca miraba sus labios, su pelo rubio y ensortijado, sus pómulos sonrosados, sus ojos azules y profundos, su cuello largo y delgado, su escote... Luego, en casa, recordaba su hermoso rostro, su voz dulce y su cálida sonrisa. Tumbado en la cama solo podía pensar en ella, y muchas veces me sorprendía el amanecer sin apenas haber pegado ojo.

Como todos los días, tomé mis herramientas y salí a la calle camino del burgo de San Cernin; cuando no llevaba recorridos más que unos pasos, escuché una voz de niña que me llamaba:

—¡Íñigo!

Me volví y vi a Jimena en medio de la calle y sonriendo.

—Mi hermana quiere verte —me dijo, acercándose y hablándome al oído.

—¿Isabel?

—¡Pues claro! ¡No tengo ninguna otra! —exclamó, riendo.

—Quiero decir... ¿Isabel quiere verme?

—Sí —respondió—, ¿estás sordo? Dice que hace mucho

que no te interesas por ella y que le gustaría volver a salir a pasear contigo. Me ha pedido que te lo diga.

—Está bien, pequeña —dije, tratando de pensar algo—. Dile que mañana por la tarde pasaré a buscarla. Si tu padre quiere, claro.

—Seguro que querrá —dijo—. Andrés le ha hablado bien de ti.

—¿Ah, sí? ¿Y qué dice tu padre?

—Ahora no me acuerdo —dijo, con sonrisa pícara.

Rebusqué en el bolsillo y saqué una moneda. Se la puse en la mano.

—¿Ahora te acuerdas?

—Sí, ahora sí. Mi padre dice que eres un buen hombre, trabajador y responsable. Pero también dice que no le gusta demasiado que tengas tantos amigos entre los de allá. No sé qué significa, pero eso es lo que dice.

—Muy bien —dije—. Con eso me vale. Mañana me pasaré, ¿de acuerdo?

—De acuerdo —respondió, y echó a correr.

Había salido muy contento de casa, pero ahora sentía un peso en mi interior y las dudas me atenazaban. ¿Qué debía hacer? ¿Dejarme guiar por los sentimientos o seguir los consejos de mis amigos? Sabía que la situación entre los burgos era compleja, pero no quería que eso me condicionase.

Caminé con la cabeza gacha hasta llegar a la nueva casa de Adrien. Aquel día habíamos acordado subir al tejado para ver cómo estaban las vigas. La puerta se abrió y pensé que sería él quien apareciese, pero no fue así.

—Hola —dijo Anaïs, sonriendo—. Mi padre te estuvo esperando, pero como tardabas se fue a hablar con un vecino de Sanducelay, para ver si podía comprarle unas vigas de roble. Parece que están peor de lo que esperaba… A veces dudo de que podamos convertir esto en un hogar.

—Por eso no debes preocuparte. Todas las casas pueden arreglarse. Es solo cuestión de tiempo.

Ella levantó la mirada.

—Entonces espero que esta obra dure mucho tiempo. Así nos veremos todos los días.

Sentí recorrerme un cosquilleo desde la nuca hasta la planta de los pies.

—Así es. No puedo imaginar nada mejor.

Me acerqué y ella dio un paso atrás, apoyando la espalda contra la puerta, protegida por las jambas y el dintel de la entrada. Luego cerró los párpados y esperó. Yo me aproximé un poco más. Sentía todo el cuerpo agitado. Le acaricié la mejilla y, muy despacio, la besé en los labios. Ella abrió ligeramente la boca y sentí su lengua rozando la mía.

Me separé un poco. Tenía los labios ardiendo.

—Anaïs —dije, casi como una oración.

Ella volvió a besarme.

## 15

Acababa de regresar de mi paseo por los jardines del palacio. El sol lucía en París después de casi dos semanas de cielos plomizos y lluvia incesante, y había recibido aquel derroche de luz y de calor en mi piel como una bendición. Días atrás se había celebrado una reunión entre el rey y varios nobles, de modo que mis doncellas entretuvieron mi paseo relatándome las últimas novedades sobre amoríos, engaños y juegos de poder. Todo aquello me aburría profundamente, pero tampoco había mucho más para entretener el caminar, de modo que fingía interés. Ya en mis aposentos, a solas, pensaba dedicar un rato a la lectura del poema *Tristán*, que mi madre me había regalado en su última visita a la corte. En las desventuras amorosas de Tristán e Isolda, al menos, encontraba cierto consuelo para las mías. Apenas llevaba leídos unos versos cuando una doncella llamó a la puerta.

—Señora —dijo—, ha llegado un hombre a palacio. Pregunta por vos.

—¿Por mí?

—Sí, señora. Viene de Navarra y dice que debe hablar con vos, que trae un mensaje de las Cortes.

—De Navarra... ¿Ha dicho lo que quiere?

—No, solo que viene desde Pamplona y que trae un mensaje.

Envié a una doncella para que avisase a Clément. Este acudió presto y le hice ver que urgía convocar al rey para recibir al enviado de Navarra. A mi primo no le había gustado que hubiese enviado la anterior carta al gobernador sin su conocimiento y no quería provocar de nuevo un desencuentro con él. Clément se mostró de acuerdo.

—¿Qué le decimos al mensajero mientras espera? —me preguntó.

—Que el rey le atenderá en cuanto pueda; sin más.

Clément salió de mi estancia, dejando la puerta un poco abierta, para que yo pudiera verlos. Se dirigió al mensajero, como yo le había indicado:

—Puedes esperar aquí. Has tenido suerte; el rey se encuentra en palacio y te recibirá cuando termine de resolver unos asuntos.

El hombre se extrañó.

—¿El rey? —preguntó; hablaba un rudimentario francés y se esforzaba por hacerse entender—. Con quien quiero hablar es con doña Blanca de Artois, la reina regente. Se trata de un asunto relacionado con las Cortes de Navarra.

—Lo sé —dijo Clément, sin inmutarse—, pero los asuntos de Navarra corresponden ahora al rey don Felipe. Lo que tengas que decir, habrás de decírselo a él. Su majestad cuida de la reina Juana, de su madre y del bienestar de Navarra.

Dio media vuelta y se retiró, sin permitir al mensajero hacer más preguntas y dejándolo aturdido. Entonces, a través de la puerta entreabierta, me vio. Nuestras miradas se cruzaron un instante, pero yo cerré de inmediato.

Después de dos horas, el rey me llamó a su salón de audiencias. Era una sala amplia y muy luminosa, decorada de arriba abajo con tapices con motivos de caza. El rey se sentó en su trono, acompañado a su izquierda por varios de sus consejeros. Yo me situé a su derecha, un poco por detrás de él. El mensajero navarro entró en la sala y fue a prosternarse a los pies de mi primo. Él lo miraba con semblante divertido, sorprendido ante sus extraños y pobres ropajes.

—¿Vienes de Navarra? —preguntó—. Si has venido desde tan lejos es porque tienes algo importante que contarnos, ¿no es así?

El mensajero me miró, pero yo permanecí en silencio.

—Así es, majestad —contestó, con algo de miedo—. Las Cortes me envían para transmitir un mensaje a doña Blanca de Artois, regente de la reina Juana de Navarra.

Al rey se le borró la sonrisa.

—Doña Blanca salió de Navarra y me pidió protección. Por tanto, sean cuales sean las nuevas que traes, es a mí a quien debes comunicarlas.

El mensajero dudó en un principio, pero luego asintió.

—Majestad, el reino de Navarra se encuentra en graves dificultades desde que la reina y su madre dejaron Pamplona, hace casi un año. El gobernador Monteagudo ha renunciado a su cargo, ante la imposibilidad de poner de acuerdo a los nobles y las buenas villas del reino.

—¡Qué suerte tienen los gobernadores! Cuando las cosas se ponen difíciles, renuncian a sus responsabilidades. Los reyes no gozamos de tanta fortuna...

Los consejeros rieron las palabras del rey.

—Majestad, ya antes de la renuncia del gobernador la situación era muy difícil, pero ahora se ha tornado insostenible. El reino se ha quedado sin cabeza y...

—Sin cabeza, no —interrumpió el rey—; si acaso, se ha quedado sin manos. La cabeza está en París.

El hombre se inclinó, respetuosamente.

—El caso —dijo, tratando de mantener el hilo de su discurso— es que los nobles no se ponen de acuerdo para gobernar el reino y, en esas circunstancias, no hay en Navarra ni justicia, ni seguridad, ni paz. Los caminos están llenos de malhechores que atacan a los caminantes y a los peregrinos. En las ciudades nadie sabe a quién ha de obedecer y lo que un día es ley al día siguiente se convierte en traición. Los aragoneses no olvidan que la reina doña Juana fue prometida a Alfonso y es posible que no tarden en entrar en nuestras tierras y en reclamar que el pacto se cumpla. Y, además, los castellanos nos hacen fuerza en la frontera. Y, como quizá sepáis, son muchos dentro los que los apoyan, lo que crea aún más incertidumbre y malestar en el reino. Por esa razón, con toda humildad y respeto, solicitamos que sea nombrado un nuevo gobernador que no tenga partido en estas disputas y que pueda administrar el reino con firmeza y justicia.

El rey se lo quedó mirando con atención, antes de volver a hablar.

—Entonces ¿esa es la petición que traes de las Cortes del reino? ¿Que se nombre un nuevo gobernador?

—Así es. Las Cortes juraron lealtad a la reina doña Juana y la mantienen; y por eso venía a solicitar a la reina regente que nombrase un nuevo gobernador, pero...

—Pero las cosas han cambiado. La reina está en mi corte y yo soy su valedor. —Se giró para hablar con uno de sus hombres de confianza. Luego se volvió de nuevo hacia el mensajero—. He escuchado atentamente vuestra petición y tomaré una decisión al respecto. Ahora, retírate y espera a ser llamado de nuevo.

El mensajero hizo una reverencia y salió de la sala.

A los pocos días, el rey convocó una nueva audiencia para presentarnos al hombre elegido para desempeñar el cargo de gobernador de Navarra. Yo hubiese deseado que mi primo me consultase, pero él no lo tuvo a bien. Había tenido muy claro quién debía ser y esperó hasta tenerlo en la corte para anunciarlo. Nos convocó al salón principal al mediodía. Allí se encontraban, entre otros grandes nobles, Gastón de Montcada, señor de Bearne, y Sire Imbert, señor de Beaujeu y condestable de Francia. Felipe tomó la palabra, sin levantarse del trono.

—Señores —dijo, con voz firme—, es para mí un placer anunciar que el mando en el reino de Navarra lo ostentará a partir de ahora el senescal de Toulouse, Eustache Beaumarchais.

Las puertas del salón se abrieron y el elegido avanzó con paso firme. Era un hombre alto, con un bigote fino y el cabello largo. Por sus vestiduras y su forma de desenvolverse supe de inmediato que no pertenecía a la alta nobleza.

—Franco Señor, ¡Dios os proteja! —exclamó mientras se postraba.

—Señores —dijo el rey, dirigiéndose a todos los presentes—, es mi deber defender Navarra y procurar que en ella reinen la paz y la justicia, y no pienso desentenderme de mi obligación. Eustache Beaumarchais ha demostrado siempre su lealtad a Francia y al rey, por lo que me parece la persona indicada para el cargo.

El rey indicó a Beaumarchais que se levantara.

—Eustache, os aprecio de veras y, sobre todo, valoro vuestro amor por Francia. Sé que no albergáis sentimientos de traición y, por ello, os envío como gobernador a Navarra para que hagáis justicia sobre todos los del reino, tanto nobles como villanos, tanto grandes como pequeños. Hasta ahora, en Francia, habéis hecho probar el acero y el fuego a los malhechores. Y sé muy bien que en vuestra labor en Toulouse los patíbulos no daban abasto para contener a todos los que mandasteis ahorcar y en los caminos las aves de rapiña se dieron un festín con los cadáveres de los bandidos que allí hicisteis empalar. En esta nueva misión, sin embargo, junto al acero y el fuego habéis de llevar también miel y almíbar. A los que tengan mal sabor de boca, se los daréis a probar, por ver si así se calma su amargor. Si, a pesar de ello, perseveran en su actitud, les ofreceréis el fuego y la espada. En ellos estará decidir qué remedio les es más grato.

Beaumarchais se arrodilló de nuevo. Observé a los hombres que acompañaban al rey, los grandes nobles de Francia, y vi que estaban contrariados. No había duda de que aquel nombramiento no les había gustado. Y parecía que Beaumarchais pensaba lo mismo, pues dijo:

—Majestad, me siento abrumado. ¿Por qué yo? En vuestro reino hay muchos caballeros que me aventajan en rango y condición…

—¿Os asusta la misión que os encomiendo? No lo creo. Sois modesto y no elogiáis nunca vuestras virtudes, pero yo las conozco y las admiro. Iréis a Navarra como os mando y me serviréis allí como lo habéis hecho aquí durante tantos años.

Beaumarchais agachó la cabeza, en señal de sumisión.

—Lo haré, majestad. Aquí me tenéis como vuestro más humilde servidor. Dadme tropa para que pueda honraros.

—Quiero que seas allí mi igual. Escoged a los que mejor consideréis y llevadlos con vos.

A continuación, con el nuevo gobernador aún arrodillado, le puso la mano sobre la cabeza y le hizo el signo de la cruz, encomendándolo al Redentor. El señor de Bearne, a mi lado, le dijo al condestable de Francia al oído:

—Un simple caballero..., veremos si es capaz de cumplir su tarea. Aquí pasaba a cuchillo a los bandidos, pero allí habrá de lidiar con ricoshombres. No sé si sus virtudes estarán a la altura.

—El tiempo lo dirá —dijo Sire Imbert—; confiemos en que el rey no se haya equivocado.

Al día siguiente me dirigí de nuevo a la estancia del rey. Acababan de informarme de que el mensajero navarro había partido de vuelta a Pamplona con el anuncio del nombramiento del nuevo gobernador. Él había hecho un último intento para que lo recibiese y le confirmara de mi propia boca el nombramiento, pero me negué. Aquello hubiese supuesto un desprecio al rey, y yo no lo deseaba.

Llamé y escuché unos pasos que se acercaban. El propio rey Felipe abrió. Estaba solo en el salón.

—Adelante —me invitó, sonriendo, y abrió del todo.

Pasé al salón y me quedé a la espera. Siempre aguardaba a que fuera él quien comenzase las conversaciones.

—¿Qué opináis del nombramiento del nuevo gobernador? —me preguntó.

Incliné la cabeza.

—No dudo de vuestro criterio, pero me preocupa que al frente de Navarra vaya a estar alguien tan acostumbrado a la mano dura como el senescal. Los navarros son mis súbditos, por lo que he de preocuparme en primer lugar por su bienestar.

Felipe negó con la cabeza.

—El primer objetivo de un rey ha de ser despertar el miedo y el terror entre sus enemigos, pues así conseguirá que estos se sometan sin luchar, evitando muertes y destrucciones tan innecesarias como indeseables.

Aunque yo no consideraba a los navarros mis enemigos, entendí lo que el rey quería decirme y asentí.

—En ese caso, creo que es una decisión acertada. Solo espero que los navarros lo vean igual, pues temo que el nombramiento de un gobernador extranjero los disguste.

—Los dos reinos son hermanos. Los navarros llevan casi cincuenta años con reyes franceses y nada ha ocurrido. Ahora el gobernador no hará sino estrechar más aún esos vínculos.

—Coincido con vos, señor, pero no sé si las Cortes lo verán tan claro. Beaumarchais no lo va a tener nada fácil.

—Cuenta con una ventaja; no pertenece a ningún bando y por ello nadie puede acusarlo de partidismo. Eso podría ser un buen comienzo. Si lo consigue, tendríamos a los navarros a nuestro favor y podríamos seguir avanzando en la unión de los dos reinos.

Sonreí con aquel anuncio. Yo no había querido afrontar la cuestión hasta el momento, pero era evidente que el enlace de Juana y el príncipe Felipe era el compromiso idóneo para sellar la unión de Francia y Navarra, así como para salvaguardar los derechos de mi hija.

—Por vuestra sonrisa intuyo que sabéis a lo que me refiero —continuó el rey—. Salisteis de Navarra cuando os querían imponer el casamiento de vuestra hija, e hicisteis bien en ello. Lo que interesa a todos ahora es que concertemos el matrimonio con mi hijo. De ese modo, un día los dos reinos se unirán: Felipe será rey de Navarra y Juana lo será de Francia.

Asentí. Aquello era lo mejor para mi hija, pero también para mí. En la corte de Francia me sentía en casa. Levanté la vista y sonreí de nuevo.

—Tenéis razón, majestad. Es lo mejor para todos. Conviene que concertemos el matrimonio cuanto antes. Cuando Beaumarchais consiga pacificar el reino, se lo comunicaremos a las Cortes. Espero que sepan aceptarlo.

—No os preocupéis —dijo el rey, confiado—; seguro que lo harán.

Incliné la cabeza, en señal de asentimiento. Él, mientras tanto, fue a sentarse en su sillón.

—Por cierto, prima —dijo, una vez acomodado—, ya que hablamos de enlaces, creo que te gustaría saber que no solo Juana cuenta con pretendientes...

Aquello me extrañó.

—¿A quién os referís, señor?

—¿A quién va a ser? Me refiero a vos. Aún sois joven, bella y poderosa. ¿Cómo no habríais de atraer la mirada de los cortejadores?

—¿Señor? —dije yo, confusa.

—No me andaré con rodeos: Edmundo Plantagenet, conde de Lancaster, pretende vuestra mano. Se casó hace unos años con Aveline de Forez, hija del conde Albemarle, cuando esta era una niña. No le duró mucho; no había cumplido los quince y parece que murió por un parto malogrado... En fin, el conde me ha pedido vuestra mano y yo he aceptado. Es el segundo hijo varón del rey de Inglaterra, y conviene tenerlo contento.

Respiré hondo antes de responder. Sabía que estaba bajo la tutela del rey, yo misma lo había buscado, pero no me imaginaba que hubiese decidido algo así sin decírmelo antes siquiera.

—¿No es algo que se me debería haber consultado? —pregunté.

—¿Me preguntasteis vos si podíais acudir a mi corte a pedir auxilio? Creo recordar que no... Llegasteis sin más, y por ello tengo ahora abierto un frente en el sur con el que no contaba, y que consume buena parte de mis tropas y de mis ingresos. Si queréis que Navarra se una a Francia en la persona de vuestra hija, debo mantener buenas relaciones con mi vecino del norte, no sea que se le ocurra hacer alguna insensatez.

Yo permanecía de pie y en silencio, sin poder disimular mi disgusto.

—No se puede elegir una parte del trato, Blanca; o lo tomáis todo, o lo dejáis todo.

Cerré los ojos. Durante toda mi vida había luchado por ejercer mi voluntad y no dejarme arrastrar por lo que los demás decidieran. Sin embargo, estaba claro que mi capacidad de maniobra era ya muy reducida. Si quería que mi hija fuera reina, debía sacrificarme y entregarme a quien el rey considerase oportuno.

—Está bien —dije—. Me casaré con Edmundo, si ese es vuestro deseo, y por el bien de los dos reinos.

Se levantó y sonrió, complacido.

—Habéis elegido bien. Edmundo no es muy mayor, tiene buenas tierras y confío en que os complacerá. Como os he dicho, Aveline no le dio hijos y seguro que espera desfogarse con vos...

Fui a hablar, pero me despidió sin darme oportunidad.

—Regresad a vuestros asuntos. Ahora tengo mucho de lo que ocuparme.

Incliné la cabeza y me retiré. Mientras caminaba por el pasillo, de vuelta a mis aposentos, no dejaba de repetirme entre dientes:

—Es por mi hija, es por mi hija...

# 16

Mientras dormía plácidamente en mi cama, arropado hasta las orejas y soñando todavía con el cálido cuerpo de Béatrice, un golpetazo en la puerta me despertó.

—¿Qué es esto? —grité todavía cegado por la luz que se colaba por las ventanas, incapaz de saber quién estaba entrando en mi habitación. Lo siguiente que sentí fue un puñetazo en la cara.

—¡Maldito! —escuché—. ¿Creías que podías engañarme?

Traté de levantarme de la cama, pero me pegó un nuevo empujón y acabé estrellándome contra la pared.

—¿Qué ocurre? —pregunté, mientras trataba de protegerme. Acababa de darme cuenta de que era Armand, el esposo de Béatrice. Estaba tan colérico que parecían salirle llamas de la cabeza.

—¿Me tomas por estúpido? ¡Porque no lo soy! ¡Fornicaste con mi mujer, bastardo, y por Dios que lo vas a pagar!

En ese momento vi que me lanzaba a la cara mi cuaderno.

—Lo encontré en la cocina … ¿Te niegas a reconocer que es tuyo?

—Yo, yo… —balbucí tratando de buscar algún argumento en mi defensa.

—Ella al menos lo ha reconocido, aunque su fin será el mismo que el tuyo.

—No, por favor —supliqué—, fui yo quien la conduje…

—¡Calla, cretino! ¿Para qué quiero una ramera en mi cama? Moriréis los dos, te lo juro.

Armand me agarró por el cuello y me sacó a empujones de mi casa. Yo iba cubierto solo por la camisa de dormir y las piedras del suelo herían mis pies descalzos. ¿Qué importaba? Iba a morir poco después. Nos había sorprendido en adulterio y la ley le permitía acabar con nuestras vidas. Traté de zafarme en una o en dos ocasiones, pero me golpeó en la cara con un palo que llevaba y me partió el labio. Era tan voluminoso y estaba dominado por tal odio que no había fuerza en el mundo que pudiera detenerle. Al final llegamos ante la entrada del mesón y me empujó al suelo. Allí estaba Béatrice. Tenía un ojo amoratado y magulladuras por todo el cuerpo. Cubría torpemente su desnudez con lo que le quedaba del camisón. Me miró con infinita tristeza mientras las lágrimas se escapaban de sus ojos. El marido se puso entre nosotros y alzó la voz todo lo que pudo, para que lo oyeran los vecinos que allí se encontraban.

—¡Mi mujer y este sucio juglar me han engañado y han fornicado en mi casa mientras yo dormía! —Nos miró a ambos—. ¿Lo negáis? —preguntó.

Tuve la tentación de hacerlo, pero sabía que era inútil, así que guardé silencio. Béatrice asumió su culpa.

—¡Lo han reconocido —dijo—, y yo tomaré ahora mi justicia!

Sacó un gran cuchillo de su cinturón, me agarró por el pelo y me levantó la cabeza. Sentí el frío metal en mi cuello y encomendé mi alma a la misericordia de Dios; pero en ese instante, cuando ya asumía mi inmediato final, se escuchó un alboroto que provenía del fondo de la calle. Una gran multitud venía siguiendo a un grupo de hombres a caballo. A la cabeza de ellos iba un caballero vestido con armadura ligera y sobre un palafrén con un peto ornado con flores de lis. Cuando lo reconocí, mi corazón dio un vuelco.

—Beaumarchais... —susurré todavía con la hoja del cuchillo en el cuello.

El caballero se acercó y me miró. Vi que me reconocía, aunque no lo demostró. Luego, con parsimonia, examinó la escena. Miró a un lado y vio junto a mí a Béatrice, que no dejaba de llorar y que trataba de ocultar sus pechos con la ropa hecha jirones. Después miró al mesonero y su cuchillo. No hacía falta decir qué estaba ocurriendo.

—¿Qué pasa aquí? —dijo desde lo alto de su corcel—. ¿Han hecho algo estos dos que merezca castigo?

—Vive Dios que sí —dijo el mesonero, escupiendo al suelo—. Aprovechándose de mi generosidad, este juglar de mala muerte ¡me engañó para yacer con mi esposa en mi casa! Es adulterio, y por ello merecen la muerte.

Varios de los allí congregados aprobaron las palabras de Armand y alzaron sus voces para pedir justicia. Supongo que les importaba muy poco que el mesonero hubiese sido burlado, pero estaba claro que esa mañana les apetecía ver sangre.

—Puede que tengas derecho a hacer lo que reclamas —dijo Beaumarchais, sin dejarse intimidar por los abucheos de la turba—, pero debo ordenarte que no lo hagas o seré yo entonces quien tenga que aplicar mi justicia.

—¿Vos? ¿Quién se supone que sois vos? —preguntó Armand, extrañado. Yo, con alivio, comprobé que la presión del cuchillo cedía un poco.

—¡Soy el senescal Eustache Beaumarchais y he sido enviado por el rey Felipe para reclutar a los hombres que me acompañarán al reino de Navarra, donde se me ha nombrado nuevo gobernador! El rey me dio permiso para escoger a mis hombres entre los que yo quisiera, y eso es lo que haré. Retira el puñal y deja que ese hombre se una a mi hueste.

Armand miró alrededor. Los que antes jaleaban ahora se retiraban prudentemente unos pasos atrás, sobre todo al ver las armas que portaban los hombres de Beaumarchais.

—¿Qué clase de justicia es esta? Mi honor ha sido mancillado por estos dos y me negáis el derecho a limpiarlo como conviene.

—¿De qué honor me hablas? —preguntó Beaumarchais—. Muchas veces el odio nos ciega tanto que creemos ver monstruos donde solo hay sombras. ¿Los viste tú cuando, según tus palabras, estaban cometiendo adulterio?

Armand dudó antes de contestar.

—No... —dijo tras unos instantes—. Pero no fue necesario. Descubrí su apestoso cuaderno, el que llevaba con él mientras cenaba en el mesón, en el interior de mi cocina. ¿Qué podía hacer allí?

Beaumarchais puso gesto de escepticismo.

—¿Esos son todos tus argumentos? ¡Quién sabe cómo pudo ir a parar allí! Quizá fue tu mujer la que lo robó, o quizá lo hiciste tú...

—¿Yo, yo? —exclamó él, escandalizado—. ¡Cómo osáis! Ellos..., ellos lo han reconocido.

Beaumarchais me miró a los ojos y yo negué levemente con la cabeza, lo suficiente para que él se apercibiera. Tiró de las riendas de su caballo y se giró para preguntar a los allí congregados:

—¿Habéis oído a este hombre reconocer su culpa?

El silencio se hizo en la plaza mientras Beaumarchais giraba en redondo en busca de alguna respuesta. Al final, detuvo su caballo y apuntó a una mujer con el dedo.

—¡Tú, responde! ¿Le escuchaste reconocer su culpa?

La mujer se echó hacia atrás, asustada. Se llevó la mano al pecho y contestó mientras se le trababan las palabras.

—No..., no, lo cierto es que no lo escuché..., solo calló mientras Armand lo acusaba.

—Callarse es reconocer la culpa —protestó Armand.

—No cuando te están amenazando con un cuchillo en el cuello —dijo Beaumarchais—. Si este hombre es juglar, como dices, lo necesitaré en mi tropa. Son muchas las jornadas que quedan hasta Navarra y mis hombres necesitarán distracciones.

—Pero... —comenzó a decir Armand.

—A no ser que prefieras llevar la contraria a un enviado del propio rey.

Armand retiró un poco más el cuchillo y pude notar que la mano con la que me sostenía la cabeza temblaba. Poco a poco me fue soltando hasta que sentí libres mis cabellos. Entonces, me pegó un puntapié en la espalda y me tiró al suelo.

—Llevaos esta escoria si es lo que queréis —dijo a continuación—, pero no creo que mi esposa vaya a formar parte de vuestra hueste por muy puta que sea... Si no puedo limpiar mi honor con él, lo haré con ella. Y ella, además, no lo negó.

Las voces surgieron entre la turbamulta.

—Es cierto —dijo uno—. Todos lo vimos.

Fui a protestar, pero Beaumarchais me ordenó callar.

—Si es así, como bien dices tienes derecho a ejercer tu justicia. Toma a tu mujer y aplícale el castigo que consideres conveniente.

La gente comenzó a aplaudir y a vitorear, mientras yo me ponía en pie y me acercaba al senescal. Este me miró con reproche en los ojos, pero también con una leve sonrisa en los labios.

—Siempre igual... —susurró sobre la barahúnda—. Luego hablaremos.

Estaba a salvo. De milagro, pero a salvo. La gente se había arremolinado alrededor de Armand, quien, con más odio aún que antes, había agarrado a su mujer por el brazo y la arrastraba por la calle. Béatrice no dejaba de gritar y de suplicar. Yo observaba la escena totalmente desolado. Entonces, sin tener en cuenta adónde podrían conducirme mis actos, levanté la mano y grité tan fuerte como pude:

—¡Alto!

La muchedumbre estaba tan enfervorecida que nadie me escuchó, de modo que me acerqué a Armand y grité de nuevo:

—¡Alto! ¡Detente!

Él se giró y me vio. El silencio se hizo de nuevo.

—Ella no merece morir —dije, tratando de que mi voz sonase segura—. Luchemos los dos y que Dios decida quién lleva razón.

Una risa se oyó entre la turba.

—¿Tú? —preguntó el que se reía—. Tú no serías capaz ni de sostener un cuchillo.

Otros corearon la broma mientras el círculo se cerraba en torno a mí.

—¡Dadle una daga al juglar! —gritó uno—. Y explicadle por dónde se coge.

Miré alrededor y vi a Beaumarchais. Estaba claro que de aquella no iba a salvarme. Luego miré a Armand. Todavía dudaba.

—Lucha conmigo —le dije, haciendo acopio de toda mi voluntad— y, si Dios te favorece, lo cual es más que probable, no solo obtendrás la muerte de tu mujer, sino también la mía. Es lo que querías, ¿no es así?

La gente se puso a gritar y a jalear. Aquello era mucho mejor que ver a una mujer morir degollada. Y, además, ninguno tenía la menor duda de que yo iba a sucumbir tras el primer embate, con lo cual finalmente verían las dos cosas. Armand era un toro y yo apenas le llegaba al hombro.

—Está bien —aceptó—. Lucharemos y así mi venganza será completa —y, levantando la vista hacia Beaumarchais, preguntó—: ¿En eso no veis ningún problema?, ¿verdad?

Beaumarchais asintió.

—Él lo ha decidido libremente; a eso no pongo objeción.

Armand soltó a Béatrice y vino hacia mí. Uno de los que miraba sacó un cuchillo y me lo puso en las manos. Todavía estaba haciéndome a la empuñadura cuando el mesonero se me echó encima, tratando de herirme. Lo esquivé como pude, pero me rozó la cara con la punta del acero y noté cómo la sangre me corría por la mejilla. Retrocedí atropelladamente y puse el puñal ante mí, para protegerme del siguiente embate, mientras maldecía mi estupidez. Armand sonrió y avanzó decidido, dispuesto a cortarme el cuello. Todos lo jaleaban, ansiosos de verme morir.

—Ha llegado tu hora, bellaco —dijo.

Dio dos largos pasos y lanzó el brazo para herirme en el pecho, pero yo esquivé el puñal, me agaché y le clavé mi arma en el estómago. Al instante sentí sobre mi mano la sangre caliente; cuando alcé la vista, me encontré su expresión de sorpresa y de horror. Miró hacia abajo y vio cómo la sangre le salía a borbotones. Fue a decir algo, pero las palabras se le ahogaron y cayó desplomado sobre el suelo.

Nadie se movía. Todos habían dado por descontado que yo moriría y que Armand lograría su venganza. Solo se escuchaban los sollozos de Béatrice, que lloraba desconsoladamente arrodillada en el suelo.

—Yo, yo... —fue todo lo que pude decirle.

Beaumarchais se acercó de nuevo.

—Te he salvado de morir, Guilhem. Ahora debes corresponderme.

Solté la daga y levanté la mirada.

—Tened por seguro que así lo haré, señor.

Él me miró y dijo:

—Recoge tus cosas y sígueme.

Mientras algunos vecinos se acercaban al cuerpo de Armand, y Béatrice se escabullía sin que me diera tiempo a decirle nada más, me dirigí corriendo a mi casa. Me vestí deprisa y tomé un cuaderno en blanco que tenía pensado vender para poder comer durante algunos días más. Ya no sería necesario.

A la carrera alcancé la comitiva, que ya dejaba la ciudad atrás. Llegué a la altura del senescal y le pregunté:

—Decidme, señor, ¿en qué puedo serviros de nuevo? Os debo la vida; así que os daré lo que me pidáis, si bien es cierto que no tengo nada.

Él sonrió ante mi sinceridad y me dijo:

—No eres mal soldado y quizá en algún momento hayas de usar de nuevo la espada o la ballesta, pero te quiero para otro cometido. Necesito a alguien que tome nota de todo lo que va a ocurrir. Durante años he visto cómo me eran encomendadas las labores más duras y las misiones más arriesgadas mientras otros recibían los loores y las recompensas, tú lo sabes muy bien. No estoy dispuesto a consentirlo más, ni a aguantar que los grandes linajes de Francia me miren de nuevo con desprecio por no ser uno de los suyos. Tú, Guilhem, serás el encargado de que mi nombre no caiga jamás en el olvido y de que todos sepan quién es el más fiel servidor del rey Felipe. Busca la verdad cuando sea posible y miente o inventa cuando lo consideres necesario, pero sobre todo ayúdame a elevarme al lugar que merezco. ¿Lo harás?

No podía imaginar nada mejor, y respondí entusiasmado:

—Por supuesto que sí, señor. Os serviré con lealtad como siempre he hecho y cumpliré con mi misión. Os doy mi palabra.

Y así, solo unas horas después de haber estado al borde de la muerte y cuando pensaba que ya nunca más habría de usar la espada ni la pluma, uní de nuevo mis pasos al senescal Beaumarchais en un cometido del que por nada del mundo podía imaginar lo que habría de depararme.

Panadero, poeta y soldado... ¿Jugaba Dios conmigo?

# 17

U n gobernador francés?
      El mensajero asintió con la cabeza. Junto a mí, Gonzalo Ibáñez de Baztán se mantenía imperturbable.

—Sí, señor Monteagudo. Se trata de Eustache Beaumarchais, senescal en Toulouse. Un hombre enérgico, más dado a la mano dura que a la negociación. Limpió los bosques de malhechores, y se cuentan por miles los que mandó ajusticiar. Dicen que hubo un momento en que en el camino de Toulouse a Montauban no había un árbol del que no colgase un bandido.

Inspiré hondo. Yo había sido demasiado blando, ahora me daba cuenta, pero no estaba seguro de que llenar los caminos de ahorcados fuese lo que Navarra necesitaba en aquel momento.

—¿Y decís que ha sido el rey Felipe quien lo ha nombrado?

—Sí; el rey Felipe con su corte de consejeros, los más importantes del reino. Por mucho que lo intenté, no me fue posible hablar con la reina regente. El rey se encargó de que quedase claro que las decisiones las toma él.

Don Gonzalo se acercó y me dijo al oído:

—Todos nuestros esfuerzos han sido en vano. Es evidente que el matrimonio de doña Juana con Alfonso de Aragón ha quedado en nada. El caso es que ahora tenemos un rey que no ha sido jurado por las Cortes.

—Peor aún —dije—, un rey que ni se ha molestado en solicitar nuestra aprobación...

Me dirigí de nuevo al mensajero.

—¿Se sabe cuándo ha de llegar el nuevo gobernador?

—Cuando partí, ya estaba reclutando a los hombres que habrían de acompañarlo. Su intención era pasar por Toulouse y otras ciudades y juntar a su tropa. Es muy popular. Trata bien a los que le son fieles y sabe recompensarlos adecuadamente; lo que quita a los ajusticiados se lo da a los que ajustician.

—Tenemos que estar preparados para cuando llegue —dije, volviéndome de nuevo a don Gonzalo y procurando que el mensajero no nos escuchase—; si es como dice, no tardará mucho. No es la elección que hubiese querido, pero tal como están las cosas no me parece prudente oponernos. Algunos podrían entender con ello que la reina Juana ya no es la heredera legítima y eso podría acrecentar los intentos aragoneses y castellanos por hacerse con nuestro trono. ¿No os parece?

—Así lo creo. Yo también dudo que el nombramiento sea acertado, pero lo más sensato es darlo por bueno, al menos de momento. Hay muchos esperando cualquier resquicio para abrir una grieta.

Despedí al mensajero y me senté. Estaba cansado. No deseaba más que recibir al nuevo gobernador y poder despedirme del cargo que no me había traído más que sinsabores. Para evitar el desorden, había aceptado mantener el mando hasta la llegada del senescal. Ahora que veía cercano el relevo, me sentía aliviado. Solo una cosa seguía inquietándome: García Almoravid.

—¿Qué haremos ahora? —pregunté—. Si anunciamos a mi sucesor antes de su llegada, García Almoravid podría utilizarlo para oponerse a su toma de poder. Estoy convencido de que cualquier nombre le hubiese parecido mal, pero el hecho de que sea francés lo empeora.

—Y más aún que sea un hombre duro e inflexible. Don García quizá no tenga ahora las mismas facilidades para oponerse a todo.

Encajé aquel golpe; aquellas facilidades se las había dado yo, aunque don Gonzalo no lo hubiese querido decir de forma tan clara.

—Lo mejor —continué— será que no desvelemos su identidad hasta que llegue a Pamplona o, al menos, hasta que entre en Navarra; lo suficiente para que García Almoravid no tenga tiempo de reaccionar. Será mejor que el mensajero no se aleje. Quizá habría que retenerlo aquí algunos días, ¿no?

—Buena idea. Me encargaré personalmente de que permanezca aquí al menos una semana y de que no le falten comida, vino y buena compañía.

Se despidió y dejó el salón. Yo seguía dándole vueltas a la noticia. ¿Trataría el monarca de llevar aquella política más lejos aún y prometer a su hijo Felipe con la reina Juana? A tenor de lo visto, era el resultado lógico de que Blanca de Artois estuviera ahora en París y de que hubiese renunciado a la regencia.

Yo lo sabía y no dudaba de que se fuera a producir. Lo que ya no tenía tan claro era lo que dicho compromiso podría acarrear.

El frío viento de diciembre me azotó en la cara nada más salir a la calle, y sentí cómo me atravesaba las ropas. Los días anteriores había estado trabajando sin descanso en la casa de Adrien y Anaïs, tratando de convertir aquella ruina en un lugar, al menos, habitable. Había tenido dificultad a la hora de encontrar un albañil que me ayudara, pero finalmente lo hallé, lo que me permitió concentrarme en el tejado. Había cambiado ya todas las tablas viejas y podridas y en breve comenzaría a colocar las tejas. Por fortuna, el final de año estaba siendo frío, pero seco. Adrien estaba satisfecho con el ritmo que llevaban las obras, y yo más aún por poder estar todos los días cerca de Anaïs. En casa, por las noches, me revolvía en la cama mientras pensaba en ella, en su sonrisa, en sus ojos, en el calor de sus labios.

Una ráfaga de viento barrió la calle y me sacó de mis ensoñaciones. Me cubrí la cabeza con la capucha de la capa. Sentí un estremecimiento, pero no por el frío, sino por los nervios que me atenazaban. Había decidido que aquel sería el día en el que le diría a Isabel la verdad. Había estado posponiendo la visita que le había prometido por medio de la pequeña Jimena, pero tocaba ya afrontar la realidad y comportarme como un hombre. Sabía que aquello no sería fácil y que tanto Isabel como su padre se lo tomarían como una afrenta, pero estaba convencido de que era lo que debía hacer.

Cerré la puerta y me encaminé cabizbajo por las callejuelas que conducían a casa de Isabel. Aunque estuviera convencido, no sabía cómo afrontar aquello. ¿Cómo se lo diría sin hacerle daño? Cuando estaba a punto de llegar a la carnicería de Enrique vi en la calle a Jimena.

—¡Pssst, Jimena! —la llamé.

La niña se dio la vuelta y se acercó, sonriendo.

—¡Hola! —dijo—. Mi hermana lleva semanas esperándote… Ya pensaba que no querías volver a verla.

—No es así —respondí, después de tragar saliva—. Es solo que he tenido mucho trabajo. ¿Está tu hermana en casa?

—Sí, está dentro con mi padre, adobando carne. Pero puedo decirle que salga.

Tuve ganas de decirle que no, que ya volvería otro día en que estuviera menos ocupada. Sin embargo, dentro de mí sentía que tenía que acabar con aquello cuanto antes.

—Está bien. Dile que salga. La esperaré aquí mismo, a resguardo del viento.

La niña entró en casa mientras yo esperaba de pie, protegido del aire por el muro de una casa cercana. Apretaba los dientes y movía las piernas sin parar, para calentarme. Al poco, apareció Isabel, seguida de cerca por su hermana. Todavía traía las manos manchadas de ajo y perejil, y con olor a vinagre. Se había echado por encima una capa para protegerse del frío y sonreía ligeramente. Al fondo, en la carnicería, pude ver a Enrique. Me miró con gesto contrariado y luego volvió a meterse en el interior.

—Hola, Íñigo —dijo Isabel, al llegar—. Hacía mucho que no venías a verme.

—Lo sé. He tenido mucho trabajo.

—¿También los domingos?

—Sí —respondí, nervioso—. Cuando no tengo que trabajar en San Cernin tengo que hacerlo en el taller, preparando cosas. Me hace falta el dinero.

Mientras hablábamos, Jimena se había ido acercando para escuchar mejor la conversación.

—Jimena, ¿por qué no te vas a jugar un poco por ahí? —dijo su hermana, enfadada.

—¿Que me vaya? —preguntó la niña—. ¿Qué pasa? ¿Vais a besaros?

A Isabel se le subieron los colores a las mejillas.

—¡Vete a casa! —le gritó—. ¡Quiero hablar a solas!

—A padre esto no le va a gustar.

—De eso ya me ocuparé yo después. ¡Ahora vete!

Jimena se fue un poco más allá. Se sentó a la entrada de una casa y se puso a jugar con unas piedras.

—Isabel, yo... —comencé a decir, pero ella me interrumpió.

—Mis padres dicen que llevamos un tiempo viéndonos y que deberíamos hablar ya de nuestra relación más en serio. Ya sabes que mi padre es un hombre respetado aquí, en la Navarrería, y no le gusta que estemos viéndonos sin más. A él le gustaría que pusiéramos las cosas en claro. ¿Entiendes?

—Sí, lo entiendo... —Me costaba mantener la mirada y jugueteaba con los cordones de la capa—. El caso es que yo también quería hablarte.

—¿Ah, sí? —preguntó ella, y su cara se iluminó.

—Sí —dije, cada vez más nervioso—. Tú me gustas, ya lo sabes, y lo paso bien contigo.

—Tú también me gustas —dijo, y se acercó un poco más.

Me arrepentí de haber utilizado esas palabras. Ahora no sabía cómo seguir sin hacerle más daño aún.

—Isabel, no sé cómo decirte...

—Si no sabes cómo decirlo —me interrumpió—, no digas nada.

Y antes de que pudiera hablar, dio otro paso y me besó en los labios.

—¡Bien! —gritó Jimena, nada más verlo.

Me separé de inmediato, todavía aturdido.

—Espera, Isabel, por favor, no quiero seguir con esto.

Ella se separó, desconcertada.

—¿Qué pasa? ¿No te ha gustado?

—No, bueno, sí... Quiero decir que esto no es lo que deseo. —Respiré hondo y continué—: No voy a mentirte, hay otra mujer que me gusta y quiero estar con ella. Es mejor que no sigamos viéndonos.

Trataba con todas mis fuerzas de no desviar la mirada. Isabel, frente a mí, estaba sorprendida.

—Íñigo...

Alargué una mano para tomarle el brazo, pero ella se giró rápido y, al hacerlo, tropezó y cayó al suelo, lastimándose la pierna. Me agaché para ayudarla, pero ella se revolvió y me apartó.

—¡Fuera! ¡Déjame!

Con las voces Enrique salió a la calle y vio a su hija en el suelo, tratando de ponerse en pie y magullada.

—¡Ha sido Íñigo! —gritó Jimena—. ¡La ha empujado!

Enrique llegó a la carrera, me agarró por el cuello y me empujó contra la pared.

—¿Qué has hecho, malnacido?

—No... he hecho nada... —balbucí—. Isabel, díselo.

Ella se levantó despacio, palpándose la herida. Se acercó a su padre y le agarró por el brazo que me sostenía.

—No merece la pena, padre. Vámonos a casa.

Sentí cómo la mano que me apretaba se iba aflojando poco a poco. Isabel mantenía la cabeza gacha y rehuía mi mirada.

—Lo siento, Isabel... —acerté a decir.

El carnicero tomó a su hija por la cintura y ambos se alejaron, pero antes de entrar en casa Enrique se volvió y me dijo:

—Pagarás por esto; tarde o temprano lo pagarás.

Mientras entraban y cerraban de un portazo, yo me volví y regresé al taller. Solo tenía ganas de coger el martillo y golpear clavos hasta que me saliesen ampollas en las manos. Por una parte me sentía liberado de la carga que arrastraba desde meses atrás, pero al tiempo no podía aplacar el sentimiento de culpa que alojaba en el pecho. Isabel no se merecía algo así. Tampoco su familia.

Y estaba seguro de que aquel desplante, como Enrique me había advertido, habría de pagarlo, tarde o temprano.

# 18

Estaba agotado por la caminata. Habían pasado tres semanas desde que partimos de Toulouse y, por fin, nos encontrábamos en Larrasoaña, muy cerca ya de Pamplona. Yo, como muchos otros, no tenía caballo, con lo cual hube de realizar todo el camino andando. Varias jornadas tuvimos que caminar bajo la lluvia y, al mojárseme el calzado, me terminaron saliendo llagas. Solo deseaba llegar de una vez a Pamplona y descansar.

Beaumarchais, con un plan muy estudiado, se había dirigido a aquellas poblaciones en las que contaba con más adeptos, y en todas ellas había logrado el apoyo de buenos caballeros para aumentar su tropa. Desde Toulouse nos dirigimos a la Gascuña, donde el senescal fue muy bien acogido, y de allí a Salvatierra y a San Juan de Pie de Puerto, ya en la Baja Navarra, en las faldas de los Pirineos. Allí descansamos un día, lo que yo aproveché para recitar mis poemas por la noche y ganarme unas monedas. En aquel lugar nadie había oído nunca aquellas canciones, y todos me miraban con los ojos muy abiertos mientras yo contaba las hazañas del rey Felipe el Atrevido. Una muchacha no me quitó ojo durante todo el tiempo y, al acabar, me acerqué para cortejarla, pero el padre de la chica apareció entonces para llevársela del brazo a casa. Qué lástima.

De San Juan de Pie de Puerto pasamos a Roncesvalles, ya al otro lado de los Pirineos, y todos los integrantes de la comitiva acudimos a rezar y a pedir perdón en el hospital donde se alojaban los peregrinos que iban a Santiago de Compostela. Descansamos un día más y luego proseguimos hasta llegar a Larrasoaña, donde en aquel momento hacíamos noche.

Mientras me frotaba los pies con hojas de árnica para aliviar los dolores, pensaba en cómo comenzar mi nuevo cantar. Estaba claro que lo primero sería una invocación a la Santísima Trinidad y, seguidamente, una loa a Jesucristo, para pedirle fuerzas y salud con el fin de alcanzar mi propósito: relatar la historia de mi gran señor, el gobernador Beaumarchais. Tomé la pluma y escribí unas ideas a la luz de una pequeña fogata; quizá luego las desechara, pero de momento me servían para ir dando forma a mi discurso. Entonces sentí que alguien se acercaba y, al volverme, vi que era el propio senescal. Venía muy ataviado y con unas botas de cuero altas e impolutas. Sentado en el suelo, sucio y descalzo, me sentí como un pordiosero.

—Señor —dije, mientras me ponía de pie—, ¿ocurre algo?

—No, Guilhem; nada en absoluto. Y eso me extraña…

—¿Os extraña? —pregunté, sin comprender a qué se debía la preocupación de mi señor.

—Sí. Hace ya varias semanas que salí de París, y en todo este tiempo todavía no he tenido noticias de nadie de Navarra, ni para bien ni para mal. El mensajero que partió de vuelta tuvo que transmitir la noticia. ¿Por qué entonces nadie parece haberla recibido?

Recapacité un instante. Habitualmente no tenía que preocuparme por cuestiones como esas. Mi vida discurría por cauces más sencillos y mis mayores preocupaciones eran qué comer hoy o dónde o con quién dormir mañana. Los enredos, las alianzas y las intrigas no eran asuntos en los que me desenvolviera con comodidad. Sin embargo, si mi objetivo era glosar la vida de mi señor, tendría que ir tomando nota de todo lo que viera y también de cómo mi señor había llegado a ocupar su cargo y gozar de la estima del rey de Francia. Por eso me atreví a preguntarle:

—¿Creéis que no han recibido la noticia o que no se han dado por enterados?

Beaumarchais sonrió.

—Me temo que se trata de lo segundo. Estoy convencido de que el mensajero llegó a Navarra sin problemas. Tú mismo participaste conmigo en la limpieza de los caminos y los montes del Poitou, de Auvernia y de Toulouse. Y los de otras regiones han tomado también buena nota. No conozco mejor medicina para prevenir el robo que colgar a un ladrón.

—Así es. Hoy uno puede ir por los caminos de Francia tan seguro como por el claustro de un convento de monjas.

—Por eso —prosiguió—, el mensajero debió de llegar hace tiempo y lo normal es que hubiese transmitido la noticia al anterior gobernador para que supiera a quién tenía que traspasar el poder. ¿Por qué no ha salido a nuestro encuentro? ¿A qué espera? Empiezo a pensar que ha preferido mantener en secreto mi elección, y eso me preocupa. No es comenzar con muy buen pie el que desconfíen de mi nombramiento.

Dudé ante aquellas palabras. No tenía muy claro si mi señor me estaba pidiendo consejo o simplemente pensaba en alto.

—Si me lo permitís —dije entonces—, puede que el anterior gobernador no haya querido que se conozca la noticia para evitar que los partidarios o detractores puedan movilizarse. Si el reino está convulso y precisa de alguien que venga a pacificarlo, no es buena idea anunciar con demasiada premura la llegada de quien ha de encargarse de hacerlo. Eso podría poner en peligro vuestro cometido...

Vi la sorpresa en sus ojos.

—¡Guilhem Anelier!, no conocía esa faceta vuestra de intrigante...

—¿Señor?

—Sí, no disimuléis. Creo que habéis dado en el clavo. Por lo que he oído, el antiguo gobernador era un hombre sensato. Puede que algo pusilánime, pero también prudente y reflexivo. En efecto, si mi llegada se hubiese anunciado con demasiada antelación, alguna facción podría haberse manifestado en contra de inmediato. Y más teniendo en cuenta que a partir de ahora tendrán un gobernador extranjero.

—La reina regente está en París al amparo del rey Felipe. No debería sorprenderles tanto...

—No debería, pero creo que los navarros son muy orgullosos y muy celosos de sus costumbres. Me extrañaría que me acogieran con gusto... En todo caso, si no puedo conseguir que me quieran, tendré que conseguir que, al menos, me respeten.

—Si están tan revueltos como decís, señor, no tardarán en apreciaros. Nadie como vos podrá traer de nuevo la paz y la concordia a este reino.

Beaumarchais asintió:

—Sí, solo espero que la misión que ahora afrontamos no sea tan sangrienta como las que dejo atrás. Aunque haya de enfrentarme a los nobles navarros, trataré por todos los medios de que mi gobierno traiga sosiego a este reino. Eso quizá reste emoción a tu historia, ¿verdad?

—Solo Dios sabe si mis versos serán de sangre o de paz —respondí—, pero yo también espero que la calma reine en vuestro cometido.

Al día siguiente, muy de mañana, el campamento fue levantado y reemprendimos el camino hacia Pamplona. Acabábamos de divisar, en la lejanía, la torre de la catedral cuando vimos que se acercaban dos jinetes. El gobernador ordenó detener la marcha y se adelantó hasta colocarse a la cabeza de la comitiva, junto a los portadores de los estandartes. Los caballeros nos alcanzaron y se presentaron a mi señor.

—Señor Beaumarchais, mi nombre es Pascual Beltza y me acompaña Miguel de Larraina. Acudimos en representación de la Navarrería y venimos a mostraros nuestro respeto y a preveniros de lo que encontraréis.

—¿A prevenirme? ¿De qué habéis de prevenirme si se puede saber?

—Señor —intervino Miguel de Larraina—, debéis saber que en los últimos tiempos el burgo de San Cernin y la población de San Nicolás se han comportado de manera indigna contra nosotros, violentándonos y mancillando el nombre de la catedral de Pamplona, a la cual tendrían que honrar. Ello nos ha obligado a tomar medidas con el único objetivo de nuestra propia defensa, pero lo han utilizado como excusa para levantar artefactos y máquinas de guerra y apuntarnos con ellos para amenazarnos. Os invitamos a que nos acompañéis, si así lo deseáis, para que podáis verlo con vuestros propios ojos.

Beaumarchais recapacitó unos instantes.

—Está bien —dijo—, me honra que hayáis salido a mi encuentro y que me invitéis a la Navarrería. Es mi intención gobernar el reino y hacerlo con equidad y justicia y he de contar con todos aquellos que busquen como yo la paz y la concordia. En todo caso, de momento prefiero que nadie salga a recibirme. No es mi deseo sembrar rencillas entre las buenas villas o los nobles, y desearía ser yo el que dicte los tiempos.

Los enviados de la Navarrería inclinaron la cabeza respetuosamente y, dando media vuelta, se dirigieron de nuevo a Pamplona. Étienne, uno de los consejeros del gobernador, se acercó a él.

—Señor, ¿serán sinceras esas palabras? Por lo que habíamos oído, el conflicto lo comenzaron ellos al levantar las defensas en su propia muralla.

—Así es. En todo conflicto parece necesario siempre echar la culpa al contrario. De todos modos, lo que más me extraña es que no hayan nombrado en ningún momento a García Almoravid, quien, como nos informaron, es el hombre fuerte de la Navarrería. Ha debido de enterarse de mi llegada, pero no querrá decantarse de momento hacia mí o en mi contra; por eso envía a sus lacayos. —Reflexionó en silencio durante un momento y luego añadió—: No caeré en su trampa. Sigamos camino, pero no a Pamplona.

Reanudamos la marcha, pero cuando ya el perfil de la ciudad comenzaba a hacerse más claro nos desviamos del camino principal y tomamos dirección a Tiebas, al sur de Pamplona, donde el rey Teobaldo, el segundo de su nombre, había construido un palacio. El gobernador fue bien recibido por las autoridades de la localidad y nos alojamos allí. Fuera hacía mucho frío y todos agradecimos protegernos del viento helado y poder calentarnos junto a las chimeneas. Dejé el zurrón en el suelo y me acomodé en una esquina. Tenía los pies fríos y doloridos y estaba cansado por la caminata, pero las ganas de escribir fueron mayores y empuñé la pluma. Esta parecía correr sola mientras narraba el encuentro de aquel día. En ese momento, sin embargo, Beaumarchais se acercó y me llamó a su lado:

—Ven, Guilhem, quiero hablar contigo.

Me levanté de un brinco y acompañé a mi señor por un largo pasillo hasta la estancia principal del palacio. Acababan de encender la chimenea y todavía se sentía humedad en la gran sala, cuyos muros dejaban pasar la luz a través de los cristales de colores de las tracerías. De la cocina provenía un delicioso olor a ganso asado, y la boca se me hizo agua. Los consejeros del gobernador, allí reunidos, me miraban con manifiesto desprecio mientras yo hacía esfuerzos para que no me sonasen las tripas.

—Señores —comenzó Beaumarchais, dirigiéndose a ellos—, contamos en nuestra comitiva con un poeta. Los demás analizamos la realidad de manera prudente y sosegada, pero los poetas tienen la cualidad de ver el mundo desde la imaginación y la fantasía. Por ese motivo, cuando un problema es complejo, a veces sus respuestas son tan descabelladas que resultan ser pertinentes. No me privaré de su consejo, dado que entre nosotros hay división de opiniones.

Estaba aturdido; solo había tenido una breve conversación con mi señor y ahora parecía tomarme por uno de sus consejeros.

—Guilhem, sabes que los de la Navarrería nos han invitado a entrar en su ciudad y nos han querido predisponer a su favor en el conflicto que mantienen con los burgos vecinos. Está claro que debo entrar en Pamplona, pues es la capital del reino y desde donde se espera que gobierne, pero ¿qué opinas tú? ¿Crees que deberíamos ir a la Navarrería, como me aconsejan unos, o hacerlo a los otros burgos, como dicen otros?

Guardé silencio. Tenía una idea acerca de lo que el gobernador debía hacer, pero, como él mismo había dicho, era «descabellada». Temía quedar en ridículo o, mucho peor, provocar el desprecio de mi señor. Uno de los consejeros que estaba a su lado se adelantó y tomó la palabra.

—Señor —dijo con tono irónico—, parece que el poeta es más diestro con la pluma que con la lengua, pero inútil en todo caso para resolver problemas políticos como este...

—¡Un momento! —exclamé—. Creo que tengo una respuesta.

Todos se quedaron asombrados, sobre todo el consejero al que había interrumpido.

—Señor, vos sois el nuevo gobernador y por ello debéis actuar como os plazca, sin que nadie os condicione. Por lo que he oído, el odio entre los burgos es grande y, por ello, cualquier gesto por vuestra parte puede ser malinterpretado. Pero también es verdad que si no entráis en la capital todos considerarán que no habéis sido suficientemente valiente...

—¡Cómo os atrevéis! —exclamó uno de los consejeros.

—¡Silencio, Étienne! Quiero escuchar lo que tiene que decir.

El consejero retrocedió, claramente enojado.

—Señor —proseguí—, creo que debéis entrar en Pamplona y mostrar a todos vuestra posición, pero no debéis acudir ni a la Navarrería ni a los burgos de francos; tenéis que ir a su santa catedral. Esta no es ni de unos ni de otros y está por encima de todos ellos. De ese modo, nadie podrá acusaros de tomar partido. Y, si me lo permitís, creo que habéis de hacerlo solo. Debéis dejar vuestras armas a la puerta de la ciudad y entrar devotamente a suplicar a Dios que os acompañe en vuestra compleja misión. Tiempo habrá para que decidáis después dónde queréis establecer vuestro cuartel, y quizá en ese momento sea preferible que lo hagáis allá donde tengáis más partidarios. Pero ahora es tiempo para templar ánimos, no para crisparlos. Ese es mi parecer, señor.

—La catedral está en la Navarrería —dijo Étienne—. Ir allí no es ser ecuánime, sino tomar partido.

—La catedral está en la Navarrería —dije, dirigiéndome a Beaumarchais—, pero es de Dios, y vos iréis desarmado y con intención de rezar. ¿Quién podrá acusaros de nada? Allí oraréis y allí os alojaréis si os place. Si el obispo es de buen corazón, os acogerá en su propia casa.

El silencio se hizo en la sala mientras el gobernador reflexionaba cabizbajo sobre aquellas palabras. Al fin, levantó la vista y en sus ojos leí la determinación.

—Tienes razón, Guilhem. Haré como dices.

—Pero... —se adelantó a decir Étienne.

—No hay peros; creo que es la mejor solución al problema que se nos ha planteado.

El gobernador levantó la sesión y abandonó la sala, contento por haber salido bien de aquello, aunque disgustado por no haber podido probar el ganso asado. Mientras salía, pude escuchar los cuchicheos de los consejeros a mi espalda. La confianza depositada en mí me hacía sentir muy orgulloso, pero estaba seguro de que terminaría trayéndome problemas.

A la mañana siguiente, domingo, Beaumarchais se despertó con la primera luz del día. Se puso sus mejores galas y llamó a dos de sus hombres para que lo acompañaran. Luego me avisó también a mí.

—Quiero que tomes nota del primer día de mi gobierno en el reino —me dijo.

Salimos a caballo y en unas dos horas divisamos, sobre la llanura, el contorno de la capital. Siguiendo el camino entre los campos de trigo y cebada llegamos al Chapitel y nos dirigimos a la puerta de la Navarrería, donde descabalgamos. El gobernador le dio la espada a uno de sus hombres y, seguido solo por mí, se dirigió por la rúa Mayor hacia la catedral. La puerta estaba abierta y entró. Un canónigo le salió al paso. Por su indumentaria debió de entender que Beaumarchais era un gran señor, pero no lo conocía.

—Anunciad al obispo que yo, Eustache Beaumarchais, gobernador de Navarra, he venido humildemente a rezar a la catedral de Pamplona y a pedir a Dios que me acompañe en mi tarea.

El religioso, aturdido, inclinó la cabeza y se retiró, mientras

Beaumarchais avanzaba por el interior del templo hasta llegar al altar. Una vez allí, se inclinó y oró ante la imagen de Cristo. Cuando terminó, levantó la vista y me sonrió.

—Ya está. Mañana todos sabrán quién es el nuevo gobernador y no me tomarán ni por un cobarde ni por un tendencioso.

—No —dije—, os verán tan firme como una roca y tan fiero como un león.

—Vuelve a Tiebas y di a todos que el gobernador ha entrado en la capital con firmeza y humildad. Ahora me entrevistaré con el obispo. Es urgente contar con su apoyo.

—Muy bien, señor —dije y me retiré. Estaba exultante.

Abandoné la catedral antes de que el obispo llegase, pero cuando caminaba de nuevo hacia el Chapitel la noticia ya comenzaba a correr de boca en boca por las callejuelas de Pamplona.

El nuevo gobernador había llegado.

# TERCERA PARTE

# 1276

# 1

Andrés pegó un puñetazo en la mesa, mientras con la otra mano se tapaba los ojos. Lo conocía muy bien como para saber que estaba loco de ira. Acababa de decirle que no iba a seguir viendo a Isabel. A su lado, Leonor contenía la respiración. Andrés no solía enfadarse a menudo, pero cuando lo hacía era como si se desatara una tormenta. Mientras tanto, yo permanecía impasible, sentado en la silla con la espalda recta y dispuesto a soportar el rapapolvo si era necesario, pero totalmente convencido de no cambiar de opinión por nada que me dijeran.

—¡La hija del carnicero! ¡Joven, guapa, enamorada de ti! ¡Y la desprecias por una francesa hija de un zapatero que no tiene ni casa ni taller! —Andrés tomó aire antes de continuar—: ¿Tú estás loco o quieres volvernos locos a los demás?

Me tomé mi tiempo antes de contestar. Quería a Andrés y a Leonor, y no deseaba por nada del mundo que aquella discusión desembocase en un distanciamiento.

—Ni una cosa ni otra —dije al fin, con toda la calma que pude—. Solo estoy tratando de hacer lo que me dicta el corazón. ¿Es ese un delito tan grave?

—No es un delito, ¡es una estupidez! El corazón puede decir lo que quiera, pero la cabeza la tenemos para pensar. Si tuvieras un poco de sensatez, te casarías con Isabel y luego te acostarías con quien quisieras o con quien pudieras, si es que ella no es capaz de complacerte, que lo dudo.

Negué con la cabeza.

—Yo no quiero mentir a nadie; y menos a Isabel. Es una buena muchacha y se merece a alguien que la quiera. No creo que le falten pretendientes, la verdad.

—Pues por alguna extraña razón, que no acabo de entender, ella se había encaprichado de ti, y su padre lo había visto bien. Ahora Enrique te hará la vida imposible, de eso estoy seguro. Has rechazado a su hija. Y no solo eso...

—¿A qué te refieres? —pregunté extrañado. Andrés inspiró hondo.

—No quería decírtelo, pero últimamente me han llegado muchos rumores sobre ti. Y no precisamente buenos.

—Habla claro. ¿Qué rumores son esos?

—La gente dice que estás en muy buenas relaciones con los del Burgo y algunos incluso afirman que te vieron hablando con el gobernador Monteagudo, cuando nos quiso humillar al obligarnos a retirar nuestras defensas.

No daba crédito a lo que estaba escuchando.

—Por supuesto que hablé con el gobernador aquel día, lo recuerdo. Pero solo le dije que ojalá pudiera lograr la concordia entre los burgos, nada más.

—Pues no es eso lo que dicen...

—¿Qué es lo que dicen? ¿Y quién lo dice?

—Entre otros, Gil, el sidrero, que estaba a tu lado aquel día. Me ha dicho que le pediste al gobernador que acabara con las insensateces que se estaban cometiendo en la Navarrería.

Recordaba muy bien aquel día; y por supuesto recordaba no haber dicho nada de eso. Y me dolía especialmente que Gil, a quien consideraba un amigo, fuera malmetiendo de esa manera a mis espaldas.

—Eso no son más que estupideces, Andrés. Yo no dije nada sobre las defensas de la Navarrería. Como te he dicho, solo le deseé suerte en su labor como gobernador, nada más. Me parece increíble que prestes oídos a esas habladurías y no a mi propia palabra.

Él negó con la cabeza.

—Yo no doy más valor a las palabras de los demás que a la tuya, solo te estoy diciendo lo que se comenta por ahí. Que conversaras con el gobernador no es ni bueno ni malo, pero es que encima te pasas todo el día trabajando en el Burgo y, además, te enamoras de una francesa y desprecias a la hija de uno de los hombres más respetados de la Navarrería. ¿Qué va a ser lo siguiente que se te ocurra?, ¿prenderle fuego a la catedral?

—Yo no quise rechazarla, pero no puedes pretender que decida con quién voy a compartir mi vida atendiendo a lo que los demás digan.

—Te repito que yo no pretendo nada, solo te aviso. Enrique tiene una posición en la villa, ¿entiendes? Y que tú hayas actuado de esta manera es para él como si le hubieses dado una bofetada en público. Por el aprecio que te tengo, harías mejor en no dejarte ver mucho por aquí en los próximos días. Si tanto tienes que hacer en San Cernin, valdría más que te centrases en ello y no vinieses a casa más que a dormir.

—Eso ya lo hago. Tengo trabajo hasta para las noches, si quisiera.

—Trabajo y lo que no es trabajo —dijo Andrés, con desdén—. No trates de engañarme. Qué tiene esa jovencita que no tenga Isabel, ¿eh? Dímelo, me gustaría saberlo.

Me froté la cara con la mano. ¿Cómo decir aquello?

—No tiene nada que Isabel no tenga —respondí—. Pero cuando estoy junto a ella siento que todo el mundo alrededor sobra, que solo estamos ella y yo, que podría morirme en ese mismo instante y no echaría nada en falta... ¿Nunca has sentido algo así?

Andrés se quedó en silencio. Notaba que algo se removía en su interior, pero que no quería decirlo.

—Yo sí lo sentí, Íñigo —intervino entonces Leonor, justo en el momento en que Andrés iba a responder—. Y no hay nada más bello en el mundo. Cuando lo miras con el paso de los años lo recuerdas apenas como un suspiro, una llamarada a punto de apagarse, pero que aun así calienta y da luz. Uno no debería morirse sin haber vivido algo así; y tú tienes la suerte de haberlo experimentado. Yo fui afortunada y me alegro de que tú también lo seas.

—¡Válgame Dios! —exclamó Andrés, desesperado—. Si tú también le das la razón, ¿cómo esperas que le ayudemos?

—No necesita ayuda. Lo que tiene no es un problema. Solo está enamorado.

Leonor se levantó y, acercándose a mí, me besó en los cabellos.

—Nosotros nos ocuparemos de hablar con Enrique y trataremos de calmarlo, si es posible... No te tomes a mal las palabras de Andrés. Te dice todo esto porque te quiere.

—No me lo tomo a mal —dije—; nunca podría. Yo también os quiero.

Me levanté y fui a abrazar a Andrés. Este refunfuñó, pero al final me devolvió el abrazo. Luego bajé a la calle, mientras Leonor y Andrés se quedaban en silencio en la sala. La desazón me corroía por dentro.

Dejé apoyada la escoba de cáñamo con la que estaba barriendo en el interior de la casa. Poco a poco, la ruina que mi padre había comprado se iba transformando en nuestro nuevo hogar. Las tejas ya estaban dispuestas para colocarlas sobre el tejado, las paredes se habían rejuntado y encalado de nuevo, y las tablas agujereadas de la planta superior se habían cambiado por otras nuevas. A pesar del desorden, del ruido y del polvo, estaba contenta con mi nuevo hogar. Y si lo estaba era, sobre todo, porque veía a mi padre feliz. Durante todos aquellos años en que habíamos estado con Bernar, Laurina y Magali, había visto a mi padre sometido siempre al yugo de su hermano. Ahora, en esa casa a medio terminar, mi padre era feliz y, por fin, podía cumplir con su sueño de ser un hombre libre y un verdadero vecino de la villa. Había pedido que le permitieran abrir su propio taller y no tenía dudas de que lo conseguiría, sobre todo gracias al apoyo que mi tío le había prometido.

Oí un ruido en la calle y me asomé a la ventana. Abajo estaba Íñigo, descargando unos maderos. Lo saludé desde arriba y sonreí. Él sonrió también y me invitó a bajar.

—¿Nunca vas a dejar de traer maderos? —pregunté yo, divertida, nada más salir a la calle.

—¡Qué más quisiera! Tengo la sensación de que esta obra no se va a terminar nunca.

No quise que se me notase, pero aquellas palabras me apenaron.

—¿He dicho algo malo? —preguntó, al ver mi expresión.

—No, no has dicho nada malo. Es solo que tu respuesta me ha hecho pensar en algo que resulta obvio, por mucho que nos empeñemos en no hablar de ello. Un día el trabajo se acabará y tú ya no tendrás ninguna excusa para seguir viniendo a San Cernin. ¿Cómo haremos entonces para vernos?

Se acercó más a mí.

—Anaïs —dijo, casi en un susurro—, ya han pasado casi dos años desde el momento en que nos vimos por primera vez, gracias a aquel bendito espejo. Yo tengo un oficio, y mi trabajo es reconocido. Quizá deberíamos ir pensando en algo más…

—¿Quieres decir…? —pregunté, sorprendida.

—Quiero decir en vivir juntos… En casarnos.

Bajé la cabeza, apenada.

—¿Qué ocurre? ¿No es eso lo que quieres?

—Sí, Íñigo; sí lo es. Es lo que más me gustaría.

—¿Entonces?

—Es por mi padre. Acaba de salir de casa de su hermano, después de años, y su ilusión es que formemos un nuevo hogar juntos. La casa aún no está terminada y yo ya estoy pensando en dejarla y en abandonarlo… Pero él me necesita. Si quiere poner un taller de zapatería le hace falta alguien que haga los bordados y que cosa los forros. Si me voy, ¿qué será de él? Y, además, fui yo quien lo empujé a tomar la decisión.

Me miró a los ojos.

—¿Por qué no lo hablas con él?

—¿Qué quieres decir? —pregunté.

—Si tu padre te quiere, entenderá que alguna vez desees formar tu propia familia. Quizá no pueda ser ahora, y tengamos que esperar, pero creo que es importante que se lo digas. Para mí tampoco ha sido fácil. Mis vecinos no ven bien que yo esté trabajando aquí, y menos que me vea contigo. Al parecer los rumores sobre mí van en aumento...

Le conté la conversación que había tenido con Andrés y con Leonor, así como lo que me había costado no enfadarme con ellos.

—Son como mis padres y me quieren, pero no les parece bien nuestra relación. Andrés no deja de decirme que es una locura, y más aún por cómo están ahora las cosas. Y yo, a veces, ya no sé qué pensar.

—¿Crees que tienen razón?

—No..., en realidad, no. Yo te quiero; y eso es lo único que me importa de verdad.

Íñigo se acercó para besarme cuando vi que alguien se aproximaba por la calle.

—¡Padre! —exclamé, separándome precipitadamente.

Mi padre se nos quedó mirando.

—Hola —saludó, después de unos instantes y con expresión de recelo—. Estos maderos... ¿son para la planta baja?

—Sí —respondió Íñigo, un poco azorado—. Mañana los iré serrando para sacar las tablas.

—¿Cuándo crees que podrás tener la obra terminada?

Íñigo se tocó el mentón, pensativo.

—Quizá en dos o tres semanas; no mucho más.

—Está bien. Ya tengo ganas de ver mi hogar acabado, no como un pajar medio caído. Y supongo que tú también tendrás ganas, ¿no? Así no tendrás que estar todo el día yendo y viniendo...

Asintió con la cabeza.

—Vamos dentro, padre —dije yo—. La comida ya está lista.

Los dos entramos en casa mientras me preguntaba cómo continuaría viendo a Íñigo una vez que la obra acabase.

# 2

Beaumarchais me llamó. Iba a tener una reunión con el anterior gobernador y deseaba que lo acompañase. Aún no había prestado su juramento en las Cortes, pero su entrada en la catedral había sido interpretada por todos como un gesto valiente, decidido y exento de parcialidad. Ya llevaba una semana alojado en el palacio del obispo y había recibido a los principales nobles del reino, que se acercaban a mostrarle sus respetos. Solo faltaba el antiguo gobernador, y esa era la visita que Beaumarchais más esperaba; si quería revestir de legitimidad su nombramiento, era necesario que el traspaso de poder fuera pacífico y público.

Monteagudo escribió a Beaumarchais para fijar la reunión, a la cual invitaba también a todos los nobles que quisieran tomar parte; únicamente puso una condición para aquel encuentro: este no podría ser en la catedral, pues temía que su entrada en la Navarrería pudiera encender aún más los ánimos. Por ello, invitaba a Beaumarchais a mantener una entrevista en el monasterio de Santiago, que se encontraba en el Chapitel, entre las tres poblaciones.

Mi señor aceptó y acudió a la cita el día fijado; fue recibido por el prior. Una vez dentro del templo se postró ante la imagen del santo apóstol y luego se dirigió al claustro seguido por dos caballeros y por mí, que anotaba todo lo que acontecía. Allí lo esperaban Pedro Sánchez de Monteagudo y Gonzalo Ibáñez de Baztán. En cuanto lo vio aparecer, el señor de Cascante se acercó.

—Señor gobernador —dijo—, es un placer saludaros. Os deseo que tengáis en esta misión que se os ha encomendado más fortuna, o más acierto, del que yo puedo presumir. Recibí el reino amenazado por enemigos externos y os lo entrego dividido entre los propios naturales. No sé qué es peor, la verdad...

—Lo segundo, sin duda —respondió el gobernador—. Cuando se trata de luchar contra un enemigo externo, uno siempre puede tratar de despertar en los combatientes sentimientos como el orgullo, el amor por la tierra o la gloria. Pero cuando se enfrentan hermanos, lo único que se despierta es el odio, el rencor y la envidia. Por eso es urgente y necesario que esta situación no se prolongue más. Esa es mi misión y vengo a cumplirla en nombre de Dios y por mandato de mi señor, el rey Felipe de Francia.

Monteagudo miró a Gonzalo Ibáñez de Baztán y se puso de manifiesto que aquel último comentario los había incomodado. Beaumarchais les aclaró enseguida la situación:

—Señores, las cosas han cambiado por completo desde que Blanca salió de Navarra. Sé que la regente juró ante las Cortes que su hija se casaría con Alfonso de Aragón, pero ahora podéis dar por roto ese compromiso.

—¿Definitivamente?

—Definitivamente.

—¿Significa eso que doña Juana será comprometida con el heredero del trono francés? —preguntó Monteagudo.

—Eso no me compete a mí decirlo, pero me arriesgaría a decir que así será. Es la solución más lógica, ¿no os parece? Navarra quedará bajo el amparo de Francia y la reina Juana conseguirá el mejor enlace posible. Además, será la manera óptima de continuar la línea de hermanamiento con Francia seguida por los últimos reyes.

Monteagudo asintió con la cabeza. A su lado, el alférez real permanecía en silencio.

—No me parece mal —dijo Pedro Sánchez—, pero no es lo que las Cortes aprobaron. Los navarros sienten un gran amor por Francia y por su rey, pero debemos conseguir que ese acercamiento se perciba como un acuerdo, no como una imposición. Es necesario que prestéis vuestro juramento ante las Cortes y que la decisión de la regente también sea aprobada. No sé la reacción que eso provocará en los aragoneses, pero me temo que no será muy amistosa.

—Por eso no debéis temer. Si Navarra se alía con Francia, Aragón nunca se atreverá a intervenir. Os amenazó mientras erais débiles y estabais divididos, pero estando yo aquí no osarán hacerlo de nuevo.

A Monteagudo se le veía cada vez más molesto con las palabras del senescal.

—¿Y Castilla? El rey Alfonso está enojado porque la reina Juana esté en París. Una alianza en firme de los dos reinos nos enemistaría aún más con los castellanos. ¿Cómo defenderemos nuestras fronteras?

—Si es necesario mostrarse enérgico contra los castellanos, lo haremos, no temáis. El rey Felipe está dispuesto a que nada perturbe esta unión.

—¿Nos proponéis una guerra con Castilla?

—No. Os propongo ser tan fuertes que Castilla no se atreva a levantarse en armas contra Navarra.

Monteagudo inspiró profundamente.

—En ese caso —dijo, inclinando la cabeza—, no me queda más que mostraros mi respeto y mi sumisión. Haré todo lo posible para que vuestro gobierno discurra sin sobresaltos. Tendréis en mí un colaborador.

—Eso espero, porque no voy a consentir ninguna deslealtad —dijo Beaumarchais, muy seco.

Monteagudo fue a decir algo, pero se contuvo. Beaumarchais continuó:

—Como último servicio a Navarra, debéis convocar las Cortes a la mayor brevedad. Después de jurar ante ellas podré ejercer mi mandato con la legitimidad necesaria.

Monteagudo e Ibáñez de Baztán inclinaron la cabeza, mientras el gobernador abandonaba el claustro y se dirigía de nuevo al palacio episcopal. Yo lo seguí, pero cuando nos alejábamos escuché murmurar a Gonzalo Ibáñez de Baztán:

—¿Habéis oído? ¿Quién se cree que es para hablarnos así?

Poco después de aquel encuentro, mi señor, con buen criterio, decidió instalarse en Tiebas, lejos de la capital y de las desavenencias entre los burgos de Pamplona. Él sabía que la discordia seguía latente y que no tardaría en volver a surgir; los ingenios de guerra permanecían en pie y eso le preocupaba, así me lo dijo. Se había decidido a acabar con esa situación, pero estaba esperando el momento adecuado. Ahora le apremiaba más otro asunto, la defensa de las fronteras. Su tropa, a pesar del reclutamiento que había realizado en Toulouse y la Gascuña, no era tan numerosa como él hubiese deseado y no podía esperar defender el reino únicamente con sus hombres. Si quería mantener la paz y la seguridad debía contar con los nobles, y para ello tenía que pagarles adecuadamente. El rey le había enviado recursos para ello. Uno tras otro fueron pasando por el palacio de Tiebas los ricoshombres y caballeros que tenían castillos y casas fuertes en la frontera, para recibir el pago por sus servicios de defensa.

Una de aquellas mañanas estaba aguardando la llegada de García Almoravid. Para que lo acompañara llamó a Étienne, su consejero más cercano. Y pidió también que yo estuviese presente en la reunión, para tomar testimonio de todo lo que allí se hablase. A pesar de que en Francia su labor principal había sido la de ajusticiar a los bandidos, empezaba a sentirse a gusto en su posición de negociador y quería que el rey descubriese en él esa nueva faceta.

Cerca del mediodía llegó por fin García Almoravid.

—Señor gobernador —dijo al entrar en el salón e inclinando la cabeza—, es un placer conoceros.

—El placer es mío en recibiros, pues tengo algunos asuntos que tratar con vos.

—Hablemos entonces —dijo García Almoravid.

—El rey Felipe me encargó que las fronteras del reino se defendieran convenientemente y vos tenéis tierras en los límites con Castilla y Aragón. Confío en vos para llevar a cabo tal cometido y sabré recompensaros adecuadamente.

El gobernador señaló con la mirada una bolsa en el suelo llena de libras tornesas, la moneda corriente de Francia. García Almoravid trató de disimular, pero pude ver el brillo en sus ojos.

—¿Os placen mis palabras? —dijo Beaumarchais.

—Sí, sobre todo lo de que me recompensaréis adecuadamente. Veo que habéis entendido con rapidez, al menos más rápido que Monteagudo, que los esfuerzos hay que pagarlos. Había oído que erais experto cortando cabezas, pero veo que también sabéis administrar el dinero.

No daba crédito a la desfachatez de García Almoravid, pero mi señor se tragó el orgullo.

—Solo se corta la cabeza a los delincuentes —dijo, con gesto serio—. ¿Tenéis vos queja de alguien?

—No, señor, solo de los de siempre…

—¿Los de siempre?

—Los del Burgo y la Población, ¿quién si no? Su actitud arrogante nos ha conducido a la situación en la que nos encontramos.

Vi que Beaumarchais dudaba. Parecía claro que necesitaba a García Almoravid para la defensa de las fronteras, pero al mismo tiempo estaba a punto de entregar una gran suma de dinero a alguien que el día de mañana podría ser su enemigo.

—La animadversión entre los burgos de Pamplona me preocupa —dijo—, y podéis estar seguro de que no escatimaré esfuerzos para encontrar una solución justa. Solo espero que los que reciben instrucciones las cumplan, al contrario de lo que ha sucedido hasta ahora.

García Almoravid levantó el mentón, a la defensiva.

—Hasta ahora la Navarrería no ha hecho más que situarse al mismo nivel que los demás. Es de derecho que lo que otros tienen también lo disfrute la Navarrería. Siempre que se respete esa igualdad, estaremos dispuestos a escuchar y a obedecer.

He oído que sois duro cuando hace falta y dialogante cuando es necesario.

—Me place ver que tenéis espíritu de colaboración, pues había oído decir que erais intransigente y manipulador —dijo sin disimular su irritación—. Ahora, en cambio, creo que estáis dispuesto a trabajar en pos de la paz, ¿no es así?

—Por supuesto —dijo, abriendo los brazos—; siempre tendréis en mí un colaborador por la paz.

—En ese caso, no esperaré más. Dentro de dos semanas convocaré a las Cortes de nuevo para hablar del problema de Pamplona. Esta vez nos reuniremos en la capital del reino, donde reside el desencuentro. Y allí le encontraremos una solución.

—Muy bien, gobernador.

García Almoravid se dio media vuelta y recogió la bolsa con el dinero. Otros se marchaban sin más, pero don García se quedó calculando el montante que allí había.

—Son libras tornesas, ¿verdad?

—Sí, lo son. ¿Algún problema?

—Aquí preferimos que nos paguen en moneda navarra, especialmente porque, al hacer coincidir el valor de una y otra, depreciáis la nuestra. De momento podemos aceptarlo, pues sabemos que hay pocos sanchetes, pero esto no debería mantenerse en el tiempo.

—No se mantendrá. Como bien decís, hay poca moneda navarra y, si queréis que se os pague, debéis aceptar las libras tornesas. ¿Alguna cosa más?

—Una última —dijo, con tono arrogante—. Los navarros somos poco dados a los dispendios, algo que quizá en Francia no tengáis tan a gala. Son muchos ya los que comentan los desmedidos gastos que vuestros hombres realizan, bebiendo solo del mejor vino y celebrando festines sin venir a cuento. Está bien que hayáis traído vuestra propia tropa y vuestros colaboradores, pero convendría que se moderasen en sus excesos. De lo contrario, la gente podría comenzar a pensar que habéis venido aquí nada más que a saquear el reino.

Miré al gobernador y vi su contrariedad. Por un momento pensé que le iba a echar de allí sin más.

—Me ocuparé de todos esos asuntos a su debido tiempo —respondió, ya claramente irritado—. Ahora, si me disculpáis...

García Almoravid inclinó la cabeza y abandonó la sala. Cuando don García se hubo ido, el gobernador habló a Étienne, su consejero.

—Debemos convocar la reunión con urgencia —le dijo—. No quiero dejar pasar por más tiempo el enfrentamiento de los burgos. Es como la peste; mata a quien la tiene y contagia a los que están a su alrededor. Y tampoco quiero que los nobles tengan tiempo para conspirar contra mí. No hace falta ser muy avispado para darse cuenta del desdén con el que se dirigen a mí, sobre todo este malnacido.

—Haré como decís, señor.

Étienne se retiró y el gobernador se quedó pensando, con los codos sobre la mesa y con la cara entre las manos. En aquel momento entendí el alivio de Monteagudo cuando le cedió el cargo.

## 3

U n gobernador francés! No niego que al principio me alegré de que Monteagudo dejara el cargo, pero enseguida
me di cuenta de que aquel caballero tolosano venido a más no
era lo que Navarra necesitaba. Por de pronto, lo que al gobernador parecía urgirle era el maldito asunto de las defensas de
la Navarrería. La reunión en la que pensaba arreglar lo que no
necesitaba arreglo se abrió con la intervención del gobernador.
Recuerdo que, puesto en pie, se dirigió a todos nosotros:

—Francos señores, he de comenzar mi intervención pidiendo a Dios que me ayude a resolver este conflicto y que guarde
a la ciudad de Pamplona de todo mal. Si no ponemos fin a este
sinsentido y si los burgos siguen levantando algarradas, trabuquetes, pedreras, portales y torres, no pueden acaecer más que
desgracias. Soy gobernador y he de mandar, pero también he
de escuchar. Por eso os pido que habléis, que acordéis y que se
establezca entre todos lo que más convenga.

Todos nos levantamos y comenzaron las conversaciones.
Me acerqué a Miguel de Larraina y Pascual Beltza, que parecían contrariados. Pascual tomó la palabra:

—Don García, ¿cuál es vuestro parecer? —me dijo—. El
gobernador no lo ha expresado con claridad, pero es evidente
que quiere que se retiren las defensas que hemos construido.
¿Significa eso que hemos de volver al punto de partida? ¿Que
los del Burgo y la Población volverán a mirarnos por encima
del hombro?

Aquella pregunta me hizo dudar. Estaba claro que una postura del todo intransigente no podía mantenerse por siempre.

—Las circunstancias han cambiado —dije, y los llevé un poco más lejos, donde nadie pudiera oírnos—. Aunque todos sabemos que las defensas de la Navarrería son necesarias, debemos mostrar una actitud colaboradora. Lo contrario nos señalaría como los únicos enemigos del gobernador, y eso es algo que no nos conviene.

—Entonces —dijo Miguel de Larraina— ¿cuál será nuestra respuesta?

—¿Qué quiere oír el gobernador? —pregunté.

—Que quitaremos las defensas... —respondió Miguel, arrastrando las palabras.

—Pues, si eso es lo que quiere oír, eso es lo que le diremos.

—¿Y lo haremos? — preguntó Pascual, con gesto confuso.

—Esa es otra cuestión. Parece claro que nuestros vecinos dirán que sí. Sus murallas son más fuertes que las nuestras y, si todos desmontamos los ingenios de guerra, los que salen ganando son ellos. Pero no os preocupéis, creo que conozco la manera de poder mantener lo construido sin que nadie pueda oponerse.

Miguel y Pascual se miraron desconcertados.

—Solo debéis esperar un poco más —dije—. Pronto lo veréis.

En ese instante se nos acercó Gonzalo Ibáñez de Baztán. Hacía tiempo que no hablábamos. Si en algún momento conseguíamos devolver a Francia a Beaumarchais, tendría que contar con él, así que le sonreí y le estreché la mano.

—Don Gonzalo, es un placer saludaros.

—Igualmente. El gobernador nos ha pedido que le aconsejemos. ¿Qué os parece todo esto?

—A pesar de la actitud soberbia del gobernador, nosotros estamos por la paz —dije y alargué el brazo para incluir a Miguel y a Pascual—. Si entre todos se decide que ha de rebajarse la tensión y retirar los artefactos, lo haremos.

El alférez se sorprendió. Supongo que no esperaba esa respuesta.

—¡Válgame Dios! ¿Cuál ha sido entonces la razón de tantos meses de enfrentamientos?

—El motivo era que se admitiese que había un problema en Pamplona. Ahora al menos estamos hablando del asunto. Si lo mejor es desmontar los ingenios, los desmontaremos. Pero queremos también que se reconozca el derecho de la Navarrería a reforzar sus murallas si lo considera necesario.

Don Gonzalo me miró fijamente.

—Me parece bien —dijo, después de unos instantes—, se lo transmitiré al gobernador. Parece que los otros burgos son también favorables a esa solución.

—En ese caso —dije—, podéis comunicárselo al gobernador.

Gonzalo Ibáñez de Baztán dejó el grupo y se dirigió hacia Beaumarchais, que conversaba en una esquina con uno de sus consejeros. Mientras, yo le di instrucciones a Miguel de Larraina de lo que debía hacerse a continuación. Al poco el gobernador se dirigió al centro de la sala y tomó de nuevo la palabra.

—Señores, he recibido una opinión común sobre este asunto, que me causa un gran placer; los ingenios han de retirarse en todos los burgos, de inmediato y sin excusas. Las poblaciones tienen derecho a defenderse, pero eso no significa que hayan de amenazar a sus vecinos. Esta es mi sentencia. El que no la cumpla estará fuera de la ley, y que se atenga a las consecuencias.

El silencio se hizo en la sala. Entonces, uno de los representantes del Burgo levantó la mano y pidió hablar. Se mostraba muy nervioso.

—¿Quién es ese? —pregunté.

—Es un zapatero del Burgo —dijo Pascual Beltza—. Su nombre es Bernar y creo que es la primera vez que forma parte del concejo.

Aquello me puso enfermo. ¡Mandaban a un zapatero y querían que su voz valiera tanto como la de un ricohombre!

—Señor —comenzó—, nos place lo que hemos escuchado.

En nombre del burgo de San Cernin y también de la población de San Nicolás, os comunicamos que cumpliremos vuestra orden y retiraremos de inmediato las máquinas construidas sobre las murallas.

Los representantes de los dos barrios aplaudieron las palabras del zapatero. Al pobre se le veía orgulloso de su hazaña. Se retiró un poco hacia atrás al tiempo que Miguel de Larraina, se adelantaba y tomaba la palabra.

—Señor gobernador —dijo—, es también nuestra voluntad cumplir con lo que proponéis, pero no está solo en nuestra mano decidirlo. Si no os ofende, nos gustaría retirarnos ahora y reunir al concejo de la Navarrería, para que entre todos se apruebe la decisión.

Gonzalo Ibáñez de Baztán se volvió y me miró, con gesto de incredulidad. ¿Qué esperaba aquel iluso?, ¿que me arrodillase como tanto le gustaba a él? No, aquello no iba a concedérselo bajo ningún concepto.

—Nos reuniremos de inmediato y traeremos la respuesta —añadió Larraina.

El gobernador carraspeó, antes de contestar. Parecía disgustado, lo cual me complació.

—Id y tened consejo, si es vuestro deseo —dijo, con gesto serio—. Pero, por Dios, que no os conduzca a error.

Los tres nos retiramos de la sala y nos dirigimos aprisa a la catedral. El obispo Armengol y el prior Sicart acudieron de inmediato y, poco después, los jurados de la Navarrería. Cuando nos hubimos juntado todos, tomé la palabra:

—Señores, el gobernador nos ha reunido para decidir sobre las defensas que se han levantado tanto en la Navarrería como en los otros burgos, y la decisión tomada entre los allí presentes ha sido que los ingenios y máquinas de guerra debían retirarse.

Uno de los jurados se adelantó y habló:

—Con todos mis respetos, creo que la decisión es la acertada. Desde que comenzamos a levantar algarradas las cosas no han hecho sino empeorar. Hace unos años vivíamos como hermanos con nuestros vecinos, y ahora parece que nos odiemos como enemigos. ¿Qué sentido tiene continuar con todo esto?

Algunos aplaudieron sus palabras, pero Pascual Beltza le respondió de inmediato:

—Aquí no se trata solo de las máquinas de guerra, hay mucho más en juego. El rey de Francia nos ha enviado un gobernador extranjero que nos hace plegarnos a sus exigencias. Si cedemos, estaremos dando la razón a los de enfrente. Llevan años humillándonos... ¿Qué creéis que harán entonces?

—A ese gobernador le hemos prestado juramento todos, y fuimos los propios navarros los que lo solicitamos —insistió el jurado.

—Quien debía nombrar gobernador era la regente —dije—. Prestamos juramento porque era lo prudente entonces, pero, si nos obliga a hacer lo que no queremos, podemos romperlo. Sobre todo si contamos con el apoyo de la Iglesia.

Me volví y miré al obispo. Armengol estaba inquieto; creo que había entendido bien mis palabras.

—¿Estáis convencido de continuar con esto? —preguntó.

Pero antes de que contestase, el prior Sicart se adelantó:

—No es necesario que él lo haga, excelencia. El problema es que no estamos atendiendo convenientemente a la cuestión de fondo que aquí se discute. El gobernador puede ser competente o no para decidir cuestiones sobre el gobierno de Navarra, pero no tiene nada que decir u opinar respecto a la Iglesia. La Navarrería os pertenece a vos, excelencia, y a esta catedral con su cabildo.

El prior permaneció un momento en silencio y nos fue mirando uno a uno. Detestaba su teatralidad, lo reconozco, pero era el único que hablaba como es debido. El único, además, que hacía lo que le decía sin cuestionarlo.

—Señores —añadió—, si cumplís lo que el gobernador dice, estaréis rebajando a la Iglesia, en vez de ensalzarla. Ningún gobernador puede tomar esa decisión por Nos, y, si lo hiciera, sería un desafuero. Si se han de desmontar las máquinas, es la catedral la que debe ordenarlo. Y, como prior, os comunico que el cabildo no lo aprueba.

El obispo no sabía qué hacer. Miró al prior y luego dirigió su mirada hacia mí.

—Está bien —dijo, por fin—. Id y decidle al gobernador que no es potestad suya decidir sobre lo que solo a la catedral de Santa María compete.

Sonreí pensando en la cara que pondría el estúpido de Beaumarchais cuando escuchase aquello.

Tras algo más de una hora, aquellos dos nobles que seguían a García Almoravid como corderillos aparecieron de nuevo en el monasterio de Santiago. Cuando los vimos entrar, todos nos pusimos en pie; también el gobernador, que aguardaba, confiado, una respuesta positiva.

—Gobernador —dijo Pascual Beltza, sin preámbulos—, hemos de deciros que el concejo de la Navarrería, aunque está por la paz…, no acepta la retirada de las máquinas. Hacerlo o no depende solo de la Iglesia y es a ella a quien nos encomendamos. Por tanto, mientras la catedral no lo apruebe, las defensas se quedan.

En cuanto pronunció aquellas palabras un alboroto generalizado se desató en la sala. Todos querían acercarse a los de la Navarrería y reprocharles su respuesta. Aquello era un desafío intolerable. Pero, antes de que lo hicieran, el gobernador, rojo de ira, elevó su voz sobre la de los demás. Creo que nunca, ni en las peores campañas de castigo en Francia, lo había visto tan enojado.

—¡Estúpidos! —gritó—. ¡El rey Felipe no me ha mandado a Navarra para andarme con contemplaciones! Os he consultado porque pensaba que erais hombres cabales y que os atendríais a razones, pero veo que sois tan necios como asnos. Sé dialogar, pero, cuando el diálogo se acaba, también sé empuñar la espada. ¡Marchad y decid a los vuestros que los juegos y las bravuconerías se han terminado!

Pascual balbució algo, pero Miguel de Larraina le tiró del brazo y ambos se retiraron, mientras la confusión invadía la sala.

—Señor, ¿qué haréis ahora? —pregunté al gobernador—. Esto es un desacato manifiesto.

—Lo que me agradaría es coger mi espada y a mis hombres y entrar en la Navarrería para hacerles cumplir lo que ordené —dijo con rabia—, pero no lo haré. Tomaré mi caballo y a unos pocos hombres y acudiré a entrevistarme con el obispo. Y os juro que le haré entrar en razón de un modo u otro.

—Quizá no esté en su mano remediarlo.

—Si es así, prefiero que me lo diga en persona.

El gobernador abandonó el monasterio de Santiago.

—¡Vamos! —dijo, señalándome a mí y a otros cuatro—. ¡Acompañadme!

Atravesamos el mercado del Chapitel y entramos en la Navarrería por la rúa Mayor, en dirección a la catedral. Un hombre que se encontraba en la calle, al vernos, gritó:

—¡Es el gobernador francés! ¡Viene a cumplir la sentencia!

—¡Abajo el gobernador! ¡Muerte al falso que nos quiere robar!

—¡Fuera el gobernador! —gritó otro que acababa de llegar.

Miré hacia atrás; desde la puerta del Chapitel subía otro grupo de hombres, con palos y piedras. Arriba, en las murallas, vi a varios más tensando las ballestas.

Una flecha cruzó el aire y rozó al gobernador. El caballo se encabritó y Beaumarchais estuvo a punto de caer al suelo. Yo estaba aterrorizado. Habíamos acudido prestos a la llamada de nuestro señor y apenas íbamos armados. A duras penas formamos un círculo alrededor de él, mientras desde todas las direcciones nos lanzaban piedras y palos.

—¡Señor! —le grité—. ¡Hemos de salir de aquí de inmediato! ¡Nos matarán!

Una piedra impactó en el casco de uno de nuestros hombres. Aturdido, se agarró a las riendas de su caballo, tratando de no caer al suelo.

—¡Hacia abajo no podemos ir! —gritó entonces el gobernador—. ¡Hemos de llegar a la catedral y protegernos allí!

Espoleó su caballo y los demás hicimos lo mismo. Al galope, derribamos a los hombres que nos increpaban. Uno de ellos tomó las riendas del caballo de Beaumarchais, pero este desenvainó la espada y le golpeó en el hombro. El brazo se le quedó colgando, mientras profería aullidos.

—¡Nos atacan! —gritaban los de la Navarrería—. ¡Muerte al gobernador!

Seguimos cabalgando hacia la catedral, mientras las piedras y las flechas volaban sobre nuestras cabezas. El gobernador vio que el templo se encontraba abierto y señaló con el dedo.

—¡Hemos de entrar! —gritó—. ¡Deprisa!

—¡Asilo! ¡Asilo! —gritábamos los demás, con la esperanza de que en la catedral nos oyeran. Entonces, junto a la puerta, vi a uno de los canónigos acompañado del prior. Este le dijo algo al oído y, cuando apenas nos quedaban unos palmos para llegar al interior de la catedral, nos cerraron de golpe.

—¡Nos han cerrado, señor! —grité, mientras tiraba de las riendas del caballo para no chocarme contra la puerta—. ¡Nos niegan el asilo!

—¡Malditos! —masculló el gobernador, mientras su expresión reflejaba al tiempo ira y terror—. ¡Esto no quedará así!

Alzó la espada y señaló una callejuela que bordeaba la catedral y llevaba a la judería. No conocíamos la ciudad y no sabíamos si aquella calle terminaría en algún portal de la muralla, pero no nos quedaban más opciones. Si permanecíamos allí, moriríamos.

—¡Seguidme! —gritó.

Recorrimos al galope la callejuela, sin dejar de oír a nuestra espalda los gritos de la turba enfurecida. Varios vecinos se habían asomado a ver lo que ocurría y a punto estuvimos de derribarlos con los caballos. Entonces, entre todos ellos vi que uno nos señalaba una calle con el dedo. No sé por qué, pero me pareció que quería ayudarnos, de modo que avisé a Beaumarchais.

—¡Señor, mirad! —dije.

Beaumarchais valoró la situación y decidió hacer caso al joven. No sabíamos si era una trampa, pero tampoco teníamos tiempo de comprobarlo. Cabalgamos esquivando a los vecinos y los tenderetes que había por la calle hasta llegar a un portal de la muralla. Un soldado trató de soltar la cadena, pero esta se trabó y la puerta se quedó a mitad de camino. Agachándonos, escapamos de la Navarrería y salimos a campo abierto.

Andrés, a la carrera y sudando, llegó junto a mí. Todavía flotaba en el aire el polvo levantado por el paso de los caballos al galope. Varios vecinos me tenían rodeado, al tiempo que me increpaban.

—¿Qué ocurre aquí? —preguntó, todavía jadeando.

—Ha sido Íñigo —dijo Pedro, uno de los vecinos, mientras me retenía agarrándome por el brazo—. Vi cómo le señalaba el camino al gobernador para que se escapara.

Traté de soltarme, pero Pedro me apretaba con fuerza.

—¡Sí, yo también lo vi! —dijo otro—. De no ser por él, hubiésemos detenido a ese maldito francés.

Miré a Andrés y vi que dudaba. Los ánimos estaban muy encendidos.

—¡No la toméis con él! —dijo entonces—. ¡Vamos, dejadle ir!

—¿Qué dices, Andrés? ¿Lo estás defendiendo? —preguntó uno, enojado.

—No me hace falta defensa —dije, tratando de soltarme—. No hice nada malo...

—Calla, majadero —me dijo Andrés, al oído—, o te matarán.

—Lo teníamos y él le ayudó a escapar —siguió Pedro—. Es un traidor.

—Vamos, Pedro... —dijo Andrés—, lo hizo sin pensar. ¿No es así, Íñigo?

Bajé la cabeza y asentí, a regañadientes; no quería que se viese implicado por mis actos.

—Nuestro enemigo no es él —dijo, mientras agarraba a Pedro del brazo y lo obligaba a soltarme—, sino el gobernador. Quería forzarnos a hacer lo que no deseamos y le dimos su merecido. A partir de ahora lo pensará mucho cuando quiera volver a intimidarnos.

Pedro se retiró un poco, todavía enfadado, mientras yo mantenía la cabeza gacha.

—Nos vamos —me susurró Andrés. Y tiró de mí.

Cuando nos hubimos separado unos pasos, Andrés me cogió el brazo y me apretó con más fuerza aún que Pedro.

—¿Estás mal de la cabeza o qué te ocurre? ¡Ayudas a nuestro enemigo delante de las narices de todos! ¿Estás buscando que te den una paliza o es que tienes vocación de mártir?

—Ni una cosa, ni otra. Aquellos hombres estaban a punto de cometer una locura; llevaban piedras y palos, y algunos incluso sacaron cuchillos. ¡Por Dios, es el gobernador! ¿No te das cuenta de lo que hubiese supuesto que lo capturaran?

—¡Eso solo hubiese puesto las cosas en su lugar! No podemos esperar nada bueno del gobernador; es francés y ayudará a los de allí, puedes estar seguro.

—Y ¿a quién quieres que ayude si nos comportamos así con él? Todo esto es un sinsentido.

Andrés se detuvo y se puso frente a mí.

—Mira, Íñigo, aquí la gente me tiene en consideración y me aprecia. Pero si me obligas a defenderte en cada ocasión me pones en un compromiso. Siento ser así de duro contigo, pero no estoy dispuesto a seguir protegiéndote, ¿entendido? Ya te lo dije hace unos días; si no estás con nosotros, estás contra nosotros. Y no hay caminos intermedios.

—Siempre los hay... —murmuré, sin que me entendiera.

—¿Qué dices?

—Nada..., puedes estar tranquilo. No te pondré en más

aprietos, ni tampoco quiero que me defiendas. Ya soy adulto para tomar mis decisiones y defenderme, si es necesario. Tú toma tu camino, que yo tomaré el mío.

Agachó la cabeza y se llevó la mano a la frente.

—Eres tan cabezota como tu padre, que en paz descanse.

—A él tampoco le gustaba la violencia. Es de lo poco que recuerdo de él...

—Pues, aunque no lo recuerdes, también le gustaba su ciudad y respetaba a sus vecinos. Eso no deberías olvidarlo nunca.

Con aquellas últimas palabras martilleando en mi cabeza, me retiré, apesadumbrado. Cada día que pasaba me costaba más recordar a mis padres. Se habían ido demasiado pronto y echaba de menos su apoyo y sus consejos.

Llegué a casa, subí las escaleras y me dejé caer sobre la cama.

—Nadie podrá parar esto —murmuré, desesperanzado.

¡Aquello había sido un milagro! Después de escapar, continuamos cabalgando hasta que estuvimos bastante lejos de Pamplona, y luego tomamos camino a Tiebas, donde permanecía la mayor parte de nuestro ejército.

—¿Cómo ha podido ocurrir esto? —pregunté al gobernador.

—¿Cómo saberlo? Tenemos suerte de estar vivos. Escucha bien, Guilhem, no volvería a la Navarrería ni aunque me prometiesen el condado de Anjou o el ducado de Normandía. Tú que has escrito tanto sobre la vida de grandes señores, ¿habías visto alguna vez algo igual, algún hecho tan cobarde y execrable?

—No, señor —contesté—. Es un acto vergonzoso y más todavía el que nos cerrasen la entrada a la iglesia. ¿Dónde se ha visto algo semejante? Es una afrenta que no se le haría ni a un mahometano...

—Pues lo han hecho con un cristiano, gobernador y al servicio del rey… Quiero que tomes buena nota de todo lo que ha ocurrido. Cuando acabe con ellos, empale sus cuerpos y los cuervos les arranquen los ojos, todo el mundo debe escuchar la ignominia que hoy se ha producido.

—Por supuesto, señor, lo haré. Y vos… ¿qué pensáis hacer ahora?

—Mañana sin falta volveré al Burgo, y no iré solo. Tal y como están las cosas, no quiero que me vuelvan a coger desprevenido. Si quieren guerra, la tendrán, te lo aseguro; pero la sangre que correrá será la suya.

—¿Entraréis con las armas en la Navarrería? —pregunté.

—Es lo que me gustaría, te lo aseguro, pero la prudencia me dice que he de volver a hablar con los nobles del reino, aunque me hierva la sangre con ello. Si lo de la Navarrería es un hecho aislado, no quiero convertirlo en algo que afecte a toda Navarra. Ahora hay que ser extremadamente cauto.

—Os admiro —dije—. Incluso en la peor situación sabéis mantener el aplomo. Eso también lo reflejaré en mi poema.

—Cada cosa tiene su momento. Cuando me tocó ajusticiar a cientos de bandidos en los bosques de Auvernia lo hice sin dudar, porque sabía que era lo necesario. Pero ahora mis fuerzas no son las mismas y he de medir cada uno de mis pasos. No dudo de que al final habré de montar los patíbulos, pero por ahora estos pueden esperar.

Al día siguiente, sin más tardanza, Beaumarchais nos ordenó levantar el campamento. Casi todos habíamos luchado a sus órdenes en Francia, y sabíamos que el senescal era decidido y enérgico y que sabía recompensar a sus soldados.

Llegamos a San Cernin después del mediodía. Nada más entrar, observamos en los vecinos la tensión y la rabia contenida por los acontecimientos del día anterior. Creo que algunos pensaban incluso que el gobernador había muerto y la expresión se les iluminó cuando lo vieron aparecer de nuevo por sus calles, cabalgando al frente de sus tropas.

—¡Viva el gobernador! —gritó uno.

—¡Venganza! —gritaban otros.

Beaumarchais pasó de largo hasta llegar a la iglesia de San Lorenzo. Allí desmontó y ordenó que se reunieran los concejos del Burgo y la Población de inmediato. Pontz Baldoin se puso en pie y habló:

—Señor gobernador, los hechos ocurridos ayer nos parecen deplorables y nos enojan, y consideramos que sería de justicia que os vengaseis adecuadamente. Si ese es vuestro deseo, sabed que contáis con nuestra aprobación y nuestro apoyo.

Beaumarchais se puso en pie, despacio.

—Señores —dijo en voz alta y contenida—, he venido a Navarra a traer justicia, y no quisiera que ninguno de mis actos, por imprudencia o prisas, pudieran terminar en una estupidez. Necesitamos mantener la calma. Mi orden fue que los ingenios de guerra se desmontasen y vos lo aceptasteis, ¿no es así?

—Así es, señor.

—Pues, entonces, cumplid con lo dicho y desmontad lo construido. Es necesario que vean que mis disposiciones se cumplen y que los que quedan fuera de la ley son ellos, no nosotros. ¿Lo haréis?

Un murmullo se extendió por la iglesia. Supongo que muchos dudaban de que aquella fuera una solución justa al problema. Pontz Baldoin se hizo eco de aquel sentimiento.

—Gobernador, nosotros deseamos cumplir vuestras disposiciones, pero si nos obligáis a desmontar nuestras defensas el que termina beneficiado es el que nos humilla y maltrata.

—Así es —respondió el gobernador—, pero es lo que se precisa ahora para hacerles ver que están equivocados.

Pontz se dio la vuelta, tratando de leer en los rostros de sus vecinos el parecer sobre las palabras del gobernador. El murmullo anterior se había convertido en silencio. Entonces, volviéndose de nuevo hacia el gobernador, le dijo:

—Si ese es vuestro deseo, desmontaremos los ingenios de guerra, pero solo si a partir de ahora os quedáis definitivamente en los burgos con vuestras tropas y nos defendéis. Así sabrán a lo que se enfrentan aquellos necios por sus fanfarronadas.

Beaumarchais reflexionó sobre la oferta. Mostrarse tan decididamente a favor de los burgos de francos podía ser ir demasiado lejos y colocarse a un paso de la guerra, pero cada vez se daba más cuenta de que los apoyos que tenía en Navarra eran escasos. Yo leía en sus ojos la inquietud que le consumía, pero al final se decidió:

—Vecinos del Burgo y la Población: a partir de hoy mi ejército estará con vosotros para que los de la Navarrería no se sientan tentados de haceros mal alguno. ¿Nos acogeréis aquí?

Pontz Baldoin sonrió.

—Sí, señor; el Burgo y la Población son ahora vuestro hogar.

El gobernador abandonó la iglesia de San Lorenzo, mientras los jurados de los dos burgos iban organizando el modo en que las tropas se distribuirían.

—¿Nos quedaremos aquí entonces? —pregunté.

—Sí, yo me alojaré en la iglesia de San Cernin y vosotros en las casas de los vecinos. No hubiese querido tener que mostrarme tan partidario de los burgos, pero se me acaban las alternativas. Espero que todos actúen con cordura a partir de ahora. Si no, solo puede esperarnos lo peor.

Asentí sin mucha confianza, porque veía muy a mi pesar que todas las aguas de aquel río se dirigían sin remisión hacia el mismo destino.

# 4

Desmonté del caballo. Acababa de llegar a Larrasoaña, donde me había citado Gonzalo Ibáñez de Baztán. Pensaba que al dimitir de mi cargo de gobernador podría regresar a casa, junto a mi mujer y mi hijo, y descansar. Sin embargo, para mi desgracia, los acontecimientos vividos desde la llegada del gobernador francés me habían obligado a seguir implicado en las decisiones que debían tomarse en el reino. El obispo Armengol se había mostrado siempre a favor de dar una solución pacífica a los conflictos. ¿Por qué había cambiado ahora de actitud? Sospechaba que el cabildo, con el prior Sicart a la cabeza, estaba detrás de esa nueva postura. Y, si la catedral apostaba por el enfrentamiento, nada bueno cabía esperar.

Até el caballo a la entrada y accedí al lugar de mi cita, una torre junto al camino por el que pasaban a diario los peregrinos que se dirigían a Santiago de Compostela. Justo enfrente había un hospital, y pude ver a varios caminantes descansando y recuperándose de sus dolencias y enfermedades.

Un sirviente me recibió y me acompañó hasta el salón situado en la planta superior. Mientras subía las escaleras escuché voces, algo que me sorprendió. Pensaba que estaba citado únicamente con don Gonzalo, pero parecía que no era así. ¿A quién más habría invitado?

—Adelante —dijo el alférez, al verme aparecer.

Entré y sonreí a don Gonzalo; pero la sonrisa desapareció cuando descubrí a la persona que le acompañaba.

—Buen día, señor de Cascante —saludó García Almoravid—. Hacía mucho que no coincidíamos, ¿verdad?

—No lo recuerdo bien —respondí, apretando los puños—. En mi cabeza se mezclan las reuniones a las que no acudisteis cuando estabais convocado con aquellas a las que hubiera preferido que no vinierais.

García Almoravid rio con estruendo.

—Veo que no perdéis vuestra agudeza; y lo admiro, no os quepa duda. Sé cuándo me derrotan y vos sois más hábil que yo con las palabras. En fin, cada uno tiene sus armas y sus virtudes...

—Las vuestras las conozco bien, por desgra...

—Señores, por favor —interrumpió Gonzalo Ibáñez de Baztán—. No he convocado esta reunión para perpetuar los enfrentamientos, sino para tratar de concertar una salida a estos difíciles momentos. Es nuestro deber y nuestra obligación.

—¿Sabéis cuántas veces he escuchado esas palabras en el último año y medio? Somos un reino más débil, más pobre, más frágil y más dividido que cuando el rey murió. Hubiese valido más que le encargasen el gobierno a un campesino o a una pastora antes que a nosotros.

García Almoravid hizo amago de intervenir, pero el alférez le cortó con un gesto.

—Estamos de acuerdo, don Pedro; Navarra está enferma y su mal solo se curará si los naturales del reino actuamos unidos contra los que tratan de sojuzgarnos.

Aquella expresión me extrañó en sus labios.

—¿Los «naturales del reino»? ¿«Sojuzgarnos»? ¿Qué insinuáis? ¿Es esto una conjura contra el gobernador?

—No es una conjura, sino un intento de fijar una postura común ante el gobernador, para que comprenda que debe tenernos en cuenta a la hora de tomar sus propias decisiones y que los usos de nuestra tierra han de ser respetados. Si se lo exigimos a los reyes, ¿por qué no habríamos de hacer lo mismo con el gobernador?

Sacudí la cabeza. Estaba disgustado con aquella encerrona

y más aún por el hecho de que hubiese sido don Gonzalo el que la organizase. Juro que si hubiera tenido noticia de su naturaleza, no hubiese acudido. Sin embargo, ahora estaba allí, frente a mi peor enemigo y junto al que había considerado mi más fiel aliado. ¿Seguiría siéndolo aún?

—A mí me concedisteis al menos un año... —dije, mirando a García Almoravid—. ¿Qué os proponéis? ¿Derrocarlo?

—En el momento en que el emisario que enviamos a hablar con Blanca de Artois regresó de Francia —continuó don García—, ya vimos que la situación estaba totalmente descontrolada. Sin el acuerdo de las Cortes y sin su refrendo, el rey Felipe se ha intitulado como regente y nos trata a los navarros como a las ovejas de un rebaño. ¿Dónde se ha visto algo semejante? ¡Y qué decir del gobernador! El muy cretino se deja aconsejar por un poeta, ¡un poeta!

Pensé un momento antes de hablar. Quería ser cauto y no dejarme arrastrar por el resquemor que sentía hacia García Almoravid.

—Que el rey de Francia sea nuestro regente ahora no es algo que me agrade —convine—. En eso coincido con vos. Pero tampoco es algo que debería sorprendernos tanto; desde que Blanca se fue a Francia, ya intuíamos que el poder acabaría en manos del rey Felipe. Uno no va a pedir asilo y a la vez reivindica sus derechos.

—Doña Blanca no quería venderse ni a Aragón ni a Castilla, y al final terminó entregándose a Francia a cambio de nada —concluyó Almoravid—. Hasta las putas tienen más dignidad; ellas por lo menos cobran...

—Señores —intervino don Gonzalo—, no estamos aquí para hablar del pasado. El caso es que ahora tenemos un gobernador que nos han impuesto, que es extranjero, que nos trata con desprecio y que no parece estar muy al tanto del modo en que se hacen aquí las cosas.

—El gobernador es francés, sí —dije—, pero eso no lo inhabilita para ejercer su cargo. No es italiano, ni inglés, ni portugués..., es francés, ¡por Dios! ¿Cuántos franceses hay en este reino? Mi mujer también es francesa, nuestras villas los acogen desde hace siglos, compartimos fronteras, convivimos en paz... ¿A qué viene ahora tirarse de los pelos por tener un gobernador francés?

—No es solo que sea francés —respondió don Gonzalo—, ¡es que no lo hemos elegido, ni ha sido nombrado por quien tenía el poder para hacerlo! Y eso no podemos consentirlo. ¿Recordáis el acuerdo con Aragón? Al menos el infante don Pedro aceptó que el que gobernase Navarra había de ser navarro, e incluso convino en que su hijo se criase en nuestra tierra para que aprendiera nuestras costumbres. ¿En qué se parece aquello a esto?

—No elegimos al gobernador, eso es cierto —acepté—, pero lo ratificamos. Uno a uno, los nobles del reino y las buenas villas nos arrodillamos ante él y prestamos juramento; y uno a uno fuimos recibiendo los dineros acordados para la defensa de los castillos y las fronteras. Vos también, señor Almoravid, ¿no es cierto?

Don García inclinó la cabeza, en señal de asentimiento.

—Así es. Juré por respeto y por responsabilidad con Navarra, pero ya le hice ver en ese mismo momento que no hacía bien pagándonos en moneda extranjera. Con esa actitud ha conseguido que la nuestra pierda valor. Pronto, nuestros fondos no valdrán nada. Dice que nos está recompensando y, en realidad, nos arruina.

—¿Es ese el problema? —pregunté—. ¿Se reduce todo a una cuestión pecuniaria? Sabéis tan bien como yo que hay pocos sanchetes en circulación ya desde antes del reinado de Enrique. Si no hay moneda navarra, ¿con qué esperabais que os pagara?

—No es solo una cuestión de dinero, don Pedro, pero que me arruine un extranjero no es algo que esté dispuesto a consentir. El problema de que haya o no moneda es suyo; el mío es que un gobernador francés no me robe.

Iba a responderle, pero don Gonzalo no me lo permitió.

—Don Pedro, admiro vuestra entereza y vuestras convicciones, bien lo sabéis. Fui el más fiel a vuestro lado y viví junto a vos las dificultades y sinsabores del cargo y la responsabilidad; pero ahora todo aquello debe quedar atrás y hemos de concentrarnos en el futuro. Tenéis que creerme, no estamos solos en esto. Puede que no se hayan producido aún revueltas ni altercados, pero de forma soterrada ya comienzan a escucharse algunos reproches y reclamaciones. El descontento es generalizado en el reino, y su actitud en el enfrentamiento con la catedral de Pamplona no ha hecho sino empeorar las cosas.

—¿Su enfrentamiento? ¡Por Dios, fue atacado y se le cerraron las puertas del templo cuando estaban a punto de matarlo!

—Aquello no estuvo bien —reconoció—, como tampoco su actitud al querer imponer su autoridad a la catedral. Si nos atenemos a la ley, la Navarrería está sometida a la autoridad de la catedral de Santa María y nadie de fuera puede obligarlos a hacer algo que no quieran, ni siquiera el gobernador, que debe conducir el reino, pero no puede realizar contrafueros. Debemos velar, ante todo, por la justicia. Si no hay justicia ni ley, ¿cómo podrá gobernarse el reino?

Agaché la cabeza. Sabía lo que don Gonzalo quería decir, pero me resistía a aceptarlo.

—¿Es preferible la justicia a la paz? —pregunté.

—No hay paz sin justicia. Si el gobernador actúa así en la Navarrería, ¿qué le impide hacer algo similar en Sangüesa, Olite o Estella? El enfrentamiento con la catedral ha sido solo una muestra de las torpezas que pueden cometerse cuando se desconocen, o se desprecian, las leyes propias. Vos mismo sois el mejor ejemplo; mientras estuvisteis en el cargo nunca ejercisteis vuestra autoridad de manera arbitraria, sino ajustada a la ley. Y cuando considerasteis que no podíais seguir haciéndolo, dimitisteis. Eso es ser justo, y eso es lo que el gobernador no parece estar dispuesto a ser.

—Entonces —dije— ¿qué podemos hacer? ¿Queréis acaso levantaros contra él?

—Lo que tenemos que conseguir es que el gobernador nos respete y nos tome en consideración —intervino de nuevo Almoravid—. Ahora gobierna pensando en su rey, pero debe hacerlo pensando en nosotros.

Inspiré hondo y reflexioné sobre aquello.

—Y no es solo eso... —prosiguió García Almoravid, mirando de reojo a don Gonzalo. Este último guardaba silencio.

—¿Qué queréis decir? —pregunté.

—El gobernador dijo que nos pagaría para que defendiéramos las fronteras, pero ya hay varios castillos donde ha retirado a caballeros navarros para poner a sus propios hombres, a los que, por cierto, paga alegremente lo que a nosotros nos escatima. Nos tememos que esto es solo el principio y que trata de hacerse con el control total del reino.

Me costaba admitir aquello, más viniendo de Almoravid, pero don Gonzalo lo corroboró.

—Es así. Vos sois recto y entiendo que os cueste asumir la maldad de otros, pero se dice incluso que el gobernador se ha estado burlando de vos a vuestras espaldas... —Miré a don Gonzalo a los ojos y él me sostuvo la mirada sin pestañear. No fui capaz de descubrir un atisbo de falsedad en sus palabras. Sentía dentro de mí un pesar insoportable, mezcla de tristeza, resentimiento y orgullo herido. El reino se resquebrajaba bajo mis pies y yo no podía hacerme a un lado y fingir que no lo veía.

—¿En qué estáis pensando, don Gonzalo? Decídmelo de una vez, por favor, porque no creo que me hayáis citado solo para contarme el poco aprecio que el gobernador me tiene.

Puso una mano sobre mi hombro.

—Después de mucho valorarlo, creo que hemos encontrado un modo de apartar a Beaumarchais del poder sin derramar una gota de sangre. Así, recobraremos el papel que nos corresponde al frente del reino y le mostraremos al rey Felipe que somos una tierra soberana. Gracias a Dios, contamos con un buen acuerdo que proponerle.

No imaginaba cómo podría hacerse tal cosa, pero le indiqué a don Gonzalo que continuase.

—Como bien sabréis, el infante de Castilla, don Fernando de la Cerda, murió el año pasado en Villa Real.

—Sí, lo sé. Fernando nos hizo mucho daño atacándonos en Viana, pero aun así recé por su alma al saber de su muerte.

—El caso es que el rey Alfonso —continuó— había nombrado heredero a Fernando y, en caso de muerte, a sus hijos. Pero antes de que le diera tiempo a ratificar a sus nietos, el hermano de Fernando, Sancho, se autoproclamó heredero de la Corona. Supongo que aquello no le agradó al rey Alfonso, pero don Sancho tiene muchos seguidores y al final su padre tuvo que aceptar el chantaje. La situación en Castilla se enrareció y el reino se dividió a medias entre los que apoyaban a los infantes De la Cerda y los que apoyaban a don Sancho, entre estos últimos el propio Alfonso.

—De todo esto tenía noticia, pero no acierto a ver en qué nos afecta. Sed más claro, por favor.

—Nos afecta y mucho. Los partidarios de los infantes De la Cerda se han declarado en rebeldía, lo que le ha creado al rey Alfonso una guerra civil dentro de su reino.

—Los alzados están en buena sintonía con Aragón y con Francia, ¿no es así? —pregunté.

—Así es. Y el gobernador estará dispuesto a ayudarlos si están amenazados por el rey Alfonso. Necesitamos que Beaumarchais salga del Burgo y, una vez en campo abierto, obligarlo a entregar el poder. Creo que la amenaza castellana puede ser el motivo perfecto.

—Una encerrona...

—Hemos de lograr que el gobernador reciba noticias de que los castellanos están redoblando sus esfuerzos en la frontera del reino. Le haremos ver, además, que los enemigos de don Alfonso solicitan su ayuda, y nosotros apoyaremos esa solicitud. Acudiremos junto a él y, cuando todas las tropas estén allí reunidas, lo obligaremos a abandonar las armas. No hará falta derramar ni una gota de sangre; nuestros ejércitos los superarán con mucho y tendrá que rendirse.

Permanecí unos instantes en silencio, mientras sopesaba las consecuencias de todo aquello.

—No estoy seguro de que el gobernador se rinda —dije.

—¿Cómo no habría de hacerlo? Estará lejos de Pamplona, quizá solo con una parte de su ejército, pues debe dejar tropas en los burgos. Nosotros, en cambio, llevaremos a todos nuestros caballeros y soldados.

Recapacité unos instantes y tomé una decisión:

—No sé si este plan funcionará. Lo veo muy complicado. Sin embargo, vos sois un buen negociador y espero que encontréis la forma de convencerlo. Yo, por mi parte, no pondré ningún impedimento a que lo hagáis.

Gonzalo Ibáñez de Baztán sonrió con franqueza.

—Hacéis un gran bien a Navarra con vuestra actitud.

—Haré lo que otros no hicieron —dije, mirando de soslayo a don García—; aceptar el sentir de la mayoría y actuar solo por los intereses del reino y no por los míos.

García Almoravid no se dio por aludido y se unió al grupo, poniendo sus manos encima de las nuestras.

—Por el bien y por la independencia de Navarra, haremos que el gobernador nos escuche.

—¡Sea! —exclamó don Gonzalo, con voz firme y sonora.

—¿Qué haremos cuando el gobernador sea derrocado?

—Lo enviaremos de nuevo a Francia y solicitaremos el inmediato regreso de la reina. Si ella estuviera aquí, y su madre ejerciendo como regente, nada de esto estaría sucediendo.

—El rey Felipe no aceptará… —dije, mientras negaba con la cabeza.

—Puede ser —convino don Gonzalo—, pero ese es otro problema. De momento, lo que debemos hacer es apartar del poder a Beaumarchais.

El silencio volvió a hacerse entre los tres. Entonces García Almoravid tomó la palabra:

—Yo estoy de acuerdo con el plan. Resulta arriesgado, pero ahora es lo único que podemos hacer.

Los dos me miraron. No estaba muy convencido de que aquello fuera a funcionar y sentía un puñal en el estómago por tener que aceptar un pacto con García Almoravid; pero por encima de todo estaba mi amor por Navarra. Y también, lo reconozco, el orgullo herido por los desprecios del gobernador.

—Adelante, pues —susurré—, pero es importante que no se derrame sangre. Si queremos tener algo de éxito en todo este asunto, Beaumarchais debe llegar ileso a París. El rey Felipe ha de vernos como unos patriotas, no como unos asesinos.

—De acuerdo —dijo don Gonzalo.

—De acuerdo —dijo Almoravid.

Yo lo miré a los ojos.

—Sin sangre —dije.

Él se puso muy serio, y repitió:

—Sin sangre.

Ahora no dudaría ni por un instante en cortarme la mano con la que sellé aquel pacto.

## 5

El sol brillaba y decidí salir a la calle a calentarme un poco. Junto con otros soldados del gobernador, me había alojado en el Burgo, en una casa sin dueño en la calle de las Pellejerías. Los demás estaban jugando a las tabas, para matar el rato, pero a mí aquello me aburría. Me senté en un banco y me dispuse a escribir, aunque no sabía muy bien cómo continuar la historia de mi señor. Llevaba ya varios días en Pamplona y los enfrentamientos, revueltas y desacatos de las primeras jornadas se habían transformado en negociaciones y acuerdos.

Al parecer, la mujer del rey Alfonso X de Castilla, doña Violante de Aragón, había repudiado a su marido y se había ido con sus nietos, los infantes, al territorio controlado por los enemigos de Alfonso. El rey debía de temer que su esposa acabase pidiendo amparo a su padre, el rey Jaime I de Aragón, llevándose allí a sus nietos. Eso podía desembocar en una guerra entre Castilla y Aragón, y en aquel caso estaba claro que Navarra terminaría decantándose por el reino aragonés.

Los ricoshombres de Navarra le escribieron una carta al gobernador en la que le pedían disculpas y le proponían un acuerdo: en caso de que los seguidores de los infantes fueran atacados, él saldría en su defensa. Todo encajaba y Étienne, el consejero de mi señor, le hizo ver que las intenciones de los nobles no tenían doblez. Beaumarchais accedió al acuerdo y selló la paz con los ricoshombres, por más que aquello le revolviera las entrañas.

Eso, claro está, era bueno para el reino, y también para mi señor, pero para mi poema resultaba desastroso. La gente no quería oír hablar de pactos ni de treguas, sino de batallas, de afrentas, de duelos y de traiciones.

Estaba a punto de mojar la pluma en el tintero, para ver si a fuerza de insistir surgía algún verso, cuando escuché unos pasos frente a mí. Levanté la vista y, saliendo de la casa de enfrente vi aparecer a una hermosa mujer. Tenía unas facciones armoniosas, el pelo largo, castaño oscuro, y unos ojos brillantes, de color miel. Dejé la pluma a un lado, me levanté de golpe y me sacudí un poco las ropas antes de acercarme a ella.

—Bello día, ¿verdad? —le dije.

Ella sonrió.

—¿De dónde eres, soldado? —preguntó, sin acercarse—. Tu acento me resulta familiar.

—De Toulouse, hermosa dama —respondí, haciendo una reverencia—; pero no soy solo soldado, sino también poeta.

—Un artista... —dijo con sorna—; poco puede esperarse de quien tiene como oficio disfrazar la realidad con engaños.

—Quizá otros hagan como dices, pues sé bien que los pintores se jactan de engañar a los ojos con formas y colores, pero mi propósito no es embaucar con pinceles, sino mostrar la realidad con mi pluma. —Me incliné de nuevo.

Vi que sonreía levemente, pero no se movió de su sitio.

—Sí..., veo que eres diestro con la palabra. ¿Qué es lo que escribes, si puede saberse?

—En este momento, la historia de mi señor, el gobernador Eustache Beaumarchais. Quiero que su nombre alcance gloria gracias a mí, su glosador.

—Política... —dijo, con un mohín de desprecio—. Los hombres no sabéis hablar de otra cosa.

—Política, luchas, traiciones, actos heroicos. ¿Hay algo mejor?

—A las mujeres no nos interesa nada de eso, puedes estar seguro.

—También escribo otro poema, en este caso sobre san Sernín de Toulouse.

—Querréis decir san Cernin de Pamplona...

—Si no me equivoco, se trata de la misma persona.

—Sí, pero antes de predicar en Toulouse lo hizo en el Burgo. Eso cualquiera de aquí podría decírtelo... De todos modos, las vidas de santos, aunque más sangrientas, son tan aburridas como las peleas de reyes, nobles y gobernadores. ¡En fin!, es una pena que no sepas escribir sobre nada más.

Dio media vuelta y comenzó a caminar hacia su casa. Tenía que encontrar algo para retenerla.

—También podría escribir de amor... —dije—; solo necesito un poco de inspiración.

Se detuvo y se giró despacio.

—Eso me gustaría verlo, juglar. Recítame un poema de amor, si es que usas tan bien las palabras...

Me acerqué un poco más y rocé con mi mano su mejilla.

—Haré algo mejor —dije, susurrando—. Dime cómo te llamas y compondré un poema solo para ti, uno con tu nombre. Cuando volvamos a vernos te lo recitaré.

—No estés tan seguro de que nos veamos de nuevo... —dijo ella, retirándome la mano.

—¿Por qué eres tan cruel conmigo, mujer? Déjame intentarlo y te demostraré que soy tan diestro con la pluma como con la espada.

—¿Por qué habría de creerte? —respondió, mientras soltaba una risita.

—Tú misma lo comprobarás. Confío tanto en mi talento que, si el poema no te gusta, me quitaré la vida con este puñal.

Aparté levemente la camisa y dejé asomar el arma que llevaba en el cinto.

—Y ¿si me gusta? ¿Qué harás?

—Si te gusta, serás tú quien me quite la vida con un beso.

Avancé de nuevo hasta situarme a un palmo de ella. Podía sentir el calor de su aliento en los labios. Ella estaba quieta y me miraba fijamente. Cuando ya pensaba que iba a rechazarme de nuevo, me dijo:

—Me llamo Magali.

—Magali —repetí—. Es un hermoso nombre…

—Escribe ese poema y, si me gusta, tendrás tu recompensa —dijo—. Pero, si no me gusta, no hará falta que te quites la vida, yo misma te mataré.

Sonrió con picardía y se retiró hacia su casa. Mientras tanto, fui a sentarme de nuevo. Los poemas de amor siempre se me habían resistido, pero, en aquel momento, a mi cabeza acudían decenas de versos que necesitaba plasmar. Todos hablaban de ella, de sus cabellos, de su cintura, de sus pechos, de sus ojos y de su sonrisa. Se colocaban solos y una voz dentro de mí me los dictaba. Tomé el cuaderno en el que escribía la historia del gobernador, llena de tachaduras, enmiendas y correcciones. Empuñé la pluma, la mojé en el tintero y, en el borde de una de las páginas, comencé a escribir.

El tiempo pasaba mientras trataba de reunir el valor necesario para hablar con mi padre. Sabía que le haría daño, pero no podía dejar de pensar en que lo que estaba en juego era mi vida. Siempre había seguido sus órdenes y sus consejos, pero tal vez había llegado la hora de alzar la voz.

Tomé las escaleras interiores de la casa y descendí a la planta baja, donde mi padre estaba preparando lo que, en unas semanas, sería el taller. Era más frío y oscuro aún que el de casa de Bernar, pero la vivienda era pequeña y no había muchas más posibilidades. Mi padre parecía contento con su decisión, pues por fin se había comportado como un hombre libre y había decidido tomar las riendas de su destino.

—Padre —dije, con suavidad, acercándome a él—. Quiero hablar con vos.

Mi padre dejó en el suelo unos cueros que había comprado el día anterior y se volvió. Me miró con dulzura, como siempre hacía.

—Dime, ¿de qué quieres hablarme?

—Sentaos, padre.

—¿Que me siente? ¿Tan terrible es? —preguntó

—No es terrible, padre; pero sí difícil de explicar.

Mi padre me acercó una silla. Luego cogió otra para él y tomó asiento. Ya no sonreía.

—Padre —comencé, con la vista clavada en el suelo—, han pasado muchos años desde que llegamos a Pamplona. Vine aquí siendo una niña, pero aquello ya queda muy atrás, ¿verdad?

—Así es. Vinimos buscando un futuro mejor y creo que lo encontramos, ¿no es así?

—Sí, lo encontramos.

—Y ahora estamos a punto de empezar de nuevo, tú y yo, como siempre quise.

Tragué saliva, antes de seguir:

—De eso es de lo que quiero hablaros.

Levanté la vista y nuestras miradas se encontraron.

—Hace unos meses conocí a una persona. Al principio fue solo amistad, pero ahora ha surgido algo más entre nosotros. No quiero mentiros. Vos lo conocéis, padre. Es…, es… Íñigo, el carpintero.

El silencio se hizo en la sala. Yo bajé de nuevo la mirada y mi padre tragó saliva, antes de hablar:

—¿Íñigo?

—Sí. Lo conocí hace un tiempo, en el Chapitel, un día en que estaba paseando con Magali. Pero no fue hasta meses después cuando comenzamos a hablar, mientras él trabajaba en la casa del tío Bernar.

—Íñigo… —susurró él—, ¿cómo no me habré dado cuenta antes? Ahora entiendo muchas cosas.

—No quiero mentiros. Yo lo amo y desearía poder estar con él. Por eso os pido vuestro permiso para…

Me miró y vi que intuía lo que iba a decir.

—¿Para casaros?

Respiré hondo, antes de contestar:

—Sí, padre, para casarnos.

Se levantó y comenzó a caminar por la sala.

—Anaïs, ¿estás segura de lo que dices? Él es de la Navarrería y no podríais vivir aquí, ya sabes que el concejo no lo permite. Y nosotros estamos a punto de abrir el taller... Necesito tu ayuda. Tú me animaste a hacerlo. ¿Cómo podré sacar esto adelante yo solo?

—No tiene por qué ser ahora. Yo podría ayudaros al comienzo y seguir viviendo aquí durante un tiempo. Solo quiero saber si os parece bien o no...

Se quedó en silencio y noté que estaba disgustado. Imagino que siempre había pensado que me casaría con algún vecino de San Cernin o, quizá, de San Nicolás. De ese modo, todos los problemas que él había sufrido hasta convertirse en un verdadero ciudadano yo no los tendría que padecer. Sin embargo, ahora, si me casaba con Íñigo, sería arrastrada inexorablemente fuera del Burgo.

—Hija —dijo—, los sentimientos son importantes, pero créeme cuando te digo que es mejor hacer caso a la cabeza, si no quieres pagar para siempre las consecuencias.

—¿No os casasteis vos por amor? —pregunté. Quise que mi tono fuera respetuoso, pero no lo logré.

—Aquello fue distinto... —dijo él, después de un momento.

—¿Distinto? ¿Por qué? Yo lo veo igual. Uno no decide de qué persona enamorarse; simplemente sucede.

—Así es, pero en ocasiones hay cosas que son imposibles, por mucho que nos empeñemos.

—¿Imposible? —pregunté, tratando de controlar los nervios que me invadían—. ¿Me estáis diciendo que no podré casarme con Íñigo?

—Solo digo que no es lo que conviene.

—¿Lo que conviene? ¿A mí o a vos?

—Anaïs, por favor —dijo mi padre, sin conseguir reprimir su irritación—. ¡Solo digo que pienses con la cabeza, maldita sea!

Estaba furiosa. Había supuesto que mi padre no se tomaría muy bien mis palabras, pero no esperaba una negativa tan tajante.

—Vos hicisteis vuestra voluntad y yo no puedo. No me parece justo. Si madre y vos os casasteis por amor, ¿por qué no puedo hacerlo yo también?

Mi padre me señaló con el dedo, airado.

—¡No te consiento que me hables así! ¡Ni que nombres a tu madre para justificar tus locuras! ¡Harás lo que yo te diga!

Sentí las lágrimas a punto de brotar.

—¡No os preocupéis; si no queréis escucharme, me callaré!

Corrí escaleras arriba hasta mi cuarto. Me tiré boca abajo en la cama y hundí la cara en el colchón de lana, mientras lloraba desconsoladamente. Siempre había hecho lo que mi padre me pedía y él no podía entender mis sentimientos ni por una vez. Entonces, sin que supiera muy bien cómo, recordé el momento en que la reina Blanca de Artois dejó Pamplona y se marchó a Francia, dispuesta a que nadie decidiese su futuro. En aquella ocasión, mientras la saludaba, vi en sus ojos una gran tristeza, pero también una enorme determinación. Inspiré hondo y me limpié las lágrimas.

«Nadie decidirá por mí», pensé.

Había tomado una decisión y estaba segura de cumplirla.

# 6

En cuanto llegó a oídos de Beaumarchais la noticia de que los seguidores de los infantes castellanos habían sido atacados por el rey Alfonso, no tuvo dudas de que debía acudir a defenderlos, pero se enfrentaba con un problema difícil de resolver. La actitud rebelde de la Navarrería le obligaba a mantener una guarnición en los burgos de francos, pero sin esos hombres su capacidad de hacer frente a los castellanos era reducida, de modo que convocó una reunión con la Iglesia y los nobles que, a petición del obispo, se celebró en la catedral de Santa María. Desde que fuimos atacados por la turba enfurecida, el gobernador no había vuelto por allí, pero tenía intención de arreglar aquel desacuerdo y esta ocasión era tan buena como cualquier otra. A pesar de ello, no volvería a cometer el mismo error. Alertó a su ejército y se dirigió a la Navarrería acompañado por sus mejores caballeros.

A mediodía se produjo el encuentro. Allí estaban don Gonzalo, Monteagudo y Almoravid, así como otros muchos nobles importantes del reino. Cuando el gobernador apareció en el templo, acudieron prestos a saludarle, inclinando la cabeza en señal de respeto. El obispo Armengol, acompañado por el prior Sicart, dio la palabra al gobernador.

—Señores —dijo él, con voz firme—, estoy preparado para partir hacia la frontera y defender a los infantes de Castilla frente a las malsanas intenciones del rey Alfonso. —Y, dirigiéndose a los nobles navarros, añadió—: ¿Estáis dispuestos a acompañarme?

—Gobernador —dijo inmediatamente el alférez—, podéis contar con nosotros.

Los demás nobles inclinaron la cabeza, en señal de asentimiento.

—Si es así —dijo el gobernador, contento por haber alcanzado aquel acuerdo sin el más mínimo esfuerzo—, nos pondremos en marcha de inmediato.

El gobernador bajó del estrado y se dirigió a hablar con Gonzalo Ibáñez de Baztán y Pedro Sánchez de Monteagudo. Mientras lo hacía, vi cómo el prior Sicart, tras mirar a todos lados, salía de la iglesia y se dirigía a una sala contigua. No había olvidado el día en que nos cerró las puertas de la catedral cuando los navarros querían matarnos. Sabía que era alguien en quien no se podía confiar y su actitud me produjo todavía más desconfianza. Sobre todo cuando me di cuenta de que don García tampoco estaba.

La puerta se abrió y el prior entró en la sala y cerró tras él, tratando de no hacer ruido.

—El gobernador se ha quedado hablando con don Gonzalo y con don Pedro —dijo Sicart—. No sospecha nada.

Yo sonreí.

—¿Sabéis?, al final no me fue tan difícil convencer a Monteagudo. Solo hizo falta que don Gonzalo repitiese lo que yo le había contado para que don Pedro se aviniera a pactar con nosotros. No hay mejor espuela que golpear en el orgullo… En fin, todo marcha según el plan establecido.

—En todo caso… —continuó el prior— he de pediros algo más.

—¿Algo más?

—Sí. Cuando Beaumarchais esté en campo abierto, no solo lo derrocaremos… ¿Me entendéis?

Incliné la cabeza, invitándolo a continuar.

—Derrocarlo no sirve de nada —siguió—. Lo que haremos es matarlo, allí mismo. Don Gonzalo y don Pedro son débiles y nunca se atreverían, pero la situación precisa de actos valientes. No debemos permitir que el gobernador escape con vida.

—Lo que proponéis tendrá graves consecuencias. Lo sabéis, ¿verdad?

—Lo sé, pero estoy dispuesto a asumirlas.

Sonreí, complacido. Por fin alguien se decidía a seguir mis pasos de forma valiente. De hecho, también yo tenía pensado acabar con el gobernador en campo abierto si se me presentaba la ocasión. Iba a mostrarle mi gratitud, pero antes de que me diera tiempo el prior añadió:

—Y, cuando ajusticiéis a Beaumarchais, lo haréis también con Monteagudo; en el mismo lugar, sin darle tiempo a reaccionar. Con un solo golpe acabaremos con todos los que no han querido más que humillarnos.

Aquello sí que me sorprendió.

—¡Qué suerte la vuestra! Decidís sobre la vida y la muerte, y lo hacéis sin mancharos las manos de sangre. ¿Estará limpia vuestra conciencia cuando os entregue las cabezas de los dos gobernadores?

—De mi conciencia me ocupo yo —respondió Sicart—. Vosotros ocupaos de cumplir con vuestro cometido.

Acababa de salir el sol cuando iniciamos la marcha. En primer lugar cabalgaba García Almoravid, detrás don Gonzalo y, más rezagado aún, yo. A pesar de que había dado mi beneplácito al plan, las dudas me asaltaban ahora que se acercaba el momento. No quería a Beaumarchais al frente de Navarra, ni a Navarra bajo el puño del rey Felipe, pero derrocar al gobernador era algo muy serio, y la respuesta de Francia sería terrible, no cabía ninguna duda. El rey Felipe reaccionaría al instante y Alfonso de Castilla intervendría también en Navarra para frenar la entrada de las tropas francesas. Lo que tanto había tratado de evitar, una guerra entre reinos en tierras navarras, parecía ahora inevitable. Y yo podría ser uno de los culpables...

Mientras el alférez oteaba el horizonte, espoleé a mi caballo y le di alcance.

—El gobernador tarda en llegar —dijo don Gonzalo—. Si salió detrás de nosotros ya debería estar aquí.

—¿Pensáis que ha podido suceder algo? —pregunté, deseando en el fondo que la respuesta fuera afirmativa.

—No lo sé. El plan era arriesgado. Quizá haya sospechado en el último momento...

—Empiezo a pensar que tal vez sea lo mejor —dije, agachando la cabeza.

—¿Qué queréis decir? ¡Hablad claro!

—Quiero decir que todo esto me parece cada vez más insensato. Derrocar al gobernador no va a traernos más que problemas. Sé que vuestras intenciones son buenas, que van en pos del bien de Navarra, pero puede que nos hayamos dejado arrastrar por los deseos de otros.

—¿Estáis hablando de García Almoravid?

—De García Almoravid, del prior..., hasta del obispo. Siempre pensé que era un hombre de paz, pero ahora ya no sé qué creer.

—Cada uno lucha por lo suyo. Él lo hace para mantener su cargo, García Almoravid, por dar gusto a los de la Navarrería y nosotros, por Navarra en su conjunto.

Negué con la cabeza.

—No sé si eso es cierto o solo es lo que nos gustaría creer. Defendemos nuestros privilegios y nuestra posición y pensamos que con ello favorecemos al reino. Pero ¿qué le importa a un pobre campesino, a un zapatero o a un herrero si el gobernador es navarro o francés? Lo único que quieren es vivir en paz, poder trabajar y ganarse el pan. Y nosotros nos empeñamos en conducirlos a un conflicto que no les interesa, en el que, además, no tienen nada que ganar.

—Nuestra labor no es sencilla. Somos nobles y ello nos confiere privilegios y obligaciones.

—Esas mismas palabras se las dije yo a la reina, justo antes de que huyese a Francia. Ella tomó solo los privilegios.

—Pues, en ese caso, es todavía más importante que nosotros carguemos sobre nuestros hombros la responsabilidad de mantener un reino unido, independiente y soberano. Y nunca lo lograremos con un gobernador que no sea de aquí.

Resoplé con desesperación. Estaba muy cansado de todo. En ese momento, desde la lejanía se oyó un alboroto. Me volví y pude ver a una nutrida tropa a caballo que venía por el camino de Pamplona. Apreté los puños con fuerza.

—Allí viene el gobernador —dijo don Gonzalo.

Sentí un nudo en la garganta y tuve que hacer un gran esfuerzo para no dar en aquel instante la voz de alarma. A lo lejos pude ver a García Almoravid, junto con su numerosa tropa.

Gonzalo Ibáñez de Baztán levantó la mano para indicar a sus tropas que cerrasen la salida hacia el sur. Luego miró a García Almoravid y levantó el pendón que sostenía en la mano. Era la señal convenida para que las huestes de don García se desplegasen e impidieran al gobernador regresar a Pamplona.

—¡Que Dios nos perdone por lo que vamos a hacer! —murmuré mientras levantaba también mi pendón para que mis caballeros se desplegasen.

Mientras nuestras tropas se iban disponiendo para cerrar el círculo, un caballero se separó del ejército del gobernador y se acercó al galope hasta el lugar en que estábamos. Lo reconocí, era Étienne, el consejero del gobernador.

—Don Gonzalo —dijo, nada más alcanzarnos—, las tropas del gobernador están aquí para cumplir con su promesa de socorrer a los enemigos del rey Alfonso.

—¿Las tropas del gobernador? —preguntó el alférez, extrañado—. ¿Y el gobernador dónde está?

—El gobernador no ha venido. Tenía asuntos muy importantes que resolver en Pamplona. Sin embargo, sus tropas están aquí; eso es lo que importa.

El alférez ahogó una maldición y me miró. Traté de disimular, pero por dentro me sentía profundamente aliviado. Luego don Gonzalo buscó con la vista a García Almoravid, que ya había comenzado la maniobra. Levantó de nuevo el pendón y lo agitó en el aire. Si el gobernador no estaba, todo el plan se venía abajo.

—¿Ocurre algo? —preguntó Étienne.

—El acuerdo al que llegamos era que el gobernador vendría en persona a mostrar su apoyo. ¿En qué lugar nos deja esto ahora?

—Eso, señor, es algo a lo que no puedo responder.

En ese instante llegó al galope García Almoravid. No entendía lo que ocurría y estaba airado.

—¿Qué sucede? ¿Dónde está el gobernador?

—No está —respondió don Gonzalo, al tiempo que trataba de indicarle que mantuviera la boca cerrada—. Ha enviado sus tropas.

—¿Entonces? —preguntó el señor de la Cuenca.

—Entonces ¡nada! Nos dirigiremos hasta las líneas del ejército del rey Alfonso para que nos vean, como convenimos. Eso será suficiente para disuadirlos por un tiempo.

Étienne miró a don Gonzalo, luego a García Almoravid y terminó por fijar su mirada en mí. Notaba el corazón golpeándome en el pecho y tenía ganas de destapar sin más tardanza toda la trama y acusar a García Almoravid de traición ante el consejero del gobernador. Despegué los labios para hablar, pero en el último momento me tragué las palabras y permanecí en silencio.

—¡Sea como decís! —exclamó Étienne, antes de volver junto a sus caballeros.

—¿Qué ha ocurrido? —preguntó García Almoravid, furioso, cuando el consejero se hubo alejado.

—Alguien ha debido de revelar nuestros planes y estos han llegado a oídos del gobernador.

—¡Por las llagas de Cristo! —gritó García Almoravid—. ¡Esto no puede seguir así! ¡Hemos de acabar con él de un modo u otro!

—¡Calmaos, por Dios! —exclamó don Gonzalo—. Yo tampoco deseo que continúe en el cargo, pero debemos actuar con cordura, cosa que no hemos hecho en absoluto. Beaumarchais compró nuestra voluntad a cambio de sus pagos y, si no lo frenamos, terminará apoderándose de todos los castillos y hasta de nuestras propias casas.

—¡Antes moriré que verme desposeído de lo mío!

—Pues, en ese caso, y sin dilación, debemos regresar a Pamplona y mostrarle a las claras que no lo queremos en Navarra. Quisimos hacerlo por la fuerza y no lo conseguimos. Nos toca ahora demostrarle que no cuenta con apoyos en el reino y convencerlo de que ha de irse.

—Eso es inútil —dije—. Nunca nos hará caso. Y ahora, menos aún...

—Todos los nobles del reino nos respaldan, al igual que la mayor parte de las buenas villas.

—Son solo esos malditos francos los que lo apoyan —exclamó García Almoravid—. Ya os dije que había que aprovechar el momento para derrotarlos. ¡Vayamos contra ellos y pasémoslos a todos por el cuchillo!

—¡Dejad los cuchillos! —respondió Gonzalo Ibáñez de Baztán—. Hemos de convencerlos de que se unan a nuestra causa y de que pidan al gobernador que se vaya, junto con el resto de los navarros.

—¡Hablar, hablar, siempre hablar! —dijo García Almoravid con desprecio, y escupió al suelo—. Nunca convenceremos a esos malditos. Son de su misma sangre francesa...

—Pues hemos de lograrlo —respondió don Gonzalo. Y, con un ademán, dio por terminada la discusión.

García Almoravid me miró y creo que intuyó mi alivio.

—Si me entero de que fuisteis vos, os aseguro que no volveréis a ver la luz del día.

Alcé el rostro. Llevaba tiempo con ganas de contestarle.

—Vuestras amenazas no me preocupan. Todos sabemos que sois más atrevido con la lengua que con la espada.

García Almoravid se tragó mi respuesta mientras se alejaba al galope.

# 7

El gobernador no paraba de dar vueltas por la sala. Estaba indignado, irritado, trastornado. Se había librado de la muerte en el último momento, pero solo por un soplo. Ofrecí una bolsa de oro a uno de los canónigos de la catedral; fue él quien me reveló el plan hasta sus últimos detalles. Las paredes eran gruesas y los oídos de los religiosos, muy finos.

Ahora, reunido con Étienne en la iglesia de San Cernin, Beaumarchais no sabía cómo debía actuar. Yo, en una esquina de la sala, tomaba nota de todo.

—Querían matarme. ¡A mí! ¡Al gobernador! —dijo, mientras agitaba el puño en el aire—. ¿Quiénes se creen que son?

—No todos querían acabar con vuestra vida —dijo Étienne—, pero sí estaban de acuerdo en desposeeros del cargo. En eso sí coincidían.

—¿Todos? ¿Hasta Monteagudo?

—Sí, hasta Monteagudo. No sabemos si a instancias de los demás, pero estaba también en la conspiración. El caso es que su final iba a ser el mismo que el vuestro. Los que deseaban vuestra muerte deseaban también la suya.

—¡Pequeño consuelo!

—Así es. Es un acto tan grave que no puede quedar sin castigo. ¡Debéis mostrarles de inmediato quién manda en Navarra!

El gobernador recapacitó por un instante. Tenía los puños apretados y la cabeza gacha. Estaba furioso, pero intentaba mantener la calma.

—¿Creéis que es lo mejor? —preguntó a su consejero—. ¿Actuar con firmeza? Llegué aquí con el encargo de reconducir la situación, no de agravarla.

—Pero ¿qué otra cosa podría hacerse? ¡Han pretendido mataros!

En ese momento, me acerqué e intervine:

—Señor, si me lo permitís, no creo que convenga que mostréis vuestra ira contra los conjurados.

—¿Qué sabrás tú de lo que conviene o no hacer? —exclamó Étienne, mientras se colocaba a un palmo de mí—. Yo fui el que acudí al campo de batalla en su nombre, jugándome la vida. ¿Dónde estabas tú entonces?

—¡Dejad que hable, Étienne! Hasta ahora, vosotros, mis consejeros, no habéis sido capaces de enteraros de las reuniones de los nobles a mis espaldas, ni de los intentos que ha habido para asesinarme. Del único que he obtenido algún consejo acertado es de este pobre juglar. ¡Habla, Guilhem, y dime lo que piensas de todo esto!

—Señor —proseguí sin mirar a Étienne—, los nobles están buscando de continuo cualquier motivo para enfrentarse a vos. En mi opinión, lo que debéis hacer es no conceder importancia a esta conjura. Eso es lo que más podría irritarlos.

—¿Qué quieres decir?

—Vos ya enviasteis a vuestro ejército, como habíais prometido. Por tanto, vuestra palabra está limpia. Ellos intuirán que alguien habló más de la cuenta y que vos descubristeis la trama, pero no conviene que se lo dejéis saber. Por mucho que haya que morderse los puños para no echarse sobre ellos y cortarles la cabeza, los nobles de Navarra siguen siendo necesarios para controlar el reino. Si aparentáis que no sabíais nada, podréis volver a hablar con ellos e intentar reconducirlos. Si les decís a la cara que teníais noticia de su encerrona, ya nada podrá hacerse. Los habréis perdido para siempre.

Beaumarchais miró a Étienne, quien parecía molesto.

—Creo que Anelier tiene razón, señor —admitió este—. No deis a los nobles el gusto de ser vos quien descubra sus cartas.

Que sean estos quienes se vean obligados a deciros a la cara lo que tengan que deciros.

El gobernador resopló.

—¿He de poner mi mejor cara y recibirlos como si no hubiera pasado nada?

—Así es. La situación resulta tan complicada que un enfrentamiento abierto no nos conviene. Ellos son muchos más y todavía no sabemos hasta dónde querrán llegar los vecinos del Burgo y de San Nicolás para protegeros. Hasta ahora se han mostrado fieles, pero si las cosas se tuercen mucho podrían acobardarse.

—Podría pedir ayuda al rey Felipe, pero eso me haría quedar como un inepto. Maldita sea, me nombró gobernador para evitarle un problema, no para crearle otro. No quiero imaginarme lo que dirían los grandes de Francia si acudo al rey como un cobarde.

El gobernador tomó asiento. Daba la impresión de estar agotado.

—Está bien —añadió—. Haré como decís. Y ahora marchaos, necesito pensar. ¡Ah!, otra cosa. Étienne, avisa a los concejos de San Cernin y de San Nicolás que pueden reanudar las labores de defensa cuando lo deseen. Trabajaré por la paz, pero no me cogerán de nuevo desprevenido.

Étienne salió primero y yo lo seguí a cierta distancia. Cuando cerré tras de mí, se me acercó, desafiante.

—No sé qué pretendes con todo esto, ni tampoco por qué el gobernador te tiene tanto aprecio, pero cuídate mucho de volver a contradecirme ante él. Me ha costado mucho llegar a donde estoy y no tengo intención de que tú lo eches todo por tierra. ¿Entendido?

Aquellas palabras me sorprendieron. Nunca había tenido la intención de desbancar al consejero, ni de poner en duda sus palabras. Siempre que había hablado lo había hecho por aprecio y respeto a mi señor. Quise responder algo, pero no encontré las palabras y, simplemente, asentí con la cabeza. Étienne se dio media vuelta y se retiró a paso ligero.

Todavía un poco aturdido, salí de la iglesia y me dirigí a casa. Tenía la intención de poner en limpio los acontecimientos vividos durante los últimos días. No había sido la batalla que hubiese deseado para mi poema, pero la conjura y la inteligente maniobra del gobernador también eran dignas de ser contadas. Estaba contento de cómo iba resultando la historia y no me arrepentía de haber seguido los pasos de mi señor.

—Ya solo faltaría una cosa para que el día fuera completo —susurré, con una sonrisa en los labios.

Mientras me disponía a empuñar la pluma para escribir, vi salir a un hombre de la casa de enfrente. Era fuerte y tenía el pelo largo y cano. Dobló la esquina de la iglesia y desapareció. Tras él salió Magali. El día era caluroso y llevaba un vestido escotado. Me imaginé desabrochándole el corpiño y quitándole la camisa. La deseaba más que a ninguna otra mujer antes en mi vida. Me puse en pie y me acerqué.

—Buenos días, Magali. Teníamos un trato... ¿Lo recuerdas?

—¿Un trato? —dijo ella, con fingida indiferencia—. No recuerdo nada...

—Pues yo no solo lo recuerdo, sino que lo he cumplido. Aunque sea un artista, mi palabra es de fiar. Te prometí un poema...

—Sí, algo creo recordar..., te di mi nombre y tú me prometiste un poema a cambio. Nunca pensé que lo vería... ¿Lo tienes?

—Lo tengo, sí. Demos un paseo y te lo recitaré.

Trató de disimular, pero yo me di cuenta de que miraba de reojo hacia su casa.

—No temas —dije—, tu padre salió antes que tú y se marchó.

—Bernar no es mi padre —dijo—. Es mi padrastro. Aun así..., mi madre está en casa.

—Cuando una mujer quiere escapar, no hay carcelero que pueda detenerla.

Ella dudaba y yo aproveché su indecisión para acercarme un poco más.

—El poema es solo para ti, Magali; y solo a ti te lo recitaré.

Entonces dio media vuelta, entró en casa y al poco salió con un cántaro vacío.

—¡Voy a la fuente, madre! —gritó por el hueco de la escalera.

Cerró la puerta y se acercó a mí.

—Vamos.

Bordeamos la iglesia de San Cernin y salimos del Burgo por el Postigo de las Carnicerías, en dirección al Puente Nuevo. Caminamos un poco más por la ribera del río hasta llegar a un bosquecillo de avellanos, protegido de las miradas indiscretas. Dejó el cántaro en el suelo y yo me situé tras ella, con los labios rozando su oído. Despacio, saqué el cuaderno y le recité el poema que había compuesto para ella:

*Magali, tú eres la flor*
*que reposa en mi jardín,*
*mas la rosa de tu amor*
*no me da descanso a mí.*

*Más hermosa que el laurel,*
*tan cálida como el fuego,*
*tan dulce como la miel,*
*tan gélida como el hielo.*

Mientras recitaba, pasé la mano por delante de su cintura, hasta abrazarla. Podía sentir su calor y aspiraba el aroma de sus cabellos y de su piel algo húmeda. También notaba su respiración agitada y el temblor que le recorría los brazos.

*Por las noches cuando duermo*
*sueño en tus labios de plata,*
*y al despertar del ensueño*
*mi agonía me delata.*

*Es tu piel la dulce trampa*
*en la que quiero morir,*
*y enredado en tus cabellos*
*ver mis horas discurrir.*

Le desanudé un poco el corpiño y metí la mano hasta encontrar sus pechos. Los acaricié despacio, rozando con la yema de los dedos sus pezones.

*Está mi vida en tus manos,*
*tuyo es el dulce puñal,*
*si estos versos juzgas vanos,*
*ponle a mi vida final.*

Terminé de recitar y Magali se dio la vuelta poco a poco, hasta que sus labios quedaron a un palmo de los míos.

—¿Te ha gustado el poema o merezco la muerte?

Ella levantó ligeramente las cejas.

—Eso depende del lugar al que vaya mi mano.

Acarició mi pecho y fue bajando despacio hasta la cintura. Jugueteó con la daga durante unos instantes y sonrió. Luego metió la mano en los pantalones hasta encontrar mi miembro.

—Hoy no morirás, poeta. Al menos, no apuñalado.

Con cuidado de que nadie nos viera, nos alejamos un poco más hasta escondernos detrás de las ruinas de un antiguo molino.

Sonreí mientras veía cómo Magali se desabrochaba del todo la camisa.

# 8

Sabía que lo que iba a hacer tendría graves consecuencias, pero aun así estaba decidido.

Un día cualquiera las calles de la Navarrería hubiesen estado llenas de gente, pero en aquel momento solo unas pocas personas caminaban por la ciudad. Aquel silencio era más opresivo que el peor de los ruidos. Descendí por la calle que llevaba al Chapitel. Las defensas en aquel punto se habían redoblado en las últimas jornadas y parecía que todo estuviese dispuesto para comenzar un enfrentamiento. Seguía sin entender cómo se podían haber enrarecido tanto las cosas para llegar hasta aquel punto. Crucé el Chapitel y llegué al Burgo. Los guardias me reconocieron y me dejaron pasar. Debían de suponer que iba a trabajar a casa de Adrien, pero en esta ocasión se equivocaban. Atravesé la puerta y me dirigí a la iglesia de San Lorenzo. A diferencia de la Navarrería, en el Burgo había más actividad; los trabajos de refuerzo de las murallas se habían reanudado con rapidez. Cuando llegué a la iglesia, me detuve y esperé, medio oculto detrás de uno de los contrafuertes. Un vecino pasó por delante y me miró, extrañado. Agaché la cabeza y carraspeé, mientras el hombre se alejaba. La inquietud iba creciendo en mi interior, pero sabía que tenía que ser paciente y esperar. Al poco tiempo, desde detrás de una esquina vi venir a una mujer. Traía la cabeza cubierta con un pañuelo y apenas podía apreciarse quién era, pero yo no tenía ninguna duda.

Se acercó y levantó un poco el pañuelo. A pesar de los nervios, sonreía.

—Anaïs, sabes que esto es una locura, ¿verdad?

—Sí, lo sé; pero aun así quiero hacerlo.

—Yo también —dije, acariciándola.

Dejamos el lugar y entramos en la Navarrería por la puerta del norte, para dirigirnos a la iglesia de Santa Cecilia. Era un templo pequeño, a apenas unas calles de distancia del gran edificio de la catedral. Llamé y esperé. La mano me temblaba, pero entonces Anaïs me agarró.

—Todo va a salir bien —me dijo—. Ya lo verás.

La puerta se abrió y el párroco, don Domingo, nos invitó a entrar. Había sido amigo de mis padres y sentía tanto aprecio por mí como yo por él.

—Pasad —nos dijo.

—Gracias, padre —respondí.

—¿Venís de mutuo acuerdo y por propia voluntad?

—Sí, padre.

Don Domingo miró a Anaïs y esperó su consentimiento.

—Sí, padre. Vengo por propia voluntad.

—Si es así, no hay por qué esperar.

Los tres nos dirigimos al altar y, una vez allí, Anaïs y yo nos arrodillamos, inclinamos las cabezas y juntamos las manos. La nave de la iglesia estaba oscura y solo unos pocos rayos de sol, que se colaban por la ventana del ábside, la iluminaban. Don Domingo tomó una cinta y, después de intercambiar los anillos, rodeó nuestras manos.

—Aquí —dijo don Domingo— no me cabe más que ser testigo de vuestra unión. Hablad, pues, y prometeos en matrimonio.

—Anaïs —dije, con voz temblorosa—, yo te tomo como mi mujer.

Se retiró un poco más el pañuelo antes de hablar.

—Íñigo, yo te tomo como mi esposo —dijo con voz firme.

Don Domingo puso sus manos sobre nuestras cabezas.

—Dios es testigo de vuestra unión en esta santa iglesia. Y yo la bendigo. Marchad y sed felices.

Los dos nos levantamos, todavía aturdidos por lo que acabábamos de hacer. Sin el consentimiento de su padre, Anaïs había aceptado casarse a juras, por el simple compromiso ante un testigo. Aquello no era lo que hubiésemos deseado, pero nos queríamos y deseábamos estar juntos por encima de cualquier otra cosa. Salimos de nuevo a la calle de la mano, mientras el sol de junio calentaba nuestros cuerpos.

—Lo hemos hecho —dijo Anaïs.

—Sí, y siento que es lo mejor que he hecho en mi vida.

Tratando de ocultarnos de las miradas indiscretas de los vecinos, caminamos deprisa por las callejuelas de la Navarrería hasta llegar a mi casa. Subimos por la escalera al piso superior. Abrí la puerta de la alcoba mientras notaba los latidos en el pecho y contenía la respiración. Cuando Anaïs entró, cerré con cuidado y prendí una vela que descansaba sobre una mesita, junto a la cama. Me acerqué a mi mujer y la besé. Aunque trataba de mantener la calma, estaba confuso y aturdido. Ella también parecía nerviosa y le costaba mantener la mirada.

—No sé qué hacer —dijo, y bajó la cabeza, avergonzada.

Yo puse la mano bajo su barbilla y le levanté la cabeza hasta que nuestras miradas se encontraron de nuevo.

—Tenemos toda la vida para aprenderlo..., juntos.

Anaïs sonrió con timidez y volví a besarla, mientras le soltaba poco a poco los cordones del corpiño. Sentía mi cuerpo como una llama.

—Te deseo, Anaïs —dije.

—Y yo a ti.

Me giré un momento para apagar la vela, pero Anaïs me cogió la mano y la acercó a sus labios.

—Déjala encendida —me dijo.

Me desperté todavía con el recuerdo de Magali en la cabeza. Aquella mujer era una fuerza desatada, un torbellino que encendía mi deseo. Hubo muchas antes, pero ella era diferente y yo me sentía perdidamente enamorado. Mientras pensaba en sus labios, en sus ojos, en sus pechos y en el calor de su cuerpo, un golpe en la puerta me sacó de mis ensoñaciones.

—¡Arriba, Guilhem! —gritó un soldado—. El gobernador nos espera.

Me vestí a toda prisa y acudí corriendo al monasterio de franciscanos, donde encontré al senescal rodeado de algunos de sus consejeros y con expresión muy seria. Con un gesto me indicó que me acercase.

—¿Qué ocurre, señor? —pregunté—. Os veo preocupado.

Beaumarchais me cogió por el brazo y me separó un poco de los demás, con evidente disgusto de estos.

—Me temo que hoy te voy a necesitar, Guilhem. Los ricoshombres me han pedido una reunión urgente y los he citado aquí. Dicen que vienen a hablar, pero después de la anterior encerrona no me creo ya nada de ellos.

—Sí, es difícil conocer sus intenciones... ¿Acude también Monteagudo?

—Así es. No sé cómo se ha podido dejar engañar, pero viene con los demás. El muy ingenuo ni se habrá enterado aún de que a él también querían matarlo. En fin... —dijo, acercándose de nuevo a sus consejeros—, no te alejes mucho de mí y procura recordar todo lo que aquí se hable.

Beaumarchais, sabedor de que los nobles podrían tratar de intimidarlo, dispuso a sus mejores caballeros alrededor de la sala. Enseguida aparecieron los ricoshombres, acompañados por un nutrido grupo de vecinos de la Navarrería, y poco después llegaron los representantes de San Cernin y San Nicolás.

—No me gusta el ambiente —dije, acercándome de nuevo al gobernador—. Los ánimos están muy caldeados.

—Lo sé. Es necesario que tome la palabra antes de que una chispa pueda prender el fuego.

Beaumarchais se puso en pie y alzó la voz.

—Señores —dijo dirigiéndose a los congregados—. Ayer

me pedisteis una reunión. Aquí la tenéis, para que nadie pueda decir que no estoy dispuesto a resolver los problemas dialogando. Hablad, pues, y decid lo que consideréis oportuno.

Gonzalo Ibáñez de Baztán se puso en pie.

—Don Eustache, os agradecemos la posibilidad de reunirnos y abordar las diferencias que tenemos. No son pocas, como sabéis. Y, dado que nos ofrecéis la posibilidad de hablar, las resolveremos con la palabra.

El gobernador inclinó la cabeza, invitándole a comenzar.

—La situación que vivimos no puede prolongarse ni un día más. Desde que llegasteis a Navarra, los gastos se han disparado. Vuestros hombres gastan sin mesura, dilapidan lo que durante años los navarros hemos conseguido. Y vos, que nos prometisteis recompensarnos por colaborar en la defensa del reino, nos arruináis a cada día que pasa al pagarnos con vuestra moneda. Decís que defendéis a la reina y a Navarra, pero lo que estáis haciendo es saquear el reino y humillarnos. Por ello, venimos a pediros que os marchéis. Nada habéis de temer. Os proporcionaremos la protección adecuada para que podáis partir sin impedimento. Debéis saber que este no es solo nuestro sentir, sino el de todo el reino. Y aquí tenemos las cartas que lo prueban.

—¡Abajo don Gonzalo! —gritó un vecino de San Cernin—. ¡Traidor!

—¡Viva el gobernador! —le secundó otro.

Mientras tanto, entre las filas de la Navarrería, los hombres también se levantaron; pero los gritos se dirigían contra el senescal.

—¡Fuera el gobernador! ¡Abajo Beaumarchais!

—Don Gonzalo —dijo el gobernador, alzando la voz y tratando de imponer la calma en la sala—, los navarros me hicisteis llamar para que gobernase sobre todos vosotros y ahora me queréis despojar de mi cargo… ¿Hay alguien que pueda entender esto?

—¡No os llamamos a vos, ni se lo pedimos tampoco al rey Felipe —exclamó García Almoravid, quitándole la palabra al alférez—, sino a nuestra reina, a la que tenéis secuestrada! Lo único que podéis hacer ya es marcharos. ¡No os queremos aquí!

Las voces volvieron a levantarse entre los vecinos de los burgos de francos.

—Señores —dijo Beaumarchais, tomando de nuevo la palabra—, los navarros prestasteis juramento y homenaje ante mí, todos de común acuerdo. Si ahora queréis expulsarme, lo tendréis que hacer también todos a una. Y escuchad bien lo que os digo: si ese es el sentir unánime, no hará falta que me echéis, pues me iré de forma voluntaria.

—¡Toda Navarra os pide que os marchéis! —gritó de nuevo García Almoravid—. Si no, ateneos a las consecuencias.

El gobernador miró fijamente a los nobles. García Almoravid estaba rojo de ira; Gonzalo Ibáñez de Baztán tenía los puños apretados y en su semblante reflejaba nerviosismo; Pedro Sánchez de Monteagudo mantenía la cabeza gacha y parecía avergonzado. En ese momento me di cuenta de que lo que estaba en juego ya no era su cargo, sino su vida. Miró hacia atrás y me llamó.

—Guilhem —susurró, mientras no se oían más que gritos e insultos a uno y otro lado en el templo—, necesito conocer el parecer de los concejos de San Cernin y de San Nicolás ahora mismo. Ve con discreción hasta allí y pregunta. Si están dispuestos a protegerme, todavía queda esperanza. Si no, hoy no saldré vivo de aquí. Mis hombres no serán suficientes para contener a los nobles y a sus partidarios.

Mientras me dirigía hacia los vecinos del Burgo, el gobernador tomó de nuevo la palabra, para tratar de distraer la atención de los nobles:

—Por el interés de toda Navarra es necesario que nos entendamos. Propongo que de aquí a una semana nos podamos reunir de nuevo para tratar este asunto de forma más sosegada. Convocaré Cortes a la mayor brevedad, tenéis mi palabra, y en ellas resolveremos los problemas.

—Ya no hay tiempo para más Cortes, ni para más promesas, don Eustache —cortó el alférez real—. El tiempo se os acabó, debéis iros de inmediato.

Me acerqué a Pontz Baldoin y le pregunté sin ambages:

—¿Estáis con el gobernador, sean cuales sean las consecuencias?

El alboroto no cesaba y los gritos de unos se sumaban a los de los otros.

Pontz me miró a los ojos y me dio su respuesta. Entonces, alzando la mano llamé la atención del gobernador. Él me miró, ansioso, y le hice un gesto de asentimiento. Uno de los vecinos del Burgo, junto a mí, se levantó un poco la camisa para que Beaumarchais pudiera ver la daga que escondía en el cinto. Me fijé mejor en él y vi que se trataba del padrastro de Magali.

—Señores —dijo el gobernador dirigiéndose de nuevo a los nobles, y con voz firme—, el rey de Francia no me ha enviado a esta tierra para traicionar a la reina Juana, sino para defenderla. Y, antes de faltar a mi palabra, preferiría que me tirasen desde lo alto de la torre de la catedral, y que me desmembrasen y que me partieran en pedazos, os lo juro.

—¡Resulta inadmisible —exclamó García Almoravid—, ponéis los intereses del rey de Francia por encima de los de la reina Juana!

—¿Quién os creéis para levantarme la voz? —exclamó el gobernador, colérico—. No pongo ningún interés por encima de otro, porque los dos son el mismo. ¡Estúpidos, la reina Juana se casará con el infante don Felipe de Francia!

—¡Eso no es lo que las Cortes juraron! —gritó don García—. ¡Es una traición!

—¡Señores! ¡Señores! —intervino entonces Pedro Sánchez de Monteagudo—. ¡No es esto lo que el reino espera de nosotros! Hemos venido aquí a hablar, no a pelearnos. —Mirando directamente a Beaumarchais, añadió—: Gobernador, las nuevas que nos dais nos sorprenden. Sabíamos que ese compromiso podría sellarse, pero no era este el modo en que esperábamos recibir la noticia. La regente nos hizo un juramento…

—Señor de Cascante —dijo el gobernador, ya fuera de sí—,

habéis estado callado mientras vuestros secuaces me proponían esta traición. ¿Quién sois vos?, ¿el que maquina en la sombra y pone a otros para que den la cara?

Sánchez de Monteagudo se echó hacia atrás, sorprendido por aquel tono.

—No soy ningún conspirador. He tenido sobre mí durante casi dos años el gobierno de Navarra y sé lo difícil que es el cargo...

—¿Qué sabréis vos? —lo interrumpió Beaumarchais—. Recibisteis un reino en paz y me legasteis una tierra dividida y enfrentada. No supisteis cumplir con vuestro gobierno y ahora queréis echar abajo el mío. Desoí en su momento a los que me dijeron que la reina se equivocó al nombraros, pero ahora no puedo sino darles la razón.

—¡Estáis hablando con un ricohombre, maldito segundón —gritó García Almoravid—, no sois nadie para utilizar esas palabras! ¡Abandonad Navarra ya o probaréis nuestra espada!

La faz del gobernador se encendió de ira.

—¡No me marcharé mientras aquí me apoyen! ¡Esta conjura ha terminado!

Sin dar tiempo a los nobles a reaccionar, Beaumarchais dejó el estrado y se encaminó hacia los vecinos de los burgos. Mientras, García Almoravid hizo un gesto a sus hombres para que tomaran posiciones a la puerta del templo e impidieran la salida al gobernador. Sin embargo, Bernar lo vio y avisó a Pontz.

—¡Mira, tratan de impedirle la salida!

—¡Deprisa! —exclamó Pontz—. Formemos un pasillo para que pueda salir.

Corrimos a trompicones hasta llegar a la puerta del templo y los vecinos sacaron sus armas de debajo de las ropas, mientras se colocaban haciendo un pasillo. Los hombres de García Almoravid intentaban llegar a la salida, pero nosotros lo impedíamos.

—¡No dejéis que escape! —gritaba García Almoravid, desesperado—. ¡Hay que detenerlo aquí mismo!

Cuando García Almoravid estaba dando órdenes, Beaumarchais aprovechó para encaminarse a la salida, seguido por sus caballeros y también por mí. Mientras avanzábamos, los hombres del Burgo y la Población se iban replegando, mostrando sus armas y protegiéndonos.

—¡Cerrad filas —dijo Pontz Baldoin a sus hombres—, que no salga ninguno de ellos del templo hasta que no estemos todos fuera!

Los francos trataban de mantenerse fuertes, pero, según iban saliendo, los de la Navarrería quedaban en mayoría dentro del templo y forzaban para romper la defensa. Bernar se encontraba al frente de sus vecinos, mientras los de la Navarrería los increpaban y empujaban. En ese momento, vi cómo un hombre se abalanzaba sobre él y le clavaba un cuchillo en la pierna.

—¡Me han herido! —gritó, mientras trataba de taponar la hemorragia.

Los vecinos alzaron las armas y amenazaron a los de la Navarrería.

—¡Hay que salir! —gritaba Pontz—. ¡Todos!

A duras penas los de San Cernin y San Nicolás abandonaron el templo y corrieron hacia sus burgos, perseguidos por los vecinos de la Navarrería; pero el gobernador se había adelantado y dispuso a sus hombres con las ballestas tensadas y apuntándoles.

—¡Atrás o disparamos! —gritaron.

En ese momento llegó García Almoravid. No había esperado una respuesta tan coordinada y sus tropas no estaban dispuestas para el combate. Miró hacia los muros de San Nicolás y vio que en lo alto de la cerca se disponía también un nutrido grupo de arqueros y ballesteros. En esas condiciones, continuar con la persecución constituía un acto suicida. Se volvió y levantó la mano para detener a sus hombres.

—¡Volvemos a la Navarrería! —gritó.

Yo respiraba agitadamente y las piernas me temblaban.

—¡Todos adentro! —gritó el gobernador—. ¡Cerremos las puertas!

Completamente derrotado caminé hacia la catedral, siguiendo al alférez y a García Almoravid, junto con un nutrido grupo de vecinos de la Navarrería. Al vernos llegar, el obispo nos recibió y nos invitó a pasar al templo. El prior Sicart lo acompañaba.

—¿Qué ha ocurrido, don Pedro? Por vuestras caras se puede afirmar que nada bueno...

—Así es —murmuré, mirando al suelo.

—Depende de cómo se mire, excelencia —intervino García Almoravid—. El gobernador nos ha insultado al desoír nuestro mandato de que renunciase al cargo y se fuese; pero al mismo tiempo se ha decantado claramente: ha preferido a los burgueses antes que a nosotros y se ha refugiado en sus brazos. Muy bien, ahora sabrá lo que le espera.

—¿Significa esto la guerra? —preguntó el obispo, con preocupación.

—El gobernador se ha encastillado en el Burgo y supongo que ya no piensa salir —dijo don Gonzalo.

—En ese caso —dijo Sicart—, debemos hacer lo mismo, cerraremos nuestras puertas y dispondremos a los hombres en las torres y las murallas. Son orgullosos, pero les bajaremos el orgullo a golpe de espada; quizá sepan más lenguas que nosotros pero, si es necesario, se las cortaremos.

Al escuchar aquellas palabras me pregunté qué hacía alguien así a la cabeza del cabildo de la catedral.

—Para derrotarlos —intervino el alférez— necesitamos que toda la Navarrería se nos una. Juntos demoleremos sus muros y acabaremos con ellos para siempre. ¿Estamos de acuerdo? —Y miró a los vecinos que allí se encontraban.

—¡Sí! —exclamó uno entre los presentes—. ¡Por supuesto que estamos de acuerdo!

Un grito de júbilo surgió de la multitud. Al principio el alférez parecía preocupado; ahora, con los ánimos de la masa, se mostraba seguro.

—El pueblo está con vosotros —sentenció Pascual Beltza—. Podéis tomar de nosotros todo lo necesario para ganar este combate: provisiones, bienes y la propia villa se os entrega. Si permanecemos juntos, no les valdrán muros, algarradas ni ballesteros. Jurad que estaréis con nosotros en esta lucha y entre todos traeremos al gobernador ante el altar de la catedral, preso y vencido.

—¡Por Dios que lo haremos! —gritó García Almoravid—. Os juro ante el Altísimo que antes moriré que faltar a mi palabra. ¡Lucharé hasta derrotar al gobernador y a sus secuaces!

Los brazos se alzaron y todos corearon los nombres de García Almoravid, don Gonzalo y el mío. Sentía el calor de los vecinos, pero no experimentaba ninguna alegría por lo que estaba ocurriendo. ¿Cómo me había dejado arrastrar a aquello?

Me desperté y me costó un buen rato darme cuenta de dónde estaba; en la cama de mi esposo, desnuda y medio recostada sobre su pecho. Por la ventana se colaba un hilo de luz. Íñigo seguía durmiendo y yo podía oír el leve ronquido que emitía al respirar. A pesar de las circunstancias y de saber que, de momento, tendríamos que mantener en secreto nuestra boda, era feliz. Nunca hubiese imaginado que se pudiera sentir tanto amor por una persona, ni que fuera tan fácil y tan placentero demostrarlo.

Íñigo inspiró profundamente y entreabrió los ojos. Cuando me vio, sonrió.

—No cambiaría este momento por nada en el mundo —dijo, apartándome un poco el pelo de la cara.

—Yo tampoco —respondí, y lo besé en los labios.

Se acercó y sentí su cuerpo contra el mío. Notaba cómo le crecía de nuevo el deseo.

—Tengo que irme —dije—. Todavía no sé cómo podré explicar a mi padre el no haber dormido esta noche en casa.

—Dile que estabas con tu marido, en la cama, y que este te retenía.

Reí y lo aparté.

—No digas tonterías...

Me levanté y me vestí rápidamente.

—¡Anda, arriba, que lo primero que tenemos que resolver es cómo salir de aquí sin que me vean tus vecinos! Tiene que parecer que nada ha cambiado.

—Pero ha cambiado todo...

Me recosté de nuevo sobre él y lo besé.

—Lo sé, pero es mejor así. Volveré con mi padre por un tiempo, hasta que su taller empiece a funcionar o hasta que encuentre a alguien que me sustituya. No te preocupes, todo saldrá bien.

Íñigo sonrió, sin mucha confianza, y comenzó a vestirse. Sin embargo, mientras se calzaba, oímos un estruendo en la calle. Se acercó a la ventana y abrió un poco, para averiguar qué ocurría. Yo me acerqué también y vi en la calle a un grupo de hombres armados. Me oculté tras la contraventana.

—¡Andrés! —gritó—, ¿qué ocurre?

Andrés alzó la vista y se detuvo, mientras los demás seguían camino hacia la puerta del Chapitel.

—Ha pasado lo que tenía que pasar. Los de allá se han encastillado para proteger al gobernador y han dispuesto a sus hombres por todo el contorno de los burgos. Pero ¿sabes? Nosotros no vamos a ser menos. Ahora mismo cerraremos los accesos a la Navarrería y el que quiera entrar o salir deberá hacerlo con un permiso.

—Esto es una locura... —protestó Íñigo—. ¿Qué es lo que pretendéis, que vivamos a partir de ahora como en una prisión? Necesitamos salir fuera y que los aldeanos vengan a comprar. ¿De qué pensáis que vivimos?

—No será para siempre, solo mientras los de allá sigan en su empeño de defender a Beaumarchais. Deja de preocuparte, toda Navarra está unida contra ellos. En dos o tres días tendrán que deponer las armas y entregar a su protegido. Si no, descubrirán a lo que han de atenerse.

Íñigo entornó la ventana y la penumbra se adueñó otra vez de la habitación. Yo permanecía detrás de él, de pie y quieta.

—¿Es cierto lo que he oído, Íñigo? ¿Estamos encerrados aquí?

Se volvió despacio y cogió mis manos.

—No lo sé…, si nos presentamos en la muralla y alguien te reconoce no te dejarán ir.

—Y a ti te detendrían, seguro… —dije—. ¿No podrías hablar con Andrés? Él quizá pueda ayudarnos.

—No lo creo. Ya me dejó muy claro la última vez que no pensaba volver a interceder por mí.

Me senté en el borde de la cama.

—Mi padre debe de estar preguntándose ahora mismo dónde estoy…

—Ya pensaremos algo, Anaïs. Esto no puede durar mucho. De momento es mejor que esperemos, quizá mañana se haya calmado todo.

—Eso no es ningún consuelo, Íñigo. Si se resuelve rápido, como Andrés ha dicho, será porque pasarán a cuchillo a los vecinos de los burgos. Allí están mi padre, mis tíos y Magali. ¿Qué será de ellos si los burgos caen?

Se sentó junto a mí en el borde de la cama y sentí su preocupación. Yo era su mujer, pero su ciudad era la Navarrería. Si la guerra comenzaba, ¿qué partido tomaría? En ese momento me vino a la mente una imagen y me estremecí.

—Magali me contó que muchos años atrás hubo un enfrentamiento entre los burgos de San Cernin y de San Nicolás y que los primeros terminaron quemando vivos a los otros dentro de la propia iglesia a la que habían acudido a protegerse. Desde que lo supe, aquella imagen me tortura a menudo. No consigo quitármela de la cabeza… Y ahora estamos recorriendo el mismo camino. ¿De dónde nace todo este odio? ¿Puedes entenderlo?

—No, Anaïs, no puedo comprender que sea más fácil unirse para odiar que para amar.

Y, mientras decía esas palabras, yo me preguntaba si nuestro amor sería tan fuerte como para sobrevivir al odio, a la rabia y a la venganza que se habían ido acumulando desde hacía demasiado tiempo y que ahora parecían, irremediablemente, dispuestos a estallar.

## 9

El tiempo parecía haberse detenido. El silencio reinaba en las callejuelas del Burgo y en lo alto de la muralla los vigías oteaban incansables, prestos a dar la voz de alarma ante cualquier amenaza. La tensión se hacía insoportable. Beaumarchais, que había dado orden de que no se llevase a cabo ninguna provocación innecesaria, había enviado a un mensajero con una carta para el rey Felipe, en la que le informaba de la situación y le solicitaba ayuda. Seguro que le había costado mucho redactar esas líneas. Los principales nobles de Francia habían dudado de la idoneidad de su nombramiento y aquella petición de auxilio parecía corroborarlo. Ahora solo quedaba esperar a que el rey recibiese el mensaje y decidiera actuar de inmediato; si tardaba, quizá la situación ya no tendría remedio.

Una mañana, poco después de que se cerrasen las puertas de los burgos y mientras me encontraba con el gobernador, uno de los soldados llamó. Beaumarchais lo invitó a entrar.

—¿Sí?

—Señor, tenéis una visita. Se trata de un religioso..., el prior de la abadía de Saint-Gilles.

El senescal se sorprendió con aquel anuncio.

—¿El prior de Saint-Gilles? ¿Aquí? ¿Ha dicho lo que quiere?

—No, señor. Solo ha dicho que ha sido informado de la situación en Pamplona y que desea ayudar a resolverla.

El gobernador sonrió.

—Para hacer eso creo que nos haría falta un ángel, no un prior, pero no perdemos nada por escuchar qué propone. Pídele que pase.

El soldado salió y al poco tiempo regresó con el religioso. Lo acompañaba un novicio, que se quedó fuera esperando. El prior era un hombre menudo, casi completamente calvo y de mejillas sonrosadas. Poseía una mirada muy viva y sonreía. Mi primera impresión fue que se trataba de una persona de bien, aunque ese es un criterio tan poco útil como cualquier otro.

—Prior —dijo Beaumarchais—, es un placer recibiros, a pesar de las difíciles circunstancias que vivimos.

—Así es, gobernador. Pero todo problema tiene su solución. Como dice el libro de los Salmos: «Aunque pase yo por grandes angustias, tú me darás vida; contra el furor de mis enemigos extenderás la mano, y ella me pondrá a salvo».

—¡Ojalá tuviera tanta fe como vos, padre! La verdad es que mis enemigos son tan obstinados que ya no sé qué creer... —Recapacitó un instante y preguntó—: ¿Cómo habéis tenido noticia del enfrentamiento? Me extraña que las noticias hayan llegado tan rápido a Saint-Gilles.

—No estaba en Saint-Gilles, sino en Roncesvalles, de camino a Santiago de Compostela. Hacía años que deseaba peregrinar para venerar las reliquias del apóstol. El caso es que mientras se celebraba la cena en el hospital de peregrinos coincidí en la mesa con un mensajero que vos habíais enviado a París y él me hizo partícipe de su cometido.

—¡Vaya! —dijo el gobernador—. Creo recordar que le pedí discreción...

—Él no fue indiscreto, gobernador, sino yo muy insistente. Intuí en él la preocupación y me habló del problema en confianza. Me dijo que la ciudad de Pamplona estaba a punto de estallar en guerra, como en efecto he visto. Me contó también que los burgos se odiaban con furia criminal y que se estaban armando a la carrera para enfrentarse en una lucha fratricida. Al escucharlo me entristecí.

—Vos y todos los hombres de bien. Solo los nobles, por su ruindad, parecen disfrutar con esto.

—Gobernador —dijo el prior, de forma sutil—, los problemas siempre tienen dos caras, pero a veces nos empeñamos en ver siempre la paja en el ojo ajeno... Si me lo permitís, me gustaría hacer de intermediario entre ambos bandos y tratar de recuperar la cordura, si es que aún hay tiempo.

El gobernador levantó las cejas, con escepticismo.

—Tenéis mi permiso, por supuesto, pero no acabo de entender de qué manera vuestras gestiones podrían ayudar a lograr la paz. Quizá yo haya tenido mi parte de culpa en este conflicto, pero ahora los ricoshombres exigen que me marche..., y eso es algo que no puedo hacer.

—Entiendo que no resulta sencillo, pero hemos de intentarlo como sea. Dios lo quiere así.

El gobernador abrió las manos y le dijo:

—Hablad si os es posible con esos mulos y tratad de hacer que recapaciten. Si el intento fracasa, no puedo ocultároslo, he decidido luchar hasta el final para derrotar a los traidores. No me fallará el pulso, os lo aseguro; no soy diestro con la palabra, pero sí con la espada.

El prior asintió con la cabeza y se retiró.

Ese día, por la tarde, fui en busca de Magali y la encontré cerca de su casa, mientras traía agua de la fuente. La conduje detrás de uno de los contrafuertes de la iglesia de San Cernin, donde nadie podía vernos.

—¿No sabes pensar en otra cosa? —me dijo.

—No —y la besé en los labios.

—Yo tampoco —dijo ella, separándose apenas un palmo de mí—. Llevo esperándote todo el día.

En ese momento, se escucharon voces de dos personas y me asomé levemente, sin que me vieran. Magali me susurró al oído:

—Son Bernar, mi padrastro, y su hermano, Adrien. Es mejor que no nos vean aquí juntos.

Miré a Bernar y reparé en su pierna vendada. Cojeaba, después de la cuchillada recibida, y parecía muy serio. Me dispuse a escuchar.

—¿Cómo estás, Bernar?

—No muy bien, Adrien, pero tu cara me indica que tú no estás mucho mejor. ¿Qué ocurre? Traes una expresión muy triste, ni que vinieras de un funeral.

—No vengo de un funeral, es que Anaïs se ha ido de casa.

—¿Cómo que se ha ido? —preguntó Bernar.

—Sí, se ha ido... con Íñigo. Hace días que se marchó.

—¿Con Íñigo?

—Sí. De hecho, me temo que ahora mismo estén en la Navarrería. Intimaron durante un tiempo, ante mis narices..., pero no me enteré de nada. Ahora mi ceguera me pasa factura; si la guerra comienza, ¿cómo haré para volver a verla?, ¿cómo podré sacarla de allí?

Bernar parecía cada vez más disgustado. En ese momento apareció Laurina, que se quedó al lado de su marido.

—¿Y no te dijo nada? —preguntó ella, irritada—. ¿Se fue sin más?

—Así es, Laurina, se fue sin despedirse siquiera. He mirado en su habitación; se llevó hasta el anillo que le regaló su madre justo antes de morir. Nunca se lo había puesto, decía que lo guardaba para un día especial, para el día en que...

Bernar se pasó la mano por la frente, temiéndose lo que vendría a continuación.

—... para el día en que se casase —dijo Adrien.

A Laurina se le encendieron las mejillas.

—Adrien, ¿sabes lo que eso significa? —preguntó.

—Sí, por supuesto que lo sé..., que he perdido a mi hija.

—¡Significa mucho más, por Dios! Nos ha avergonzado a todos delante de nuestros vecinos. ¿Qué crees que pensarán de nosotros cuando se enteren de esto?

Adrien resopló.

—Laurina, me importa muy poco lo que digan los vecinos. Anaïs se ha ido a la Navarrería y, si la guerra, como todo parece indicar, se desata y las catapultas se utilizan, nuestros proyectiles pueden caer sobre ella. Eso es lo que me importa, no las habladurías.

Bernar resopló y se interpuso entre ambos.

—Adrien, no te consiento que le hables en ese tono a mi mujer. Lo que Anaïs ha hecho es una estupidez, y la única culpable es ella... ¡Qué demonios, tú también lo eres! Te lo advertí hace tiempo y no me hiciste caso; ¡ahora pagas las consecuencias! Es más, nos las haces pagar a todos.

Adrien bajó la cabeza, humillado.

—Está bien —dijo—, ya veo que no solo he perdido a mi hija, sino también a toda mi familia.

—Adrien... —dijo Bernar, tratando de detenerlo, pero su hermano se alejaba ya sin mirar atrás.

—Déjalo, Bernar —dijo Laurina—. No merece la pena. Esa cría no puede traernos más que problemas. Tú has conseguido la posición que merecías hace tiempo y no puedes permitir que ni tu hermano ni, mucho menos, su hija la echen por tierra. ¡Mira cómo está tu pierna, por Dios! Has dado tu sangre por este burgo para que ahora venga la estúpida de Anaïs a arruinarlo todo.

—Laurina, por favor, se trata de mi hermano y de mi sobrina..., no hables así.

—Hablo con la cabeza, Bernar. Si Anaïs no vuelve, mucho mejor. Así no contagiará sus majaderías a Magali.

Bernar iba a contestar, pero en ese momento llegó Pontz Baldoin. Se veía que tenía prisa.

—Bernar, hay una reunión en la iglesia de San Lorenzo, ahora mismo. Debemos ir todos los jurados. El prior de Saint-Gilles ha enviado a su novicio para darnos un mensaje. No podemos hablar en alto de ello, pero parece que está tratando de encontrar un modo de evitar la guerra.

—¿Estará en ella el gobernador?

—No. El novicio ha insistido en que es importante que nos reunamos solo los vecinos con él. De momento prefiere que Beaumarchais no sepa nada, aunque no sé por qué razón. ¡Vamos!, ¡no hay tiempo que perder!

Bernar salió detrás de Pontz, que avanzaba a paso ligero. Miré a Magali y vi que estaba aturdida.

—Dios mío…, Anaïs… —susurró—, ¿cómo ha podido?

Sin embargo, yo tenía preocupaciones mayores, y dije:

—No entiendo nada.

—¿Qué quieres decir? —preguntó Magali, saliendo de su ensimismamiento.

—¿No has oído a Pontz y a Bernar? Van a celebrar una reunión y no han avisado al gobernador. Desconozco el motivo, pero no me fío. Mi señor ha de estar enterado de todo lo que se hable en los burgos, al instante.

—¿Vas a marcharte, entonces? —le dije.

—No hay más remedio. Desearía quedarme contigo, pero mi señor me necesita y no le puedo fallar. ¿Nos veremos esta noche?

—¡Esta noche! —exclamó Magali, mientras se alejaba hacia su casa—. ¡Quién sabe lo que pasará siquiera dentro de una hora!

Salí corriendo e informé al gobernador de la reunión que iba a tener lugar en su ausencia. Beaumarchais se levantó, con el gesto contrariado, y salimos deprisa, seguidos por Étienne. Llegamos a la entrada de la iglesia de San Lorenzo, donde uno de los vecinos montaba guardia. Fue a darnos el alto, pero al ver al gobernador se echó a un lado de inmediato. Beaumarchais empujó la puerta con fuerza y avanzó por la nave central del templo. Los concejos del Burgo y la Población estaban allí al completo.

—Prior —comenzó—, desearía saber qué es lo que se está tratando aquí. Os di permiso para negociar, pero no comprendo por qué ha de hacerse a mis espaldas.

—Gobernador —dijo el prior, inclinando la cabeza—, estamos buscando, simplemente, un acuerdo de paz, antes de que la guerra se produzca. Perdonad mi osadía, pero para que este plan funcione es necesario que quienes den su aprobación sean los vecinos, no quienes los gobiernan. Los nobles y vos ordenaréis, pero aquellos serán los que habrán de sufrir las consecuencias.

El gobernador se calmó un poco, pero aún parecía disgustado.

—Explicaos.

—En primer lugar fui a hablar con los vecinos de la Navarrería y les propuse el siguiente trato: que dieran la espalda a los ricoshombres y los expulsasen de allí, siempre y cuando vos aceptaseis que se respetasen las defensas levantadas en sus murallas. Y puedo comunicaros que los vecinos aceptaron. Luego traje la oferta aquí y lo he hablado con los vecinos del Burgo y de la Población...

Beaumarchais tomó la palabra, después de pasear la mirada sobre los allí congregados.

—Si no me equivoco, los vecinos ya se han manifestado. ¿No es así?

Pontz Baldoin se adelantó:

—Así es, don Eustache. A pesar del dolor que nos causa tal decisión, estaríamos dispuestos a aceptar los términos del acuerdo con el fin de preservar la paz en Pamplona. Y, con toda humildad, os pedimos que vos también lo hagáis.

—Está bien —dijo—. Por el bien del reino, acepto el acuerdo. Es mejor morderse la lengua o apretar los puños que lanzarse a una guerra suicida.

Los aplausos surgieron por todo el templo, al tiempo que el prior y el gobernador se daban la mano. Por primera vez en semanas, la paz parecía imponerse a la guerra.

Llegué a la carrera a la catedral, siguiendo al canónigo que me conducía en presencia de Sicart. Entré en la sala donde me esperaba para explicarme el acuerdo al que el concejo de la Navarrería había llegado con el prior de Saint-Gilles, sin nuestro conocimiento ni beneplácito. La furia me invadió.

—¡No es posible! —grité, dando un puñetazo en la mesa—. ¿Quién es el estúpido que ha aceptado esas condiciones?

Miré a Miguel de Larraina, que temblaba como una hoja.

—No ha sido uno, don García, sino muchos. La discusión fue larga, pero al final la mayoría de los vecinos decidió que era mejor dar de lado a los nobles si con ello se aseguraba la paz en Pamplona.

—¿Qué paz, insensatos? —preguntó Sicart—. Sin los ricoshombres de nuestro lado estaremos perdidos. Todo lo que se ha conseguido hasta ahora se vendrá abajo en un instante. En cuanto estemos desprotegidos, el gobernador no dudará en entrar en la Navarrería y pasarnos a todos a cuchillo. ¿Es que nadie se acuerda de lo que hizo en Francia? Llegó aquí vanagloriándose de que durante su mandato no quedaba un árbol del que no colgase un bandido... ¿Y ahora vamos a creer en sus promesas de paz?

—Yo estoy con vos, padre —dijo Miguel—, pero hay muchos vecinos que prefieren una mala paz a una guerra. La noticia del acuerdo está corriendo por toda Pamplona y dentro de poco el que se oponga a él será tenido por inconsciente o por traidor. ¿Qué podemos hacer?

El prior apretó los puños, al tiempo que cerraba los ojos.

—Solo hay una cosa que podamos hacer, y alguien con quien podamos contar —dijo el prior mirándome a los ojos.

No lo dudé ni por un instante.

Abandoné la catedral y me dirigí a mi casa torre. Al llegar, llamé a Pascual Beltza.

—Ve ahora mismo. Ya sabes qué tienes que hacer.

Pascual salió de la sala y bajó las escaleras a la carrera. Me asomé a la ventana y vi que se dirigía a la muralla, hasta una de las torres que se alzaban junto a la puerta del Chapitel, justo enfrente del burgo de San Cernin. Cuatro soldados permanecían allí apostados. Pascual miró hacia mi ventana y yo le hice la señal convenida. Sin dar tiempo a más, se dirigió a la algarrada montada en la torre y accionó el mecanismo de lanzamiento. Las cuerdas tensadas se soltaron y un enorme bolaño voló por los aires ante la mirada atónita de los soldados. Pasó por encima de la explanada del Chapitel, rasgando con un silbido el cielo azul, y fue a caer sobre una vivienda cercana a la iglesia de San Cernin. El tejado saltó por los aires por el impacto y la mitad de la casa se vino abajo.

Si tenían dudas acerca de mi determinación, en aquel momento estas desaparecieron.

Magali, que estaba a mi lado, se estremeció. Nos encontrábamos junto a su casa y acababa de contarle el acuerdo al que se había llegado y que ya no habría guerra. Se abrazó a mí y lloró de alegría, no solo por ella, sino, sobre todo, por Anaïs. Sin embargo, justo en ese momento el ronco sonido de una explosión retumbó en nuestro interior.

—¿Qué ha sido eso? —gritó. Cuando levantó la vista y vio la vivienda destruida de sus vecinos, se llevó las manos a la boca, con horror.

En ese instante salió Bernar.

—¡Apártate, Magali! —gritó.

Magali corrió hacia su hogar, mientras Bernar y yo acudíamos hasta la casa derrumbada. Él parecía tan alterado que creo que no reparó ni en mi presencia. Apartó unos maderos y entramos en lo que quedaba de la vivienda. El polvo todavía flotaba en el ambiente, apenas se veía. Avanzaba tratando de oír algo, cuando noté que pisaba una cosa blanda. Entonces, vi cómo asomaba bajo mi pie el brazo ensangrentado de un niño. El pequeño había sido aplastado por un trozo de pared y a su lado descansaba el cuerpo de su padre. Un poco más allá se veía el de su madre. Bernar apartó la mirada, horrorizado, y vomitó. Otro vecino entró en la casa y pudo asistir a la trágica escena. Lo miré sin saber qué decirle. Mientras Bernar apartaba las maderas para sacar el cuerpo del niño, salí de nuevo a la calle. Al mirar hacia arriba, descubrí a los hombres apostados en Portalapea, prendiendo fuego a un bolaño con boj y azufre.

—¡Ahora! —gritó uno de ellos.

Contemplé paralizado el vuelo del proyectil de fuego mientras surcaba el cielo de Pamplona para ir a caer sobre la Navarrería. Cerré los ojos y escuché una terrible explosión, seguida de un aullido.

Unas horas antes habíamos creído que la paz era posible.

Ahora ya no había vuelta atrás.

La guerra había comenzado.

# 10

Pedro Sánchez de Monteagudo tenía la cabeza entre las manos. Respiraba agitadamente y le costaba mantener la calma. El alférez real no paraba de dar vueltas por la sala. Yo permanecía en silencio; los tres esperábamos la llegada de García Almoravid.

—¿Cómo hemos llegado a esto, excelencia? —me preguntó Monteagudo—. No habrá penitencia suficiente para expiar el pecado que acabamos de cometer…

Gonzalo Ibáñez de Baztán abrió la ventana y pudimos contemplar el terrible espectáculo; en los burgos de francos veíamos elevarse por todas partes densas columnas de humo. Algunas eran negras y espesas; otras blancas, donde los vecinos se afanaban en echar agua para apagar los incendios; y otras anaranjadas, donde aún ardía el azufre. En la Navarrería el espectáculo era similar; varias casas habían sido destruidas por los impactos y el humo ascendía sobre los tejados de la villa, lo que hacía difícil poder respirar. Por todas partes se oían gritos de auxilio y lamentos, así como órdenes para continuar con el lanzamiento de bolaños. Al tiempo, los arqueros y ballesteros se habían apostado sobre las almenas de la ciudad y disparaban en cuanto alguno de los defensores del otro lado asomaba un poco la cabeza.

La puerta de la sala se abrió y entró García Almoravid, seguido por algunos vecinos de la Navarrería. Todos venían muy alterados. Los que estaban sedientos de sangre sonreían ufanos. Otros llevaban el horror grabado en la mirada; no quiero ni imaginarme lo que debían de haber visto. Pedro Sánchez de Monteagudo me había asegurado poco antes que procuraría mantenerse al margen, pero al contemplar la expresión de satisfacción de don García no pudo aguantar la rabia:

—¡Vos! ¡Fuisteis vos! ¡Negadlo si os atrevéis!

Estaba colérico y una vena se le marcaba en la frente. Nunca lo había visto así.

—¿Yo? —preguntó García Almoravid, con fingida extrañeza—. ¿De qué me acusáis?

—¡Os acuso de haber comenzado todo esto, maldito! Había una esperanza para mantener la paz y vos la arruinasteis.

García Almoravid se dirigió a la ventana y le dio la espalda a Monteagudo.

—La guerra era inevitable, don Pedro; eso lo sabéis tan bien como yo. La promesa de acuerdo era tan débil como la posición del gobernador. Ahora el humo de los incendios nos impide ver —dijo, con sorna—, pero cuando se disipe entraremos en los burgos y los pasaremos a todos por la espada. Creedme; antes de dos días el gobernador se humillará a nuestros pies.

Don Pedro se acercó a la ventana y miró hacia la calle.

—¿Veis a esa mujer que camina desesperada, con su hijo muerto en los brazos? ¿De qué le servirá a ella que el gobernador se humille o no? ¿Me lo podéis explicar? Ha perdido a su hijo, quizá también a su esposo… ¿Qué le importa ya nada?

García Almoravid hizo amago de contestar, pero uno de los vecinos que lo acompañaba se le adelantó:

—Don Pedro, mi nombre es Andrés y nací en la Navarrería, al igual que lo hicieron mis padres y, antes que ellos, mis abuelos. Escuchadme, nadie desea nunca una guerra, pero esta nos devolverá la dignidad que habíamos perdido. Siempre hemos sido los segundones dentro de Pamplona y hemos estado obligados a soportar los dictados y las exigencias de los demás. Cuando esto acabe, nadie será más que nadie; ni ellos, ni nosotros.

Monteagudo lo miró a los ojos. Creo que tuvo ganas de replicarle, pero, si aquel vecino que podía ver su casa destrozada por el impacto de un bolaño pensaba así, ¿qué podía decir él? García Almoravid tomó de nuevo la palabra:

—Vos sabéis tanto como yo qué significa la guerra. Cuando se lucha, unos triunfan y otros mueren, siempre ha sido así. Toda victoria requiere un sacrificio y este a veces es grande, pero con la ayuda de Dios conseguiremos salir victoriosos de esta.

—Con la ayuda de Dios… —susurró Monteagudo, con ironía, y me miró.

Yo sentí su mirada como si un puñal se me hubiese clavado en el pecho. Quise decir otra cosa, pero me contuve.

—Oraremos para que la catedral de Pamplona y la Navarrería salgan victoriosas de este doloroso trance. Quiera Dios que el enfrentamiento sea breve y que pronto regresen la paz y la justicia.

—Esta guerra traerá dolor, excelencia, de eso no cabe ninguna duda —corroboró Gonzalo Ibáñez de Baztán, tratando, como era su costumbre, de ponernos a todos de acuerdo—; pero una vez en ella hemos de esforzarnos en ganarla cuanto antes. Nuestras indecisiones solo causarán más sufrimiento y más muertes, lo cual, eso sí, resultaría imperdonable.

—Y ¿qué proponéis? —pregunté.

—Puede que el gobernador piense que vamos a contentarnos con arrojar piedras, pero no será así. Debemos dar un golpe contundente y rápido; creo que tendríamos que lanzar un ataque ahora mismo, con nuestros caballeros, pero no por el Chapitel, sino por el lado contrario, por la Taconera. El humo podría servirnos de tapadera. Si los pillamos desprevenidos, podríamos forzar el Portal de San Lorenzo, en el Burgo, o la de la Zapatería, en la Población. Entonces no tendrían más remedio que rendirse y todo esto habría acabado.

—Creo que tenéis razón —se apresuró a decir García Almoravid—. Daré aviso a mis hombres para que se preparen. Los de allá probarán mi espada.

Monteagudo se volvió y miró a García Almoravid con desprecio.

—Yo también lo haré; avisaré a mis hombres y saldré con ellos, a la cabeza. Si he de pedir sacrificios, no me esconderé entre los muros mientras los demás mueren. Eso se os da mejor a vos.

García Almoravid sonrió con ironía. Creo que las palabras de Monteagudo, por mucha razón que tuviera, ya no le afectaban, ni le importaba que los demás las escuchasen. A fin de cuentas había logrado lo que tanto tiempo había buscado, ser él quien diese las órdenes y que los demás obedeciesen.

—La espada se desenvaina solo cuando es necesario, don Pedro —respondió—. Tuvisteis la ocasión para mandar y no la supisteis aprovechar. Ahora solo os queda colaborar o haceros a un lado. Podéis escoger.

Sin contestar, don Pedro salió y dio un portazo después de abandonar la sala. Gonzalo Ibáñez de Baztán meneó la cabeza, disgustado.

—No podemos estar enfrentados entre nosotros, don García. Las fuerzas de Monteagudo son fundamentales para ganar esta guerra.

—No os preocupéis por eso, alférez. Monteagudo es un hombre de palabra y luchará. Y, si no quiere hacerlo, ya encontraremos la manera de obligarlo.

Después del desconcierto inicial, nuestras fuerzas se dispusieron para la defensa e incluso respondieron con un feroz contraataque. El gobernador en persona había recorrido los burgos, dando instrucciones y asegurándose de que todas las torres estuvieran bien protegidas. Yo no me separaba de él. Habíamos vivido muchas cosas juntos, pero nunca antes me había visto envuelto en una batalla como la de Pamplona. De nada servían la armadura, la espada o el escudo; si un bolaño lanzado desde la Navarrería caía sobre uno, no había forma de sobrevivir. En los primeros momentos no dejaba de mirar al cielo, pero al cabo de unas horas de combate conseguí olvidarme de las piedras. Si nada podía hacerse, pensé, no había de qué preocuparse.

Siguiendo a Beaumarchais subí hasta la torre redonda, en la Población. Los habitantes de dicho burgo se alegraron de ver llegar al gobernador y le ovacionaron. Desde lo alto se podía contemplar, entre el humo, la explanada que quedaba delante de la villa.

—Os veo preocupado, señor —dije—. ¿Estamos en peligro?

—Cualquier lugar es peligroso en este momento, Guilhem, pero me temo que los ricoshombres van a lanzar un ataque hoy, como demostración de fuerza.

—¿Qué podemos hacer?

—Necesito vuestra ayuda. Avisad de inmediato a los arqueros de las torres de los Triperos y de María Delgada. Deben acudir aquí. Si los nobles intentan algo, quiero que la lluvia de flechas los detenga.

—Como digáis, señor —y salí a la carrera para cumplir las órdenes.

Acababa de dar el aviso cuando vi cómo volaban por el cielo varios bolaños en llamas. Tres de ellos fueron a caer en el descampado, pero uno impactó contra una de las casas de la Población. No la golpeó de pleno, pero se llevó por delante parte del tejado. Mientras los vecinos comenzaban a acarrear cubos de agua para apagar el incendio, conseguí llegar de nuevo junto a mi señor, con una veintena de arqueros.

Mientras nuestros hombres se iban disponiendo en la torre y en los lienzos de la muralla, vimos cómo desde la Navarrería salían varios caballeros y arqueros, así como una algarrada montada sobre ruedas. Las tropas llegaron ante los muros de San Nicolás y comenzaron a disparar las flechas hacia lo alto. Entre ellos distinguí a Monteagudo, a García Almoravid y a Ibáñez de Baztán arengando a sus hombres.

—¡No disparéis una flecha hasta que os lo indique! —gritó el gobernador.

La algarrada fue dispuesta ante el Portal de San Nicolás. Cuando los soldados iban a cargar la primera piedra, el gobernador dio la orden:

—¡Ahora!

Todos a una, los arqueros se levantaron y dispararon sus flechas. Supongo que los atacantes pensaban que nos pillarían por sorpresa, pero ahora eran ellos los que se veían sorprendidos por aquella incesante lluvia de saetas. Como pudieron, se protegieron detrás del ingenio y también con los escudos. Los caballeros hacían lo que podían, pero varios caballos fueron alcanzados y cayeron al suelo. García Almoravid, junto a sus hombres, no dejaba de gritar.

—¡Montad la catapulta, rápido!

Los soldados cargaron un bolaño en la algarrada bajo la lluvia de flechas; le prendieron fuego y dispararon. La máquina no estaba calibrada y la piedra fue a caer a los pies del muro, sin causar daño.

—¡Otra vez! —ordenaba don García—. ¡Más alto!

Los soldados tensaron las cuerdas y apuntaron de nuevo. El proyectil salió disparado y chocó contra la muralla, pero lejos de la puerta. Algunos sillares se desprendieron, pero la cerca aguantó el impacto sin derrumbarse.

—¡Prended las flechas! —ordenó el gobernador.

Los arqueros pasaron la punta de las flechas por brea ardiendo y dispararon. Un caballo resultó herido, al igual que un caballero. Este último trataba a duras penas de arrancarse la flecha de la ingle.

—¡Seguid! —gritaba Beaumarchais—. ¡No les deis tregua!

Otra ráfaga de flechas voló sobre los atacantes y dos de los soldados de la algarrada cayeron al suelo, heridos. García Almoravid galopaba entre sus hombres, para tratar de infundirles ánimos, pero todos estaban paralizados por el miedo. Dándose cuenta de la situación, levantó el brazo y gritó a sus hombres:

—¡Atrás, a la ciudad!

Los soldados comenzaron a retirarse, mientras los arqueros

de Monteagudo no dejaban de dispararnos. Intentaron llevarse consigo la catapulta, pero otra lluvia de flechas los obligó a desistir, mientras las llamas comenzaban a trepar por la estructura de madera. Cuando llegaron a la Navarrería, les abrieron y entraron todos en tropel. García Almoravid fue uno de los primeros. Monteagudo, por su parte, permaneció fuera de los muros hasta que el último de los hombres estuvo dentro.

—¡Bravo! —exclamé, exultante—. ¡Huyen!

Beaumarchais asintió sin tanto entusiasmo.

—Esto no ha sido más que una primera demostración de fuerza, Guilhem. Intentaban pillarnos desprevenidos y no lo han logrado; pero pueden conseguirlo en cualquier momento. Esta guerra será cruenta y larga; puedes estar seguro de ello.

Mi señor rara vez fallaba en sus predicciones, y la firmeza de sus palabras hizo que me estremeciera.

No podía dejar de llorar. Desde que el primer proyectil cayó sobre la Navarrería, había estado toda la tarde acurrucada en un rincón, con las contraventanas cerradas y en penumbra, rezando para que el siguiente no impactara sobre nuestra casa. Ni siquiera el calor de Íñigo, que me abrazaba con fuerza, era capaz de disipar el terrible miedo que sentía; por mí y por los demás.

—Mi padre puede haber muerto; o mis tíos; o Magali…

Me acarició el pelo.

—Encontraré el medio para saber qué ha sido de tu familia, Anaïs; te lo juro.

—Eso no es posible, estamos aquí encerrados. ¿Cómo podrás enterarte?

—Aún no lo sé, pero encontraré la manera, te lo prometo.

Hundí la cabeza en el pecho de mi esposo, mientras sollozaba. Mi vida corría peligro y la de Íñigo, por traidor, también. No solo era prisionera en la Navarrería, sino incluso en nuestra propia casa, a la que habíamos llegado como esposos apenas una semana antes, soñando con una vida juntos en la que solo hubiera lugar para el amor. ¡Qué ingenuos fuimos!

—¿Qué harás ahora? —le pregunté—. ¿Cuánto crees que tardarán en venir a buscarte para que te unas a la lucha? ¿Qué haremos entonces?

—No lo sé —respondió, mientras se ponía en pie y comenzaba a dar vueltas por la habitación—. Si no me uno a la lucha, me arriesgo a que vengan aquí a llevarme a la fuerza; no creo que les valga ningún tipo de pretexto. Y si entran, ya sabes a lo que nos exponemos…

Asentí en silencio. En ese momento se oyó el vuelo de un proyectil, que fue a impactar unas casas más allá. Pude notar el temblor en mi interior.

—Y, si tienes que lanzar un bolaño —pregunté—, ¿lo harás?

Íñigo dudó.

—No lo sé, Anaïs…, ¿qué puedo decirte? Ojalá pudiera hacer otra cosa…

Me levanté y me dirigí a la ventana para entreabrir un poco el postigo. La casa en la que había caído el proyectil ardía y una negra humareda salía del tejado. Los vecinos de la casa adyacente estaban echando cubos de agua para evitar que el fuego se propagase. En los burgos de francos el panorama debía de ser similar; el humo se recortaba sobre el cielo rojo del atardecer. Se trataba de una escena terrible de la que, hipnotizada por la visión, no podía apartar los ojos. Cuando me volví, Íñigo se encontraba tumbado en el suelo, acurrucado y dormido. Tomé una manta y se la puse por encima, con cuidado para no despertarlo. Mientras me sentaba a su lado y escondía la cara entre las manos, la noche iba cayendo en Pamplona.

Al poco tiempo, los gritos y estruendos del primer día de guerra cesaron y me dormí junto a mi esposo con la vana esperanza de un mañana mejor.

# 11

Desperté con la luz del alba. Había dormido junto a otros soldados en un portal pegado a la iglesia de San Cernin. Olía a humo, a azufre, y, de cuando en cuando, se oían los lamentos de los heridos y los llantos desesperados de aquellos que habían perdido a algún ser querido. Fuera de los muros yacían los cuerpos de algunos soldados muertos, y los perros y los cuervos disfrutaban del festín. Tenían hambre y no distinguían entre bandos.

Me desperecé y cogí mi espada, que introduje en la vaina que llevaba colgada del cinturón. Me acerqué a un barreño de agua y metí la cabeza, para despertar del todo. Me sacudí el pelo y me acerqué caminando hasta casa de Magali. Cuando llegué, Bernar ya se encontraba en la calle, junto a otro vecino. Arrojaban cubos de agua para apagar los rescoldos de una casa cercana que había sido destruida por el impacto de un proyectil. Parecían preocupados, pero también firmes.

—Buenos días, vecinos. Al final, las esperanzas de paz se vinieron abajo, ¿verdad?

Bernar se volvió. Vi que le resultaba familiar, pero creo que no me reconoció.

—Así es, soldado. Los de allá nos odian con saña. Dios los castigará por sus pecados, no me cabe duda.

—Así lo espero yo también —dije—. ¿Ha resultado herido alguno de vuestros familiares?

Los dos negaron con la cabeza.

—De momento, no —dijo Bernar—. Mi mujer y mi hija...,
mi hijastra..., están refugiadas en el taller. Quisiera poder ofrecerles un sitio mejor, pero es el lugar más seguro.

Recibí la noticia con alivio. Era exactamente lo que esperaba escuchar.

—Me alegro —dije—. Las piedras no distinguen entre justos y pecadores, pero Dios sí puede hacerlo. Y estoy seguro de
que os protegerá.

Bernar negó con la cabeza.

—¿Qué culpa tenían mis vecinos para que les cayese encima una piedra y los matase a todos? ¿Qué habían hecho peor
que yo? Hube de verlos instantes después de que el impacto los
destrozase. ¿Dónde estaba Dios cuando eso sucedió? Prefiero
no encomendarme a él. Si hemos de ganar esta guerra tendremos que poner todo de nuestra parte.

Asentí mientras veía cómo Magali salía a la calle. Disimulando, se puso a ayudar a Bernar, mientras me lanzaba miradas
furtivas. El sol ya había salido del todo, y sabía que muy poco
después, al igual que a mis compañeros, me llamarían. Mientras contemplaba a Magali, un bolaño cruzó el cielo y fue a
estrellarse al otro lado del Burgo.

—Los de allá han madrugado —dije, al tiempo que me alejaba.

Llegué junto a los demás soldados y nos agrupamos en torno a la iglesia. Unos portaban espadas; otros, lanzas; otros,
ballestas; otros, bolas de acero. Enseguida se unieron varios
vecinos, entre ellos Bernar. Finalmente llegó Beaumarchais a
caballo, seguido por un buen número de caballeros.

—Señores, no permaneceremos a la espera mientras los de
la Navarrería nos lanzan piedras. Si queremos acabar con ellos
debemos derrotarlos en el campo de batalla, hasta que no quede ni uno de ellos con vida. ¿Estáis conmigo?

Un grito de júbilo rasgó las gargantas de los hombres.

—¡Sí, lo estamos! —gritó Bernar, con todas sus fuerzas.

—¡Vayamos, pues, y que prueben en su carne el frío de
nuestro acero!

Nos dirigimos a Portalapea, siguiendo al gobernador. A mi lado se encontraba Bernar. Mientras esperábamos a que la puerta se abriese, vi que alguien le tocaba en el hombro. Se giró y vio a su hermano.

—¡Adrien! ¡Estás con nosotros!

Inmediatamente noté que Adrien no reflejaba el mismo afán de lucha.

—Sí, hermano, ¿qué otra cosa puedo hacer? Todos somos vecinos y tengo que estar con vosotros.

Bernar lo miró con cariño.

—¡Cuánto me alegro de que estés conmigo, hermano! Ganaremos esta guerra, te lo aseguro. Y, cuando el último de aquellos haya caído a nuestros pies, traeremos de vuelta a tu hija. Se ha equivocado, pero Dios perdona a los que yerran. No tengas en cuenta mis palabras del otro día, estaba trastornado.

Adrien asintió. Llevaba un cuchillo en una mano y un torpe escudo de madera en la otra. Sentí lástima por él; no aguantaría ni el primer espadazo.

La puerta se abrió y salimos al exterior. Mientras llegábamos a campo abierto pude ver que las puertas de la Navarrería también se habían levantado y que nuestros enemigos salían de la ciudad con gritos y amenazas. Las piernas me temblaban y el estruendo me retumbaba en el pecho, hasta que me di cuenta de que yo también gritaba; entonces me calmé. Los dos bandos avanzamos a la carrera hasta encontrarnos en las inmediaciones de la iglesia de Santiago. Las espadas y las lanzas se alzaron y todos comenzamos a luchar con saña, tratando de mantener las filas cerradas y de defender a los compañeros que teníamos a los lados. Beaumarchais, a caballo, no dejaba de dar órdenes con el fin de mantener nuestra moral alta en medio del combate. Fue entonces cuando advertí que en una parte los de la Navarrería habían provocado varias bajas y amenazaban con romper nuestra formación. Beaumarchais acudió allí al galope seguido a pie por varios de sus hombres. Uno de ellos se lanzó con la espada tratando de alcanzar a un enemigo, pero este se zafó y, con un rápido movimiento, le clavó una lanza en el pecho. Fue tan grande el impacto que la lanza lo atravesó por completo y lo dejó ensartado contra el suelo. El de la Navarrería intentó recuperar el arma, pero esta no se desprendía. Mientras el alanceado sangraba por la boca, todavía con vida, salí corriendo y me lancé contra su atacante, que seguía porfiando. Sin dar tiempo a que reaccionara, le pegué dos espadazos; uno de ellos le seccionó el brazo y el otro, la pierna. Mientras abría los ojos con horror, le asesté un golpe que le arrancó la cabeza.

Aún con su sangre caliente en el rostro, regresé a mi línea a tiempo para descubrir a Adrien paralizado y rodeado de varios cuerpos caídos. Sostenía el escudo y el cuchillo, pero parecía imposible que pudiera luchar. Con un empujón lo saqué de su ensimismamiento.

—¡Adrien, a tu derecha! ¡Mira!

Adrien se volvió para ver cómo varios enemigos avanzaban hacia nosotros. Entonces se puso a gritar, agarró con fuerza el largo cuchillo que portaba e hirió en el costado al primero que se abalanzó contra él. Mientras el hombre se derrumbaba, Adrien se protegía con su escudo de madera de otro ataque.

Iba a acudir en su ayuda cuando dos caballeros de Beaumarchais llegaron al galope y desde sus cabalgaduras dispersaron a los enemigos, que huyeron despavoridos. Los seguí, tratando de avanzar hacia las murallas de la Navarrería, pero nos recibieron con una lluvia de flechas y se produjeron numerosas bajas. Beaumarchais nos exhortaba sin descanso para que avanzáramos. A duras penas conseguíamos abrirnos paso, pero en el campo de batalla apenas éramos ya capaces de distinguir a los nuestros de los oponentes, y costaba caminar entre los cuerpos tendidos en el suelo. En ese momento vi que el senescal miraba hacia atrás en busca de sus arqueros, dispuestos en lo alto de los muros de San Nicolás. Con una señal les ordenó que disparasen hacia las filas enemigas. Tensaron las cuerdas y las flechas volaron por encima de nuestras cabezas hasta caer en la retaguardia de los de la Navarrería, sin que les diera tiempo a resguardarse.

En respuesta, ellos comenzaron a disparar sus arcos y ballestas, y algunos de los nuestros resultaron heridos. En ese momento Beaumarchais se dio cuenta de que las fuerzas estaban igualadas y de que aquel enfrentamiento en campo abierto terminaría en una carnicería. Resultaba necesario retirarse cuanto antes al interior de la muralla.

—¡Atrás! —gritó—. ¡Volvemos!

Siguiendo las órdenes, nos replegamos poco a poco, tratando de no dejar ningún flanco desguarnecido. De todos modos, pronto nos dimos cuenta de que el ímpetu de las tropas enemigas decaía rápidamente; también habían iniciado la retirada. Ya cerca de Portalapea volví a ver a Adrien. Aunque estábamos a salvo y no tenía ni un rasguño, parecía aturdido. Había presenciado la muerte tan de cerca que todo lo demás carecía para él de importancia. Mientras daba los últimos pasos para traspasar la puerta, su hermano lo alcanzó. Todavía cojeaba pero, aun así, había acudido al combate.

—¡Adrien, les hemos dado su merecido! ¿Has visto? Pensaban que íbamos a quedarnos acurrucados en el interior de los burgos, pero, en vez de eso, hemos salido y nos hemos enfrentado a ellos. ¿Te imaginas lo que estarán pensando ahora?

—No sé, Bernar; no he visto más que sufrimiento…, no hay nada que me haga sentirme feliz. Simplemente siento alivio por seguir vivo.

—Te has batido con coraje, Adrien. Puede que tú no te hayas dado cuenta, pero yo sí. ¿Has sentido miedo? ¡Y quién no! Pero te has sobrepuesto y has luchado como un valiente por defender a tus vecinos. Estoy orgulloso de ti.

Sonrió con tristeza, mientras su hermano lo abrazaba con fuerza. Ya en el interior del Burgo, llegaron a su encuentro Laurina y Magali. Ambas suspiraron aliviadas. Se abrazaron a Bernar al tiempo que Adrien proseguía su camino a casa, con la cabeza gacha.

—¡Adrien! —gritó Magali—, no te vayas, quédate con nosotros. Tenemos caldo caliente y guiso de carne, te vendrá bien.

Adrien se detuvo. Se dio la vuelta y vi sus ojos llorosos. No se atrevía a avanzar, mientras Laurina miraba al suelo. Entonces su hermano lo cogió por el brazo y lo condujo a casa. Laurina entró tras ellos, censurando a su hija con la mirada. Magali buscaba en todas direcciones. Me aproximé unos pasos hasta que ella me vio.

—¡Guilhem! —exclamó y salió corriendo.

Yo avancé también hasta encontrarme con ella. La abracé con todas mis fuerzas y nos besamos. Mi cara estaba cubierta de sangre y olía a sudor y a humo, pero a Magali esto no parecía importarle.

—¿Estás bien? ¿Te han herido?

—No, no me han herido. Les hemos dado su merecido. Hoy han comprendido que ni nos rendiremos, ni nos dejaremos amedrentar.

—¿Has tenido miedo? Yo no he hecho más que rezar por ti.

—Solo tenía miedo de no volver a verte, Magali.

Nos besamos de nuevo mientras a nuestro lado seguían pasando soldados agotados, heridos y magullados, en busca de un poco de descanso después del intenso combate. En ese momento me di cuenta de que Bernar nos observaba desde la ventana. Permaneció allí unos instantes y luego desapareció.

No sabría decir si su mirada era de rechazo o de aprobación.

Escuché el grito que venía de la calle y me asomé a la ventana, mientras Anaïs se acurrucaba en un rincón de la alcoba.

—¡Íñigo, ayúdame! —me gritaba Diego Busturia, un vecino de la Navarrería. Me quedé petrificado al ver que llevaba arrastrando a Andrés; tenía una flecha clavada en el hombro.

Corrí a la calle y me coloqué por el otro lado para sujetarlo entre los dos. Me estremecí ante el color cenizo de su piel y sus ojos hundidos.

—¿Qué ha ocurrido?

—Le han dado de lleno. Ha perdido mucha sangre y está débil. Debemos ocuparnos de él ahora mismo.

Casi sin detenernos llegamos hasta su casa. Al vernos, Leonor estuvo a punto de desmayarse. Lo tendimos en el suelo y le rompimos la camisa para poder ver la herida. Al hacerlo comprobamos, con alivio, que el flechazo no era muy profundo.

—¿Qué podemos hacer? —preguntó Leonor, llorando.

—Hay que tratar de sacar la punta y cerrar la herida —dijo Diego—. Si no, se desangrará.

—Leonor —dije—, trae vino o aguardiente, lo que tengas, y viértelo sobre la herida.

Leonor volvió con un cántaro y dejó caer un chorro de aguardiente sobre la herida. Mientras la sangre desaparecía, Andrés se desmayó.

—Mejor así —susurró Diego—. Me cuesta creer que pudiera soportarlo.

—Dame un cuchillo, Leonor —apremié—. Debemos actuar de inmediato.

—Y pon otro en la lumbre —dijo Diego.

Leonor me acercó un cuchillo. Lo introduje en la herida y encontré la punta de hierro, que tenía dos aletas, aunque no demasiado anchas. Hice palanca al tiempo que Diego tiraba del asta de la flecha hacia fuera.

—Un poco más —dije, mientras apretaba los dientes.

Ambos tiramos de la flecha y esta salió arrancando un trozo de carne. Leonor limpió de nuevo la herida con aguardiente.

—Ahora el otro cuchillo —le dijo Diego.

Leonor cogió el cuchillo con la hoja al rojo vivo y se lo acercó. Cerré el corte presionando con las dos manos, mientras Diego le aplicaba el hierro sobre la herida. Andrés pareció reaccionar por un instante, pero no llegó a despertarse. Mientras el olor a carne quemada llenaba la sala, la herida dejó de sangrar.

Diego y yo nos dejamos caer sobre el suelo, exhaustos. Habíamos hecho lo posible por salvarlo, pero ahora todo quedaba en manos de Dios. Leonor se acercó y me abrazó, sin poder controlar las lágrimas.

—¿Qué más podemos hacer, Íñigo? ¿Se morirá?

Tragué saliva antes de contestar.

—No, no se morirá —dije, con falsa seguridad—. Ahora debes vendarle la herida con trapos limpios y dejar que repose. Andrés es fuerte, una flecha no podrá con él.

Entre los tres lo tumbamos sobre unas mantas, cerca de la lumbre. Diego se retiró y Leonor y yo nos quedamos junto a él.

—Le has salvado la vida…

—No, Leonor, por favor. ¿Qué menos podía hacer por él? Habéis sido como mis padres. Os debo tanto.

Se enjugó las lágrimas y me acarició.

—Tú ya le dijiste que podría suceder esto, pero él no te hizo caso. Yo también traté de convencerlo, pero ya sabes cómo es de testarudo y no quería que se enfadara conmigo. Y ahora está aquí…, medio muerto. ¿Cómo ha podido desatarse esta calamidad?

—Entre todos hemos sembrado odio, Leonor. ¿Qué crees que podemos recoger?

Me puse en pie y abrí para salir a la calle, pero ella me cogió la mano para detenerme. En ese momento, los dos vimos pasar a Enrique, el padre de Isabel. Este, al reconocerme, fue a decir algo, pero se tragó las palabras.

—¿Cómo estás? ¿Has salido también a luchar? —me preguntó Leonor.

Negué con la cabeza, al tiempo que inspiraba profundamente.

—No, aún no; pero puede que no tenga más remedio. Si no lo hago, el odio de mis vecinos será mayor que el de mis enemigos, ¿no crees?

Leonor asintió en silencio, mientras cerraba los ojos. Luego levantó la mirada y me preguntó:

—¿Y esa mujer de la que nos hablaste? ¿Sabes algo de ella?

Por un instante tuve ganas de confesarme y contarle que Anaïs y yo nos habíamos casado, que ella estaba encerrada en mi casa, pero no lo hice. Sabía que Leonor mantendría el secreto, pero no quería que cargara con otra preocupación.

—Es mejor que no sepas nada, créeme. Si Dios quiere, un día podré vivir con ella, en paz, no en medio de esta insensata guerra.

Le di un beso y, antes de iniciar el camino a casa, recapacité y me di media vuelta.

—¿Puedo pedirte una cosa? —pregunté.

—Por supuesto, Íñigo.

—Si un día ella necesitase tu ayuda..., por favor cuídala como si se tratase de mí. ¿Lo harás?

Me miró fijamente, sin comprender.

—Claro que lo haré, hijo. Aunque no te entiendo muy bien, ¿qué quieres decir? ¿Qué podría necesitar ella de mí?

—Confío en que nada. Pero, si un día es necesario, recuerda lo que te he dicho.

Dejé atrás la casa de Leonor y Andrés y caminé hacia la mía. Por todas partes se oían gritos y sollozos, y el humo volvía a invadir la ciudad por completo. Mientras caminaba, dos piedras cruzaron el cielo de la Navarrería y se estrellaron cerca de la iglesia de Santa Cecilia. Cuando entré en casa, Anaïs se asomó un poco; al cerciorarse de que era yo, respiró aliviada.

—¿Qué ha ocurrido? Estaba muy asustada.

Me senté a su lado y le cogí las manos.

—Andrés llegó herido. Tenía una flecha en el hombro y tuve que sacársela. No he querido decírselo a Leonor, pero una herida así podría terminar muy mal. Ha perdido mucha sangre y estaba muy pálido.

Me llevé las manos a la cara. Todavía temblaba. Anaïs me abrazó con fuerza y me besó los cabellos.

—Has hecho lo que has podido.

Sacudí la cabeza, con rabia.

—¿De qué sirve hacer lo que se puede? A mí me gustaría que se salvara, no ver cómo muere. He discutido mucho con él, pero sabes que mi aprecio hacia él es sincero.

Más calmado, levanté la vista y miré a Anaïs a los ojos.

—¿Sabes? Él solo sabía decirme que me olvidase de ti y que me buscase una mujer de la Navarrería.

Anaïs inspiró profundamente.

Quizá tuviera razón, después de todo... Míranos, tú temiendo que te recluten y yo escondida como un ratón, temblando todo el día pensando que alguien puede venir y descubrirme... Todo sería más fácil si no nos hubiésemos conocido.

—¿Lo crees de verdad?

—Ya no sé qué creer... Solo quiero que todo esto acabe pronto.

Se recostó sobre mi pecho. Yo, con la mirada perdida, pensaba en el día en que nos vimos por primera vez, y me pareció que había pasado apenas un suspiro. Entonces levantó un poco la cabeza y me dijo:

—No me hagas caso. No podría soportar estar sin ti.

La besé con cariño. Luego tomé su rostro entre las manos y la miré fijamente.

—Escúchame, tengo miedo de que en algún momento alguien pueda entrar en casa y descubrirte. He pensado algo y quiero que recuerdes bien lo que te voy a decir.

Ella me miró extrañada.

—No entiendo. ¿Qué quieres decir?

—Solo quiero que me escuches y que no olvides nada de lo que te diga, ¿de acuerdo?

Anaïs asintió, atemorizada, y se dispuso a escuchar.

# 12

La noche había caído sobre Pamplona y ambos bandos habían asumido una tregua hasta el alba. Aquellos que podían descansaban en estado de alerta, dispuestos a tomar las armas si así fuera necesario. Asomado a la ventana de mi salón del palacio episcopal, podía oír el incesante ladrido de los perros y el ulular de los búhos, interrumpidos de cuando en cuando por el crujido de las maderas de una casa a punto de derrumbarse o por el caminar de los arqueros por el paso de ronda de la muralla. El humo seguía surgiendo en algunos lugares y toda la ciudad olía a quemado. Alrededor de la mesa que ocupaba el centro de la estancia se disponían mis acompañantes: Sánchez de Monteagudo, García Almoravid, Gonzalo Ibáñez de Baztán y el prior Sicart. Llevábamos dos días sin apenas dormir y los veía consumidos, como supongo que me pasaba a mí. Ninguno ocultaba su preocupación, pero el ánimo era distinto en cada uno de ellos.

—Creíamos que esto iba a ser un paseo —dijo Pedro Sánchez de Monteagudo, abatido—, pero el gobernador ha resultado ser más firme y duro de lo que pensábamos.

García Almoravid terminó de masticar la carne que tenía en la boca y tomó un largo trago de vino.

—No os preocupéis tanto, don Pedro. El gobernador tiene sus tropas y las de los dos burgos de francos; nada más. Muriendo por igual, antes se acabarán sus hombres que los nuestros.

Sánchez de Monteagudo se encendió de ira.

—¡¿Cómo podéis ser tan mezquino?! —gritó—. Los que han muerto hoy no son números, son hombres como nosotros, hombres que han entregado su vida.

García Almoravid se sirvió una copa de vino antes de contestar:

—No os pongáis tan trágico, por favor. Esto es una guerra y habrán de morir más por ambas partes. Solo digo que él apenas cuenta con apoyos y nosotros tenemos el de toda Navarra.

—¿Toda Navarra? —intervino don Gonzalo—. Aquí solo están nuestras tropas y los vecinos de la Navarrería. No he visto aún que ninguna otra ciudad del reino haya enviado a sus hombres para combatir al gobernador. Por lo que se ve, resulta más fácil soltar bravuconadas o firmar manifiestos que empuñar la espada.

—No seáis impaciente. Los apoyos llegarán. Todos saben que nuestras reclamaciones son justas y que la razón está de nuestro lado. Cuando el gobernador caiga, todos nos reconocerán como los salvadores del reino.

—Salvadores del reino… —murmuró Sánchez de Monteagudo—. Cuando esto acabe, no quedará nada de lo que conocimos, de eso puedo estar seguro.

El silencio se hizo en la sala, mientras trataba de poner mis ideas en claro.

—Con apoyos o sin ellos —dije, al fin—, debemos pensar en qué estrategia ternemos que seguir a partir de ahora.

Gonzalo Ibáñez de Baztán asintió:

—Así es. Si queremos derrotarlos no podemos esperar simplemente a que sucumban; hemos de golpear con firmeza y en donde más daño pueda hacerse. Dentro de sus muros son fuertes, más incluso que nosotros dentro de los nuestros. Por ello, hemos de tratar de ahogarlos, no han de tener ningún contacto con el exterior; no podemos dejar que salgan bajo ningún concepto.

—Y ¿qué proponéis? —preguntó García Almoravid.

—Propongo que ataquemos sus huertos, sus tierras, sus viñas, sus molinos, sus pozos…, todo aquello que necesiten para subsistir. Los habitantes de los burgos están fuertes y parecen envalentonados, pero si se sienten acorralados y hambrientos verán las cosas de otra manera.

—¿Proponéis matarlos de hambre? —preguntó Pedro Sánchez de Monteagudo—. Podrían aguantar incluso meses antes de caer, eso suponiendo que pudiéramos cercarlos. No tenemos ese tiempo. Si el gobernador ha pedido ayuda al rey Felipe, algo que ya doy por seguro que ha hecho, cada día cuenta en nuestra contra.

El alférez negó con la cabeza.

—No es que tengamos que matarlos de hambre, pero si se sienten aislados y acosados su moral se resentirá. Si nos dedicamos a lanzarnos piedras, podríamos estar así un año. Solo quedarían ruinas de un lado y del otro.

Escuchaba la conversación sin intervenir. En mi interior, todavía albergaba esperanzas de que pudiera alcanzarse una solución de manera pacífica. Aquello era lo que Dios exigía, lo que la cordura exigía, lo que cualquier alma compasiva exigía…, pero el prior no estaba dispuesto a permitirlo.

—Yo estoy con el alférez —dijo—. Hay que golpear rápido y sin contemplaciones. Mañana mejor que pasado… Si ven que destruimos sus molinos, sus presas o sus pozos, tendrán que salir a defenderlos. Y entonces atacaremos de nuevo. Hasta ahora hemos sido prudentes, pero hemos de dejarnos ya de remilgos.

Sus palabras me produjeron un profundo desprecio, pero tuve que morderme la lengua. Me habían llegado rumores de que era el propio Sicart quien andaba malmetiendo a mis espaldas, haciendo circular bulos sobre mi supuesta conducta desviada y maniobrando incluso para escribir a Roma y pedir mi cese al frente de la catedral si fuera necesario… No podía dar pasos en falso de momento. Sin embargo, cuando todo hubiese acabado, tenía la firme voluntad de empezar a hacer las cosas de otro modo. Reconstruiría la estructura de la sede episcopal desde abajo y me ocuparía personalmente de reducir el poder del cabildo y atribuirme las competencias necesarias para ser la verdadera cabeza de la catedral. Pedro Sánchez de Monteagudo, en cambio, no tenía nada que perder y dijo las palabras que yo hubiese querido pronunciar:

—Vos lo veis todo muy sencillo, prior. Desde vuestro sillón en la catedral enviáis a otros a luchar y saciáis vuestra sed con su sangre. Qué valiente..., estáis dispuesto a sacrificar hasta el último de los navarros. Mereceríais salir ahí fuera y empuñar una espada para defender con tanta vehemencia vuestras bravuconadas.

El prior se puso en pie. Por primera vez en mucho tiempo no respondió con su sonrisa cínica, sino con expresión de sorpresa.

—No os comprendo. Enviáis a vuestras tropas contra el enemigo y al tiempo os arrepentís de ello. ¿Qué os ocurre? Sois uno más entre nosotros, todos nos unimos para derrotar al gobernador y nunca vi que vuestra voz se alzara para protestar por ello...

Sánchez de Monteagudo se acercó hasta estar a un palmo de Sicart.

—No lo hice, es cierto. Y soy culpable de cobardía y estupidez. Dios me castigará por ello, estoy seguro. Y no solo a mí...

No pude evitar mirarlo con compasión.

—Señores —intervino García Almoravid, poniéndose en pie y separándolos—, no es momento de riñas personales. Estamos en una guerra que debemos ganar; nos jugamos tanto como Beaumarchais. Yo estoy de acuerdo con don Gonzalo. Mañana lanzaremos un ataque a los molinos y los pozos de los dos burgos. Si el gobernador quiere salir a defenderlos, que lo haga. Entonces nuestras tropas caerán sobre él con toda la fuerza; no nos retiraremos ni le permitiremos hacerlo. ¿De acuerdo?

Sánchez de Monteagudo tomó la palabra de nuevo.

—¿No podríamos dar a nuestros hombres, al menos, una jornada para descansar? —dijo, en un último intento—. Están agotados.

—Mejor que lo estén —replicó García Almoravid—; así no tendrán fuerzas para huir.

Don Pedro se quedó de piedra, no era capaz de articular palabra. García Almoravid repitió su pregunta:

—¿Estamos de acuerdo?

Tras unos instantes Gonzalo Ibáñez de Baztán asintió en silencio, al igual que el prior y, sin ningún convencimiento, yo. Finalmente, también lo hizo Sánchez de Monteagudo, de manera casi imperceptible.

—Si es así —concluyó García Almoravid—, retirémonos ahora. Mañana habremos de dar lo mejor de nosotros.

El impacto de un proyectil me despertó. Había dormido poco aquella noche y acababa de conciliar el sueño. Aparté el brazo de Anaïs procurando no despertarla y, levantándome de la cama, me acerqué a la ventana para ver dónde había caído. Seguía dándole vueltas a la decisión de unirme o no a la lucha. No era lo que deseaba, por supuesto, pero temía que no me quedase más remedio o que, de no hacerlo, las consecuencias para Anaïs y para mí fueran aún peores. Me aterrorizaba solo pensar en empuñar una espada o una lanza y tener que clavársela a otra persona, pero más aún que alguien pudiera entrar en casa y encontrar allí a mi esposa.

Se oyeron unos fuertes golpes y Anaïs se incorporó, sobresaltada. Yo, junto a la ventana, oía en silencio, no respiraba siquiera, tratando de adivinar de dónde venían. Entreabrí un poco más el postigo de la ventana y miré a la calle. Abajo vi al padre de Isabel, acompañado por algunos vecinos armados con espadas y lanzas.

—Escóndete bajo la cama, Anaïs —susurré—. Voy a ver qué ocurre.

—¿Quién es?

Yo imaginaba lo que buscaban, pero no quería que ella se asustase.

—Tranquila, voy a ver qué sucede. Espérame.

Bajé por la escalera, abrí la puerta un poco y pregunté:

—¿Qué ocurre?

No me dio tiempo a más. Enrique empujó la madera de una patada y yo retrocedí, tambaleándome. Los que lo acompañaban entraron también y comenzaron a revolverlo todo.

—¿Qué es esto? —pregunté—. No tenéis derecho a estar aquí: ¡es mi casa!

Enrique se acercó a un palmo de mí y me agarró del brazo.

—A lo que no hay derecho es a que te escondas aquí como un conejo mientras tus vecinos mueren. Te comportaste como un cobarde y un traidor con mi hija, pero no lo harás de nuevo.

Enrique sacó una espada corta y me la puso en el cuello. Podía sentir cómo el frío de la hoja me hería la piel.

—Isabel todavía llora por tu culpa por las noches y no estoy dispuesto a vivir con esa deshonra por más tiempo. Te unirás a nosotros en la lucha y, cuando todo esto termine, que lo hará, te casarás con ella, como debiste hacer en su momento. ¿Lo entiendes? —dijo Enrique, mientras la primera gota de sangre corría por el filo de la espada—. O matas o mueres. Tú decides.

Volví ligeramente la cabeza y vi a los hombres que ponían patas arriba mi taller, en busca de maderas o de herramientas que pudieran servirles para el combate. Uno de ellos se había acercado a la escalera y se disponía a subir al piso superior.

—¡Está bien! —grité, para que todos pudieran escucharme—. Lucharé con vosotros. Pero dadme un instante. Si he de luchar por la Navarrería, quiero hacerlo con el anillo que mi madre me regaló antes de morir.

El hombre que estaba subiendo por la escalera se quedó parado, a la espera de lo que Enrique dijera. Entonces el padre de Isabel respondió:

—Muy bien. Cógelo rápido. Te esperaremos aquí.

Me zafé y subí por la escalera, mientras el otro descendía.

Tratando de mantener la calma, entré en la alcoba y me arrodillé junto a la cama. Bajé la cabeza y me encontré con la mirada de Anaïs. Lloraba y temblaba.

—Han venido a buscarme —susurré—. Tienes que quedarte aquí escondida hasta que me vaya.

—¿Cuándo volverás?

—No lo sé… Quizá por la noche. Escucha, si mañana no estoy de vuelta, debes hacer lo que dije, ¿de acuerdo?

—No digas eso, por favor…

En ese momento, oí a alguien que subía. Antes de ponerme de pie, repetí mis últimas palabras:

—Haz lo que te dije, por favor.

Me levanté justo cuando Enrique entraba en la habitación.

—Vamos, no hay tiempo que perder —dijo, mientras echaba un vistazo a la alcoba, desconfiado.

Los dos descendimos juntos. Entré en el taller y cogí un martillo de hierro. El mango era demasiado corto para el combate. Tomé una vara de madera que tenía preparada para hacer la pata de una silla y la engasté; aquello sí serviría.

Salimos a la calle mientras echaba un último vistazo hacia arriba. Recordé a Anaïs escondida, asustada, y el corazón se me encogió. ¿Volvería a verla alguna vez?

Mientras nos encaminábamos a la puerta del Chapitel, pude ver a muchos de mis vecinos: a Guzmán el herrero, a Alfonso el curtidor y también a Gil el sidrero. Este último se acercó al verme.

—¡Íñigo, por fin te unes a nosotros! Necesitamos brazos como los tuyos, los francos se baten con arrojo.

Recordé que Gil había malmetido a mis espaldas, al acusarme de apoyar a Monteagudo y no pude reprimirme.

—Ojalá no os hiciera falta… Esta guerra es una insensatez, pues no solo estamos traicionando al gobernador, sino también a la reina.

—Nadie nos llamará traidores cuando hayamos vencido, te lo aseguro —dijo con desdén.

—¿Y si perdemos?

—Si perdemos estaremos muertos; y entonces nos dará lo mismo..., ¿no te parece?

No me daba lo mismo, pero, bajando la cabeza, asentí en silencio.

—Por cierto —me preguntó Gil—, ¿dónde te habías metido? Estás muy desmejorado.

—Y ¿cómo quieres que esté?

—Cuando todo esto acabe, encontrarás una mujer que te guste y tendrás motivos para sonreír. Todavía me acuerdo del día en que mirabas a aquella joven de San Cernin, en el Chapitel... Era muy hermosa. ¿Lo recuerdas? Ahora, ¡quién sabe!, quizá ya esté muerta.

Mientras me mordía la lengua, pasó junto a mí un hombre a caballo. Se trataba de Pedro Sánchez de Monteagudo. A su lado iban otros caballeros y un grupo de hombres que portaban armas: lanzas, ballestas, hoces, espadas, martillos... Cuando aún era gobernador y todavía tenía confianza en poder establecer la paz, reflejaba preocupación, pero también esperanza. Ahora, en cambio, solo mostraba cansancio y frustración. Cuando estaba a punto de pasar de largo bajó la mirada. A pesar del tiempo transcurrido me reconoció.

—Eres... Íñigo, ¿verdad? Íñigo el carpintero.

—Sí, señor. Y volvemos a encontrarnos en la Navarrería..., en diferentes circunstancias.

—Así es. No fui bastante inteligente para ejercer mi cargo, ni tan leal como para mantenerme fiel al nuevo gobernador. Ahora salgo a luchar con la esperanza de que una flecha me alcance y ponga término a este sinsentido. Así, al menos, moriría con algo de honor.

—No digáis eso, señor. Os necesitamos más que nunca para vencer. Si perdemos, nadie podrá perdonarnos.

—Si ganamos, yo tampoco podré hacerlo.

El señor de Cascante acarició a su caballo, mientras la puerta de la muralla se abría. Al fondo, se veían los muros de San Nicolás y del Burgo; ellos también habían abierto, y los soldados y caballeros iban saliendo y tomaban posiciones para el combate.

—Agarra bien ese martillo, carpintero —dijo Sánchez de Monteagudo mientras se alejaba—. Y, sobre todo, no dejes que te maten.

Oí un silbido y, al levantar la vista, vi cómo un enorme bolaño de fuego cruzaba el Chapitel y se estrellaba justo junto a la puerta, a apenas unos pasos. Un hombre murió al instante debido al impacto; otro más cayó herido. Un fragmento de la piedra le había golpeado la pierna y el fuego subía por su pernera. En ese momento me di cuenta de quién se trataba.

—¡Gil! —grité, mientras salía corriendo a socorrerlo.

Llegué a su lado mientras él trataba de apagar las llamas.

—¡Ayúdame, Íñigo! —suplicaba.

Me quité la capa corta que me cubría la espalda y traté de atajar el fuego, pero la brea de la piedra no se apagaba. Solo me quedaba mirar impotente su gesto de horror.

—¡Ayúdame! —gritaba él; pero al poco el fuego lo devoró por completo y murió abrasado ante mis ojos.

Me quedé paralizado hasta que otro hombre, de un empujón, me sacudió.

—¡No te quedes ahí, estúpido! Cuando aciertan el disparo, no tardan en repetir. ¡Tenemos que avanzar!

Todavía con la imagen de mi vecino consumido por las llamas agarré con fuerza el martillo y me lancé a la carrera, junto a los demás. El humo se había adueñado de nuevo de la plaza y apenas podía ver. Dando tumbos avancé como pude hasta que vi frente a mí a uno de los francos, blandiendo un hacha. Yo dudaba, pero Guzmán, el herrero, alzó la voz:

—¡Adelante!

De inmediato tres de mis vecinos se lanzaron contra él, mientras este movía el hacha en círculos, tratando de mantener a sus enemigos a raya. Entonces Guzmán le acertó en la pierna con un venablo y el otro retrocedió entre gritos de dolor. De inmediato los demás lo cercaron y comenzaron a darle golpes y lanzazos, mientras trataba de protegerse. Un espadazo le dio de lleno en la cabeza y cayó muerto. Yo observaba la escena horrorizado, cuando oí un grito a mi espalda:

—¡Cuidado!

Aprovechando mi desconcierto, uno de los del otro bando se había acercado hasta mí con la espada en alto. Me giré y levanté el martillo con las dos manos para protegerme. El espadazo impactó en el mango y la espada se quedó incrustada en la madera, mientras los dos forcejeábamos. Al final, el hombre consiguió recuperar el arma, pero esta se le resbaló de las manos y cayó al suelo. Se agachó para recogerla, y, cuando iba a ponerse de nuevo en pie, le asesté un martillazo en la sien con todas mis fuerzas. El cráneo se le partió y los ojos se le quedaron en blanco, antes de caer al suelo desplomado. Me temblaba todo el cuerpo y agarraba el martillo con tanta fuerza que sentía las manos doloridas por la presión. Levanté la vista y vi a varios jinetes que venían en nuestra ayuda; uno de ellos era García Almoravid, con la espada en alto y los ojos desorbitados.

—¡No os detengáis! —gritaba—. ¡Hay que acabar con ellos!

Sin embargo, en ese instante llegó también desde San Cernin un grupo de caballeros y el frente quedó paralizado en medio de la plaza, con los caballos pisando los cuerpos con sus cascos. Mientras los caballeros luchaban, varios de mis vecinos caminaban entre los enemigos malheridos, tratando de localizar a los que quedaban con vida. En ese momento reconocí a Enrique, que llevaba en la mano una espada ensangrentada.

—No puede quedar uno con vida —dijo—. Si no mueren hoy, quizá nos maten mañana.

Avancé a duras penas, como en un sueño, siguiendo sus pasos. A un lado yacía un hombre en el suelo; estaba manchado de sangre, pero aún se movía.

—Acaba con él —me dijo Enrique—. Nosotros iremos a por aquellos.

Me acerqué al herido. Este trató de arrastrarse para huir, pero tenía la pierna rota y apenas podía moverse. Yo acababa de matar a un hombre de un martillazo, pero rematar a alguien en el suelo, de aquella manera, era demasiado. Traté de ver si alguno de mis vecinos me observaba, pero se hallaban demasiado lejos y no podían reconocerme con claridad entre la humareda. Me acerqué al hombre que intentaba huir y me arrodillé junto a él. Se dio la vuelta y, cuando vi quién era, me estremecí:

—Adrien… —susurré.

Él se incorporó un poco.

—Íñigo —dijo desconcertado—. ¿Eres tú? ¿Está Anaïs contigo?

Ni por un instante pensó en su propia suerte.

—Sí, está conmigo y está bien. Nadie sabe que se encuentra en mi casa.

—¿Por qué se fue? —preguntó, ansioso—. ¿Por qué me abandonó? Yo, yo…

—Ella quería regresar, pero la ciudad se cerró y ya no pudo salir. Está deseando veros de nuevo, os lo aseguro.

—Ya no sé si tendré tiempo para verla de nuevo —dijo. Miró primero su pierna rota y luego mi martillo ensangrentado.

Me acerqué y le rasgué la pernera. La pierna tenía una gran herida en la espinilla y parte del hueso asomaba. Dejé el martillo en el suelo y puse el brazo de Adrien alrededor de mi cuello para levantarlo. Se aupó con fuerza y se puso de pie. Se estremeció de dolor, pero no gritó.

—Aguanta un momento —le dije.

Mientras se mantenía en pie como podía, fui algo más allá y recogí una lanza que había quedado en el suelo. Se la acerqué para que pudiera apoyarse en ella.

—Tienes que llegar cuanto antes a la puerta del Burgo. Si no pueden abrirte, tírate y hazte el muerto hasta la noche. Si alguno de la Navarrería te ve, te matará. ¡Has de marcharte ahora mismo!

Adrien miró alrededor. El humo lo cubría todo y de fondo se oía el relincho de los caballos, los gritos de los soldados y el entrechocar de las espadas.

—Dile a mi hija que la quiero y que deseo verla. Dile que pienso en ella todos los días...

—Ella también piensa en vos.

Adrien se volvió, apoyado en la lanza y comenzó a andar en dirección al burgo de San Cernin. Yo me retiré y, tomando de nuevo mi martillo, salí corriendo para unirme a los míos. Al poco llegué junto a unos caballeros, entre los que se encontraba Pedro Sánchez de Monteagudo, que reagrupaba a las tropas y daba órdenes.

—Hemos de impedir que puedan seguir abasteciéndose de comida. Para ello es fundamental que ataquemos el molino de Mazón, donde tienen almacenado el trigo. Cuentan con una partida de hombres, pero si somos rápidos no tendrán oportunidad de defenderse. Prenderemos fuego y los obligaremos a salir. ¡Encended las antorchas y seguidme!

Todos los que estábamos alrededor del señor de Cascante lo seguimos. A la carrera llegamos junto al molino, que estaba en la ribera del río Arga, muy cerca del Puente Nuevo. Sánchez de Monteagudo nos distribuyó y nos dispuso para el asalto. En ese instante, en la azotea del molino asomaron los defensores, que comenzaron a dispararnos flechas y a lanzarnos morrillos. Una piedra impactó de lleno en el que estaba a mi lado y le abrió el cráneo. A otro le alcanzó una flecha en el brazo.

—¡Adelante! —gritó Sánchez de Monteagudo—. ¡Hay que llevar leña junto al molino!

Protegiéndonos con los escudos de la lluvia de flechas y piedras, conseguimos poner troncos y ramas en la base del molino. Los de dentro se defendían con todo lo que tenían a mano. Entonces su capitán asomó por una de las ventanas y disparó el arco. Fue lo último que hizo, porque una piedra le acertó en la frente. Envalentonado, uno de mis vecinos cogió una antorcha y, prendiéndola, la arrojó sobre la madera. El fuego se elevó y el humo comenzó a cubrir el edificio. Al poco las llamas llegaron a la altura de las vigas y el tejado se prendió. Uno de los defensores se asomó y agitó las manos.

—¡Señor! —grité a Sánchez de Monteagudo—. ¡Tratan de rendirse!

El señor de Cascante acudió junto a mí y se dio cuenta de que trataban de entregarse para evitar una muerte segura. Espoleó su caballo y se acercó junto a la ventana, tratando de hacerse ver entre la espesa humareda.

—¡Salid! ¡Abandonad el molino! ¡Juro que no se os hará daño!

Los de dentro, fiándose de la palabra del señor de Cascante, tendieron una cuerda y comenzaron a descender por una ventana bajo la cual aún no habían prendido las llamas. Muchos de los atacantes estaban sedientos de sangre y venganza, pero Sánchez de Monteagudo los contuvo.

—Di mi palabra y la cumpliré —me dijo.

Mientras mantenía el brazo en alto, los defensores del molino salieron corriendo en dirección al Burgo. Los vítores surgieron de nuestras filas. Aquella era la primera victoria clara contra los francos, pero la alegría duró poco. Mientras nos ocupábamos de recuperar las armas que habían dejado y los sacos de trigo que no habían sido pasto de las llamas, nos percatamos de cómo desde las murallas de San Cernin comenzaba a caer sobre nosotros una tormenta de bolaños de fuego. Las primeras piedras erraron, pero las siguientes alcanzaron su objetivo. Una terminó encima del tejado del molino y lo hundió. Otra impactó junto a la entrada y aplastó un caballo. Entre el desconcierto y los gritos, escuchamos gritar a Monteagudo:

—¡Hay que retirarse! ¡De inmediato!

Salimos de estampida, acarreando todo lo que pudimos; pero, en ese instante, el ataque cesó. Me di cuenta de lo que aquello significaba.

—¡Tomad las armas! —volvió a gritar Sánchez de Monteagudo.

Sin tiempo para reaccionar nos vimos sorprendidos por la llegada de un grupo de jinetes que atravesaron nuestras líneas con las espadas en alto. Varios de los nuestros fueron alcanzados por el acero y cayeron al suelo, muertos o malheridos. Otros conseguimos reagruparnos y mantuvimos a los caballeros a distancia con las lanzas. Yo, con el martillo en la mano, trataba de protegerme como podía. Entonces oí de nuevo la voz de Sánchez de Monteagudo:

—¡Replegaos! ¡A las murallas!

Entre el espeso humo que cubría el campo de batalla, corrí cuanto pude saltando sobre los restos de las armas, las piedras y los cuerpos caídos. Apenas podía ver y me costaba incluso encontrar el camino a la Navarrería. Por fin, una ráfaga de aire retiró la humareda y pude vislumbrar la puerta del Chapitel. La atravesé sin detenerme, junto a muchos de los míos. Una vez a salvo me dirigí corriendo a casa. Dejé el martillo en el suelo y subí los escalones a saltos hasta llegar a la alcoba. Abrí y busqué a Anaïs, pero no la hallé.

—Anaïs —susurré.

Entonces, vi cómo asomaba de debajo de la cama. Se puso de pie y me abrazó con todas sus fuerzas, sin dejar de llorar.

—Estás bien, estás bien —repetía ella sin cesar—. Pensaba que ya no volverías…

Completamente agotado, me dejé caer en la cama. Anaïs se sentó junto a mí y me besó con ternura. Yo sentía su calor, pero lo que tenía que contarle me quemaba en la garganta.

—He de decirte algo —dije, con voz temblorosa.

Ella me tomó las manos.

—¿Qué ocurre?

—Hoy, en la batalla, he visto a…, a…

—¿A quién? —preguntó, con ansiedad.

—He visto a tu padre.

Anaïs abrió los ojos desmesuradamente.

—¿A mi padre? ¿Está bien? ¿Le ocurrió algo?

—Tenía una herida en la pierna, pero lo ayudé a levantarse para que pudiera huir.

—Y ¿lo hizo? ¡Dímelo, por favor!

—No lo sé. Lo vi alejarse hacia los muros del Burgo, caminando con torpeza, pero no pude hacer más. El Chapitel estaba lleno de humo y apenas se veía. Hice lo que pude, amor, de veras…

Escondió el rostro entre las manos y comenzó a llorar, desconsolada.

—Lo vi alejarse. Seguro que está bien…

—¡No puedes saber si está bien o no! —gritó—. ¡Estoy harta de que me digas sin parar que todo irá bien! ¡Qué sabrás tú!

Bajé la cabeza. Todavía poblaban mi mente las terribles imágenes de aquel día: Adrien, con la pierna rota; los cuerpos de los hombres en el suelo, heridos o muertos; el sonido del cráneo de aquel hombre al que había matado con el martillo… Él también tendría familia, seres amados que ahora estarían esperando su vuelta a casa. Sin poder contener por más tiempo la tensión, comencé a llorar.

Anaïs se acercó y me abrazó.

—Lo siento… Tú lo salvaste, lo ayudaste a volver al Burgo. Siento lo que te he dicho, de verdad, perdóname.

Mientras la oscuridad caía sobre Pamplona, nos abrazamos entre lágrimas. En aquel momento supliqué que el nuevo amanecer no llegase nunca.

# 13

Tenía el equipaje preparado para partir y sentía un profundo dolor en mi interior. Había pasado los últimos meses en París, junto a Juana, pero ya era hora de regresar a Inglaterra. Mi esposo, Edmundo Plantagenet, permanecía mientras tanto en sus posesiones en Lancaster. Era un hombre rudo, de pocas palabras, acostumbrado tanto a las intrigas de palacio como a los combates e imbuido de un fuerte espíritu religioso que lo había inducido a participar en la misma cruzada a Tierra Santa en la que murieron el rey Luis IX de Francia y Teobaldo II, el hermano de mi primer esposo Enrique. Era también muy fogoso, como mi primo me había advertido, y, aunque aún no estaba embarazada, no habían faltado ocasiones para que esto sucediera. Nos habíamos casado en febrero, dos días después de conocernos y en un enlace sin demasiados fastos, pero apenas habíamos pasado un mes juntos desde entonces. El rey Felipe III se había negado a que Juana saliese de Francia y yo no quería separarme de ella. Edmundo había accedido a mi marcha, a regañadientes, pero yo sabía que ya era hora de regresar a su lado, aunque solo fuera para empezar a pensar en mi siguiente estadía en Francia.

Me encontraba a punto de llamar a una de mis doncellas para ordenarle que recogiese mis joyas cuando el camarero del rey acudió a mis aposentos con un aviso; el rey me esperaba, de inmediato. Aquello me sorprendió. Era muy raro que Felipe me llamase. Muy de vez en cuando lo hacía para alguna cena o para la recepción de algún embajador, pero nunca con tanto apremio. Sin apenas arreglarme subí las escaleras que conducían al salón principal. Un sirviente me abrió y entré; vi que el rey estaba acompañado por Sire Imbert, señor de Beaujeu y condestable de Francia, una de las personas más importantes del reino y el consejero más fiel del monarca. Frente a ellos se hallaba un hombre con las ropas sucias y llenas de polvo.

—Este hombre —dijo el rey, invitándome a sentarme a su lado— nos ha traído un mensaje del gobernador Beaumarchais, lo cual me inquieta y a vos también debería preocuparos. Eustache nunca crea problemas; siempre que le he encomendado una misión la ha cumplido, sin más. Si en esta ocasión ha tenido que acudir a mí en tan poco tiempo es que algo grave ha ocurrido, ¿no es verdad?

El mensajero inclinó la cabeza.

—Así es, majestad; en esta carta os lo explica todo.

El hombre se adelantó y le entregó la carta. Felipe la sopesó en la mano, antes de abrirla.

—Dime, ¿cómo gobierna el reino el senescal?

—Señor, gobierna con tales aprietos que no se atreve a aventurarse fuera del Burgo, pues los ricoshombres de Navarra y otros relevantes nobles del reino lo tienen encerrado, desposeído y amenazado de muerte, solo porque defiende la justicia y la legalidad como caballero fiel a vos y a vuestro mandato. Cuando partí de allí, la ciudad de Pamplona estaba al borde de la guerra.

El rey se puso en pie y, abriendo el sobre, leyó. Su sorpresa se transformó rápidamente en rabia.

—¡Encerrado! ¡Amenazado! ¿Quiénes se han creído que son los barones de Navarra? ¡Esto es intolerable! —gritó, al tiempo que le entregaba la misiva al condestable. Este la leyó y se dirigió al rey:

—Señor, creo que lo más prudente sería enviar de vuelta al mensajero para saber con más detalle la situación en la que se encuentra el gobernador y el tipo de socorro que requiere de vos.

El rey se encolerizó.

—¿No habéis leído? ¡No hay nada que preguntar; esto es un acto claro de rebeldía! Lo que debemos hacer es acudir en su auxilio de inmediato. Si, como dice, la ciudad estaba al borde de la guerra, puede que ahora mismo ya se haya desatado el enfrentamiento.

—Acudir de inmediato es también lo que me gustaría, majestad, pero debemos tener en cuenta que reclutar las tropas requerirá un tiempo y que hay más frentes que atender en las fronteras del reino, y también en el interior...

Sabía bien de lo que Sire Imbert hablaba. En efecto, dentro del reino había varios nobles rebeldes que últimamente habían demostrado una gran altivez. Algunos incluso habían causado problemas en mis posesiones de Champaña. Y, además, no se había conseguido solventar del todo el asunto de los bandidos en los caminos, lo que distraía los esfuerzos y las tropas del rey por toda Francia.

—¿Cómo es posible que la situación se deteriorase tanto? —preguntó el rey—. ¿No hubo nadie capaz de poner un poco de cordura?

—Señor —respondió el mensajero—, los nobles odian al gobernador y no se atuvieron a razones. Solo aceptaban que se marchase y que regresase a París; rechazaban cualquier otra posibilidad. Sin embargo, sé que incluso después de que yo partiera se realizaron esfuerzos por tratar de lograr la paz.

—Habla claro. ¿Cómo puedes saberlo?

—En el hospital de Roncesvalles me encontré con el prior de Saint-Gilles, el cual, conmovido por lo que le conté, me prometió que haría lo posible por hablar con los dos bandos y evitar que tomasen las armas. Se trata de un hombre de bien, os lo puedo asegurar, y quizá su empeño dio fruto.

—En ese caso —intervine yo, tragándome el profundo desprecio que sentía por lo que los nobles navarros habían hecho—, con más motivo debemos obrar con cautela. Si el prior consiguió poner paz, una intervención militar podría acarrear más perjuicios que ventajas, ¿no es así?

—Así es… —dijo el rey, mientras se atusaba el mentón—. No queda más remedio que saber muy bien cómo es la situación actual. —Y volviéndose al mensajero, le ordenó—: Partid de nuevo hacia Pamplona y traedme nuevas a la mayor brevedad. Es preciso conocer a qué nos enfrentamos antes de que pueda tomar una decisión. Solo espero que el prior tuviera éxito en su cometido. Si no fue así, el gobernador podría hallarse en una situación desesperada… Quiero que le llevéis un mensaje. Si todavía no puedo socorrerlo, que sepa al menos que cuenta con nuestro apoyo.

El rey tomó la pluma y redactó la carta. Cuando la terminó, la lacró y se la entregó al mensajero. Este inclinó la cabeza y se retiró sin perder ni un instante. El rey se sentó de nuevo y hundió la cara entre las manos.

—Los que no tienen mando son los que lo anhelan; y los que lo tenemos somos los que lo detestamos. ¿Alguien puede entenderlo?

—Quizá porque los que no lo tienen solo ven las ventajas —dije—, pero se niegan a pensar en los inconvenientes.

Felipe sonrió casi imperceptiblemente.

—Puede ser. En fin… Mientras el mensajero va y vuelve con noticias debemos ir pensando en qué medidas tomar. Si el gobernador sigue sitiado en Pamplona, con guerra o sin ella, debemos idear un plan para liberarlo. No hacerlo constituiría una señal de debilidad por mi parte y ahora es momento de mostrarse fuerte.

—Estoy con vos, señor —apoyó el condestable—. Prepararemos todo por si fuera necesario intervenir.

El rey negó con la cabeza.

—Nunca pensé que estos navarros me fueran a plantear tantos problemas. Son obcecados e indóciles como pocos. ¿Qué puede moverlos a mantener tal actitud? —me preguntó.

—Se saben pequeños —dije—. Y el que es pequeño nunca olvida que para mantenerse vivo debe mostrarse fuerte.

—¿Incluso cuando no lo es?

—Sobre todo cuando no lo es.

Me miró con detenimiento y sonrió.

—Bien sabéis vos que ser orgulloso es necesario, pero mejor aún es ser prudente. Puede que los navarros se den cuenta, demasiado tarde, de que han llevado sus alardes demasiado lejos. En fin..., esperaremos. ¡Quién sabe!, quizá a estas alturas ya esté todo resuelto.

Abandoné el salón real y me dirigí de nuevo a mis aposentos. Había pensado que la llegada de Beaumarchais llevaría la tranquilidad a Navarra, pero aquel anuncio me había inquietado profundamente. Si partía para Lancaster, tendría a Juana lejos de mí y sin saber si el trono que legítimamente le pertenecía sería alguna vez suyo. Había jurado cuidar de ella, como no hice con mi otro hijo, Teobaldo, pero ahora sentía que la estaba abandonando. Entonces tomé la única decisión que mi conciencia me permitía. Me acerqué a la puerta y llamé a una de mis doncellas.

—¿Señora? —dijo ella, al entrar.

—Deshaz el equipaje. Nos quedamos.

# 14

Jugaba con los cabellos de Magali mientras en mi cabeza iba dando forma a los versos con los que narraría los hechos de los días anteriores. Todo había sido tan extraño que tenía miedo de que la gente, cuando me escuchase, creyera que no eran más que mentiras o devaneos de poeta. Los de la Navarrería habían tratado de derribar un nuevo molino en las inmediaciones de San Cernin, el único que quedaba, pero las tropas del gobernador consiguieron que retrocedieran. Sin perder el ánimo por la derrota sufrida, dos días después idearon un nuevo plan: ¡desviar el cauce del río, para que este inundara los huertos del Burgo! Armados con picos y palas y protegidos por muchos ballesteros, estuvieron todo el día cavando hasta que, al anochecer, comprobaron que su empresa resultaba inútil. Mientras se retiraban, atacamos con saña. Incluso yo había participado en los combates y había derribado a un soldado enemigo de un lanzazo en el estómago. Todavía recordaba el sonido del arma penetrando en la carne de mi oponente, así como la cara de espanto de aquel, al que no se le escapaba que le había llegado la hora.

—¿En qué piensas? —preguntó Magali, incorporándose un poco sobre las mantas que nos servían de lecho. Era cerca del mediodía y, aprovechando que su padre estaba trabajando en la reparación de una de las torres, había acudido a verme. Una casa medio destruida era nuestro escondite.

La besé en los labios, mientras le acariciaba el cuerpo desnudo.

—Pienso en lo bella que eres.

—Mentiroso —dijo ella, riendo—. No pensabas en mí. Lo vi en tu expresión.

—Está bien —reconocí—. Pensaba en todo lo que ha ocurrido durante estos días, en las batallas, en las muertes, en todo el dolor que se ha producido... De verdad que no hay en el mundo guerra tan peligrosa como la que libran dos vecinos, ni tan insensata. Unos hombres que hasta hace unas semanas compartían una jarra de sidra en el mercado se miraban ayer con furia asesina, dispuestos a arrancarle al otro la cabeza si fuera necesario y riendo sin compasión al ver al vecino atravesado por una flecha. Tienes suerte de ser mujer. No te toca ver tales crueldades.

—¡Qué sabes tú! El dolor de las mujeres llega después; pero llega. Cuando la lucha cesa y vosotros os ponéis a cantar la gloria del combate, a nosotras nos toca curar a los heridos, enterrar a los muertos y llorar a los caídos. Y, si estamos en el bando perdedor, no nos queda sino ser víctimas del odio de los hombres, de sus abusos y de sus violaciones. El dolor del hombre dura un instante, pero el de la mujer, a veces, perdura por siempre.

Nunca lo había pensado de ese modo.

—Entonces lucharé por que jamás tengas que sufrirlo. De momento, por suerte, toda tu familia se encuentra bien.

—Toda no...

—¿Te refieres a Anaïs?

—Sí... Ahora, cuando salís a luchar, rezo por que volváis todos con vida y por que resultéis vencedores. Y a la vez rezo para que la Navarrería no caiga y para que no haya de verla un día muerta o violada. La quiero muchísimo...

—Comprendo lo que dices, pero lo cierto es que no actuó con mucho juicio al marcharse. ¿Conoces al hombre con quien se fue?

—Sí, se llama Íñigo. Es carpintero y estuvo durante unos meses trabajando en nuestra casa.

—Sí, creo que lo vi en una ocasión acarreando maderos...

—Por lo poco que sé de él creo que no es mala persona, pero en estas circunstancias su relación es imposible. No puedo entender siquiera cómo hace Anaïs para sobrevivir en la Navarrería. ¿Y si le ocurriera algo a él? ¿Quién la ayudaría allí? ¿Cómo podría regresar? No puedo quitármelo de la cabeza...

—El amor y el odio se parecen; ambos nos hacen cometer locuras.

En ese instante sonaron las trompetas desde la torre de la Galea, y me levanté deprisa para vestirme.

—Se acabó el descanso. El gobernador nos reclama.

Magali se puso también en pie y se cubrió. A continuación se acercó y me abrazó.

—No dejes que te maten.

—No lo haré. Aún tengo que escribir un poema sobre tus pechos...

Magali me abofeteó y luego me besó en los labios.

—Eres un cerdo... —dijo.

—Lo sé.

Salí de la casa y fui a reunirme con los demás soldados. Al poco llegó el gobernador y nos habló:

—Soldados, ayer, con saña y malicia, los de la Navarrería nos quemaron y talaron las viñas y los frutales. Se sienten impunes, pero hoy atacaremos su muralla y la derribaremos. Entonces recibirán su merecido, os lo aseguro.

Un grito de júbilo surgió de los nuestros. Aquel día, por fin, tomaríamos la iniciativa. Se abrió la puerta de Portalapea y entre varios empujaron fuera un ingenio de madera en forma de cobertizo, para protegerse de las flechas y las pedradas de los enemigos. Del techo colgaba un fuerte ariete de madera de roble, con una cabeza de acero. Dentro cabían diez hombres que se encargaban de desplazarlo empujándolo sobre las ruedas. Tropezando con las piedras y los maderos que cubrían la explanada del Chapitel, avanzaron hasta llegar al muro de la Navarrería. Acoplaron la «gata» contra la base de la muralla y comenzaron a lanzar con fuerza el ariete contra el muro. Los de la Navarrería, viendo nuestras intenciones, dieron el aviso con las trompetas.

—¡Vienen los caballeros! —gritó uno de los vecinos de San Nicolás—. ¡Hay que protegerse!

Mientras los del ingenio seguían golpeando, los demás formamos un círculo alrededor, dispuestos a no dejar que los caballeros entorpecieran nuestro cometido. Sin embargo, al mismo tiempo, desde lo alto comenzaron a lanzarnos piedras y a dispararnos flechas. Dentro de la «gata» los soldados golpeaban, pues sabían que no dispondrían de mucho más tiempo.

—¡Deprisa! —gritaban desde dentro—. ¡Hay que derribar la muralla!

Tras un fortísimo golpe, una de las piedras del muro se desprendió y varias más cayeron después. Envalentonados, los hombres seguían golpeando, para hacer mayor el hueco. Entonces uno de los nuestros cogió una antorcha y la arrojó a la base de los muros, donde los demás no dejaban de amontonar maderos y ramas. El fuego prendió de inmediato y las llamas se alzaron. En ese momento, el que había prendido fuego se volvió hacia los de la Navarrería y gritó:

—¡Es el momento de que todos muráis abrasados, malditos!

Fue lo último que dijo. Uno de los ballesteros de García Almoravid disparó y la flecha se le clavó en el pecho. Parecía claro que no podíamos permanecer allí si no queríamos perecer también nosotros.

Parapetados por el ingenio, nos fuimos retirando poco a poco, hostigados sin cesar por los enemigos. Cuando nos acercábamos al muro de San Cernin nuestros arqueros comenzaron a lanzar flechas y morrillos desde las almenas, y los de la Navarrería se retiraron. Mientras tanto, las llamas seguían prendidas en la base de su muro y varias piedras más se desprendieron. Por fin lo habíamos conseguido: ¡su defensa iba a caer!

Escuché una voz que me apremiaba:

—¡Deprisa, Íñigo! ¡Necesitamos agua y tierra!

A la carrera salí al exterior de los muros y junto con otros vecinos comencé a lanzar paladas de tierra para aplacar las llamas, mientras desde lo alto de la muralla no paraban de arrojar calderos de agua. Aquel muro, después de los golpes recibidos, estaba a punto de sucumbir. A lo lejos podía oír los gritos de júbilo que llegaban desde los burgos de francos.

—¡Han de pagar por esto, lo juro! —masculló García Almoravid, que se encontraba protegiendo con sus caballeros nuestros intentos de sofocar el fuego.

Al final, tras un esfuerzo brutal, conseguimos dominar las llamas, pero la pared se encontraba seriamente dañada. A mi lado, los vecinos tapaban con piedras, tan rápido como podían, los huecos abiertos, tratando de que la muralla no se desplomase. Mientras cargaba sin parar capazos con tierra, varios sillares del muro se desprendieron y nos cayeron muy cerca.

En ese instante, entre el tumulto que me rodeaba, escuché el sonido de una gran piedra rasgando el aire. Cuando alcé la vista y la vi venir hacia mí, supe que iba a morir. No tuve tiempo más que para pensar en Anaïs.

Después, todo fue oscuridad.

La medianoche había quedado atrás y no podía soportar más la espera. Horas antes, a la caída del sol, los combates habían cesado. Apenas asomada por una rendija de la ventana, había visto cómo los hombres iban regresando al interior de los muros, cansados, sucios, ensangrentados, heridos. Uno a uno los había mirado mientras suplicaba y rezaba para que entre ellos se encontrara Íñigo. Sin embargo, después de una hora, la comitiva cesó y las calles quedaron desiertas de nuevo. Desesperada, me senté en el suelo de la alcoba, totalmente abatida. No podía quitarme de la cabeza la imagen de Íñigo tirado en cualquier lugar, herido por un espadazo o muerto por una lanza.

Me acerqué de nuevo a la ventana y la abrí muy poco. En la calle solo se oía el susurro de la brisa, el ulular de los búhos y los ladridos de los perros. La luna estaba medio tapada por las nubes y apenas producía un leve resplandor. Dudé por unos instantes, pero al final me decidí a hacer lo que Íñigo me había dicho. Si tenía que salir, ese era el mejor momento.

Me giré y miré hacia la cama. Allí, hacía poco tiempo, nos habíamos entregado el uno al otro, confiados en que el amor que nos unía sería suficiente para vencer todas las dificultades. Ahora, sola y abrumada por la posibilidad de que mi esposo hubiera muerto, sentía un total desamparo. Despacio, me quité del dedo el anillo que me había entregado en nuestra boda y lo dejé sobre la cama. Si él regresaba, pensé, sabría que no me había ido a la fuerza, ni huyendo. Lo estaría esperando.

—Regresa, por favor —musité—; regresa y pónmelo de nuevo.

Descendí despacio, procurando no hacer ruido al pisar los escalones de madera. Cuando llegué a la sala me dirigí a la puerta, la entorné un poco y miré a la calle. Estaba desierta. La abrí entonces algo más, con cuidado, para que las bisagras no hicieran ruido, y salí. Avancé pegada a las paredes de las viviendas, intentando que los aleros de las casas me mantuvieran en la oscuridad. Tenía grabadas en la cabeza las palabras que me había dicho Íñigo: «Toma el callejón que hay junto a la casa con escudo y cuenta luego ocho viviendas, hasta una con puerta en arco y una flor tallada en la piedra de la clave». Mientras avanzaba, notaba cómo me retumbaban los latidos en el pecho. Llegué a la casa con escudo de piedra y tomé el estrecho callejón que se abría en su lateral. El suelo estaba mojado por las aguas sucias que los vecinos habían arrojado horas antes y pisaba despacio para tratar de no provocar ningún ruido sobre los charcos. Entonces, mientras iba contando mentalmente las casas, escuché un sonido a mis espaldas. Me quedé paralizada, sin valor para volverme. Traté de reconocer lo que había oído y me di cuenta de que eran pasos que se acercaban, quizá de dos o tres personas. Si salía corriendo, me descubrirían, al igual que si me quedaba allí parada. Tenía que tomar una decisión rápida. Miré a mi alrededor y, a la luz de la luna, pude atisbar una vivienda que tenía colocado un tablón junto a la entrada. Caminando de puntillas mientras oía los pasos que se acercaban, me aproximé a la casa y me agaché bajo la madera. Recogí las faldas del vestido y apreté los brazos alrededor de las piernas, tratando de no sobresalir. Notaba los latidos en la sien y no podía evitar que todo el cuerpo me temblase. Los pasos se hicieron cada vez más fuertes hasta que llegaron junto a mí dos soldados. Se encontraban tan cerca que pude percibir el olor a azufre de sus ropas y escuchar su respiración. Caminaban despacio y uno de ellos parecía cojear. Este último se detuvo un instante, a un palmo apenas de donde me escondía.

—Espera un momento..., esta pierna me está matando.

Se acercó al tablón y se dejó caer. Sentí cómo la madera crujía bajo el peso de aquel hombre y cómo me presionaba sobre la cabeza. Me mordí los labios y contuve la respiración.

—Estos malditos francos van a pagar lo de hoy —dijo, mientras el otro esperaba de pie—. Por Dios que van a pagarlo.

—No metas a Dios en esto. ¿Por qué tendría que ayudarnos a nosotros y no a ellos? Yo me fío más de mis manos y de mi espada, y también de don García. Él sabrá cómo llevarnos a la victoria.

—Mucho confías en él... Los ricoshombres salen a luchar subidos en sus caballos y lanzando alharacas, pero al final son otros los que mueren por ellos.

—¿Y qué quieres que hagan? Ellos están para mandar, y los soldados para morir... Así ha sido siempre.

—Yo todavía me acuerdo del día en que no quiso salir a luchar contra Sánchez de Monteagudo. Dijo que fue todo un engaño, pero a mí me parece que se acobardó. En fin..., con él o sin él, solo espero que mañana podamos dar un buen escarmiento a los de allá.

—¡Así sea! —dijo el soldado, al tiempo que se ponía de nuevo de pie—. Y, cuando los derrotemos, entraremos allí y no quedará piedra sobre piedra, te lo aseguro. Entonces sabrán quiénes somos y no les valdrán de nada ni sus buenos modales ni su arrogancia. Te juro que no pararé hasta que ensarte a una docena con mi espada.

—Ni yo hasta que ensarte a una docena de esas perras francesas con mi polla. Pienso dejar San Cernin y San Nicolás lleno de mis bastardos, te lo aseguro.

Los dos hombres continuaron su camino, riendo, mientras yo exhalaba con la mano delante de la boca para no emitir sonido alguno. Cuando dejé de oír sus pasos, salí de debajo del tablero poco a poco. Estaba tan asustada que apenas podía controlar el temblor de mi cuerpo. Me agarré las manos para tratar de calmarme y continué mi camino, contando las viviendas. Cuando llegué a la octava me detuve. Miré la puerta y vi el arco, con la flor esculpida en la clave. Allí era donde Íñigo me había dicho. Levanté una mano y golpeé levemente. Tenía miedo de hacer demasiado ruido y de que otros vecinos pudieran descubrirme. Esperé en silencio con la oreja pegada a la madera, pero no oí nada dentro. Alcé la mano y golpeé otra vez, un poco más fuerte. Era tal el silencio que aquellos golpes resonaron en mi interior como los del martillo sobre el yunque. Me quedé esperando, rezando para que alguien abriese, pero no se oía nada. Noté cómo una lágrima me corría por la mejilla mientras me daba la vuelta para volver a casa. Entonces escuché el ruido de la cerradura y la puerta se entreabrió. En la oscuridad, pude reconocer el brillo de unos ojos. Aquel instante me pareció una eternidad.

—¿Quién eres? —preguntó la mujer.

—Soy Anaïs.

—¿Anaïs?

—Sí. Íñigo no ha vuelto y tengo miedo. Me dijo que acudiera a vos. Soy..., soy su mujer.

Ella respiró hondo, antes de hablar.

—Pasa, rápido —me dijo por fin.

La puerta se abrió un poco más, con un leve crujido, y entré en la casa, casi totalmente a oscuras salvo por el resplandor de la lumbre. Junto al fuego dormía un hombre tapado por varias mantas. Pude ver que las mejillas de la mujer estaban cubiertas de lágrimas.

—¿Íñigo no ha vuelto hoy? —preguntó.

Negué con la cabeza, mientras notaba cómo me temblaba el mentón.

—Me dijo que viniera aquí, pero yo no quiero comprometeros. Si me descubren en vuestra casa...

—No te descubrirán. Tendremos cuidado. Él me pidió que cuidara de ti, y lo haré. Y, cuando vuelva, ya veremos qué hacemos.

Aquellas palabras me sorprendieron. ¿Sabía ella que Íñigo seguía vivo?

—¿Él está bien? —pregunté con ansiedad.

—No puedo saberlo; pero algo me dice que no ha muerto.

—Y, entonces, ¿dónde está?

Me cogió de la mano y me invitó a sentarme en una de las sillas junto a la lumbre.

—Hoy se ha producido un combate muy cruento; hay quien dice que han muerto más de treinta hombres por cada bando. Pero también ha habido heridos y muchos de ellos se han quedado fuera de los muros. Don Gonzalo, cuando las cosas se pusieron mal, ordenó que los soldados se retirasen de inmediato y las puertas se cerraron en cuanto García Almoravid y Sánchez de Monteagudo estuvieron dentro de la muralla.

—¿Y crees que Íñigo puede estar ahí fuera?

—Sí, y tú también debes hacerlo. Debes creer y rezar, como yo hago cada día. —Y miró hacia Andrés.

Yo lo miré también y me acerqué a él.

—¿No ha despertado? Íñigo me contó que estaba malherido.

—Solo despierta a ratos. Tiene fiebre y balbuce de vez en cuando, pero no despierta del todo. La herida no se le cierra y no huele muy bien. Quería que alguien lo tratase, pero son tantos los heridos que solo he conseguido que lo viera un curandero. Este me dijo que debía reposar y que lo demás quedaba en manos de Dios.

—¿Puedo verlo? —pregunté.

Ella asintió en silencio, sorprendida.

Me incliné sobre Andrés y descubrí un poco las mantas, para ver la herida. Estaba muy enrojecida y abultada, y hedía. La palpé con la yema de los dedos y Andrés, sin despertarse, se quejó.

—Mi madre murió cuando yo apenas era una niña —dije—, pero antes de dejarnos me enseñó muchas cosas. Conocía muchas hierbas y remedios. Si quieres yo...

—¿Qué necesitas? —preguntó de inmediato, y los ojos le brillaron con el tenue resplandor de la lumbre.

—Necesito vinagre, ajo y miel. ¿Tienes?

—Sí —dijo, y se levantó enseguida.

—Y una jofaina con agua limpia y unos trapos.

Fue a la despensa y trajo todo lo que le había pedido. Lo puso en el suelo, junto a Andrés.

—Recuerdo que mi padre, cuando aún estábamos en Cahors, se hirió gravemente en el brazo. Estaba trajinando en el taller y una herramienta se le clavó. Mi madre le limpió la herida con agua y vinagre, y luego le puso un emplasto con ajo y miel. Yo era muy pequeña, pero no se me olvidó. Creo que es el primer recuerdo que tengo. Quizá con Andrés pueda funcionar también.

—Hazlo, por favor.

Tomé la jofaina con agua y vertí un poco de vinagre en ella. Mojé el trapo y comencé a limpiar la herida con cuidado, desde el interior hacia fuera.

—Hay que machacar los ajos en un almirez y mezclarlos con miel.

Leonor trajo un almirez de metal y machacó los ajos hasta formar una pasta. Luego echó un poco de miel de la jarra y lo revolvió todo. Cogí una pequeña cantidad con los dedos.

—Hay que intentar que penetre. Sujétalo, por si se despierta por el dolor.

Se colocó detrás y le agarró por el hombro y la cabeza. Yo abrí la herida con una mano y apliqué el ungüento con la otra, mientras presionaba hacia el interior. Entonces Andrés gritó de dolor y abrió los ojos. Vio a su mujer sobre él y a mí a su lado.

—¿Quién..., quién eres? —dijo, a duras penas.

Leonor lo acarició y le cerró los párpados con la mano.

—Tranquilo, duerme. Te está curando.

—Pero...

En ese instante se oyeron unos golpes secos en la puerta. Las dos nos miramos, aterrorizadas, mientras él seguía balbuciendo.

—¿Quién es ella? Dímelo —dijo elevando el tono.

—Calla, Andrés, por Dios, no hables.

Los golpes volvieron a sonar en la puerta. Leonor me indicó con la mano que me fuera a la despensa. Obedecí al momento y me escondí como pude entre unos barriles de cerveza y unos sacos de harina. Mientras tanto, Leonor se levantó y acudió a abrir.

—¿Qué ocurre, Leonor? —escuché que decía una voz de mujer—. He oído trajinar desde hace un rato y también gritos. ¿Se ha puesto peor Andrés?

—No, Mencía. Andrés está bien. Estaba tratando de darle la vuelta y se quejaba por la herida.

—Pues yo estaba oyendo hablar mucho. ¿Tienes a alguien contigo?

Antes de que Leonor pudiera contestar, la mujer empujó la puerta, entró y se dirigió hacia donde se encontraba Andrés. Allí estaban la jofaina y el trapo ensangrentado; olía a vinagre, a miel y a ajos.

—¿Desde cuándo sabes tú de remedios?

—Me lo aconsejó el curandero que vino a verlo. Asegura que es bueno para limpiar las heridas...

Entonces escuché la respiración agitada de Andrés.

¿Cómo estás? —le preguntó Mencía—. Me pareció que hablabas con Leonor. Eso es una buena señal, ¿no?

—Sí, estaba hablando con Leonor y...

El corazón se me paró en aquel instante.

—¿Y? —ella insistió en preguntar.

Transcurrieron unos instantes en los que no escuché nada, ni sabía lo que estaba ocurriendo. Luego volví a oír la voz de Andrés.

—¿Qué me has preguntado? Estoy muy cansado...

Escuché cómo se dejaba caer de nuevo.

—Gracias por tu interés, Mencía —dijo Leonor, apresuradamente—, pero ahora todos necesitamos descansar.

Oí unos pasos que se alejaban.

—Mañana volveré para ver cómo está —dijo la mujer—. Espero que ese potingue surta efecto, porque si no es así lo matará. Remedios de curandero...

Leonor cerró y volvió apresuradamente junto a su marido. Yo me acerqué despacio y oí que preguntaba:

—¿Quién es esta joven? —dijo—. ¿Me lo vas a decir?

Leonor se agachó y le susurró al oído:

—Se llama Anaïs y es la mujer de Íñigo.

Andrés fue a decir algo, pero Leonor se le adelantó:

—Íñigo no ha vuelto esta noche y ella teme que haya muerto.

Andrés cerró los ojos.

—Íñigo... no puede estar muerto.

—Hay que rogar por él y cuidar de ella.

—Pero...

—Íñigo me lo pidió y Anaïs te cuidará. Confío en ella.

Andrés giró la cabeza para ver la herida. No aguantó más el dolor y cerró de nuevo los ojos.

—No tengo fuerzas para discutir —dijo, mientras volvía a dormirse.

Leonor me miró a los ojos.

—A partir de ahora será mejor que hablemos lo menos posible. Nadie debe saber que estás aquí.

—Me ocuparé de él —dije—. Os lo debo.

—Hazlo, por favor, pero no nos debes nada. Simplemente,

si un día esta guerra acaba y seguimos con vida, acuérdate de que nos ayudamos la una a la otra.

Se acercó y me abrazó. Yo, después de la tensión acumulada durante todo el día, rompí a llorar.

—¿Dónde estará Íñigo? —sollozaba—. ¿Volverá al amanecer?

# 15

Sabía que las malas noticias llegarían, pero no me imaginaba que estas lo hicieran tan pronto. Al poco tiempo de que el mensajero fuera enviado a Pamplona para conocer de primera mano la situación en Navarra, había llegado otro mensaje del gobernador Beaumarchais y mis peores temores se habían confirmado. Ya no cabía ninguna duda, pues aquella carta nos informaba de que entre los burgos de francos y la Navarrería había comenzado la guerra. Y la misiva lo dejaba muy claro: si no recibían apoyo con rapidez, la caída de los burgos resultaría inevitable.

El rey nos había citado para comunicarnos la noticia. Sire Imbert y Gastón de Montcada permanecían callados, mientras analizaban las palabras del rey. Yo me encontraba apesadumbrada. Cada vez me sentía más arrepentida por mi decisión de abandonar Pamplona; había salvado a mi hija, pero había conducido a la guerra a toda la ciudad.

—Señores —dijo el rey—, si la situación es tan grave como dice el gobernador, y nada nos hace dudarlo, debemos acudir ya en su ayuda. En este momento, el hecho de que Navarra siga siendo un aliado nuestro no depende más que de la resistencia de esos dos burgos. Si los enemigos consiguen derrocar a Beaumarchais, nuestros esfuerzos habrán sido en vano.

Sire Imbert reflexionó por un instante.

—Que debemos ayudar a Beaumarchais parece claro, pero tenemos que encontrar la manera de hacerlo de forma rápida y efectiva, y ahí radica el problema. Reunir un ejército lleva tiempo y los burgos no podrán resistir mucho más.

—Quizá podría enviarse una avanzadilla, a la espera de poder reunir más tropas.

—Si entramos en Navarra con nuestros ejércitos, aunque no sea más que una avanzadilla como decís, Castilla se verá obligada a responder, y ellos tienen tropas dispuestas cerca de la frontera.

—Pero están enfrentados entre ellos —respondió el rey—. Debéis recordar que el rey Alfonso mantiene una guerra civil.

—No podemos fiarnos, majestad. Hoy pueden ser enemigos y mañana, aliados. No resulta prudente jugársela a esa carta. Cuando entréis en Navarra, hay que estar seguros de que será para ganar.

Entonces pensé en algo que podía combinar una acción rápida con un resultado exitoso y menos cruento.

—Si lo que necesitamos es tiempo…, lo que habría que conseguir es… una tregua, ¿no?

—¿Una tregua? —preguntó el rey—. ¿Por qué habrían de aceptar los navarros una tregua si hasta ahora su actitud ha sido tan guerrera? Hablad con franqueza, pues vos los conocéis mejor que nadie.

—Creo que no debemos dejarnos engañar por las apariencias. Los de la Navarrería se han mostrado muy altivos porque esperaban que todo el reino los apoyaría, supongo que convencidos por García Almoravid. Sin embargo, por lo que habéis leído, Beaumarchais nos indica que esto es una guerra que se libra solo en la capital, no en el conjunto del reino. Estoy segura de que el resto de las ciudades no han participado en los enfrentamientos. Si es como digo, los de la Navarrería también deben de estar pasándolo mal y la tregua podría interesarles.

Sire Imbert sonrió.

—Creo que doña Blanca lleva razón en su planteamiento.

El rey se volvió.

—¡Llamad al mensajero!

Uno de los soldados abandonó la sala y fue a buscarlo.

—Decidme, majestad —dijo este al entrar, inclinando la cabeza.

—Necesito conocer una cosa. ¿Sabes si el prior de Saint-Gilles consiguió salir de Pamplona antes de que comenzase el enfrentamiento?

—Sí, señor. En aquel momento se encontraba en San Cernin y el gobernador le franqueó una salida para que pudiera escapar de la villa. Y gracias a Dios que lo hizo, señor, porque al día siguiente la vivienda en la que habitaba fue destruida por un bolaño. Al dejar Pamplona fue a refugiarse a Roncesvalles, en el hospital de peregrinos. Estaba tan afectado por cómo habían discurrido los acontecimientos que no quería volver a su monasterio hasta saber de qué manera se resolvía el conflicto.

—Pues entonces ya sé quién llevará a cabo la misión... Gastón, vos iréis a Roncesvalles con el encargo de hablar con el prior y de marchar juntos a Pamplona para lograr una tregua. No me importa que los de la Navarrería puedan aprovisionarse o reforzar sus muros mientras tanto; lo que necesitamos imperiosamente es ganar algo de tiempo y poder reunir las tropas. Esa intervención puede lograr que ganemos esta guerra.

—Así lo haré, majestad —dijo Gastón—. No os fallaré.

La reunión concluyó y yo volví a mis aposentos. Al poco una de las doncellas llamó a la puerta y me trajo a Juana. Cada vez me recordaba más a su padre. Pasaba los días feliz, ajena a todos los problemas que asolaban al que un día sería su reino. Recordé el momento en que abandoné Pamplona y me vino a la mente el rostro de aquella joven de San Cernin que solo aspiraba a seguir los dictados de su corazón... ¿Lo habría conseguido?

Al principio, Andrés se había sentido muy disgustado cuando se enteró de que su mujer me había acogido en su casa, pero ahora ya no sentía ni rechazo ni enfado. La cura había surtido efecto, incluso podía caminar un poco por la casa.

—Me alegro de que estuvieras aquí. Cuando recibí la flecha pensé que nada podía hacerse. Poca gente sobrevive a una herida así. Te lo agradezco.

—Soy yo la que os agradezco que me hayáis acogido —dije, un poco sonrojada—. Os he podido causar muchos problemas; todavía puedo... Nunca debería haber venido aquí.

—No digas eso... ¿Adónde crees que podrías haber ido?

—No lo sé —respondí—. Debería estar en el Burgo, con mi padre. Nunca debí salir. Por mi culpa Íñigo tuvo que ir a luchar; él no quería hacerlo.

—La culpa no es tuya, ni de Íñigo. La verdad es que ya no sé de quién es —dijo Leonor. Andrés bajó la cabeza, apesadumbrado. Me di cuenta y me levanté, después de colocarle un trapo limpio sobre la herida.

—Vuelvo a mi escondite —dije, y me dirigí al taller.

Al poco escuché los pasos de los dos, acercándose; entraron. Andrés llevaba de la mano a Leonor y ambos traían el gesto serio. Me puse enseguida en pie.

—Anaïs —comenzó Andrés—, Leonor y yo hemos estado hablando y hay algo muy importante que tenemos que contarte. Algo que nos compromete todavía más que tenerte aquí, pero que creemos que es lo mejor para todos. Pero, antes de que siga, quiero que me prometas que nunca se lo contarás a nadie.

Los miré, completamente desconcertada. ¿Qué podría ser aquello que querían contarme?

—Por supuesto —respondí, al fin—. No haré nada que pueda perjudicaros.

Andrés resopló y se acercó al extremo del taller. Se agachó, retiró una pequeña alfombra que tapaba el suelo y abrió un poco una trampilla.

—Ven, pon aquí la mano.

Me arrodillé junto a él y coloqué la mano en la abertura.

—¿Qué notas?

—Aire —dije sorprendida—; hay una corriente de aire.

—Exacto, se trata de un pasadizo.

—¿Y adónde lleva? —pregunté, sin comprender muy bien qué quería decirme.

—Lleva fuera de la ciudad, fuera de la Navarrería. Me lo enseñó mi padre, hace muchos años. Él decía que era obra de los romanos…, ¡quién puede saberlo! El caso es que por esta trampilla se llega a una cloaca y, desde ella, a través de un largo pasadizo, se sale cerca del puente de la Magdalena, sobre el río Arga. Hace años que nadie lo utiliza y no sé si en algún punto se habrá derrumbado o resultará inaccesible, pero es la única oportunidad que tenemos para sacarte de aquí.

Bajé la cabeza y cerré los ojos.

—Pero yo no quiero irme. Quiero esperar a que Íñigo regrese. Él no me abandonaría…, nunca lo haría…

—Anaïs —dijo Leonor, tras respirar hondo—, ha pasado una semana y no ha vuelto. Tienes que ir pensando en que quizá él…

—¿Quizá qué? ¡No puede ser! ¡Íñigo está vivo!

—Eso deseamos también nosotros. Sin embargo…. El día en que salió a luchar fueron muchos los que murieron en la batalla. No sabemos si le pasó algo o no, ni cuál de los bandos ganará la guerra…, pero creemos que estarías mejor con tu familia. No queremos echarte, pero nos parece que es lo mejor para todos.

Recapacité por un instante. Sabía que las palabras de Leonor eran sinceras y que su intención no era alejarme de ellos, sino permitirme volver con los míos. A pesar del dolor que me causaba tal decisión, ella tenía razón; yo debía estar con mi padre y mis tíos, no en la Navarrería.

—Pero ¿cómo haré para poder entrar en el Burgo? Ahí fuera hay una guerra.

—Ahora no es posible escapar, pero, si se presenta la ocasión, creemos que tienes que utilizar esta oportunidad para intentarlo.

Aunque no estaba del todo segura de que eso fuera realmente lo que deseaba, agaché la cabeza y asentí en silencio.

Andrés y Leonor salieron y se dirigieron a la cocina. Siempre cerraban la puerta, pero aquel día no lo hicieron y, entre susurros, pude oír su conversación.

—Pobre criatura —dijo Leonor—. Ha perdido a su marido y su familia está a apenas un tiro de piedra, pero es un mundo el que los separa.

—¡Qué demonios! Ella al menos tiene un lugar adonde huir.

—¿Qué quieres decir?

—Quiero decir que cada día que pasa tengo menos confianza en que podamos salir bien de esta. Los nobles decían que debíamos ganar la guerra en los primeros días, que el gobernador no aguantaría la presión y que de toda Navarra vendrían a ayudarnos, pero nada de todo eso ha ocurrido. Hemos intentado derribar sus murallas y han sido ellos los que han echado abajo las nuestras; hemos tratado de derrotarlos en el campo de batalla, y al final hemos tenido que salir huyendo como conejos; queríamos verlos humillados y hemos sido nosotros los que hemos tenido que postrarnos.

—Si es como dices, quizá nosotros también deberíamos irnos de aquí...

—¿Irnos? ¿Adónde?

—No sé, a cualquier sitio..., pero lejos de esta ciudad.

—No me marcharé a ningún sitio. He nacido en Pamplona y es aquí donde voy a morir, ahora o cuando Dios quiera. No abandonaré a mis vecinos. Todos decidimos luchar, tuviéramos razón o no, y todos tenemos que asumir las consecuencias de nuestra decisión. No podría vivir con esa culpa.

El silencio se hizo entre ellos, mientras yo escuchaba los latidos en mi pecho.

—Yo tampoco me iré —dijo Leonor—. Juré estar contigo en lo bueno y en lo malo y no voy a faltar a mi promesa. Te quiero como el primer día; y se gane o se pierda esta guerra, lo veremos juntos.

—Lo veremos, sí; pero, por Dios, reza con todas tus fuerzas para que seamos nosotros los que venzamos.

# 16

A ntes del mediodía me informaron de que dos enviados del rey de Francia esperaban para ser recibidos. La noticia me sorprendió.

—¿Sabes quiénes son? —pregunté al canónigo que me había avisado.

—Son el prior de Saint-Gilles y Gastón de Montcada, señor de Bearne. Dicen que vienen en una misión de paz y que quieren hablar con vos, excelencia, y con los ricoshombres.

—Está bien —dije—. Hazlos pasar, los recibiré ahora. Y manda aviso también a los nobles.

El canónigo se fue y al poco tiempo volvió acompañado de los dos hombres.

—Señor de Bearne, prior... —dije mientras los invitaba a pasar—, es un placer daros la bienvenida a la catedral de Pamplona, a pesar de tan difíciles circunstancias. Vos, padre —añadí, dirigiéndome al prior—, sabéis mejor que nadie los muchos intentos que se hicieron para evitar este enfrentamiento.

—Lo sé muy bien, excelencia. Estuvimos cerca de conseguirlo, pero los acontecimientos se precipitaron. Al pasar hemos visto el terrible espectáculo del Chapitel, cubierto por los restos de la batalla y repleto de cadáveres, y nuestros corazones están muy afligidos, os lo aseguramos. Todos, tanto los de la Navarrería como los de los burgos de francos, sois cristianos; pero parece que el demonio ha desgarrado el alma de unos y otros, al alimentar el odio y la ira y dejar de lado la compasión y la misericordia. Bien sabéis que la bondad de Dios es infinita. Pero hemos de confiar en que la de los hombres también lo sea. A veces, cuando las armas hablan, no dejan oír nada más.

Lo que el prior decía era cierto. El estruendo de las armas se había metido en nuestros corazones y nuestras cabezas y no nos dejaba escuchar nada más. Yo deseaba ser tan puro como él y no albergar nada más que caridad en mi pecho, pero inconscientemente seguía jugando a aquel arriesgado juego de nadar y guardar la ropa.

La puerta de la sala se abrió y entró García Almoravid…, y también el prior Sicart, como siempre, sin ser invitado. Almoravid traía el semblante muy serio. Saludaron a los recién llegados y todos nos sentamos alrededor de la mesa. Uno de mis sirvientes llegó con una jarra de vino y nos llenó las copas. El prior de Saint-Gilles la tomó de inmediato y le dio un buen trago. Almoravid fue a hablar cuando la puerta se abrió de nuevo y entraron Gonzalo Ibáñez de Baztán y Pedro Sánchez de Monteagudo. Con solo ver las miradas que se dirigieron, creo que los recién llegados se dieron cuenta de la tirantez existente entre García Almoravid y el prior, por un lado, y Sánchez de Monteagudo, por otro. Don Gonzalo saludó cortésmente a los visitantes, al igual que Pedro Sánchez de Monteagudo, que besó la mano del prior de Saint-Gilles en señal de humildad.

—Ya estamos todos —dije—. Esperamos ansiosos por conocer el mensaje que nos traéis.

—Como podéis ver —dijo el prior de Saint-Gilles, despacio y mirando uno a uno a todos los presentes—, somos dos los que venimos a Pamplona: un noble y un religioso. Y es fácil entender el porqué, pues estamos ante un problema político, al que hay que buscar una solución, pero también ante un problema humano, al que debemos enfrentarnos con misericordia.

García Almoravid, como de costumbre, no esperó ni un instante para interrumpir:

—Nos encontramos ante un problema político; esto parece claro. Lo que no entiendo es por qué para resolverlo debemos tener en esta mesa a un enviado del rey de Francia. Este es un problema del reino de Navarra y solo los navarros deberíamos solucionarlo.

El señor de Bearne se echó hacia delante en su silla antes de hablar:

—Si los navarros hubieseis sido capaces de solucionarlo por vuestra cuenta, hoy nosotros no estaríamos aquí, ni los burgos estarían ardiendo, ni la plaza estaría llena de cadáveres... Sin embargo, como no fuisteis capaces, tuvisteis que acudir a la reina.

—Vos lo habéis dicho, a la reina. Ni al rey Felipe ni a vos, y yo no veo aquí ni a la reina ni a nadie enviado por ella.

Don Gonzalo cogió a García Almoravid por el brazo antes de que este se levantara de su asiento.

—Mal empezamos si no somos capaces siquiera de escuchar —dijo mirando a don García con reproche—. Oigamos lo que el prior tiene que decirnos.

Este hizo un gesto de agradecimiento con la cabeza y continuó:

—Sea cual sea el problema y sea cual sea la solución definitiva que se le dé, es evidente que resulta necesaria una tregua. El Chapitel está lleno de cuerpos sin enterrar, muchas casas siguen ardiendo y hay vecinos que no tienen ni un mísero cobijo. Nuestra voluntad es servir de mediadores con el gobernador Beaumarchais para conseguir un armisticio, y poder dar cristiana sepultura a los muertos, así como todo lo necesario a los heridos y a los desamparados.

El silencio se hizo en la sala, mientras todos nos escrutábamos con la mirada.

—Durante ese período —añadió el señor de Bearne—, cesarán por completo los combates en el exterior y también el lanzamiento de bolaños o de cualquier otro tipo de proyectil.

—¿Y las puertas de las murallas? —preguntó el alférez—. ¿Han de quedar abiertas?

—No es preciso —dijo el señor de Bearne—. Cada burgo podrá seguir manteniendo sus propias defensas y el control de los accesos. Nuestro deseo es que no se produzcan agresiones a los otros burgos y que se respeten la cura de heridos y los enterramientos.

El prior Sicart susurró al oído de García Almoravid, pero estaba junto a mí y pude escuchar lo que le decía:

—Una tregua nos vendría bien para poder reparar la muralla. Tal como quedó tras el último asalto, podría ocurrir que cualquier día la derribasen por completo. Pero no nos conviene que sea demasiado larga; los de allá lo fían todo a recibir ayuda del rey y cada día que pasa juega en nuestra contra.

García Almoravid asintió.

—Por mi parte —dijo, tomando la palabra—, creo que podríamos establecer ese arreglo del que habláis, aunque de manera limitada. El problema que desató este conflicto sigue latente y no lo vamos a solucionar aplazándolo.

El prior de Saint-Gilles dirigió su mirada a Sicart, y este asintió. También lo hice yo y, seguidamente, don Gonzalo. Pedro Sánchez de Monteagudo tenía la mirada perdida.

—¿Don Pedro...? —preguntó el prior de Saint-Gilles, tratando de sacarle de su ensimismamiento.

Sánchez de Monteagudo levantó la mirada.

—Estoy de acuerdo, claro está —dijo al fin—. Como bien decís, debe poder darse sepultura a los cadáveres y permitir que los vecinos puedan abastecerse de lo necesario. Hasta ahora solo les hemos traído desgra...

—En todo caso —apostilló García Almoravid, interrumpiendo—, los muros seguirán cerrados. No atacaremos a nadie que esté en el exterior, pero si advertimos que alguno de los de allá se acerca demasiado a nuestra muralla, no dudaremos en disparar. ¿Entendido?

El prior y el señor de Bearne asintieron.

—Sí —dijo el segundo—. Si alguien utiliza la tregua para alguna escaramuza, los otros burgos lo podrán denunciar.

El prior de Saint-Gilles se puso en pie.

—¿Podemos ir entonces a hablar con el gobernador para exponerle los términos del acuerdo?

Todos asentimos y nos pusimos también en pie. Cuando el

prior y el señor de Bearne abandonaron la sala, García Almoravid tomó otra vez la palabra:

—Tenemos que proceder a reparar el muro de inmediato. Esa ha de ser nuestra prioridad.

—Y no hemos de olvidar tampoco controlar a los nuestros —dijo Sicart.

—¿Qué queréis decir?

—Que muchos podrían aprovechar esta tregua para desertar y eso supondría nuestro fin.

—Tenéis razón… Pero podéis estar tranquilo; vigilaremos para que nadie salga de la Navarrería sin nuestro consentimiento. En la defensa de esta villa y su santa catedral estamos todos. Os juro que nadie abandonará.

Y, tras decir esas palabras, miró de frente a Sánchez de Monteagudo, aunque este no se dio cuenta. En aquel momento tuve la impresión de que, aunque estuviera entre nosotros, su espíritu estaba ya lejos.

Muy lejos, en realidad.

Leonor abrió la puerta de la casa y entró. A la carrera acudió a mi escondite en la despensa y me llamó:

—¡Ven, Anaïs, tengo algo importante que contarte!

Me levanté de un salto y acudí a la sala, donde Andrés tenía la misma cara de sorpresa que yo. No me imaginaba qué podía haber ocurrido.

—Escuchad —nos dijo—, Sancha, la mujer del herrero, acaba de darme la noticia: ¡han firmado una tregua!

—¡Una tregua! —exclamó Andrés, con una gran sonrisa—. ¿Y eso? ¿Por cuánto tiempo?

—Al parecer, será al menos de una semana. Han acordado que cesen los combates y que no se lancen bolaños ni se dispare a nadie que esté fuera de los muros, salvo que su actitud sea amenazante.

Sentí un profundo alivio en mi interior, no solo por mí, por Leonor y Andrés, sino también por mi familia; no sabía nada de ellos y rezaba cada día por que todos estuvieran bien.

—Y ¿se puede salir de la ciudad? —preguntó Andrés, sacándome de mis pensamientos.

El rostro de Leonor se ensombreció.

—No. Está prohibido salir sin la autorización expresa de don García. Cualquiera que sea sorprendido abandonando la Navarrería será ejecutado en el momento. No quieren que nadie intente rendirse o trate de desertar.

Andrés permaneció en silencio un momento, recapacitando sobre aquellas noticias. Luego levantó la vista y me miró a los ojos. Sentí la lucha que se desarrollaba en su interior.

—Sabes lo que esto significa, ¿verdad?

Por supuesto que lo sabía.

—Sí —dije—. Es el momento para escapar. Esta noche me iré y regresaré con mi familia; ya os he causado demasiados problemas.

—Anaïs... —susurró Leonor.

—Es cierto. Habéis sido muy buenos conmigo, pero ya es hora de que me vaya. Me queda el consuelo, al menos, de haberte ayudado a ponerte bien, Andrés.

Él cogió mis manos y las apretó entre las suyas.

—Lo más importante no es que me hayas curado, sino que me has hecho entender que ninguna guerra merece la pena. He tenido que ver el horror de cerca y tu compasión por un enemigo para darme cuenta. Quizá sea demasiado tarde ya, pero te lo agradezco.

Asentí mientras una lágrima corría por mi mejilla. Un sinfín de sentimientos se revolvían en mi interior: agradecimiento, la esperanza de ver con vida a mi familia y el dolor por tener que decir adiós a Íñigo..., sin siquiera haber enterrado su cuerpo.

—Si se ha logrado una tregua —dijo entonces Leonor—, quizá pueda alcanzarse la paz.

—No lo creo —respondió Andrés—. La tregua surge del

acuerdo, pero para la paz se requiere amor; y lo único que hemos esparcido es odio. Me temo que esto no sea nada más que un respiro de ambos bandos para rearmarse. La prohibición de García Almoravid deja claro que la lucha va a continuar más tarde o más temprano.

—Y ¿por qué no os marcháis también vosotros? —pregunté—. Podríais iros hasta que todo se solucione.

—Ya lo hemos hablado —intervino Leonor—. Nos quedaremos aquí. Pamplona es nuestro hogar y no lo dejaremos.

—Pero... —comencé a decir, antes de que me interrumpiese.

—No hay nada más que hablar. Hoy saldrás y nosotros nos quedaremos. Y, si un día, por fortuna, volvemos a vernos, los tres recordaremos que nos ayudamos cuando lo necesitamos. ¿De acuerdo?

Asentí en silencio, sintiendo un dolor inmenso en mi alma.

—Ahora, escóndete de nuevo. Esta noche partirás.

Horas después, mientras los vecinos se disponían a descansar con tranquilidad por primera vez en varias semanas, nosotros procurábamos no hacer ruido mientras ultimábamos los preparativos de mi huida. Sentía un terror inmenso a que las cosas no fueran como habíamos planeado. Andrés había dicho que aquel túnel no había sido utilizado durante mucho tiempo y podía ser inaccesible o hasta derrumbarse a mi paso. Si fuera así, ¿qué sería de mí? ¿Quién sabría si pude salir o no?

—¿Recuerdas bien todo lo que te dije? —me preguntó Andrés, que estaba incluso más nervioso que yo.

—Sí. No he hecho más que memorizarlo durante todo el día.

—Entonces —dijo, después de respirar hondo—, ya solo queda que lo hagas. ¿Estás lista?

—Sí, lo estoy.

Me abracé a ellos y los besé con ternura. Se habían jugado la vida por mí y aquello no lo olvidaría nunca. Caminamos hasta el taller y, tratando de no hacer mucho ruido, Leonor levantó la tapa del suelo. Luego empapó una antorcha con brea y le prendió fuego. Esa sería la única luz que tendría para guiarme por debajo de la ciudad.

—Si no se ha consumido antes —me advirtió Andrés—, acuérdate de apagarla cuando salgas al exterior. Si descubren la luz, te atacarán. ¿Entendido?

Asentí en silencio. No era capaz ni de tragar saliva.

—Que Dios esté contigo… —susurró Leonor.

Me agaché para meterme en la trampilla, pero mientras me introducía me di la vuelta y les pedí un último favor:

—Si Íñigo volviera, si no está… —dije, con las palabras quemándome en la lengua—, decidle por favor que le quiero y que espero que pueda perdonarme. Le estaré esperando cuando todo esto acabe…

Leonor se mordió el labio para no llorar.

—Lo haremos. Y recuerda bien lo que te dijo Andrés: no le digas a nadie por dónde escapaste.

—Os juro que no lo haré.

Me introduje del todo y descendí por una escalerilla de hierro clavada a la pared. Mientras la luz se hacía cada vez más difusa, Andrés cerró de nuevo la trampilla.

Seguí descendiendo con la antorcha en la mano hasta llegar a un pasillo por el que corría el agua. El olor que ascendía era una mezcla de humedad y de excrementos que me hizo encoger el estómago para no vomitar. Metí un pie y vi que el agua me cubría hasta casi la rodilla. Aquel era el pasadizo que me habían dicho y que debía seguir hasta que encontrase un lugar en que se dividía. Era estrecho y bajo, y tuve que agacharme para poder caminar. En algunos puntos estaba afianzado con piedras, pero había muchos sitios en que los muros eran únicamente de tierra, y por ellos rezumaba el agua sucia. Avanzaba despacio, tratando de iluminar el camino delante de mí y temerosa a la vez de que la antorcha se me cayera. Tras un rato, por fin, llegué al cruce que Andrés me había anunciado. En aquel lugar el pasillo se dividía en dos ramales y sobre mi cabeza se abría un agujero por el que caía agua. Recordé que debía tomar el camino de la derecha y me adentré por él sin perder tiempo; la llama no tardaría en apagarse y entonces tendría que andar completamente a ciegas.

Este nuevo pasillo era aún más estrecho y caminaba encorvada y muy despacio para evitar golpearme la cabeza con las piedras. Comenzaba a sentirme muy cansada. Paré un instante a coger aire cuando a mi espalda escuché un ruido. Traté de girarme, pero el pasillo era tan estrecho que no lo logré. Entonces sentí cómo junto a mí corría un animal. Entre el rastro de burbujas que quedaba en el agua, vi la larga cola de una rata. Tuve el impulso de chillar, pero me contuve. No sabía a qué altura estaba del recorrido, ni si sobre mi cabeza había casas desde las que pudieran oírme. Mientras reanudaba la marcha, agachada y con el agua ya por el vientre, sentí de nuevo un movimiento, ahora entre los muslos. Me paré con la esperanza de que aquel animal se alejase de mí, cuando sentí que otro me subía por la espalda hasta la cabeza. Traté de quitármelo con la mano que me quedaba libre, pero el animal se me enredó en el pelo, al tiempo que comenzaba a chillar. Yo grité también, presa del pánico, y empecé a pegar manotazos, pero en uno de ellos la antorcha se cayó al agua. La oscuridad se hizo completa, mientras trataba de arrancarme la rata del pelo. Desesperada, metí la cabeza en el agua y el animal salió nadando; yo solo podía oír el chapoteo y los latidos de mi corazón. Ahora estaba perdida. Palpé las paredes para tratar de situarme de nuevo. Me encontraba tan alterada que no podía saber siquiera la dirección en la que iba.

—La corriente —dije, entre jadeos—, tengo que seguir la corriente...

Contuve la respiración por un instante, tratando de sentir el agua que me corría entre los muslos.

—Es por aquí —dije, al tiempo que trataba de controlar la respiración.

Continué avanzando a trompicones hasta que me topé con un muro que parecía cerrarme el camino. Toqué de nuevo las paredes, pero no encontré nada. Entonces recordé lo que Andrés me había dicho: tenía que encontrar una salida a través de un hueco en el techo. Levanté las manos y, entre el agua que caía, reconocí lo que parecía una abertura superior. No era muy grande, pero sí suficiente para introducirme por ella. Busqué algún resalte al que poder asirme hasta que hallé un hueco entre dos piedras que me ofrecía suficiente agarre. Metí la mano con fuerza y luego busqué otro. Lo localicé un poco más arriba, después de ponerme de puntillas. No podría aguantar mucho así y sentía un enorme cansancio en los brazos. Alcé un pie hasta donde vi un pequeño saliente y me aupé con todas mis fuerzas. Al hacerlo me di un fuerte golpe en la cabeza, pero no me solté. Aturdida por el dolor, seguí subiendo por aquel estrecho sumidero hasta llegar a una sala superior en la que apenas cabía, y que también estaba llena de agua. Me palpé la cabeza y me di cuenta de que tenía una profunda brecha.

—Ya no queda mucho… —me dije para darme fuerzas.

Caminando a gatas atravesé aquella sala en completa oscuridad, tanteando para no golpearme de nuevo y rezando. Andrés me había dicho que aquel pasillo desembocaba en el exterior de la ciudad, en una zona oculta por un espeso matorral. El pasillo se hizo aún más angosto y me tumbé y repté para poder avanzar. En aquel momento tuve el presentimiento de que el camino se iba a acabar y de que nunca podría llegar a la salida. Entonces, mientras trataba de vislumbrar alguna luz que me indicase el final del pasadizo, escuché un sonido. Al principio no fui capaz de identificarlo, pero al poco tiempo me di cuenta de que se trataba del cricrí de un grillo.

—La salida —musité.

Seguí arrastrándome hasta que conseguí, por fin, atisbar un levísimo resplandor delante de mí. Aquella noche apenas había luna y la luz era mínima, pero pude sentir cómo la absoluta oscuridad en la que había estado sumida se transformaba poco a poco en una penumbra en la que comenzaba a divisar, muy débilmente, el contorno del pasillo en el que me encontraba. Tras un poco de esfuerzo, al fin salí del túnel y desembo- qué en un matorral de retama y brezo. Lastimándome con las ramas avancé entre el tupido follaje durante un tramo que se me hizo angustioso. En varios puntos me quedé enganchada y tuve que romper las ramas con las manos para poder conti- nuar. A pesar del agotamiento, hice un último esfuerzo y, tras desenredarme de un arbusto, conseguí salir a campo abierto. Apoyé la cara en el suelo, exhausta, y cogí aire, tratando de frenar las arcadas que sentía, pero no lo logré y vomité hasta notar la hiel en mi garganta. Tras unos instantes, me levanté y miré al frente. A unos pasos podía contemplar el puente de la Magdalena, que cruzaba el río Arga. Luego me giré y miré hacia la Navarrería. El muro, desde allí, se veía amenazante. Guardé silencio. Había hecho mucho ruido atravesando el ma- torral y tenía miedo de que alguien me hubiese descubierto. Agucé el oído, pero no escuché nada. Entonces, en una de las almenas, reconocí a un soldado con su lanza. No parecía estar alerta y miraba a cierta distancia. Esperé un poco más y el soldado comenzó a caminar por el paso superior, en dirección contraria a donde yo debía ir.

—Es el momento —me dije.

Caminando a gatas fui bordeando los muros, tratando de ocultarme entre los árboles y los matorrales. Poco después, dejé atrás la Navarrería y me dirigí hacia el convento de predi- cadores de Santiago, situado al sur del Chapitel. Pasé por la parte trasera del edificio hasta dar a la cerca de San Nicolás. Podía intentar entrar en ese burgo, pero decidí que sería mejor bordearlo hasta llegar al muro de San Cernin. Cuando lo al- cancé, me detuve a tomar aire y recapacitar. Había pensado mucho en cómo salir de la Navarrería, pero ahora que estaba frente al muro de mi ciudad no sabía cómo entrar. A esas horas de la noche nadie podría verme con claridad y quizá me to- maran por un asaltante. En ese caso estaría perdida. Y, además, a los defensores nunca se les ocurriría abrir la puerta de no- che. Agotada y sin ser capaz ya de pensar, me acurruqué junto al Portal de San Lorenzo, con las ropas empapadas y tiritando.

A pesar de la tensión y el nerviosismo que me invadía, el sueño me venció.

Cuando desperté, un pequeño resplandor anunciaba la llegada del nuevo día. Junto a mí, dos soldados me miraban estupefactos, supongo que preguntándose quién podría ser aquella mujer que dormía sucia, descalza, mojada y herida junto a los muros del burgo.

—¿Quién eres? —me preguntó uno de ellos.

—Anaïs de Cahors —dije, con un hilo de voz—. La hija de Adrien, el zapatero.

—¿Te encuentras bien? ¿Sabes dónde estás?

—Sí. Estoy en casa —contesté casi sin voz.

Uno de los soldados se acercó y me ayudó a levantarme. Estaba aterida y rasguñada, la herida de la cabeza aún me sangraba y notaba un latido penetrante en la sien. Todavía aturdida, indiqué a los soldados el lugar en que se encontraba mi casa y me acompañaron. En el camino me crucé con algunos vecinos que, al verme, me reconocieron.

—Anaïs... —dijo uno de ellos, acercándose—, ¿eres tú? ¿Qué te ha ocurrido?

No fui capaz de saber quién era, pero uno de los soldados le preguntó:

—¿La conoces?

—Sí, claro, es Anaïs, la hija de Adrien —y, dirigiéndose a mí, añadió—: Hacía mucho que no te veíamos..., ¿dónde estabas?

—Perdonad... —supliqué—, solo quiero llegar a mi casa...

—Pero, Anaïs, tu casa...

Seguí caminando, sin responder a más preguntas. Solo quería volver a mi casa cuanto antes, abrazar a mi padre y cuidar de él. Al llegar, levanté la vista. De aquel efímero hogar en el que apenas había llegado a dormir algunas noches, no quedaban más que unas cuantas vigas tronzadas y ennegrecidas por el humo. La casa contigua estaba también medio consumida y por toda la calle se veían restos de maderas y de mampostería. No cabía duda de que mi hogar había sido destrozado por un bolaño.

—¿Era esta tu casa? —me preguntó uno de los soldados.

—Lo fue —respondí, llorando, mientras rezaba por que mi padre no hubiese estado dentro cuando la casa ardió—. He de ir a mi antiguo hogar, a casa de mi tío Bernar...

Los soldados se miraron entre ellos.

—¿Bernar, el zapatero que es miembro del concejo?

—Sí —susurré con el alma en vilo —. ¿Sabéis si está bien?

—Al menos, ayer sí —respondió uno de ellos—. Hubo una reunión en San Lorenzo y allí estuvo, cerca del gobernador.

Eché a correr por la calle en dirección a casa de mi tío, mientras los soldados me seguían. Pasé junto a la iglesia de San Cernin y, al salir del callejón que quedaba bajo su sombra, vi la casa de Bernar. Otras viviendas alrededor estaban dañadas o destruidas, pero la casa de Bernar se mantenía en pie. Entonces la puerta se abrió y vi salir del interior a un hombre encorvado y cojeando. Apenas habían pasado unas semanas, pero parecía haber envejecido veinte años. Solo mostraba tristeza y desesperación. Levantó la vista y me vio.

—Anaïs... —musitó; parecía haber visto un fantasma.

—¡Padre! —dije temblando.

Mi padre avanzó a duras penas y me estrechó entre sus brazos.

—Eres tú..., has vuelto...

—Lo siento, padre, lo siento —dije entre sollozos—. Ha sido todo por mi culpa...

—¿Es tu hija? —preguntó uno de los soldados.

—Sí, lo es —respondió mi padre, todavía aturdido.

Los soldados se miraron entre sí y luego se alejaron, al tiempo que varios vecinos se arremolinaban a nuestro alrededor.

—¿Qué ocurre? —preguntaban algunos—. ¿Estáis bien?

Mi tío salió a la calle, alertado por el alboroto. Al reconocerme, se quedó paralizado. Sin embargo, tras ver el revuelo que se había formado, me cogió del brazo y me arrastró a su casa.

—¡Adentro, vamos!

Los tres entramos en la casa ante la atenta mirada de los vecinos. Vi a Laurina en el taller. Su sorpresa inicial se tornó en una mueca de enojo. Quise decirle algo, pero no encontré las palabras. En ese momento, Magali bajaba las escaleras. Al verme se llevó la mano a la boca. Luego se abrazó a mí y las dos rompimos a llorar. Entonces reparó en mi aspecto, en mi ropa hecha jirones, en mi piel rasguñada y en la sangre reseca pegada a mi pelo.

—¿Qué te ha ocurrido? ¿Cómo has hecho para…?

Fue lo último que escuché. Sin fuerzas para más, me desplomé.

## 17

Escuché un repiqueteo. Imaginaba que sería Gonzalo Ibáñez de Baztán o García Almoravid, pero el que entró fue el prior Sicart. Desde que comenzara la guerra, nuestra relación no había hecho sino empeorar. Sabía que conspiraba a mis espaldas en la catedral, pero eran tan pocas las personas en las que yo podía confiar en mi propia sede que temía responder a sus maniobras. Sicart carecía de armas, aunque bien es cierto que no las necesitaba, pues lo que él pensaba lo ejecutaba don García. Levanté la vista y lo miré sin pronunciar palabra; él tampoco había esperado a que le invitase a pasar.

—Buenos días, excelencia —comenzó—, ¿me concedéis un instante?

—Sí. —Intenté no parecer despectivo—. El cese de las hostilidades nos ha dado un descanso. Decidme, ¿qué deseáis?

—No soy yo el que desea nada, sino la Navarrería. Hemos logrado una tregua, pero no debemos malgastarla, sino reforzar nuestra posición. Un día se acabará, de eso podéis estar seguro. Y entonces más nos conviene estar preparados.

—Los trabajos para arreglar la muralla ya han comenzado, ¿me equivoco?

—Así es, en efecto. Eso es lo primero, pero no lo único; ni siquiera lo principal —dijo. Y en ese momento me di cuenta por su expresión de que no había venido solo a darme los buenos días—. Lo que debemos lograr es que quienes nos prometieron ayuda nos la otorguen.

—¿Os referís a las demás buenas villas del reino? —pregunté. En la última reunión antes de que estallara la guerra casi todas las villas de Navarra se habían mostrado de acuerdo en pedir a Beaumarchais que abandonara el reino, pero desde entonces ninguna había venido en nuestra ayuda.

—No, excelencia —dijo el prior, con superioridad—. Es muy fácil mostrarse altanero en las Cortes, pero, a la hora de la verdad, todos se arrugan cuando hay que sumarse a la lucha. No esperaba la ayuda de las buenas villas, ni la espero ahora. De quien debemos obtener el apoyo es de Castilla. El rey Alfonso nos prometió su colaboración y ahora no puede fallarnos. Si, como todo parece indicar, el gobernador Beaumarchais ha solicitado la intervención del rey de Francia, nosotros tenemos que solicitar la de los castellanos.

Me quedé pensando en aquellas palabras y en lo que implicaban. Si Castilla intervenía, nos arriesgábamos a convertir aquel conflicto dentro de la ciudad en otro que se extendería por todo el reino y nos veríamos obligados a asistir a la llegada de tropas extranjeras.

—Si Francia y Castilla intervienen, no sé si quedará algo de Pamplona o del conjunto del reino...

—El rey Felipe no podrá responder tan rápido como Beaumarchais espera. Según parece, debe de tener problemas en otras partes de su reino y con los reinos cercanos. Hemos de aprovechar el momento para asestar el golpe definitivo y derrotar a esos malditos francos. Y conozco a la persona que puede inclinar la balanza.

Trataba de adivinar de quién estaba hablando hasta que me di cuenta de lo que el prior quería decirme. Entonces el motivo de la visita se esclareció por completo.

—¿Creéis que yo...?

El prior abrió los brazos y alzó las cejas, como asombrándose de mi ingenuidad.

—¿Quién mejor? García Almoravid y Gonzalo Ibáñez de Baztán no deben alejarse de Pamplona. Los de allí podrían tomarlo como una deserción y nuestra defensa podría venirse abajo.

—¿Y Sánchez de Monteagudo?

—¿Estáis de broma? Monteagudo ni debe ni puede salir. Su actitud ha sido derrotista desde el primer momento. Si sale de aquí, podéis estar bien seguro de que no volverá. Peor aún, me juego el cuello a que correría como un cobarde a pedir perdón al gobernador y unirse a su causa.

Negué con la cabeza.

—Sánchez de Monteagudo es un hombre leal y de palabra. Si juró defender a la Navarrería, lo hará hasta la muerte. Estoy convencido de ello.

—No estamos aquí para sopesar el valor de los juramentos, excelencia, pero puedo aseguraros que Sánchez de Monteagudo no es la persona adecuada. En demasiadas ocasiones ha manifestado sus reparos hacia Castilla y sus preferencias por el bando aragonés... Vos sois la persona más indicada. Sois la máxima autoridad eclesiástica del reino y la cabeza de Pamplona. Si habláis con el rey Alfonso, sabrá que lo hacéis en nombre de Navarra.

Permanecí en silencio por unos instantes, preguntándome si merecía la pena resistirme al ofrecimiento o si lo que estaba proponiendo el prior, en realidad, no era una solicitud, sino una imposición. No me hizo falta mucho más para descubrirlo.

—No creo que tenga que recordaros —prosiguió— que el principal órgano de la catedral es su cabildo. Y este, os puedo informar, ya se ha manifestado en favor de que seáis vos el encargado de mediar con el rey y de conseguir que nos envíe las tropas prometidas. Si no llegan a tiempo, la ciudad caerá y con ella todos nosotros, vos incluido. Y, si no aceptáis, no hará falta que el gobernador os deponga. Comprendéis, ¿verdad?

Miré a los ojos al prior. Tuve ganas de recriminarle de una vez su actitud, su falta de respeto y su hipocresía, pero logré contenerme. En el fondo, sabía que tenía razón. Si quería seguir ocupando la sede episcopal, la Navarrería debía vencer y eso solo podía conseguirse con el apoyo de Castilla. La duda que me atenazaba era si mantener mi silla era razón suficiente para dar ese paso. No sabía qué resolución tomar, pero, al final y para mi desgracia, me decidí.

—Está bien —dije después de espirar hondo—. Iré a Castilla y lograré el apoyo del rey.

—No tenía ninguna duda de que aceptaríais —sonrió—. Vuestra lealtad a la Navarrería resulta encomiable.

Bajé la barbilla para ocultar mi disgusto. Acababa de arrodillarme ante el prior y había antepuesto mi beneficio al porvenir del reino.

—Ahora, si me disculpáis... —dije, en voz baja.

—Sí, cómo no, excelencia.

Se dirigió a la puerta para abandonar la sala, pero antes se volvió.

—No tardéis en llevar a cabo vuestra misión. El tiempo se agota para todos. También para vos.

Abandoné mi casa de la Navarrería y me dirigí solo a la torre en la que se alojaban los enviados del rey de Francia, una maciza construcción no muy alejada de la catedral. Después de haber conseguido la tregua en San Cernin, estos habían regresado a la Navarrería. Ahora, por lo que sabía, su siguiente objetivo era lograr que aquella durara lo máximo posible y para ello querían hablar con nosotros y convencernos de la necesidad de un alargamiento de la tregua. Yo pensaba facilitar las cosas.

Llamé y esperé a que me abrieran. Un hombre me acompañó al piso superior y anunció mi llegada. De inmediato, el prior y el señor de Bearne acudieron a recibirme y me invitaron a entrar.

—Adelante —dijo Gastón de Montcada, con amabilidad—. Es un placer poder recibiros en nuestra residencia.

—Así es —corroboró el prior de Saint-Gilles, al tiempo que sonreía con franqueza—. Todos con quienes hemos hablado nos han asegurado que sois una persona recta y leal, que no os mueve ni la ambición, ni la sed de venganza. Y eso es lo que ahora más necesitamos...

—Hace unos meses lo hubiésemos necesitado más. Aprobé con mi silencio lo que otros hacían y me convertí en su cómplice. Esta guerra se podría haber evitado si hubiésemos sido capaces de entendernos. En cambio, lo único que supimos hacer fue avivar el odio y la tensión hasta que todo reventó. Pero ¿por qué os cuento esto, prior? Vos mismo estuvisteis aquí tratando de que la guerra no comenzase y tuvisteis que asistir al lanzamiento de la primera piedra.

El prior cogió mis manos.

—Es difícil mantener la paz cuando alguien desea la guerra con todas sus ansias, don Pedro. Hicimos lo que pudimos, todos...

—No todos, prior... Yo pude haber hecho más. Creí que estaba manteniendo el orden establecido y me equivoqué. La legitimidad la tienen la reina Juana y su madre..., incluso cuando se equivocan. Quise jugar a ser rey, pero mi labor era la de aconsejar, no la de tomar las decisiones por mi cuenta. Pero ahora, a pesar de todo lo ocurrido, estoy dispuesto a remediar la situación y a ayudar a encontrar una solución.

El señor de Bearne y el prior se miraron.

—Decid, señor —me invitó el señor de Bearne—. ¿Cómo podríais ayudar?

—Con aquello que más me duele: faltando a mi palabra y abandonando la Navarrería.

El silencio se adueñó de la sala. El señor de Bearne, despacio, se aproximó a la alacena cercana y sacó una jarra de vino y tres copas. Las llenó y nos ofreció al prior y a mí. Luego él le dio un buen trago.

—¿Estaríais dispuesto a dejar la Navarrería y abandonar la lucha? —preguntó.

Asentí sin retirar la mirada.

—Más aún —dije—. Acudiría en persona a implorar el perdón del gobernador y a unirme a su causa.

—Señor —dijo el prior—, eso sería un acto de suprema generosidad.

—No —corregí—, sería un acto de suprema traición. No creo en lo que defienden García Almoravid, don Gonzalo o la catedral, pero juré defenderlo. Ahora, cambiando de bando, me deshonro. Y aun así estoy dispuesto a hacerlo para lograr que este sinsentido acabe cuanto antes y con las menos muertes posibles. Ya ha habido demasiado sufrimiento y no quiero colaborar a que este aumente.

—¿Tenéis el consentimiento de vuestros hombres? —preguntó Gastón.

—Aún no conocen mis intenciones, pero me seguirán. Siempre me han sido fieles.

—Y ¿cómo lo haréis? Es decir, ¿de qué modo podríais dejar la Navarrería con vuestros hombres sin provocar la reacción de García Almoravid o de don Gonzalo?

—No podré conseguirlo hasta que la guerra se reanude. Antes es imposible; si intentase salir durante la tregua, García Almoravid se enteraría y lo impediría. Solo conseguiríamos crear otra guerra aquí dentro. Debéis hablar por mí ante Beaumarchais y comunicarle mi decisión de abandonar este bando y unirme a él. El primer día en que empiecen de nuevo los combates, saldré con todos mis hombres a campo abierto y los conduciré hasta el muro de San Nicolás, por Puerta Redonda. Allí entregaremos nuestras armas y entraremos en San Nicolás, para que no quepa duda de nuestras intenciones. Juraré lealtad al gobernador y me pondré a su disposición. Si entonces a don García o al alférez aún les queda un poco de cordura, rendirán la Navarrería y se entregarán. Cualquier otra cosa sería un suicidio.

El señor de Bearne dio otro largo trago a su copa antes de hablar:

—No somos nosotros quienes debemos decidir sobre esta cuestión, pero tened por seguro que acudiremos ante el gobernador y le expondremos los términos de vuestra entrega. Si Dios quiere, sabrá aceptarlos.

—Eso espero yo también —dije—. Así como que Dios pueda perdonarme, tanto por lo que hice mal como por lo que ahora me dispongo a hacer.

Abandoné la casa con el corazón encogido. Solo me quedaba una cosa por hacer; solo me quedaba una persona con la que hablar.

Magali me miraba y yo veía compasión en sus ojos. Desde que había vuelto al Burgo, no había hecho más que lamentarme y pedir perdón: a Bernar, a Laurina, a Magali y, sobre todo, a mi padre. Él me había acogido sin reproches, sin recriminaciones, pero yo sabía que había obrado mal, que le había desobedecido y, en particular, que no había sido justa. Mi padre lo había dado todo por mí desde pequeña, había antepuesto mi bienestar a sus sueños; y yo, en cambio, había aprovechado la primera ocasión, el primer enamoramiento, para huir a escondidas con mi amante. Ahora, sin embargo, Íñigo había muerto y ni siquiera me quedaba el consuelo del amor.

—Debes levantarte y comer un poco; estás muy débil —dijo Magali.

Me sentía incapaz de aguantar su mirada. Ella no me había echado en cara nada, pero yo me sentía avergonzada por lo que había hecho. El reproche no estaba en sus ojos, sino en mi interior.

—No tengo hambre. Solo quiero descansar un rato; me sigue doliendo la cabeza.

Me apartó un poco el pelo para ver la herida; una gran costra de sangre reseca cubría el lugar en el que me había golpeado. Luego me acarició con dulzura.

—Si nos hablases de lo que ocurrió, quizá te sentirías mejor… Apenas nos has contado nada.

Cerré los ojos y me mordí los labios para no volver a llorar. Magali tenía razón; apenas había hablado de mi huida a la

Navarrería, ni de cómo había conseguido salir. Todos se habían extrañado de que hubiese aparecido acurrucada en el Portal de San Lorenzo al poco de decretarse la tregua, pero lo que nadie se explicaba era cómo había hecho para escapar.

—Bernar está molesto por ello —siguió—, al igual que mi madre. Todo lo que puedas contar de lo que viste allí dentro podría servirnos: cuántos hombres tienen, cuántas provisiones quedan, dónde están los establos, en qué lugar guardan las armas… Si lo contases, seguro que su actitud cambiaría.

Reflexioné sobre lo que me decía. Sabía que ella tenía razón, pero no quería que se me escapase nada que pudiera comprometer a Andrés y Leonor.

—No vi nada, te lo juro. Primero estuve en casa de Íñigo, escondida, con las ventanas cerradas, sin salir ni un solo día… Y la mayor parte del tiempo permanecí acurrucada bajo la cama o detrás de la alacena. Solo escuchaba voces, gritos, explosiones…, nada más. Luego, cuando Íñigo…

—¿Cuando murió?

Sabía que era así, pero no soportaba escucharlo y le pedí que se callara. Ella negó con la cabeza.

—Anaïs, tú me lo dijiste: Íñigo no volvió de la batalla y eso solo puede suponer una cosa. Se trata de una desgracia y lo siento de veras, pero es lo que la guerra acarrea. Aquí ha pasado lo mismo. De nuestros vecinos murieron Gastón y Marianne, los de la calle de las Pellejerías; y también Michel y Odette, de la Ronda. Sus familias también los lloraron, pero han tenido que afrontar la realidad. Íñigo murió, pero tú no puedes morir con él.

—Lo sé, pero es que ni siquiera pude enterrar su cadáver. Si al menos hubiese podido despedirme de él, tocarlo por última vez…

Se acercó y me besó en la mejilla.

—Dime, ¿cómo hiciste para salir? Bernar afirma que García Almoravid ha prohibido terminantemente salir de la Navarrería sin su permiso. Pero tú…

Cerré los ojos para que mi turbación no me delatase, pero ella sabía muy bien cuándo yo no decía la verdad.

—Andrés, un vecino de la Navarrería amigo de Íñigo, me ayudó a salir. Sobornó a uno de los guardias para que me dejase escapar. Hui aprovechando la noche y ocultándome para que nadie pudiera verme desde los muros.

—¿Un soborno? —preguntó. En su tono adiviné que no creía en mis palabras—. No comprendo cómo alguien podría arriesgarse a sacarte de la Navarrería teniendo en cuenta la prohibición de García Almoravid.

—Eso no lo sé —respondí, azorada—. Yo solo fui donde me dijeron y obedecí.

—Y ¿cómo te hiciste la herida de la cabeza?

—Al abrir la puerta de la muralla me golpeé contra uno de los travesaños —dije, sin mucha convicción.

Magali se quedó en silencio. Yo temía que siguiera insistiendo, pero se apiadó de mí.

—Está bien —dijo suspirando—. Lo importante es que ya estás en casa, de vuelta. Ahora lo ves todo negro, lo sé, pero te queda toda una vida por delante. Un día la guerra terminará y podremos recuperar todo lo que perdimos.

—Todo no… —susurré.

—No, todo no. Pero atarte al pasado ya solo te puede causar dolor. Has de tratar de olvidar y mirar hacia delante.

La miré y sonreí con tristeza.

—Si no te sientes con fuerzas para hacerlo por ti —añadió—, hazlo por tu padre. Él te necesita.

Tenía razón. Mi padre me necesitaba, no solo por la herida de su pierna, que le impedía andar, sino también porque Bernar no dejaba de recriminarle lo que yo había hecho: huir, casarme con un enemigo, dejarlos en evidencia delante de nuestros vecinos… Mi padre, después de toda la ilusión puesta en la construcción de un nuevo hogar para nosotros dos, había tenido que volver a casa de su hermano, con el orgullo hundido y pidiendo disculpas. Apenas era un pálido reflejo de lo que había sido meses antes, y yo sentía que era la única culpable.

—Tienes razón. Debo hacerlo por él y por todos vosotros. Ninguno os merecéis lo que os hice.

Me levanté y me dirigí a la cocina, seguida por Magali. Allí estaban Bernar, Laurina y mi padre. Aquel día, por fin, habían llegado alimentos frescos y Laurina estaba preparando un guiso de verduras y carne. Nada más entrar, me acerqué a mi padre y le examiné la herida de la pierna. Todavía la tenía amoratada y apenas podía caminar. Él me sonrió.

—No te preocupes por mí, hija; estoy bien. Ayuda a Laurina o al tío Bernar. Hay mucho por hacer.

Bernar, con un cuenco de vino en la mano y una jarra casi vacía al lado, carraspeó antes de hablar:

—No hay tanto que hacer, hermano; lo que hay es mucho que contar.

Escuché aquellas palabras y sentí que las piernas me temblaban. Vi que mi padre iba a hablar y que se detuvo. Lo entendí; si se enfadaba con su hermano, los dos tendríamos que marcharnos y ya no teníamos ningún lugar al que poder ir, ni dinero para empezar de nuevo; todos nuestros ahorros se habían empleado en la nueva casa y ahora de ella solo quedaban cenizas.

—Tío, ya os he dicho lo que sé…

—¡No nos has contado nada! —gritó él, poniéndose en pie—. Esta misma mañana, en el concejo, todos me han preguntado. Nadie se explica qué hacías en la Navarrería y mucho menos cómo pudiste salir. Me hacen preguntas y no sé qué contestar. Algunos incluso dicen que te envía García Almoravid para espiarnos y que escaparás en cuanto tengas ocasión… ¿Qué puedo responder? ¿En qué posición quedo yo?

—¿Espía? —preguntó Magali, sorprendida—. ¿Cómo puede alguien pensar eso?

—¿Quién te ha dado a ti permiso para hablar? —respondió Bernar, iracundo—. ¡Tú también eres culpable de todo esto! Eres mayor que ella y podrías haberle aconsejado mejor. ¿Vas a decirme que no sabías que se marcharía con el carpintero y que se casaría con él? Y ¿qué hiciste? ¡Nada! Dedicarte a pasear con ese poeta del que te has encaprichado…

Magali se quedó inmóvil, sin saber qué decir.

—Eres tan estúpida como Anaïs; un día ese juglar te dejará

preñada y luego se largará, siguiendo a su señor. ¿De qué te servirán entonces sus canciones? Toda la vida enseñándoos el valor del trabajo y del esfuerzo y ahora las dos os comportáis como unas rameras, abriéndoos de piernas al primero que pasa por la calle.

—Bernar, por favor... —intervino Laurina.

Bernar pegó un manotazo al cuenco, que terminó cayendo al suelo.

—Escúchame bien —dijo, señalándome con el dedo—, sigo esperando que me cuentes todo lo que ocurrió mientras estuviste en la Navarrería. ¡Todo! Nos deshonraste con tus actos y has de pagar por ello. Y en relación con Íñigo, ¡maldito sea el día en que apareció por aquí! Quizá un día nos cuentes qué hiciste con él, pero te exijo que lo olvides. Me da igual si te casaste con él o si solo os revolcasteis; ¡ahora está muerto!

Se levantó y, dando tumbos, bajó las escaleras para salir a la calle. Los cuatro nos quedamos en la cocina, petrificados, sin saber qué decir.

—Cuida el guiso —le dijo Laurina a Magali, rompiendo el silencio—. Voy a tratar de calmarlo... Bien poco nos duró la paz en esta casa.

Bajó a la calle, siguiendo los pasos de su esposo. En medio del mutismo, Magali respiraba hondo para calmarse después de la reprimenda que le había echado su padrastro ante todos; mi padre tenía la cabeza entre las manos, supongo que maldiciendo el día en que se le ocurrió ir a buscar a Íñigo para que reparase el tejado; y yo, entre los dos, me lamentaba por todo.

—¿Cuándo acabará esta maldita guerra? —susurró mi padre.

# 18

No tenía tiempo que perder. Debía partir de inmediato hacia Castilla para lograr que el rey Alfonso me recibiera con el fin de solicitarle su intervención en la guerra, como el prior me había solicitado... Exigido.

Me disponía a redactar unos últimos documentos cuando un canónigo entró en mis aposentos y me anunció la llegada de Pedro Sánchez de Monteagudo. No esperaba su visita y aquello me retrasaría, pero aun así no podía negarme a atenderlo. Asentí y al poco el señor de Cascante entró en mi habitación e inclinó la cabeza.

—Deseo hablar con vos, si no es molestia.

—Está bien —dije—. Pasad y tomad una copa de vino. Por fin tenemos vino fresco y no ese caldo picado que venimos trasegando durante las últimas semanas. También ha llegado carne, pescado ahumado y en salazón, verduras. Dentro de poco abandonaremos este color cetrino y nos veremos con fuerzas para seguir adelante.

Tomé una copa y fui a servirle; pero antes de que lo hiciera me interrumpió.

—No quiero vino —dijo con gesto serio—, sino hablar con vos, padre...

Dejé la copa en la mesa y levanté la mirada. Hacía mucho tiempo que Sánchez de Monteagudo no me llamaba «padre».

—Decidme, ¿de qué queréis hablar?

—Quiero hablaros en confesión.

Me senté de nuevo y lo invité con la mano a acercarse. Nada más verlo, había intuido en él un profundo sentimiento de culpa, pero no podía imaginar que fuera tan intenso como para necesitar revelarlo de manera tan imperiosa. Ya le había confesado con anterioridad, pero siempre de pecados veniales. Conocía a pocas personas tan justas e íntegras.

—Podéis hablar con confianza; lo que digáis a partir de ahora quedará bajo el secreto de confesión.

El señor de Cascante se prosternó y puso su cabeza junto a mis rodillas; yo, por mi parte, me agaché un poco.

—Padre —comenzó—, confieso que he pecado de una falta muy grave.

—Decidme, hijo.

—He cometido traición.

Me quedé paralizado, deseando no escuchar lo que intuía que había de llegar a continuación.

—He hablado con el prior de Saint-Gilles y el señor de Bearne para entregarme voluntariamente al gobernador Beaumarchais junto con todas mis tropas. Todo está ya acordado; se llevará a cabo en cuanto se reanuden los combates, para que nadie pueda impedirlo.

Un escalofrío me recorrió la espalda. Lo que estaba escuchando era una confesión y no podría desvelar a nadie lo que don Pedro acababa de revelarme; de hecho, no podía ni comentar con él lo que había oído, ni aconsejarle, ni amonestarlo, sino solo perdonarlo y asignarle la penitencia, si se daba el caso. A pesar de ello, me atreví a tomar la palabra, tanto por la confianza que tenía con don Pedro como, sobre todo, por la difícil situación en que aquella revelación me colocaba.

—¿Por qué me contáis esto en confesión? —pregunté, tratando de que mi tono no sonase a reproche—. ¿Teméis quizá que lo contaría de no estar bajo el sigilo sacramental?

—No lo temo, padre; en tal caso, es lo que deberíais hacer. Voy a dejar a mis aliados y a ponerme del lado de mis enemigos. Y no lo hago por mí, ni por mi familia, ni por mi honor, que quedará por siempre mancillado; sino porque pienso que es el único modo de evitar una catástrofe. La Navarrería caerá, no tengo ninguna duda. Lo único que podemos intentar es que la caída sea menos dolorosa y para eso os necesito a vos. Si sabemos negociar, los vecinos y la catedral podrán ser perdonados; yo lo intentaré con todas mis fuerzas y, con la ayuda de Dios, lo lograré. Pero si continuamos con esta lucha suicida, no quedará en Pamplona piedra sobre piedra.

—Y ¿por qué me lo contáis ahora y no después de cometer el pecado?

—El pecado ya está hecho padre, puesto que no pienso retractarme. Sé que no diréis nada a nadie acerca de mi decisión, pero espero que con esta confesión podáis reconducir la situación antes y después de mi traición, para que se cause el menor daño posible. Vos seréis la pieza clave en la rendición de la ciudad.

—¿Qué queréis decir?

—Sé que vais a solicitar la intervención del rey de Castilla, pero eso no será de ninguna ayuda. Alfonso no intervendrá; bastantes problemas tiene dentro de su reino como para inmiscuirse en los de los demás. Puede que le haya disgustado el compromiso de Juana con el rey de Francia, pero no se implicará en una guerra en Navarra, al menos no de forma generosa. Enviará tropas y se hará notar, no tiene más remedio, pero su ayuda no decantará la guerra de este lado.

—Creo que os equivocáis. Si le pedimos ayuda, nos la proporcionará. Sus tropas están movilizadas y podrían llegar mucho antes que las del rey de Francia. Si la tregua es corta, y tened por seguro que lo será, Beaumarchais será derrotado. Siempre y cuando vos no...

—No he venido aquí a consultaros, padre, sino a confesarme. Solo os pido que podáis perdonarme y que hagáis lo posible por aplacar el sufrimiento de los vecinos de la Navarrería. Debéis organizar todo para que, cuando me entregue, la ciudad esté preparada para rendirse de inmediato sin tener que sufrir una humillación mayor que la de la derrota.

Inclinó la cabeza y se dispuso a recibir la absolución. Yo

miraba su pelo salpicado de canas y sus manos entrelazadas, contemplaba cómo suplicaba perdón por un pecado que aún no había cometido. ¿Tendría razón el señor de Cascante? ¿Estaba la guerra perdida? Ahora resultaba claro que sí...

Despacio, puse mi mano sobre su cabeza.

—Hijo —dije con voz trémula—. *Ego te absolvo a peccatis tuis, in nomine Patris, et Filii, et Spiritus Sancti. Amen.*

Se levantó y se sentó en una silla, a mi lado. Tomó la copa que antes había rechazado y se sirvió vino. Estaba más sereno que cuando llegó y más aliviado.

—Tenéis razón, señor obispo —dijo, después de dar un largo trago—. Es un buen vino.

Lo miré sin encontrar las palabras que buscaba en mi interior. Sabía que, una vez dada la absolución, la inviolabilidad del secreto era tal que en ningún caso podría revelar a nadie lo escuchado, ni por escrito, ni de palabra, ni por omisión. Nunca había faltado a aquel voto, ni me planteaba el hacerlo, pero sentía dentro de mí un enorme desasosiego. Debía cumplir el encargo de Sicart, sabiendo que no serviría de nada; con la huida de Sánchez de Monteagudo, la defensa de la Navarrería se vendría abajo. Y también la catedral..., y mi propia posición al frente.

Antes de que pudiera hablar, Sánchez de Monteagudo se levantó. Cuando estaba a punto de salir, se volvió.

—Haced todo para cuando llegue el momento, señor obispo. Es el final inevitable, pero hay muchos caminos para llegar a él; todos son difíciles, pero algunos son menos tortuosos.

Abrió la puerta y salió. Me quedé sentado en mi silla, sin saber qué hacer. Llevaba más de treinta años confesando y perdonando en nombre de Cristo, pero por primera vez sentía que los pecados que me habían revelado pesaban más en mí que en el pecador. ¡La angustia me consumía! Guardar el secreto no era una opción, sino una obligación. Recordé las palabras de santo Tomás de Aquino: «Lo que se sabe bajo confesión es como no sabido, porque no se sabe en cuanto hombre, sino en cuanto Dios». Sentí un estremecimiento; revelar lo que acababa de escuchar sería una ofensa gravísima, penada con la excomunión de la Iglesia y sin posible absolución. La única posibilidad era que el propio Sánchez de Monteagudo me autorizase a contarlo, pero era evidente que nunca lo haría, ni yo podía pedírselo.

«En todo caso...», pensé.

El señor de Cascante me había pedido, además de la absolución, que hiciera lo posible por evitar el menor daño a los vecinos de la Navarrería. Y eso, pensaba, podría interpretarse como un permiso tácito para utilizar lo que sabía en beneficio de los habitantes de la ciudad. ¿Me autorizaba aquello a impedir que llevase a cabo su traición? Me mordía el labio, mientras trataba de aclarar mis pensamientos.

—Me ha pedido que les evite el daño por lo que va a hacer, no que evite la traición... No..., no puedo hacerlo..., me condenaría...

Me puse en pie y comencé a dar vueltas por la sala.

«Tiene que haber algo...», me decía, y traje de nuevo a mi mente las palabras de santo Tomás de Aquino: «... no se sabe en cuanto hombre, sino en cuanto Dios». Entonces tuve una intuición y me detuve, tratando de dar forma a lo que de momento eran solo ideas inconexas, como las piezas de un rompecabezas.

—En cuanto hombre... —susurré—. ¿Y si lo supiera en cuanto hombre?

Dejé la sala y, deprisa, atravesé el largo y oscuro pasillo que conducía a la biblioteca de la catedral. Al llegar busqué a Evelio, el bibliotecario. Lo hallé leyendo un códice junto a la ventana, acompañado por la luz de un cirio. Estaba tan concentrado en la lectura que ni se dio cuenta de mi llegada.

—Hermano Evelio, necesito hablar con vos —dije, tras carraspear.

Al darse cuenta de mi presencia, el bibliotecario depositó con prontitud el pesado volumen sobre el facistol e inclinándose besó mi anillo.

—Estoy a vuestra disposición, excelencia; para todo lo que necesitéis.

—Escuchadme, vos estuvisteis en la abadía de Fossanova, estudiando junto al maestro santo Tomás de Aquino, ¿no es cierto?

—Sí, durante cinco años. Estuve con fray Tomás hasta su muerte, Dios lo tenga en su gloria. Fue a raíz de su fallecimiento cuando regresé a la sede de Pamplona. Puedo decir, con sinceridad, que nunca conocí a nadie tan sabio, ni del que aprendiese tanto.

—Por eso os necesito. Si no recuerdo mal, en sus *Comentarios a las sentencias de Pedro Lombardo*, fray Tomás enseñaba que lo que se sabe bajo confesión es como no sabido, porque no se sabe en cuanto hombre, sino en cuanto Dios, ¿no es así?

—Así es, en efecto —respondió él con total seguridad—. El confesor es un mero intermediario entre el hombre, sus pecados y Dios. Lo que escucha en confesión es como si no lo hubiera escuchado y cualquier violación al sigilo sacramental es imperdonable, sea cual sea el motivo y sean cuales sean las consecuencias de no revelarlo.

—¿Sin excepciones?

—Sin excepciones; ni por bien del penitente, ni del confesor, ni de un tercero, ni de la Iglesia…, ni del mundo entero, si fuera el caso.

Noté el amargor que me subía desde el estómago a la garganta.

—Lo entiendo, pero ¿y si el confesor conociera el secreto por otra vía? Es decir, ¿y si lo supiera también como hombre? ¿Estaría entonces obligado también a guardar silencio?

El bibliotecario se sorprendió.

—¿Estamos hablando en general o en particular? —preguntó, cauto.

—Estamos hablando, sin más —atajé—. ¿Sabéis algo al respecto de lo que os pregunto?

El canónigo se dio cuenta de la impertinencia de su pregunta y continuó:

—Fray Tomás no llegó a escribir sobre aquello, excelencia, porque la muerte le sobrevino, pero aquel era un tema que le preocupaba y del que nos habló en algunas ocasiones. Recuerdo bien que nos decía: «Aquello que un hombre sabe de otro modo, ya sea antes o después de la confesión, no está obligado a ocultarlo. Por tanto, puede decir: "Sé tal cosa porque la vi"; o: "Sé tal cosa porque la oí"; pero nunca: "Sé tal cosa por secreto de confesión"».

—En ese caso, si se sabe por ambas vías, el sacerdote podría revelar lo que sabe como hombre...

—Podría, sí; pero el propio fray Tomás nos aconsejaba que, para evitar el escándalo, solo se hiciera en caso de extrema necesidad. Daos cuenta del quebranto que supondría que los fieles no pudieran confiar en sus pastores por miedo a que sus secretos fuesen revelados.

—Lo entiendo, por supuesto —respondí—. Y lo suscribo. Por eso deseaba saber el parecer de aquel hombre sabio al respecto.

—Y hacéis bien. Fray Tomás nos marcó el camino en tantas cuestiones que podemos confiar en él como un verdadero enviado de Dios en la tierra.

Asentí en silencio y me retiré. Mientras caminaba de vuelta a mi estancia, pensaba en lo que iba a hacer a continuación. Sin duda, sería una traición, me decía para consolarme, un acto de maldad o un ejercicio de deslealtad con alguien a quien consideraba mi amigo; pero no sería un pecado imperdonable. Abrí la puerta de la alcoba, me senté y agité la campanilla. Al poco rato, uno de los canónigos más jóvenes de la catedral acudió a mi llamada.

—¿Excelencia?

Levanté la mirada.

—Avisa al prior de Saint-Gilles. Necesito verle. De inmediato.

A mi alrededor no había otra cosa que camastros llenos de heridos, y el hedor a sangre, sudor y suciedad era tan penetrante que ni el incienso que se quemaba en dos grandes braseros conseguía eliminarlo. Los lamentos y quejas eran el único sonido que se oía en aquel lugar. Miré a un lado y vi cómo un religioso atendía a un hombre que tenía las dos piernas rotas y que no paraba de quejarse; a otro más allá le faltaba una mano y mostraba también un corte abierto en la cara. Otro más presentaba una herida en el vientre y se veían asomar sus tripas. Pensé que solo faltaban unas horas para que el Señor lo llamase. En una de las manos el canónigo llevaba un paño húmedo, con el que refrescaba la frente a los heridos; en la otra tenía un pequeño frasco y daba de beber sorbos a aquellos que tenían heridas abiertas o amputaciones.

Yo descansaba en una cama junto a una pequeña ventana. Una venda me cubría la mitad superior del cráneo y buena parte de la cara. Pasaba el día mirando por la ventana, tratando de recomponer los retazos de mi vida que solo veía como fragmentos rotos y desligados. Sin embargo, esa tarde algo cambió, y las piezas de aquel mosaico comenzaron a encajar. El religioso se acercó y me ofreció el frasco con el brebaje para que bebiera, pero lo rechacé:

—Hoy no, padre. Creo que estoy comenzando a recordar y quiero tener la mente despierta.

Él sonrió abiertamente.

—¡Alabado sea Dios, hijo! Y ¿qué es lo que has recordado?

—Mi nombre, padre. Y quién soy.

# 19

Salí de la casa en la que me alojaba con otros soldados y me dirigí a una plazuela situada junto a la iglesia de San Lorenzo, en la parte oeste del Burgo. Había quedado en verme allí con Magali y estaba ansioso por encontrarme con ella. Debido a la tregua los soldados estábamos menos ocupados y podíamos disfrutar de algo de asueto. En todo caso, las puertas seguían cerradas, y eso significaba que no podíamos salir libremente del recinto amurallado, ni escapar a ningún lugar apartado. Lo cual resultaba un fastidio, porque yo deseaba con locura a Magali y solo quería poder yacer con ella donde nadie pudiera vernos y dormir después con la cabeza entre sus pechos. Desde el primer poema habían seguido muchos otros, algunos dulces y cariñosos, y otros muy subidos de tono, sus preferidos. Los escribía siempre en los márgenes del cuaderno en el que tomaba nota de los acontecimientos de la guerra. Para que no se estropeara, Magali me había regalado un pañuelo azul de seda con bordados en oro que había sido de su abuela y después de su madre. Desde entonces, siempre lo guardaba envuelto en el pañuelo y escondido entre mis ropas.

Llegué a la iglesia de San Lorenzo y esperé, mientras observaba cómo reparaban una casa cercana. Aprovechando la tregua, muchos vecinos estaban reconstruyendo sus viviendas. Mientras miraba a dos hombres que colocaban unas vigas en el tejado, Magali llegó y sentí un estremecimiento que me atravesó.

—Estás más bella que nunca —le dije.

—Sabe Dios cuántas escucharán, dichas por ti, esas palabras...

—Muy pocas...

Ella me empujó con la mano.

—Ninguna —dije—, lo sabes muy bien. Mis versos son solo para ti.

—Tus versos..., ¿es todo lo que puedo esperar?

—Si no te gustan mis versos, puedo probar con mis besos.

Me incliné hacia ella y, agarrándola por la cintura, la besé con ardor.

—Aquí todos pueden vernos —dijo, apartándome un poco.

—¿Qué importa que nos vean? Somos jóvenes y nos queremos; todo lo demás sobra...

—No sobra. A mi padrastro no le gusta que te vea, ni tampoco a mi madre. Dicen que cuando todo esto acabe volverás a Toulouse o te irás a cualquier otra parte, siguiendo a tu señor a donde este vaya. ¿Qué será de mí entonces? ¿Quién querrá estar con una mujer deshonrada?

Me acerqué un poco y le susurré al oído:

—Si tanto te disgusta estar conmigo, ¿por qué has venido?

—No me disgusta, es solo que...

Me acerqué un poco más y la besé de nuevo, esta vez despacio. Al sentir el calor de mi beso, ella abrió levemente la boca y yo le pasé la lengua por los labios. Mientras lo hacía oí su gemido.

—Guilhem, por favor... —dijo, tratando de frenar mis ansias.

Me aparté y sonreí de nuevo.

—No soy esclavo de nadie, si eso es lo que temes. Sigo a mi señor porque prometí contar en mi poema su misión en Pamplona; pero cuando esta guerra acabe seré libre. Y, créeme, si hasta ahora no he parado en ningún sitio ha sido solo porque nada me había atado lo suficiente.

Magali sonrió y cogió mi mano. Despacio, me condujo junto al ábside de la iglesia, para estar un poco más protegidos de las miradas indiscretas.

—¿Seré yo quien te ate? ¿Es eso lo que quieres decirme?

—¿Es que no has escuchado nada de lo que te he dicho ni de lo que te he escrito? Te amo y no quiero separarme de ti.

Cuando la guerra termine seguiré contigo aquí, en Toulouse, en París o donde Dios quiera, pero siempre juntos. Y si a tu padrastro no le gusta, lo retaré a un duelo singular: o él o yo.

—Qué tonterías dices…, te podría matar con solo gritarte.

La besé con pasión, sintiendo cómo me crecía el deseo. Entonces dos hombres cargando con una viga pasaron junto a nosotros y ella me apartó.

—Espero que esto acabe pronto —dije— o mis pantalones van a reventar.

Magali rio.

—¿Qué dice Beaumarchais de la tregua? ¿Será definitiva?

—No es fácil saberlo. La verdad es que nos ha venido bien. Sabes tan bien como yo que la comida y el vino escaseaban; no teníamos ya casi piedras para las catapultas, ni azufre, ni brea, ni madera. Y, además, cada día que pasa el ejército del rey de Francia está más próximo a llegar.

—¿Estás seguro?

—Beaumarchais ha enviado varios mensajeros y todos le han confirmado que el rey está haciendo un esfuerzo por reunir las tropas necesarias para venir a Pamplona. Entonces la guerra terminará. Los de allá no podrán defenderse y acabaremos con ellos.

Me di cuenta de inmediato de que aquellas palabras no le habían gustado.

—¿Qué ocurre? ¿No deseas su derrota?

—Sí, por supuesto; son nuestros enemigos y han querido hacernos daño. Pero pienso también en que muchos de ellos se han visto arrastrados a la guerra contra su voluntad y ahora sufren las consecuencias. ¿Qué será de ellos cuando la guerra acabe?

—Nada bueno, me temo. En los conflictos hay uno que gana y otro que pierde. No dudo de que hubiera buena gente entre ellos, pero tendrían que haberlo pensado mejor antes de lanzarse a jalear a los ricoshombres y a proferir insultos y amenazas.

—En fin… —suspiró—, espero que el gobernador pueda mostrar un poco de misericordia.

—¿Temes por alguien en especial?

—No es por mí, sino por Anaïs. Todavía se resiste a aceptar que Íñigo muriera y también teme por las personas que cuidaron de ella allí. Apenas cuenta nada, pero después del día en que Íñigo no regresó estuvo muchos días viviendo con unos vecinos de la Navarrería. Ellos podrían haberla entregado, pero no lo hicieron, sino que la ayudaron a escapar. Si ellos tuvieron compasión, ¿por qué no podemos tenerla nosotros?

—No lo sé. Quizá no lo hicieran por compasión, sino por interés. O quizá no la ayudaron a escapar, sino que ella huyó.

—¿Sola? Eso es imposible...

Recapacité por un instante. En efecto, escaparse sola de allí parecía algo improbable.

—¿Qué dice Anaïs? —añadí.

—Dice que el hombre que la acogía sobornó a unos soldados para que la dejasen salir.

—¿Un soborno? No es mal método, suele funcionar... En todo caso...

—¿Qué?

—Nada..., de momento —dije, con un asomo de intuición—. Sin embargo, creo que, como dices, esas personas merecen un poco de compasión, si es que la ayudaron a escapar. Quizá un día podamos hacer algo por ellos, aunque es probable que Anaïs tenga que sincerarse y contarnos de verdad todo lo que ocurrió.

—¿Todo? ¿A qué te refieres?

—Me refiero a todo, Magali, con detalles y sin mentiras. Yo tampoco me creo que pudiera escapar tan fácilmente.

Mientras escribía una carta, llamaron suavemente a la puerta.

—Adelante —dije.

El prior de Saint-Gilles entró en la sala y se acercó a besar mi anillo.

—Es un placer veros de nuevo, excelencia —dijo, con humildad—. Habéis requerido mi presencia, ¿no es así?

—Así es. Hay un asunto de la máxima importancia que quería comunicaros personalmente y del que, además, me gustaría que informarais al gobernador en mi nombre.

—Será un placer hacerlo, por supuesto.

Lo invité a sentarse y le serví una copa de vino, tratando de controlar el pulso. El prior la aceptó con gusto y bebió un largo trago.

—Como sabéis bien —comencé, midiendo mis palabras—, la situación en Pamplona es muy compleja.

—Desde luego. Cuando los rencores se dejan crecer, terminan por devorar a quienes los generan. Esperemos que, con ayuda de Dios, podamos reconducir la situación.

—De eso es de lo que quiero hablaros —dije, y le rellené la copa.

El prior inclinó la cabeza, invitándome a continuar.

—La tregua que hemos firmado es solo el primer paso de lo que debería ser el cese total de los combates. Los combates nunca debieron comenzar; y, ahora, lo necesario es que no vuelvan a reanudarse.

—Me place mucho escuchar eso. Y estoy seguro de que al gobernador también le gustará. Él, por su parte, está deseando acabar con esta guerra.

Sabía que aquello no era verdad y que Beaumarchais había enviado recado al rey de Francia para que acudiese en su auxilio, pero guardé silencio al respecto.

—Con Beaumarchais he tenido mejores y peores momentos; algunos muy desagradables, no os lo niego. Pero creo, como vos, que él sabría aceptar una paz, si los términos son justos para todos.

—Así es —dijo el prior, esperanzado—. Él vino a Navarra a traer la paz, no a provocar una guerra. Estoy seguro de que se sentaría a hablar si se planteara la ocasión.

Noté el temblor en la pierna y puse una mano encima para que el prior no se diera cuenta. Tomé aire y solté el anzuelo:

—Escuchadme bien, prior. He hablado con el alférez real, don Gonzalo Ibáñez de Baztán y, si se le asegura inmunidad para él y para sus hombres, estaría dispuesto a entregarse al gobernador.

El prior levantó las cejas.

—¡Esa es una magnífica noticia! —exclamó.

Le indiqué con un gesto que hablase más bajo.

—Hemos de ser discretos. Si bien don Gonzalo es proclive a un acuerdo, no puedo decir lo mismo de García Almoravid. Estoy convencido de que antes se cortaría él mismo el cuello que caer a los pies del gobernador. Por ello es necesario que no sepa nada de esto. ¿Entendido?

—Entendido, por supuesto —dijo el prior en tono más bajo. Yo estaba cada vez más nervioso. Necesitaba que picase.

—¿Haríais de intermediario con el gobernador y le propondríais la entrega de don Gonzalo y sus hombres?

—Por supuesto que lo haría. Pero ¿sabéis? Hay algo aún mejor.

—¿Ah, sí? —dije, tratando de no dejar traslucir la ansiedad que sentía.

—Sí. Don Pedro Sánchez de Monteagudo también está dispuesto a renunciar a las armas si el gobernador lo acoge favorablemente. Él mismo me lo ha dicho; está dispuesto a entregarse en cuanto se reanuden los combates, para que García Almoravid no pueda impedírselo. Si conseguimos que Sánchez de Monteagudo e Ibáñez de Baztán hablen conjuntamente con el gobernador, esta guerra podría terminarse ya. García Almoravid no podrá hacer nada y tendrá que entregarse o huir.

Suspiré aliviado.

—¡Eso es magnífico! —dije—. Con Sánchez de Monteagudo e Ibáñez de Baztán a favor del acuerdo nada podrá frenar la paz en Pamplona. En todo caso, debemos ser muy prudentes. Como bien sabéis, el cabildo de la catedral siempre se ha opuesto a cualquier tipo de renuncia; y García Almoravid tiene muchos seguidores entre los propios vecinos de la Navarrería. Para que todo esto acabe bien, resulta necesario saber manejar los tiempos. Y, en eso, os pido que me dejéis a mí marcar los pasos.

El prior asintió.

—¿Qué importan ya unos días más o menos cuando el final está tan cercano?

—Por eso, de momento, lo que os pido es silencio. Durante estos días tendré que realizar muchas gestiones, algunas dentro de la ciudad y otras en diferentes villas del reino. De hecho, hoy he de salir de la Navarrería. Como comprenderéis, no puedo permitirme dar un mal paso; lo que os he contado ha de permanecer entre nosotros dos. Cuando tenga los apoyos suficientes y la seguridad necesaria para seguir adelante, seréis el primero en saberlo. ¿De acuerdo?

—De acuerdo —respondió el prior, con una amplia sonrisa. Apuró el vino de su copa y se levantó. Yo me puse de pie también y le ofrecí mi anillo, que besó con respeto.

—No os olvidéis. Ante todo, debéis guardar silencio.

El prior asintió y se retiró, ufano.

En cuanto dejó la sala, salí al claustro de la catedral. Caminé por uno de los laterales del patio y llegué ante una gran puerta de madera. La conciencia me martilleaba en las sienes, me decía que aquello que iba a hacer no estaba bien, que solo me estaba engañando a mí mismo, pero conseguí hacer que callara. Me quité el anillo del dedo, como si con eso mi culpa fuera menor, llamé y esperé en silencio. Al poco tiempo, Sicart abrió.

—Hay algo que debéis saber —dije, sin preámbulos—. El prior de Saint-Gilles acaba de contármelo.

Me encontraba en mi torre, conversando con algunos de mis caballeros y dándoles indicaciones de los lugares donde debían vigilar para que nadie saliera sin mi permiso de la ciudad, cuando el prior Sicart apareció sin anunciarse. Mis hombres, al reconocerlo, se hicieron a un lado y le permitieron pasar. No me hizo falta más que ver su expresión para saber que portaba un mensaje importante.

—Dejadnos solos —ordené, y mis caballeros se retiraron al instante. Sobre la mesa había fuentes con carne de cordero y jarras de vino. Tomé una copa para ofrecérsela y lo invité a sentarse.

—No he venido a comer ni a beber, sino a hablar.

—Está bien —dije, dejando la copa de nuevo sobre la mesa—. Hablemos entonces. Decidme, ¿ha venido Dios a unirse a la lucha? —pregunté, con sorna.

Al prior no le gustó la broma, lo cual no me sorprendió. No le hacía gracia casi nada.

—No ha sido Dios el que me ha visitado hoy, sino el obispo. Y con una noticia muy interesante.

—¿Ah, sí? ¿Cuál es si puede saberse?

—Esta misma tarde el prior de Saint-Gilles le ha comunicado que Sánchez de Monteagudo tiene la intención de rendirse al gobernador en cuanto se reanuden los combates.

—¡Maldito! —dije, golpeando la mesa—. ¡Os juro que pagará por esto!

La rabia me consumía. Siempre supe que era un cobarde, pero nunca imaginé que también pudiera ser un traidor.

—Por supuesto que pagará por ello; hoy mismo.

—¿Hoy?

—Así es. El obispo ha partido esta misma tarde a recabar la ayuda del rey Alfonso. Si todo marcha bien, en unas pocas semanas podríamos tener los refuerzos necesarios para ganar la guerra. El obispo me alentó a que detuviéramos a Sánchez de Monteagudo de inmediato. Cómo son las cosas, ¿verdad? Antes tan unidos y ahora es él quien lo delata para que pueda ser detenido. Pero ¿sabéis?

Lo invité a continuar.

—No hará falta que lo detengamos. Haremos lo que debimos hacer en su momento; esta misma noche lo mataremos.

—¿Lo mataremos? —pregunté.

—Lo mataréis.

Sonreí ante aquellas palabras.

—Prior, me disgustó que interrumpierais mi banquete, pero ahora me alegro. Hundiré mi cuchillo en la carne, pero no en esta, sino en la de don Pedro; hoy tomaré por fin la justicia que me corresponde.

—No puede salir mal, ¿entendéis? Hemos de aprovechar que el obispo está fuera. Cuando vuelva, le diremos que Sánchez de Monteagudo se resistió a ser detenido y que hirió a varios hombres antes de caer.

—Me importa muy poco lo que diga el obispo, la verdad. Él, como Sánchez de Monteagudo, fue un cobarde cuando lo que necesitábamos era decisión. Ahora estaríamos en una situación muy distinta si me hubiesen hecho caso.

—Las cosas llegan —dijo el prior, ahora sí con su habitual sonrisa cínica— cuando uno sabe esperar. Hacedlo esta noche y que no os ciegue el odio. Y, cuando terminéis, venid a verme. Yo os absolveré de vuestros pecados.

## 20

L a noche caía sobre la ciudad. Los días de paz habían levantado el ánimo de las gentes y en muchas de las casas se oían risas y celebraciones. Los vecinos de la Navarrería consideraban la tregua como una primera victoria, como un primer gesto de debilidad del gobernador. Supongo que pensaban que, cuando se reanudasen los combates, Beaumarchais caería.

Entre las callejuelas de la ciudad, caminaba despacio. A pesar de las protestas del canónigo, había dejado el hospital catedralicio y me dirigía a mi casa. Antes de irme, el religioso me había retirado el aparatoso vendaje de la cabeza y solo quedaba ahora un pequeño trapo blanco, que me habían puesto para que no se ensuciase la herida. Estaba esperanzado; poco a poco se iba perfilando en mi cabeza todo lo que hasta ese momento no había sido más que una confusión de pensamientos e imágenes. De repente, sin que supiera cómo, recordé cuándo mi padre me enseñó a cortar y ensamblar tablas con la técnica de la cola de milano, y me pareció que mi cabeza empezaba a recuperar los recuerdos de la misma manera; cada vez que colocaba un madero, era una pieza menos de la que debía preocuparme.

A pesar de todo, aún me sentía muy confuso. Recordaba el lugar en el que se encontraba mi casa y quería llegar allí cuanto antes con la esperanza de que esto me ayudase a recuperar más retazos de mi pasado. Cuando dejé atrás el templo, tomé una callejuela en dirección a mi hogar y, tras doblar la esquina, llegué a mi calle. Al contemplarla, me detuve. Cerré los ojos y en mi mente vi un bolaño incendiado que cruzaba el cielo y se estrellaba contra una de las viviendas. Después escuché espadazos, relinchos de caballos y vi hombres que caían, heridos o muertos. Uno de ellos, con el hombro atravesado por una flecha, me resultó familiar.

—Andrés… —dije, sin apenas mover los labios.

Caminé deprisa. Estaba ansioso por llegar a casa. Cuando alcancé la puerta, la empujé y esta cedió sin resistencia. Quedaba aún un poco de luz. Todo me resultaba extrañamente familiar y en mi cabeza se mezclaban la sensación de ver algo conocido con la de estar descubriendo todo por primera vez. Entré en el taller y fui tocando mis herramientas, una a una: la sierra, la escofina, el cepillo, la hachuela, el trépano… Me acerqué a un trozo de madera y palpé con los dedos las flores a medio tallar. Acerqué la nariz, aspiré y me vi subido a un andamio, colocando unas vigas y claveteando las tablas de un tejado. Apreté los párpados, tratando de hacer más vívida la imagen y recordé que aquella casa no pertenecía a la Navarrería.

—Era en el Burgo…, en San Cernin…

Salí del taller y, tomando la escalera, comencé a subir. El crujido de los escalones, el olor de la madera…, todo me iba haciendo recuperar lo olvidado. Cuando llegué al piso superior, empujé la puerta de la alcoba y entré. Una imagen me vino a la cabeza, pero al momento se fue, sin que pudiera retenerla. Sentí que era algo dulce, pero a la vez teñido de tristeza. Vi entonces, sobre la cama, un anillo que brillaba débilmente con la última luz de la tarde. Lo reconocí, era el que había puesto en la mano de una mujer, en la pequeña iglesia de Santa Cecilia, ante la mirada de don Domingo.

—Anaïs… —dije, mi corazón latía desbocado.

Me encontraba en mi alcoba, ya con la camisola de dormir, cuando resonó el alboroto. Alterado, me levanté del escritorio y me acerqué a la puerta. Puse la oreja sobre la madera, oí unas pisadas en la escalera y escuché la voz de uno de mis hombres que gritaba: «¡Alto!». Retrocedí, fui junto a la cama y cogí mi espada. No tenía dudas de lo que estaba ocurriendo, ni de quién había hablado más de la cuenta. Sentí como si una lanza me hubiese atravesado.

—Traidor... —masculié—, arderás en el infierno.

La puerta se abrió con estrépito y García Almoravid penetró en mi habitación con sus hombres. Vi su sonrisa de odio y venganza.

—¡Almoravid! —le dije en voz bien alta, para que todos los que lo acompañaban lo oyeran—, ¡te esperaba desde el día en que me retaste a duelo y no te presentaste! Hoy lo haces bien acompañado, por lo que veo. Eres un cobarde... —afirmé, entre dientes—. ¡Un cobarde!

García Almoravid levantó la espada con la intención de atacarme cuando uno de sus hombres profirió un grito y cayó muerto. Al desplomarse, don García vio detrás de él a Rodrigo, con la espada ensangrentada. Se quedó paralizado, pero cuando Rodrigo sacudía de nuevo la espada para golpearlo uno de los soldados de García Almoravid se adelantó e interpuso su acero. Las dos espadas chocaron con estruendo, mientras don García se escabullía. Otro de mis soldados, Carlos, entró entonces en la alcoba y comenzó a luchar con los de García Almoravid, ya solo dos. Si don García había supuesto que mis hombres me dejarían solo se había equivocado. Puso la espada ante sí y la agarró con las dos manos, sin dejar de mirarme a mí y a los cuatro hombres que luchaban. Yo, descalzo y en camisola, contemplaba la escena desde el fondo de la alcoba. Entonces me adelanté y avancé hacia él; si había de morir, lo haría luchando. Levanté la espada y, sin darle tiempo a reaccionar, la descargué con rabia. Él apenas pudo detener el golpe y se tambaleó, retrocediendo un paso. Trataba de protegerse, pero no se lo permití; alcé de nuevo la espada y la sacudí con todas mis fuerzas. Los dos aceros chocaron con estrépito y la espada de García Almoravid cayó a sus pies. Se agachó para recogerla, pero la empujé con el pie antes de que pudiera asirla de nuevo. En ese momento levantó la mirada, aterrorizado.

—No…, no… —suplicó, poniendo las manos delante de la cara—, piedad…

Apreté la espada con fuerza entre mis manos, presa del odio.

—Dios os juzgará, maldito.

Pero, en ese instante, otro hombre entró en la alcoba y, por la espalda, asestó un espadazo en el hombro a Carlos, que cayó derribado. Rodrigo trató de contener a los tres que se le venían encima, pero no pudo hacer nada. Recibió un tajazo en el vientre y se desplomó, ya muerto. No lo pensé más; debía matar a Almoravid, pero cuando ya me disponía a decapitarlo uno de los suyos me lanzó su arma, que me golpeó en el brazo. Solté la espada por el impacto. Me agaché para recogerla y los soldados se acercaron justo al tiempo que blandía de nuevo el arma para defenderme. Rechacé el primer golpe, a la altura de la cabeza, y también el segundo, dirigido al pecho; pero el tercero no lo vi y me impactó en el brazo izquierdo. A pesar del terrible dolor, alcé de nuevo la espada para seguir luchando, pero otro espadazo me hirió en el vientre. Caí de rodillas, exangüe, y me apoyé en el pomo de la espada para no derrumbarme. Respiraba con dificultad y notaba cómo la sangre brotaba de mis carnes. A pesar de las heridas, no sentía dolor. A mi cabeza acudieron los rostros de mi mujer y de mi hijo. «Nunca más volveré a verlos», pensé.

Almoravid ordenó a sus hombres que se detuvieran y se adelantó, despacio. Se agachó y cogió de nuevo la espada entre sus manos. Acababa de rogarme piedad, pero ahora tenía la sonrisa del vencedor. Así era, me había vencido.

—Ruega a Dios por tu alma, traidor —me dijo.

Levanté la cabeza en el momento en que don García alzaba la espada y la sacudía con todas sus fuerzas contra mi cuello. Una placentera sensación recorrió todo mi cuerpo mientras mis ojos se cerraban para siempre.

Golpeé contra la puerta, una y otra vez, pero no me abrían. Esperé un poco y volví a aporrear con más fuerza.

—¡Andrés! ¡Leonor! ¡Soy yo, Íñigo!

Entonces escuché unos pasos que se acercaban y la puerta se entreabrió.

—¡Íñigo! —exclamó Leonor, llevándose la mano a los labios.

Andrés se apresuró y descorrió el cierre.

—¡No es posible! ¡Te dábamos por muerto!

—¿Dónde está Anaïs? —grité.

—¡Calla! —me dijo, al tiempo que me agarraba por el brazo y me obligaba a entrar en casa.

Estaba completamente alterado y respiraba de forma entrecortada. Leonor se acercó y me abrazó.

—¿Dónde estabas? ¿Estás herido? —dijo, mientras tocaba la tela que me cubría la cabeza.

—¿Dónde está Anaïs? —insistí, sin contestarle—. ¿Dónde? ¿Lo sabéis? He visto mi anillo, el que le entregué el día de nuestro enlace, sobre la cama de mi casa. Eso significa algo; no se la llevaron, ni se apresuró al irse... Estoy confuso, no puedo pensar con claridad... —dije, al tiempo que buscaba algún sitio al que asirme.

—¡Andrés! —exclamó Leonor—. ¡Trae una silla!

Este se acercó con una silla y me senté. La cabeza me iba a estallar y por mi mente cruzaban miles de imágenes que no conseguía hilvanar.

—Calma —me tranquilizó Leonor—, Anaïs está bien, te lo prometo. Pero antes debes contarnos qué te ocurrió, ¿de acuerdo?

Respiré hondo, mientras sentía cómo me martilleaban los latidos en mis sienes.

—Está bien —musité—. Os contaré todo lo que recuerdo.

Tratando de poner en orden mis pensamientos, les hablé de

una batalla, de un muro atacado por los enemigos y de un fuerte golpe en la cabeza. Después todo estaba en blanco hasta que desperté en el hospital de la catedral. Los primeros días había pasado las horas mirando por la ventana, pero, poco a poco, había ido recuperando retazos dispersos de mi vida, hasta que aquel día, por fin, recordé quién era.

Leonor y Andrés escuchaban en silencio, tratando de asimilar todo lo que les contaba. No podían creer que siguiera con vida.

—Ella estuvo aquí —dijo Leonor, mientras me pasaba la mano por el hombro—. Hizo lo que le dijiste. Estaba muy asustada. La acogí y me ayudó a cuidar de Andrés. Si no hubiese sido por ella, ahora él estaría muerto.

—Y ¿qué ocurrió después?

Leonor miró a Andrés y él asintió levemente con la cabeza.

—Nos pidió que la ayudásemos a salir. No solo estaba asustada sino también se mostraba arrepentida.

Levanté la vista y me encontré con los ojos de Leonor.

—¿Arrepentida? ¿Qué quieres decir?

—Nos dijo que todo había sido una locura. Quería volver al Burgo junto a su padre y su familia. Andrés la ayudó a conseguirlo. Se jugó la vida por ella. Aprovechando el comienzo de la tregua sobornó a unos centinelas y la sacó de madrugada.

Miré a Andrés, como queriendo que sus ojos desmintiesen lo que acababa de escuchar.

—Todos creíamos que estabas muerto; ella también y lloró por ti durante muchos días. —Leonor tomó aire—. Pero, en el momento de irse, nos dijo una cosa.

La miré con ansiedad, mientras sentía que las fuerzas me abandonaban.

—Nos dijo que si un día, por fortuna, regresabas, te olvidases de ella para siempre.

—¿Olvidarme? ¡Estamos casados! ¿Qué significa olvidarme? Es un vínculo con Dios...

—Fue un enlace a juras, sin el consentimiento de su padre y que solo conocíais Anaïs, tú y don Domingo. Y este murió; un bolaño cayó sobre la iglesia de Santa Cecilia y él murió abrasado. Nadie dará por válido tu matrimonio. Ella tampoco, debes creernos. Nos dijo que no quería volver a pensar en ti.

Me llevé las manos a la cara y empecé a comprender qué sucedía.

—Ella dejó el anillo sobre la cama... No era para que la encontrase; me estaba diciendo adiós, para siempre.

Leonor se levantó y comenzó a caminar por la habitación, ocultándome sus ojos. Andrés se sentó en la silla vacía y puso la mano bajo mi barbilla.

—Tienes que olvidarla, ¿entiendes? —me dijo, obligándome a mirarlo a la cara—. Ya es solo parte del pasado. Y es un pasado demasiado doloroso. Ahora solo tienes que pensar en recuperarte. La tregua no durará mucho, me temo. Dentro de poco estaremos de nuevo luchando para vencer o para caer derrotados.

—Luchar... —susurré. No podía pensar en combatir, solo deseaba que una lanza me atravesase el pecho y poder acabar con aquel sufrimiento.

Andrés se levantó para ofrecerme un poco de agua, pero en ese momento se escuchó un gran barullo afuera. Dejó el cuenco y abrió. Un chiquillo corría por la calle, dando gritos:

—¡Sánchez de Monteagudo ha muerto! ¡Ha caído el traidor que nos iba a entregar! ¡García Almoravid lo mató!

Andrés detuvo al chico.

—¿Qué estás diciendo? ¿Cuándo ha muerto Sánchez de Monteagudo?

—Hace apenas un rato, señor. Iba a entregarse al gobernador; ya lo tenía todo hablado. García Almoravid se enteró y fue a detenerlo, pero Monteagudo se negó a entregarse. Al contrario, se defendió con tozudez. García Almoravid tuvo que matarlo y ha jurado que hará lo mismo con cualquiera que se atreva a rendirse.

Andrés soltó al muchacho, que siguió anunciando la muerte del señor de Cascante por las calles de la ciudad.

—¡Jesucristo nos proteja! —exclamó Leonor, que se había acercado a su marido.

—Entremos en casa —dijo Andrés—. Esta noche puede haber altercados.

Iban a cerrar cuando yo me interpuse.

—¿Dónde vas? —dijo él, deteniéndome—. No es momento para salir. Deberías quedarte con nosotros.

—Tengo mi casa. No hay nadie esperándome, pero es mi hogar.

Dando tumbos caminé por las calles mientras los vecinos salían alertados por la noticia de la muerte del antiguo gobernador. Entre aquellas voces de asombro, de sorpresa, de miedo y de júbilo, yo caminaba con la cabeza gacha. Había visto tanto horror y estaba tan abatido que pensaba, ingenuamente, que mis ojos no podrían contemplar ya nada peor.

## 21

El rey me había llamado al salón real y me encontraba reunida con él y con el condestable de Francia. Un mensajero nos había avisado de la pronta llegada del prior de Saint-Gilles y del señor de Bearne. Aguardábamos con la esperanza de que hubiesen logrado una tregua en Pamplona. Todavía confiaba en que esta, si se alargaba, pudiese evitar incluso la necesidad de intervenir militarmente. Cada día que pasaba me sentía más apesadumbrada y más responsable por todos los acontecimientos vividos en Navarra. Si todavía podía hacer algo por arreglar la situación, debía intentarlo.

El día anterior se había celebrado un baile en el palacio y Juana había caminado de la mano del príncipe Felipe, cinco años mayor que ella. Todos los presentes habían aplaudido a la infantil pareja y habían alabado las virtudes de aquella unión llamada a traer mayor gloria a los reinos de Francia y Navarra. Yo, aunque me alegraba del enlace y de ver crecer feliz y protegida a mi hija, me vi reflejada en ella y recordé mi infancia en Champaña, cuando yo también era poco más que un objeto al que mostrar en las fiestas en busca del mejor postor. Pensar en ello me entristecía, pues a mis veintiocho años yo también había sido subastada de nuevo.

El camarero del rey abrió la puerta del salón y anunció la llegada de los dos hombres a los que esperábamos con ansiedad. El rey, al verlos entrar, los recibió con una amplia sonrisa.

—Adelante, amigos —dijo y, al fijarse en sus ropajes, añadió—: Traéis aún el polvo del camino pegado a vuestras ropas. ¿No habéis descansado?

—No, majestad —dijo Gastón de Montcada—. Teníamos prisa por llegar y contaros los últimos acontecimientos.

Al rey se le borró la sonrisa. Con un ademán los invitó a sentarse.

—Decidme entonces si conseguisteis cerrar la tregua. Por vuestra expresión me temo que no.

El prior tomó la palabra:

—Sí, se logró. No fue sencillo y hubo muchas reticencias por parte de los ricoshombres de la Navarrería; pero al final se alcanzó. En todo caso...

El rey le miró con extrañeza.

—En todo caso, ¿qué?

—Majestad —dijo el señor de Bearne—, no hemos venido a hablaros de la tregua, sino de un terrible suceso ocurrido durante esta.

El prior relató la conversación que había mantenido con Sánchez de Monteagudo, primero, y con el obispo Armengol, después, y las esperanzas que había depositado en que de aquella entrega voluntaria pudiera surgir un acuerdo de paz.

—Confiábamos en un entendimiento, pero todo se vino abajo con el asesinato del señor de Cascante.

—¿Asesinado? —pregunté, consternada.

—Asesinado, sí. Lo mataron en su propia casa. No tengo la certeza de quién pudo revelar sus intenciones, pero tengo mis sospechas.

—Hablad, pues.

—Creo que mi candidez se tornó en necedad. El obispo me llamó a hablar con él, al parecer con la intención de mediar en la entrega de don Gonzalo; pero, en el fondo, creo que lo hizo para sonsacarme la traición de Sánchez de Monteagudo.

No daba crédito a lo que estaba oyendo. Armengol había sido mi confesor. Lo conocía y no podía entender que estuviera defendiendo ahora los postulados de mis enemigos. Y menos aún que hubiera podido actuar de forma tan mezquina y torticera.

—¿El obispo? —pregunté, asombrada—. ¿El obispo hizo eso?

—Eso nos tememos —respondió don Gastón—. La noche en que Sánchez de Monteagudo fue asesinado, Armengol partió camino de Castilla. Y no hay duda del motivo: iba a recabar la ayuda del rey Alfonso. La maldad se ha apoderado de todos ellos.

El rey lo invitó a continuar.

—Cuando a la mañana siguiente nos enteramos de la noticia, toda la Navarrería estaba de nuevo en pie de guerra. Por las calles se iban formando corrillos, instigados por García Almoravid, que nos acusaban de haber intermediado para conseguir la caída de la ciudad. Otros decían que los del Burgo iban a iniciar un ataque para cogerlos desprevenidos. Os juro que temimos por nuestras vidas. Oíamos gritos que pedían nuestras cabezas o que reclamaban que nos colgasen de una de las torres de la muralla, para que sirviera de escarnio a cualquier otro que intentase abandonar la lucha. Solo la intervención de don Gonzalo logró evitar que muriéramos, majestad; nos dejó partir con la condición de que no acudiéramos de nuevo a los burgos ni volviéramos a aparecer nunca más por Pamplona, fuesen cuales fueran nuestras intenciones.

—El gobernador sigue encerrado en San Cernin —dijo el prior— y su situación empeora cada día. Gracias a la tregua ha podido aprovisionarse de cereal, carne y agua, pero no podrá resistir mucho tiempo sin ayuda.

El rey se levantó de su asiento y comenzó a caminar por la sala.

—Uno no puede ser llamado rey si no acude en ayuda de los que le sirven. Yo sacaré a don Eustache de esa prisión, pues por mí ha entrado. Mañana convocaré sin falta al consejo real y reuniré todas las tropas necesarias para acudir en su ayuda.

—Hace días que dejamos la Navarrería —dijo el prior— y tememos que la tregua ya se haya roto. ¿Cómo conseguiréis reunir las tropas a tiempo para socorrer a Beaumarchais?

—Solo hay un modo de reclutar soldados de forma rápida. Y es prometiéndoles una buena recompensa.

—Señor —dijo el condestable, con voz queda—, será muy difícil obtener el dinero. Las cuentas del reino no pueden asumir ese coste en este momento.

El rey dio unos pasos y fue a sentarse de nuevo en su sillón.

—Pamplona es una ciudad rica, ¿no es así, Blanca?

Sabía lo que insinuaba y temía contestar. Pero el rey no consentía que sus preguntas quedasen sin responder.

—Sí, majestad, Pamplona es una ciudad rica.

El rey se recostó en su asiento.

—Pues entonces los soldados sabrán cómo cobrarse su botín.

Pude haber intervenido. Pude haber dicho alguna última palabra para tratar de evitar el baño de sangre que, sin duda, iba a llegar, pero me mantuve en silencio y di por buena la decisión del rey. Igual que cuando permití que la criada se adelantase y tratase de bajar a mi hijo del balcón, ahora me quedé de nuevo en segundo plano y dejé que otros decidieran por mí. Para los navarros, para mis súbditos, yo debía comportarme también como una madre…, pero no lo hice.

La suerte de Pamplona estaba echada.

## 22

En breve llegarían García Almoravid y don Gonzalo. Los había citado para contarles el resultado de las negociaciones con el rey Alfonso. Las noticias que traía podrían ser decisivas para inclinar la balanza de la guerra en nuestro favor, pero yo no sentía ninguna satisfacción. Dentro de mí experimentaba una profunda aflicción por mi comportamiento con Pedro Sánchez de Monteagudo, con el que fue gobernador, con mi amigo... A veces me seguía engañando y me decía que no había sido yo, sino el prior de Saint-Gilles, quien había confesado las intenciones de Sánchez de Monteagudo. Sin embargo, enseguida mi conciencia me señalaba que no, que lo que había cometido era un gravísimo pecado, el peor de todos para un religioso. Otras veces me convencía de que lo había hecho por el bien de la catedral, de la Iglesia y del reino de Navarra; pero ni aun así podía perdonarme. El sentimiento de culpa me ahogaba.

Al otro lado de la mesa estaba el prior Sicart. Después de la muerte de Pedro Sánchez de Monteagudo había movido, junto a García Almoravid, todos los hilos para que nadie osase levantar un dedo por su causa. En cuanto se supo la noticia, algunos de los hombres de Sánchez de Monteagudo se levantaron en armas, dispuestos a vengar la muerte de su señor, pero García Almoravid supo distribuir rápidamente a sus caballeros para aplacarles. Don García no iba a permitir que nadie disintiera; no ahora que tenía el control absoluto en la Navarrería, como siempre había deseado. Y Sicart haría todo lo posible por que lo lograse. Lo miré con desprecio, pero enseguida me dije que, en el fondo, yo no era mejor que él.

La puerta se abrió y entraron don García y don Gonzalo. El primero venía exultante. Se había librado de su mayor oponente interno, y ahora parecía estar con fuerzas renovadas para acabar con el gobernador y convertirse, por fin, en el hombre fuerte de Navarra. Junto a él, Gonzalo Ibáñez de Baztán traía un semblante muy distinto. Había recibido con horror la noticia de la muerte de Monteagudo. Aun con sus diferencias, habían sido amigos y don Gonzalo sabía que había sido siempre un verdadero servidor de su tierra; probablemente el mejor..., o quizá el único.

Les indiqué con la mano que se sentaran y tomé la palabra:

—Señores, partí a Castilla en busca de apoyo para nuestra causa. Ahora puedo comunicaros que lo tendremos: el rey Alfonso está organizando un ejército para acudir a Pamplona y obligar al gobernador a rendirse o morir. Me ha prometido que la ayuda estará lista pronto y que serán suficientes tropas para derrocar a Beaumarchais.

—¡Excelentes noticias! —exclamó García Almoravid—. ¡Sabía que no nos abandonaría! Con su ayuda la cabeza del gobernador estará ensartada en una pica antes de que acabe el mes de agosto.

—¿Qué queréis decir con «suficientes tropas», excelencia? —preguntó don Gonzalo, sin mostrar el mismo entusiasmo que García Almoravid—. No creo que tenga que recordar que los burgos también han solicitado ayuda al rey de Francia. Si la consiguen, no solo será importante quién llega antes, sino quién aporta más hombres.

—Eso no puedo saberlo —reconocí—. El rey me dijo que siente un profundo amor por Navarra y que hará un gran esfuerzo para que ganemos esta batalla.

—Los muros de los burgos no podrán aguantar siempre —intervino el prior—. Redoblaremos los ataques si es preciso hasta que se derrumben. Cuando lleguen las tropas del rey Felipe, ya no les quedará nada que defender.

García Almoravid intervino, antes de que don Gonzalo pudiera tomar la palabra:

—Así lo veo yo también. Hay que tomar ventaja y estar preparados para la llegada de los castellanos. Con su ayuda culminaremos nuestra victoria.

—En ese caso... —insinuó el prior, mirando directamente a García Almoravid.

—En ese caso, no hay motivo para alargar la tregua ni un día más. Esta misma tarde lanzaremos un ataque y convertiremos el burgo de San Cernin y la población de San Nicolás en un infierno.

Miré a don Gonzalo y este asintió con la cabeza, sin protestar, pero sin entusiasmo.

—Espero que todo esto sea por el bien de Navarra y de esta catedral —dije, y ni siquiera a mí me sonaron sinceras mis palabras.

García Almoravid y el prior se levantaron, dispuestos ya para la ruptura de la tregua; pero antes de que abandonaran la sala, tomé la palabra de nuevo:

—Antes de marcharme a Castilla os dije que don Pedro debía ser detenido..., ¡detenido! Sánchez de Monteagudo fue un buen servidor de Navarra y no merecía acabar así.

—Sánchez de Monteagudo murió —dijo García Almoravid—, y eso es algo sobre lo que no hay que dar más vueltas.

—No murió —contesté—, lo matasteis. Es lo que siempre habíais deseado, ¿no es verdad?

Almoravid sonrió, sin contestarme. El prior sí me miró e interpreté de inmediato su expresión.

—No solo mata el que sostiene la espada, excelencia. Y nadie como vos para saberlo.

Dejé la catedral y me dirigí deprisa a la muralla. Cada vez me cansaban más aquellas interminables discusiones; lo que necesitábamos no eran palabras, sino hechos. Subí al paseo de ronda y puse en alerta a los soldados en el sector que miraba hacia los burgos de francos. Quería preparar un ataque con todas las algarradas a la vez, sin que los del otro lado se apercibieran y para ello resultaba necesario mantener el silencio. Agachados y protegidos por las almenas, los soldados iban de un sitio para otro cumpliendo mis órdenes; rodando piedras para cargarlas en las catapultas, al tiempo que hacían fuego para prenderlas justo antes del lanzamiento. Los francos iban a recibir su merecido.

Levanté la mano para ordenar que se cargasen las catapultas, pero en ese momento uno de mis hombres se aupó a las almenas y, con todas sus fuerzas, gritó:

—¡Beaumarchais, vas a probar nuestro fuego; saldrás del Burgo escaldado, maldito hi de puta!

El grito, en la quietud de la tarde, llegó a los oídos de los defensores de San Nicolás y de San Cernin.

—¡Van a atacar! —escuché al otro lado del Chapitel—. ¡A las torres, deprisa!

Aquel estúpido había malogrado mi plan, pero no iba a dejar que su ineptitud quedase sin castigo. Corrí hacia donde estaba y, sin darle tiempo, lo arrojé muralla abajo. El soldado cayó gritando hasta estrellarse contra el suelo. La vida me ha enseñado que no hay nada que ponga más en alerta a tus hombres que el saber que desprecias su vida tanto como la de tus enemigos. Me volví y, sin más, ordené que comenzara el ataque. Los soldados cargaron los bolaños y, tras embadurnarlos con azufre, los prendieron. Sentí el calor en la piel.

—¡Ahora! —grité con todas mis fuerzas.

Las catapultas se accionaron y una lluvia de piedras cruzó el Chapitel para ir a caer sobre los dos burgos. Una de las piedras golpeó en la torre de la Galea e hizo que esta temblara de arriba abajo. Otra impactó sobre el tejado de San Cernin y atravesó la techumbre; otra más hizo blanco en la torre de San Nicolás y le arrancó parte de un lateral.

El alborozo de mis hombres resonó en mi interior como si

de otra explosión se tratase. Mientras las llamas y el humo comenzaban a crecer, di la orden de cargar de nuevo y volver a disparar.

—¡Ahora!

La segunda ráfaga de piedras atravesó el cielo y alcanzó torres, casas, iglesias y calles. Teníamos que seguir, era necesario aprovechar el tiempo antes de que pudieran reaccionar. Sin embargo, mientras nos preparábamos para un tercer lanzamiento, escuché el grito de los de allá, listos para disparar.

De las murallas de San Nicolás y San Cernin surgió entonces una tormenta de fuego que cayó sobre nuestras casas y también sobre la catedral. Una piedra dio tan cerca de la muralla que esta tembló y a punto estuve de precipitarme desde lo alto. El humo surgió y, al verlo, aquellos perros franceses comenzaron también a dar gritos de júbilo. Pero mis hombres no estaban dispuestos a sucumbir y se prepararon para lanzar piedras de nuevo.

—¡Moriréis todos, malditos! —oí que gritaban regocijados—. ¡No quedará ni uno!

Estaba arrepentido por la forma en la que había hablado a Andrés y a Leonor. Ellos habían sufrido tanto como yo. Andrés todavía seguía herido y, además, habían cuidado de Anaïs durante mi ausencia y, jugándose la vida, la habían tratado como a una hija.

Mientras acudía a su casa para disculparme, oí un ruido terriblemente familiar: las algarradas estaban disparando de nuevo y aquello solo podía significar una cosa. Aceleré el paso y llegué a su casa a la carrera. Andrés estaba atizando la lumbre y Leonor pelando unas verduras para la comida.

—¿Habéis oído? —pregunté, asombrado por su calma en aquellos momentos—. ¡La tregua se ha roto!

Andrés se acercó y me cogió por el hombro.

—¿Qué quieres que hagamos? Solo Dios sabe dónde caerán las piedras. Si se decide que han de caer aquí, no importa mucho si estamos preparando la comida o acostados en la cama…, ¿no te parece?

Tuve que reconocer que llevaba razón; la cercanía con la muerte nos había insensibilizado de tal modo que nos olvidábamos incluso de protegernos.

En ese momento, Leonor se acercó también y me acarició la mejilla. No sé por qué, pero vi en su expresión de tristeza más que el dolor por la ruptura de la tregua. La conocía bien y sabía que algo en su interior le hacía daño, algo que no había contado y que hacía que sufriera.

Un bolaño cayó cerca de la casa y el suelo y las paredes se estremecieron. Leonor gritó y Andrés la abrazó.

—Todo saldrá bien —dijo, tratando de tranquilizarla—. Te lo prometo.

—Lo sé —respondió ella—. Pero, por si la siguiente piedra no cae en una casa vecina, sino en la nuestra, creo que debemos hablar con Íñigo y contarle toda la verdad.

Me quedé paralizado; no podía imaginar de lo que querían hablarme.

Andrés dudó por un instante; luego, mirándola a los ojos, dijo:

—Tienes razón. Debemos hacerlo.

Sin embargo, lo siguiente que oí no fueron sus palabras, sino un terrible estruendo y un golpe que nos derribó. Tendido en el suelo traté de situarme, sepultado por los maderos y los cascotes caídos del tejado. Quise coger aire, pero tenía la garganta llena de polvo y no conseguía respirar. Haciendo un gran esfuerzo logré toser y una bocanada me llenó el pecho, cuando ya creía que iba a desvanecerme. Me dolía la cabeza y notaba magulladuras por todo el cuerpo, aunque no parecía que tuviera ningún miembro roto. Me levanté a duras penas, apartando los restos de la techumbre, cuando vi ante mí sus cuerpos. Leonor estaba boca arriba, con los ojos abiertos y un hilo de sangre resbalando por la nariz. Andrés tenía una viga encima y el pecho hundido. Me acerqué a ellos tambaleándome y traté de buscarles el pulso, pero fue en vano. Tomé sus manos y lloré como nunca antes lo había hecho, hasta que mi alma se sació de llanto.

En unos pocos días había perdido todo lo que me importaba en este mundo.

Ya no sentía absolutamente nada, solo vacío.

Durante los días siguientes, mientras los combates se repetían con toda crudeza y las piedras volvían a sobrevolar Pamplona, me encerré en casa, sin apenas comer ni beber, sin siquiera dormir, acurrucado en una esquina de la alcoba, escuchando el estruendo de los combates, de las explosiones y de los incendios. En el fondo, no deseaba más que una de las piedras cayese sobre mi casa y me aplastase.

Y una mañana me decidí por fin a no esperar más; no aguardaría a que la muerte viniera a buscarme, saldría a su encuentro.

Entré en el taller y, entre mis herramientas, encontré una vieja hacha con el borde mellado por el uso y con el mango roto. Aparté unos maderos y unos trapos, y saqué la piedra de afilar. Me senté y, poniendo toda mi atención en aquel proceso, fui sacando filo lentamente al metal, convirtiendo aquella herramienta inútil en un arma de guerra. Al cabo de un buen rato, dejé la piedra y pasé el dedo por el filo; la piel se rasguñó y brotó una gota de sangre.

Me levanté demasiado deprisa y hube de apoyarme en la mesa para no caer. No dejaba de sentir un terrible latido en la cabeza cada vez que me agachaba, así como profundos mareos cuando me ponía en pie demasiado aprisa. De todos modos, estaba decidido a salir a luchar.

Cuando me recuperé del mareo, quité el mango roto del hacha y engasté otro de madera de tejo. Lo golpeé repetidamente hasta que me aseguré de que había quedado bien ajustado. Blandí el arma y sentí que estaba compensada. No necesitaba más.

Me dirigí a la puerta del Chapitel, donde muchos hombres esperaban a García Almoravid y a don Gonzalo para salir a combatir. El día era tremendamente caluroso y sentía cómo el sudor me resbalaba por el cuello y la espalda. A mi alrededor los hombres también sudaban, algunos de calor, otros de miedo o de nervios. Los combates de los días anteriores habían sido terribles, en particular cuando los francos habían atacado el molino de la catedral, en el exterior de la Navarrería. Sin embargo, el de aquel día prometía no ser menos. García Almoravid llegó al fin y nos dio las instrucciones; ante nuestros repetidos fracasos para derrumbar el muro de San Cernin, atacaríamos la cerca de San Nicolás, con la intención de derribarla. Todos los caballos iban protegidos con petos, y varias catapultas y arietes habían sido montados sobre ruedas para avanzar hacia las murallas de la Población con el fin de abrir un hueco en las defensas.

Yo, con el hacha apretada contra el pecho, esperaba junto a varios de mis vecinos. Un poco más allá, vi a Enrique. Tenía una gran herida en la cara y llevaba el brazo vendado. También reconocí a varios de los hombres más fieles a García Almoravid: Miguel de Larraina y Pascual Beltza, sobre cabalgaduras, a la espera de lanzar el ataque. Don García se abrió paso entre los combatientes. Llevaba la espada en una mano, mientras que en la otra portaba un gran escudo y sujetaba las riendas.

—¡Navarros! —exclamó—. ¡Hoy está más cerca nuestra victoria! Cuando salgamos a luchar, el traidor de Beaumarchais conocerá la furia de nuestros aceros. Primero caerá San Nicolás y todos serán pasados a cuchillo. Y cuando ninguno de ellos quede con vida, entraremos en San Cernin y haremos lo mismo con esos franceses indignos y cobardes. ¿Estáis conmigo?

Los brazos se alzaron.

—¡Sí! —dijeron todos.

—¡Adelante, entonces! ¡Por Dios y por Navarra!

Yo ya no sabía ni por qué luchaba.

Las puertas de la muralla se abrieron y salimos a campo abierto, gritando para acallar el miedo que sentíamos. Fuimos recibidos por una lluvia de flechas y muchos cayeron al suelo debido a los impactos. Yo corrí con el hacha aferrada con las dos manos, hasta que pude protegerme detrás de los muros del convento de Santiago, en el extremo sur del Chapitel. Cogí aire y esperé un momento antes de asomar de nuevo. Cuando lo hice, vi que varios hombres de San Nicolás venían hacia allí con espadas y martillos. Golpeé a uno que blandía una espada. Los metales chocaron mientras el hombre, sorprendido por mi acometida, trataba de defenderse. Apenas le dio tiempo, pues volví a levantar el hacha y lo golpeé con todas mis fuerzas en la cabeza. Se desplomó, mientras yo tiraba para recuperar el arma ensangrentada. Mientras trataba de situarme de nuevo, una flecha me pasó rozando. Me giré y vi a un ballestero tensando de nuevo la cuerda. Sin esperar a que lo hiciera, le lancé el hacha, que le impactó en el brazo. El franco soltó su ballesta y cayó al suelo, entre gritos de dolor. Iba a avanzar hacia él, pero se levantó antes de que llegase y agarró el hacha con el brazo sano. Vi que se disponía a lanzármela, pero en ese instante García Almoravid cruzó a caballo entre los dos y le asestó un espadazo. Cuando el caballo pasó de largo, el franco estaba ya en el suelo.

Mientras nos aniquilábamos en torno al convento, los hombres de Gonzalo Ibáñez de Baztán trataban de colocar una catapulta para bombardear el muro de San Nicolás. Desde las defensas los francos no dejaban de disparar flechas encendidas, y los hombres del alférez avanzaban despacio mientras se protegían con los escudos. Don Gonzalo dio la orden y la catapulta se detuvo. Bajo la lluvia de flechas cargaron un bolaño y lo dispararon. La piedra voló por los aires hasta golpear contra el muro. Sin perder ni un instante, volvieron a cargarla y dispararon de nuevo, siguiendo las indicaciones del alférez real.

Yo asistía a aquel último intento, sin saber muy bien si prefería ganar o caer derrotado. Entonces distinguí entre los enemigos a uno que conocía. Era Bernar, el tío de Anaïs. Junto con otros vecinos había salido para tratar de acabar con los hombres que manejaban la catapulta. Se lanzó contra uno de ellos y le clavó la espada en el estómago. El desdichado cayó al instante, encima de otro cadáver que yacía en el suelo. Bernar se dio la vuelta justo a tiempo para descubrir a otro de mis vecinos que venía a la carrera con los brazos en alto, sosteniendo un gran pico de hierro. Antes de que pudiera descargarlo sobre él, Bernar le asestó un espadazo en el pecho. Ya en el suelo, lo remató clavándole la espada en la barriga. Estaba enardecido por el combate. Caminó deprisa hacia el ingenio, gritando de rabia, pero, cuando estaba a punto de llegar, un soldado de García Almoravid le asestó un martillazo en la cabeza. Mareado, se volvió y atacó con la espada, pero erró el golpe y quedó descubierto. En ese momento el soldado levantó de nuevo el martillo y golpeó con todas sus fuerzas. Escuché el crujido de su cráneo y Bernar se desplomó en el suelo.

El grito del gobernador desde lo alto de los muros del Burgo me sacó de mis pensamientos.

—¡Que salgan todas las tropas! —gritó—. ¡Hay que derrotarlos!

A sus órdenes, más de una veintena de caballeros seguidos por más de cincuenta hombres a pie salieron y se lanzaron contra la catapulta. El pánico se apoderó de los atacantes, que abandonaron la máquina, mientras trataban de defenderse. Gonzalo Ibáñez de Baztán les ordenó replegarse hacia los muros de la Navarrería, para tener allí la protección de los arqueros.

Mientras ellos se retiraban, escuché la voz de García Almoravid que nos conminaba a seguir luchando. Yo no pensaba en nada, ni siquiera en seguir con vida. Solo deseaba que todo acabase. Entonces, para mi sorpresa, descubrí otro rostro familiar, aunque no era capaz de reconocerlo. Mientras blandía el hacha ante mí para mantener alejados a los hombres de Beaumarchais, lo recordé. Se trataba del poeta que siempre seguía al gobernador; lo había visto mientras trabajaba en el Burgo. Él, mientras se zafaba de uno de los soldados de García Almoravid, también me vio y se sorprendió.

Más hombres de Beaumarchais llegaron al lugar en ese momento y García Almoravid ordenó retroceder, pues éramos incapaces ya de contenerlos. A trompicones llegamos hasta los muros y nos refugiamos en su interior mientras las puertas se cerraban de nuevo. Subí a lo alto de la muralla y contemplé la desoladora escena: sobre la plaza había más de sesenta hombres muertos y más de cien heridos. Algunos se arrastraban como podían, tratando de refugiarse bajo el abrigo de los muros. Pocos lo consiguieron, pues desde lo alto los ballesteros les disparaban. El único que permanecía ajeno a todo aquello era un caballo cuyo jinete había muerto y que, con los ojos tapados, debía de preguntarse por qué reinaba el silencio donde antes solo había golpes y gritos. Bajó la cabeza, empujó con la testuz a uno de los muertos y comió la hierba del suelo.

Horrorizado contemplé aquel lugar en el que dos años antes había descubierto el amor y que ahora se asemejaba a la carroña de un animal con el vientre abierto y hediendo bajo el implacable sol.

El Chapitel era ya solo un campo de desolación y muerte.

Llegué ante la fuente de San Cernin y metí la cabeza bajo el chorro de agua fría. Tenía un golpe en el brazo, una herida en la pierna, la cara tiznada por el fuego y el estómago revuelto. De todos los días de enfrentamientos, aquel había sido el más cruento y devastador. Había visto morir a muchos de los míos a mi lado y también había matado a numerosos enemigos con mi espada. A mi cabeza acudían sin cesar imágenes de cuerpos desmembrados, rostros desfigurados y ropas ensangrentadas. El agua fría me ayudó a desdibujarlas, devolviéndome de nuevo a la realidad. Sin embargo, había una que no se borraba: la de Íñigo luchando en la plaza, blandiendo un hacha en sus manos.

Magali me había dicho que estaba muerto, que Anaïs le había esperado durante días hasta que, desesperanzada, había regresado a San Cernin gracias a la ayuda de unos vecinos. Yo no había querido insistir mucho en el asunto, pero no me creía nada de aquella historia; y ahora, mucho menos. Si Íñigo estaba vivo, ¿serían ciertos los rumores de que Anaïs era una espía de García Almoravid y que podría estar pasando información? ¿Habría mentido sobre la muerte de su esposo para que la historia resultase más creíble? De momento no podía saberlo, pero estaba dispuesto a averiguarlo cuanto antes.

Tomé la espada y me dirigí a casa de Magali, dispuesto a obtener como fuera la verdad. Doblé la esquina de la iglesia, salí a la rúa Mayor de los Cambios y fue entonces cuando escuché unos lamentos de mujeres. Avivé el paso y descubrí que aquellos llantos venían de casa de Magali. Entonces lo descubrí: en la calle, tendido en el suelo, yacía el cadáver de Bernar, con la cabeza abierta. Laurina se encontraba agachada sobre el pecho de su marido, agarrada a él y chillando, mientras su hija la abrazaba para consolarla. Adrien estaba sentado en el suelo, con la cara entre las manos. Y Anaïs, a su lado, lloraba desconsoladamente. Me acerqué, despacio, y me agaché junto al cuerpo de Bernar. Magali me vio. Tenía los ojos enrojecidos por el llanto.

—Magali, yo… —acerté a decir.

El sonido de una trompa se oyó desde la torre de la Galea; los de la Navarrería se disponían a lanzar bolaños.

—Hay que ir dentro —grité—. Más tarde lo enterraremos.

Entre Adrien y yo arrastramos el cuerpo hasta el interior de la vivienda. Miré a Anaïs. Parecía abatida. Entonces, ante el silencio de los demás, Laurina se acercó a ella y le increpó:

—¡Tú! ¡Tú eres la culpable de todo! —gritó, con los ojos inflamados de llanto y rabia—. ¡No has traído más que desgracias a esta casa! Bernar lo dijo. ¡No eres más que una traidora! ¡Una maldita traidora!

Magali se acercó y la abrazó contra su pecho, sujetándola.

—Madre, por favor…, no…

Laurina se derrumbó, exhausta, mientras Anaïs, en pie, tenía la faz lívida y estaba tan paralizada como una de las estatuas que adornaban la iglesia de San Cernin. En sus hermosos ojos azules había todo menos vida.

Despacio, retrocedí y salí de nuevo a la calle, oyendo de fondo el llanto entrecortado de Laurina. Resultaba obvio que aquel no era el momento de hacer las preguntas que se amontonaban en mi cabeza, ni tampoco para revelar lo que había descubierto por la mañana en la explanada del Chapitel.

Pero no lo dejaría en el olvido.

Aquellos malditos se defendían con bravura, he de admitirlo, pero no pensaba consentir que su resistencia triunfase sobre mi tenacidad, no ahora que había alcanzado el lugar que me correspondía. Levanté la mano y ordené reanudar los disparos de las catapultas. Mi plan de derribar el muro de San Nicolás había fallado y sabía por qué: mis hombres no se habían batido con el suficiente arrojo. Ni siquiera el hecho de estar defendiendo a sus familias y sus viviendas parecía proporcionarles el valor necesario.

Me dirigí a la casa de don Gonzalo. Al llegar me ofreció una copa de vino, que apuré con gusto.

—Hay que redoblar los ataques, día tras día, sin descanso —dije.

—Y ¿qué pretendéis hacer? —preguntó don Gonzalo, apático; su moral tampoco era la adecuada, ni aquel día, ni ninguno—. Hemos atacado sus molinos, sus muros, sus huertos, sus casas, sus torres, hemos combatido contra ellos en la plaza y en los campos..., y no hemos podido con ellos.

—Pues habrá que sacrificarse aún más... No podemos darles la oportunidad de que reciban refuerzos. Es ahora o nunca.

Don Gonzalo bajó la cabeza.

—Quizá tengamos que empezar a pensar que no será nunca...

—Eso es imposible..., imposible. No podemos perder.

Me miró fijamente.

—¿Qué queréis decir con que no podemos perder?

Don Gonzalo parecía no entender la situación.

—Si nos derrotan, seremos los primeros en ser ejecutados, para escarnio de todos los demás. Pero nosotros no somos uno más... ¡Somos los nobles de Navarra! Si cae la catedral de Pamplona y caemos nosotros, ¿qué quedará de nuestro reino?

—Nada —respondió él—, pero eso ya lo sabíamos antes de que todo esto comenzara.

Me puse en pie y me acerqué a la ventana para ver cómo las catapultas bombardeaban los burgos de francos. Puede que don Gonzalo no lo entendiera, pero yo lo veía cada vez con más claridad.

—Os lo repito —dije, sin volverme—. Nuestra cabeza no puede quedar ensartada en una pica. No somos uno más, somos Navarra.

# 23

La desolación inundaba el ánimo de los presentes. Todos tenían aspecto cansado; apenas habían dormido durante los últimos días y la ansiedad los ahogaba. Yo permanecía en una esquina del salón, dispuesto a tomar nota de lo que allí se tratase. El gobernador me había adelantado las noticias que debía darles a los vecinos y sentía una enorme aflicción por ello.

—Señores —dijo, sentado a la cabecera de una gran mesa—, conocéis mejor que nadie los terribles combates que se han librado esta semana. La sangre de vuestros vecinos y la de mis soldados ha sido derramada para no caer derrotados frente a los ricoshombres.

Todos asintieron en silencio, sabían que lo siguiente no serían buenas noticias. Vi que el gobernador tomaba aire; lo que tenía que decir a continuación no era fácil.

—No quiero mentiros. Por eso he de deciros que todavía no tengo noticia alguna de que el rey de Francia haya enviado su ejército en nuestra ayuda. Os dije que a mediados de agosto estaría aquí, pero estamos a punto de que septiembre comience y nadie ha venido en nuestra ayuda. Desearía daros otras noticias…, pero no puedo.

Entre los presentes se oyeron suspiros y lamentos. Sin la ayuda del rey, ganar aquella guerra resultaría imposible.

—Por eso —continuó—, he decidido lanzar un ataque final contra la Navarrería. Ya estuvimos a punto de derrotarlos cuando derribamos parte de su muro. Ahora trataremos de hacer lo mismo, pero con más ahínco. Dirigiré las tropas personalmente e intentaré que podamos darles el golpe definitivo.

Nadie se atrevía a levantar la mirada.

Al día siguiente, muy poco después de salir el sol, todos estábamos preparados para entrar en combate: los caballeros con sus armaduras, los caballos con sus petos, los soldados de a pie con espadas, lanzas, escudos, ballestas, martillos, cuchillos y cualquier otra arma con la que pudiéramos derribar al enemigo. Junto a nosotros se habían dispuesto dos «gatas» con arietes y tres catapultas montadas sobre ruedas. Saldríamos todos a la vez y trataríamos de derribar de la forma que fuera el muro de la Navarrería para poder realizar un asalto. Saliera bien o mal, nos lo jugábamos todo a una carta.

Armado con un escudo ligero y portando una ballesta y un puñal en el cinto, yo esperaba junto a mi señor. Este no había faltado a su promesa y se había puesto su armadura completa para salir a combatir. Aquel día dirigiría a sus tropas desde la calle, no desde lo alto de las almenas.

Miró a uno de sus soldados y le hizo un leve gesto con la cabeza. Este le acercó su espada y su escudo y Beaumarchais los tomó. Luego miró al hombre que se apostaba junto al mecanismo para abrir la puerta. Con un solo gesto de asentimiento por su parte todos saldríamos a campo abierto. La tensión era extrema. Sentía que la muerte no estaba muy lejos. En ese momento, cuando el gobernador se encontraba a punto de ordenar el ataque, escuchamos unas voces que parecían venir desde el otro extremo del Burgo. Beaumarchais se volvió y descubrió que quien se aproximaba era Étienne. Había entrado por el Portal de San Lorenzo y venía a la carrera. Días atrás el gobernador lo había enviado al extremo norte del reino, más allá de los Pirineos, para que reuniese alguna información sobre la ayuda del rey Felipe.

—¡Esperad, señor! —gritó, mientras se acercaba.

Llegó jadeando y se inclinó para tomar un poco de aire,

ante las miradas de sorpresa y de ansiedad de los allí presentes.

—Habla —le pidió Beaumarchais—. ¿Qué noticias nos traes?

—Señor —dijo, todavía con la respiración entrecortada—, no debéis salir a combatir. Las tropas del rey han dejado atrás Jaca y se dirigen ya hacia aquí. Es el ejército más grande que podáis imaginar. Está encabezado por el condestable Sire Imbert y lo acompañan el señor de Bearne, el conde de Artois, el vizconde de Avilar, el señor de Tonneins, el conde de Périgord y muchos otros. Detrás los siguen caballeros y tropas de a pie, tantas que no se las puede divisar de una sola vez. No tardarán más de dos días en llegar.

Un grito de júbilo se alzó desde todas las gargantas. Todos nos abrazábamos, felices y esperanzados. Beaumarchais se retiró el yelmo y miró a su consejero.

—¿Es eso verdad? ¿Están las tropas del rey tan cerca?

—Es cierto, señor. No tardarán en llegar y, cuando lo hagan, no habrá ejército que pueda detenerlas; os lo aseguro.

Beaumarchais miró hacia las catapultas y las «gatas», dispuestas para el asalto, y a los hombres que esperaban ansiosos sus órdenes. Entonces Pontz Baldoin se le acercó.

—Gobernador, si las informaciones que hemos escuchado son ciertas, no hay ningún motivo para salir a luchar hoy. Abandonemos la idea del asalto, pues en breve serán ellos quienes se rindan. Si hoy nos atacan, saldremos a combatirlos, pero en modo alguno os debéis exponer a la muerte.

Mi señor reflexionó. Todo estaba listo para el ataque y podría resultar bien. Yo sabía que él hubiese preferido resolver ya la situación, antes de que las tropas llegasen a Pamplona. Aquello era, de hecho, lo que el rey Felipe le había encargado hacer y de lo que los grandes nobles de Francia habían dudado. Sin embargo, por otro lado, arrastraría a sus hombres y a los vecinos a una lucha terrible, incluso a la derrota, si el plan fracasaba. Intuí su amargura. Entonces, mientras todos esperaban impacientes, dio el escudo y la espada a su escudero y descabalgó. Avanzó unos pasos y se fundió en un abrazo con Pontz

Baldoin y luego con Étienne. Todos gritaban con arrobo y júbilo, alzando las armas y felicitándose.

—¡El final está próximo, amigos! —gritó Beaumarchais, ante el alborozo de todos los presentes.

En ese momento, Étienne se giró, satisfecho, y me miró. Después se acercó un poco más y me susurró al oído:

—Si tenías alguna esperanza de ocupar mi lugar, te lo puedes ir quitando de la cabeza. Mi señor me estará eternamente agradecido por lo que acabo de hacer por él.

Étienne se unió de nuevo al grupo que rodeaba al gobernador, jaleándolo y lanzando vivas. Yo, apartado, observaba la escena en silencio. ¿Por qué insistía tanto el consejero en querer menospreciarme? ¿Me consideraba en verdad un competidor a ojos de Beaumarchais? Su empecinamiento me contrariaba y me hacía dudar.

«Si es eso lo que deseas, nos mediremos», dije para mí.

Dos días más tarde, poco después del mediodía, la interminable comitiva llegó a las inmediaciones de Pamplona. Étienne no había errado en su descripción: se trataba de un ejército tan grande y tan bien pertrechado que muy difícilmente podría otro hacerle frente. Beaumarchais, acompañado de Pontz Baldoin y de otros vecinos de los burgos, contemplaba el espectáculo desde lo alto de las murallas. Aquello por lo que tanto habíamos rezado se había hecho realidad al fin.

—Hemos de salir a recibirlos —dijo el gobernador, con serenidad—. No hay que temer que los de allá intenten nada; a estas alturas deben de estar arrepintiéndose del error que cometieron al declararse en rebeldía.

El gobernador, varios de sus caballeros y también algunos vecinos salieron de San Cernin por el Postigo de las Carnicerías, el paso que conducía directamente al Puente Nuevo, en dirección a Francia. Beaumarchais tenía a su lado a Étienne y un poco más atrás iba yo. Sabía que gozaba de la confianza de mi señor, pero no de la del consejero y no quería inmiscuirme. Al menos de momento.

Como el gobernador había vaticinado, los de la Navarrería

permanecían en silencio; apenas se veían unos pocos hombres en las almenas, vigilando, pero las algarradas no habían hecho ni un disparo esa mañana. Cuando nos acercamos a la comitiva, pude ver en cabeza a Gastón de Montcada. Este sonrió al gobernador, mientras bajaba del caballo e iba a su encuentro. El gobernador también descabalgó y ambos se fundieron en un abrazo.

—Hoy es un día grande para Francia y para Navarra, gobernador. Han sido meses difíciles, pero ahora podemos dar por seguro que los sufrimientos se han acabado.

Me di cuenta de que pronunció «ahora» con especial énfasis; a Beaumarchais tampoco le pasó desapercibido ese detalle.

—Siempre es un día grande cuando la justicia triunfa sobre la traición. Todos estos meses pasados hemos luchado con denuedo para lograrlo.

El señor de Bearne asintió sin entusiasmo a sus palabras. Después se volvió y fue nombrando a todos los nobles que componían la comitiva, comenzando por el condestable, Sire Imbert de Beaujeu, que la encabezaba. Según iban llegando las tropas, el gobernador informó a los nobles de los últimos combates vividos en Pamplona y de la situación en la que se encontraban los burgos de francos, sin apenas suministros y bombardeados sin cesar.

—Hemos estado cerca de sucumbir, pero no han podido con nosotros.

—El rey no olvidará nunca la traición de los nobles navarros, podéis estar seguro de ello —dijo Sire Imbert—. Hicieron una apuesta y la perdieron. Ahora van a descubrir lo que les espera.

El gobernador asintió y montó de nuevo en su caballo para emprender el regreso a San Cernin, a la cabeza de la comitiva; pero Sire Imbert arreó a su palafrén y se puso al frente.

Cuando entramos, él fue el primero en recibir aplausos.

# 24

Habían pasado dos semanas desde la llegada del ejército del maldito rey Felipe. Dos semanas en las que, palmo a palmo, las tropas francesas habían ido avanzando hacia los muros de la Navarrería. A pesar de su gran tamaño, no les fue fácil; para tomar la ciudad los soldados debían estar en campo abierto, por lo que constituían un blanco fácil para nuestros hombres, que les lanzaban piedras y flechas. Además, todas las noches abríamos las puertas de la muralla y salíamos a destrozar con fuego los puestos avanzados de los franceses. Sin embargo, ni con todo el esfuerzo y el valor empleados habíamos conseguido contenerlos; un poco más y la Navarrería quedaría cercada por completo.

Yo me encontraba en mi estancia, terminando de leer una carta que acababa de recibir; las tropas del rey Alfonso habían llegado a las inmediaciones de Pamplona, pero habían sido rechazadas al sur de la capital por los ejércitos del condestable, Sire Imbert de Beaujeu. Habían luchado con valentía, o eso decían, pero ante la superioridad francesa habían optado por dar la vuelta, de regreso a Castilla.

Aquello era el fin, lo sabía; la guerra estaba perdida.

—Señor García Almoravid —dijo uno de mis hombres—, un canónigo de la catedral os espera abajo. Dice que el obispo quiere veros de inmediato.

Cogí la carta de la mesa, la doblé con cuidado y la metí bajo las ropas.

Acompañado por el canónigo, caminé hasta la catedral y me dirigí al palacio del obispo. Al entrar vi que se encontraban también el prior y don Gonzalo.

—¿Cuál es la situación? —preguntó el obispo, sin más preámbulos, cuando todos nos hubimos sentado a la mesa.

El alférez tomó la palabra:

—Todavía tenemos fuerzas. Alimentos no faltan, ni flechas, ni piedras. Debemos aguantar como sea, a la espera de que el rey Alfonso nos ayude.

—¿Creéis de verdad que esa ayuda llegará? —preguntó el prior, con gesto desconfiado.

—No sé qué creer —dijo don Gonzalo, mirando al obispo.

Este se puso muy recto en su silla.

—El rey me dijo que no nos abandonaría, que nos enviaría sus tropas para ayudarnos, pero los franceses ya están aquí y a las tropas de Castilla aún no las hemos visto. Ya no sé qué pensar. Quizá don García pueda decirnos algo más...

Yo carraspeé, tratando de ocultar lo que sabía. Notaba la carta bajo la camisa, rozándome la piel.

—Yo sigo confiando en don Alfonso —dije al fin—. Sus tropas llegarán. Y hasta entonces, como dice el alférez, debemos resistir como sea. Mientras uno de nuestros hombres pueda sostener un arma en sus manos, no sucumbiremos. Y si un día, Dios no lo quiera, alguien escribe sobre nuestra derrota, al menos recordarán nuestra entrega y nuestro valor, no nuestra sumisión.

El obispo levantó la vista y me miró a los ojos.

—Los refuerzos no están, no están... Y, aunque lleguen, puede que sea demasiado tarde. El ejército que el rey Felipe ha enviado es enorme y no podremos resistir mucho más tiempo. Dentro de poco nos tendrán rodeados por completo. Quizá si pidiéramos clemencia...

—¿Clemencia? —preguntó Sicart—. Dudo mucho de que muestren respeto por nosotros...

—¿Lo merecemos? —preguntó el obispo, en voz baja.

El silencio se hizo en la sala, hasta que Sicart lo rompió.

—Yo estoy con don García —dijo—. Si hemos de morir, al menos lo haremos con honor.

Don Gonzalo puso las manos sobre la mesa y levantó la vista.

—Yo también. Lucharemos.

El obispo se levantó y volvió a mirar por la ventana.

—Está bien —dijo—. Seguiremos luchando; y que Dios nos proteja.

—Pero mientras lo hacemos —intervino el prior, antes de que don Gonzalo y yo nos fuéramos— es necesario que en cada puerta de la ciudad se establezcan controles especiales a partir de hoy. Es importante que nadie entre…, pero también que nadie salga.

Aquellas palabras me extrañaron, sobre todo viniendo de Sicart. ¿Qué quería decir aquel necio?

—¿Insinuáis algo, prior? —pregunté.

—No insinúo nada, lo digo. La semana pasada dos de los caballeros de don Gonzalo aprovecharon un descuido para abandonar su guardia y salir huyendo de la Navarrería; y ayer lo hizo uno de los vuestros. ¿Me equivoco? Durante la tregua, vos establecisteis que nadie podría dejar la Navarrería sin vuestro permiso y, aun así, Pedro Sánchez de Monteagudo estuvo a punto de abandonar la defensa y unirse al gobernador. Ahora nosotros exigiremos lo mismo; si vamos a luchar, lo haremos con todas las consecuencias y no permitiremos que nadie abandone. Entre los vecinos son ya muchos los que temen que, después del intento de Sánchez de Monteagudo, se produzcan otros. Y yo, la verdad, no puedo poner la mano en el fuego por nadie.

Miré al prior mientras por dentro me crecía la ira; era la primera vez que Sicart se mostraba hostil conmigo y no pensaba aguantar sus impertinencias. Sin embargo, don Gonzalo se adelantó para destensar la cuerda.

—No abandonaremos la lucha, si es eso lo que sugerís —dijo, visiblemente molesto por las palabras del prior—. Somos hombres de palabra.

—Si es así —dijo este—, nada habéis de temer con nuestra medida. Hablaré con los vecinos para que coloquen barricadas de madera y de piedra; también les pediré que pongan cuadrillas en cada paso de la muralla. Y yo, por mi parte, enviaré a los canónigos. ¿Estáis de acuerdo, excelencia? —dijo, mirando al obispo.

—Lo estoy —dijo Armengol.

Maldito cobarde... Creo que aquella fue la única vez que estuvo de acuerdo en algo con el prior.

—Y, para que al gobernador no le quepa ninguna duda de nuestra determinación —siguió Sicart—, le mandaremos un mensaje firmado por todos los que aquí estamos, en el que le dejaremos bien clara nuestra voluntad de no rendirnos nunca.

Don Gonzalo y yo inclinamos la cabeza, en señal de asentimiento. El prior sacó la carta ya redactada y la firmamos, al igual que hizo el obispo. Sicart tomó la misiva, la dobló y se la entregó a Armengol, que le puso lacre y la selló con su anillo. Después se la dio a don Gonzalo.

—Encargaos de enviar a un hombre con ella para que se la entregue en persona al gobernador.

—Así lo haré —dijo el alférez.

Mientras Sicart permanecía con el obispo en el palacio episcopal, abandonamos la catedral. Los dos caminamos hasta las inmediaciones de mi casa-torre, pero cuando Gonzalo Ibáñez iba a despedirse lo agarré por el brazo y le susurré al oído:

—Venid conmigo. Quiero hablar con vos, en privado.

Los dos entramos en mi casa y nos dirigimos al piso superior. Llamé a un sirviente, que nos trajo una jarra de vino y unas copas. Luego le ordené que saliera y que cerrase. Don Gonzalo, con la copa en la mano, me miraba expectante. Me iba a jugar todo a una carta y tenía que medir muy bien mis palabras.

—Las cosas no han salido como esperábamos, ¿verdad? —comencé.

—No, desde luego. Si echo la vista atrás, no encuentro más que errores muy graves. No nos hemos comportado como se esperaba de nosotros. Somos los ricoshombres de Navarra, pero nuestra forma de proceder ha sido bastante mezquina.

—En ese caso —dije despacio—, un pecado más no supondrá mucha diferencia, ¿verdad?

Don Gonzalo me miró, sorprendido.

—Explicaos, ¿cuál es el pecado del que habláis?

—La mentira.

—¿Mentira? ¿Qué mentira?

—La que acabo de decir. He jurado defender la Navarrería, pero no lo haré.

Dejó la copa sobre la mesa.

—Ese es un pecado, sí, pero su nombre no es mentira, sino uno mucho peor: traición.

Me puse en pie y le di la espalda. Aquello tampoco era fácil para mí.

—¿Traición? Hemos hecho todo lo posible, pero cualquier intento de defensa es inútil. Escuchad, acabo de recibir una carta que me ha enviado uno de mis hombres. Las tropas del rey Alfonso no llegarán. Han sido derrotadas por los franceses al sur de Cizur y se han dado la vuelta... La ciudad caerá, mañana, pasado, dentro de un mes o de dos; pero caerá. ¿Qué sentido tiene caer con ella? Ni la catedral confía ya en nosotros, acabáis de verlo.

Saqué la nota que llevaba bajo la camisa y se la di a don Gonzalo, que la tomó con mano temblorosa. Se fue poniendo pálido según la leía.

—Castilla nos abandona... —dijo al terminar y dejándola de nuevo sobre la mesa—, pero luchar tiene el sentido de no faltar a nuestra palabra. Y vos mejor que nadie deberíais saberlo. Durante los dos últimos años habéis hecho todo lo posible para que esta guerra estallase y ahora..., ¿ahora pensáis en abandonar a los que deberíais defender?

Me di la vuelta, despacio, y lo miré a los ojos.

—No solo lo haré yo, sino también vos.

Don Gonzalo se puso en pie empujando la silla con estrépito.

—¿Yo? ¿Yo? ¿Cómo os atrevéis? ¡Yo nunca abandonaré a los vecinos de la Navarrería, ni a la catedral de Santa María!

—¿Queréis ser un mártir?

—Lo que no quiero ser es un infame.

—Al menos estaréis vivo...

—Vivo y deshonrado. ¿Qué valor tiene eso? ¡No quiero escuchar ni una palabra más de todo esto!

Don Gonzalo avanzó hacia la puerta y la abrió, pero me interpuse en su camino y apoyé la mano con firmeza sobre la madera para evitar que saliera. Solo tenía esa oportunidad.

—¡Dejadme ir! —gritó él.

—Solo os pido que me escuchéis antes —dije, tratando de que mi voz sonase firme y no suplicante—; luego podréis marcharos si ese es vuestro deseo.

Don Gonzalo dudó.

—Solo escuchadme...

El alférez inspiró hondo, soltó la manija y regresó a su asiento. Respiré aliviado, sin que él me viera, y me senté también.

—Cuando todo esto acabe —proseguí—, Navarra seguirá necesitando a sus nobles. Hay muchos caballeros y campesinos que dependen de nosotros. ¿Qué será de ellos si morimos? ¿Merecen menos que los vecinos de la Navarrería? ¿Creéis que preferirán quedar huérfanos a vivir en armonía como hasta ahora? Y nuestras familias, ¿habéis pensado en ellas? Vuestro propio hijo también está aquí, con vos. ¿Queréis condenarlo también a la muerte?

Don Gonzalo estaba confuso, lo notaba. Él sabía tanto como yo que la ciudad caería, pero se negaba a admitirlo.

—Lo que proponéis es absurdo, don García. Si os rendís, el gobernador os apresará y os castigará por vuestro comportamiento, probablemente con la muerte. ¿De dónde habéis sacado la disparatada idea de que podréis mantener vuestros privilegios como si nada hubiese ocurrido?

—No estoy hablando de rendirme, don Gonzalo, sino de pactar —dije. Y, en ese instante, vi en sus ojos un asomo de aquiescencia. Tenía que seguir tirando del hilo.

—Explicaos...

—Lo que debemos conseguir es un pacto, un acuerdo por el cual todos obtengamos lo que queremos.

—No entiendo. Está claro que nosotros deseamos volver a nuestras tierras y seguir ejerciendo nuestro señorío. Pero ¿qué puede querer el gobernador o el rey Felipe de nosotros?

Sonreí por dentro; don Gonzalo ya empezaba a hablar en plural.

—Lo que le daremos es nuestra entrega. ¿No veis el ejército que ha enviado el rey? Sabe que, a pesar de estar cercados, aún podríamos resistir mucho tiempo. Y eso resulta muy costoso. A los nobles que ha enviado debe recompensarlos adecuadamente, y cada día que pase la cuenta será mayor. No le interesa dilatar la caída de la Navarrería, de eso estoy seguro.

Don Gonzalo reflexionó sobre mis palabras y me di cuenta de que comprendía tan bien como yo que un asedio no podía mantenerse de forma indefinida. Los nobles franceses exigirían una buena recompensa por ello y, si se prolongaba mucho en el tiempo, algunos empezarían a pensar que aquello no merecía la pena y podrían llegar a retirarse. No sería la primera vez que ocurriera.

—Y ¿cómo pensáis que podemos llevar a cabo esas negociaciones? —preguntó don Gonzalo—. Los vecinos de la Navarrería y la propia catedral no dejarán que nos entreguemos. Ya habéis oído al prior, nos ha hecho firmar que nunca abandonaremos la lucha.

—El prior es muy astuto, pero hoy se ha equivocado, pues nos ha servido en bandeja la posibilidad de hablar con el gobernador.

—La carta... —susurró Gonzalo Ibáñez de Baztán, llevándose la mano al pecho.

—Exactamente. Enviaremos un mensajero al Burgo, pero no con la carta del prior, sino con una que contenga los términos de nuestra entrega. Si el gobernador acepta nuestras condiciones, rendiremos de inmediato la ciudad.

Don Gonzalo negó con la cabeza.

—Nunca los aceptará... Hemos ido demasiado lejos.

—No perdemos nada con intentarlo y tenemos mucho que ganar.

—Nuestra deslealtad se recordará durante siglos...

—Eso no puedo negarlo, pero si me importa poco el parecer de los que me rodean, imaginad lo que aprecio el de aquellos que aún están por llegar, a los que ni siquiera conozco. Escuchad, cuando todas las opciones son malas, hay que optar por la que menos perjudique. Hemos luchado hasta donde ha sido posible, pero ir más allá es tan absurdo como tratar de resistir con el pecho el golpe de un ariete. Creo que, antes que morir, es preferible que ese mensaje, firmado por ambos, le llegue al gobernador.

Gonzalo Ibáñez de Baztán cerró los ojos. Tras unos instantes que se hicieron eternos los abrió y me miró.

Y yo entendí el mensaje.

# 25

No podía esperar más, estaba seguro de que Anaïs mentía y necesitaba descubrir la verdad. Con paso decidido me dirigí a casa de Magali. La encontré en la calle, tendiendo al sol la colada.

—Guilhem —dijo, sorprendida por mi llegada—, hace días que no venías. ¿Ocurre algo?

Negué con la cabeza.

—Nada grave. El gobernador siempre está reunido con los demás señores buscando la mejor estrategia para vencer a los enemigos. Parecía que los nobles iban a sucumbir inmediatamente, pero se resisten a abandonar.

—No lo entiendo. ¿Es que todavía confían en su victoria?

—No creo…, pero ¿qué remedio les queda? Si se entregan saben que serán ejecutados.

—¿Y están dispuestos a hacer pasar por ese sufrimiento también a los vecinos?

—Eso parece; a no ser que podamos hacer algo para evitarlo…

—¿Hacer? ¿Quiénes?

Me acerqué un poco más.

—Nosotros, Magali, tú y yo.

Ella me miró, extrañada.

—No entiendo nada…, ¿qué quieres decir?

La tomé de la mano y la alejé de la casa, donde nadie pudiera oírnos.

—Hay algo que no te he dicho. Antes de la llegada de las tropas del rey, uno de los días en que los combates fueron más violentos, vi a una persona en el campo de batalla. Alguien a quien conoces...

—¿De quién estás hablando?

La miré fijamente a los ojos, antes de contestar:

—Estoy hablando del carpintero.

Magali alzó las cejas, asombrada.

—¿Íñigo?, ¿lo viste?

—Así es. Estaba a un palmo de mí. Llevaba un hacha en las manos y luchaba con saña. No tengo ninguna duda, era él.

—Y ¿por qué no me lo has dicho hasta ahora? Anaïs cree que está muerto...

—Por eso lo he hecho. Si Anaïs lo hubiese sabido, podría haber cometido una locura. Escúchame, no creo que escapara gracias a un soborno. Creo que lo hizo por algún escondrijo, sola o con ayuda. Y eso ahora podría sernos de enorme utilidad. Tengo una idea en la cabeza que nos podría evitar un baño de sangre. También a los de la Navarrería.

Magali se negaba a creerme.

—¿Algún escondrijo? ¿Te das cuenta de lo que estás diciendo? Me parece que te dejas arrastrar por tu imaginación...

—La que tiene imaginación es ella; ningún navarro se hubiese arriesgado a sacarla con la prohibición expresa de García Almoravid. Estoy seguro de que esconde algo y creo que sé cómo podrías sonsacárselo...

—¿Yo? Explícate.

—Quiero que le digas que vi a Íñigo luchando, que estaba sano y salvo. Y que, si nos revela cómo escapó de la Navarrería, podríamos sacarlo de allí. Si no lo hace, puede estar segura de que Íñigo morirá.

Magali bajó la barbilla, pero vi que mis palabras habían surtido efecto.

—Ten en cuenta, además —añadí—, que eso alejaría las dudas de que es una traidora o de que está apoyando a los otros... Seguro que tu madre lo tendría en cuenta.

Tras unos instantes, Magali me miró a los ojos de nuevo.

—Está bien —dijo—. Hablaré con ella en cuanto pueda, aunque no creo que sirva de mucho.

—En cuanto puedas, no; ahora mismo. Se está preparando el ataque final. Si se desencadena, ya no podremos hacer nada.

Magali asintió en silencio y, acercándose de nuevo a su casa, dejó el cesto con la ropa junto a la entrada.

Estaba jugando con ella, es cierto, y reconozco que en aquel instante lo hacía más por mí que por ningún otro. Deseaba complacer a mi señor, lo deseaba más que nada en el mundo, sobre todo después de comprobar que Étienne temía mi ascenso. Aquello me permitiría dejar de ser un don nadie y lograr una mejor posición.

Cuando lo lograse podría pensar también en los demás, pero ahora era mi turno.

Escuché a Magali subiendo las escaleras a la carrera, algo que me sorprendió. Aquellos días todos estábamos muy tristes y las penas nos pesaban como plomos en las piernas. Yo estaba en la cama, agotada, y los ojos me ardían de tanto llorar. No encontraba fuerzas para nada, ni ánimos. Las palabras de Laurina habían caído sobre mí como una losa. Al abrir la puerta, Magali se acercó y me acarició el pelo.

—No puedes estar siempre así, Anaïs. Las lágrimas borran las heridas…, y tú ya has llorado demasiado. Tienes que sobreponerte: por ti… y por todos nosotros.

Me enjugué las lágrimas.

—Tienes razón. No estoy siendo de mucha utilidad últimamente. Pero esto se va a acabar… Esta tarde bajaré al taller y empezaré a coser. Así, además, tendré la cabeza ocupada en algo.

Magali se quedó mirándome, y en ese instante supe que no había venido solo a levantarme el ánimo.

—En realidad —dijo—, hay otra forma en la que podrías sernos más útil.

No comprendía lo que quería decir.

—¿Otra cosa? ¿A qué te refieres?

—Cuando estuviste en la Navarrería...

La interrumpí, antes de que pudiera continuar. No quería volver sobre aquello.

—Ya te he contado todo lo que pasó allí, ¿por qué insistes?

Me cogió la mano.

—Creo que no me has contado todo... Tuviste que salir de un modo diferente a como nos dijiste.

Agaché la mirada para que no descubriera mi indecisión.

—No sé de qué hablas. Ya te dije que Andrés sobornó a un soldado...

—Sí, me lo dijiste..., pero no te creo. Nadie se hubiese atrevido a intentar algo así. Todo el mundo sabe que García Almoravid prohibió expresamente que se pudiera salir. ¿Por qué Andrés habría de exponerse a que tú lo hicieras?

—No lo sé..., lo hizo..., ¿qué importa eso?

—Importa y mucho. Porque dentro de la Navarrería hay alguien que te está esperando. Alguien a quien dabas por muerto.

Levanté la vista de nuevo y me encontré con los ojos de Magali, que me miraba sin pestañear. Aquello no podía ser verdad.

—Guilhem me ha dicho que vio a Íñigo hace unos pocos días en el campo de batalla. Está vivo, Anaïs.

Me llevé la mano a la boca; no podía creer lo que estaba escuchando.

—¿Íñigo? ¿Vivo? Pero..., pero él no regresó. Yo lo esperé, como me dijo...

—Pues lo vio, me lo ha asegurado. ¿Por qué iba a mentirme? Llevaba un hacha en las manos y dice que se batía con arrojo. Quizá estuviera herido o qué sé yo, pero ahora está vivo. El problema es que, si no hacemos nada, dentro de unos días podría estar muerto. Y ahora de verdad.

—¿Qué quieres decir?

—Guilhem me ha dicho que el gobernador y los nobles están preparando el asalto final. No van a tener piedad, entrarán a saco y arrasarán con todo. Quizá se apiaden de los religiosos, de los niños y de las mujeres, pero no de los que empuñaron las armas. El que se rinda estará ofreciendo el cuello a su verdugo. Si quieres que Íñigo se salve, tienes que hacer algo… y deprisa. El tiempo se acaba.

Volví a bajar la cabeza. Había prometido no hablar, no revelar el modo en que había huido; pero ahora, pensaba, aquello carecía ya de sentido. Si la Navarrería iba a caer de todos modos, ¿qué importaba que revelase el secreto? Quizá así podría salvar a Íñigo, como decía Magali.

—Guilhem dice que tal vez conozcas un modo para entrar… Si es así, él está dispuesto a ir y sacar a Íñigo antes de que las tropas del gobernador asalten la ciudad. Y ya nadie podrá tener dudas sobre tu compromiso con los burgos, ni siquiera mi madre. De veras, Anaïs, no hay tiempo que perder.

Las dudas me consumían. Íñigo estaba vivo y yo podía hacer algo por salvarlo. Levanté la mirada y me encontré otra vez con sus ojos, que me miraban con ansiedad.

—Hay un camino para entrar —susurré—. Es muy estrecho y tortuoso, pero se puede entrar.

Magali me abrazó y me besó los cabellos.

—Vamos a salvar a Íñigo. Tú lo salvarás.

Sin perder un instante, me dirigí a la iglesia de San Lorenzo, donde en ese momento se celebraba una reunión entre el gobernador y los nobles franceses enviados por el rey Felipe. Pasé entre los muchos vecinos que se arremolinaban alrededor de la iglesia, ansiosos por conocer de primera mano lo que se acordase. Con paso ligero, me acerqué a la puerta y llamé. Al instante esta se abrió.

—¿Qué quieres? —me preguntó un soldado—. El gobernador está reunido con los nobles.

—Quiero verlo.

Me miró con desprecio.

—¿No has oído lo que te he dicho?

—Sí, que está reunido con los nobles; por eso quiero verlo. Hay algo importante que deben saber.

El soldado se dio la vuelta, con la puerta entreabierta. El gobernador me vio a través del hueco y, con un leve gesto de cabeza, le indicó al soldado que me dejase pasar. Penetré en el templo, ante la mirada de extrañeza de los allí reunidos. Caminé por la nave central y me senté cerca de Pontz Baldoin, mientras el gobernador tomaba de nuevo la palabra, después de haber leído la carta que García Almoravid y Gonzalo Ibáñez de Baztán le habían enviado. Aquellos que le habían vejado y que habían guerreado con alevosía y saña durante los últimos meses se avenían ahora a entregarse a cambio de poder mantener sus privilegios.

—No puedo creerlo —musitó, dejando la carta sobre la mesa—. Están dispuestos a rendir la Navarrería de inmediato y a entregarse. Lo harían mañana mismo.

—Esto no es exactamente una entrega, gobernador —dijo Sire Imbert—, sino un pacto. Y las condiciones que proponen no son del todo aceptables... ¿Cómo podemos saber que no volverán a alzarse dentro de un mes o de un año? Perdonarlos sería como darles alas para sublevarse de nuevo en la primera ocasión que tuvieran.

—Así es —convino Gastón de Montcada—, pero también hay que tener en cuenta las consecuencias de no aceptarlo. Para bombardear los muros tendremos que ejecutar un ataque a poca distancia y adelantar los arietes. Y eso puede llevar tiempo y causarnos muchas bajas. Durante la tregua reforzaron sus murallas. Yo estuve allí y lo vi con mis propios ojos. Tienen armas, provisiones, agua, piedras, brea y madera para resistir un largo asedio.

—Y eso nos supondría mantener los ejércitos alrededor de

Pamplona durante meses —dijo Sire Imbert—, y el rey Felipe desea una solución rápida a este conflicto. Son muchos los frentes que debe atender.

—De acuerdo, pero aceptar lo que nos proponen resulta indigno —insistió Beaumarchais—. Sería como reconocer que tienen razón... Y yo sé que no.

Un murmullo de asentimiento se extendió por la sala. Después de tantos meses de sufrimiento, nadie parecía dispuesto a perdonar a los ricoshombres. Yo, además, sabía que para el gobernador aquello sería como reconocer su propia derrota. ¿Cómo podría volver a sentarse y negociar con aquellos que lo habían humillado? Los nobles de Francia, por su parte, dudaban.

—Me temo, gobernador —dijo Sire Imbert—, que estáis mezclando vuestros sentimientos en la búsqueda de una solución. Lo que está en juego aquí no es solo vuestro orgullo, como bien podréis entender, sino el futuro del reino y el de esta ciudad.

El silencio se hizo en la sala, mientras las palabras del señor de Beaujeu flotaban en el aire, como una nube de tormenta. Aprovechando ese momento de indecisión, me puse en pie y me dirigí al gobernador.

—Si me lo permitís, hay algo que desearía deciros.

—Habla, Anelier, ya sabes que confío siempre en ti.

—Si es posible, señor, preferiría hablarlo con vos..., a solas...

El gobernador se mostró sorprendido, pero, tras unos instantes de duda, se puso en pie. Étienne, a su lado, me fulminó con la mirada y también Sire Imbert parecía molesto.

—¿Qué significa esta insolencia? —preguntó.

—Será solo un momento —dijo Beaumarchais—; este hombre goza de toda mi confianza.

El condestable resopló y yo me di cuenta de que me la estaba jugando.

—Guilhem —dijo el gobernador, entre dientes y apretándome el brazo, mientras me alejaba de los demás—, no está bien confundir la confianza con el atrevimiento. Si tienes algo que decirme, dilo con claridad y premura. Los estoy insultando al hablar a escondidas contigo.

—Señor, estamos tratando de encontrar la forma de entrar en la Navarrería, pero puede que estemos equivocados. Lo diré con claridad, como me pedís. Nos estamos empeñando en entrar, cuando, en realidad lo que habría que lograr es que fueran ellos los que salieran...

—¿Ellos? ¿A quién te refieres? —preguntó, cada vez más impaciente.

—Me refiero a los nobles. Coincido con vos en que no sería digno aceptar sus pretensiones, pero lo que sí podríamos hacer es facilitar su marcha, solo la de ellos, y sin condiciones.

—¿Estás hablando de dejar que huyan?

—Así es. Han sido los instigadores de todo esto y saben que, si la ciudad cae, serán los primeros en ser ejecutados. Y no me cabe ninguna duda de que serían tan rastreros como para dejar a la Navarrería sin defensa y escapar como ratas. Solo es necesario que se lo permitamos. No aceptaremos sus términos de rendición, pues eso nos convertiría en cómplices de su vileza, sino que les abriremos un hueco para que se escapen.

—Pero los de allí no dejarán que huyan. Antes los matarán. El propio García Almoravid ha escrito en su carta que las puertas de la Navarrería han sido selladas por dentro para que nadie pueda salir.

—Exacto, tenemos que ser nosotros quienes les franqueemos el paso. Habrá que ofrecerles un salvoconducto para salir y escapar. De ese modo, cuando los de allá se den cuenta de que se han quedado sin ayuda, no dudarán en capitular de inmediato.

El gobernador se quedó pensativo. Lo que le proponía era arriesgado, pero tenía muchos puntos a favor. Si ocurría como yo predecía y los ricoshombres huían, la ciudad caería sin necesidad de exponer a los ejércitos a una carnicería. Los nobles franceses estarían contentos de no perder a sus hombres y el rey se daría cuenta de que, al final, Beaumarchais fue capaz de resolver el conflicto por sus propios medios.

—¿Me estás diciendo que tenemos que dejar marchar a los culpables de todo esto? —preguntó—. ¿A aquellos que me vejaron, que insultaron al rey Felipe y que trajeron la guerra a Pamplona?

—Os digo, señor, que debemos lograr que salgan, y para ello es necesario que se sientan confiados. Otra cosa es lo que se haga después. Una vez fuera y con la ciudad rendida, podréis darles caza como a los lobos. Ninguna villa navarra querrá acogerlos o facilitar su huida. Y podríais poner guardias en la frontera con Castilla para evitar que abandonen el reino.

—¿Y de qué manera crees que podremos burlar a los vecinos, al prior o al obispo? Si se enteran de que los ricoshombres van a huir, los obligarán a quedarse y a combatir.

—En eso creo que puedo seros de utilidad —dije, mientras los murmullos crecían cada vez más en la sala—. Conozco a una persona que consiguió salir de la Navarrería; y lo hizo a través de un pasadizo bajo la ciudad.

Beaumarchais recapacitó.

—Y si existe tal pasadizo, ¿no podríamos utilizarlo para asaltar la ciudad?

—El túnel es muy estrecho y, para poder atacar la ciudad por él, deberíamos enviar nuestras tropas hacia la parte trasera de la Navarrería; resultaría casi imposible que los defensores no nos vieran. En cambio, para informar a los nobles, nos bastaría con enviar a una persona a través de ese túnel. Lo haríamos de noche y nadie se percataría. No es suficientemente ancho como para permitir un asalto a través de él, pero sí lo bastante como para permitir que unos pocos puedan huir. Además, el lugar por el que saldrán está controlado por vuestros hombres y nadie más sabrá de la trama.

El gobernador dudaba. Le estaba poniendo en su mano evitar el asalto frontal a la Navarrería y decidir la guerra con un golpe de mano rápido e incruento.

—Aquel al que enviemos se jugará la vida…, ¿quién querría hacerlo?

Esperé unos segundos antes de contestar, recordando lo que hacía mi hermano Fernand cuando quería captar mi atención.

—Yo, señor. Lo haré por vos.

—Y si los ricoshombres se niegan a aceptar la propuesta, ¿qué les impedirá matarte?

—Les diré que, si lo hacen, vos no descansaréis hasta ahorcarlos a ellos y a sus familias.

Me miró fijamente. Hacía unos meses él me había salvado de una muerte segura; ahora era yo el que podía salvar su prestigio y su honor.

—Está bien —dijo—. Podemos intentarlo, pero ha de ser esta misma noche. No quiero esperar. Si los nobles de Francia se enteran de esta maniobra, quedaría como un cobarde; y, si fracasamos, como un estúpido. ¿Lo entiendes?

—Sí, señor, lo entiendo. No os fallaré, confiad en mí.

Incliné la cabeza, con gesto de sumisión. Cuando la levanté, él sonreía levemente.

—Consigue que salgan y te sabré recompensar; tenlo por seguro —dijo.

—Gracias. De hecho, hay una cosa más que quisiera pediros.

—Habla con libertad.

—Junto a los ricoshombres, sacaré también a un vecino de la Navarrería. No es nadie importante en este conflicto, pero sí para una persona a la que aprecio. Deseo que me permitáis traerlo conmigo y que no sea ajusticiado.

Él asintió.

—Resulta un precio muy bajo por un favor tan grande. Vuelve con él; tienes mi palabra de que estará a salvo aquí.

—Gracias, así lo haré —dije, satisfecho. Aprovechando el momento, me atreví a pedirle algo más—: Y también desearía que, dentro de lo posible, fuerais magnánimo con los vecinos de la Navarrería. Se han dejado arrastrar al precipicio, pero son los nobles, y no ellos, quienes deberían caer.

El gobernador respiró profundamente.

—Tienes mi palabra. Hasta donde pueda, tendré compasión de ellos.

Sonreí, satisfecho.

A unos pasos de allí, el odio se dibujaba en la mirada de Étienne.

# 26

L a noche había caído sobre Pamplona y, como el prior había ordenado, en todos los pasos de la ciudad se habían dispuesto barricadas y controles para que nadie tuviese la tentación de abandonar la defensa y escapar.

En la puerta del Chapitel había diez vecinos de la Navarrería armados y también un canónigo de la catedral, preparado para dar la voz de alarma ante cualquier intento de deserción.

—Sicart ha cumplido lo que prometió —le dije a don Gonzalo—. Con las puertas cubiertas de este modo será imposible que podamos salir.

Él asintió.

—Hemos sido imprudentes, don García. Nos hemos rendido al gobernador sin tener capacidad para hacerlo. No solo quedaremos como traidores, sino también como estúpidos.

—Hay que ser pacientes. Si al gobernador le interesa la oferta, y estoy seguro de que le interesará, encontrará el modo de conseguir nuestra rendición.

—Pacientes... —dijo, con gesto serio—. En fin, quizá tengáis razón. De un modo u otro nos espera la muerte, así que no es necesario apresurarnos.

—Es la muerte lo que pretendemos evitar, y tengo una última carta escondida para lograrlo.

—¿Qué queréis decir? —preguntó, con extrañeza.

Me acerqué y le hablé al oído:

—Creo que Sicart no solo ha puesto defensas en las puertas. Me temo que pueda estar vigilándonos. Incluso ahora alguien podría estar siguiendo nuestros pasos. Para burlar esa vigilancia debemos sembrar el desconcierto.

—¿Y cómo pretendéis hacerlo?

—Los vecinos llevan tiempo esperando una buena noticia, ¿verdad?

Don Gonzalo asintió, en silencio, sin entenderme aún.

—Pues se la daremos.

Di media vuelta y me dirigí a paso ligero a casa de Miguel de Larraina, con don Gonzalo detrás.

—¿Ocurre algo? —preguntó Miguel, sorprendido, al abrirnos.

—Sí —exclamé, con una amplia sonrisa—. Lo que tanto tiempo llevábamos esperando se ha producido. ¡Las tropas castellanas vienen hacia aquí! Un soldado ha conseguido atravesar las líneas francesas y me ha traído el mensaje. ¡Mañana romperán el cerco!

—¡No puede ser! ¿Mañana? ¿Estamos salvados?

—¡Así es! —dije, al tiempo que lo abrazaba efusivamente—. Por fin obtendremos la ayuda que nos habían prometido. Ahora es necesario que todo el mundo lo sepa. Los ánimos están muy bajos y esta noticia ayudará a los vecinos a soportar un poco más de tiempo las calamidades. —Y mirando a don Gonzalo, añadí—: ¿No es verdad?

El pobre diablo solo fue capaz de decir:

—Es cierto. Todos deberían saberlo.

Sin dar tiempo a más, Miguel salió de su casa y se fue a la de unos vecinos. Mientras la noticia se extendía por toda la Navarrería, nosotros nos dirigimos al palacio episcopal. Aunque era tarde, el obispo estaba todavía en su salón y nos recibió de inmediato.

—¿Qué ocurre, señores? —preguntó, abatido.

—¡El rey cumplirá su palabra, excelencia! Acaba de llegarme una carta en la que me dicen que sus tropas están a solo un día de Pamplona. Mañana podrían llegar. ¡La Navarrería está salvada y fuisteis vos quien lo hizo posible!

El obispo se recostó en su asiento, incapaz de dar crédito a las noticias.

—¿Es eso posible? —acertó a decir, todavía aturdido.

—Lo es, excelencia. Debéis comunicárselo al prior y a todos los canónigos. Nosotros organizaremos a nuestras tropas con el fin de estar preparados para su llegada.

—De acuerdo —dijo, levantándose de su silla—. Informaré ahora mismo.

Los dos nos retiramos, pero cuando íbamos a salir escuchamos al obispo a nuestra espalda:

—En verdad que es una gran noticia. Dios nos ha escuchado.

Don Gonzalo iba a volverse, pero yo agarré su brazo y lo obligué a salir.

—Dios nos va a castigar por esto... —murmuró.

—No es hora de lamentarse, sino de ser firmes. Venid a mi casa y lo hablaremos. Hemos de avisar a los demás: a vuestro hijo, a Simón de Ohárriz, a Miguel Garcés, a Simón Pérez de Opaco, a Eneco Gil de Urdániz... Entre todos hemos de pensar en un modo de salir.

Los dos nos encaminamos a mi casa, mientras por las calles comenzaban a oírse gritos de júbilo, cánticos y felicitaciones. No era una salida demasiado honrosa, lo reconozco, pero se trataba de la única posible. ¿Qué otra cosa podía hacerse?

Reptando como un gusano me arrastraba bajo el suelo de la Navarrería, recorriendo el pasadizo que llevaba del puente de la Magdalena al taller de Andrés Ezcurra, como Anaïs me había indicado. Aprovechando la oscuridad, unos soldados del gobernador habían lanzado un pequeño ataque para distraer a los defensores. Mientras peleaban, yo atravesé las líneas enemigas hasta encontrar la entrada del túnel, tapada casi por completo por la vegetación. Me había costado hallarla, y había pensado incluso que Anaïs me había mentido, pero al final la encontré y me introduje por la pequeña abertura. Empapado de aguas sucias y con la respiración entrecortada, intentaba alcanzar el tramo final. Había preferido no llevar antorcha y, al igual que hiciera Anaïs, me había aprendido el recorrido de memoria, así como el lugar en el que estaban la casa-torre de García Almoravid y la vivienda de Íñigo. Había jurado a Anaïs que lo sacaría de allí.

Atravesé un largo pasillo horizontal hasta dar contra un muro que lo cerraba. Palpé alrededor y encontré una escalerilla de hierro que ascendía; era la que Anaïs me había dicho que conducía al taller. Me aferré a ella con ambas manos y comencé a subir. La oscuridad era total, por lo que trepaba despacio, con miedo a golpearme la cabeza con algún resalte. Por fin, tras ascender un último peldaño, toqué con las manos un tablón que me cerraba el camino. Sí, aquella era la salida. Anaïs me había advertido de que la trampilla se encontraba en un taller contiguo a una vivienda. Por tanto, si no tenía cuidado, podía ser descubierto.

Me detuve un momento para coger aire. Luego, aupándome sobre el último travesaño, apoyé el hombro contra el tablón y lo empujé. Este se movió muy poco. Cogí impulso y volví a empujar con más fuerza aún, pero con igual resultado.

—¿Qué ocurre? —mascullé. Anaïs me había dicho que la trampilla solo estaba cubierta por una estera. Un sudor frío me recorrió la espalda. ¿La habrían tapado después de que Anaïs huyera? Si era así, todo mi plan se iría al traste y quedaría en ridículo delante del gobernador. No me lo podía permitir.

Cogí fuerzas de nuevo, en esta ocasión tratando de apoyar toda la espalda, y empujé con ahínco. El tablero cedió algo. Metí la mano por la abertura y palpé alrededor; alcancé lo que me pareció un madero, así como varios cascotes de mampostería. Entonces intuí lo que había pasado.

—Un derrumbe…

Aquello no lo había previsto, pero ahora resultaba evidente: una piedra debía de haber caído sobre el taller y había desmoronado parte de la estructura sobre la trampilla. Si alguna viga había quedado apoyada, me resultaría imposible salir.

—No puede ser... —murmuré. Traté de mover la tapa con la mano, pero apenas conseguí que se desplazase un ápice. Me encontraba agotado, pero tenía que hacer un último esfuerzo; toda mi misión dependía de que pudiera abrir aquella maldita trampilla. Volví a apoyar la espalda y, gimiendo por el esfuerzo, hice toda la fuerza que pude, mientras empujaba a un tiempo con los brazos y las piernas. Se escuchó un ruido sordo y la tabla se desplazó, al tiempo que una viga se colaba en el pasadizo. Antes de que pudiera apartarme, me golpeó en el hombro. Ahogué un grito y me mordí el puño; rabiaba de dolor. Traté de recuperar la respiración, un intenso latigazo me recorría la espalda.

—Estoy bien... —musité, tratando de darme fuerzas, mientras me palpaba el hombro. Inspiré profundamente y me aupé, apoyándome con los dos brazos en el suelo. Por una de las ventanas se colaba un poco del resplandor de la luna y pude reconocer la estructura de aquella estancia. En efecto, parecía que un bolaño había caído allí y había reventado gran parte de la techumbre. Y la casa contigua se había visto afectada también.

Salí por completo, todavía dolorido, y me acerqué a la puerta. La abrí y me asomé a la calle. Escuché cánticos y voces alegres; parecía que alguien se acercaba y me escondí de nuevo en el taller. Al poco pasaron por la calle una pareja de soldados, que venían riendo y felicitándose.

—¡Salvados! ¡Estamos salvados! —gritaban.

No comprendía el motivo de aquellos gritos, pero apenas me quedaba tiempo. Dejé que pasaran de largo y salí a la calle con la cabeza tapada con la capucha de mi capa corta. Caminé pegado a las paredes, tratando de recordar dónde estaba la casa-torre de García Almoravid: «Recto hasta la iglesia de Santa Cecilia..., después hasta la casa con la ventana ajimezada..., luego por la segunda calle de la derecha...».

Mientras caminaba, oí unos pasos que se aproximaban.

Traté de esconderme, pero no encontré dónde. Mientras los hombres se acercaban, seguí caminando, intentando pasar desapercibido.

—¡Amigo! —gritó uno de los hombres—. ¿Has oído la buena noticia?

Antes de que pudiera responder, el otro se acercó y me abrazó.

—¡Llegan las tropas del rey! ¡Estamos salvados!

El aliento le apestaba a vino y apenas podía mantenerse en pie. Quise zafarme, pero el hombre me sujetaba.

—¿Qué tienes en la ropa? ¡Estás empapado!

No sabía qué hacer. Un mal paso y podrían descubrirme.

—Dejadme, llevo un mensaje —dije muy bajo, con el fin de que mi acento no me delatara.

—¿Un mensaje? ¿Qué mensaje? —dijo el borracho.

—¿Y a ti qué te importa? —dijo el otro—. ¡Deja que pase, nosotros vamos a celebrarlo!

El hombre me soltó y continué mi camino, aliviado. Un poco más y ya estaría allí. Salí del callejón y, tras caminar unos pasos más, llegué ante mi objetivo. La casa de García Almoravid se erguía ante mí, robusta y temible, con sillares de piedra en las esquinas, saeteras y matacanes.

—Ayúdame, Dios mío… —murmuré—, o no saldré de esta con vida.

Me acerqué y llamé. Escuché en silencio mientras a lo lejos seguía oyendo las celebraciones que se extendían ya por toda la ciudad. Al poco, la puerta se entreabrió y apareció un hombre con gesto hosco.

—¿Quién eres?

—He de hablar con don García. Es urgente.

—No he preguntado qué quieres, sino quién eres.

—Quién soy es lo de menos; pero me envía el gobernador Beaumarchais. He de hablar con vuestro señor de inmediato.

El soldado abrió del todo, tapándose la nariz con la mano, mientras en la calle pasaba otro grupo de vecinos lanzando vítores por la próxima victoria.

—Espera un momento aquí —me dijo, mientras ascendía la escalera.

Me quedé en una esquina y me descubrí la cabeza. El hombro todavía me dolía y me costaba mover el brazo. Traté de escuchar algo de lo que sucedía en el piso superior, pero apenas me llegaban unos murmullos. Mientras esperaba, pensaba si mi plan tendría éxito o si García Almoravid me mataría sin más. Antes de que llegase a ninguna conclusión, el soldado bajó de nuevo y me invitó a acompañarlo. Subí a la planta principal y, a diferencia del jolgorio que se vivía en las calles, allí el silencio oprimía. Cuando accedí al salón, vi a García Almoravid de espaldas, junto a una de las ventanas, y a don Gonzalo a su lado, circunspecto. Y, un poco retirados, otro grupo de hombres; a algunos los había visto en el campo de batalla y por su indumentaria se veía que eran nobles.

—¿Cómo habéis entrado en la ciudad? —me preguntó Almoravid, sin volverse—. Por el olor que despedís está claro que no lo habéis hecho en una carroza.

—Lo importante, señor —respondí—, no es cómo he entrado, sino cómo podréis salir vos.

García Almoravid se volvió. Aunque en la calle todos celebraban lo que parecía que iba a ser una rápida victoria, nada en él lo corroboraba. Me di cuenta al instante de que todo aquello formaba parte de una farsa.

—¿Ha aceptado el gobernador nuestras condiciones?

—No —respondí, con decisión—. No acepta una rendición con condiciones. Pero sí está dispuesto en cambio a permitiros huir, si lo hacéis todos y de inmediato.

—¿Huir? ¿Qué significa eso?

—El significado de «huir» es claro, señor. Tenéis vía libre para dejar la ciudad. Yo os indicaré por dónde podéis hacerlo sin despertar sospechas. Y las tropas del gobernador, en el exterior, os dejarán un pasillo para escapar, por el puente de la Magdalena. Además, si lo hacéis, el gobernador tendrá consideración con los que queden y les ofrecerá entregarse sin causarles daño y sin permitir el saqueo de la ciudad.

El murmullo se extendió por la sala. Los nobles hablaban entre ellos.

—Lo que nos propone el gobernador es humillante —dijo don Gonzalo.

—La otra opción es la muerte —dije, con todo el empaque que pude—. Puede que vuestros vecinos se hayan tragado el bulo, pero yo sé que los castellanos no llegarán. Cuando nuestras tropas tomen la ciudad, todos seréis ejecutados sin distinciones.

—¿Y qué nos impide matarte, maldito francés? —exclamó Juan González, el hijo del alférez, mientras se acercaba y me señalaba con el dedo.

—Si hoy no regreso, el gobernador ejecutará a todos los miembros de vuestras familias, ya sean hombres, mujeres o niños. No parará hasta que haya acabado con cada uno de ellos.

García Almoravid se interpuso entre los dos, para intentar mantener la calma.

—¿Cuál será nuestra condición después de la huida?

—Será la del ciervo en la batida. Tenéis esta noche para salir y escapar. A partir de mañana, los perros seguirán vuestros rastros.

Juan González quiso contestar, pero su padre lo detuvo. García Almoravid respiró hondo y se quedó pensando en la oferta. Yo sabía que no tenían muchas opciones; aquella era, de hecho, la última oportunidad de salir con vida de la ciudad. Podría tardar aún varias semanas, pero caerían. Eso si no los mataban antes los vecinos al descubrir que todo había sido un engaño. En cambio, si escapaban esa noche, al menos tendrían una oportunidad para vivir. Huir así, con deslealtad y alevosía, no era propio de su condición, pero lo que estaba en juego era su cuello. García Almoravid inspiró hondo y me miró a los ojos.

—Está bien —dijo—. Saldremos. Aquí ya no hay nada más que pueda hacerse.

—Pero don García —protestó Gonzalo Ibáñez de Baztán—,

esto no es lo que habíamos acordado. Pensábamos en un acuerdo, no en una huida vergonzosa. ¿De qué nos vale seguir con vida en estas condiciones?

—¿De qué nos vale morir? Ya os lo dije; después de esta guerra, Navarra nos necesitará más que nunca. No seremos leones, sino perros; pero estaremos vivos.

Don Gonzalo agachó la cabeza; estaba completamente derrotado. Al lado, su hijo le reprochaba:

—Padre, ¿es esto lo que vos me enseñasteis? ¿Es esta la manera de comportarse de un ricohombre?

—No, hijo —reconoció—, pero ahora te pido que lo aceptes. No es solo por nosotros, sino por toda nuestra familia. Si seguimos luchando, el gobernador tomará nuestras tierras y desposeerá a los nuestros de lo que nos pertenece. Ya hemos perdido mucho, pero no podemos perderlo todo...

Juan González asintió, apesadumbrado. A su lado, los demás hombres se dividían entre los que aún dudaban y los que estaban decididos.

—El tiempo se os acaba —apremié—. Cada hora que pasa es una hora menos que tenéis para huir.

García Almoravid se envolvió en su capa.

—¡Vamos! —exclamó. Y, dirigiéndose a la puerta, la abrió del todo. Los demás agacharon la cabeza y comenzaron a salir, despacio. Don Gonzalo y su hijo cerraron la comitiva, mientras yo respiraba aliviado. El plan marchaba según lo previsto.

## 27

No daba crédito a lo que había oído, ni tampoco podían hacerlo los que me acompañaban en la puerta del Chapitel que hacían guardia. La ayuda que ya dábamos por perdida llegaría por fin. Cuando uno de los vecinos vino a darnos la noticia, todos pensamos que estaba de broma, pero al poco acudieron otros que también lo contaron, y luego un canónigo de la catedral llegó para confirmarlo. Entonces la tensión contenida se convirtió en alegría desbordada y todos se abrazaron emocionados. Incluso yo, que hasta unos momentos antes había preferido mantenerme alejado de los demás, me uní al grupo para enterarme mejor de las noticias.

—¡Estamos salvados! —me dijo uno, en medio de la algazara—. ¡Cambia ya esa cara de pena y alégrate; dentro de poco las tropas castellanas derrotarán a esos malditos franceses!

Sabía lo que supondría que los castellanos venciesen y dudaba entre alegrarme o entristecerme por aquellas nuevas. Lo que me pasase no me importaba mucho, pero sí lo que pudiera ocurrirle a Anaïs. Tomé un trago de vino de una bota que me ofrecían y traté de imaginar qué ocurriría cuando las tropas castellanas entrasen en San Cernin. Todas las imágenes que me venían a la cabeza eran horribles: violaciones, asesinatos, ejecuciones… ¿Qué sería de Anaïs? ¿Qué podría hacer yo para protegerla?

Un manotazo de uno de los vecinos me sacó de mis pensamientos.

—¡Bebe, hijo! Nuestro turno acaba dentro de poco y luego podrás ir a festejarlo con quien quieras.

Sonreí con desgana y le di un trago más a la bota. No me apetecía festejar nada, ni tenía a nadie con quien hacerlo. Cuando la campana de la catedral diese las dos, pensé, dejaría la guardia y me marcharía a casa.

Mientras los hombres a los que guiaba iban entrando en el taller, yo vigilaba desde la puerta. En nuestro camino desde la casa de García Almoravid nos habíamos cruzado con algunos grupos de vecinos, pero todos estaban tan enfervorecidos por las noticias o tan borrachos que apenas habían reparado en nosotros. Cubiertos por capas negras, nada nos distinguía de los demás.

—¡Vamos! —grité, mientras el último entraba en el taller.

Los conduje hasta la trampilla y aparté la tapa que la cubría. Miré hacia dentro y vi el madero que se había colado y que obstaculizaba aún más la entrada al túnel. Despacio, describí el recorrido que habrían de seguir dentro del túnel, los cruces en los que debían girar y los lugares más peligrosos.

—Cuando salgáis —concluí—, estaréis junto al puente de la Magdalena y no habrá nada que os impida atravesarlo. El gobernador ha retirado de allí las tropas hasta el amanecer. Me dio su palabra.

Don Gonzalo sacudió la cabeza.

—Espero que él tenga más palabra que nosotros...

García Almoravid le puso la mano en el hombro.

—Deprisa, no hay tiempo que perder.

Uno a uno, los hombres se fueron metiendo en el túnel, con una pequeña antorcha para iluminar el camino. Cuando todos se hubieron introducido, solo quedaron fuera García Almoravid y el alférez. Me acerqué y les dije:

—Marchad; yo aún tengo una misión que cumplir en la Navarrería.

—¿Una misión? —preguntó García Almoravid—. No habías hablado de nada más.

—Hay una persona a la que tengo que buscar y sacar de aquí, antes de irme.

Se quedó en silencio, con expresión de sospecha.

—No temáis —le dije—. Os he dado mi palabra y la del gobernador de que podréis salir y así será. Si Dios quiere, yo también lo haré poco después.

Dudó aún por un instante, pero no discutió más. Se metió en el túnel, seguido por don Gonzalo, al tiempo que yo colocaba de nuevo la trampilla. Puse el oído sobre la madera y los escuché mientras comenzaban a bajar.

—No perdáis vuestra antorcha, don Gonzalo —dijo García Almoravid—. Esto debe de estar lleno de ratas.

—Como nosotros —contesto el alférez real.

Mientras sus voces se perdían, me levanté y me acerqué a la puerta del taller. Ya solo me quedaba encontrar a Íñigo y llevarlo conmigo al Burgo. Recordé las indicaciones que Anaïs me había dado para encontrar su casa y, tras asegurarme de que nadie me veía salir del taller, caminé hacia allí.

La campana de la catedral sonó para anunciar las dos. Cualquier otro día se hubiese oído sobre el silencio de la ciudad dormida, pero aquella noche su tañer quedó amortiguado por los gritos y las celebraciones que no cesaban. Yo, medio adormilado por el vino que me habían ofrecido, me desperecé, a la espera de la llegada del relevo que debía custodiar la puerta.

Al poco, se escucharon unos pasos y cinco hombres armados se acercaron. Aunque tenían que ocuparse de la defensa de la ciudad, llegaban tan borrachos como aquellos a los que iban a sustituir.

—¡Podéis marchar, amigos, o podéis quedaros y seguir celebrándolo!

Los otros corearon la broma y todos se abrazaron.

—Nos mandan a que cuidemos de que nadie salga... —dijo uno de los recién llegados—. ¿Quién querría salir hoy? Es mañana cuando saldremos y acabaremos con los franceses. Ya me estoy imaginando los muros del Burgo repletos de esos malditos apestosos colgando de las almenas. Y sus mujercitas... Las violaremos delante de sus maridos, antes de que mueran.

El canónigo de la catedral carraspeó, pero no dijo nada. Yo me aparté y dejé mi puesto a uno de los recién llegados.

—Me voy a casa —dije—. Si es verdad que las tropas del rey Alfonso vienen mañana, mejor será que encuentren a alguien sobrio...

—¿Sobrio? —me preguntó uno—. Yo veo el brillo en tus ojos...

—Con más razón entonces debería irme ya a dormir.

Tomé el hacha y me alejé. Solo deseaba llegar a casa y tumbarme; me dolía la cabeza y quería descansar. Pasaba ante la pequeña ermita de San Martín cuando, desde el fondo de la calle, vi a una persona que se acercaba hacia mí, caminando muy despacio. La calle era estrecha y la luz de la luna apenas conseguía penetrar, por lo que me resultaba imposible distinguirla. Al acercarse me di cuenta de que llevaba una capa con una capucha. Se había detenido en medio de la calle y me esperaba. Avancé un poco más, preguntándome quién podría ser, cuando se retiró la capucha y descubrió su cabeza.

—¿Isabel? —pregunté, tratando de reconocer su rostro entre las sombras.

—Sí, Íñigo, soy yo.

—Isabel... —repetí, un poco azorado—, ¿qué haces a estas horas por las calles?

—Te estaba buscando; quería verte.

Agaché la cabeza, avergonzado. Desde que la había rechazado, no la había visto apenas. Me sentía tan mal por lo que le había hecho que ni siquiera había tenido el valor de ir a preguntarle por su familia.

—¿Cómo estáis todos? ¿Ha resultado alguien herido en tu casa?

—No. Un día cayó un bolaño muy cerca y destruyó la casa vecina, pero nosotros nos salvamos. Mi padre ha salido a luchar todos los días y tiene el cuerpo lleno de heridas. Cada vez que había un combate yo rezaba por él...

La miré a los ojos y vi que los tenía húmedos.

—... y también por ti.

—Isabel, yo...

Puso un dedo sobre mis labios.

—No hace falta que digas nada. Ya sé que estabas enamorado de una mujer del Burgo y eso no es algo que uno elija; simplemente pasa. Y sé también que aquello acabó. Leonor me dijo que tú ya no querías saber nada de ella...

Fui a hablar, pero me detuve.

—Cuando regresaste del hospital —prosiguió—, me dijo que habías decidido acabar con ello. Y Andrés quería que volviéramos a vernos, pero luego... Lo siento de veras, sé que eran como tus padres. Hubiese deseado venir antes a darte el pésame, pero no conseguía reunir el valor. Sin embargo, esta noche, con todo el mundo por las calles festejando que vienen a liberarnos, me pareció que era el momento que estaba esperando. Mi padre está dispuesto a olvidarlo todo si tú, si nosotros...

Estaba confundido. Anaïs se había ido y había dicho que no volviera a pensar ya más en ella. Además, acabara como acabase la guerra, sería imposible seguir juntos, si es que ella seguía aún con vida.

—Cuando todo esto termine, podríamos empezar de nuevo. Tú te has batido con valor en el campo de batalla y ahora todos te respetan. Nos parecía que el final estaba lejos, pero apenas queda un suspiro para que todo vuelva a ser como antes.

Mientras hablaba, se había ido acercando hasta que su

boca estuvo a un palmo de la mía. Sentí el calor de su aliento en mis labios hasta que me besó. En ese momento, toda la tensión que había acumulado durante los combates se me desbordó y las lágrimas me brotaron.

—Isabel… —susurré, sin saber qué más decir.

Ella volvió a besarme, con más ardor, y los dos, abrazados, fuimos a escondernos junto a la ermita, en un lugar protegido de la débil luz de la luna y de las miradas indiscretas.

Caminaba despacio oculto entre las sombras mientras los pensamientos se me amontonaban en la cabeza. Acababa de conseguir sacar a los ricoshombres y eso era un milagro. Todavía me costaba trabajo creer que todo hubiese salido bien. Sin embargo, ahora tenía que conseguir algo casi tan complicado: dar con Íñigo y convencerlo para que saliese de allí conmigo. Pero ¿y si no lo encontraba? ¿Y si Íñigo se negaba a escapar y daba la voz de alarma?

Mientras avanzaba no podía dejar de pensar en ello. Había acudido allí para ganarme el favor de Beaumarchais, no para morir como un mártir; a cada momento que pasaba aumentaba el riesgo de que alguien me descubriese. Y, si eso ocurría, estaba seguro de que me matarían.

Por una bocacalle aparecieron dos borrachos dando voces. Me quedé paralizado, sin saber si seguir caminando o salir corriendo; pero cuando ya me disponía a lanzarme a la carrera los dos pasaron de largo. Respiré aliviado, tratando de controlar los nervios. Entonces, un pensamiento me cruzó la mente.

—No puedo esperar —musité—. Quizá esté muerto, después de todo…

Aquellas cavilaciones me tenían atenazado. Mi cabeza iba de un pensamiento al contrario a cada instante. No quería faltar a la promesa que le había hecho a Magali, pero lo que estaba en juego era mi vida. Y, además, ella nunca sabría si lo había intentado o no...

No sabía qué hacer.

Entonces, sin pensarlo más, me puse la capucha y, dándome la vuelta, caminé a paso ligero hacia la casa de Andrés. Estaba decidido, tomaría el pasadizo y regresaría a San Cernin.

Mientras caminaba, junto a una pequeña ermita, vi a una pareja medio oculta entre los muros del edificio y escuché sus gemidos entrecortados. Apenas les dirigí una mirada, pero, en cierto modo, me consoló saber que en medio de la brutalidad de la guerra todavía quedase hueco para el amor.

Cerca ya del amanecer conseguí alcanzar el muro del Burgo por la Puerta de San Lorenzo. Los dos arqueros que se encontraban sobre él vieron que portaba una bandera blanca y dieron la orden de dejarme pasar, tal y como el gobernador había dispuesto. Fui directo a la iglesia, donde este me esperaba. Me pareció extraño, pero Étienne no lo acompañaba.

—Cuéntame —dijo el gobernador, con impaciencia—. ¿Salieron los ricoshombres?

Respiré hondo, antes de contestar:

—Así es, señor. Los encontré a todos reunidos en la casa de García Almoravid y no fue difícil convencerlos de que la opción que les ofrecía era la más conveniente. Sabía que estarían dispuestos a lo que fuera con tal de salvar el pellejo.

—Nunca los tuve en mucha consideración —dijo Beaumarchais—, pero aun así me cuesta trabajo entender que hayan podido ser tan mezquinos. Han dejado solos a los vecinos a los que juraron proteger. Cuando se den cuenta de que los nobles han huido se sentirán desesperados.

—Es aún peor —dije—. Para despistar a los vecinos idearon la treta de que las tropas del rey Alfonso estaban en las inmediaciones de Pamplona y que hoy mismo llegarían a la ciudad. Ahora duermen su sueño, pero una pesadilla los despertará.

—Malnacidos —farfulló—. Me ha costado mucho dejarlos marchar, pero sus correrías durarán poco. He dispuesto controles por todos los pasos: hacia Castilla y hacia Aragón. Y en particular en los caminos que conducen a sus señoríos.

—Entonces —dije— puede que sea hoy, mañana o dentro de una semana, pero caerán.

—No tengo ninguna duda de ello —aseveró—. No habrá nadie en toda Navarra que esté dispuesto a ofrecerles cobijo después de lo que han hecho. En fin, Dios les dará lo que se merecen; y tú tendrás tu recompensa. Hoy la Navarrería se rendirá, y será gracias a ti.

Sonreí satisfecho. Mi esfuerzo se veía compensado con creces, estaba seguro. Iba a darme la vuelta cuando el gobernador me detuvo.

—Por cierto, Guilhem, ¿y esa persona a la que querías sacar de la Navarrería? ¿La trajiste contigo?

Esperé un momento antes de contestar.

—No, señor —dije al fin—. Era un riesgo demasiado grande. Si me hubiesen descubierto, podrían haber dado la voz de alarma y toda la misión se hubiese ido al traste. Tuve que elegir y opté por la solución más segura.

—Hiciste bien, Guilhem —dijo Beaumarchais—. Pusiste los intereses generales por encima de los tuyos. —Y, levantándose, se acercó a mí y me dio una bolsa de cuero llena de monedas—. En cuanto la guerra acabe —añadió—, propondré al rey que te nombre caballero; te lo has ganado. Y, si sigues sirviéndome bien, te esperan más recompensas. Ahora márchate; haré saber a los nobles que me han informado de que los ricoshombres han huido y han dejado a los vecinos desamparados.

Asentí en silencio, mientras mi pecho se henchía de orgullo. Metí la abultada bolsa entre las ropas y abandoné el templo cruzando la nave principal, en dirección a casa de Magali.

Recorrí deprisa la calle principal del Burgo hasta la iglesia de San Cernin. Comenzaba a verse ya el débil resplandor del sol en el cielo y se oían los primeros cantos de los gallos. Cuando estuve ante la casa de mi amada, llamé a la puerta. No me hizo falta insistir; al instante, Magali me abrió.

—¡Guilhem! —exclamó y se lanzó a mis brazos—. ¡Estás bien!

—Sí —dije yo, riendo—, lo estoy. Eso si no me aplastas con tus abrazos.

Me besó con pasión, mientras me sostenía la cara con las dos manos.

—Ya no sabía qué pensar... Has tardado tanto...

—La misión no era sencilla... —dije, frenando su ímpetu—, ni me fue posible completarla.

La alegría se borró de sus labios.

—¿Qué quieres decir?

En ese mismo instante Anaïs apareció en la entrada. Temerosa, se dirigió hacia mí.

—Dime, Guilhem, ¿encontraste el paso?, ¿viste a Íñigo? —preguntó con ansiedad.

Negué con la cabeza y bajé el mentón.

—Estuve en su casa, pero no lo vi.

—¿No estaba?

Mientras pensaba en cómo disfrazar la respuesta, el primer rayo de sol dio en el tejado de la casa.

—Esperé, pero no apareció. Y nada me hizo pensar que hubiese estado allí durante los últimos días. La puerta estaba abierta y entré en su casa, pero la lumbre estaba apagada y las estancias frías —luego añadí, mirándola fijamente a los ojos—: Me temo que Íñigo ha muerto.

—Muerto...

—Hice lo que pude, pero no podía permanecer allí durante más tiempo. Si me hubiesen descubierto, me habrían matado. Lo siento. Los combates de los últimos días fueron terribles. Quizá entonces...

Anaïs ya apenas me escuchaba.

—Y, en la casa de Andrés y Leonor..., ¿pudiste ver si ellos seguían allí?

—No. La casa estaba completamente destrozada. Creo que también están muertos...

Anaïs reprimió el llanto, mientras se mordía el labio inferior. Magali se acercó y la besó en la mejilla.

—Has hecho todo lo posible por salvarlo, por salvarlos a

todos, pero esta guerra se ha llevado por delante demasiadas cosas —le dijo.

Las dos se abrazaron, mientras yo rumiaba mi vergüenza.

—Gracias —dijo entonces Anaïs, levantando la mirada—, te agradezco lo que has hecho, de veras. Solo quiero pedirte una cosa: si estás junto al gobernador, implórale que sea magnánimo con los vencidos. No merecen sufrir más.

—El gobernador me prometió que lo sería; y no tengo por qué dudar de ello.

En ese momento se oyó una trompeta en la otra parte de la ciudad y yo me volví, aliviado de no tener que seguir manteniendo aquella mentira.

—Lo siento, debo irme.

Me di la vuelta y regresé a la iglesia de San Lorenzo. Mientras me alejaba, vi a un hombre medio oculto por una capa. Me pareció que se escondía de mí; pero no tuve tiempo para comprobar quién era y seguí corriendo.

Hundí la cara entre las manos, mientras Sicart, de pie, terminaba de relatarme las noticias. La pasada noche, aunque todavía con mala conciencia por la traición cometida contra Sánchez de Monteagudo, me había convencido de que todo había sido por una buena causa: las tropas castellanas estaban ya cerca y la ciudad se salvaría; en el último momento, sí, pero lo conseguiríamos. Luego, al despertar, me había dado de bruces con la realidad. Y esta era tan terrible que ya no me sentía con fuerzas para reaccionar.

—Se han ido… —dije, aturdido e incapaz de asumir lo que escuchaba—. ¿Cómo es posible? ¿Cómo se han atrevido? Ayer nos prometieron que lucharían hasta el final, que nunca faltarían a su palabra.

—Escaparon esta noche. Aprovecharon las celebraciones por la llegada de las tropas castellanas para huir, todavía no sabemos por dónde. Nos han abandonado…

No me cabían muchas dudas, pero aun así lo pregunté:

—Es todo mentira, ¿verdad? Las tropas del rey Alfonso no acudirán.

—Eso me temo; supongo que García Almoravid nos lo dijo para que bajáramos la guardia. Se aprovechó de nosotros.

Me puse en pie y me dirigí a la ventana. Abrí levemente el postigo para poder ver el movimiento en las calles, que comenzaban a despertar. La luz se iba filtrando entre las calles y soplaba un aire pesado y cálido.

—¿Lo saben ya los vecinos? —pregunté, sin volverme.

—Si no lo saben, lo sabrán pronto. Las noticias buenas corren rápido, pero las malas lo hacen más deprisa aún. Y este será un golpe imposible de asumir.

Negué con la cabeza.

—Esto ya no es un golpe, prior, es el hacha del verdugo. Debemos admitirlo, hemos sido derrotados.

Sicart cerró los ojos y se sentó, con la cabeza gacha. Por primera vez desde que lo conocía se había quedado sin palabras y sin argumentos. Tampoco me extrañaba, aquello era el fin.

—Sin los ricoshombres —dije, arrastrando las palabras—, lo único que nos queda es rendirnos. Y hacerlo incondicionalmente... Ahora solo debemos pensar en cómo ahorrar un poco de sufrimiento a los vecinos y a la catedral.

—Los soldados del rey Felipe querrán obtener su botín. Y saben que Pamplona es una ciudad rica.

—Por eso os digo que no debemos resistirnos ya de ningún modo. Hemos de abrir las puertas y suplicar perdón al gobernador. Ahora mismo ordenaré que se pongan banderas blancas por todo el recinto de la Navarrería. Quiera Dios que Beaumarchais aún guarde dentro de sí un poco de misericordia y acepte la rendición. Avisad a los canónigos para que comuniquen la noticia a los miembros del concejo. Cuando algo es inevitable, es mejor saberlo cuanto antes.

El prior asintió, en silencio, y dejó la sala. Yo, despacio, me senté a la mesa y, tomando la pluma, escribí una carta dirigida al gobernador. Para mí, el tiempo de los engaños también se había terminado.

Acompañé a Beaumarchais cuando, antes del mediodía, este subió a lo alto de la torre de la Galea y observó en silencio cómo se iban izando, por todo el contorno de la ciudad de la Navarrería, las banderas blancas. Poco antes le había llegado la carta en la que el obispo rendía la ciudad sin lucha, sin exigencias, sin condiciones. Reconocía su culpa y se encomendaba a la clemencia del gobernador para que ni los vecinos ni los miembros de la catedral sufrieran ningún daño. Todos habíamos recibido con alborozo la noticia, yo en particular, por la parte decisiva que mi actuación había tenido en ello. El gobernador había leído la carta deprisa, casi sin respirar, y luego se la había entregado a Étienne. Yo imaginaba que me dirigiría su habitual mirada de desprecio, pero aquella mañana parecía confiado, no sabía muy bien por qué, aunque esto era algo que tampoco me importaba. Al poco observé que fue a hablar con otro de los hombres de Beaumarchais y desapareció de mi vista. Me olvidé de él y miré de nuevo al gobernador. Estaba meditabundo y yo comprendía el motivo: las decisiones que ahora tendría que tomar no serían sencillas, pues los implicados eran muchos. En primer lugar, los habitantes de San Cernin y de San Nicolás, sedientos de sangre y venganza; en segundo lugar, sus propias tropas, que le habían servido con lealtad y abnegación durante los largos meses de reclusión en los burgos; y, en tercer lugar, las tropas de los nobles, recién llegadas y formadas por soldados mercenarios deseosos de cobrarse el botín por el que habían aceptado enrolarse. ¿Tendría capacidad para contentar a todos? ¿Tendría fuerza para contenerlos?

Me había prometido ser clemente, y yo confiaba en él.

Desde lo alto de la torre, esperábamos el siguiente paso. Las banderas blancas indicaban la rendición; lo que restaba era que las puertas de la ciudad se abrieran. Beaumarchais, junto con los nobles, no apartaba la vista. Lo que tanto había deseado estaba a punto de suceder. Desde la Navarrería llegaron entonces los sonidos que anunciaban el fin: las puertas empezaban a izarse. Los brazos se fueron elevando y los gritos de los hombres que observaban la escena desde las murallas de los burgos surgieron como un estruendo. El propio gobernador sonreía. Pontz Baldoin se acercó a él.

—Lo conseguimos. Se hizo justicia.

—Así es. Nunca olvidaré vuestra entrega y vuestra voluntad de defenderme. Os lo agradezco.

Pontz asintió, complacido. El coste había sido muy alto: muchos vecinos se habían dejado la vida en el campo de batalla; muchos otros habían muerto aplastados por las piedras o abrasados en los incendios que habían asolado los burgos; y muchas casas habían resultado totalmente destruidas. Pensé que haría falta mucho tiempo para curar aquellas heridas.

Con un leve gesto de la cabeza, Beaumarchais indicó a los que lo acompañaban que descendieran de los muros y se dirigieran a la explanada del Chapitel. Todavía quedaban en la plaza los restos de los últimos días de batalla, como recuerdo del infierno que allí se había desatado. Ya en la calle, alzó un pendón y las tropas de los demás nobles franceses se dispusieron también para el avance, desde todos los flancos que bordeaban la Navarrería. Junto a las tropas, cientos de vecinos se agolpaban también en el Chapitel. Nadie quería faltar en aquel instante, y al lado de hombres armados con martillos, lanzas, cuchillos o dagas, se encontraban también mujeres, jóvenes y niños. Todos, sin excepción, habían sufrido los estragos de aquella guerra entre hermanos.

Su expresión de odio me aterrorizó.

## 28

Contemplaba la escena totalmente consternada. Guilhem nos había dicho que Beaumarchais trataría con magnanimidad a los vecinos de la Navarrería, pero aquello no era lo que veía: en la explanada del Chapitel, el odio y la sed de venganza no se reflejaban solo en los rostros de los vecinos de los burgos de francos, sino también en los de los soldados. Olían el botín de guerra y sentía que esperaban ansiosos el momento de caer sobre su presa para devorarla. Y de aquella cacería yo tenía la culpa. Por haber querido salvar a Íñigo había condenado a toda una ciudad. Mientras observaba la escena con ansiedad, escuché unos pasos a mi espalda y me volví. Magali también tenía el rostro apesadumbrado.

—¿Qué ocurrirá ahora? —pregunté, tratando de contener las lágrimas—. No veo más que rabia e inquina. Ya no me queda nada allí, pero aun así sufro por ellos. Deben de estar tan asustados como nosotros lo estuvimos durante meses. Ojalá pudiera hacerse algo para evitar que sufran más penalidades, me siento culpable...

Cerré los ojos, pero mantuve los oídos atentos al paso que marcaban las tropas que, lentamente, avanzaban hacia los muros.

—No lo sé —dijo Magali—, pero no me quedaré quieta, te lo aseguro; he de encontrar a Guilhem. El gobernador lo respeta mucho y quizá todavía pueda hacerse algo.

Magali comenzó a caminar entre los vecinos en dirección al lugar en que veía ondear el pendón del gobernador y al poco tiempo la perdí de vista. Suspiré, apenada, cuando vi que un hombre se me acercaba. Me sonaba de algo, pero no sabía identificar muy bien quién era. Se puso junto a mí, mirando distraídamente el avance de los soldados.

—Hoy se hará justicia, ¿verdad? —dijo.

Sus palabras me sorprendieron. ¿Por qué aquel hombre estaba hablando conmigo?

—No sé —respondí con timidez—. La justicia tiene muchos significados. No hay justicia sin clemencia...

—¿Sufrís por aquellos vecinos? ¿A pesar del daño que os han hecho?

—Hay muchos entre ellos que no tienen culpa de nada, que simplemente se vieron arrastrados a la guerra por la maldad de otros... ¿Qué culpa tienen ellos?

—Ninguna, más allá de la de obedecer a ciegas a los que sí debían haber mostrado un poco más de seso en su comportamiento. Parece increíble, ¿verdad? El obispo, los canónigos, los ricoshombres... Todos juntos se embarcaron sin pensar en una guerra que no podían ganar. Y ahora, por desgracia, son otros los que van a pagar las consecuencias.

Me volví y lo observé con detenimiento. ¿No lo había visto alguna vez junto al gobernador?

—Perdonad —dijo entonces el hombre—, soy muy rudo en mis modales. Mi nombre es Étienne y soy consejero del gobernador Eustache Beaumarchais.

Me incliné, al tiempo que notaba cómo me iba sonrojando. ¡La mano derecha del gobernador! Traté de recordar mis propias palabras..., ¿habría dicho algo inconveniente?

—Si no me equivoco, tú eres Anaïs, ¿no es así?

Aquello me descolocó todavía más. ¿Cómo sabía quién era?

—Así es —respondí, con cierto temor.

—En fin —dijo él, con voz dulce—, supongo que ya te habrás dado cuenta de que este encuentro no ha sido fortuito. En realidad, lo que quiero es hablar un momento contigo. Será solo un instante.

Asentí en silencio, sin apenas levantar la mirada.

—Como os decía, la guerra se acaba... —dijo, mirando al frente—, y dentro de poco todo volverá a la normalidad y cada cual recuperará su vida.

Se quedó en silencio, pero aquello no había sido una pregunta y yo no sabía muy bien qué decir.

—Sin embargo —siguió él, ahora mirándome a los ojos—, hay algunos a los que no les importan los demás y hasta en estos difíciles momentos tratan de sacar partido...

—No sé de qué me habláis. ¿A quién os referís?

—A alguien que conoces muy bien: un poeta mediocre metido a soldado que, por lo que parece, ha intimado con vuestra hermana. El caso es que ese poeta se ha aprovechado de Magali y de ti para conseguir su objetivo, que no era otro que lograr el favor de Beaumarchais.

Se quedó en silencio, esperando mi respuesta.

—No sé qué queréis decir. Guilhem se ha portado muy bien hasta ahora con Magali, al igual que conmigo. Él quiso ayudarme...

Estaba aterrada. Temía revelar algo comprometedor. Sentía que me estaba tendiendo una trampa, pero no sabía cuál era ni con qué motivo.

—Que os prometió ayuda ya lo sé —dijo—. Anelier le dijo al gobernador que iba a tratar de conseguiros algo a cambio de que le revelaseis la forma de entrar secretamente en la Navarrería. Soy consejero y mi cometido es enterarme de todo lo que pueda interesar al gobernador.

Dudé de sus palabras. No sabía que Anelier hubiese hablado de aquello con nadie más que con Magali y conmigo, pero él mostraba seguridad y yo no quería exponerme a mentirle.

—Así es, sí...

—Pues sea lo que fuere lo que te prometió, has de saber que no tenía ninguna intención de cumplirlo. Su única misión fue ir a la Navarrería para conseguir que los nobles pudieran escaparse y lograr así la rendición inmediata de la ciudad. Y eso fue lo que hizo.

Estaba cada vez más aturdida. Guilhem amaba a Magali y ella confiaba totalmente en él. ¿Era todo un plan premeditado para sacar provecho?

—No entiendo lo que decís. Él tiene un corazón noble...

—El corazón no es algo que sea muy de fiar. Guilhem trató de sacar ventaja de ti y te engañó. Algo me dice que hay alguien en la Navarrería que te importa, pero has de saber que, sea quien sea, hoy será el último día que vea la luz. Cuando nuestras tropas entren en la ciudad, no quedará piedra sobre piedra.

Levanté la vista y lo miré fijamente a los ojos. Había algo que no cuadraba.

—No sé de qué habláis. Yo tenía una persona querida allí, pero ahora está muerta..., muerto. Guilhem lo buscó, pero no pudo dar con él.

—Anelier no buscó a nadie, te lo aseguro. Fue a la Navarrería, consiguió que García Almoravid y otros pocos escaparan y regresó a San Cernin tan pronto como pudo. Yo estaba en San Lorenzo cuando regresó y pude oír la conversación que mantuvo con el gobernador. Se mofó de tu inocencia y también de la credulidad de Magali. Todo lo que hizo fue por su propio beneficio y sin ningún escrúpulo. Escúchame, no sé si vuestro amado, porque sospecho que es eso de lo que me estáis hablando, está vivo o no, pero de lo que estoy seguro es de que Guilhem no se molestó en averiguarlo.

Estaba cada vez más desconcertada. ¿Sería verdad aquello que me decía? ¿Quedaba aún alguna esperanza de que Íñigo estuviera vivo?

—¿Por qué me contáis todo esto? —pregunté, mientras las lágrimas asomaban a mis ojos—. No os conozco, ni me debéis nada.

—Puede que no me creas, pero no me gustan los mentirosos ni los sinvergüenzas, y Guilhem lo es. Haz lo que consideres oportuno pero, si tu amado todavía te importa, el tiempo se te acaba. Cuando caiga el sol, no quedará nada ni nadie en la ciudad.

Étienne se retiró despacio, pero sus palabras quedaron suspendidas en el aire. Comenzó a caminar de vuelta hacia el lugar en que se encontraba el gobernador.

—Es cierto —dije, tratando de que mi voz sonase firme—, hay alguien que me importa allí, pero, aunque estuviera vivo, no sabría cómo hacer para salvarlo. ¿Vos podríais...?

Él se volvió.

—Yo no puedo salvarlo. Pero si tú escapaste de la ciudad, entonces has de conocer un sitio en el que podáis esconderos, hasta que todo esto termine. Si de verdad te importa, trata de salvarlo. Te aseguro que nunca podrás perdonarte el hecho de no haberlo intentado.

Yo estaba cada vez más confusa. No entendía cómo podía saber todo aquello, ni por qué quería ayudarme, pero la posibilidad de que Íñigo siguiera vivo y yo no hubiese hecho nada por salvarlo me torturaba. Quise preguntarle algo más, pero se retiró, ahora aprisa, y se unió a su señor. Según las tropas iban entrando en la Navarrería, los vecinos avanzaban también, como una marea imparable.

—¡Venganza! —gritaban algunos.

—¡Muerte a los traidores! —vociferaban otros, mientras la turba se dirigía contra los muros de la ciudad.

Entonces escuché una voz tras de mí.

—¡Anaïs! —gritó mi padre, apoyado en una vara y caminando torpemente—. ¡Sal de ahí! ¡Vuelve a casa!

—Padre... —musité yo, mientras me dejaba arrastrar—. Yo...

Me miró con estupor cuando se dio cuenta de lo que pensaba hacer. Me di la vuelta, recogí mis cabellos y me eché la capucha sobre la cabeza. Entre aquella masa que avanzaba, era solo una persona más. Todos estaban demasiado excitados como para distinguir entre aquel tumulto a una joven desarmada. Entre el griterío, escuché la voz de mi padre, perdiéndose en el aire:

—¡Anaïs, no!

Seguí adelante sin mirar atrás hasta llegar junto a la puerta del Chapitel, en el muro de la Navarrería. Sabía que aquello era una estupidez y que pondría mi vida en peligro, pero estaba decidida a hacerlo de todos modos.

A empujones entré en la ciudad. Lo primero que me llamó la atención fue que todas las puertas y contraventanas estuvieran cerradas, mirase donde mirase. Tratando de situarme, levanté la vista para buscar algo que me resultara familiar. El día en que entré junto a Íñigo lo hice por la puerta del norte, hacia la iglesia de Santa Cecilia. Y luego nos habíamos escondido en casa, de la que solo había salido para ir de noche a la de Andrés y Leonor, de modo que apenas podía saber cómo llegar a casa de Íñigo. Mientras miraba en todas direcciones, un potente ruido me sacó de mis pensamientos. Dos soldados del gobernador, ayudados por otro del señor de Bearne, acababan de derribar la puerta de una casa golpeándola con una gran viga de madera. De inmediato, uno de ellos entró y sacó a un hombre, arrastrándolo por el cuello de la camisa. El desdichado gritaba y suplicaba que lo soltasen y que no le hiciesen daño, pero el soldado comenzó a darle patadas en el estómago y en la boca. Los otros dos entraron y sacaron a su mujer, que también se resistía y chillaba desesperada.

—¡Ahora vas a saber lo que es bueno, perra! —gritó uno de ellos, mientras se echaba encima de ella. Se desabrochó el cinturón y, levantándole la falda, la penetró mientras los otros dos lo animaban y el marido suplicaba que parasen. En ese momento uno de los soldados sacó un cuchillo y, agarrándole la cabeza al desdichado, le rebanó el cuello de un tajo.

—¡No! —exclamé, horrorizada.

Cuando el soldado se levantó, la mujer vio el cuerpo sin vida de su marido, con la sangre brotando de su garganta.

—¿Dónde está el dinero, perra? —le gritó uno de ellos—. ¿Dónde lo guardas?

La mujer se agarró al cadáver de su esposo, sin dejar de llorar. Los soldados comenzaron a golpearla sin piedad.

—¿Dónde lo guardas? ¡Dilo o te mataremos como al cerdo de tu marido!

—¡No tengo nada, nada! —exclamó, sin soltarse de su marido.

Los soldados la dejaron en el suelo, llorando, mientras entraban en su casa y comenzaban a destrozarlo todo. Otro se acercó con una antorcha.

—¡Esto es lo que os espera a todos! —gritó, mientras colocaba un trapo ardiendo junto a un haz de leña en el interior de la casa. Al poco tiempo, las llamas comenzaron a trepar por la estructura, mientras la mujer intentaba como podía arrastrar el cuerpo de su marido para que el fuego no lo consumiera.

Espantada, me di media vuelta y continué caminando entre las callejuelas, tratando de encontrar alguna pista que me permitiera llegar hasta casa de Íñigo. Mientras lo hacía, desde lo alto de una casa vi cómo caía un joven, y escuché también los gritos de júbilo de los que lo habían arrojado desde la ventana. Se partió el cuello al caer y se quedó con la cabeza vuelta y los ojos abiertos. De dentro llegaban los gritos de una mujer que suplicaba que parasen. Sin esperar más, continué andando, oculta por mi capa.

—Soy una estúpida —murmuré—, soy una estúpida...

Por todas partes escuchaba los mismos gritos de horror: golpes, violaciones, ejecuciones. Y sobre las calles comenzaban a levantarse densas columnas de humo que surgían de las casas incendiadas. Entonces, ante mí, algo me resultó familiar: en el dintel de una casa había grabada una rosa... ¡Era la casa de Andrés! Estaba destrozada y la entrada era casi lo único que quedaba en pie; el resto se hallaba hundido. Miré hacia el taller y vi que también se encontraba destruido.

—Andrés, Leonor, no... —dije, entre suspiros.

Un fuerte ruido me sacudió. Un soldado, armado con una espada, acababa de salir de una casa vecina. Llevaba el arma ensangrentada y me miró con lascivia.

—¿Adónde vas, preciosa? —me dijo, acercándose.

Me eché hacia atrás, tratando de protegerme.

—*Arrête, je ne suis pas navarre, je suis française!* —exclamé.

Me miró extrañado, supongo que preguntándose qué demonios hacía una mujer francesa allí. Antes de que pudiera reaccionar, eché a correr buscando la casa de mi esposo, hasta que di con ella. Al mirar arriba respiré aliviada pues aún estaba en pie.

—Tiene que estar dentro —dije en voz baja, para intentar convencerme. Me acerqué a la puerta y llamé con fuerza. Esperé en silencio, tratando de escuchar algún movimiento. Cuando vi que nadie abría, comencé a respirar agitadamente. En ese momento, escuché los pasos de unos soldados que se acercaban y me di cuenta de que, si me cogían en la calle, me violarían, me matarían, o quizá ambas cosas. Golpeé con más ahínco aún.

—No puede ser —lloraba, desolada.

Sin fuerzas para más, me fui de la casa y comencé a caminar por la calle huyendo de los hombres que se acercaban. Cada vez se veían más columnas de humo surgiendo de la ciudad y los gritos no cesaban.

A pesar de la tensión, sopesaba con calma qué posibilidades teníamos. Me encontraba con Isabel y su familia, refugiado en su casa. Catalina, su madre, estaba aterrorizada por el humo que surgía por todas partes y por los chillidos y las peticiones de auxilio. Isabel se abrazaba a Jimena y ambas intentaban infundirse fuerzas entre sí. En ese momento la puerta se abrió de golpe y entró Enrique. Había salido a buscar un medio para escapar de la ciudad, pero en su expresión intuí que había fracasado. Su mujer le preguntó:

—¿Hay alguna manera…, algo que podamos hacer?

Él negó con la cabeza:

—Los franceses están arrasando con todo lo que encuentran, quemando, violando y matando por doquier.

—¿Qué nos queda, pues? —preguntó Catalina, sin poder contener las lágrimas.

—Hay que salir ya de casa—dije— y tratar de llegar a la catedral, si es que aún es posible. Quizá los asaltantes no se atrevan a profanar el templo.

Enrique pegó un puñetazo en la pared, mientras sostenía en la mano una daga.

—¿Escondernos como las ratas? ¿Es eso lo que propones?

Inspiré hondo para darme valor.

—El tiempo se nos acaba. Si no salimos, los soldados nos encontrarán aquí, y entonces nos matarán a todos; y a ellas...

Enrique miró a su esposa y a sus hijas y ahogó un juramento.

—Puedes hacer lo que quieras, pero yo no me arrodillaré ante nadie. Si vienen a mi casa, defenderé a los míos, te lo aseguro. Y si he de morir, al menos lo haré con honor.

—Pero Enrique —dije, acercándome a él y tratando de que las mujeres no nos oyeran—, no puedes condenarlas a morir. Si existe una oportunidad para salvarse, hay que intentarlo.

—¿Una oportunidad? ¿Qué oportunidad? ¿Crees que en la catedral estaremos seguros? Los que han entrado son mercenarios y vienen a por su botín. La catedral puede que sea el peor sitio para refugiarse.

Estaba a punto de replicar de nuevo cuando se oyó un tremendo mazazo en la puerta.

—¡Salid, bastardos! —gritaban fuera—. ¡No podéis escapar!

Isabel y Jimena gritaron. Yo me agaché y cogí una maza de hierro. Un nuevo golpetazo se oyó, ahora más fuerte todavía.

—¡Abrid! ¡No pongáis las cosas peor!

Enrique agarró con fuerza su cuchillo y se dirigió a su familia:

—Cuando abramos, quedaos detrás de la puerta —y, mirándome, añadió—: Hazlo. ¡Abre!

Descorrí de un golpe el cerrojo justo cuando uno de los hombres estaba cargando su peso contra la puerta. Cayó al suelo con estrépito y, mientras trataba de ponerse de pie, Enrique se acercó y le clavó la daga en el cuello. En ese momento, otro soldado entró en la casa, pero al pasar de la claridad del exterior a la habitación se quedó casi completamente ciego. Lo siguiente que sintió fue el mazazo que le propiné en la cabeza; cayó desplomado. Enrique sonrió satisfecho, pero al instante entraron otros dos hombres. Al ver los cuerpos de sus dos compañeros en el suelo comenzaron a proferir maldiciones, mientras levantaban sus espadas. Enrique y yo nos hallábamos ante ellos, y las mujeres estaban detrás, ocultas por la puerta.

—¡Malnacidos! —gritó uno de ellos—. ¡Esto lo vais a pagar!

El soldado descargó la espada con toda su fuerza y le dio a Enrique en el hombro. Este lanzó un terrible alarido. Yo levanté la maza para protegerlo, pero su atacante consiguió descargar de nuevo y le acertó en el pecho. Mientras caía muerto, Isabel no pudo contener el grito. Entonces el otro soldado movió la puerta y las descubrió.

—Aquí estabais, perras... —masculló.

Avanzó hacia Isabel con la espada delante. Cuando leyó el miedo en sus ojos, se detuvo un instante y sonrió.

—Empezaré contigo, y luego seguiré con tu madre y con tu hermana.

Isabel empujó a Jimena hacia la salida y gritó:

—¡Corre, ponte a salvo!

La niña se escabulló y salió a la calle. Miró un instante hacia atrás, pero su hermana le gritó de nuevo:

—¡Corre!

Mientras Jimena escapaba, el soldado agarró a Isabel por el cuello y la empujó contra la pared. Le cortó las vestiduras al tiempo que se desabrochaba el cinturón. En ese momento, Catalina se abalanzó sobre él para detenerlo y le mordió en el brazo en el que llevaba la espada. El soldado se volvió y le dio un golpe con el codo en la cara. Catalina, tambaleándose, se cayó y, antes de que pudiera levantarse, el soldado alzó la espada y se la clavó en el pecho.

El grito de espanto de Isabel resonó en toda la casa. Yo, que a duras penas conseguía esquivar los golpes del otro soldado, veía el cuerpo de Catalina con el pecho ensangrentado y a Isabel junto a ella, arrodillada y chillando. El soldado que estaba luchando conmigo se volvió un poco por los gritos, pero aquel fue su fin: levanté la maza en el aire y la descargué sobre su hombro. Antes de que se repusiera del golpe, le solté otro mazazo en la sien; cayó desplomado. Sin apenas detenerme, avancé hacia el otro asaltante, que tenía los pantalones medio bajados, y le asesté un golpe en el costado. El crujido de sus costillas fue lo último que se oyó antes de que sucumbiera medio muerto. En ese momento me acerqué a Isabel y la agarré del brazo.

—¡Tenemos que irnos! —grité, mientras ella se aferraba al cuerpo sin vida de su madre—. ¡Ahora, Isabel, hay que encontrar a Jimena!

Isabel se puso en pie entre sollozos, mientras se cubría como podía con sus ropas rasgadas. En el suelo de su hogar yacían los cadáveres de sus padres y de tres soldados. El otro, con las costillas rotas, trataba de encontrar algo de aire para respirar. Isabel se agachó, recogió la espada que descansaba a su lado y, sin un atisbo de duda, se la clavó en el cuello.

—Vamos —dijo, mientras el acero caía al suelo.

# 29

Beaumarchais tosió. El humo que salía de la ciudad en llamas se había extendido ya por toda la explanada. A su lado, yo contemplaba la escena con estupor. Entendía que los traidores merecían un escarnio, pero nunca habría imaginado que el final de la Navarrería pudiera ser ese. Allá donde se posase la vista se veía fuego, y los gritos y golpes llegaban con una espantosa cadencia.

Permanecía con mi señor, sin atreverme a protestar; con Magali a mi lado.

En ese momento, desde la puerta del Chapitel se vio salir una comitiva. Delante iba un grupo de soldados del gobernador, con uno de sus caballeros a la cabeza. Detrás, una fila de vecinos de la Navarrería, atados con cuerdas y con las cabezas gachas. Llevaban las ropas hechas jirones y estaban sucios y ensangrentados.

—Al menos alguien sobrevivirá —dijo Magali, horrorizada por la magnitud que había alcanzado la toma de la ciudad.

El grupo de presos llegó hasta donde nos encontrábamos. Uno de ellos trató de hablar, pero un soldado le dio en la boca con el asta de la lanza. Beaumarchais, a lomos de su caballo, se acercó y preguntó al caballero:

—¿Continúa la lucha?

—Sí, señor. Algunos vecinos han opuesto resistencia y están combatiendo contra los nuestros.

El gobernador levantó la cabeza e inspiró hondo. Luego, en voz muy alta, ordenó:

—¡Ahorcadlos a todos y colgad sus cuerpos boca abajo de las almenas del Burgo, donde puedan verse bien!

Magali ahogó un grito de espanto, mientras los condenados se derrumbaban y comenzaban a llorar y a suplicar clemencia.

—¡No puedo seguir viéndolo! —dijo Magali, y giró la cabeza.

La abracé, desolado como ella. Aquello no se estaba desarrollando como había esperado; el gobernador no estaba impartiendo justicia, sino tomándose su venganza. El sentimiento de culpa por haber propiciado aquel desenlace me quemaba por dentro.

—Señor —dije—, ¿no podríamos mostrar un poco de piedad? ¿Qué sentido tiene derramar más sangre?

—Guilhem —respondió, sin siquiera mirarme—, la sangre de estos malnacidos limpiará el oprobio que he tenido que soportar. No tuvieron clemencia conmigo y solo me ofrecieron su rencor; ahora se darán cuenta de que el rencor causa más daño al que lo ejerce que al que lo recibe. Acuérdate de estas palabras para recogerlas en tu historia.

Mientras su voz aún resonaba en mi cabeza, oí a alguien que se acercaba. Cuando levanté la vista me percaté de que eran Adrien y Laurina. Apoyado en un palo, Adrien caminaba con dificultad. Laurina tenía los ojos rojos y apenas levantaba la vista. Nada más verlos, Magali notó que algo grave había sucedido.

—¿Qué ha ocurrido? —dijo, acercándose a ellos.

Adrien cogió un poco de aire.

—Es Anaïs..., se ha marchado..., se ha ido...

—¿Qué quieres decir? —insistió Magali—. ¿Adónde se ha ido?

El labio le temblaba y apenas era capaz de hablar.

—A la Navarrería; vi cómo se marchaba..., la vi entrar allí..., no pude hacer nada por evitarlo.

Magali se llevó la mano a los labios.

—¿A la Navarrería? ¿Cómo pudo hacer algo así?

Entonces Laurina apartó un poco a Adrien y cogió las manos de su hija:

—Fue por mi culpa. Un hombre vino a casa esta mañana, estuvo haciéndome preguntas y yo, yo...

—¿Un hombre? —pregunté—. ¿Quién era? ¿Lo conocías?

Una lágrima se escapó de sus ojos.

—Era el consejero del gobernador; no conozco su nombre.

—¡Étienne! —dije, alejándome del gobernador para que no me oyera—. ¿Qué quería? ¿Qué te preguntó?

Estaba cada vez más nerviosa y apenas podía hablar.

—Me preguntó por Magali, por ti, por Anaïs..., yo le conté que Anaïs se había casado con Íñigo y que confiaba en que aún estuviera vivo..., solo le dije lo que os escuché hablar en casa...

—¡Madre! —exclamó Magali—, ¿cómo has podido?

—Lo siento, hija..., lo siento. Me cegó la rabia..., no sabía nada de sus intenciones. Cuando recapacité vine a decíroslo...

Adrien estaba desolado. Haciendo un enorme esfuerzo se dirigió a Magali y le preguntó:

—No entiendo nada. ¿Qué le ha podido decir Étienne a Anaïs para que fuese allí?

—Solo ha podido decirle que Íñigo sigue vivo —dijo Magali. Entonces, se volvió hacia mí y me preguntó—: Pero no es posible, tú estuviste allí y él no estaba, ¿verdad?

Fui a responder, pero noté el peso de la bolsa de monedas entre mis ropas y no pude más que maldecir mi mezquindad.

—Yo..., yo..., tienes que entender...

Me miró desconcertada y sentí que algo se rompía en su interior.

—No lo hiciste..., ¡nos engañaste a las dos!

—Escúchame, por favor...

—¿Te das cuenta de lo que has hecho? Yo confiaba en ti y Anaïs también. Nos has traicionado.

—Lo sé, y lo siento, pero no hay nada ya que podamos hacer. Aquello es un infierno y puede que Anaïs ya esté...

—Ya..., ¿qué? ¿Asesinada? ¡No pienso esperar a comprobarlo!

Sin más dilación, comenzó a correr hacia la puerta norte de la Navarrería, la que quedaba más alejada de la vista del gobernador y los demás nobles, mientras su madre gritaba a su espalda, desesperada. Yo salí tras ella y la cogí del brazo.

—Si vas allí acabarás muerta. Tienes que entenderlo. He sido un bastardo, lo reconozco, y sé que ahora no me crees, pero te amo.

—Si me amas, acompáñame —dijo, mirándome a los ojos—; y si no, lárgate. Anaïs es mi hermana.

Miré hacia la ciudad en llamas. Ir allí era un suicidio, pero tenía razón; si de verdad la amaba, tenía que demostrárselo y borrar mi falta.

—Está bien, iremos; pero, por favor, espera un momento.

Miré alrededor y vi un caballo que estaba atado a una estaca, cerca del muro del Burgo. Desaté las riendas y monté. Luego, acercándome a Magali, le ofrecí la mano y esta se aupó con rapidez. Desde la cabalgadura, ella miró a Adrien y a su madre, que acababan de llegar.

—La traeremos de vuelta, Adrien —dijo. Luego miró a su madre, que tenía los ojos arrasados en lágrimas.

—Magali, por favor...

—No sé cómo has podido, madre... Ella te quiere.

Arreó al caballo y los dos salimos al galope mientras yo trataba de adivinar las oscuras intenciones de Étienne.

Me dejé caer en el suelo, agotada y desesperada. Avanzando de casa en casa, ocultándome cuando oía a alguien venir y corriendo cuando el camino estaba despejado, había vuelto a la casa de Andrés y Leonor. La vivienda estaba hundida, así como gran parte del taller. Las llamas se habían extendido por la estructura de madera, desde una casa contigua, y algunas vigas se habían derrumbado sobre la entrada al túnel; resultaba evidente que aquella no sería una vía para salir de la ciudad. Escuché pasos que se acercaban y me escondí como pude tras una pared medio derrumbada. En la espalda sentía el calor de una viga que se consumía lentamente. Desde mi escondrijo vi pasar a un soldado francés, cargado con una bolsa de cuero que parecía estar repleta de monedas. Cuando el hombre pasó de largo, salí de nuevo a la calle, sin saber adónde dirigirme. Había recorrido apenas unos pasos cuando oí de nuevo a alguien que se acercaba; me volví y descubrí a una niña que corría desbocada. Quise decirle algo, pero antes de que pudiera hablar se hizo claro el motivo de su espanto: la perseguían cuatro soldados. Sin pensarlo, salí corriendo, siguiéndola. Cuando la alcancé, le di la mano y continuamos a la carrera.

Instantes después miré hacia atrás y vi que los hombres aún nos perseguían, pero un poco más lejos. Las armaduras y el peso de las armas les impedían ir más deprisa y se les oía jadear. En ese momento, vi una casa abierta y me metí dentro. A toda velocidad nos escondimos bajo una mesa.

—Silencio, por favor —susurré a la pequeña.

Sin atreverme siquiera a respirar, pude ver desde la puerta abierta cómo los cuatro soldados pasaban de largo. Un poco después, respiré aliviada y me levanté despacio para ir a mirar. Asomé algo la cabeza y observé la calle. No había nadie, salvo un vecino en una casa cercana, que miraba también si los soldados habían pasado. Volví al interior. La niña estaba sacando la cabeza de debajo de la mesa, todavía con la huella del miedo en sus ojos.

—¿Dónde están tus padres? —le pregunté.

—Mi padre ha muerto; puede que mi madre y mi hermana también...

Sentí cómo se me encogía el estómago.

—¿Cómo te llamas, pequeña?

—Jimena —respondió—. ¿Van a matarnos a nosotras también?

—No —dije, tratando de que mi voz sonase firme—. Nadie va a matarnos. Pero para lograrlo debemos ser más listas que ellos, ¿entiendes? Dime, ¿adónde huías?

—A la catedral —dijo—. Allí Dios nos protegerá.

Dudaba de que a los soldados les pudiera frenar algo, pero debía seguir adelante y sin perder la esperanza como fuera. Aquellos hombres habían pasado de largo, pero dentro de poco vendrían otros y alguno nos encontraría.

—Está bien —dije—. Debemos intentar llegar allí. ¿Cuál es el camino más corto?

—El camino más corto es por esta misma calle, pero hay otro más seguro —dijo—. Es un albañal que llega hasta la casa del arcediano. Es mi sitio preferido para esconderme.

Vi que una tierna sonrisa se dibujaba en sus labios y me maravillé de que aquella criatura todavía pudiera encontrar algún motivo para sonreír en aquel infierno.

—Y ¿puede pasar un adulto? —pregunté, acariciándola.

—Ellos no, pero tú sí.

Las dos nos levantamos y salimos a la calle.

—Por aquí —dijo, y me condujo hacia un estrecho pasadizo que hacía de trasera entre las casas. Era estrecho, oscuro y húmedo y el suelo estaba lleno de excrementos y de orines. Avanzamos de lado por aquel mínimo callejón, ella delante y yo detrás, de su mano. Cuando llevábamos recorrido algo más de la mitad, pude ver al fondo un gran muro de piedra.

—Aquello tiene que ser la catedral —musité.

Salimos del albañal y desembocamos en una minúscula plazuela frente al edificio del arcedianato. Juntas nos dirigimos hacia la entrada principal pero, al acercarnos, descubrimos a varios soldados. Nos dimos la vuelta y Jimena me indicó un lugar con la mano.

—Conozco otra puerta —dijo.

—¡Vamos! —exclamé.

Sin mirar atrás, doblamos un contrafuerte y atravesamos un pequeño pasillo entre dos altos muros hasta llegar a una diminuta puerta de madera, no más alta que la niña, con una celosía de hierro en el centro. Me acerqué y golpeé con fuerza. Puse la oreja sobre la madera, tratando de escuchar algo, pero no conseguí distinguir nada.

—¿Estás segura de que es aquí? —pregunté.

—Sí, estoy segura. Mi padre me mandaba aquí muchas veces para traer encargos a los canónigos.

Se seguían oyendo los gritos y los golpes, y yo estaba cada vez más nerviosa. Cerré los ojos y volví a golpear, ahora con más fuerza.

—Por favor, por favor... —susurré.

En ese momento escuché unos pasos que se acercaban desde el interior y una voz surgió por la celosía.

—¿Quién es?

—Buscamos refugio, padre —dije—. Vengo con una niña.

Me quedé en silencio, sin respirar, cuando oí cómo se desatrancaba el cerrojo. El canónigo abrió y nos hizo pasar.

—¡Deprisa!

Una vez dentro se nos quedó mirando, sobre todo a mí. No le había pasado desapercibido mi acento occitano.

—¿Quién eres? —preguntó.

—¿Importa eso, padre? Querían matarme, como a ella, y vine a refugiarme a la casa de Dios.

Él asintió.

—Es cierto —dijo—. Hoy todos somos iguales frente a esos demonios.

El religioso nos condujo a través de un pasillo hacia una gran sala abovedada y, desde allí, hacia una puerta que conducía al templo. Cuando abrió, no podía creer lo que veía; allí dentro había una multitud, cientos de personas, hombres, mujeres y niños, solos y en grupos, todos con el miedo grabado a fuego en el rostro.

Sin embargo, entre todos ellos, solo reconocí a uno.

Y él a mí.

# 30

L legamos cabalgando hasta las inmediaciones de la catedral. Aquel era ya el único lugar en el que los vecinos se habían podido refugiar. En el resto de las calles solo quedaban cadáveres, heridos y niños abandonados, que lloraban sin saber dónde estaban sus padres. Y, alrededor de ellos, casas ardiendo. El humo era tan denso que en algunas partes no se podía ni respirar.

—Las puertas están cerradas —dije, señalando con el dedo la entrada principal. Alrededor de ella, los soldados se preparaban para el asalto final. No iban a respetar aquel lugar santo; solo pensaban en las riquezas escondidas allí. Durante los últimos días todos habían especulado sobre ello y ahora las tenían al alcance de la mano.

—¿Qué ocurrirá? —me preguntó Magali, con ansiedad, mirándome a los ojos—. ¿Ni siquiera dentro de la catedral pueden sentirse seguros?

—Ya no me atrevo a decir nada. Nunca pensé que el gobernador fuera a comportarse así... Sé que es un hombre duro, pero no creía que fuera a consentir todas estas tropelías. Ni siquiera las mujeres y los niños se han librado... Lo siento, lo siento de veras...

—¿Qué podemos hacer, pues? —preguntó, apesadumbrada—. ¿Solo esperar?

Asentí.

—Sí, esperar. Si los vecinos han contado a los canónigos

una mínima parte de lo que han sufrido aquí fuera, estoy seguro de que antes de abrir las puertas se cortarán el cuello. Sus hábitos no los protegerán, no tengo ninguna duda de ello.

Magali inspiró profundamente.

—Sé que ella está ahí dentro —me dijo, y yo la creí—. Lo puedo sentir.

Besé sus labios y sequé las lágrimas que le caían por las mejillas. Admiraba su valentía y la amaba por ello.

—Si está ahí dentro la sacaremos con vida; te lo prometo. No te volveré a fallar.

En ese momento, varios soldados cogieron una gran viga de madera y la levantaron. Eran una docena, pero aun así apenas podían con ella. A una orden de su capitán, se acercaron a la puerta y la golpearon con fuerza con el improvisado ariete. La puerta tembló y resonó con estruendo, pero resistió el envite.

—¡Otra vez! —gritó el capitán.

Los soldados se echaron unos pasos hacia atrás y volvieron a golpear.

Esta vez con mucha más fuerza.

Sentía cada golpe como si resonara dentro de mi pecho. Uno de los canónigos se arrodilló y comenzó a rezar.

—*Pater Noster, qui es in caelis, sanctificetur nomen Tuum…*

Un nuevo golpe se oyó en la puerta, todavía más fuerte.

Los gritos y los llantos comenzaron a brotar por todas partes. En la girola de la cabecera, junto a la sacristía, sostenía en brazos a Jimena. El canónigo le había dado un mendrugo de pan y ella se entretenía mordisqueándolo, mientras la puerta seguía recibiendo un golpe tras otro. Sin embargo, yo no sentía ni su peso sobre los brazos, ni el movimiento de su garganta mientras tragaba.

—Íñigo —musité—, estás vivo…

—Anaïs —dijo él, levantándose del suelo y acercándose;

parecía estar contemplando un fantasma—. Estás aquí..., ¿cómo...?

Di un paso y lo besé en los labios, mientras Jimena se bajaba de mis brazos. Cerré los ojos y me concentré en aquel beso que parecía borrar todo lo que ocurría a nuestro alrededor. Cuando los abrí, vi que Jimena estaba abrazada a una mujer sentada en el suelo, junto al lugar que hacía apenas un instante había ocupado Íñigo. Y nos miraba con una expresión que de inmediato comprendí.

—¿Es ella, Íñigo? —preguntó la mujer—. ¿Es Anaïs?

—Sí, Isabel —respondió Íñigo—. Es... mi mujer.

—Tu mujer...

Me separé un poco.

—¿Qué ocurre? —pregunté, sintiendo que algo se quebraba en mi interior—. Cuando me fui te daban por desaparecido; todos me decían que habías muerto, pero yo no los creí. Por eso he venido a buscarte. Aunque quizá me he equivocado...

Íñigo miró al suelo; cuando levantó de nuevo la mirada, en sus ojos se reflejaban la vergüenza y la culpa.

—Leonor y Andrés me dijeron que te habías ido, que no querías volver a saber nada de mí..., que debía olvidarte..., que todo había sido un error. No sabía qué creer...

Las palabras me surgieron como un hilo de voz.

—Y ahora ¿qué piensas? ¿Crees que todo fue un error?

Él tomó mis manos y las apretó entre las suyas.

—No, no lo fue. Yo te sigo queriendo.

Aparté la mirada, para intentar poner mis ideas en orden, justo en el momento en que un tremendo golpe se escuchó en la entrada del templo. Una de las bisagras había saltado por los aires tras el impacto, y la luz de la calle se filtraba en un fino rayo a través de la rendija que había dejado la puerta desencajada.

Con el siguiente golpe, se descolgó del todo.

Mientras el resplandor exterior inundaba el templo, se oyó un griterío que me recorrió el cuerpo con un estremecimiento.

Completamente inmóvil, observé cómo un tropel de soldados entraba en la iglesia con las espadas en alto, sacudiéndolas contra el primero que se cruzaba en su camino. Un canónigo, con una cruz en sus manos, se interpuso en su avance apenas el tiempo que tardó un soldado en rebanarle la cabeza. Como un río desbordado, los asaltantes llegaban a cada rincón del templo, mientras los indefensos vecinos corrían despavoridos, intentando en vano ocultarse. Cerré los ojos un instante para borrar de mi cabeza aquella imagen. Cuando los volví a abrir, Isabel se había puesto en pie y corría hacia el altar mayor con Jimena de su mano.

—¡Isabel, no! —dijo Íñigo, alargando el brazo para detenerlas; pero, justo en ese instante, dos mujeres que venían huyendo chocaron contra él y lo tiraron. Cuando iba a ponerse en pie y buscaba por el suelo su maza, un soldado se abalanzó sobre mí y caí al suelo.

—¡Íñigo! —grité, tratando de zafarme.

Se echó encima del hombre y comenzó a darle puñetazos en la espalda y en la cabeza. Cuando se volvió para defenderse, le acertó de pleno en la cara. El soldado puso las manos ante sí para protegerse, pero siguió golpeándole hasta que le partió la mandíbula y cayó desmayado. Nunca había visto esa expresión de furia y odio en sus ojos. Aparté al hombre y me puse en pie. A mi alrededor solo reinaban el caos y la desolación. Íñigo miraba a todos los lados, intentando encontrar a Isabel y a Jimena entre la muchedumbre que corría de un lado para otro y los soldados que destruían todo a su paso. Vi venir a dos que se acercaban corriendo, pero en el último instante se detuvieron junto a la tumba del rey Enrique el Gordo.

—¡La lápida! —gritó uno de ellos—, ¡es la tumba del rey!

El otro levantó el hacha que llevaba en las manos y la estrelló con todas sus fuerzas contra el sepulcro, que saltó por los aires. Acto seguido retiraron los restos y comenzaron a sacar los huesos del rey, que quedaron desperdigados por el suelo de la iglesia. Uno de ellos cogió una cadena de oro y el otro una espada con piedras engastadas.

Aprovechando el momento, Íñigo recogió su maza y, tomándome de la mano, me condujo a una de las capillas en la que los soldados ya habían saqueado los cálices, los crucifijos, las imágenes y todo aquello que les parecía de valor.

—¡Métete ahí dentro! —me apremió. Y los dos nos arrodillamos.

En otra capilla, en el lado opuesto de la nave mayor, también se habían refugiado varias mujeres y niños, para implorar protección a una imagen de la Virgen María. Sin embargo, mientras rezaban, un soldado cerró la reja de la capilla y arrojó una antorcha al interior. Todos comenzaron a chillar y a suplicar que los dejasen salir, pero los soldados se reían y pasaban por la espada a los que se acercaban a la puerta; estaban presos de una locura asesina y parecían alimentarse con la sangre de sus crímenes.

—No puede ser... —susurré, aturdida por lo que veía.

Otro grupo de canónigos se acercó a la capilla y trató de abrir la reja para sacar a los pocos que aún no habían perecido, pero varios soldados los degollaron mientras otros jaleaban.

—¿Qué vamos a hacer, Íñigo? Nos matarán a todos...

—Hay que huir como sea, a donde sea..., pero fuera del templo.

Levantó la vista y se puso a mirar en todas direcciones, tratando de encontrar un lugar por el que poder escapar de la iglesia; pero en mi interior sabía que también buscaba a Isabel y a Jimena. Me acerqué a él y le cogí por el brazo.

—¿La amas? —pregunté.

Él se giró hasta encontrarse con mis ojos.

—No quiero que muera —contestó.

Nunca lo quise tanto como en aquel instante.

Mientras tratábamos de encontrar a Isabel y a Jimena entre todas las personas que gritaban, huían o se escondían dentro de la catedral, vi que se dirigía hacia nosotros un hombre montado a caballo. El animal iba pisando con sus cascos los cadáveres diseminados por el templo. El jinete llevaba una espada en la mano y pensé que venía a matarnos. Pedí perdón por mis pecados mientras Íñigo se interponía para protegerme; pero en ese momento me di cuenta de que una persona montaba detrás del jinete y que me llamaba:

—¡Anaïs, soy yo, Magali!

Íñigo se retiró, incapaz de creer lo que veía.

—¡Magali, Guilhem! —exclamé.

—¡Deprisa, seguidme! —dijo Anelier—. ¡Tenemos que salir de aquí!

—¡Vamos! —exclamó Magali—. ¡Debemos salir cuanto antes!

Miré nerviosa hacia el altar mayor, donde los soldados estaban echando abajo el sagrario para robar las copas y los crucifijos. Si esperábamos un poco más, Isabel y Jimena morirían. Entonces miré a Magali y le dije:

—No puedo irme aún. Todavía tenemos algo que hacer.

Cogí a Íñigo de la mano y juntos nos dirigimos hacia el altar. Entre la humareda y los cuerpos caídos, intentábamos encontrarlas. Las llamas habían prendido en un retablo de madera y amenazaban con alcanzar la techumbre. Entonces, tras una de las columnas que rodeaban el altar mayor, descubrí a una joven acurrucada en el suelo.

—¡Mira, Íñigo! —dije, señalándola.

Los dos nos acercamos e Isabel levantó la cabeza. Jimena estaba entre sus brazos con los ojos cerrados.

—Vamos —le dije, mientras le tendía la mano—. Hay que salir de aquí.

Se levantaron y los cuatro corrimos hacia los pies del templo, en el instante en que el retablo del altar se derrumbaba.

—No podemos esperar más —le dije a Magali—. Si seguimos aquí dentro, nos matarán o acabaremos aplastados.

Miré de nuevo hacia el lugar por el que habían desaparecido Íñigo y Anaïs, pero no los vi. Magali se acercó para decirme que esperase un poco más, cuando me percaté de que un caballero con la espada en alto se dirigía hacia nosotros. A pesar del caos que reinaba en el interior de la catedral, se aproximaba al galope. Lo reconocí al instante, se trataba de Étienne. Tiré de las riendas de mi caballo y este alzó los cuartos delanteros. Magali no estaba sujeta y cayó al suelo. El animal, encabritado, no paraba de relinchar y a mí me resultaba casi imposible mantenerme sobre la silla, mientras veía frente a mí al consejero, que intentaba por todos los medios alcanzarme con su espada. Mi caballo se alzó de nuevo sobre las patas traseras, caí también al suelo y me di un fuerte golpe en la espalda. Me quedé sin respiración y no podía moverme. Étienne desmontó y se me acercó. Levantó la espada dispuesto a sacudirla sobre mi cuello, pero Magali se lanzó contra él y le golpeó, pero no logró derribarlo. En ese momento Étienne alzó de nuevo la espada y la descargó sobre ella. Magali se desplomó, con el pecho ensangrentado, mientras yo trataba aún de levantarme. Abatido, vi acercarse a Étienne, con las dos manos en la empuñadura. En ese momento fui consciente de que iba a morir.

—Se acabaron tus versos y tus juegos sucios, poeta —dijo, al tiempo que alzaba la espada—. Pide perdón a Dios por tus pecados.

Mientras el acero comenzaba a cortar el aire, el golpe de una maza le acertó de pleno en la nuca. La boca se le contrajo en una mueca espantosa mientras los ojos se le quedaban en blanco y la espada se le resbalaba de las manos. Cuando se derrumbó, Íñigo estaba tras él. Alargó la mano y yo la tomé con dificultad para levantarme. En ese instante reparé en que Anaïs se encontraba arrodillada junto a Magali.

—No... —musité, al tiempo que me acercaba y acariciaba su rostro. Tenía las ropas empapadas de sangre y respiraba con dificultad. Los gritos y los golpes seguían resonando en la bóveda de la iglesia, pero ella parecía no sentir dolor alguno ni oír ya nada de todo aquello. En su mirada solo había serenidad.

Anaïs le desabrochó la camisa y vi que tenía una profunda herida en el pecho. La sangre no dejaba de manar, inundando sus ropas, mientras su tez perdía el color.

—Anaïs —dijo, tomando su mano—, huye y sálvate. Haz que todo esto haya tenido algún sentido.

—No, por favor... —susurró Anaïs, apretándole las manos e intentando transmitirle un poco de vida, mientras las lágrimas le caían por las mejillas. Luego, despacio, Magali se volvió hacia mí.

—Guilhem, sigue escribiendo tus poemas, aunque ya no vayan a ser para mí. Me hiciste muy feliz.

Busqué entre mis ropas y saqué el cuaderno envuelto en el paño de seda. Me temblaba entre las manos, casi me quemaba. Pero en ese instante el temblor cesó y supe qué debía hacer.

—Tómalo. Lleva escrito tu nombre, te pertenece.

Lo cogió y lo metió entre sus ropas, junto a su pecho. Después, con su último aliento, puso en las manos de Anaïs el pañuelo de seda. Al tiempo que las páginas comenzaban a emparse con su sangre, cerró los ojos y expiró.

Mientras lloraba sobre el pecho de mi amada, se oyó un crujido sobre nuestras cabezas. Las llamas, desde lo alto de un retablo, habían ascendido hasta la bóveda de una de las naves laterales y habían incendiado el artesonado. Escuché el grito de Íñigo:

—¡La bóveda! ¡Va a desplomarse!

Salimos corriendo, tropezando con los cadáveres, mientras las piedras comenzaban a desprenderse desde lo alto hasta el suelo de la catedral. Una densa polvareda lo cubrió todo mientras se derrumbaba parte del muro y de la techumbre de la nave del evangelio. Cuando el polvo se disipó un poco, pude ver cómo los escombros cubrían el lugar donde Magali reposaba. En ese instante, todo pareció desaparecer a mi alrededor: los soldados, los muertos, el fuego. Solo sentía dentro de mí el dolor por la pérdida de mi amada. Y entonces, mientras los ruidos y los gritos volvían a inundar mis oídos, reaccioné: Magali se había ido para siempre, pero todavía había personas a las que podía salvar. Lo haría por ellos y por ella.

—Vámonos —dije, limpiándome las lágrimas—. Hay que ponerse a salvo.

Corrimos hasta la puerta de la iglesia y salimos al exterior. En la plaza un soldado nos dio el alto, pero enseguida me reconoció.

—He de llevar a estos prisioneros afuera —dije, sin darle tiempo a reaccionar—, son órdenes del gobernador.

El soldado miró un tanto extrañado la escena: yo, con dos mujeres, un joven y una niña. Parecía claro que no entendía muy bien por qué querría llevármelos, pero en el último momento asintió, no sé todavía si por no buscarse problemas o por simple piedad.

Seguimos por el camino entre la catedral y la judería. Tras atravesar el postigo de los judíos salimos a las inmediaciones del puente de la Magdalena. Ordené a los demás que se agachasen y, avanzando un poco, oteé la guarnición que protegía el puente. Casi todos los soldados habían entrado a saquear la ciudad y solo quedaban cuatro que charlaban distraídamente. Me di cuenta, además, de que estaban borrachos. Aun así, cruzar podría resultar peligroso. Regresé al lugar donde los demás se escondían.

—Hay una posibilidad para escapar, pero habrá que hacerlo por el cauce del río, en contra de la corriente. Apenas hay soldados y no habrá otro momento como este para salir sin ser vistos. Si vais a huir, esta es la oportunidad.

Miré a Anaïs y vi la indecisión en sus ojos enrojecidos por el llanto. Íñigo no podía permanecer en Pamplona, no cabía ninguna duda. Muchas personas lo habían visto luchar en el campo de batalla y sería juzgado por ello y, probablemente, ajusticiado. Si Anaïs quería estar con él, tendría que abandonarlo todo. Ante la atenta mirada de los demás, cogió la mano de Íñigo y la posó sobre su vientre.

—Lo haremos por nosotros y por nuestro hijo. Él merece tener una oportunidad.

—Nuestro hijo… —susurró él, aturdido por la noticia.

Los miré. El gobernador me había prometido clemencia para Íñigo, pero ahora, después de lo que había visto en la catedral, ya no confiaba en su compasión.

—No podéis esperar más —dije al fin—. Si los soldados nos descubren, no sé si valdrán mis argucias para detenerlos.

Isabel se acercó con Jimena en brazos. La niña estaba tan agotada que se había dormido sobre su pecho.

—Debéis marcharos —dijo—, de inmediato.

—Pero, Isabel —replicó Íñigo—. ¿Qué será de ti? ¿Qué será de Jimena?

—De eso no tienes por qué preocuparte —dije—. Yo las protegeré. Os juro por mi vida que nada les pasará. El gobernador me aprecia y yo le he servido siempre con lealtad. Ahora es él quien está en deuda conmigo.

—Lo siento, Guilhem, lo siento —dijo Anaïs, entre sollozos—. Fue todo por mi culpa.

Cogí su rostro y lo acaricié con ternura.

—Ella te quería y sé que no se arrepintió de nada. Ahora debéis partir, por favor.

Íñigo y Anaïs se miraron a los ojos, tratando de darse las fuerzas que les faltaban. En ese momento supe lo que tenía que hacer.

—Esperad un momento —dije. Me acerqué y, metiendo la mano entre mis ropas, le entregué a Anaïs la bolsa con la que el gobernador me había pagado. Ella la cogió con las manos temblorosas.

—Guilhem…

—Empezad una nueva vida. Y que vuestro amor sea capaz de hacer olvidar todo este odio.

Se abrazó a mi pecho y luego me besó en la mejilla. A continuación, sin mirar atrás, le dio la mano a su marido y juntos se dirigieron a la ribera del Arga, caminando sobre las piedras del río, en contra de la corriente.

Mientras su rastro se perdía entre los arbustos de la ribera, Isabel miraba de nuevo hacia la ciudad, convertida en una humeante pira. Se limpió las lágrimas de las mejillas, al tiempo que abrazaba a su hermana pequeña.

—Me pregunto si algún día las cosas volverán a ser como antes —dijo.

Yo sacudí la cabeza.

—Habrá que rezar para que nunca más sean como ahora.

1278

A pesar del viento helado que llegaba desde los Pirineos, subí a lo alto de los muros del Burgo y contemplé desde aquella atalaya el hermoso paisaje que se divisaba. El invierno, tardío ese año, ya dejaba por fin sentir sus efectos sobre la cuenca de Pamplona; los árboles habían perdido sus hojas y los campos alrededor de la ciudad presentaban aquella mañana un manto de escarcha. Al fondo, se veían algunas nieves en las cumbres más altas. Llevaba ya un buen tiempo en Navarra, pero seguía sin acostumbrarme a los veranos tremendamente secos y cálidos de esta tierra, y esperaba siempre con impaciencia la llegada del invierno. Mientras el viento del norte azotaba mi cara, cerré los ojos y retrocedí en mi memoria dos años atrás, al día después de la caída de la Navarrería.

Aquel día, por la mañana, entre la nube de polvo y humo que cubría la ciudad, pude ver a los pocos vecinos que sobrevivieron, sentados en la explanada del Chapitel esperando su justicia. Habían pasado la noche al raso, vigilados por soldados borrachos y pendencieros que los insultaban y golpeaban. Quien no había perdido a su mujer había perdido a su hijo, a su padre, a su esposo o a su hermano. Ninguno se había librado de ver de cerca el espanto del saqueo, más cruel aún que el de la guerra. Se apoyaban unos contra otros, como una masa informe, y no tenían fuerzas ni ganas para hablar, para quejarse o para pedir misericordia. El pasado les dolía, pero más daño les hacía no tener esperanza alguna en un futuro mejor.

Mientras recorría la explanada, vi salir por la puerta del Chapitel a una extraña comitiva. Al principio no conseguí identificar la escena, pero según se acercaban reconocía que se trataba de los canónigos de la catedral, algunos con la camisa interior y otros totalmente desnudos, con las manos atadas a la espalda, y una soga que los unía a todos por el cuello, como si de un rebaño se tratase. A la cabeza iba el prior Sicart, desnudo, con el cuerpo lleno de magulladuras y la cabeza gacha. Por una vez, la sonrisa cínica se le había borrado de la cara. Recorrieron todo el Chapitel hasta llegar a Portalapea, donde el gobernador los esperaba. Vestía sus mejores galas y portaba el bastón de mando. En su expresión no se adivinaba ni un ápice de arrepentimiento o de vergüenza por los terribles sucesos acaecidos el día anterior. Alzando la barbilla, se dirigió a todos ellos:

—Yo, Eustache Beaumarchais, gobernador de Navarra, fui humillado y envilecido por los ricoshombres de esta tierra y también por la catedral de Pamplona, y por Dios os juro que no me detendré hasta que todos los traidores hayan pagado sus culpas, estén donde estén.

El gobernador, después de lograr la victoria, no estaba dispuesto a perdonar a nadie, ni siquiera a los miembros de la catedral y mucho menos al prior. Casi todos los canónigos fueron encarcelados y solo al obispo se le permitió continuar en su cargo, como cabeza de una catedral en ruinas y sin apenas religiosos. Menos de un año después de la derrota, el obispo murió en su sede, atormentado por la ruina a la que había conducido a la catedral de Pamplona y, sobre todo, torturado por el sentimiento de culpa que no lo había abandonado desde su traición a Pedro Sánchez de Monteagudo.

Mientras las palabras del gobernador flotaban aún en el aire, los canónigos continuaron su marcha. Beaumarchais tenía sed de venganza, no solo por todas las humillaciones que había tenido que soportar en su cargo, sino también por la última de las noticias que le habían transmitido: Étienne había sido asesinado en la catedral, de un mazazo, por un vecino desconocido de la Navarrería, cuando se batía en combate con arrojo. Una lástima.

Aquel día fueron ejecutados decenas de prisioneros, muchos de ellos después de ser torturados para escarnio de los demás. Sin embargo, la resistencia al gobernador no había terminado. A los pocos días de la caída de la Navarrería, el gobernador y los demás nobles franceses comenzaron una campaña para reducir por la fuerza las plazas que aún se oponían a aceptar la autoridad francesa sobre Navarra: el castillo de San Cristóbal, Mendavia, el castillo de Punicastro, Estella... En algunos lugares los vecinos se defendieron con valentía, pero terminaron siendo doblegados. Y también, pocos días después de la victoria francesa, los ricoshombres fueron capturados. Como yo había sugerido al gobernador, nadie se atrevió a darles cobijo, menos aún conociendo su ruin e indigno comportamiento. Fueron atrapados mientras huían, al tratar de llegar a sus tierras, y el gobernador los hizo azotar y encarcelar. Hablaron de un acuerdo por el que se les había permitido salir a cambio de abandonar la ciudad, pero nadie les dio crédito. Gonzalo Ibáñez de Baztán pidió perdón y aceptó con resignación su condena, pero García Almoravid trató por todos los medios de embaucar al gobernador para que le permitiera volver a su señorío. Aquella no fue más que la última de sus argucias, pero en esta ocasión fue tan vergonzosa como inútil.

Abrí los ojos y los recuerdos de aquellos días tan amargos se disiparon. Para mí, la pérdida no había sido menor: Magali había muerto a mi lado, consciente de su fin y enamorada. Todavía recuerdo con pasión su intensa mirada, sus labios carnosos y su pícara sonrisa, esa que me había conquistado desde el primer día. No merecía un final así, y el único consuelo que sentía era que su muerte había servido, al menos, para permitir que Íñigo y Anaïs se salvaran, y que la nueva vida que ella llevaba en el vientre viera la luz en un lugar seguro, apartado de la guerra, del odio y de la venganza.

—¿Qué habrá sido de ellos? —murmuré, mientras me cubría la boca para protegerme del frío.

Desde las almenas, el paisaje al otro lado de la explanada del Chapitel era desolador. La Navarrería permanecía dormida en un letargo del que parecía no querer despertar. De la antigua ciudad no quedaba apenas nada de lo que fue. Todas las casas habían sido consumidas por el fuego tras el asalto y los muros habían sido demolidos después hasta los cimientos. Los animales pastaban en los herbazales que habían crecido en las ruinas y algunos árboles echaban ya raíces en lo que un día fueron calles y plazuelas. El único edificio que quedaba en pie era la decrépita catedral, elevada en soledad sobre una colina más cercana al cielo que a Dios. Se habían hundido varios tramos de las naves laterales y la fachada principal seguía ennegrecida por el incendio del día de la derrota. Las tropas francesas habían acondicionado el claustro y el refectorio de los canónigos como establo para los caballos y refugio para los perros. El nuevo obispo había elevado una petición al rey de Francia para que se restituyeran a la catedral los bienes robados, pero mientras se atendía o no dicha reclamación todo lo que envolvía a aquel templo era abandono y desidia.

La estancia del gobernador Beaumarchais en Navarra había acabado hacía ya algún tiempo. El condestable, Sire Imbert de Beaujeu, tomó el relevo en nombre del rey Felipe, que requirió al senescal para una nueva misión en Francia. De Pamplona se llevó pocas alegrías, muchos sinsabores y un trofeo de guerra: García Almoravid, preso y humillado, murió en un pútrido calabozo en Toulouse, donde Beaumarchais lo enterró en vida.

A pesar del tiempo transcurrido, todavía recuerdo vivamente las palabras del gobernador cuando me invitó a acompañarle de vuelta a Toulouse para recibir los honores prometidos. Si lo hubiese hecho, quizá no estaría ahora a las puertas de mi ejecución, pero me negué. A Navarra me unían ya demasiadas cosas: una mujer a la que cuidar, una niña a la que ver crecer y una historia por contar.

Mientras la brisa seguía soplando sobre las almenas del Burgo, saqué el cuaderno, el tintero y la pluma, y me dispuse a escribir de nuevo la historia de una guerra atroz que me había cambiado la vida. Mojé la pluma y comencé:

*Jesucristo, que es Padre y verdadera Trinidad,*
*Dios y Hombre verdadero y auténtica unidad,*
*me ha dado juicio y sabiduría para ser capaz*
*de entender razonamientos y saber rimar:*
*por lo cual quiero hacer un libro en vez de callar,*
*pues en este siglo aciago que hemos visto pasar*
*la traición tiene más poder que la lealtad.*

Y según escribía aquellas líneas, los malos recuerdos se convertían en letras, palabras y versos que volaban de mi memoria a mi mano, recreando la historia de una ciudad en guerra, abandonando mi cabeza y limpiando mi alma.

# Agradecimientos

Nunca vi a ningún hombre vengarse tan bien.
Habríais visto destruir la Navarrería de tal
manera que no podríais estar bajo techo ni un
mes; antes bien podríais cortar hierba o sembrar trigo.

GUILHEM ANELIER DE TOLOSA,
*La guerra de Navarra*

Con estas palabras describía Guilhem Anelier, casi al final de
su poema, el resultado de la guerra de la Navarrería, el conflicto que enfrentó a los burgos de Pamplona y que concluyó con
la total destrucción del más antiguo de ellos. Tuvieron que
transcurrir más de cincuenta años para que comenzase la re-
construcción de la Navarrería y no fue hasta 1423 cuando se
firmó, a instancias del rey Carlos III el Noble, el Privilegio de
la Unión que ponía fin a las disputas seculares y que unía a los
burgos de Pamplona en una sola población hasta el presente.

¿Cómo pudo desatarse un odio así? ¿Cómo pudieron unos
hombres y mujeres que convivían a diario alzarse en armas y
matarse de forma tan atroz y despiadada? El primer ministro
británico Andrew Bonar Law (1858-1923) dijo en una ocasión
que no existían las guerras inevitables; si la guerra llegaba, era
siempre por un fallo de la inteligencia humana. La guerra de la

Navarrería constituye un ejemplo perfecto, pues desde todas las partes se hizo lo posible para que el conflicto estallase. Algunos investigadores han querido ver la disputa desde un punto de vista nacionalista; según este la guerra entre los burgos solo se entiende en relación con otro conflicto de más largo alcance entre los reinos de Francia, Aragón y Castilla. Otros han hecho hincapié en el intento de los nobles navarros de aumentar su cuota de poder en el reino, al aprovechar la debilidad de Juana y de su madre, la reina regente Blanca de Artois. No ha faltado tampoco la contraposición entre la población rural de origen navarro de la Navarrería y los moradores urbanos y francos que habitaban en el burgo de San Cernin y la población de San Nicolás, que podría haber conducido a actitudes xenófobas. Y, por último, también se ha señalado como posible origen del conflicto una mera rivalidad social o económica, según la cual los nobles de Navarra deseaban mantener sus privilegios y su forma de vida frente al intento de los burgos de francos por desarrollar al máximo las posibilidades que se abrían a las villas y las ciudades, sobre todo a aquellas situadas en el entorno del camino de Santiago. Sea cual fuera la causa, quizá una conjunción de todas ellas, lo cierto es que casi ninguno de los protagonistas hizo nada para evitar la guerra y al final las amenazas, las palabras altisonantes y las bravatas tuvieron más peso que la moderación y la búsqueda de compromisos; siempre es más fácil prender una mecha que apagar un fuego.

Cuando leí por primera vez el poema de *La guerra de Navarra* de Anelier no solo me asombró la historia que narraba, sino sobre todo la fuerza y la pasión con la que lo hacía. Los novelistas, y más aún los historiadores, sabemos lo difícil que es tratar de reconstruir los hechos del pasado a partir de lo que las fuentes documentales nos cuentan. Por lo general estas son escuetas, áridas incluso, y resulta necesario exprimirlas para poder extraer de ellas informaciones útiles para componer el discurso histórico o literario. Por ello, cuando a nuestras manos llegan joyas como *La guerra de Navarra*, escrita por un testigo directo y protagonista de todo lo que allí ocurrió, podemos afirmar que nos encontramos ante algo extraordinario. Envuelto en la disputa, Anelier no se priva en ningún momento de describirnos con toda suerte de detalles la inquina de los dirigentes, la crudeza de los combates y el sufrimiento de los contendientes. Sin embargo, si todo el poema se lee casi como una novela, hay un momento que resulta soberbio, aquel en el que el poeta provenzal, al contar la vergonzosa huida de García Almoravid de la Navarrería, dice:

> Y quienquiera que fuese de la hueste, envió un mensajero a don García para que huyera; bien sé quién es, pero no lo quiero decir.

En aquel momento supe que quería escribir mi propia visión de la guerra de la Navarrería y que en ella Anelier no solo sería un personaje más, sino aquel que desencadenase el desenlace. Guilhem, no quisiste decirnos quién fue el mensajero; yo he querido que fueras tú.

¿Qué sabemos de Anelier? No mucho. Este, al comenzar su relato, nos indica que era de Toulouse (*Guillelmus Anelier de Tolosa me fecit*) y a lo largo de su obra nos desgrana con cuentagotas algunas noticias más sobre él. Cuando indica que Beaumarchais se marchó a Navarra, dice que «consigo llevaba un letrado que entendía de razonamientos» y parece que no hay duda de que hablaba de sí. Lo vemos en ocasiones como testigo de los hechos, como cuando el nuevo gobernador se dirigió a oír misa en la catedral de Pamplona: «Entonces yo lo vi en Santa María haciendo oración»; y también como participante en las batallas: «Entonces se presentó allá Guilhem Anelier, bien armado, pues era zurdo lanzando».

Poco más es lo que sabemos de él, salvo su triste final. En el año 1291, con Beaumarchais ya fuera de Navarra, un tal «Guyllem Analer» fue ejecutado en Pamplona por haber falsificado moneda. ¿Se trata del mismo Anelier que escribió el poema? Todo parece indicar que sí. Podemos imaginar que sin un señor al que servir y quizá acuciado por deudas, se la jugó falsificando moneda a sabiendas de que era un delito penado con la muerte. Moría así sin gloria un hombre del que nada sabríamos si por el camino no nos hubiese dejado su magnífico poema.

Además de la obra de Anelier, este libro debe mucho también a autores clásicos y contemporáneos que trataron acerca del conflicto y que supieron interpretar los hechos para hilar un discurso coherente sobre el mismo: el padre Moret, Esteban de Garibay, Yanguas, Ilarregui, Campión o Jimeno Jurío. También al gran poeta provenzal Guillermo de Poitiers, cuyo hermoso poema recita Anelier para conquistar a la mesonera Béatrice. Aupado en los hombros de todos ellos escribí mi novela y, aunque se trata realmente de una ficción, se apoya en los cimientos de la historia.

Si a ellos debo las informaciones, a otros muchos debo el haberme ayudado para que este libro viera la luz. A mi mujer, Mayte, y a mis hijos, César y Alonso, por los días robados para escribir; a mis padres, por sus opiniones y sugerencias, y a mis hermanos por sus ánimos; a Roberto de la Fuente, por sus muchos comentarios y, sobre todo, por una tarde alrededor de varias tazas de café hasta que conseguimos resolver uno de los nudos más enrevesados de la trama; a Ruth Arroyo, por leer y releer el manuscrito, incansable, haciéndome ver cosas tan evidentes… que el autor nunca las ve; y a Edurne Elizalde, mi amiga pamplonesa, que me enseñó a comprender el alma de Navarra.

Y, por último, no quiero terminar sin agradecer la confianza y la ayuda de todo el grupo editorial de Penguin Random House, en particular de la editora que me abrió el camino, Mònica Tusell, y de la que ahora me acompaña, Cristina Castro.

A todos vosotros, mi mayor gratitud.

*Santander, 31 de enero de 2020*

«Para viajar lejos no hay mejor nave que un libro.»
EMILY DICKINSON

# Gracias por tu lectura de este libro.

En **penguinlibros.club** encontrarás las mejores
recomendaciones de lectura.

Únete a nuestra comunidad y viaja con nosotros.

**penguinlibros.club**